Danke ...

... an alle, die mir Mut gemacht haben!

An Kurt-Werner, für die Verbindung zum DSR-Archiv.

Danke an meine Probeleser, die mich unter anderem davor bewahrt haben, mit wichtigen Dingen oberflächlich umzugehen, also an Julia, Christine, Hildegund, Pia, Peggy / BÜCHNER,
Ahmad, Siegi und Herrn Kapitän Stolle.

An Lothar, meinen ersten Lektor,
an Frau Vallentin, die mir die Freude am Buchschreiben zurück gab,
an Steffi, für die hartnäckige Coverkritik

Danke an Uwe und Günter, für das Beisteuern von Erfahrungen, die ich nie machen musste, aber zu DSR und DDR gehörten, leider!

An alle DSR-Seeleute: Es war eine richtig gute Zeit!

Zur Info an meinen Landkapitän: Bin nun an den Wochenenden auch wieder außerhalb meines Arbeitszimmers zu finden!

Saalbach, Sommer 2006

Inhaltsverzeichnis

Erstes Buch: Die große Weite Welt

Zweites Buch: Seemanns Braut

Drittes Buch: Steuermann, lass die Wacht!

Arktis
GEORG BÜCHNER
Castello de Morro
Ushant Lighthouse
ATLANTIC
OCEAN
Antarktis

Die Grosse Weite Welt

Hierin wird erzählt, wie ein Sachse Seemann wird und die Schuld daran dem Lila Drachen, einem Eisbären, Bert selbst und den Umständen zugesprochen.Von Anfang an liebt Bert die Frauen. Die helfen ihm ins Leben und hindurch. Doch eine liebt ihn nicht, eine andere kuckt von oben herab und am Ende fehlt Bert der Mut.

Den Eltern gewidmet

Anstelle eines Vorwortes

Bert

Warum schreibt Mann ein Buch, der anderes nun wirklich besser kann?
Glaubt man "richtigen" Autoren, dann sind Freude, Schmerz, Sehnsucht, Eitelkeit, Zweifel und Suche gewichtige Gründe, Geschichten zu schreiben, für sich und für andere. Doch wer noch als der Schreiber sollte sie lesen und warum?
Ich hatte Bert Glück getroffen, nachts, irgendwo, da war dessen fünfzigstes Lebensjahr gerade fünfunddreißig Tage alt. Nur kurz traf mich sein Blick und landete tief im Bauch. Akkurat gekleidet, doch mit wirrem Haar, schien er sehr nachdenklich und unentschlossen, etwas verzweifelt gar. Eine seltsame Anziehung ging von ihm aus. Ich vermutete ein Geheimnis und fasste Mut
"Kann ich helfen?" Er reichte mir die Hand und antwortete: "Ich heiße Bert. Du bist Berndt, stimmt 's? Ich kenne dich!" "Woher denn?", staunte ich. "Hör einfach nur zu!" Er nahm mein Platzangebot an und begann zu erzählen.
Wir saßen bei ZINNAER KLOSTERBRUDER und RADEBERGER BIER. Ich brauchte nichts zu fragen, so schnell war mir bald alles klar. Bert war zur See gefahren, genau wie ich. Sogar bei derselben Reederei. Jede Geschichte, die er erzählte, hätte meine sein können.
In der nächsten Nacht kam er wieder und auch in der Nacht darauf. In diesen drei Nächten waren wir noch einmal auf dem Meer. Wieder fühlten wir allen Schmerz und alle Freude, die zwischen Abschied und Rückkehr, Wiedersehen und Wiedergehen möglich sind. Und wir schwärmten von einer Zeit, die so nie mehr wiederkommen konnte: Sozialismus und Seefahrt - undenkbar für ewige Zeiten. Gemeinsam lachten und weinten wir. Die Tränen liefen uns über die Lippen und der KLOSTERBRUDER schmeckte trotzdem nicht wie Tequila. Wieso auch, wer trinkt schon Kräuterlikör mit Zitrone! Zum Schluss hatten sich Berts Blicke ins Unendliche verlaufen. Lange schwieg er und sagte dann: "Man müsste ein Buch darüber schreiben!"
Warum? Wollte ich von ihm wissen.
"Ist dir eigentlich klar, was wir erlebt haben?" Er hatte Recht. Wir gehörten zu den letzten komplett deutschen Besatzungen der Handelsschiffe am Ende des zwanzigsten Jahrhunderts. Wir schifften sie noch in die Welt, die Holzkisten, Jutesäcke und Rumfässer, die ausgedehnte Landgänge ermöglichten. Bis sie abgelöst wurden, von den Riesenkisten aus Blech und den ultrakurzen Liegezeiten im Hafen. Also hatten wir die Welt noch gesehen und nicht nur per Fahrplan gestreift. Wir fanden sie noch selbst, die Leuchtfeuer, Häfen, Ansteuerungstonnen, die Kurzweil und die Sterne. Wir durften das Gefühl, angekommen zu sein, noch erleben. Der Standort war handgemacht und unserer Steuermannskunst zuzurechnen. Auch waren wir nicht per Flugzeug gekommen.

Wir hatten sie noch gefühlt, gerochen und geschmeckt, die richtigen Hafenstädte mit Menschen drin, die es verstanden, Seeleute von Touristen zu unterscheiden. Auch überlebten wir den Versuch, Handelsschiffe von Politoffizieren führen zu lassen. Richtig lebendige Mädels waren an Bord gewesen, nicht nur im Hafen. Und nicht nur Funkern war es zuweilen schwer gefallen, acht Stunden Zeit mit Arbeit zu füllen. Wir konnten noch zwischen Rudermaschine und Maschinentelegraph wählen, um den Chief auf die Brücke zu locken. Nie wieder würde es solche Geschichten geben, auf See nicht und auch nicht an Land.
"Ohne Liebe ist die schönste Seefahrt nichts wert!"
Ja, Bert hatte Recht. Mitten in Sachsen hatte unser Landkapitän ausgeharrt und das gehütet, was wir "angerichtet" hatten, in stürmischer Liebesnacht. Viel Weib war um uns gewesen, also Wärme, Ruhe, Geborgenheit und Spannung. Denn genauso wie richtige Kapitäne, kümmerte es unseren an Land nicht, was Niton-Radio oder Norddeich vom Wetter und den Aussichten hielten. Konsumverkaufsstellen ohne Rouladen, Schulen mit Lehrern drin, die lieben Kollegen der Sozialistischen Brigade oder auch Werkstätten ohne Kundendienst forderten die ganze Frau. Selbst der Schornsteinfeger brachte nicht immer Glück.
"Okay Bert, ich schreibe deine Geschichten auf", antwortete ich ihm, und nicht erst die letzte Nacht hatte uns als ein Herz und eine Seele gesehen.
Dann war er gegangen, deutlich ruhiger, beinahe gelöst und zufrieden. Ich schlief sofort tief ein, wie erschlagen, und träumte noch tiefer. Immer öfter waren mir dabei Bert und ich als ein Kopf und ein Bauch erschienen. Das konnte nun wirklich nicht sein. Schweißgebadet war ich aufgewacht und hatte zu schreiben begonnen. Bert sollte dahin, wo er hergekommen war, zurück in die Vergangenheit, rein in das Buch, raus aus meinen Nächten und meinem Kopf. Wir hatten vereinbart, uns noch einmal zu treffen. Am Ende dieser vierten Nacht gab Bert sein Okay zu dem, was ich niedergeschrieben hatte, und verschwand aus meinem Leben.
Also beginnen sie nun, die Geschichten, und sollen ein Stück DSR- und DDR-Geschichte illustrieren helfen, ohne Anspruch auf Geschichtsschreibung, doch mit dem Wunsch, Leserin und Leser sollen Freude an dem haben, was uns viel Spaß gemacht hatte und trotzdem ernst gewesen war, im vorigen Leben.
Glaubt man Bert, so ist alles zu 99 Prozent wirklich passiert. "Kannste wissen, jedenfalls soweit ich mich erinnere!" Ich habe da meine Zweifel, doch ich bin nur der Aufschreiber.
Die Geschichten fügen sich nicht zu einer gelbgestreiften Heldensage. Doch sind sie mit jedem Buchstaben eine Liebeserklärung an die Seefahrt, den Landgang, das Leben, die Frauen und überhaupt.
Klar vorn und achtern!

KOPF ODER BAUCH

Stapellauf

Im Jahr 1951 läuft auf einer belgischen Werft das Motorschiff CHARLESVILLE vom Stapel.
Es ist "über alles" 153,66 Meter lang und 19,60 Meter breit. Ein eindrucksvoller Schornstein zeugt von der Kraft der Hauptmaschine. Der Verbrauch von 35 Tonnen Schweröl pro Seetag zeigt, der Dampfer hat Durst. Zehntausend Pferdestärken drehen am Propeller und verhelfen dem stolzen Schiff zu 16 Knoten Reisegeschwindigkeit.
Großzügig gestaltete Aufbauten, die majestätische Brücke, gewaltige Masten, Ladebäume und Lüfter machen dem Betrachter klar: Das Schiff soll Ladung und Passagiere transportieren. In den Aufbauten blinkt jede Menge Messing. Und vielleicht ist das der Grund?
Jahre später wird die CHARLESVILLE an eine Reederei verkauft werden, die es sich leisten kann, mehr als einhundert edelste Kupfer-Zink-Legierung putzende Seefahrer zu richtigen Seeleuten auszubilden. Künftige Matrosen, Maschinisten, Bootsmänner, technische Offiziere, Steuerleute und Kapitäne werden auf ihr das seemännische Handwerk erlernen und so ein Stück weltweit einzigartige Seefahrtsgeschichte schreiben. Voller Stolz wird dann das Schiff den Namen GEORG BÜCHNER tragen, die Ozeane pflügen, Blockaden brechen und Bergmannsgrüße in die Karibik bringen. Also: Schon beim ersten Wurf birst die Sektflasche am Rumpf der CHARLESVILLE.
Ein Schiff ist vom Stapel gelaufen und mit ihm viel Potenzial für Kult. Mein Stapellauf folgt vier Jahre später.

Wie kommt ein Sachse zur Seefahrt?

Erst einmal komme ich zur Welt. Doch damit beginnt der Ärger auch gleich. Nämlich: Alles Unsinn! Man kommt nicht einfach so in die Welt.
Im April des sechsten Jahres nach Gründung der DDR werde ich im Entbindungsheim einer mittelsächsischen Kreisstadt zwischen zwei Damen und direkt hinein in den Aufbau des Sozialismus gepresst und gezogen. Richtige Lust auf das Leben hab ich da noch nicht. Das lässt die, von deren Händen ich zur anderen hinunter baumele, nicht gelten und so setzt es die erste Kloppe. Mein Protest macht zwei Frauen glücklich. Nach dem Begrüßungsprogramm, Länge, Breite und Wasserverdrängung, darf ich schlafen. Sofort träume ich mich zum Schunkeln ins Fruchtwasser zurück, ahne schnell, das war mal, und in der zweiten Hälfte des Traumes schaukelt es wieder. Die Bilder sind blau und mit gelben Streifen geschmückt.
Wieder weckt man mich. Ich will schlafen, aber soll an die Brust. Jahre später genau das Gegenteil. Nur Stress also. Jetzt und später. Dann darf ich doch weiter träumen. Bis es noch einmal schreit, drei Stunden weiter. Gleich darauf liegen zwei glückliche, die Beulen aus ihren Kindern küssende Mütter im selben Zimmer. Die eine hat vorhin einen Bert bekommen und die andere nun gerade eine Amelie.
Die Erregung über die erste Haue im Leben hat sich noch nicht gelegt. Ich atme schwer. Doch mit den Atemzügen nehme ich einen Duft auf, der vom Nachbarbett kommt und mir das Bauchhirn verdreht. Ein Mädchen! Ich rieche und höre die Rosa-Botschaft des Lebens an mich, doch sehen kann ich sie nicht. Der Kopf taugt gerade einmal zum Streicheln und Fontanellenrichten. Die Augen sind noch nicht dran mit Kucken. So kann ich sie nur ahnen, die Kleine bei ihrer Mutti da drüben im Bett. Irgendwann werde ich sie sehen, ahnt der Kopf. Sie entgeht mir nicht. Mit dieser Gewissheit überlasse ich sie ihrer Mutter und gebe mich der Liebe meiner hin. Es folgen Tage gemeinsamen Schreiens mit anschließendem Schlaf in getrennten Betten, frisch gestillt und gewindelt. Dann heißt es Abschiednehmen von Amelie, der niedlichen Kleinen von nebenan. Durch die Verlegung in die heimischen Stubenwagen verlieren wir uns aus Nasen und Ohren.
Der Aufbau des Sozialismus schreitet voran. Walter Ulbricht hat noch nicht alle Steine für sein architektonisches Lebenswerk gesammelt. Es soll in Berlin erbaut werden und "Ochs und Esel" standhalten, hofft auch er. Nur Marx runzelt ein wenig die Stirn. So hatte er das nicht geschrieben. Doch, wer hat beim Siegen schon Zeit ein Buch zu lesen.
Im Norden der DDR heuert der II. Nautische Offizier, Herbert Schickedanz, auf dem Dampfer ROSTOCK der Deutschen Seereederei an.
Meine erste "Musterrolle" liegt auf dem Standesamt Döbeln aus.

Sein und Bewusstsein

Erst einmal bin ich Kleinkind und komme nur langsam zu mir. Ich krabbele durchs Laufgitter, rüttele an den Stäben zur Welt, kann endlich stehen und gehen und für die Eltern ist die Ruhe vorbei. Ich weiß noch nichts von Liebe und Zorn, von schwarz und weiß und den unzähligen Möglichkeiten dazwischen, von tropischen Wirbelstürmen, familiären Epizentren, nautischen Inspektionen und, dass "Recht haben und Recht kriegen" oftmals zwei völlig verschiedene Dinge sind.

Der Bauch muss nur Knurren oder Glucksen und dem Brei zeigen, wo es langgeht. Irgendwann, nach dem dritten Lebensjahr, beginne ich das Erlebte bewusst in Speicher zu packen. Von da an bin ich auch mit dem Kopf auf der Welt. Glücklich nehme ich Wärme, Geborgenheit und Fürsorge in mir auf, doch gesellt sich bald auch ein wenig Unsicherheit ins Unterbewusstsein. Die Scheidung der Eltern und die Trennung vom Bruder bringen erstes Grau in bunte Kinderträume. Mit Stottern und Bettnässen versuche ich es fortzuhusten und rauszuspülen. Es gelingt mir nicht.

Meine Aufgabe innerhalb der Familie ist einfach und schwer zugleich: "Sei fein artig!" Das gelingt mir eher nicht. Die wirtschaftliche Situation der Familie ist nicht rosig. In solch einer Zeit kann man als Kind mehr als sonst falsch machen. Im Kindergarten fällt mir mein Suppenteller vom Tisch und zerbricht. Schon dessen Ersatz belastet das Familienbudget.

Im Radio ist sehr oft die Rede von Krieg. Mit Russen, Amerikanern und Panzern weiß ich nichts anzufangen, doch bemerke ich die Spannung und Ratlosigkeit um mich herum und fühle mich unwohl. Noch mehr Grau dringt ins Hirn. So stottere ich weiter und hoffe beinahe jede Nacht, dass der Fleck im Bett schnell trocknet und keiner ihn sieht.

Manchmal klappt es.

Bald gibt es einen Vater für immer, noch eine Schwester, den Bruder zurück, eine Zuckertüte, den Schulranzen und der Auftrag an mich wird erweitert:

"... und lerne fleißig!"

Die drei Zipfel des Halstuches

Anfangs macht es noch Spaß, Spazierstöcke umzudrehen und in ein A umzuwandeln. Verbindet man zwei Spazierstöcke, einer davon muss auf dem Kopf stehen, mit einem Strich, ergibt das ein N. Wir zählen Äpfel in Körbe rein und raus. Doch die Wiederholungen werden schnell langweilig. Immer öfter lenkt mich das Leben ab: Die Fliege, die der Schnipsgummi nicht immer trifft, Haare mit Mädchen dran oder auch Murmeln mit bunten Glaskugeln "um alle". Bis zur dritten Klasse faulenze, prügele und langweile ich mich durch die Schule. Im

Kopf geht alles durcheinander. Was die Lehrer von mir wollen, fordert mich nicht. Kenne ich die richtige Antwort und melde mich wie verrückt, kommt garantiert der dran, der es nicht oder nicht richtig weiß. Mein Bauchhirn bewahrt mich vor dem Schlimmsten. Ich fühle, wenn Betragen und Ordnung von Vier auf Fünf zu kippen drohen. Die Worte der Lehrer und der Eltern erreichen mich kaum. Doch ist es deren Verzweiflung und Enttäuschung, die ich spüre. Nur für kurze Zeit bin ich dann "wieder lieb", aber immerhin.
Es reicht gerade zu Pionierbluse und blauem Halstuch. Sputniks zum Aufnähen an die Ärmel kriege ich keine. Auch das rote Halstuch bleibt unerreichbar. Gern bin ich bei den Veranstaltungen im Pionierhaus. Basteln, Sport, Ferienspiele, Filme: "Ernst Thälmann - Sohn seiner Klasse" oder "Timur und sein Trupp". Bald schmücken silberne und goldene Abzeichen für gewonnene Schneeballschlachten, Langläufe sowie Fußballspiele meine Brust und Urkunden für Siege in Bastel- und Malwettbewerben die Wand des Kinderzimmers. Gemeinsam mit dem Bruder tausche ich alle zwei Wochen jeweils drei oder vier Bücher in der Bibliothek gegen neue. "Krokodil Hamm" und "Bootsmann auf der Scholle" sind häufige Gäste unter meinem Kopfkissen. Die Schule bleibt langweilig. Ich bin nun "ein Rüpel". In der Mitte des dritten Schuljahres wird dem Blasorchester des Pionierhauses der Nachwuchs knapp. Gemeinsam mit einem anderen Radaubruder stelle ich mich dort vor. Mir gefällt die Tuba. "Ihr könnt gleich diese Woche noch zur Probe kommen", hören wir und sind hellauf begeistert.
Da schlägt die "Arbeitsgemeinschaft Halstuch" zu. Jeder Spitze des dreieckigen blauen Gewebes ist eine der Kräfte im sozialistischen Erziehungsprozess zugeordnet: Pionierorganisation, Elternhaus und Schule! Erst wenn alle drei Ecken des Halstuches "ja" sagen, darf ich dicke Backen machen. Die "Pioniere" sind sofort dafür. Seine Unterschrift gibt mir der Blasorchesterchef auf dem Antrag gleich mit. Meine Eltern zweifeln sehr, ob sich die Tinte überhaupt lohnt, aber unterschreiben dann doch. Die Lehrerin zweifelt nicht. Das ihr zugedachte Unterschriftsfeld bleibt leer. Meinem Rüpelkumpel ergeht es ebenso. Trotzdem habe ich Mut und melde mich gemeinsam mit den artigen Bewerbern wieder im Pionierhaus. Auf deren Karten entdecke ich die saubere Lehrerunterschrift, wie gemalt, und beginne meine Künstlerkarriere. Aus dem Spazierstockstadium bin ich raus. Ich kann lesen und schreiben, also lese ich: Auerbach und schreibe Auerbach, erst auf Extrazettel, dann ins Unterschriftfeld. Der Lohn für die künstlerische Leistung ist einen Nachmittag Tuba üben. Mehr nicht. Denn, zum Künstler gehören nun mal Stolz, Selbstverliebtheit und Publikum. Und was ist eine kunstvoll "echte" Lehrerinnenunterschrift wert ohne Applaus? "Da schreibste eben selber Auerbach drunter", verkünde ich stolz in der Schulpause, so, dass alle es hören, und führe es meinem Leidensgefährten gleich mehrmals in seinem Heft vor. Meine Bewunderer kriegen große Augen und nur eine lange Ohren. Es klingelt zur Stunde. Die Unterschriftsberechtigte betritt den Raum und die langhaarige Petze meldet sich. Das Heft landet beim

Direktor. Dessen Nachricht an die Eltern liegt schnell auf dem Küchentisch und da "fliegen die Fetzen". Meine Mutter bearbeitet mich mit dem Teppichklopfer, mein Vater zeigt ihr, dass er sie liebt. Er nimmt den Kochlöffel. Im Anschluss heule ich mich mit blauen Flecken zum Schulsport. Später erfahre ich: Auch die Bewerber ohne Lehrerunterschrift wurden genommen. Das Blasorchester braucht eben dringend Nachwuchs. Denen, die da "Wenn wir schreiten Seit an Seit" trompeten oder "Brüder zur Sonne zur Freiheit" fordern, hört man es schließlich nicht an, ob kriminelle Energie oder artiger Schulbesuch ins Blech bläst.

Glückliches Kind

Die wirtschaftliche Situation der Familie wird nicht besser. Hin und wieder machen die Bandscheiben der Mutter was sie wollen. Für drei, vier Wochen und manchmal auch deutlich länger bringt das die Mutter ins Bett und das Familienbudget in den "Keller". Fleißig baut der Vater in drei Schichten Krane. Doch die Löhne im "VEB Rotes Banner" orientieren sich stark an der proletarischen Tradition. So fällt es den Eltern nicht leicht, vier Kinder satt durchs Leben zu kriegen. Und es gibt Verlockungen in Form von Brause, Eis, Stadtbad und Kuchen. Und Kino. Kuchen ist die einfachste Aufgabe. Beim Bäcker Körner gibt's Kuchenränder. Man muss sich nur trauen zu fragen. Ich traue mich, aber andere auch. Also beeile ich mich, wenn ich Appetit auf Schokoränder habe. Die mit Pudding dran und Biene drauf sind wenig später alle, aber Streusel- und Zukkerkuchenränder gibt es mittags allemal noch. Kino ist schon schwerer. Man muß sonntags nachmittags ganz schön quengeln, um elterlichen Mittagsschlaf und was weiß ich noch zu stören, ehe man die fünfzig Pfennig Eintritt in der Hand hält. Bei vier Kindern sind das zwei Mark und, gemessen am Familieneinkommen, ist es ein stolzer Preis, den meine Eltern jede Woche sonntags für ihre Ruhe zahlen. Manchmal reicht das Geld eben nicht. Bleibt es deshalb vielleicht bei drei Geschwistern? Kino plus Eis gibt das Budget nicht her.
"Onkel, ich hab mein Eintrittsgeld verloren", wird zur Mutprobe, die ich immer bestehe. Also gibt es noch Eis vorm Kinobesuch oder danach. Brause gibt es nur in der Woche und nicht so oft. Aber der Trick ist einfach, ergiebig und subventioniert gleich noch die Erfüllung zweier anderer Wünsche. "Eine Brause zum hier trinken bitte!" So schiebe ich einundzwanzig Pfennig über den Ladentisch zum Kaufmann hin. Der schiebt die Brause zu mir, mitsamt der wertvollen Verpackung. Nun nuckele ich in Türnähe an der Pulle bis der nächste Kunde kommt. Irgendeinen Wunsch haben Kunden immer, der den Kaufmann zum Umdrehen veranlasst. Schwupps bin ich raus aus dem Laden und mit mir die Flasche. Die ist bald leer und dreißig Pfennig Pfand wert. Hinein geht es in den nächsten Laden. Flasche hingestellt und eine Brause "zum hier trinken bitte"

verlangt. Zur Brause gibt es noch neun Pfennig dazu. Nun muss ich nur langsam genug trinken. Das fällt nicht schwer bei der zweiten Flasche. Kunde rein, ich raus, Flasche zum dritten Kaufmann und schon hat man das Startkapital fast verdoppelt und an diesem Tag garantiert keinen Durst mehr. Jetzt besitze ich neununddreißig Pfennig, der Eintritt zum Stadtbad kostet zwanzig Pfennig und für zwei Kugeln Eis gibt man auch noch mal zwanzig Pfennig hin. Was nun? Also lege ich neunzehn einzelne Pfennige als Haufen zwischen mich und die mütterliche Kassiererin. Nun rufe ich "einmal Baden, bitte!" und darf um Himmels willen nicht vergessen, mich so zu freuen, dass die Ohren Besuch kriegen. Das zeigt der Dame: Tante, siehst du wie glücklich ich bin? Verdirb mir den Tag nicht wegen des einen Pfennigs! Das tut sie auch nicht und so habe ich noch Eis am Nachmittag. "Zwei Kugeln Vanille bitte." Für mehr als drei Wiederholungen des Limonadentricks reicht die Zahl der Kaufmannsläden in Döbeln allerdings nicht aus. So sammele ich Altstoffe. Flaschen, Gläser und Zeitungen "für die Schule, für Vietnam und den Frieden, bitte!". Das so Zusammengetragene tausche ich beim "Lumpen-Karl" gegen Geld und ein Abziehbild. Dieses klebt bald an der Schulbank. Vorher kleben mir Hemd, Finger und Bücher von Bonbonspucke, Lakritzschmiere oder Waffelcreme.

Heimliche Opposition

Der Sommer ist lang und warm.
Die Mulde ist mein Freund. Sie fließt am Stadtbad vorbei. Ein grüner Damm trennt die Gewässer voneinander. Auf dessen Mitte steht ein Zaun. Der reicht vom Badehaus bis hinüber zum Fluss und in diesen hinein. Hin und wieder prüft der Bademeister, ob die dazu bestimmten Latten auch wirklich wackeln und sich mühelos zur Seite drehen lassen. Wäre ja "noch schöner", wenn ihm die Schwarzbader noch den Zaun kaputt machen würden.
Ich bin nicht das einzige geschwisterreiche Proletarierkind der Stadt, dessen Eltern durch Arbeit Geld verdienen müssen. Bald kennen wir uns und schieben gemeinsam das wackelnde Holz zur Seite. Oder wir waten durch die Mulde hindurch, um den Zaun herum und rein ins Rutsch- und Badeglück.
Zwischen dem Marmeladenbrot am Morgen und unseren laut knurrenden Mägen am Abend liegen mehr als acht Stunden Toben im Wasser, über die Wiese hinweg und zwischen Erholungssuchenden hindurch. Täglich stirbt ein Vierpfundbrot auf dem Abendtisch. Bald sind die Badehosen durchgerutscht, aber dem Sommer geht die Sonne nicht aus. Die Verzweiflung lässt meine Mutter ihre staatsbürgerliche Erziehung und Parteizugehörigkeit vergessen. Das Radio droht mit Badewetter am nächsten Tag. Also setzt sich die Genossin Glück nach der Arbeit an ihre Nähmaschine. Am nächsten Morgen haben mein Bruder und ich je drei Badehosen: Eine schwarze, eine rote, eine goldengelbe!

Hier und da zeigen sehr feine Stichstellen im Stoff, da war mal was aufgenäht. Doch der Siebente Oktober ist noch fern. Die Mutter ist erschöpft und glücklich. Wir sind begeistert und baden und rutschen uns in den Farben der Republik durch den Restsommer.

Marx und Luther

Die Schule, die den Namen des Mannes trägt, der das Gespenst, das umgeht in Europa, zuerst gesehen und beschrieben hat, verspürt, nachdem ich auch die dritte Klasse überstehe, keine Lust mehr auf mich.
Mit dem Plagegeist, irgendwo da draußen in Frankreich, England oder Belgien, kann der Lehrkörper umgehen. Aber der hier, an der eigenen Schule, überfordert die Lehrer. Das Wissen um die Sieghaftigkeit der sozialistischen Pädagogik scheint erschöpft. Erschöpft sind auch die mit meiner Erziehung Beauftragten, die Berechtigten sowieso. Auch Atheisten hoffen in der Not auf den Glauben. Der soll es nun richten. Also hat mich die Lutherplatzschule am Hals. Vielleicht schaffen die Reformation und das am Platze gelegene Gotteshaus, was den Revolutionären nicht gelingt? Ich bin nun "schwer erziehbar" und meine neuen Lehrer haben den Vorteil, das von Anfang an zu wissen. Werden sie es packen? Und falls ja, wie? Zum Glück muß ich solch wichtige Fragen nicht beantworten.
Die Familie bezieht eine Wohnung hinterm Rathaus, im Stockwerk über Kinderwagen-Dressler. Im neuen Wohngebiet gibt es eine richtige Bande, in der ich mitkämpfen darf, und fußballspielende Kumpels. Die Verausgabung am Nachmittag lässt mich nachts tiefer schlafen. Das wiederum erhöht die Bettlakenwechselfrequenz. Doch werde ich etwas ruhiger in der Schule, pflege nun eine Eins in Mitarbeit und stabilisiere die Vier in Betragen, also bleib ich frech. Der zweite Anlauf ins Blasorchester gelingt. Ich tute das Flügelhorn. Mit "Brüder, seht die rote Fahne!" erinnere ich die Mai-Umzügler, wohin sie schauen sollen, und schwärme im vereinten Musiccorps des Pionierlagers blasblechvermittelt vom "Ännchen von Tharau". Der Unterricht bleibt schrecklich. Ich sehe nicht ein, dass der Lehrer wiederholt die fragt, die sich nicht melden. Ich mache meinen Meldearm zum Propeller. Nicht selten hebe ich beinahe ab und komme trotzdem nicht dran. Bald will ich nicht mehr. Da rufe ich die Antwort einfach so in die Klasse. Nun müssen die anderen nicht weiter raten. Das stört nicht selten die vom Lehrer ausgeklügelte Dramaturgie des gemeinsamen Erarbeitens von Lösungen. Ich habe aber keine Lust, was zu erarbeiten, was ich schon weiß.
Es gibt verwegene Kumpels, Maschinenpistolen und Gewehre aus Holz und auf Rädern. Die ziehen wir am Wochenende durch den Grund der MARGARETHENMÜHLE. Derart feuerunterstützt, bekämpfen sich Russen und Amis

auch mit Holzeierhandgranaten. Die können nicht splittern und also nicht streuen. Da müssen sie eben ins Ziel treffen um zu wirken. Das tun sie selten genug, doch auch mit richtig Verwundeten ist kein falscher Krieg zu gewinnen. Also doch wieder Fußball. Es gibt auch die ordentlichen Mädchen. Die wissen alles besser und vieles sogar richtig. Mit einer mache ich gern und oft die Hausaufgaben. Sie kann mich leiden. Zu ihr bin ich nicht frech. Sie lächelt mir manchmal zu und da vergesse ich sogar, den Unterricht zu "stören". Trotz erster Ansätze einer Besserung wagen es meine Eltern nicht, mich nachmittags in den Schulhort zu schicken. So trabe ich beinahe regelmäßig bei meiner Mutter auf Arbeit an. Sie sitzt nun in einem hellen Rathausbüro und schlägt sich mit LPG-en und deren verschiedenen Typen herum. Für mich liegen Schreibmaschinenblätter bereit und Stifte und die Erinnerung an die zum Lehrernamen zusammengesetzten Spazierstöcke ist frisch. Somit gilt: "Halt den Mund und male was Richtiges!" Da kenne ich meine Mutter schon zehn Jahre lang und muß nicht raten, ob sie das ernst meint.

Krise und Hoffnung

Manchmal macht die Schule auch Spaß. Der Musiklehrer hört beim Vorsingen großzügig über meinen stimmbruchinduzierten Oktavenwechsel hinweg. Vielleicht ahnt er schon, dass meine Stimme dazu bestimmt ist, noch hunderte Male im Leben die "Reeperbahn nachts um halb eins" zu besingen und von der Pest zu künden, an Bord und vor Madagaskar. Also trifft mich sein Lob und die Erkenntnis: Wer singt, kann nicht frech sein, und hat mal Ruhe vor den Tadeln der Lehrer. Dann tritt Frau Wolf als Klassenlehrerin in mein Leben und mit ihrem gefürchteten roten Heft vor meine Eltern. Die sind begeistert von ihr und man schließt einen Pakt. In der fünften Klasse gelingt mir noch heldenhafte Gegenwehr. Am Ende zeugen Vieren und Dreien von meinem Können und Nichtwollen. Die Gangart der Eltern wird schärfer. Jetzt muß ich an jedem Schultag und nach jeder Stunde zum Lehrer vor und mir Zensuren für Betragen und Ordnung abholen. "Ab Note Drei wird die Schrift rot", schlägt Frau Wolf vor, und meine Eltern sind schon wieder begeistert. Ich nicht. Denn Rot bedeutet: Hosen runter und Kloppe!

Jahrzehnte später wird eine noch in die Handlung kommende Frau begeistert sein und meinen: "Bezüglich deiner Ordnung könnte man das mit dem Rot mal wieder einführen."

Jedenfalls, das System erkenne ich schnell. Bekomme ich zum Beispiel gleich nach der ersten Stunde Rot für Betragen, muß ich mir für die restlichen keine Mühe mehr geben. Ich darf mich dann schon einmal auf meinen Vater freuen. Schaffe ich es bis zur vorletzten Stunde ohne Rot im Heft, dann treibt mich der Ehrgeiz an diesem Tag, auch vom Hintern das Rot fern zu halten. Trotzdem, kaum ein Tag vergeht ohne Rot. Ich ertrage die Haue mannhaft. So schlimm ist sie nicht, denn so richtig hat mein Vater auch nicht immer Lust, das umzusetzen, was die Frauen sich ausgedacht haben. Mein Bauchhirn signalisiert mir Mitleid mit seiner Aufgabe. Ich werde ihm helfen, beschließe ich. Noch fehlt der Anlass. Frau Wolf macht mir da mehr zu schaffen. Immer öfter verübelt mir ihre resolute Freundlichkeit, ein Rüpel zu sein. Sie findet noch da Gründe mich zu loben, wo andere schon verzweifeln. Die gesamte Klasse fürchtet sich vor ihrem roten Büchlein, dem nichts entgeht und das zuschlägt, wenn man nicht dran denkt, auch ich. So kann man sich nicht richtig auf den Unsinn konzentrieren, den man gerade noch vorhatte. Ich entdecke den Balsam Anerkennung und Frau Wolf geizt nicht damit. Das tut mir im Bauch gut. Ganz langsam nun scheinen alle an meiner Erziehung beteiligten Hoffnung zu schöpfen. Doch etwas Misstrauen bleibt. Da sendet der Lila Drachen eine Botschaft aus Berlin. Ein Schuljahr später kündet mein Zeugnis von: Fleiß, reger Mitarbeit, gewissenhafter Ausführung von Aufgaben, verbesserter Leistungen, Zuverlässigkeit. Unterschrift: Wolf.

Die See ruft

Wie also kommt ein Sachse zur Seefahrt? Mit Unterstützung aus Berlin.
Dort denkt eine einflussreiche Dame noch nicht an's Haarefärben, aber hat bereits lila Gedanken, mit viel Rot drin. In der sechsten Klasse fordert Margot Honeckers Auftrag an alle Pioniere: "Folgt den Spuren der revolutionären Kämpfer!" Übersetzt an die Lehrkörper heißt das, denkt euch was aus. Die Schüler sollen den Sozialismus, dessen Begründer und Erbauer lieben und schätzen lernen. Sofort künden republikweit Wandzeitungen, Aufsätze, Ausstellungen und mehr vom revolutionären Schaffen derer, denen wir die DDR zu verdanken haben. Und von der enormen Einfallsvielfalt der Pädagogen. Von beinahe jeder Wandzeitung herab schaut Lenin in die Klassenzimmer hinein und Marx- und Engelsköpfe schmücken die Schulen innen und außen. Die Lebensläufe von Walter Ulbricht und Wilhelm Pieck hängen überall rum und manchem bald zum Halse raus. Unserem stellvertretenden Direktor ist das zu gewöhnlich. Also nimmt er das Rot aus der Lila-Botschaft und übrig bleibt eine blaue Idee. Die wird Schuld daran sein, dass ich Jahre später meine Hefeklöße mit Heidelbeeren nicht mag, Frau Oberarzt mich im Leisniger Krankenhaus "Herr Kollege" nennt, Ketchup von der Decke tropft und ich eine Frau finde, die ich zuallererst einmal liebe. Denn Waschen, Bügeln, Nähen, Kochen und Geld ausgeben kann ich dann selbst. Und Reinhaus sowieso!
Die Idee ist so einfach wie genial: Wöchentlich erscheinen in den Bezirkszeitungen die aktuellen Positionen der Schiffe unserer Handelsflotte. ALBIN KÖBIS, MATTHIAS THESEN und BERNHARD BÄSTLEIN sind bald Namen, die

kein Pionier sonst in der Republik kennt, aber wir! Also wird im Klassenraum eine Weltkarte an die Wand gehängt. Dann beginnt das Schiffeverteilen. Doch die Revolutionäre unter den Schiffen reichen nicht aus. Das ist für unseren stellvertretenden Direktor und Lehrer für Geografie kein Hindernis. So bringt er den gesamten Flottenbestand an den Pionier und auch HELLERAU und ALBATROS kriegen ihren Schüler ab. Wöchentlich markieren wir nun die Schiffsstandorte an der Karte. Bald wissen wir, die Welt ist groß und reicht bis Colombo, Mombasa, Singapur und sogar bis Hamburg. Doch es wird noch spannender. "Jetzt setzt ihr euch hin und schreibt den Besatzungen, was wir hier machen und warum". Dazu muss uns der Geografielehrer nicht lange bitten. Zwanzig Briefe gehen in die Welt. Ihnen folgt gespanntes Warten. Derweil markieren wir fleißig mit bunten Nadeln die revolutionären Spuren unserer Schiffe. Die führen bis Maputo, Karachi, Liverpool und Yokohama. Bald gilben an den Schulen der Republik die Spuren der Revolutionäre vor sich hin. Die Kämpfer kucken schief oder geknickt von den Wänden. Eselsohren kämpfen mit Fettflecken um die Vorherrschaft auf den Artikeln der Pionierredakteure. Wir sollten mal wieder eine neue Wandzeitung haben, denkt sich so mancher Lehrer. Doch so recht weiß man nicht, was Margot davon hält. So erträgt man eben ein viertel Jahr länger noch Marx, Engels und Lenin.
Da passiert es. Die erste bunte Karte kommt. Aus Mexiko! Die ALBIN KÖBIS lag in Tampico, hatte meinen Brief erhalten und geantwortet: Diese Karte als Gruß, Brief folgt.
Jetzt steigt die Spannung enorm. Wird der Lehrer zu Beginn der Geographiestunde wieder Post für uns haben? Mit jeder Karte, jedem Brief, der uns erreicht, kuckt ein Stück der großen, weiten Welt zur Lutherplatzschule herein. Der "Eisbär" der MATTHIAS THESEN erklärt mir per Brief und im Auftrag der Schiffsgewerkschaftsleitung, er sei ein Mensch und der Kühlmaschinist an Bord. Ich erfahre, wer noch so mitfährt, wohin die Reise geht und was zum Beispiel der Kapitän oder der Funkoffizier machen. In meinem Kopf schwirrt und summte es. Mein Bauch will Kapitän sein, sofort! Jetzt kommen meine Eltern und Frau Wolf wieder ins Spiel. Sie haben es nun leichter mit mir. Bald gibt es kein Rot mehr im Heft. Ich gönne es ihnen, besonders meinem Vater. Der stellvertretende Direktor ahnt, dass man wachsam bleiben muss und unterstützt mein Vorhaben auf seine Weise: "Du wirst nie ein ordentlicher Mensch." Ich werde es ihm zeigen.

Der Fluch des Lobes

Mittlerweile arbeitet meine Mutter in der Abteilung Wohnraumlenkung. Und weil es nichts zu lenken gibt, kommt eben mal eine junge Familie auf das Amt, setzt das Baby auf den Tisch, legt die Matratzen ins Büro und sagt: "So, ab jetzt woh-

nen wir hier!"
Es ist die Zeit, in der wir Kinder lernen Augen, Gesten und Mimik der Mutter zu deuten.
Mit Muttizettel wird der Einsatz der Kinder im Haushalt gelenkt: Abwasch, Einkaufen, Schuhputzen, Hauswischen, Kohlenholen, Staubwischen, Kinderzimmer aufräumen. Wir erfahren ganz schnell, dass es einen Unterschied macht ob man "im Haushalt hilft" oder nur "den eigenen Mist" wegräumt. Und dafür vielleicht noch Lob? Nicht selten kommt sie, nach der Arbeit an den langen Tagen, nach Hause und es "brennt die Luft." Es gehört zum "Überleben in der Familie", frühe Zeichen richtig zu deuten. Wenn also zusammen gekniffene Augen nahenden Zorn signalisieren oder sich in trübende Augen Verzweiflung widerspiegeln, dann bringt Gegenrede das Fass zum Überlaufen. Es wird gefährlich. Da fliegt ein rohes Ei gegen die Wand, die Mutter weint, das Eigelb rutscht langsam an der Wand herunter und mischt sich mit der Kreide zur elfenbeinfarbenen Wanderspur. Erst lachen wir Kinder noch, gleich darauf weinen wir auch und dann folgt Ruhe. "Los, es ist wieder gut", holt uns die Mutter später aus unseren Kinderzimmern. Dann wird gemeinsam über die Eierei an der Wand gelacht und gleich darauf umgeräumt. Jetzt steht der Küchenschrank vor dem Fleck, bald der Vater in der Tür und staunt. "Das hat doch langweilig ausgesehen, immer dasselbe, denkst Du nicht?!" lacht ihm seine Frau entgegen.
Dann kommt der Tag, der mein Leben prägen wird.
Nun hatte ich mir ja vorgenommen, ordentlich in der Schule zu werden. Dafür würde es mehr Lob geben und analog könnte das ja auch zu Hause klappen, denke ich. Ich erfülle also meine Pflichten und erfinde das Event: Schuhputz & Oper von der Platte. Hier sind es besonders die Chöre, die es mir erleichtern, Lehm von den Schuhrändern zu bröckeln und Schuhcreme nicht nur auf die Unterarme zu schmieren. Vater, Mutter und vier Kinder, so viele Schuhe, das reicht für "Beliebte Opernchöre" Teil I und II, hoch und runter. Bald bin ich soweit und könnte in Nabucco, Fidelio, Aida und Zar und Zimmermann als Chorspringer mitsingen. Besonders hat es mir "Der fliegende Holländer" angetan. "Steuermann, lass die Wacht!" Dann beschließt mein Bauch, der Mutter eine große Freude zu machen. Ich will ihr einmal, dieses eine Mal nur, etwas mehr Freizeit verschaffen. Unsere Wohnstube ist holzgedielt und muss wöchentlich gewischt und gebohnert werden, SIGELLA ROTBRAUN. Das kostet Zeit und Kraft. Ich bin bald zwölf und habe Zeit und Kraft. Also mache ich mich an das Werk und ziehe den Scheuerlappen übers Holz, lass alles trocknen und reibe im Anschluss das Bohnerwachs in die Dielen. Am Ende sind auch meine Hände frisch gewachst, die Hose und das Hemd ebenfalls. Die Scheuerleisten trennen farblich nicht mehr so streng den gebohnerten Fußboden von den Leimfarbewänden mit den aufgerollten Mustern. Zum Schluss kämpfe ich mich mit der gusseisenschweren Polierbürste durch die Stube und strahle abends vorsichtig meiner Mutter entgegen. Die haut es um vor Glück und Verzweiflung. Sie weint und lacht, umarmt mich, schickt mich zum Spielen und versucht

Schadensbegrenzung.
Beim Abendbrot erhalte ich ein "Lob vor der Front" und die Mutter formuliert ihre Zuversicht in mein Können so: "Wenn du das jetzt jede Woche machst, sieht es auch bald hinterher nicht mehr so aus. Auf so viel Lob war ich gar nicht aus. Blöder Kopf, hättest du mich nicht warnen können?
Von der Hausarbeit komme ich nun mein Leben lang nicht mehr los.

Raue See

Ich werde also ein ordentlicher Schüler. Doch die Lehrer können sich nichts merken. Die Zwei wird zu meiner Standardnote. Klar könnte ich mehr, aber für eine Zwei genügt es aufzupassen. Für eine Eins müsste ich lernen. Zu oft noch fällt mir da Schöneres ein.
Frau Wolf verlässt uns. Wir sind traurig. Zum Abschied winkt sie mit ihrem roten Heft: "Denk dran!", streicht sie mir kurz über den Kopf und ist fort. Ich muss jetzt ohne sie Kapitän werden.
Im Zeugnis der Klasse Sieben motzt die Lehrerin: Bert könne mehr, wenn er wolle! Ich kann auch weniger. Hat sie das schon vergessen? Frau Wolf hätte mich gelobt, wie gut ich schon bin und ich hätte mir Mühe gegeben im Kampf um ihr nächstes Lob.
Drei Dinge stehen der Seefahrt im Weg.
Ich stottere weniger aber immer noch. Seltener, aber eben doch, ist die Blase nachts leer noch ehe der Kopf wach ist. Und: Die schulischen Leistungen berechtigen nicht zu übermäßigen Hoffnungen, die Erweiterte Oberschule besuchen und zum Abitur hin reifen zu dürfen. Die Eltern bemühen sich sehr. Dann scheint eine Lösung nahe, aber es ist auch ein Schock: Zwölf Wochen Therapie im Krankenhaus Hochweitzschen, "Klapse" also! Es wird allerhöchste Eisenbahn. Die achte Klasse hat begonnen. Ich will Kapitän werden und muss nun also auch Klapse wollen. Ein tschechischer Arzt, im weiten Umkreis einziger Spezialist für ins Bett nässende Seefahrtswillige, bringt mich hinter Gitter und in engen Kontakt zu geistig behinderten Kindern. Die sind ganz lieb aber unberechenbar und körperlich nicht behindert. Schwerstarbeit für das Personal. Wenig Tabletten und viel, viel Liebe der Krankenschwestern - man läuft mit dreizehn Jahren nicht mehr so unbeschwert zur Nachtwache und sagt: "Ich hab da grad mal ins Bett gepullert" - sowie ein Vierteljahr lang vergitterte Sicht auf die Außenwelt und mein Wille, behauptet man später, legen mich trocken. Endlich!

Nach dem Sturm

Nun geht auch alles andere leichter.
Ein Mädchen kommt neu in die Klasse. Sie hat lustige, ganz kurze Haare, trägt oft und gern rote Kniestrümpfe und ist stets von Jungs belagert. Sie zwinkert mir manchmal zu. Mit ihr kann ich gut plaudern, auch lernen, aber sie sucht einen Freund. So viel Zeit habe ich dann doch wieder nicht.
Auf den Punkt genau bin ich mit dem Notenschnitt unter Zwei, also EOS-tauglich. Der stellvertretende Direktor denkt anlässlich der Jugendweihe laut: "Vielleicht wird es ja doch was mit dir und der Seefahrt?" Am Ende der Achten ist ein Mädchen der Klasse etwas traurig. Sie hat mir Briefe ins Krankenhaus geschickt und ich ihr auf das Geschriebene geantwortet ohne das Nichtgeschriebene begriffen zu haben. Dann geht es darum, wer das Abzeichen "Für gutes Wissen" bekommen soll. Es ist die Zeit, wo es Abzeichen noch für das gibt, was drauf steht. Die Lehrerin will, dass die Klasse entscheidet. Das Mädchen oder ich. Wir sind die Besten. Sie will nicht, dass die Klasse entscheidet, ich soll es kriegen. Ich bekomme es ans FDJ-Hemd geheftet und begreife trotzdem nicht. Da bin ich vierzehn Jahre alt, nur ein Junge eben, will zur See und der Gedanke an Mädchen ist weder im Kopf noch im Bauch. Auch das Herz muss nur pumpen, mehr nicht.

Schon wieder Margot

Gefahr droht. Die Familie zieht nach Waldheim ins Zschopautal. Ich finde mich an der kleinen, niedlichen Erweiterten Oberschule wieder und unter Mitschülern, die lernen wollen oder sollen. Ich bin also nur von Besten umgeben. Verunsichert von so viel Leistung zieh ich mich zurück, begreife bald, dass manch Bester auch nur gut ist, wie ich eben, und fühle mich bald sauwohl mit Christine, Rolf, Steffi, Amelie, Klaus, Hildegund, Bärbel und den anderen. Doch nun müssten meine Nase und die Ohren Alarm schlagen. Das Lernen macht mir zunehmend Spaß. Vor allem lerne ich jetzt auch, wie man lernt oder sich Inhalte selbst erarbeitet, diese frei wiedergibt, Konspekte, Konzepte, Exzerpte fertigt und, dass Mädchen, die Steffi heißen, als Banknachbarin im Chemieunterricht unerhört hilfreich sein können. Ich erkenne, dass Effizienz von Methodik profitiert und ein Kommissar nicht per se geeignet ist, Beweise herbei zu führen. Schon gar nicht im Fach Mathematik. Auch dann nicht, wenn der Kommissar einen Hund namens "Schnüffel" hat und beide didaktisches Hilfsmittel des Lehrers sind. Im Diktat setze ich die Zeichen falsch und den Deutschlehrer in Erstaunen: Noch nie hat bisher einer seiner Schüler die neue Zeile mit einem Lufthole-Komma begonnen. Auch Lehrer lernen eben nie aus.
Die Gesellschaft für Sport und Technik hat einen ihrer Seesportstützpunkte

auch in Westewitz. Dort lerne ich drei- und vierzackige Draggen kennen. Ellenlange Riemen durchs Wasser ziehend, darf ich mir dicke Blasen an die Hände rucksen. Beim Segeln erfülle ich als springender Ballast und Tampenfesthalter meine Pflicht. Auf der Knotenbahn versetze ich dem Rundtörn zwei halbe Schläge. Ich lasse das "Krokodil raus aus dem Teich, rum um den Baum, rein in den Teich" laufen und fertig ist der Pahlsteg. Im Marinestützpunkt Lauenhain erfülle ich die Normen zum Seesportleistungsabzeichen, doch darf es nicht tragen. Ich bin noch zu jung. Am Abend trinke ich Wachbier vor der Baracke. Drinnen erfreuen sich die Bald-Marinisten gemeinsam mit den weiblichen Lehrgangsteilnehmern an der schönen Seefahrt, die diesbezüglich jedenfalls schon einmal in Sachsen möglich ist.
Zu Hause ist die finanzielle Situation weiterhin die einer Arbeiterfamilie mit vier Kindern. Jede Art von Schulferien nutzte ich zum Geldverdienen. In den Winterferien stapele ich im VEB SITZMÖBEL Holz auf Trockenwagen. Im Herbst säge ich 50 Zentimeter dicke Buchebohlen mit der Pendelsäge zu Rohlingen. Der Sommer fordert mich ganz beim Polstern in einer reinen Frauenbrigade. Erst pfeife ich vor mich hin, dann arbeite ich schneller und dann konzentrierter. Schließlich kriege ich doch rote Ohren. Nun haben die Mädels ihren Willen und sind wieder nett zu mir. Jedes Mal verdiene ich ein paar Mark und meiner Mutter fällt noch immer ein, was ich mir "Schönes" davon kaufen kann. Also kaufe ich mir z.B. eine Hose. Viel Restgeld bleibt so nicht für Dinge, die einen Jungen begeistern.
Das neunte Schuljahr ist noch nicht ganz um, da droht Gewitter aus Berlin. Der Lila Drachen bestimmt: Ein Drittel der Abiturienten soll künftig als Offiziere der Nationalen Volksarmee das Vaterland schützen. Das zweite Drittel wird sich ausreichend pädagogisches Rüstzeug erwerben und Lehrer werden. Der Rest darf machen, wozu er Lust hat. Die Rechnung ist einfach: Vierundzwanzig Schüler, davon zwölf Jungs und von denen drei mit Lehrerwunsch, da bleiben noch neun Jungs übrig. Acht wären das "Offiziersdrittel". Doch für den stellvertretenden Direktor, Chef über die Studienplatzanträge, ist ein Drittel von vierundzwanzig gleich neun! Wegen der Reserve! Ich dürfe gern Offizier werden, aber auf Fregatten, Korvetten oder zur See! Habe ich mich auf die große, weite Welt gefreut, um dann das Dranske-Schicksal zu erleiden: Frühinvalide nach Schnellbootfahrerkarriere und verheiratet mit einer Lehrerin? Nein, als friedfertiger Offizier, Kapitän sogar, will ich die Weltmeere befahren. Der Bauch sagt: "Los werd wieder Rüpel!" Der Kopf pflichtet ihm bei: "Ja, die nimmt man bei der Armee nicht", doch gibt zu bedenken: "Auch nicht bei der richtigen Seefahrt!" So bleiben, wie immer, wenn alles drunter und drüber geht, nur noch die Eltern, meine Mutter. Die Karte sticht! Meine Mutter bekommt ihren Blitztermin an der Schule. Da wird aus ihr die Genossin Glück, die sich nicht mit Stellvertretern aufhält. Also spricht sie zum Genossen Direktor: "Hör zu, mein Junge will ja Offizier werden, aber im sozialistischen Außenhandel der DDR. Soll ich mal selbst in Berlin nachfragen, warum das nicht sein darf?" Soll sie nicht, besteht

schnell Einvernehmen.
Bauch und Kopf haben wieder Ruhe und viel Platz für nahende, neue Aufgaben. Diese werden streng nach Zuständigkeit getrennt: Der Bauch kriegt die Liebe und der Kopf die Abschlussprüfungen der zehnten Klasse.

Auf Spähtrupp im Norden

Erst einmal aber sind Sommerferien. Wir fahren mit dem Rad an die Ostsee und zurück, hatten mein Bruder und ich beschlossen und den Eltern verkündet. Die waren dafür und nun ist also Sommer. Wir planen fünf Tagesreisen bis zur Küste, dort drei Tage Unterkunft bei Verwandten und fünf Tage zurück. Also packen wir die Drahtesel mit nützlichen Dingen. Nur Decken und Radflickzeug fehlen, warum auch immer. Der geübte Pfadfinder erwartet jetzt Storys, bei denen wir ohne Decken mächtig frieren, oder Pannen, die zeitiges Aus bringen. Nichts von beiden wird sich ereignen. Unser Optimismus macht nicht nur die Fahrräder leicht. Er hilft uns auch über Enttäuschungen hinweg. Am Abend der ersten Etappe liegen 120 Asphaltkilometer hinter uns. Wundgescheuert vom Sattel und "fix und alle" müssen wir erkennen, die im Verzeichnis genannte FDJ-Jugendherberge gibt es nicht mehr. Also klopfen die Arbeiterjungen an das Tor eines Bauern am Rande von Kloster Zinna. Der will blos wissen, ob wir rauchen. Nur die Füße, beruhigen wir ihn, und schlafen bald "wie tot" im Stroh und unter warmen Decken der nächsten Etappe entgegen. Der nächste Tag beginnt am voll gedeckten Frühstückstisch und geht weiter mit einer Einladung. "Schaut zurück zu wieder rein!"
Am zweiten Abend versagt die FDJ erneut. Die Notquartiere für radwandernde Jugend sind lange im Voraus bereits verplant und voll belegt. Ein Baum bietet uns seine Wurzeln als Kopfkissen. Sehr zeitig, mehr Nacht noch als Morgen, wird es frisch und wir radeln weiter. Zügig geht unsere Radfahrt durch Potsdam und über das geplante Tagesziel hinaus. Wir trauen der FDJ nicht mehr, legen zwei Etappen zu einer zusammen und strampeln bis Plau am See. "Viele Grüße von Alfred", sprechen wir die Worte, die uns der Opa als Türöffner für das SED-Ferienheim mitgegeben hatte. "Nein, Platz ist keiner für euch, nicht einmal auf dem Dachboden", bedauert der Heimleiter. Er weiß auch nicht, wo sonst welcher wäre. Vielleicht bei der Kampfreserve, der FREIEN DEUTSCHEN JUGEND? Das jedoch wissen wir mittlerweile besser. Zu unserem Glück ist der Sozialismus noch nicht vollständig erbaut. Wir erinnern uns an die Relikte kapitalistischer Agrarwirtschaft und also an den Bauern von vorgestern. So radeln wir aus dem Ort hinaus. Wieder klopfen wir am Tor eines Bauernhofes. Wir rauchen nicht, weiß der Bauer gleich nach dem Öffnen, und da sind wir herzlich aufgenommen. Nach üppigem Abendbrot verschwinden wir schnell im Heu. Wir schlafen tief und traumlos der letzten Etappe entgegen. Wieder

gibt es Schinken und Wurst und Honig und Kaffee zum Frühstück. "Klopft, wenn ihr wieder in der Gegend seid!", rät uns die Bäuerin. Sie ahnt wohl, das mit dem Sozialismus kann dauern. Dann ruft das Ziel der Reise, der "Schwarze Busch" auf Timmendorf. Die Spannung steigt. Hinter jedem Asphalthügel, den die Räder bezwingen, erwarten wir die Ostsee. Und dann haben wir ihn in der Nase, den Geruch, den ich ein Leben lang nicht wieder rauskriegen werde: Meeresluft. Gegen diese Liebe ist man wehrlos. Vielleicht kann man die Sonne nicht riechen, das Wasser nicht und auch nicht das Salz, den windgemachten Cocktail aus den dreien jedoch allemal. Der macht die Nase süchtig, vernebelt den Kopf und betört den Bauch. Da denke ich noch Meer riecht überall so. Einen Sommer weiter bereits, auf der Reede von Havanna, werde ich es besser wissen.
Die Tante empfängt uns. Sie und ihre Familie gehören zu dem Teil der Südländer, die dem Norden das Saisongeschäft am Laufen halten. Sie ist Chefin eines FDGB-Ferienheimes. Somit haben wir Unterkunft und drei Mahlzeiten am Tag. Wir dürfen sogar fünf Tage bleiben. Es lebe der FREIE DEUTSCHE GEWERKSCHAFTSBUND, und die Tante, na klar! Das Wetter ist schön, die Ostsee ist schön und Seefahrt wird schön werden, ja! Mit besten Grüßen an die Eltern treten wir den Rückweg an. Der führt uns über die bekannten Bauernhöfe und also gut versorgt in Richtung Waldheim. Wir fühlen uns als Helden, strampeln, was das Zeug hält, und bestehen die letzte Probe. Während einer durchweichten Regenetappe kehren wir kurz vor dem Bahnhof um. Mit selbst gemachten Gedichten kämpfen wir gegen das Aufgeben an. Am Abend dampfen wir uns im Heu trocken. Gesund, kaputt und glücklich kommen wir zu Hause an. Und sind stolz auf uns, warum auch nicht.

Klar vorn und achtern!

Das zehnte Schuljahr beginnt. Am Ende stehen Prüfungen, deren erfolgreiches Bestehen verhindern soll, dass jene Schüler, die im Abitur scheitern werden, dann ins Bodenlose fallen. Für mich kündigt sich der Abschied vom Landleben an. Mit dem Datum vom 08.12.1970 schließen der Generaldirektor des VEB DEUTSCHE SEEREEDEREI ROSTOCK, vertreten durch Herrn Freiberg, und ich, vertreten durch meine Mutter, den Vertrag mit dem Lehrziel: Vollmatrose der Handelsschifffahrt mit Abitur; Spezialisierung: Decksbetriebstechnik. Ich geb richtig Gas und lerne, was das Zeug hält. Bald merke ich, wer viel paukt, hat wenig Zeit und braucht nicht so viel im Haushalt helfen. Da lerne ich gleich noch viel länger und öfter und erkenne: Hausarbeit ist immer nützlich, sogar wenn man sich vor ihr drückt. Weil, da kann man mehr lernen, für die Schule, und wird schlauer, fürs Leben?
Es kommt die Tanzstundenzeit. Ich mach mir nichts aus Tanzen, erkläre ich den

Mitschülern. Die Wahrheit sieht anders aus, ich kann mir den Anzug nicht leisten. 200,00 Mark Startgeld sind zum Lehrbeginn mitzubringen. Für eine Arbeiterfamilie und zu dieser Zeit ist das viel Geld. Meine Oma spart es von ihrer Rente für mich. Es gibt aber noch drei Geschwister. Da ist ein Anzug "nur mal so für die Tanzstunde" nicht drin. Mannhaft tu ich, als hätte ich wirklich keine Lust. Ich könnte heulen. Dann feiert die Klasse Weihnachten. Die meisten Mädels sind an den richtigen Stellen bereits schön rund. Doch die meisten Jungs sind noch schön doof. So schütten wir Bockbier mit Zucker in uns rein, sind auch schnell "rund" und bestätigen unsere Damen in ihrem Drang nach den Jungs aus der Elften.

Rosa-Alarm!

Mein letztes Jahr an Land ist fast um.
Irgendwann wird es April. Es ist der Tag, an dem ich sechzehn Jahre alt werde. Ein Mädchen der Klasse hat am selben Tag Geburtstag. Klassenfete bei Arndt ist angesagt. Im Vereinszimmer der Schillereiche sind wir unter uns. Ich soll tanzen und weigere mich erfolglos. Bärbel versucht ihr Bestes. Das Zappeln meiner Beine ist nicht geeignet, den Begriff "Feinmotorik" zu beschreiben. Mit unseren Tanzstundenprofis kann ich sowieso nicht mithalten. Auch mache ich mich ungern zum "Affen". Bald will ich nicht mehr. Die Geburtstagskinder sollen nun miteinander tanzen. Also muss ich doch wieder aufs Parkett und meine Mit-Geburtstags-Klassenkameradin übernimmt vorsorglich zum Selbstschutz die Führung. Die Musik wird langsamer. Da begreif ich das "Hin- und Herwakkeln" sogar. Der Kopf ist mit Synchronisation und Koordination voll gefordert. Wer verschenkt schon gern blaue Flecke und breit gelatschte Zehen zum Geburtstag. Da kneift und summt der Bauch Alarm! Er hat es zuerst gefühlt. Jetzt rieche ich: Amelie! Na klar, gleiches Geburtsdatum! Döbeln, April 55, frisch gepresst, drei Stunden nach mir, die Rosa-Botschaft. Ja, das Mädchen in meinen Armen ist Amelie!
Ab da ist alles Bauchressort! Der Kopf kann und will nicht mehr denken. Wir tanzen die Bee Gees "hoch und runter". "Lamplight" und "Saved by the Bell" werden mein Leben lang der Beweis dafür bleiben, Pawlow funktioniert nicht nur mit Hund und roter Lampe. Ich atme ihre Haare und die Haut. "Gurkenmilch", wird sie mich später aufklären. Der Bauch richt das gern und der Kopf staunt: Nee, was sich die Mädels alles anschmieren! Aber es fühlt sich gut an. Viel zu gut. Mir ist es gleich, wie die Hände die Tanzpartnerin fassen sollen. Ich muss Amelie spüren. So liegt ein Arm um ihre Taille und fühlt, wie weich, warm und geschmeidig Mädchen sein können. Die andere Hand schleicht sich über die Schulter hin zum Hals und an ihren Hinterkopf. Zärtlich streicht sie über Amelies Haar und ist in Bereitschaft. Doch sie muss nicht verhindern, dass sich

ihre Wange von meiner löst. Wir kleben aneinander. So könnte es bleiben, für immer! Bleibt es aber nicht. Sie muss zum Bus. Die anderen Harthaer auch. Während die zur Haltestelle Markt laufen, bringe ich Amelie zum Bahnhof. Manchmal sind die Hände ineinander oder die Arme umeinander, aber immer ist mein Kopf durcheinander. Der müsste mir nun ein Zeichen geben: Kuck mal, wie sie kuckt! Vielleicht sollst du sie küssen?! Kann sein, der tut das auch, nur im Bauch kommt es nicht an. Der ist schwer verliebt in Amelie. Er will sie allein und würde schon deshalb dem Kopf die Küsse nicht gönnen. Mir fehlen sie nicht. Heute genügen die Hände zum Austausch uns wichtiger Botschaften. Der Bus kommt, sie hüpft rein und gern geb ich sie nicht her. Ich nehme den langen Heimweg. Der führt mich zweimal um den Wohnblock und ist noch immer zu kurz. Dann liege ich im Bett und der Schlaf will nicht kommen. Später hat der Kopf Mitleid mit dem frisch verliebten Jungen. Großzügig gibt er Melatonin zu dem Gemisch aus Glückshormonen und der Erinnerung an Amelies Geruch, ihr Lachen und ihre Blicke. Dann knipst er mir gnädig das Licht aus. Ich würde sonst durchdrehen vor Glück.

Herzrasen

Das Wochenende kommt und mit ihm der Tanz im SCHWAN. Amelie ist auch da. Welche Band spielt was? Berluc, Leuna II oder Zoe? "Shine on you greazy diamond", "Sweet child in time" oder "Unsre LPG hat hundert Gänse"? - ist mir egal. Ich höre kaum hin und kann sowieso nur langsam tanzen. Sie lässt sich das antun, also bin ich ihr wohl nicht gleichgültig. Dann kommt die große Pause und ihr schließt sich die "Runde zum Anfassen" an. Die Dramaturgie der Tanzveranstaltung verlangt nun sogar "langsam". Wir wehren uns nicht, versinken ineinander und ich halte sie ganz fest an mich gedrückt. Alles an uns, was irgendwie die Möglichkeit zur Nähe hat, findet diese. Die Biorezeptoren laufen auf Hochlast. Dann wird der Saal hell und eine faire Chance zur Wahl habe ich nicht. Die Forderung des Vaters steht: Mit dem letzten Bus kommst du nach Hause. Dagegen und vor mir steht Amelie. Ich muss sie spüren, ihren Duft, die Haare, die Haut. Deshalb, Amelie ist jetzt, Anschiss nachher, was soll's! Der Bus muss ohne mich fahren. Wenn man verliebt ist, erfordert diese Entscheidung keinen Mut. Während ich an der Garderobe warte, verhandelt der Kopf mit dem Bauch. "Du wirst sie heute küssen müssen", hofft er, auch mal was von Amelie abzubekommen. Immer nur Transit für Blicke und Düfte, das hat er satt. "Heute schon?" "Na klar, willst du warten, bis es die aus der Elften tun?" Der Kopf hat Recht und ich hab ein Problem. Rolf steht neben mir und muss mir helfen. "Mach einfach los, das geht von ganz allein", muntert er mich auf, und Minuten später nehmen ihre Lippen mein Angebot an.
Es geht wirklich ganz von allein. Jetzt hat der Kopf "seine Lippen". Ihre Küsse

sind weich und zärtlich und fühlen sich unendlich sanft an. Sie drücken mir Dellen in die Lippen, die noch lange im Kopf und für immer im Bauch bleiben. Mit den Küssen wechseln Bioströme im Hochamperebereich die Besitzer. Sie entladen sich im Bauch und machen ihn handlungsunfähig vor Glück. Der Bus ist lange schon weg. Beide wissen wir, wir werden zu Hause erwartet, Mütter sind wachsam. Amelie hat noch 20 Meter bis zur Tür und für mich sind die drei Kilometer zurück nach Waldheim viel zu kurz. Dann bin ich zu Hause. Die Dellen sind raus aus den Lippen aber ich schmecke Amelie noch immer. Alle Gedanken sind bei ihr. Die Kompassnadel in meinem Kopf dreht Kreise. Das bleibt so bis zum Morgen dieser schlaflosen Nacht. Der Bauch hat Schwerstarbeit. Er muss fleißig Speichern: Jedes Gefühl, jeden Stromschlag, jedes Zittern, alle Wärme. Er hat eine Ahnung. Es folgen unbeschreiblich schöne Wochen, in denen sich Schule, Küsse, Tanz, Küsse, Prüfungsvorbereitungen, Küsse, Prüfungen, Küsse am Mühlgraben, Küsse auf dem Heimweg und wieder Küsse aneinander reihen. Das Klassenfoto vom Abschlusstag zeigt lachende Schüler am Waldheimer Marktbrunnen. Doch der Countdown läuft.

Das Leben schlägt zu

Es naht der Tag, den ich mit vielen jungen Anfängern der Seefahrt teile. Die späteren Abschiede werden nie Gewohnheit, doch sie tun anders weh. Der erste große ist schlimm. Der bleibt für immer im Speicher. Besonders, wenn man schwer verliebt ist. Der Kopf will zur See, der Bauch zu Amelie. Viel zu früh für mich, läuft das Lehr- und Frachtschiff GEORG BÜCHNER in den Hafen von Rostock ein und kann nicht bis zum 01. September warten, dem Lehrbeginn laut Vertrag. Für Anfang August ist das Auslaufen geplant. Da müssen die neuen Lehrlinge an Bord und sicherheitsgeschult sein. Also ist es an einem Abend mitten im Juli soweit. Bis spät in die Nacht hinein wechseln wir Küsse und nur ganz wenig Worte. Alles, was er von Amelie kriegen kann, stopft der Bauch in sich rein. Er ahnt, eine Seereise kann lang werden. Du wirst sie bald wiedersehen, versucht ihn der Kopf zu trösten. Was Kopf und Bauch nicht ahnen:
Mehr als dreißig Jahre sollen vergehen.

EIN HAUCH TITANIC

Viele Wagen, zwei Hunde und Orion

Amelie ist mit ihren Eltern in den Urlaub gefahren, irgendwohin, weit weg. Irgendwie vergehen die letzten Tage. Bärbel tröstet mich. Sie will Journalistin werden und auch ein Buch über die Seefahrt schreiben, "dann, wenn du Kapitän sein wirst!".
Ich arbeite noch ein paar Spätschichten im Stoßdämpferwerk der Nachbarstadt. Etwas Startkapital für das Unternehmen Seefahrt kann nicht schaden. Nach der Schicht, auf dem Weg zur Bushaltestelle, versucht Christine mir Sternbilder zu erklären. So richtig lenkt das vom Unglück nicht ab. Sowieso, die Hunde sehen nicht aus wie Hunde und beiden Wagen fehlen die Räder. Wirklich Lust, mich da reinzudenken, habe ich nicht. Der Sternenhimmel ist einfach nur da. Den Orion kann ich mir merken: Beteigeuze, Bellatrix und Rigel. Oft noch werde ich sie wiedersehen, von der Ostsee aus, dem Atlantik, dem Indischen oder Pazifischen Ocean und dann in Gedanken schnell wieder in Hartha sein. Dort, wo mich Christine mit ihnen bekannt gemacht hat, in der Heimat. Hell funkelnd, zart verschleiert oder zwischen Wolken versteckt, werden die drei mich grüßen, locken oder necken. Da wird es nicht schwer fallen, mir die Grüße meiner drei Frauen dazuzudenken und die Sehnsucht wird Platz für Glück lassen. Nur manchmal, wenn die Reise nicht zu Ende gehen will, wird mir der Orion wie ein gut tailliertes Kleid erscheinen. Dann werden es nicht nur nautische Gedanken sein, die ich ihm entgegenschicke. Heute jedoch sieht er aus wie ein Stundenglas. So fühle ich auch. Die Tage sind viel zu lang. Der

Abend macht alles noch schlimmer. Der Kopf mixt wirre Gedanken mit Verzweiflung und Aufbegehren - nein, ich will nicht mehr Seemann werden - und schickt die nach unten in den Bauch. Der mischt sie unter die Sehnsucht nach Amelie. Nachts befördert er den chaotischen Cocktail zurück in den Kopf. Der bekommt keine Ordnung hinein und freut sich, am Morgen wieder klare Bilder zu sehen. So treibt mich der Countdown der Seefahrt zu. Die große, weite Welt ruft und ich will sie nicht sehen.
Mir ist nicht zu helfen.

Monstertreffen

Dann ist er da, der Abend, an dem mein Vater das Riesenkoffermonster zum Bahnhof schleift. Die Mutter zerrt mich. "Nur ein Gepäckstück", hatte die Aufforderung zum Dienstantritt an Bord vorgeschrieben. Klar, Handelsschiffe transportieren vor allem Ladung und dann erst Garderobe. Vielleicht erklärt das, warum so wenig Mädchen zur See fahren? Von Anfang an hasse ich Bahnhöfe. Ihr schmutziges, nasskaltes Grau passt ideal zur Trostlosigkeit von Abschieden. Und das umso mehr, wenn die Bahnfahrt am regnerischen Abend beginnt, sich durch die Nacht rüttelt um kurz vor dem Sonnenaufgang in kaltem Zigarettenrauch, Morgennebel, übermüdeten Gesichtern und im MITROPA-Restaurant zu enden. Nach einer Stunde Fahrt in der zweiten Klasse der Deutschen Reichsbahn hält der Zug in Karl-Marx-Stadt. Wir ziehen zum Fernzug nach Rostock um. Dort treffen wir auf weitere Mini-Reisegruppen mit nur einem Gepäckstück und Jungen, deren Muttis sie heute Abend und diese Nacht noch beschützen können. Morgen schon werden sie vor der großen, weiten Welt stehen. Dort hinein wird es dann ohne Mutti gehen.
Um zweiundzwanzig Uhr setzt sich der Zug in Bewegung und rumpelt sich bis Leipzig. Das verlässt er kurz nach Mitternacht. Nun sind die Wagen mit noch mehr großem Einzelgepäck und kleinen Eroberern der Weltmeere voll gestopft. In dieser Reichsbahnnacht finden wir so schnell keine Ruhe. Auf unserem Weg in die Abenteuer hinein fahren wir weg von Freunden, Mädchen, Sportgemeinschaft, Tanzsaal, Fußballliga, Gartenfesten, Muttis Liebe und Vatis schneller Hilfe, bei Bedarf. Aber auch fort vom täglich gleichen Trott durch die Zeit und den Ort, von einem Leben in dem vieles vorgezeichnet scheint und in dem Gewöhnlichkeit drohen und Gewohnheit schön aber auch langweilig sein kann. Wie werden wir sie meistern, die Abenteuer, die zu erleben wir ausgezogen sind? Vor allem, werden die Abenteuer diese Trennungen wert sein? Denn heute ist es "nur" der Abschied von Vater, Mutter, Geschwistern, Oma, Opa und den Kumpels, natürlich. Es ist gut, dass Jugend noch nicht in Verlusten denkt! Denn, diesem ersten Schnitt werden härtere folgen. Noch ahnen wir nicht, welche Kraft wir brauchen werden, später dann, wenn Frau und Kinder zurückblei-

ben. Und keiner von uns weiß, wie es ist, wenn er dringend benötigte Wärme und Kraft nicht geben kann, weil man gerade in Hongkong ist, Murmansk oder Buenos Aires. Auf diesem Weg, der unumkehrbar scheint, steht mehr auf dem Spiel als der Verlust einer Jugendliebe. Obwohl, kann man sich im Alter von sechzehn Jahren Schlimmeres denken? Mehr als einhundert Jungs fahren in dieser Nacht Risiken und Chancen entgegen. Es liegt dann an ihnen selbst, ob sie ihr Privileg nutzen werden. Unkommentiert von Aktuelle Kamera, Neues Deutschland und Junge Welt werden sie exotische Länder, Krieg und Frieden, Reichtum und Elend vorfinden, nebeneinander. Sie kommen aus einer Welt, in der ihnen bisher nur schwarze und weiße Bilder vermittelt wurden. Nun müssen sie lernen mit den Graustufen zu leben. Sehr schnell auch werden sie erfahren, was Kameradschaft an Bord und Partnerschaft an Land wert sind. Damit sind sie dann vielen ihrer Altersgenossen immer ein Stück voraus. Auch später wieder, an Land.

Der Charme des Nordens

Um 06.00 Uhr läuft der Sachsen-Express auf dem Hauptbahnhof Rostock ein. Der Norden empfängt uns so lieblos wie seine Urlauber. Halbvolle grünrandige Mitropatassen mit bitterem Kaffee über dickem Satz künden von der Gastfreundschaft der Küstenbewohner. Die Vatis schleifen die Koffer hinaus zu den Bussen vorm Bahnhof. Diese bringen uns erst zum offiziellen Empfang ins Klubhaus der Neptun Werft und danach hinaus zum Überseehafen.
Wir sind am Tor zur Welt angekommen.
Riesige Krane und dicke Schornsteine mit blau-rot-blauen Bändern ragen aus dem Kaihallengrau der Welt hinter dem Tor. Die Schiffe darunter können wir erstmal nur erahnen. Es riecht nach Meer und Abenteuer. Die Vati-Mutti-Sohn-Reisegruppen ziehen zum Hafentor hin und staunen. So klein haben sie sich das Tor zur Welt nicht vorgestellt. Es ist gut bewacht. Vor dem Schild BÜCHNER hat sich eine Schlange gebildet. Also warten wir. Die Herren in Uniform vergleichen die Anreisepapiere mit den behördlichen Unterlagen. Dann müssen die Eltern ihre Personalausweise abgeben. Mit dem Hinweis: "Die BÜCHNER liegt im A-Becken", öffnet sich für uns der Vorraum zur großen, weiten Welt. Der Weg zum Hafenbecken zieht sich. Mein Vater und ich ziehen das Klamottenmonstrum. Vor Aufregung vergißt Mutti, dass sie todmüde ist. Dann sehen wir es liegen, das Fracht- und Lehrschiff der DEUTSCHEN SEEREEDEREI ROSTOCK, das Motorschiff GEORG BÜCHNER.

Mütter, Söhne, Väter

Der Anblick überwältigt die Ankömmlinge. Das ehemalige Transport- und Passagierschiff CHARLESVILLE der Compagnie Maritime Belge S.A. schickt einen Hauch TITANIC herüber und lässt die Muttis trübe Augen kriegen. Die Vatis staunen die oberschenkeldicken Leinen an. Diese halten den mehr als 150 Meter langen grauen Kasten mit seinen weißen Aufbauten an der Pier. Die Blicke der Söhne fitzen sich durch eine Unzahl von Drähten, Ketten und Seilen, die auf dem Schiff alles fest und miteinander in Verbindung zu halten scheinen. Hohe Lüfterrohre, noch höhere Lademasten, Bulleyes, Ladebäume, Rettungsboote, ein riesiger Schornstein und die breite Brücke machen den Eindruck vollkommen und zeigen den Ankömmlingen: Jetzt und hier beginnt das Abenteuer Seefahrt!
Ein wackelndes Etwas, das aussieht wie eine langgelegte Leiter, führt von der Pier hoch zum Schiff. Da sollen wir nun rauf und drüber. Zum Glück ist unter den Sprossen Stahlblech so montiert, dass kein Landei durchfallen kann. An beiden Seiten bieten Geländer Halt. Die Eigenbewegung der Hühnerleiter wird bei unserem Drübertrampeln nicht ruhiger. Unter ihr ist ein kräftiges, engmaschiges Netz befestigt. Gleich ahnen wir, warum. Oben am Eingang zu den Aufbauten sehen wir Leute in Khakiuniform und solche in Arbeitskleidung. Die in Khaki lachen uns freundlich und pädagogisch zu. Die anderen lachen auch, aus echter Vorfreude. Die schmale Gangway lässt den seitlichen Transport des Koffers nicht zu. So geht es im Gänsemarsch über den Wackelstieg. Vater zieht Koffer, Sohn schiebt Koffer und Mutti geht allen voran, wie an Land. Wir wakkeln, der Koffer wackelt, kantet mal links, mal rechts und steht nicht nur einmal kurz vor dem Absturz. An diesem Tag hat die Mannschaft mehr als einhundertmal ihren Spaß. Happen um Happen verschlingt das große Schiff die kleinen Jungs und deren Begleiter.
Im Foyer empfangen uns die Lehrbootsleute und Lehrer. Wir werden eine Treppe hinunter zu den Kammern und in diese hineingeführt. Bei deren Anblick trüben sich die Augen der Muttis weiter ein, doch zum Glück lassen die Bulleyes nicht so viel Licht ins Schiff. Die Vatis forschen, wo auf den etwa acht Quadratmetern Fläche, von denen zwei Doppelstockkojen schon mal die Hälfte des Platzes beanspruchen, die Schränke sein können. Bald sind die Schränkchen gefunden. Die "Hasenställe" verunsichern die Muttis nur noch mehr. Sie können sich nicht vorstellen, dass in die Kammer nun ja auch noch vier Jungs reinpassen sollen. Da sind sie nicht mehr sicher, ob sie die Söhne wirklich hier lassen werden. Das Rätsel um das eine Gepäckstück ist gelöst. Schnell stoppt das Lehrpersonal erste Einräumversuche der Muttis. "Sie müssen nachher noch zur Kleiderkammer die Uniformen holen. Und dann passt so viel gar nicht mehr rein in den Schrank." Jetzt vermuten die Vatis, dass sie die Monsterkoffer mit großen Teilen des Inhaltes wieder nach Hause buckeln müssen und werden Recht behalten.

Wir erhalten die Laufzettel. Also geht es erst mal wieder runter vom Schiff und ab zur Kleiderkammer. Es ist die Stunde der Mütter. Vor ihren Augen verwandeln sich die Söhne erst in Bordpäckchen-blau-Anprobierer, danach in Weiß und Blau tragende Sailor, später in khakifarbene Tropenreisende und zum Schluss in stolze Träger der DSR-Uniform mit doppelter Goldknopfreihe und Schirmmütze. Mit Begeisterung registrierten die Väter die stolz geschwellten Brüste und leuchtenden Augen der Mütter beim Anblick ihres Mini-Hans-Albers. Manch einer fragt sich auch, wann seine Frau wohl das letzte Mal von ihm so begeistert war und beschließt dann doch, nicht länger darüber nachzudenken. Der Weg zurück zum Schiff führt beim Seefahrtsamt, Außenstelle Überseehafen vorbei und dann steht es schwarz auf weiß in der Musterrolle des MS GEORG BÜCHNER - Rufzeichen DDVR, Heimathafen Rostock, Reise 5/6-1971: 26.07.71 Bert Glück - gemustert als Matrosenlehrling.
Zurück an Bord gibt der Chefkoch einen aus: Eintopf für alle. Danach werden die Vatis und Muttis zur Schiffsbesichtigung gebeten und so vorerst von den Söhnen getrennt. Aus Berechnung, denn diese räumen nun unter Aufsicht der Herren in Khaki nur das in die Schränke, was der Seemann wirklich braucht. Wie weit entfernt das von dem ist, was Mutti dachte, wird sie sehen, wenn Vati den Koffer wieder nach Hause wuchten wird. Und sie wird es hören!
Am frühen Nachmittag lädt die Schiffsführung die Eltern zur Begrüßung in die Lehrlingsmesse. Kapitän Herbert Schickedanz formuliert mit festen Worten das Ziel der nächsten Reisen. "Aus den Jungchens werden hier richtige Menschen gemacht. In wenigen Tagen wird das Schiff mit dem Ziel Havanna auslaufen. Spätestens auf dem Atlantik werden den Söhnen Seebeine wachsen. Die Tage an Bord werden so ausgefüllt sein, da wird kaum Zeit bleiben, an Vater und Mutter zu denken!" Deshalb sollen die Eltern auch schnell Briefe schreiben, damit diese in Havanna sind, wenn die BÜCHNER dort anlegt. "Nehmen Sie jetzt Abschied von den Jungs. Sie bekommen sie gesund und als Männer zurück." Dann ist es gut, dass die Gänge im D-Deck nur künstliches Licht kennen und die Kammern eben nicht die hellsten sind. Hundertfach werden die Söhne von den Müttern erdrückt. Sie weichen in deren Tränen auf, müssen Küsse wegwischen und es gelingt ihnen nicht immer, "mannhaft zu bleiben". Von den Vätern gibt es einen Klaps auf den Hinterkopf. Zu mehr reicht es nicht. Sie haben mit sich zu tun. Und bald auch wieder mit den Koffern, das lenkt ab. Eine Lautsprecherstimme bittet alle Bordfremden, das Schiff zu verlassen. Die Bitte der Lehrbootsleute an uns ist die erste dienstliche Weisung: Alle Lehrlinge in die Messe einrücken!
Die Muttis und Vatis bringen bereits das zweite Mal an diesem Tag wieder Ruhe in den Mitropakaffee und somit den Satz auf den Grund der Tassen, da fängt für die Söhne der Dienst an Bord an.

Steuerbord, Backbord, vorn und achtern

Für den Seefahrer ist sein Schiff immer "mein Dampfer" und weiblich. Er nennt zum Beispiel das Motorschiff ALBATROS schwärmend, verträumt, manchmal traurig oder voll Sehnsucht "die ALBATROS". Wenn man ahnt, was Männer bei Frauen hält, dann weiß man auch, wie viel Leidenschaft Seemann und Schiff verbinden. Und, was beide miteinander durchmachen. Es ist oftmals schön, immer spannend, nicht immer berechenbar, tut manchmal weh und kann also nur Liebe sein. Alles fängt mit einem riesigen Stück Luft an und einem Reeder, der z.B. in Europa jemanden kennt, der Kisten hat, und dieser wiederum kennt einen in Amerika. Der hätte diese Kisten gern. Oder, es müssen Nilpferde von Antwerpen nach Alexandria gelangen und können diese Strecke weder erlaufen noch erschwimmen. Weil in Liverpool gerade Stahl gebraucht wird und in Afrika welcher rumliegt, nimmt der Nilpferdtransporteur den auf seiner Heimreise gleich mit. Manchmal sind die Schiffe gerade alle unterwegs oder zu alt oder am Untergehen, beim Ausbrennen oder sitzen, Gott sei Dank, vielleicht nur auf Grund. Da läßt der Reeder ein neues Stück Luft mit Stahlblech umbauen. Falls etwas Ordentliches dabei rauskommt, kann er dann eine Menge Geld verdienen. Oder verlieren! Das wiederum hängt unter anderem davon ab, ob der Kapitän schlauer sein will als alle anderen Meeresbezwinger vor ihm, den Seehandbüchern nicht glaubt und den Wetterberichten sowieso nicht. "Woher der Wind weht, bestimme ich!" Das kommt nicht selten vor. Auch in meinen Geschichten.
Mit Schweißnähten, deren Länge wohl mehrmals um die Erde reichen würde, fügen fleißige Schiffbauer nun auf der Werft die Bleche so aneinander, dass man bald Laderäume oder Luken erkennt. Diese sind von oben her zugänglich und auf See durch Lukendeckel verschlossen. Die wiederum waren früher umfangreiche Holzdeckelpuzzle. Heute sind sie aus Stahl und können geklappt, gerollt, gezogen oder auf- und zugefahren werden. Wenn man sich drei Laderäume in der Größe von jeweils einer Handballhalle hintereinander gereiht vorstellt, dann ahnt man, was ein Frachtschiff so wegfahren kann. Nun muss das Schiff ja auch vorwärts kommen. Da ist der Reeder gut beraten, hinter den Laderäumen etwas mehr Luft umbauen zu lassen. Dort kommt der Hauptmotor rein mit seinen Versorgern, Entsorgern, Lagern für Ersatzteile, dem Maschinenfahrstand sowie endlos vielen Zu- und Ableitungen und Flurplatten. Diese führen an die Brennpunkte des Schiffsmaschinenbetriebes oder in entlegene Ecken mit unterschiedlichsten Funktionen, wie Schlaf- oder Leseecke. Und da es im Maschinenraum nicht ganz so hell ist und sehr warm, sind in den Leseheften dort meist nur Bilder drin mit Menschen drauf ohne was an, klar!
Jetzt schwimmt das Schiff zwar vorwärts, aber es soll ankommen, sein Ziel erreichen. Da muss man mit Weitblick vorausschauen können. Das ist aus dem "Schacht" oder "Keller", wie die Seeleute liebevoll den Maschinenraum nenen, heraus nicht möglich. Deshalb läßt der Reeder eine Schiffsführungszentrale,

kurz Brücke, auf die Unterkünfte für die Besatzung, Messen, Lasten, Pantrys und Kombüse aufbauen und somit hat das Schiff seine Aufbauten. Aus der Schiffsbrücke, auch "Cafe Seeblick" genannt, blicken der Kapitän und seine Steuerleute manches Mal wichtig an Ladekranen, Containerstapeln oder Masten vorbei und über die Back hinweg in den Seeraum. Oder, wie eine später in die Geschichten gelangende Dame schnell erkennen wird, "einfach nur stundenlang den Möwen in den Arsch". Manchmal gibt es keine Ladung. Dann bleiben die Laderäume leer. Das ärgert den Reeder und freut die Fußballer an Bord. Damit die sich weiterhin freuen können und das Schiff nicht umkippt, denn es liegt jetzt wie ein Wasserball hoch in der See und sollte sich möglichst nicht so lustig wie dieser im Wind drehen, baut die Werft Vorratsbehälter und Ballasttanks unter die Laderäume und den Maschinenraum. Die können nun von Chief und Chiefmate mit Wasser und Treibstoff befüllt werden. Diese Aufgabe ist schwerer, als sie sich liest. Es gibt viele Ventile und ganz lustige Geschichten über die Folgen deren Bedienung. Da dreht zum Beispiel ein Blindflansch am falschen Ventil und legt den Dampfer eine Hafenwasserhöhe tiefer oder das Schiff kippt einfach nur um.
Vorn dran am Schwimmblech ist ein Anker. Der fällt, wenn er soll oder auch nicht. Falls er fällt, gibt er dem Schiff einen Halt am Grund. Hinten dran, und möglichst unter Wasser, ruht oder dreht sich der Schiffspropeller links- oder rechtsrum. Er treibt den Dampfer zu neuen Ufern oder in alte Häfen. Manchmal dreht der auch andersherum, stoppt somit brutal die Voll-Voraus-Fahrt aber bewahrt die Dame vor Make-up-Schäden oder Schlimmerem. Wichtig ist noch: "Vorne" heißt an Bord "Vorn" und bezeichnet den vorderen Teil des Schiffes. Dieser trägt bei modernen Schiffen, analog zu modernen Mädchen, am Vorsteven einen mächtigen Bugwulst. Nützlicherweise ist der nicht aus Silikon sondern aus Stahl. Doch gleich seinem Silikonkollegen an Land, hilft auch er, raue Widerstände erfolgreich zu brechen. Zudem hat er nicht nur strömungstechnische Vorzüge. Vom Kate-Leonardo-Point aus bietet er mutigen Betrachtern hin und wieder ein einmaliges Schauspiel. "Wie im richtigen Leben", gleiten, tauchen und springen Delphine lustig um den schönen Wulst herum. Da wird die bereits erwähnte Dame nicht näher hinschauen müssen, um zu erkennen: "Das können nur Männer sein!" Doch Schweinsfische sehen anders aus. In Abhängigkeit vom Baujahr wird das Schiff hinten, also "achtern", breit oder nicht. Während die breiten Hecks gelassen durch die See schaukeln, tänzeln die schmalen unruhig und aufreizend vor der achterlichen See her. Wenn Männer nun wirklich Schweine wären, müssten gerade dort auch Delphine ihr Spiel treiben. Tun sie aber nicht, so! Backbord und Steuerbord sind unverzichtbare Festlegungen an Bord. Backbord ist eben nicht links und Steuerbord nicht rechts!
Backbord ist die linke Seite des Schiffes. Sollte diese gedellt sein, ist die Wahrscheinlichkeit, Schuld zu haben, gering. Steckt in der rechten Schiffsseite, also Steuerbord, der Bugwulst einer anderen Dame, ist die Situation meist klar und

ernst. Bittet der Bootsmann den Lehrling: "Los, staple die Lukendeckel mehr nach Steuerbord, sonst setzt es was!" und der Lehrling steht in Blickrichtung achtern, "weiß", Steuerbord ist rechts, und stapelt die Dinger nun rechts von sich, dann liegen die Deckel plötzlich noch weiter an Backbord. Da lohnt es sich auch nicht, anschließend mit dem Bootsmann Hasche zu spielen. Denn rundum am Schiff begrenzt das Schanzkleid das Oberdeck. Dahinter ist weiter Atlantik, ölige Hafenplürre, kaltes Auftriebswasser, haihaltige Rotsee oder aufschlagharter Pierbeton. Es hängen noch orangefarbene Rettungsboote am Schiff und weiße Kapseln mit selbst aufblasenden orange gefärbten Gummiflößen drin. Die sollen schwimmen, wenn der Dampfer dazu keine Lust mehr hat. Auch sonst immer, aber besonders in 15-Meter-hoher-See empfiehlt es sich trotzdem sehr, die Dame bei Laune, in Fahrt, auf Kurs und über Wasser zu halten. Ach ja, Chef über alles und alle ist der Kapitän. Der Chiefmate ist der Chef der Steuerleute und als I. Nautischer Offizier somit Chef über den II. und III. Nautiker. Also haben die beiden schon mal zwei Chefs. Reist zudem noch die Ehefrau eines Nautikers mit, hat der nun sogar drei Chefs. Doch in diesem Fall stellt man sich der Herausforderung gern. Chef über den I. Ingenieur und den II., gegebenen Falles auch den III., ist der Chief Engineer, kurz Chief.
Matrosen, Maschinisten, Koch, Bäcker, Stewardessen, Elektro-Ingenieur, E-Mix, Eisbär, Plumber, Storekeeper, Bootsmann, Kabelgeist und Funker machen die Crew komplett. Auf manchen Schiffen fahren noch Zahlmeister mit und Politoffiziere. Mit denen kann man was erleben.
Das Zusammenspiel der Bereiche an Bord unterliegt Schwankungen. So macht der Antrieb manchmal, was er will, der Koch kocht montags Suppe, der Matrose schmiert HEMPELS-SCHIFFSLACK-WEIß auf Kohlenstaubböden, der Bootsmann freut sich drüber sehr, der Funker hat plötzlich den Blaumann an, die Stewardess ist noch nicht in festen Händen und Springer wissen immer viel mehr und sowieso alles besser. Das kann die Hormone der Dame Schiff ganz schön durcheinanderbringen. Nicht nur Ehemänner wissen, was dann möglich ist. Die Bereiche des Schiffes, in denen es nach Arbeit riecht, werden von außen grau gekennzeichnet. Somit ist der Schwimmkörper hell-, dunkel- oder rostgrau und die Maschinisten sind stolz darauf im "grauen Bereich" tätig zu sein.Der Freizeitbereich an Bord ist von außen weiß markiert, also Kammern, Messen, Fernseh- und Tischtennisraum sowie die Brücke und der Funkraum. Ein vernünftiges Handelsschiff besitzt noch ein Schwimmbecken, Stewardessen und viel Sonne. Die drei treffen sich öfter und die Matrosen müssen dann plötzlich und "unbedingt" in deren Nähe sehr gründlich Farbe waschen. Manchmal wird das den Mädels zu viel und sie ziehen hoch auf das Peildeck über der Brücke. Wenn sie ihren Bikini unten am Schwimmbad vergessen, fragt der Ausguckmatrose den Wachoffizier, ob denn der Signalmast nicht mal wieder neue Farbe bräuchte. Der Wachoffizier ist kein Spielverderber. Somit erkennt man an der Dicke der Farbschicht des Signalmastes, ob Stewardessen an Bord sind und falls ja, ob das Zicken sind und wie lang die Reise war.

Doch zurück zur BÜCHNER.

Ruhe im Schiff!

Die Muttis heißen nun Lehrbootsleute und Lehrer. Erst wenn es einem fehlt, weiß man das Mütterliche zu schätzen. Wir lernen nun den Weisungen ohne Widerspruch Folge zu leisten und ab sofort herrscht Uniformpflicht! Die Aufteilung in Klassen und Brigaden ist schnell erledigt. Herr Lefranz ist der Klassenlehrer der VMA 1b, also auch meiner. Papi Schröder wird der Lehrbootsmann unserer Brigade. Nun folgen die Schiffsbegehung, die ersten Unterschriften unter Verbote, Gebote und Dienstanweisungen und die Einweisung in die Anzugsordnung und den Tagesrahmenplan. So wissen wir bald, von sechs bis zweiundzwanzig Uhr ist der Dienst straff organisiert, für Wachgänger sogar rund um die Uhr, und Wochenpläne regeln die Abfolge der unterschiedlichen Ausbildungsblöcke. Alles an Bord ist "Befehl". Essen ist Befehl, Schlafen ist Befehl und Freizeit ist Befehl. Toilettenbesuch ist freiwillig, aber sollte schon aus Überlebensgründen mit dem Bootsmann abgestimmt werden, jedenfalls bei Arbeiten an Deck.
Es gibt drei Klassenzimmer. Die befinden sich an der Vorkante der Aufbauten und unter der Kapitänskammer. Damit empfiehlt es sich, fleißig zu lernen. "Und ruhig. Das gilt auch für Seegang." Wie das gemeint ist, erfahren wir bald. Erst einmal jedoch werden den Brigaden die einzelnen Reinschiff-Stationen zugewiesen. Ich bin nun Chef der siebenköpfigen Reinschiffbrigade "Toiletten Lehrlingsdeck". Wir erfahren: Reinschiff ist morgens und abends, Großreinschiff samstags vormittags. Das große Putzen kann also beginnen und manche Mutti würde uns beneiden, so viel gibt es zu wischen, zu waschen, zu scheuern und zu polieren. Da es an Bord auch was zu Futtern gibt, werden uns Backs in der Lehrlingsmesse zugeteilt. Das sind mit dem Schiff fest verschraubte Tische. Bei Bedarf können auch die sie umgebenden Stühle am Fußboden festgehangen werden. So braucht man im Seegang nur seiner Tasse, dem Teller, der Marmelade und dem Brötchen nachzujagen, ohne Angst haben zu müssen, dass einem Tisch und Stuhl hinterherfliegen und ins Kreuz krachen.
Wir erfahren: "Die Stewardessen sind für die Stammbesatzung." Somit muss jede Back ihren Backschafter selbst stellen, den Lehrlingssteward also. Für heute nun haben wir eine Menge gelernt. Da bietet es sich an, in den verbleibenden Stunden des Anreisetages gleich einmal zu üben. Also üben wir los. "Klar zur Kammerbegehung!", schallt es durchs D-Deck und unmittelbar darauf schauen sich die mit unserer Menschwerdung Beauftragten an, wie gemütlich wir es uns in den Kammern gemacht haben. Nach einer Flut von strikten Hinweisen und deutlichen Handgriffen hat das Aussehen der Kammern von terrestrisch gemütlich zu maritim seefest gewechselt. Alles Persönliche ist fest

verstaut und nur die Bilder der Freundinnen dürfen an den Wänden bleiben. Zu Beginn der Reise sind es noch viele Mädchen, die ihren Jungs von den Kojen aus zulächeln. "Klarmachen zum Backen und Banken. Backschafter in die Messe!" Die zum Eindecken der Tische und der kontinuierlichen Versorgung der Abendessenden mit Nachschlag bestimmten Lehrlinge laufen nun von ihren Kammern zur Messe und versuchen, am kritischen Einlassblick des Lehrbootsmanns vorbeizukommen. Manchem gelingt es. Der Rest muss zum Nachputzen und Sachenordnen zurück und hat eine zweite Chance. "Einrücken zum Backen und Banken!" Jetzt strömt die Lehrlingsmasse geordnet in Richtung Messe. Wer die Eingangskontrolle übersteht, hat Glück. Die anderen drehen eine Ehrenrunde an Waschbecken und Spiegel vorbei und sind etwas später an der Back. Da sind die Wurstteller nicht mehr so sehr voll. Nach dem Abendessen folgen weitere Einweisungen, Zu- und Mitteilungen. An deren Ende befinden wir uns unentrinnbar in der straffen Dienstorganisation an Bord eines Schiffes, das über einhundert Noch-Landratten gesund und als Seeleute nach Hause zurückbringen wird.
Während sich die Muttis blaue See, Palmen und nur die schönsten Mädchen der Karibik für ihre Söhne träumen und die Vatis die vom Monsterkampf gezeichneten Hände am Bierglas kühlen, schruppen, wischen und polieren wir uns der Nachtruhe entgegen. Kurz vor Zehn klettere ich in mein oberes Abteil der Doppelstockkoje. Vom Platz zwischen Lüfter und Kojenlampe lächelt mir Amelie entgegen. Ich knipse das Licht aus, höre die Gute-Nacht-Wünsche des Diensthabenden Lehrers "Ruhe im Schiff!" nur noch aus der Ferne und freue mich schon auf Amelies Lächeln am kommenden Morgen.

Klar vorn und achtern

In den nachfolgenden Tagen gehen die Ladearbeiten an der BÜCHNER zügig weiter. Wir Lehrlinge werden auf die ersten Prüfungen zum "Rettungsbootsmann" und "Feuerschutzmann" vorbereitet. Nur wer diese besteht, darf als Berufsseemann die Welt per Schiff erobern. Fünf Tage weiter wissen wir alles zu Brandschutzschotten, Mann-über-Bord-Abwurfeinheiten, Aussetzen der Rettungsboote, Druckluftatemgeräten, Leckwehreinrichtungen, Rettungsinseln, Fluchtwegen und kennen unsere Aufgaben innerhalb der Sicherheitsrolle des Schiffes im Schlaf. Wir bestehen die Prüfungen. Die wenige Freizeit am Abend verbringen wir auf dem Poopdeck der achteren Aufbauten mit gegenseitigem Kennenlernen und Verstehen. Der am häufigsten gesprochene Satz ist: "Was hast du gerade gesagt?" Alle Regionen der Republik sind vertreten. So auch die allzeit klugen Jungs von der Küste, die gemütlichen Enkel der erzbrechenden Vorfahren, Zilles jugendlich-männliche Zeichenvorlagen, der vom Leinöl erstarkte Nachwuchs, die Nachfahren des Sängerkriegpublikums, die Söhne der hexentanzplatzbesuchenden Mütter und die Erben August des Starken, na klar! Unser Bauchgefühl signalisiert, in den kommenden Monaten wird Zusammenhalt wichtiger sein als der Ort der Geburt. So soll es bleiben, auch später.

Anfang August sind die letzten Kisten an Bord, halbe Schweine, Unmengen an Proviant und Getränke in den Lasten verstaut und die Maschinisten halten Schweröl am Kochen. Der Propeller dreht erst Probe, dann richtig, läßt alles Blech und Holz zittern und die Tassen und Teller auf dem Tisch hüpfen. Die Schlepper gehen längsseits, der Lotse ist an Bord, der Zoll wieder runter und die Schiffssignalanlage klingelt: Klar Vorn und Achtern! Bald sind die Leinen von den Pollern an Land los, ins Wasser geworfen und an Bord gezogen. Nun ziehen die Schlepper, was sie können. Vom Oberdeck aus staunen wir der sich langsam entfernenden Pier nach. Die BÜCHNER läuft aus dem Hafenbecken über die Wendeplatte hinaus und durch den Seekanal bis zu den Molen. In der Ansteuerung gibt sie den Lotsen ab und dreht dann ihren Bug in Richtung Reede. Plötzlich klingelt die Schiffssignalanlage "Bootsmanöver". Wir sprinten mit unseren Schwimmwesten zu den Stellplätzen an den zugeteilten Booten. Kurz darauf meldet der Erste Offizier dem Kapitän, die Jungs haben das schon mal begriffen und gut gemacht.

Daraufhin steigt Kapitän Schickedanz auf seine Fußbank, misst nun einsachtzig und bedeutet der Brückenbesetzung: Na, dann wollen wir mal. Der Erste Offizier legt den Maschinentelegrafen auf "Voraus langsam" und das Lehrschiff GEORG BÜCHNER nimmt, mit über 250 Offizieren, Unteroffizieren, Lehrbootsleuten, Lehrern, Mannschaft und Lehrlingen an Bord, Fahrt auf zur ersten Reise des Lehrjahres 71/72.

Geschützfeuer an Steuerbord

Die BÜCHNER hat Belte und Sund hinter sich gelassen. Dann liegt auch das Kattegat hinter ihr und in Höhe Skagen, dem nördlichsten dänischen Festlandpunkt, ändert sie den Kurs nach Westen. Nun läuft sie durch den Skagerak westwärts zur Nordsee hin und dreht dann nach Backbord in Richtung Englischer Kanal, Straße von Dover. Der Lehralltag hat begonnen. Berufstheoretischer und praktischer Unterricht sowie Wachegehen wechseln einander ab. Meine Brigade ist mit Brückenwache dran, mit Ausguck, Rudergehen und Messingputzen. Die wichtigsten Grundkenntnisse sind vermittelt. Wir wissen, dass der Ausguck alle Erscheinungen im Seeraum zur Brücke reinmelden muss und wie dies zu formulieren ist. So befinden sich andere Schiffe, Leuchtfeuer und Seezeichen nicht "da vorn" oder "dort drüben schräg rechts" oder "genau links vom Schiff" sondern " recht voraus", "drei Strich an Steuerbord" und "Backbord querab".

Der Lehrbootsmann legt uns die Beachtung der drei wichtigsten Regeln ans Herz. "Also, die Brücke befindet sich unmittelbar über der Kapitänskammer und ist deshalb nur mit Leisetretern zu begehen. Turnschuhpflicht! Wenn ihr nachts da oben rumlatscht wie die Elefanten, habt ihr die Chance, den Kapitän schneller kennen zu lernen als euch nützlich ist, verstanden? Vor allem überseht den Kapitän nicht. Es ist mancher Lehrling im Ausguck schon halb erfroren, danach. Und merkt euch: Zehn Minuten vor der Zeit ist des Seemanns Pünktlichkeit! - immer und überall an Bord!" Diese "zehn Minuten vor der Zeit" dienen dem Überleben auf See, aber können an Land in die Katastrophe führen. Es mussten ja Welten aufeinander treffen, später, als ich wieder mit solchen in Berührung kam, die denken, der Bus fährt nicht nach Plan, sondern erst dann, wenn sie an der Haltestelle sind, Frauen also.
Ich bin der Null-vier-Wache zugeteilt und mache mich mit den anderen so auf den Weg, dass wir Punkt dreiundzwanzig Uhr fünfzig die Brücke erreichen. Im Schutz unseres Lehrbootsmannes treten wir ein und melden uns vorschriftsmäßig zur Wache. Erst einmal ist alles da drin schwarz. Wenig später verschafft mir die Pupillenadaptation einen dunkel grauen Eindruck vom "Hirn des Schiffes" und dessen aktuellen Denkern. Ich spähe nach einem kleinen Schatten und finde den Kapitän nicht. Doch die Stimme des Wachoffiziers findet ihr Ziel. "Der kann gleich einmal ans Ruder. Noch haben wir ausreichend Platz im Seeraum." Nun bin ich zu diesem Zeitpunkt ja noch jung und schwitzte nicht gleich los, wie später dann, wenn mich ein neues Update unserer IT-Abteilung erreichen wird. Trotzdem ist mir mulmig. Ich trete neben den Rudergänger, einen erfahrenen Matrosen der Stammbesatzung. Der erklärt mir, der Kompass vor uns zeigt an, ob der Bug des Schiffes noch in die beabsichtigte Fahrtrichtung zeigt, NORDOST zu NORD zum Beispiel oder eben auch 34 Grad, grob und unberichtigt. Sollte er das nicht, muss gehandelt werden, mit Gegenruder und das mehr oder minder energisch. Gleich darauf steh ich also hinter dem heuwagenradgroßen Steuerrad, dessen riesige Speichen ich an meinem Kopf vorüber hin und herdrehe und spiele mit der Kompasscheibe Verfolgung. Die hüpft bald lustig mal da hin und mal hier hin und es ist gut, dass es Nacht ist. Außer der Brückenwache bemerkt niemand sonst, das wie wild durch die Nordsee tanzende Heck der BÜCHNER. So schreib ich im Schutze der Dunkelheit mit dem Schraubenwasser der BÜCHNER meinen Namen in die See. Der fällt ziemlich kringelig aus, doch ich bin nun bei Neptun registriert. Mit der Zeit werden die Kringel flacher und sanfter. Auch begreife ich: Das Schiff dreht sich um die Scheibe des Kompass'. Na klar, gleich, wohin mein Kurstanz die BÜCHNER auch führt, Norden liegt immer bei 360 Grad. Gerade einmal wieder tanzt mir die BÜCHNER nach Steuerbord weg. So drehe ich das riesige Rad einmal nach Backbord und versuche so die Kompassrose zum Stillstand zu bringen. Da fordert das Schwarz vor mir: "Ruder Steuerbord zehn!" So krieg ich den Kompass nie ein, denke ich noch, und gleich darauf trifft mich der Ellenbogen des Lehrmatrosen voll in die Rippen: "Kursänderung!" "Ruder Steu-

erbord zehn", wiederhole ich laut, drehe nun das Wagenrad von einmal links nach zweimal rechts, also dreimal rundum, rufe "Ruder liegt Steuerbord zehn" und kriege dann auch wieder Luft. Jetzt fliegen weiße Punkte weit vorn im Seeraum an den Brückenfenstern vorbei und die Kompassscheibe dreht zügig nach links. Nach "Ruder mittschiffs", "Stütz mit" und "Neuer Kurs 260 Grad" gelingt es mir endlich, die Scheibe zum Stehen und mich zur Ruhe zu bringen. "Na, war doch gar nicht so schwer", lobt mich das Schwarz.
Etwa vier Strich an Steuerbord kommt die englische Küste in Sicht. Es ist eine klare Nacht und man sieht weit drüben beim Horizont den Schein von Lichtern am Himmel entlang wandern, die blinken oder blitzen. Plötzlich wird die Tür zur Steuerbordnock von außen aufgerissen. Der Ausgucklehrling stürzt zur Brücke herein und ruft: "Vier Strich an Steuerbord Geschützfeuer!" Nun wartet er wohl auf die Antwort "Deckung!" oder was auch immer. Eine Sekunde lang ist Ruhe auf der Brücke, dann bricht schallendes Lachen aus. Das Schwarz und der Matrose kriegen sich schnell wieder ein und der Lehrbootsmannn eine Aufgabe. Ich bin froh, dass ich mir im letzten Sommer schon mal ein Leuchtfeuer bei Nacht angekuckt hatte. So sieht es eben aus, ein Leuchtfeuer weiß, Blitz vier, 12 Sekunden und hinterm Horizont. Bald weiß auch der Lehrling, England und Belgien stehen auch in der Straße von Dover nicht im permanenten Austausch feuriger Botschaften. Ich weiß nun, man muss das Ruder nur immer der Kompassscheibe hinterher drehen, um das Schiff auf Kurs zu halten. Obwohl, es dreht sich ja das Schiff. Also dreh ich dem nun hinterher oder entgegen?

Fesia-Festspiele

Der erste Donnerstag an Bord hält eine Überraschung für alle Fresssäcke bereit. Wir erfahren, Donnerstag ist Seemannssonntag. Da endet die Arbeitszeit des Tagestörn schon fünfzehn Uhr und halb vier gib's Kaffee und Kuchen für alle. So gern, wie ich Kuchen esse, ich erinnere an den Beginn meiner Karriere mit dem Verschlingen von Kuchenrändern, könnte der Einfall mit dem Seemannssonntag von mir sein. Vielleicht aber soll er nur versöhnlich stimmen, denn zwei Tage weiter, am Samstag, droht Ungemach. Großreinschiff auf dem großen Schiff! Von Früh bis Mittag scheuern wir Decks, waschen Farbe in den Schiffsgängen der Aufbauten, wischen Wasser-Fesiasept-Lösung breit, kämpfen gegen Urinstein in den WC-Becken und schmieren tubenweise Elsterglanz auf das viele Messing im Schiff. Bald glänzt der Dampfer festlich "gereinigt und gelüftet" der Abnahme durch die Bootsleute entgegen.
Zwei Lehrlingsbrigaden erfüllen Sonderaufgaben. Eine schleppt emsig Getränke aus der Tiefe des Schiffes hoch in alle Stockwerke und hat dabei immer das Bier vor der Nase, das für uns Lehrlinge an Bord tabu ist. Daran wird sich etwas ändern, doch das passierte erst zwei Reisen später. Die andere Brigade

hat Waschtag und befüllt die in den achteren Aufbauten der Poop untergebrachte Riesentrommelhanddrehdampfwaschmaschine mit der Schmutzwäsche der Lehrlinge. Fünf Hände voll IMI drauf und eine Hand voll P3 hinterher, stehen als wirksame Dosis am Anfang meiner Hemden-Hosen- und-sowieso-alles-selbst-Wasch-Karriere. Mit einer riesigen Kurbel wird die Trommel von mehreren Lehrlingen fünfzehnmal hin und dann wieder fünfzehnmal her gedreht. Die Wäsche, die nun sauber sein soll, wird entnommen und in die Heißlufttrockenfächer gehangen. Mit solch einer Erfahrung wird es Jahre später fast unter meiner Würde sein, den Knopf einer MIELE von AUS auf A zu drehen. Mittags gibt es Suppe mit Pudding, aber wirklich nur samstags. Der Koch, der das vergißt, hat schlechte Karten. Ich komme darauf zurück. Die Erziehung zur Reinlichkeit wandert von den Diensträumen in die privaten. Nachmittags ist Kammerreinschiff mit anschließender Abnahme durch den Pädagogischen Offizier, den Politoffizier, die Lehrer und den Kapitän. Während Kapitän Schickedanz das Gespräch mit seinen Jungchens sucht, späht der Rest der Kontrolleure nach Schmutz, Restschmutz eben. Nach der Runde sind die Kammern in die "mit Freizeit ab sofort" und die "mit Nacharbeit", auch ab sofort, geteilt.
Die mit Freizeit sammeln sich dann an verschiedenen Punkten gesellschaftlichen Lebens an Bord, wie dem Smoketime-Raum, in den Kojen zum Lesen, Träumen und Freundin anhimmeln, oder auf dem Oberdeck an Luke IV. Dort arbeite auch ich weiter an meiner Musikerkarriere. Nach ultrakurzem Tubaspiel und längerem Flügelhornblasen, puste ich jetzt in eine Fanfare. Gemeinsam mit weiteren zwanzig Lehrlingen arbeite ich dran, dass den Besatzungsmitgliedern wiederholt die Ohren klingeln und dem Kapitän bald die Augen feucht werden.

Mortadella oder Schmalz

Die Kammerbesatzungen mit zusätzlichem Reinschifftraining haben abends richtig Hunger. Wir anderen auch. Jede Mutter mit wenigstens zwei halbwüchsigen Söhnen weiß, was es heißt, die satt zu kriegen. Auf der BÜCHNER fahren aber mehr als hundert solcher Halbe-Brote-Verschlinger. Seeluft, Arbeit an Deck und in der Maschine sowie der Mangel an anderen Genüssen sind starke Katalysatoren für jugendlichen Hunger. Keiner weiß das besser als der Chefkoch. Also sitzen wir am Samstagabend an den Tischen. Die Wurst ist lange runter vom Teller. Beharrlich weigert sich die Kombüse, mehr als nur winzige Portionen Schmalz an die Backschafter auszugeben.
Der Kapitän betritt die Messe zu seiner abendlichen Runde. An unserer Back angekommen, will er wissen: "Na, Jungens, schmeckt's?" Ein Doofer, der JA sagt, findet sich auch an unserem Tisch. Der Rest knurrt: "Es gibt ja nichts mehr." Kapitän Schickedanz blickt zu den anderen Tischen, fragt: "Habt ihr

noch Hunger?", und beim Fußball würde man denken, da hat einer ein Tor geschossen. So laut bestätigen wir seine Ahnung. Alle 160 Zentimeter unseres Kapitäns stehen nun kerzengerade mitten in der Messe. Kapitän Schickedanz setzt sich die Mütze auf, wächst also noch mal ein Stück und befiehlt "Backschafter mitkommen!" Daraufhin brüllt er unüberhörbar "Diedel!" in Richtung Kombüse. Und noch einmal: "Diiiiedel!!!" Der "dicke Diedel" kuckt vorsichtig um die Ecke. Er kennt seinen Kapitän und hat die Schlüssel zur Last schon bei sich. Im Gänsemarsch ziehen wir jetzt ins E-Deck zum Wurstlager Der Chefkoch beeilt sich nicht beim Aufschließen. Dann aber ist die Last doch offen und der Kapitän drin. "Die, die und die schneidest du jetzt auf", reicht er drei Würste raus zum obersten Koch. Die sind lang und dick, wie Vierpfundbrote. "Meine Lehrlinge haben Hunger!" Kurz darauf kauen wir alle zufrieden Stulle mit Wurst und so finden die Fesia-Festspiele ihren würdigen Abschluss. Vorerst, denn bald ist wieder Samstag und wieder und wieder. Bis Kuba und zurück.
Vier Decks höher läßt sich der dicke Diedel vom Funker die Wetterkarte zeigen. "Kommt denn nicht bald mal ein bisschen Seegang?", will er wissen. "Die fressen mich sonst bettelarm!" Da tippt der Funkerfinger auf die Wetterkarte und ein großes S im Golf von Mexiko. Es ist Wirbelsturmzeit und einer von denen benimmt sich gerade so, wie er heißt. Also stürmt WILD WILLY durch die Karibik. Er läßt die See hochgehen, die Wellen durcheinander laufen und legt in seinem vorderen, rechten Viertel alles tausende Meter tiefer, was sich nicht respektvoll auf die Begegnung vorbereitet und trotzdem da hineingewagt hat. Wenn der Wirbelsturm tut, was im Seehandbuch steht, wird er merklich ruhiger zwar, die Ostküste der USA bereisen und damit mit sicherem Abstand vor uns wegziehen. Doch wird er noch immer ein Orkan sein und der Seegang, hunderte Meilen vom Auge entfernt, wird ausreichen, den Chefkoch eines Handelsfahrers glücklich zu machen, dem die Lehrlinge gerade "die Haare vom Kopp fressen"! Da hellt sich die Stimmung des Genossen Diedel merklich auf. "Auf Rasmus ist eben noch immer Verlass!"

Hefeklöße mit Heidelbeeren

Wir sind bereits länger als eine Woche auf See. Es ist wärmer geworden. Der Atlantik bleibt sommerlich glatt. Für meine Brigade bricht die vorerst letzte Seewache an. Zehn vor zwölf melden wir uns auf der Brücke und wechseln einander mit Ruder, Ausguck und Messingputz ab. Die Sonne steht hoch im Süden, der Himmel strahlt sein schönstes Blau, die See kräuselt sich leicht und wir erfahren, im Radar sind sie schon drin, die Azoren. Gegen dreizehn Uhr müsste die erste der Inseln schon mit bloßem Auge zu sehen sein. Das spricht sich schnell rum an Bord und so haben diejenigen, die es sich leisten können, heute öfter mal was an Deck zu tun. Keiner will das Schauspiel verpassen. Ich halte

Ausguck in der Steuerbordnock.
Bald wird die Kimm im Westen unscharf, kurz darauf bekommt sie erst kleine, später größere Zacken und dann taucht Santa Maria, die südlichste Insel der Gruppe, aus dem Atlantik. Der Kapitän hat den Kurs südlich von ihr abgesetzt. So werden wir sie im sicheren Abstand passieren und doch deren Schönheit voll genießen können. Nach eins sind wir nahe genug dran und staunen begeistert hinüber zu den steil aus dem silberblauen Wasser in die Höhe ragenden Bergen. Deren mit sattem Grün überzogene Hänge fallen steil zum Atlantik hin ab. Winzige rot-weiße Farbtupfer lassen Häuser ahnen und die schwarzweißen Flecke könnten Kühe sein? Alles sieht aus wie im Spielzeugland. An diesem Fleck des Globus' treffen sich Weite, Freiheit, Schönheit, Ruhe, Frieden und Seefahrt.
Unsere Augen kriegen ihren Lohn für "tagelang nur Himmel und Wasser" und der Speiseplan lockt zum Abend mit "Hefeklößen und Heidelbeeren". Hat uns der Chefkoch etwa verziehen? Da bemerke ich ein leichtes Drehen im Magen und einen zunehmenden Druck im Hals, der sich anfühlt wie Frühschoppen, kurz danach. Ich löse meinen Blick von der Insel und erkenne den Grund. Sehr lange und flache Wellen versetzen die BÜCHNER in sanfte aber fühlbare Schwingungen. "Wellen ohne Wind", staune ich und weiß noch nichts von Dünung, die Tiefdruckgebieten vorausläuft. Es gibt keine Windsee, also ist das Wasser spiegelglatt, nur ist der Spiegel weitläufig gewellt. Von meiner Ausguckposition betrachtet, hebt sich das Vorschiff in ständiger Wiederholung ganz sanft erst über den Horizont, um danach wieder unter ihn zu sinken. Man könnte denken, die eitle alte Dame kuckt mit der Back in den Spiegel hinein. Sie findet einen Makel und will den Spiegel gleich darauf mit dem Heck zerstören. Das klappt nicht, da wird sie böse und schlägt heftiger auf die Wellen. Das Drehen im Magen und der Druck im Hals nehmen zu. Ich bin froh, dass die Wache bald zu Ende ist, und ahne etwas. Das läßt mich nur noch verhalten freudig an die Hefeklöße denken.
Gegen siebzehn Uhr ist die Dünung höher geworden und trifft die BÜCHNER aus vier Strich an Steuerbord. Das läßt den Dampfer gleichzeitig rollen und stampfen. Zahlreiche ungeübte Gleichgewichtsorgane in den Ohren sensibler Neuseefahrer reagieren erstaunt. Was soll das denn? Unter den Lehrlingen nehmen Schwindel, Gangstörungen, Übelkeit und Erbrechen dramatisch zu und die Zahl der Hungrigen nimmt drastisch ab. Am Abend machen sich etwa dreißig Lehrlinge auf den Weg in die Messe. Von denen kommt gerade die Hälfte dort an. Wiederum nur die Hälfte von denen kann sich noch über die Heidelbeeren und Hefeklöße vom Chefkoch freuen. Ich gehöre zur anderen Hälfte und trainiere schlucken im Seegang. Eine Welle kennt jeder. Von denen rollt nun eine nach der anderen auf die BÜCHNER zu, fasst sie vorn, hebt das Vorschiff empor, dann den ganzen Dampfer hoch, nun hängt das Vorschiff in der Luft, also kippt die BÜCHNER oben auf der Welle nach vorn, der Vorsteven klatscht auf die Rückseite der Welle und ist auf dem Weg ins Tal. Nun ist das

Achterschiff auf dem Wellenberg und, weil bis zur nächsten Welle noch etwas Platz ist, platscht dann das ganze Schiff ins Tal. Die nächste Welle hebt das Vorschiff mit Schwung wieder hoch und weiter geht das Auf und Ab bis zum Ende des Seeganges. Unserer hat aber gerade erst angefangen. Bug und Heck spielen Fahrstuhl. Wir sind drin im Fahrstuhl und machen jede Fahrt mit, zehn Meter hoch und runter, hoch und runter, hoch. Trinken ist noch am einfachsten. Der Tee läuft von selbst in den Magen. Mein Hunger ist wie weggeschaukelt. Ich sitze aber hier vorn in der Messe und bin zur Tapferkeit verdammt. Es läuft das Spiel: Mal sehen, wer zuerst flüchtet. Wieder ist der Fahrstuhl auf dem Weg nach oben und ich fühle, wie mir der Magen auf das Zwerchfell drückt. Da beiße ich mir ein Stück vom Kloß ab, das bleibt hinten im Hals hängen, als ich versuche, es zu schlucken, und man kann denken, dort sitzt bereits ein Klos. Während ich würge und das Kloßstück bald die Hälfte der Speiseröhre hinter sich hat, knallt der Fahrstuhl in die Tiefe. Alles, was in ihm drin ist, knallt hinterher. Nur eben das Kloßstück besinnt sich auf seine träge Masse, will verharren und die bereits zurückgelegte Strecke Speiseröhre zieht nun rückwärts an ihm vorbei. Es ist wieder oben beim "gefühlten Kloß". Ich würge mannhaft, also leise, in mich rein, beschließe, satt zu sein und, dass man nicht immer gewinnen muss.
Derweil füllt sich der dicke Diedel einen ein. Auch der Funkoffizier kriegt was vom Weinblattsiegel ab. Dann stoßen sie an, auf die Rache des Chefkochs!

Gelbgrüner Gestank

Ich schaffe es noch bis zur Koje. Doch blitzartig bin ich wieder draußen. Auf der Toilette sehe ich das Kloßstück wieder. Danach geht es mir sauwohl und ich denke: Hurra, geschafft! Vorsichtshalber lege ich mich wieder lang und bald darauf stehe ich abermals in der Toilette oder knie vorm Becken, falls da Platz ist. Im ungünstigen Fall muss man eben dicke Backen machen und warten. Bei so viel Lehrlingen und so wenig Toiletten wird der ungünstigste Fall zum Normalfall. Ein Bordfremder müsste nicht fragen, wo denn die WCs sind. Man hört und sieht es. Der Bodenbelag auf dem Weg von den Kammern dorthin erfährt in diesen Tagen eine mehrfach beschleunigte Alterung. Für mich halten Abend und Nacht ausreichend Wiederholungen bereit, nur ohne Kloß.
Bald liege ich mit verquollenen Augen in der Koje. Ich blicke zu Amelie und die freut sich, mich zu sehen. Nur nimmt ein Regenschleier ihr etwas die Sicht. Oder mir? Ich wische mir über die Augen. Die sind schnell wieder nass, bald feuerrot und ich denke, jetzt könnte man was richtig Tieftrauriges lesen und herzhaft dazu weinen. Es würde niemandem auffallen. Das ist der einzige Grund, weswegen ich mir später im Leben hin und wieder mal Seegang wünschen werde. Erst einmal jedoch wünsche ich mir, der Berg- und Talbahn ginge

der Motor kaputt. Die ganze Nacht hindurch brechen wir weiter und fleißig vor uns hin. Bald können es die Toiletten nicht mehr fassen. Lehrbootsmann Salzburg hat Dienst. Er beordert mich und meine Lehrlingstoilettenreinschiffbrigademitglieder, morgens gegen zwei Uhr, zu den WCs. "Da könnt ihr weiterspeien und gleich dabei aufräumen!" Also ziehe ich mit meinen Leuten um das Lehrlingsdeck. Wir arbeiten uns, im Erbrochenen kniend, mit blanken Armen ellenbogentief in die Knie der WCs rein, entstopfen diese erfolgreich und, nachdem wir die Runde rum sind, sind die ersten Schüsseln bereits wieder dicht. Am Morgen stinkt der gesamte Dampfer nach Nur-kurz-angedaut-und-wieder-Rausgebrachtem und nach dem, was wir in der Nacht nicht gleich entdeckt haben, in den Ecken und hinter den Becken. Da wird auch den Lehrlingen noch schlecht, denen die See nichts hatte anhaben können. Grün, blass und kraftlos torkeln wir zur Ausbildung. Es gibt kein Pardon. "Jetzt wachsen die Seebeinchen, da müsst ihr durch!" Seebeine, also laufen auf dem Schaukelpferd, ist so, als wenn man einen Berg hinaufsteigt und der kommt einem dabei entgegen. Nun presst es die Fuß- und Kniegelenksteile gegeneinander und die Oberschenkel in das Becken. Oder, man läuft bergabwärts und der Hang versucht wegzulaufen. Dann schwebt man kurz über dem Deck. Nicht lange, dann klatscht der Dampfer in die See und der Berg kommt einem wieder entgegen. Oder man läuft am Hang und dieser kann sich nicht entscheiden, ist er nun Südhang oder Nordhang. In regelmäßiger Abfolge wechseln kurzes und langes Hangbein von links nach rechts und zurück.
Nach mehreren Tagen im rollenden Schiff läuft man auch später an Land noch breitbeinig. Da besteht die Gefahr, dass der Unkundige im männlichen Nachseegangsseemann einen pubertierenden Angeber vermutet. Manchmal rollt der Dampfer und stampft zugleich, also kippelt nach vorn und zur Seite, tagelang. Dann läuft der Seemann breitbeinig eierig die Berge hinauf, hinunter, ihnen hinterher oder voraus, ohne Pause.

Abgetaucht

Unsere Klasse hat Unterricht in Maschinenkunde. Neben dem Amt des Klassensprechers gibt es nun eine neue Position zu besetzen, die des Pützenträgers. Pütz ist ein Eimer und der ist dann von großem Nutzen, wenn es einem im Unterricht schlecht wird. Und da es fast allen schlecht ist oder wird, reihum, Gott sei Dank, hängen immer zwei, drei oder vier junge Atlantikbezwinger wie die Bremer Stadtmusikanten über dem zehn Liter fassenden Blech. Der, dem in dieser Runde als erstem übel wird, kann sich danach die Haare waschen gehen. In der Pause wird der Inhalt der Pütz Rasmus geopfert. Somit ist Platz für neu zu Spuckendes und der Unterricht in Verkehrsgeographie kann beginnen. Einen Tag später geht die See höher. Die BÜCHNER stampft und rollt ener-

gischer und so, als wollte sie alles frisch Erbrochene von sich schütteln. Braucht sie aber nicht. Es kommt nichts mehr raus aus den Söhnen, deren Mütter ohnmächtig umfallen würden, könnten sie diese jetzt sehen.
"Hängt hier nicht rum wie kraftlose und leer gekotzte Schläuche", versucht der Bootsmann die mit praktischer Arbeit an Deck betrauten Lehrlinge pädagogisch geschickt zu motivieren und schiebt nach: "Vergesst nicht, wenn der braune Ring kommt, den müsst ihr wieder runterschlucken!" Der Bootsmann, ein Mann wie ein Ankerspill, groß und breit in den Schultern, gehört zum "Inventar" der Reederei und es empfiehlt sich sehr, ihm gegenüber nie Zweifel zu äußern, schon fragend kucken kann "tödlich" sein. Im Klassenzimmer tröstet uns Herr Lefranz. "Euch werden schon noch Seebeinchen wachsen", knarrt uns seine Stimme entgegen. Da wird die BÜCHNER von einer etwas höheren Welle erfasst. Die ist auch kecker und steiler als ihre Vorläuferinnen und legt den Dampfer kurz und hart auf die Seite. Es macht flupp und weg ist der Lehrer, ausgerutscht auf gelbgrüner Flüssigkeit, die übel riecht. Kurz darauf taucht er hinterm Pult wieder auf. Wer noch Kraft dazu hat, lächelt kurz müde. Dann brechen und schwächeln wir weiter dem ersehnten Feierabend und der Koje entgegen. Dort lachen uns die Mädchen von den Wänden entgegen. Das ist unfair und keine Kunst, schließlich fahren sie nur als Fotos mit. Also wenig Trost auch von dieser Seite.
Wir würgen und röhren uns noch zwei weitere Tage durch Ausbildung, Wachdienst und Freizeit. Diejenigen, die nicht mehr bis zur Toilette kommen, sind froh, wenn sie es bis zum Schanzkleid schaffen. Dort fragen sie nicht, woher der Wind weht, und platzieren lustige braun-grün-gelbe Punkte und Klekkse an die schön weißlackierten Aufbauten. Die Sonne brennt diese fest und es wird viel zu schrubben geben im nächsten Frieden. Der aber ist später, die Suppe steht jetzt am Zäpfchen. Der Bootsmann hat gewarnt: "Brichst du in die See, dann nicht nach Luv, sondern nach Lee" und muss nun trotzdem zukukken, wie sein Schiff verschandelt wird. "Die werden jeden Schluck Spucke wiedersehen und gnade ihnen Gott, da kommt nicht weiß drunter vor!", grollt er in sich rein, lächelt jedoch seinen Lehrlingen verständnisvoll zu. Schließlich fährt er auf einem Lehrschiff, mit Pädagogik und Menschenführung und so. Unser Lehrbootsmann, Papi Schröder, macht in Optimismus: "Kopf hoch, die meisten von denen, die heute große Pötte um die Welt steuern, haben früher genauso gekotzt wie ihr jetzt!"

Mann über Bord

Am Morgen des dritten Tages flachen die Kämpfe zwischen Würgereiz und Peristaltik in Speiseröhre und Magen langsam ab, aber die See geht höher. Mittags dann zieht sich der Himmel zu, der Wind wird stärker und die Sicht schlechter. Der Unterricht ist zu Ende und wir warten auf das Abendbrot, da schrillt die Alarmklingel: Mann über Bord! Wir schnappen unsere Rettungskragen und flitzen zu den Stellplätzen. Über Bordlautsprecher ordert der Erste Offizier: "Alle Besatzungsmitglieder zum Ausguck auf das B-Deck. Ein Panamese hat im Sturm ein Besatzungsmitglied verloren, wir helfen bei der Suche. Vorsicht, es ist mit heftigen Schiffsbewegungen zu rechnen!" Wenig später spät die gesamte Besatzung, gleichmäßig über Backbord und Steuerbord verteilt und mit beiden Händen an der Reling sichernd, im Grau des einbrechenden Abends nach dem verunglückten Seemann. Wir erfahren, in solchen Fällen zählen weder Nationalität noch Glauben und Fahrplan. So fühlen wir uns nun in die große Gemeinschaft der Seefahrer aufgenommen und suchen, "wie die Teufel". Seit zwei Stunden rollt und stampft die BÜCHNER in der aufgewühlten See. Die Dämmerung droht mit dem Ende der Suche bei Nachteinbruch. Mehr als zweihundert Seeleute klammern sich an den Handläufen des heftig bewegten Dampfers fest. Mancher steht ungeschützt und friert in der gischtdurchnässten Kleidung. Wir suchen, die Augen aus den Höhlen pressend, auf den Wellenbergen und in den Tälern nach dem in der See Treibenden.
Plötzlich schreit der Bootsmann auf, springt vom Beobachtungsplatz, vorn bei den Unterrichtsräumen, weg und hin zur Schiffswand. Dort greift er sich einen Rettungsring und rennt mit dem zur Reling an der Achterkante von Luke IV. Mit aller Wucht schleudert er ihn über Backbord in die See. In der Nähe des Aufschlages treibt ein Mensch. Das Gesicht im Wasser, hat er Arme und Beine weit von sich gestreckt und wohl gerade seinen Weg zu Rasmus angetreten. Jetzt hat auch der Letzte von uns begriffen: Wir fahren zur See, und das nicht im Kino! Mit "Hart Backbord!" führt Kapitän Schickedanz die BÜCHNER in den Williamsen-Turn. Darauf hin dreht der Dampfer los, wirft sich zweimal mächtig auf die Seite, ist dann auf Gegenkurs, läuft GANZ LANGSAM VORAUS am Verunglückten vorbei und die Situation ist eindeutig. Nach einem kurzen Blick zu seinem Ersten Offizier entscheidet der Kapitän, keine weiteren Seefahrerleben aufs Spiel zu setzen. Das Boot bleibt im David und die Leiche gehört dem Atlantik.
Der Bootsmann wischt sich die roten Augen - "von dem Scheiß-Salzwasser hier" - und als er unsere fragenden Blicke sieht, will er uns trösten. "Mehr ist manchmal einfach nicht möglich. Der hat endgültig abgemustert." Dann muss er noch etwas an Deck richten und macht das heute lieber allein. Am nächsten Morgen ist Arbeitsverteilung am Kabelgatt. Uli versteht den "Genossen Naumann" nicht sofort, fragt noch mal nach und da trifft ihn der Schrubber an der Brust. "Hast du nun verstanden?", will Manne nicht wirklich wissen und erinnert

uns daran: "Ich weiß nicht, wo hier ein Genosse Naumann angemustert hat. Ich bin der Bootsmann!"

Nadelarbeiten

Bald sind wir wieder gesund, hängen in Gurten, an Leinen und auf Stellagen, an, vor, hinter, über und neben den Aufbauten und wischen, was das Zeug hält. Alle Bulleyes, Schotten, Türen und Fenster sind weit offen. So hat die frische Atlantikbrise leichtes Spiel mit den letzten sauren Gerüchen im Schiff. Nie wieder später hat Reinschiff solchen Spaß gemacht. Endlich sind wir seetauglich. Der Lebensmut kehrt wieder und mit ihm der Hunger. Der Chefkoch gewährt großzügig Nachschlag. Er ist deutlich im Plus und sein nächster Verbündeter nahte: Die Hitze. Mit jedem Tag der Reise wird es nun spürbar wärmer. Wir nähern uns zügig den Tropen. Immer öfter trifft man sich bei den großen schwarzen Teetöpfen vor der Kombüse. Wer spät am Abend noch Durst hat, kommt nicht umhin, es knacken zu lassen. Was nicht knackt, krabbelt flink unter die Regale und, ist der Durstige weg, wieder hervor. Es knackt oft und trotzdem werden die Kakerlaken nicht weniger. Das eine oder andere Knacktier versucht sich im Teefreischwimmen. Dann treibt uns der Durst zur Wasserleitung. Feste Nahrung nehmen wir nur zu uns, weil der Verstand sagt, das muss so sein. In dieser Hitze reichen kleinste Mengen, um satt zu sein. Die gute Laune des dikken Diedel steht am Speiseplan: Obstkaltschale! Hin und wieder kriegt die gute Laune ein Kind. Dann spendiert der Chefkoch hektoliterweise Limonadensirup, hundertfach verdünnt mit Wasser und Eis drin. Ohne Pause schütten wir das Zeugs in uns rein, doch läuft es am Hals, schon als Schweiß wieder raus. Am Seemannssonntag löst Speiseeis nun den Kuchen ab.
Seemännische Handarbeiten stehen auf dem Ausbildungsplan. Dort erfahren wir, dass man mit einer "Englischen Trompete" keine Musik, aber Taue kürzer machen kann, ohne diese abschneiden zu müssen. Lehrbootsmann Stark zeigt uns Knoten, die unter Last lösbar sein müssen und Lehrbootsmann Salzburg weiß, dass "faule Mädchen - lange Fädchen" bevorzugen. Mit Flachnähten setzen wir Flicken auf Segeltuchlöcher, fügen mit Rundnähten Segeltuchteile zusammen und setzen einfache oder doppelte Bootsmannsnähte dort, wo ein besonders guter Halt gefragt ist. Auf die Nadellänge sieben Stiche und jeder von denen parallel zum anderen ist die Forderung. Wir nähen wie die Kunstschneider. Unsere Muttis wären stolz auf uns. Die Bootsleute sind es nicht immer und dann wird der “ganze Mist” aufgetrennt und los geht's bei Null. Wir schneiden Tauwerk in kurze Stücke und flechten deren Enden so geschickt ineinander, dass diese nicht aufdreddeln oder eine Schlinge, seemännisch: Ein Auge, kriegen. Nach dieser Reise und zurück an Land werden Hunderte von kunstvoll verkorksten Mutti-Wäscheleinen der wäscheaufhängenden Nachbarin zeigen:

Mein Junge ist Seemann!
Drahtspleißen steht auf dem Lehrplan. Also sollen nun auch Drähte Augen kriegen. Das sieht nicht selten erst einmal wie Verkehrsunfall aus. Da dürfen wir in der Freizeit weiterüben. In freiwilliger Freizeitarbeit nähen wir unserem Schiff ein neues Gangwaykleid. Im Anschluss daran färben wir es weiß ein und malen das Blau-Rot-Blau und die Buchstaben unserer Reederei darauf: DSR. Dahinter platzieren wir mit großen schwarzen Buchstaben: MS GEORG BÜCHNER und fertig ist der maritime Einlaufschmuck. Schon auf dem Weg durch den Seekanal und hin zur Pier, wird er den vom Malecon zum Schiff herüber Staunenden entgegen strahlen und zeigen, Kapitän Schickedanz und seine Jungchens sind wieder da!

Blockadebrecher

Übermorgen werden wir Havanna erreichen. Was wird uns erwarten? Wir träumen von Palmen, weißen Stränden, prachtvollen karibischen Villen, andersfarbigen, lustigen Menschen und Landgang mit Bier, endlich mal wieder! Der Praxislehrplan steht voll im Zeichen des baldigen Lösch- und Ladebetriebes. Wir trainieren das Klarmachen der Luken und der Ladegeschirre, werden in die Lukenwache eingewiesen und in die Tallierung. Die "Pädagogik" ahnt unsere Vorstellungen und hat deshalb Landeskunde auf den Plan gesetzt. Hätte sich Columbus damals nicht verfahren, würden wir nun bald die EASTAMERICANS erreichen. Es sind aber die WESTINDIES und so erfahren auch wir, man findet nicht immer das, was man sucht.
Wir hören von Fidel Castro, dessen Revolution, dem für lateinamerikanische Verhältnisse beispielhaften Gesundheits- und Bildungssystem für alle, von den Rationierungen bei den Lebensmitteln und dem Benzin, von der offiziellen Währung PESO, der inoffiziellen Währung DOLLAR und also, dass die Amerikaner eine Handelsblockade gegen Kuba verhängt haben. Deshalb laufen regelmäßig sowjetische Tanker Kuba an, damit auf der Insel das Licht nicht ausgeht. Die Stückgutfrachter der sozialistischen Handelsflotte bringen fast alles, was die Kubaner zum Überleben brauchen. Auf ihrem Rückweg nehmen sie Zucker mit, den die RGW-Länder nicht brauchen und trotzdem bezahlen. Das Geld wiederum braucht Kuba sehr. Mit vier Kubabesuchen pro Jahr steht die BÜCHNER weit oben auf der schwarzen Liste der Amis. Morgen sollen wir nordwestlich der Bahamas auf Südkurs gehen und später mit der Passage von Miami, Bundesstaat Florida, erneut die Blockade brechen. Unsere sechzehn Jahre alten Hirne stellen sich das natürlich sehr heldenhaft vor. In der Nacht kommen wir kaum zur Ruhe.
Der Tag der Heldentat ist angebrochen. Nichts an Bord deutet auf Mutiges hin, abgesehen von einem Matrosen, der die Flaggen der DDR und der DSR im

Mast hisst und, weil sich eine Leine verklemmt hat, nun der Flagge hinterher in luftige Höhe klettern muss. Dann endlich taucht die Skyline von Miami aus dem Meer. Bald darauf erkennen wir den langen bunten Strand, viele Boote im Wasser und kleinere Flugzeuge am Himmel. Von Land aus müssen wir gut zu sehen sein. Mutig und stolz kucken wir zu den Amis rüber. Möglicherweise quengelt dort nun ein kleiner Burger-Vielfraß seine Mutti: "Mutti, was iss'n das da?", und Mam antwortet: "Ein Boot, Darling", und Daddy korrigiert, so wie es jeder Ehemann auf dieser Welt tun würde: "it's a vessel, my dear, sag deiner Mam, es ist ein Schiff!". Kann sein, die US-Coast-Guard hat gerade einen seiner Flieger in der Luft. Der muss nun möglicherweise eine zusätzliche Schleife drehen und meldet danach zurück: "Die Kommunisten auf Kuba-Kurs." Das Headquarter bestätigt: "Ach, die schon wieder!" Weiter geht's mit Dienst nach Vorschrift, Coke in der Hand, Gum in der Backe und Freedom im Blick. Am Nachmittag ist die Blockade gebrochen, der Weltfrieden noch immer intakt und wir sind Helden. Am Abend macht uns der diensthabende Lehrer klar, auch Helden müssen einen sauberen Hemdkragen vorweisen, wollen sie an ihm vorbei in die Messe gelangen. Im Anschluss an das Abendbrot findet die Generalprobe des Fanfarenzuges an Luke IV statt. Das Schiff gleicht einem Ameisenhaufen. Die Wärme und die Unruhe treiben uns an Deck. Was werden wir auf Kuba erleben? Mit Windhutzen, die schräg abgesägten Ofenrohren gleichen und von innen durch die Bulleyes nach außenbords gesteckt werden, fangen wir Fahrtwind ein und leiten ihn in die Kammern. Trotzdem bleibt es im Schiff sehr warm. Wir wissen, bald wird es keinen Fahrtwind mehr geben, aber ahnen nicht, gegen das, was dann kommen wird, ist das Schwitzen heute eigentlich schon wieder Frieren. Nach der Aufforderung "Ruhe im Schiff" bleiben die Kojenlampen heute länger angeschaltet. Wird es bald Landgang geben? beschäftigt uns. Und, wird Post da sein? Die Blicke gehen zu Amelie und ihren Schwestern. Mehr als dreißig Jahre später, liebe Muttis, werden wir es euch ja verraten können. Na klar, zuallererst war es die Post von den Freundinnen, die wir sehnsüchtig erwarteten!

Dann gehen die Lichter doch aus und irgendwann in der Nacht rappeln Wände, Tische, Schränke und Türen nicht mehr. Die Hauptmaschine steht und der Anker hält das Schiff am Grund der Außenreede von Havanna. Die BÜCHNER schaukelt sanft in der Dünung und will ihre jungen Helden in den Schlaf wiegen: Die erste Überfahrt ist geschafft, ihr ward tapfer, träumt was Schönes! Doch wir wälzen uns unruhig in den Kojen durch die Nacht und fiebern dem Abenteuer Kuba entgegen.

Mit Pauken und Trompeten

Vor dem Wecken schon sind wir wach. Ein lauer Wind schickt uns den Geruch von Salz, Schweröl, Schlamm und Schwüle ins Schiff. Schneller als sonst sind wir zum Frühsport an Deck und verrenken uns anstelle der Glieder heute mal die Köpfe. Jeder will endlich Kuba sehen. An der östlichen Mole der Hafeneinfahrt erkennen wir eine alte Festung und Brandung an einer Mauer ihr gegenüber. Das kann nur der Malecon sein, die Uferpromenade, die Havanna vom Meer trennt, ahnen wir und denken uns Palmen vor die prächtige Silhouette der Stadt. Beim Frühstück erfahren wir, der Hafenlotse ist im Anmarsch. So stopfen wir ganz schnell das Essen in uns rein und flitzen wieder hoch an Deck. Der pädagogische Tagesbefehl lautet: Zum Einlaufen ist Winken angesagt. Das solidarische Volk der DDR grüßt das revolutionäre Volk Kubas. Also gibt es heute nur theoretischen Unterricht. Anzugsordnung: Khaki! Die Fanfarenzügler sind ganz in Weiß gekleidet, leicht nervös und in Bereitschaft. Auch die Stammbesatzung wirkt aufgekratzt.
Die Dame BÜCHNER ist geschmückt wie zum Opernball. Perlweiß schicken die Aufbauten ihr schönstes Lächeln in Richtung Havanna. An der Steuerbordseite der Aufbauten hat der Bootsmann über Nacht die letzten Flecken ausbessern lassen. Für Backbord hat die Farbe nicht ganz gereicht. Doch das ist nicht so schlimm. Mit dieser Seite wird sich die BÜCHNER beim Auslaufen verabschieden. Die darf also traurig aussehen. Die Gangway trägt ihr neues weiß-blau-rot-schwarzes Kleid und der Dampfer ist über alle Toppen geflaggt. Eine lange Wimpelkette zieht sich, vorn beim Rostocker Greif beginnend, über die Masten und an der kubanischen Flagge, der DSR-Flagge und der Lotsenanforderung vorbei bis ganz nach achtern zur DDR-Flagge.
Am Vormittag, kurz vor Smoketime, nähert sich uns vom Hafen her ein kleines weißes Motorboot. Die Hauptmaschine rappelt wieder los und mit ihr Tische, Wände und alles, was nicht nietfest ist. Das Ankerspill wickelt sich mehrere Längen rostiger Kette zurück an Bord und hievt den Anker in die Klüse. Das Lotsenboot macht längsseits fest. Mister Pilot, braun gebrannt und ganz in Weiß, klettert die Lotsenleiter empor, wird vom III. Nautischen Offizier in Empfang genommen und hoch zur Brücke gebracht. Dann nimmt die BÜCHNER langsam Fahrt auf. Auf ihrem Drehkreis über Steuerbord schwenkt sie den Bug unter der Sonne durch und hält auf die Einfahrt zu. Der Fanfarenzug hat auf Luke IV Position bezogen. Wir blasen und trommeln uns warm. Es wird ernst. Eine Durchsage befiehlt alle Freiwächter nach Steuerbord, wenig später folgt "Achtung!" und Kapitän Schickedanz läßt Backbordruder geben. Daraufhin läuft die BÜCHNER zwischen die Molen, hat das Castell Morro an Backbord, den Malecon an Steuerbord und das Schiffstyphon brummt majestätisch seinen Gruß rüber zum Malecon. Das ist gleichzeitig das Signal für den Fanfarenzug und so schicken wir den Marsch "Glück auf, Glück auf - der Steiger kommt!" als typisch seemännischen Gruß zu den neugierigen Kubanern.

Die bejubeln unseren musikalisch-bunt-militärischen Einmarsch und haben danach richtig was zu tun. Mit dem Schiff der Alemanos kommt Arbeit ins Land, es winken gute Geschäfte und der Durst der Marineros beschränkt sich nicht nur auf Serveza und Havanna Libre. Im festlichen Zwirn von B- und C-Deck winkend, grüßt die Besatzung des DDR-Handelsschiffes und tapferen Blokkadebrechers das stolze kubanische Volk. Der Fanfarenzug legt ein paar Märsche nach. Dazu wirbelt der Tambourmajor den Stock durch die Luft und die Jungs an den Trommeln hauen tüchtig auf die Felle. Die manchmal nicht treffgenauen Töne der Fanfaren korrigiert der Fahrtwind und läßt als Ausgleich dazu die blauen Fahnentücher flattern. Kapitän Schickedanz grüßt, mit weißgekleideter Hand an goldumrandeter Schirmmütze, aus der Steuerbordnock zum Ufer hinüber. Dabei schaut er stolz hin und wieder auf seine Offiziere, Unteroffiziere, auf die Mannschaft, die Ausbilder und seine Jungchens an Deck. Obwohl er dabei windgeschützt steht, scheint er eine Menge Fahrtwind abzukriegen. Den reibt er sich wiederholt aus den Augen. So kann ein Kapitän schließlich nicht rumlaufen. Dann ist die BÜCHNER in ihrem kubanischen Heimathafen. Der Anker fällt auf der Innenreede und das Warten geht weiter.

Somos Marineros

Das Wettrennen der kubanischen Behörden zur BÜCHNER hat begonnen. Den Teilnehmern winken Sandwiches, Bier, Cola, Kaffee, Zigaretten oder, bei richtigem Timing, ein deutsches Mittagessen. Immigration, Zoll, Port Authorities, Makler, Shipshandler und "many other good friends" setzen in Booten zu uns herüber, bringen wichtige Botschaften, Formulare und Verhaltensvorschriften. Der Reedereivertreter ist an Bord und vertröstet uns auf die nächste Woche. Da kommt die Botschaftspost und es müsste auch für die BÜCHNER etwas dabei sein.

Vorerst soll es von Innenreede aus keinen Landgang geben. Doch wir erhalten bereits unsere Landgangstickets und einen strengen Hinweis: "Schmuggelt nichts raus und alles, was auf der Karte angekreuzt ist, muss wieder mit zurückgebracht werden in den Hafen. Hemden, Hosen, Schuhe, Armbanduhren, Kämme, Kaugummi und Zigaretten sind gefragte Tauschobjekte an Land. Fehlt eines davon bei Rückkehr, kann das sehr teuer werden!" Am nächsten Morgen machen wir unter Anleitung unserer Lehrbootsmänner zum ersten Mal das Schiff löschklar. Jetzt zeigt sich, ob wir Ordnung in den Fitz von Tauen, Drähten und Ketten bringen und also die Ladebäume in Stellung bringen können. Es klappt leidlich und dann sind die Luken dran. Lukenkeile, Schalkleisten und Persenninge sind bald entfernt. In Sicherheitsgurten an Sicherungsdrähten hängend, balancieren wir über Scherstöcke und räumen die hölzernen Lukendeckel weg und zur Seite. Zum Schluss werden die Lukenzelte zum Schutz vor

Regen gesetzt.
Das Warten geht weiter. In den nächsten Tagen wechseln Theorie und Praxis einander ab. Morgens begrüßt uns das ölig-salzig-schlammig riechende Hafenwasser. Gleich darauf schwitzen wir los. Mittags flimmert Havanna uns tropische Sommergrüße herüber zum Schiff. Wir kommen mit trinken nicht nach. Abends hängen wir "wie geplättet" irgendwo am Oberdeck rum und sind der untergehenden Sonne unendlich dankbar. Manchmal ist Kino an Luke IV. Bald kennen wir alle Filme an Bord und tauschen diese gegen Filme von sowjetischen Schiffen, die gleich uns am Anker warten. Tage später erreicht uns endlich die versprochene erste Post. Morgens ist der Reedereivertreter beim Kapitän und zum Mittagessen teilen die Lehrer die Briefe aus. Ich gehöre zu den Glücklichen, deren Eltern sich beeilt haben, den Söhnen Trost und Kraft zu spenden. So erfahre ich, dass das schwarze Ungetüm wohlbehalten zu Hause angelangt ist und mit ihm Vater und Mutter. Und dass sie stolz auf mich sind. Ich soll tapfer sein und meine gute Erziehung nicht vergessen. Da denke ich schnell mal an Bootsmann Naumann und Herrn Lefranz und kann die Mutter beruhigen: Ich werde täglich dran erinnert!
Manch einer der Lehrlingsseemänner hält Freundinnenpost in der Hand und bald darauf beginnt der Abzug der Fotos von den Kojenwänden. Rostklopfen, Farbewaschen, Vorreiberfetten, Deckschruppen, Unterricht und Hitze beinahe rund um die Uhr machen den Verlust nicht erträglicher aber lenken wenigstens am Tag wirksam ab.
Dann gibt es doch Landgang von Reede aus. Abends nach Dienst stehen wir zur Landgangsmusterung vor dem Lehrbootsmann, werden noch mal an die Vorschriften erinnert, setzen über an die Pier und laufen zum Hafentor. Dort erhalten die Landgangskarten, nach strenger Musterung durch die Zöllner, ihr Kreuz hinter Hemd, Hose, Schuhen, Kaugummi, Armbanduhr und Kamm. Doch bald darauf kämpfen Versuchung und Verbot in den Bars und Servezerias der Altstadt ihren ungleichen Kampf. Von der "Landgangsausrüstung" bleiben so nur die Kreuze auf den Zolltickets übrig. Nach wochenlanger Enthaltsamkeit tun drei Alubecher voll Bier ihre Wirkung in Jungseemanns Hirn. So finden wir gerade noch den Weg zurück zum Hafentor. Die Zöllner staunen schon lange nicht mehr darüber, dass Lehrlinge in zwei Stunden zwanzig Zigaretten rauchen, zehn Blättchen Kaugummi kauen und beinahe jeder seinen Kamm verloren hat. Die BÜCHNER liegt ja nicht das erste Mal hier im Hafen. Trotzdem trifft uns ihr drohender Blick: Übertreibt den Spaß nicht! In dieser Nacht schlafen wir schnell ein, sind bald wieder wach und nüchtern und erfahren von Lehrlingskollegen, man kann auch Unterhemden, Socken und Taschenuhren tauschen. Ron con Cola kostet einen Peso und ist nicht teurer als Bier.
Endlich geht das Schiff an die Pier. Eine Flut von Stauern bricht über die BÜCHNER herein und läßt die Tauschgeschäfte für uns weniger gefährlich werden. Sie finden jetzt an Bord statt. Bald ist an allen Luken der Löschbetrieb in vollem Gange. Die Kisten schaukeln an den Ladehaken aus der Luke, über die

Reling hinweg und hinüber an Land, da wechseln in den dunkleren Ecken an Bord die entbehrlichen Garderobe- und Uniformteile die Besitzer. Am Reiseende und wieder zu Hause bei Mutti werde ich "dicke Tränen" weinen: “Ich hatte die Badehose, das Hemd und die Landgangshose gerade so schön gewaschen und zum Trocknen aufgehängt, da kam eine Riesenwelle und weg war das Zeug, ehrlich!” Doch erst einmal habe ich ein paar Peso in der Tasche und freue mich auf den Sonntag. Da ist arbeitsfrei und Landgang ganztägig möglich. Am Sonntagvormittag bestaunen wir das Capitolio, die Kathedrale, die Villen der Kolonialzeit und die Vielzahl der Ami-Schlitten, die, noch im fahrbereiten Zustand, das Straßenbild prägen. Wir sehen Geschäfte, in denen es nichts zu kaufen gibt, Häuser in sehr schlechtem Zustand und kärglich eingerichtete Wohnungen. Doch es gibt auch viel Lachen mit großen Zahnlücken und aus noch größerem Herzen. Am Nachmittag schlendern wir den Malecon entlang. Wir verschenken Kaugummi an bettelnde Kinder und erfahren von diesen, beinahe jedes hat eine große Schwester und wenn wir eine Taschenuhr besäßen, hätte die große Schwester auch gleich eine Idee, was sie uns dafür bieten könne.
In der FLORIDIDA-BAR endet der Abend. Das gesehene Elend, aber auch die ungebrochene Fröhlichkeit der Kubaner, wirken in uns nach. Der Gedanke, dass es den Kubanern noch gut geht, verglichen mit vielen anderen lateinamerikanischen Völkern, verhindert nicht die ersten Kratzer auf dem Bild von der romantischen Ferne, den exotischen Ländern, der schönen Seefahrt und dem Sozialismus. Dann zieht der Erste von uns seine Socken aus. "Tres Servezas, por favore! Somos Marineros!"

Ein Brief

Die Löscharbeiten gehen zügig voran. Die BÜCHNER soll auf ihrer Rückreise Vollschiff Zucker in Matanzas laden. Eile ist geboten. Die Regenzeit kann das Laden unberechenbar machen. Nach und nach werden die Luken leer. Wir fegen diese besenrein und wechseln gesplitterte Schweißlatten aus. Schließlich sollen die Zuckersäcke nicht beschädigt werden. Wir setzen Scherstöcke ein und das Luckendeckelpuzzle drauf, machen die Ladegeschirre seeklar und freuen uns auf den nächsten Hafen.
Dann ist es so weit: Klar vorn und achtern!
Der Lotse ist an Bord. Wieder rappelt die Maschine. Gleich darauf schwimmt der Dampfer frei von der Pier und Kapitän Schickedanz grüßt nun vom Backbord aus rüber zum Malecon. Wir erkennen unsere Bars dort, der Fanfarenzug schmettert seinen Steiger & Co., dann ist der Lotse von Bord und wir versegeln nach Matanzas an die kubanische Nordostküste. Einen Tag später kommen wir an. Die BÜCHNER darf gleich an die Pier. Luken und Ladegeschirre werden

klar gemacht. Zucker in Säcken soll geladen werden und bald rollen die ersten Waggons mit dem Hauptexportgut Kubas heran. Wir nehmen die Lukenzelte weg, die erste Hiev hängt am Haken, plötzlich wird es dunkel, die Zuckersäcke schweben zurück an Land, also werden die Lukenzelte wieder gesetzt, es fallen die ersten Tropfen und das Warten beginnt. Nun regnet es tagelang und ohne Pause. Am zweiten Tag bringt der Redereivertreter wieder Heimatpost. Endlich ist auch der ersehnte Brief von Amelie dabei! Sofort kramt der Bauch nach Amelie-Akkus, zapft die an und schickt die Inhalte hoch zum Kopf. Der schmeckt die Küsse wieder, riecht Gurkenmilch auf Mädchenhaut, fühlt die flauschigen Haare in ihrem Nacken, die anfangs stören und später unbedingt dort sein müssen, und ich hätte sie jetzt so gern hier gehabt. Ich verzieh mich in meine Koje und will allein sein mit ihr, ihrem Brief, ihrem Bild und mit mir. Der Brief ist schnell gelesen und endet mit "Amelie". Liebe und Seefahrt passen nicht zusammen, meint die Mutter. Zusammen mit den wenigen Zeilen stecke ich ihr Bild in den Umschlag. Doch der Bauch gibt keines seiner Bilder her. Gut, dass es in Strömen regnet. Ich nutzte die Chance. Vom Oberdeck aus schaue ich den Tropfen entgegen und weit über die Hafenausfahrt hinaus. Es wird nicht der letzte Brief dieser Art sein, aber später dann, werde ich wenigstens reagieren können. Die Hilflosigkeit jetzt ist das Schlimmste. Es ist so brutal, ohne jegliche Chance zu sein. Man kann nicht mal schnell anrufen oder hinfahren und fragen: Ist es nur die Mutter, die "Schluss" rät? Ich müsste nun sagen: Ab mit dem Brief und den Akkus in die große Seekiste! Amelies gibt es wie Wasser im Atlantik. Aber der Kopf weiß, das es nicht stimmt. Und außerdem, der Bauch tut ihm Leid. So setzt der Kopf auf seinen Verbündeten, die Zeit. Natürlich ahnt der Bauch, dass der Kopf irgendwas plant. Da räumt er ganz schnell alle Amelie-Speicher weit weg und rein in die entferntesten Ecken. Da kommt keiner ran, hofft er. Er weiß nicht, die Zeit wird ihm hin und wieder, vor allem nachts, einen Akku klauen, hoch zum Kopf schicken und dieser versuchen, ihn gemeinsam mit den Träumen ins Vergessen zu entlassen.
Bald benötige ich den Regen nicht mehr als Alibi. Irgendwer, einer von denen, die auch kein "Guten Morgen" oder "Gute Nacht" mehr vom Foto über der Koje erwartet, schlägt vor: "Ach, die doofen Weiber, wer braucht die denn?!" Zu schnell und zu laut geb ich ihm Recht. Ich bin nicht der Einzige, der Abschiedspost erhält zu einer Zeit, in der genau das Gegenteil so sehr wichtig gewesen wäre. Die Leere im Kopf läßt keine rechte Freude aufs Ladeende aufkommen. Kurz vorm Auslaufen trifft die vorerst letzte Postsendung auf der BÜCHNER ein, kann aber im Lehrlingsdeck kaum noch Schaden verursachen. Ein paar Freundinnen überleben die erste Seereise. Deren Freunde wissen nun, sie werden sich um das Glück sehr bemühen müssen. Die Niederschläge halten sich in Grenzen. Drei Wochen später ist die BÜCHNER randvoll mit Zucker beladen. Jeder Sack wurde per Hand und keine Ecke auslassend in die Laderäume gestaut. Luke III ist voll Rum, in Fässern und Flaschen.
Wir sind klar zur Heimreise.

Homeward ho!

In der dritten Oktoberwoche läuft die BÜCHNER von Matanzas ab. Auf der Nordhalbkugel hat der Herbst begonnen. Wie jedes Jahr schmückt sich Mutter Erde in den nördlichen Breitengraden mit einer Kette ansehnlicher Tiefdruckgebiete, die den Nordatlantik als Sturm- oder Orkantiefs unsicher machen. Wer nicht unbedingt dicht am Tiefdruckgürtel entlang oder hindurch muss, spart sich das tagelange Stampfen und Rollen in haushoher See. So macht die Zeit der Herbststürme, dass Kapitäne besser die kürzere Großkreisroute meiden und den längeren Südweg zum Kontinent wählen. In Frühjahr und Herbst ist der oftmals der schnellere. Im Lehrbetrieb spielt die Theorie wieder die Hauptrolle. Nach einer Woche auf See schickt uns der herbstliche Atlantik Dünung als Gruß und Warnung: Ihr entgeht mir nicht. Letztlich müsst ihr ja doch durch die Biskaya, um nach Hause zu kommen. Uns macht der Seegang nichts mehr aus. Nur ein Lehrling kann sich nicht dran gewöhnen. Für ihn endet der Traum von der See nach dieser Reise.
Die BÜCHNER kommt gut über den Atlantik, liegt in der Biskaya bei mäßigem Schiebewind aus West und nordwestlicher Dünung wie eine dicke Ente im Teich und ein wenig enttäuscht sind wir schon. Wo ist er denn nun, der erste Sturm? Papi Schröder erinnert uns: "Jungs, das ist hier kein Kino! Ihr werdet euren Sturm noch kriegen, versprochen!" Das Reiseende zieht sich. Wir wollen nach Hause. Englischer Kanal, Nordsee, Skagerak und Ostsee fressen noch einmal drei Tage, dann sehen wir das morgendliche Warnemünde bereits, die Seesäcke sind gepackt und es passiert: Fall Anker!
Das ist ein Gefühl, wie wenn einem die Freundin die feuchtglänzenden Lippen hinhält und dann fällt ihr ein: Ach nein, ich muss mich erst noch ein wenig kämmen. Im Hafen soll kein Liegeplatz frei sein. Kapitän Schickedanz weiß: Der Zucker hat Zeit, der kann warten. Doch seine Lehrlinge müssen nach Hause. Sie haben so viel erlebt. Das muss raus und erzählt werden, den Eltern, den Kumpels und, wer eine hat, der Freundin. Die Köpfe müssen frei sein zur nächsten Reise. Also informiert er die Reederei: Notfalls laufe ich ohne Lotsen ein und ankere auf der Wendeplatte. Die Reederei kennt ihren Kapitän, hegt nicht den geringsten Zweifel an dessen Entschlossenheit und nun werden die Schlepper im Hafen aktiv. Am Nachmittag erlöst uns die Durchsage des Leitenden Pädagogischen Offiziers. "Alle Lehrlinge, die ihre Nachtzüge noch erreichen können, dürfen sofort absteigen!" Wir werden nur wenige Tage zu Hause sein, dann soll ein Theorieblock auf der HECKERT folgen und das Auslaufen zur nächsten Reise ist zu kurz vor Weihnachten geplant. Noch einmal rappelt die Maschine los und die Ankerkette wirft Dreck an Deck. Dann schickt der Dampfer seine Bugwelle gegen die Molen, die BÜCHNER wird auf der Wendeplatte in Position gedreht und bald darauf von den Schleppern an die Pier gezogen und gedrückt. Wieder folgt Warten, diesmal auf die Einklarierung, die Behörden. Das Schiff war nur in Kuba. Keine schwere Aufgabe für Zoll und

Passkontrolle. So sind sie schnell wieder von Bord. Wenig später fliegen die ersten Kronverschlüsse von den Bierflaschen und wir rattern mit der Reichsbahn der Heimat entgegen.

Nach der Hungersnot

Ich klingele, die Tür geht auf, die Mutter sieht mich und hat noch Vorfreude im Gesicht. Die kippt schlagartig in Entsetzen und beinahe gemeinsam mit der Mutter um. Dann bricht sie in Tränen aus. Vom Vater setzt es was an den Hinterkopf: "Was hamse denn mit dir gemacht?", lacht er und ich bin zu Hause. Seegang, Tropen und die Arbeit an Bord haben sich beinahe zehn Kilo meines Gewichtes geholt. So schlabbere ich in meinen Klamotten im Look der späten Neunziger durch die Welt und bin also der Zeit weit voraus. Sofort muss nun Mutti für ihr Küken, das jetzt ein Mann sein soll, "was Feines" kochen. Vati nutzt die Chance und köpft zwei Flaschen Bier, später noch zwei, und ich sprudele aus mir raus "was ich alles so erlebt habe". Später bin ich knüppeldick satt, spüre die Wirkung der dritten Flasche Bier, werde müde, falle um und schlafe ein und lange.
Am nächsten Tag ist Vorstellung bei Oma und Opa väterlicherseits und Spaghettiessen bis zum Platzen. Noch einen Tag weiter schlägt auch die Abwehr der Zwangsernährung bei Oma und Opa mütterlicherseits fehl. Dann ist Wochenende. Der Bus bringt mich nach Hartha und im SCHWAN spähe ich nach einem Zipfel von Amelie. Ein "Freund" verrät mir: "Die hat einen Neuen, willst du wissen wen?" Nein, will ich nicht und muss es nun trotzdem erfahren. Also, den "Neuen" kenne ich gut. "Ist ein Kumpel von früher, aber nicht viel los mit dem", lasse ich ein wenig beleidigte Leberwurst rauskucken. Da hat mein "Informant", was er will, und ich beginne an der Bar mit aktivem Vergessenwollen. Nachts halb eins fährt der letzte Bus. An der Haltestelle Bahnhof angelangt, rufe ich: "Wer noch mit Fete feiern will, mitkommen!", und staune, wie viel Leute so ein Bus wegschleppt. Kurz darauf klappen in der elterlichen Wohnung Kühl- und Brotschranktüren, bleibt der Schraubverschluss gleich neben der Wodkaflasche und ganz schnell ist die Kiste Bier leer. Gegen drei sind die letzten gegangen. Da kommt der Vater aus der Schlafstube und mit ihm die Botschaft: "Darüber reden wir am Mittagstisch." Er weiß noch nicht, auch das Goulasch ist nicht mehr da.
Ich ziehe den Schlaf soweit ich kann hin, doch die Unruhe treibt mich am frühen Sonntagnachmittag aus dem Bett. Meine Eltern sind satt, aber nicht vom Essen. So intensiv haben sie sich das Landleben eines Seemannes nicht vorgestellt und keine Lust auf Wiederholung. Nun hätten sie aber Hunger und wohin ich sie denn nun einladen wolle? Im Hintergrund gähnt der Kühlschrank und die Bierkiste steht leer vor sich hin. Also spendiere ich ein Notabendbrot in

der Schillereiche, sehe dabei ständig die Tür zum Vereinszimmer und mich mit Amelie dahinter tanzen. Wie geht Vergessen? Ich weiß es nicht. Wiederholt schlägt mein Vater den ihm angebotenen Schnaps nicht aus. Strafe muss sein! Später bin ich pappensatt vom Essen, vom Trinken und von der Welt und rolle mich trostbedürftig in mein heimatliches Bett. Herrlich! Es steht fest und still und hat somit den unschätzbaren Vorteil der Landbetten. Die schwanken nur dann, wenn man das will oder soll.
Die neue Woche kommt, ich bunkere Vorräte an Taschenuhren mit Kette, und sie geht. Am Samstag verabschiede ich mich von Oma und Opa mütterlicherseits und am Sonntag von Oma und Opa väterlicherseits plus Spaghetti mit Schinken und Käse bis kurz vorm Ersticken. Am Abend holt mich die Reichsbahn ab und bringt mich nach Wismar zur HECKERT. Vier Wochen später bin ich zurück bei Omas, Opas, Vati, Mutti, Spaghetti und stehe bald darauf, zehn Tage vor Weihnachten, gewaschen und gebügelt, mit altem Wettkampfgewicht und bereit, den Gefahren der Seefahrt zu trotzen, wieder auf dem Bahnhof. Natürlich ist es Abend und es regnet. Mutti drückt mir ein Päckchen in die Hand: "Erst Weihnachten öffnen!" und einen Kuss auf die Backe. Im Ergebnis zieren drei nasse Flecken mein Gesicht. Vatis Hand landet wieder am Hinterkopf und sein Trost mir im Ohr: "Da hat euer Koch aber Glück, dass es auf See keine Busse gibt!" Der Zug fährt ein und ab und die Reichsbahntortour Waldheim-Karl-Marx-Stadt-Rostock beginnt.

Und die einen sind im Dunkeln

Die zweite Reise der BÜCHNER im Lehrjahr 71/72 steht unmittelbar bevor. Am Ende der Ausbildung zum Komplexmatrosen/Spezialisierung Decksbetriebstechnik sollen wir bei Bedarf auch in der Maschine einsetzbar sein. Nun will ich ja eigentlich Nautischer Offizier werden. Und später dann Kapitän, na klar. Doch, damit die späteren Seeleute "im Lichte" die Arbeit derer "im Dunkeln" achten, bedarf es eben vorher der Nähe zu Separatoren, Kurbelzapfen, Spülluftkanälen und Ventilsitzen. So werden wir nie vergessen, wer uns den ganzen, schönen Strom zur Kaffeemaschine hoch schickt und, ohne dass der Motor tuckert, nützen auch Ruderlegen und Fahrplan-einhalten-Wollen nicht viel. Noch folgt den Kommandos der Brücke eine Menge Handarbeit im Schacht. Also sollen wir auch begreifen, die Jungs da unten müssen geschont werden. Für die richtigen Herausforderungen der Seefahrt. Doch diese wird es erst Jahre später geben. Immer dann nämlich, wenn im 24-Stunden-Wachfrei-Betrieb der Maschine hochintelligente und von der Brücke fernsteuerbare Automatik nicht ganz so intelligent bedient werden wird. Dann wird es gut sein, dass Brükke und Keller durch viele steile Niedergänge voneinander getrennt sind. Das "immer nur Kontrollieren" wird die Kondition der Maschineningenieure stark

beeinträchtigt haben und der "Dampf vom Kessel" sein, wenn sie die Brücke erreichen. Noch aber ist die Black Box der Zukunft nur öliger, lärmender, glitschiger, heißer Schacht. Also sieht nun der Lehrplan "eine Reise in der Maschine" vor. Diese wird in einem furios bewegten Finale all denen, die nachts heimlich in die See pinkeln, zeigen, das kann auch mal zurückkommen!
Noch aber liegt die BÜCHNER am 17. Dezember 1971 friedlich im Überseehafen Rostock an der Pier. "All hands" wird zur Übernahme von Proviant und Ausrüstung für die kommende Reise befohlen. Pier und Schiff gleichen einem Ameisenhaufen. Wiederholt schwitzt der Chefkoch beim Anblick der vielen Seeleute. Die werden ihm auf dieser Reise "die Lasten leer fressen", das weiß er schon. 250 Mann mal Tagessatz von 6,00 Mark Ost und 1,00 DM West x 90 Reisetage hört sich reichlich an aber kann brutal wenig sein, wenn den Lords außer der Rumfresserei kein anderes Glück winkt. Da macht er sich eine Flasche auf und noch einmal über die Kalkulation her. Weihnachten droht und er weiß ja, draußen bewegt Rasmus die See, drinnen der Koch die Gemüter.
Derweil schleppen wir, was uns Ersatzbefriedigung sein soll für entgehende Muttiliebe, Frühschoppen mit Vati, Streicheleinheiten der Freundin, wer eine hat, und beschauliche Abende sowie verkaterte Morgen. An der Pier, am Ladehaken oder im Schiff warten, schweben oder stehen hunderte Kästen mit Getränken, halbe Sauen, säckeweise Mehl, Zucker und Kartoffeln, Blechbüchsen und Gläser voll mit Gurken, Obst, Gemüse, Rollmöpsen und Kaffeesahne, Paletten voll mit H-Milch, Eiern, Broilern, Gänsen, Butter sowie Ölen und Fetten, Säcke voll mit Nüssen, Riesentüten mit Gebäck, Stollenkartons, Aluwannen voller Würste und diesmal vorsichtshalber drei Würste mehr, Kartons mit Wein und Schnaps und Zigaretten, Seife, Waschpulver, Kaffee, Tee, Limonadensirup, Eis, Brote, Fisch, Gewürze und allem eben, was in Seefahrerkörper rein oder an diese heran soll. Und weil alles auch wieder aus Hein Seemann raus muss, hat der Bootsmann, neben Farbe, Fetten und Tauwerk, tausend Rollen Toilettenpapier bestellt. Jahre später wird das der Bootsmann der LUCKENWALDE vergessen oder auch nicht. Es wird dann eine schöne Bescherung und eine lustige Geschichte werden. Die Bunkerschute liegt längsseits und bringt hunderte Tonnen Schweröl, Diesel und Schmieröl. Das könnte man eigentlich gleich in die Putzlappen kippen. Wir hätten dann nicht so viel zu wischen während der Reise, denn es landete ja sowieso dort.
Die Weihnachtsbäume sind frisch geschlagen, behauptet die Schiffsversorgung. Sie muss keine Angst haben, die Dinger um die Ohren gehauen zu bekommen. Sollten sich die Äste der Jubelfichten doch schon vorm 24. Dezember nach unten biegen und dort, irgendwo an Deck oder am Boden der Kammern, nach ihren Nadeln suchen, gelten für die SCHIFFSVERSORGUNG ROSTOCK mehrere Tagesreisen Distanz als sicherer Abstand zur Flotte.
Der Funkoffizier hat einen Karton Telegrammblöcke zusätzlich geordert und pflegt seine Tasthand. Die darf er nicht fahrlässig mit groben Transportarbeiten schädigen. Die Grüße der Lieben zum Fest werden ihn bald zu überdurch-

schnittlichem Aufenthalt in die Funkbude zwingen. Er wird es bald nicht mehr hören, senden, empfangen und schreiben können: "Frohes Fest" und "Guten Rutsch" und "komm gesund zurück" und alles das. Dafür sammelt er jetzt Kraft, auch mental, das muss die Crew verstehen!
Der Schiffsdoktor bekommt sein Nahtmaterial, das Äther und die Masken dazu. Wenigstens einmal wird er es auf dieser Reise brauchen und ich werde noch lange daran zurückdenken.
Irgendwann ist alles im Schiff, auch die Ladung. Besatzung, Ausbilder und Lehrlinge sind vollzählig an Bord, das Schiff ist seeklar, die Behörden von Bord, der Lotse an Bord, die Schlepper längsseits ...
"Klar vorn und achtern!" Die Weihnachtsreise der BÜCHNER beginnt.

Wenn "de Peremet sich drieht"

Manchmal hängt die Harmonie an Bord am seidenen Faden oder steht auf kippligen, hölzernen Füßen. Besonders dann, wenn das Erzgebirge einen seiner Söhne damit beauftragt hat, Seefahrernachwuchs zu werden, und Weihnachten steht vor der Tür. Immer dann, wenn das stimmungshebende Tageslicht knapp wird, ersetzt man es in den Bergen durch den Schein der Kerzen. Schnell wird man so in Aue, Schwarzenberg oder Stollberg heiter, froh, besinnlich und friedlich. Sind die Tage die kürzesten und die Lichter brennen am längsten, steht Weihnachten vor der Tür, die gar "schieste" Zeit im Gebirge und überall. Auch der Erzgebirgler ist ein friedfertiger Mensch. Vermisst er jedoch sein "Rachermännl", einer frisst ihm den Bratapfel weg oder plötzlich und unerwartet erlischt der Kerze Flamme, dann "brennt die Luft, das kannste wissen!". Wer am Leben bleiben will, meidet nun tunlichst den Nahbereich vom "Arzgebirch". An Bord ist das keine leichte Aufgabe. Wie auch immer, die 4er-Lehrlingskammer der Polsterklasse im D-Deck der BÜCHNER ist voll belegt. Auf unserer zweiten Reise spielt die Enge kaum noch eine Rolle. Am besten läuft es, wenn zwei Lehrlinge in ihren Kojen bleiben und die anderen beiden die notwendigen Dinge tun wie: Den Schrank aufräumen, die Kammer verlassen ohne Anzuecken oder abwechselnd durch das Bulleye und hinaus auf die See kukken. Was man dort sieht, hängt davon ab, nach welcher Seite der Dampfer gerade rollt. So zeigen sich entweder der Mond, die Sonne und die Wolken hinter dem Panzerglas oder eben die Fische und das Wasser.
Wir treffen in Nordsee und dem Englischen Kanal auf ruhiges Wetter. Der Kalender zeigt den 23. Dezember. Zum Weihnachtsabend wird uns der Atlantik begrüßen und es deutet nichts auf mehr Bewegung dann hin. Trotzdem sind unsere Weihnachtspäckchen seefest verstaut. Gunther hat von der Mutti seinen Nussknacker, echt Schneeberg, mitbekommen. Der steht nun im Bulleyekasten und winkelt die Arme so, dass er in jedem eine Kerze halten kann. Das

macht er auch.
Für die Pädagogen ist es nicht das erste Weihnachten mit Lehrlingen auf See. Bootsleute, Lehrer und der Brandmaxe kennen "ihre Schäfchen" und ahnen jede Menge potenzielle Brandherde im Schiff. So führt ihr Sicherheitsrundgang an zahlreichen Kerzen vorbei und auch in unsere Kammer. Noch klebt Gunthers Blick verzückt an seinem Nüsse knackenden Kerzenhalter, da macht es "schwupp, schwupp" und weg sind die Kerzen. Die teilen sich nun mit vielen anderen Wachskollegen den Platz im Sammelkarton des Brandschutzoffiziers. Unser Schneeberger Mitlehrling kriegt sich bald wieder ein, doch sucht man im entsetzten Gesicht vergeblich nach Frieden und Weihnachtsengel. Brandmaxe belehrt uns: "Offenes Licht im Schiff ist verboten! Die meisten Totalverluste in der Schifffahrt entstehen durch Brände." Das Kerzenverbot ist nicht verhandelbar. Daraufhin mault Gunther völlig unerzgebirgsvorweihnachtlich vor sich hin. Uns dreien, die wir auch ohne Kerzen durchs Leben kommen, schwant Unfestliches.
Am Vormittag des 24. Dezember steht Großreinschiff auf dem Plan. Eine festliche Ordnung zieht ins Schiff und in die Gemüter. Gegen Mittag briest es auf. Die BÜCHNER stampft etwas mehr und rollt nun auch leicht. Ein Matrose der Stammbesatzung klettert in den vorderen Mast. Dort zurrt er die Weihnachtsbaumlasching fest und macht dem Atlantik klar, wir wollen in Ruhe Seemannsweihnacht feiern. Trotzdem geht am Nachmittag die See höher. Festlich in Uniform gekleidet, gekämmt und mit sauberem Hemdkragen sitzen wir in der Messe und halten die Weihnachtspappteller fest. Auch passen wir auf, dass der Kaffee nicht aus der Tasse schwappt. Beim Lesen der Muttitelegramme zeigen wir einander, wie erwachsen und tapfer wir sind. Der Bordfunk spielt Weihnachtslieder. Das ist der Tapferkeit nicht gerade dienlich. Da ist es gut, dass die Feier nicht so lange geht, die See nun den Dampfer hin und her wirft und wir uns über lustig durch die Messe kullernde Nüsse freuen dürfen. Das lenkt ab. Also regt uns der Seegang nicht sonderlich auf, doch das Unheil spielt sich ja auch nicht in der Messe ab. Später zieht es uns, je nach Gemütslage, an Deck oder in die Kammern. Gunther hat jetzt "Arzgebirgsweihnacht" auf seinem Plan. Er tritt zu uns herein, da liegen wir bereits auf unseren Kojen und starren ganz interessiert auf unsere Telegramme. Was bleibt uns auch weiter übrig. Wir haben es schon gesehen und ahnen, was kommen wird. Nun bemerkt es auch Gunther. Sein Kopf kriegt zwei dunkelrote Bratapfelbäckchen, die Augen werden feucht und gleich darauf hängt er mir am Hals: "Wer hat meinen Nussknakker geklaut?" Die Lehrlingskollegen stehen mir bei: "Wir haben ihn auch schon gesucht, der ist weg!" Wir versuchen nun, Zeit zu schinden. "Vielleicht liegt er unten?", haben wir kaum Hoffnung und mimen trotzdem Suche. Bei vier Quadratmetern Bodenfläche geht das recht schnell und führt nicht zum Erfolg. "Du Schweinehund!" Das Erzgebirge hängt seinem Freund, dem Thüringer, mit einer Hand am Kragen. In der anderen hält er einen rot-grün-gold bemalten Kerzentragearm ohne Kerze drauf und auch ohne Restmännlein dran. Den Arm

hat er auf dessen Koje gefunden und vermutet nun den Rest dort. Auf dem Deckbett findet Gunther nichts. Da reißt er die Matratze des Fundbettes hoch und siehe da, am Fußende liegt der Amputierte.
Jetzt droht es gänzlich unweihnachtlich zu werden. Nur die Tatsache, dass die thüringische Tradition der "griene Kles" Indiz sein könne gegen weihnachtliches Barbarentum und die Ursolidarität der Südländer untereinander verleiht der Situation noch Hoffnung. Da hilft uns der Seegang. Eine etwas größere Welle wirft die BÜCHNER auf die Seite und uns hinterher. Wir rappeln uns wieder hoch und die "Lausitz" hat eine Idee. "Wir stellen den jetzt mal wieder an seinen alten Platz, warten bis das Schiff noch einmal ordentlich überholt und beobachten die Flugbahn". So wird es gemacht. Wir müssen nicht lange warten und die nächste größere Welle kommt. Der Dampfer kriegt einen Hieb von der Seite und der Knacker hechtet, ballistisch exakt, hin zur Thüringer Koje. Am Ende des Fluges knallt er gegen das Holzgestell der Koje, bricht sich nun auch noch den anderen Arm, hängt dann als Zugabe einen kurzen Minihupf dran und landet auf der Matratze, am Fußende. "Setz dich mal auf` das Bett", schlägt "die Lausitz" vor. Gunther tut es und sieht, wie sich unter dem zentralen Druck seiner 75 Kilogramm das Kopf- und das Fußende der Matratze hochstellen. Nun wird Platz zwischen Matratze und Holzgestell. Der Dampfer rollt zurück, mit ihm der Restknacker und "flupp" hat ihn die Koje mit ihrem knackerfressenden Schlund verschlungen. Quod ered demonstrantum!
"War nicht so gemeint", knurrt Gunther nun und begibt sich auf Leimsuche durch die Decks. Später nimmt er den frisch Operierten mit ins Bett und hält ihn sicher und warm. Voller Liebe denkt er glücklich an "Peremet, Blei giesn, Butterstolln, Reh un Haas" und Mutti und hat endlich seinen weihnachtlichen Frieden gefunden. Doch irgendetwas fehlt.

Der Kerze Schein

Brandmaxe kommt nun täglich "schnüffeln". "Ich weiß, Jungs, das glaubt an Land keiner, dass Schiffe auch ausbrennen können, bei so viel Wasser rundum! Trotzdem passiert das nicht selten. Aufbautenbrände sind dabei das Schlimmste. Im brennenden Haus sitzend, müssten wir löschen. Keine Feuerwehr tut so etwas freiwillig! Also, vergesst nicht, ich rieche das drei Tage später noch, ob da jemand geraucht hat oder eine Kerze brannte. Ihr wollt Seemänner werden, begreift das!"
Wir glauben dem Brandschutzoffizier. Dennoch, viel zu sehr sind wir im Kopf noch immer "im Kino" als bei der richtigen Seefahrt. Doch auch Seebären fahren wohl nicht einfach nur mal so von Frau und Kindern weg und in die Welt. Beim Bierkästenbreittragen hat es Uli in der Kammer der Zimmermänner gesehen. Schnell ist die Idee geklaut und der Rest Handwerk. Das leere Gemüse-

glas liefert die Kombüse. Weil auch Maxe ungebrauchte Kerzen nicht riechen kann, holen wir die eine unentdeckte aus ihrem Versteck. Die zünden wir an, tropfen etwas Wachs auf den Boden des Glases, "kleben" so nun die Kerze ins Glas und füllen es mit Wasser bis kurz unter die Flamme auf. Fertig ist die Seemannsweihnacht. Nun kann der Docht zügig runterbrennen, er kommt nicht weit. Kein Wellenschlag könnte die Flamme auf den Boden, das Bett oder in die Vorhänge schicken, ohne dass immer gleich auch der Löschwasserstrahl hinterher platschen würde. Vier Augenpaare leuchten nun der Kerze entgegen. Sie gehören jungen Welteroberern, die ganz weit weg, mitten auf dem Ozean, nur kurz mal nicht in der Kammer und beinahe richtig zu Hause sind, bei Mutti, Vati und dem Weihnachtsbaum.
Wenig später geht das Heldentum weiter. Der Kampf gegen die Naturgewalten verlangt richtige Kerle. So handeln wir eben wie solche. Wir reißen das Bulleye auf und die Kerze verlischt im Flug nach draußen. Bis zum nächsten Morgen schickt uns die Rückseite eines ausgedehnten Nordatlantiktiefs Kaltluft polaren Ursprungs zu den Kojen hin. Doch die kommt nicht an uns ran. Seefest in den Kojen verkeilt und eingemummelt in alles, was Wärme spenden kann, bezahlen wir gern mit acht Stunden Gewaltlüftung für fünf Minuten Kerzenschein.

Injektionen

Wer nicht zur Seewache eingeteilt ist, darf an den Weihnachtsfeiertagen frei machen und gammelt sich bis zum 27. Dezember. Oft sitzen wir auf dem Poopdeck und singen zur Gitarre oder quatschen einfach nur. Mancher Witz klingt gequält heiter und nicht selten ist einfach nur Schweigen. Dazu läuft der Endlosfilm "Das Meer" und das Schraubenwasser malt weißgrüne Kringel in den blauen Atlantik. Man merkt uns die Weihnacht am ungewohnten Ort an. Endlich geht der Unterricht weiter. Nun sitzen wir nicht mehr so ehrfürchtig in den Bänken. Kein Seegang beeinträchtigt unsere Sinne oder den jugendlichen Drang nach Abwechslung. Je gewohnter uns Schiff und Seefahrt werden, desto mehr Kraft finden wir zum Aufbegehren. Wer den Hotelkoller kennt, kennt nur den kleinen Bruder vom Seekoller. Ganz schnell ist die Mücke ein Elefant und es lohnt nicht mit der Klatsche nach ihm zu hauen. Dann ist die Pädagogik gefragt und das sollte auf einem Lehr- und Ausbildungsschiff nicht das Problem sein, eigentlich.
Wir rücken zur ersten Unterrichtsstunde nach den Feiertagen in den Klassenraum unterm Brückendeck ein. Schiffsmaschinenkunde bei Herrn Lefranz steht auf dem Plan. Zwei Lehrlinge kommen zu spät, einer hat die Hausaufgaben nicht gemacht und einer steht ratlos an der Tafel. Der Kreide in dessen Hand fallen die richtigen Linien nicht ein. Angesichts der hilflosen Kreide in der Hand des noch hilfloseren Lehrlings weicht die Ruhe aus unserem Lehrer. Dem reicht

es nun. So schickt er uns seinen lauernden Blick zu und heftet ihm eine Botschaft an. "Meine Herren, glauben Sie mal nicht, dass Sie die Ersten sind, die denken, durch Faulheit die Meere erobern zu können", knarrt seine Stimme uns dunkel und durchdringend entgegen. "Das versuchen alle erst mal und alle sind bisher auch damit gescheitert."

"Ich weiß, Ihr Fell ist an der dünnsten Stelle so dick", setzt er fort und zeigt uns deutlich, wie er es meint. Dazu spreizt er Daumen und Zeigefinger zu einem stumpfen Winkel. So sehr tut er es, dass die Gelenke knacken und man Angst haben muss, die Sehnen leiern aus. Es entsteht ein gehöriger Abstand zwischen den beiden Auslegern der Hand und das soll nun die Stärke der dünn sten Stelle unseres dicken Fells demonstrieren. "Aber, in meinem Medizinschrank findet sich auch dafür eine Spritze." Wie die aussieht, demonstriert er umgehend. Da die drei dickhäutigen Vorkommnisse: Ratloses Kreidehalten, Hausaufgabenvergessen und Zuspätkommen sich in ein und derselben Person vereinen, dreht er sich nun zu dieser hin und injiziert: "Dreimal eine Fünf! Die erste wegen Disziplinlosigkeit, Nummer zwei für nicht erbrachte Leistung und die dritte wegen nicht vorhandenem Wissen. Setzen!" Volker kriegt den Mund nicht zu, wir murren und Herr Lefranz bereitet die nächste Injektion vor, also wechselt die Nadel. "Meine Herren, damit hier niemand denkt, dass es an Bord irgendetwas gibt, was sich nicht nach der Uhr richtet, werden wir gleich einmal üben!" Bedächtig zieht er die nächste Ampulle auf. "Wir trainieren pünktliches Erscheinen zum Unterricht und das sofort!" An uns ergeht seine Weisung, exakt Acht Uhr zwanzig zu einem fiktiven Unterrichtsbeginn im Raum und in Hab-Acht-Stellung zu sein. "Sollte das auf Anhieb klappen, was ich kaum glaube, müssen Sie nicht so viel Lehrstoff in der Freizeit nachholen", trifft uns die Lehrerkanüle unter die Haut. "Wegtreten!" Wir treten weg und er überhört großzügig unseren gemurrten Protest. Zwanzig nach Acht stehen wir stramm in unseren Bänken, Herr Lefranz betritt den Raum, der Klassensprecher ruft "Achtung", dann klappt die Tür und noch ein Lehrling huscht herein. "Das ist alles Ihre Freizeit. Acht Uhr dreißig wieder hier. Wegtreten!" Halb neun ruft es "Achtung!". Keine Tür klappert nach. Herr Lefranz lauert in Richtung Eingang, ist sich nicht sicher, ob die Spritze schon wirkt, oder enttäuscht und spricht: "Wenn das Acht Uhr vierzig noch mal so gut klappt, gehe ich davon aus, dass die Therapie erfolgreich war. Wegtreten! Zwei Minuten vor der Zeit stürzen wir über das untere Brückendeck hin zum Klassenzimmer und ... am Kapitän vorbei. Der kriegt noch den Letzten zu fassen und wir haben verloren. Kapitän Schickedanz verpasst dem Jungchen die Doppellektion: "An Bord wird nicht gerannt und man grüßt seinen Kapitän!" Das geht schnell und dauert doch zu lange. Also ruft es im Klassenraum wieder "Achtung!" und ... es klappt die Tür! "Ich kenne jede Ausrede hier an Bord", knarrt es aus Richtung Lehrertisch, aber gespannt ist er trotzdem. "Na, da erklären Sie mal dem Kapitän, dass er auf seinem Schiff jemandem im Wege gestanden hat", läßt er keine Entschuldigung zu. Die nächste Injektion ist in Vorbereitung. "Meine Herren, wir treffen uns heute Abend Punkt neunzehn Uhr wieder hier. Wenn Sie pünktlich sind, müssen wir ja nicht mehr üben und können den Stoff von heute Morgen nachholen. Danke für Ihre Mitarbeit!"

Meuterei auf der Bounty

Jetzt sind wir erst mal von "Weihnachten fern der Heimat und ganz allein auf hoher See und so" abgelenkt. Das ist auch gut, denn mit Wehmütigkeit kann kein Widerstand organisiert werden. Einer schlägt STREIK vor und wir kucken in Richtung FDJ-Sekretär. Der kuckt kampfentschlossen und so sind wir dafür. Pünktlich und vollzählig hocken wir neunzehn Uhr zehn auf dem Poopdeck. Schließlich braucht es Disziplin im gemeinsamen Kampf. Neunzehn Uhr zwanzig hat Herr Lefranz seine Suche nach uns im Lehrlingsdeck beendet und der Bordlautsprecher fordert nun: "VMA 1b umgehend in den Klassenraum einrükken!" Also weiß es nun der ganze Dampfer. Gemeinsam sind wir stark und lassen uns nicht schikanieren, beschliessen wir. Da greift der Lehrer zu einem Impfstoff sozialistischer Machart. Neunzehn Uhr dreißig verlangt der Lautsprecher: "Die FDJ-Gruppenleitung der VMA 1b umgehend zum Klassenraum. Es erfolgt keine weitere Aufforderung!"
Die Spannung an Bord steigt. Die Konzentration der anderen Lehrer und Lehrbootsleute beim Skat- und Shuffleboardspiel leidet. In den Unteroffizierskammern zischt neben den Kronverschlüssen der Bierflaschen die Spannung und die Stammbesatzung weiß nun, ein paar Übermütige wagen es mal wieder, wie in jedem Lehrjahr eben. Unsere Köpfe träumen von Heldentum und Märtyrertod aber die Bäuche zwicken. Jetzt wird es ernst! Im Klassenraum setzt Herr Lefranz unterdessen die nächste Kanüle auf, die für Elefanten und Matrosenlehrlinge. Das Quartett: Vorsitzender, Stellvertreter, Kassierer, Wandzeitungsmacher, also auch ich, arbeitet sich in Richtung Front. Uns ist klar, dass mit dem Heldentum werden wir wohl noch verschieben müssen. Doch nicht ohne Gegenwehr, beschließen wir, noch immer mutig. Wortlos und mit erhobenem Haupt treten wir ein und fliegen gleich wieder raus. "Einer von Ihnen meldet den Haufen ordnungsgemäß an und dann reden wir. Also, Sie dürfen noch einmal eintreten!" Unser zweiter Auftritt klappt. Nun folgt seiner. "Meine Herren, das ist sehr mutig, was sie da veranstalten. Da ich aber davon ausgehe, dass sie gar nicht wissen, was sie da eigentlich tun, ist es schon wieder dumm und kindisch."
"Ja aber wir streiken weil ...", versucht Uli erste Gegenwehr und muss scheitern.
"Haaabe ich Sie gefraaagt?", knarrt es ihn langsam und keinen Widerspruch duldend an. Die Miene des Lehrers erspart dem FDJ-Sekretär die Antwort. "Ich kann Ihnen nur seeehr raten, sich für dumm und unüberlegt zu entscheiden",

fährt er fort. Wir sind im Recht "wissen" wir, in mir kreist literweise Adrenalin und wird immer mehr. "Das haben wir uns gut überlegt und dumm ist es schon gar ...", kann ich nicht zu Ende sprudeln. Nun knarrt es mir entgegen: "Haaabe ich Sie gefraaagt?" Die Stirn des Lehrers kriegt tiefe Falten, die Augenbrauen heben sich vor diese und der Blick signalisiert: Vorsicht! Es ist aber noch Adrenalin da. Wohin damit? "In der Verfassung steht, dass Meinungsfreiheit herrscht", siegt das Kind im Matrosenlehrling Glück. Doch da hat der Kopf nun mal die Meinung des Bauches durch den Mund rausgelassen und ich kann nur hoffen. Wir sehen es Herrn Lefranz an: Er wird gewichtige Worte sprechen. Die Spannung steigt. Ganz langsam, sehr eindringlich und eindrucksvoll betont knarrt es nun: "Auf diesem Schiff ... gilt die Verfassung ... der Deutschen Demokratischen Republik...", man hört die Bordwanduhr ticken, " ... nicht!" Der Spruch trifft uns so, wie später die BÜCHNER die Pier von Matanzas.
Und er tut seine Wirkung. Wir sind geplättet und nun begreift erst der Bauch, wir haben verloren. Der Kopf begreift: Auf See geht es zuallererst und jederzeit um Disziplin, und danach erst, wenn es die Situation erlaubt, um Verfassungen und Dinge, die das Leben dort regeln, wo alles feststeht, an Land nämlich. "An Bord gibt es keinen Streik, meine Herren! Was ihr hier macht, ist unbedacht oder Meuterei. Für Letzteres ging es früher unterm Kiel durch und zurück, falls da noch was an der Leine hing! Für euch steht nur der Lehrvertrag auf dem Spiel. Also: Kinderei oder Meuterei? An eurer Stelle wüsste ich, wofür ich mich entscheide!" Der Wechsel vom "Sie" zum "Euch" zeigt an, wofür wir uns entscheiden sollen. "Und jetzt, habe ich euch gefragt!" Nun scheint er doch Mitleid mit uns zu haben und fährt, unsere richtige Entscheidung voraussetzend, fort: "Um zwanzig Uhr steht die Klasse hier und ich erhalte Meldung. Ich informiere jetzt den Kapitän darüber, dass eine Sitzung der FDJ-Gruppe den Beginn der Nachschulung verzögert hat, doch ab sofort weiter nach Plan verfahren wird. Wegtreten!" Pünktlich um acht sitzen wir in den Bänken, springen auf, als Herr Lefranz den Raum betritt, er erhält seine Meldung und wir sind gespannt, was passieren wird. "Meine Herren, Kapitän Schickedanz läßt euch grüssen und hatte nie Zweifel daran, dass aus seinen Lehrlingen mal richtige Seeleute werden. Ab sofort verlange ich zu jeder Unterrichtsstunde Vollzähligkeit und Pünktlichkeit. Ihr habt heute eine Menge fürs Leben gelernt. Guten Abend und gute Ruhe!" In den Unteroffizierskammern, an den Skattischen und am Shuffleboardfeld konzentriert man sich nun wieder voll auf Sieg. Warum auch nicht? Es war eben wie in jedem Jahr.

Wein, Weib und Gesang

Neben dem Wechsel von Deck in die Maschine, ereilt die Lehrlingsbrigade Bert Glück eine weitere Änderung und damit zusätzliche Abwechslung. Seit der Ausreise kümmern sich andere Auserwählte um die verkeimten Toiletten im Lehrlingsdeck. Wir sind jetzt die Getränkebrigade. Das wird mit einem riesigen Scherbenhaufen enden und nicht unsere Schuld sein.
Aber erst einmal finden wir uns nun jeden Abend vor der Getränkelast tief unten im Schiff ein. Der Zahlmeister ist unter anderem Chef über Bier, Wasser, Fruchtsäfte, Transitwaren und abends auch über uns. Und weil es eine Zahlmeisterin ist, macht es schon einen Unterschied, ob Herr Lefranz von uns wissen will, ob er uns gefragt hat, der Bootsmann bittet: "Los, das Zeug muss da rüber!", oder die Chefin, nicht wirklich zwar aber immerhin, fragt: "Tragt ihr das bitte mal vor die Last?" Sie ist eine attraktive Frau, die weiß, dass ihr die Uniform steht. Zudem vermittelt ihre Art des Umgangs mit uns die mütterliche Wärme, die zu brauchen wir niemals zugeben würden und die uns trotzdem gut tut. Also freuen wir uns, trotz der Schinderei, allabendlich auf unsere "Reinschiffstation". Täglich müssen die Offiziere und Unteroffiziere an Bord mit Stimmungsmachern und Durstlöschern beliefert werden. So schleppen wir kistenweise davon durch den Dampfer. Bis zu sechs Niedergänge hoch wuchten wir die vollen Kisten, also die schweren, gegen die Schwerkraft an. Die leeren Kisten sind immer noch schwer genug, doch ziehen sie uns runter und zur Last hin. So viele Seefahrer haben ganz schön viel Durst! Da ist das Knochenarbeit und die Chefin belohnt uns mit kostenlosen Fruchtsäften und manchmal auch mit einer Flasche Bier. "Aber hier gleich austrinken und schüttet nicht so, wir haben Zeit!" Diese nutzt sie zu Fragen an uns und erzählt uns von der BÜCHNER, der Besatzung und von sich. Da vergessen wir schnell mal, wo wir sind. Für mich ist das die erste gute Erfahrung mit "Frauen an Bord" und zwanzig Jahre später wird es mich schon bei der Vorstellung schütteln, ich wäre sechs Monate lang nur von Männern umgeben. Und sowieso, nach vier Jahren Armee, werde ich bald meinen Teil "nur Männer rundum" fürs ganze Leben schon vorgearbeitet haben.

Es wird dunkel

Weihnachten schleppen wir also mit Hochdruck Kisten, trainieren zwischen den Feiertagen mit Herrn Lefranz Disziplin, wie beschrieben, und Silvester schleppen wir wieder Bier, als gelte es, den gesamten Reisevorrat bereits auf der Hinfahrt auszutrinken. Auch auf See bringt das Neue Jahr gute Vorsätze mit sich und die Anzahl der zu schleppenden Bierkästen geht leicht zurück. Unsere praktische Maschinenausbildung beginnt mit Öl, Lärm und Hitze und setzt sich

mit noch mehr Öl, noch mehr Lärm und noch mehr Hitze fort.
Meine Brigade ist der Wache des Zweiten Ingenieurs, Herrn Strand, zugeordnet. Die BÜCHNER schifft bereits wieder in subtropischen Breiten und zügig Kuba entgegen. Kurz vor Mitternacht öffnen wir das schwere Stahlschott und klettern hinein in den Maschinenraum. Eingepackt im warmen Arbeitsanzug, kämpfen wir uns durch die Hitze und über die Niedergänge hinunter zum Maschinenleitstand. Fest und Stahlkappengeschützt stecken unsere Füße in "Stalingrader Schwergutschuhen". Diese geben uns nicht nur rutschfesten Halt an den Bodenplatten, sondern demonstrieren uns nun für die nächsten vier Stunden die enorme Wirkung der Schwerkraft. Im Maschinenkontrollraum angekommen, melden wir uns vorschriftsmäßig zur Null-Vier-Wache an. Der Zweite Ingenieur zeigt uns gern sein Reich auf Zeit. So klettern wir weitere Niedergänge hinunter. Die Führung beginnt mehrere Meter unter dem Meeresspiegel und eineinhalb Meter über dem Kiel. Der Aufstieg führt vorbei an der Kurbelwanne, am Eingang zum Wellentunnel, an den Separatoren, den Hilfsdieseln, dem Maschinenlabor, den Zylinderköpfen, an den Flaschenzügen vorbei hoch hinaus und hinein in den Schornstein. "Wenn ihr mal was Schönes sehen wollt, dann kuckt ihr gleich zum Wachbeginn hier oben raus und schaut, ob noch genügend Wasser im Schwimmbad ist", beschließt Herr Strand seine Führung. Sein Wach-Assi ergänzt: "Aber macht keinen Krach dabei!"
Nun steigen wir die vielen Niedergänge wieder runter. Jeder bekommt einen Putzlappen in die Hand gedrückt und unsere Lehre in der Maschine beginnt. Wir lernen vier Stunden lang, Öl von den Flurplatten zu wischen. Nach der Wache nutzen wir die frisch erworbenen Entölkenntnisse für unsere Hände, Arme und das Gesicht. Geschafft von der Hitze, dem Lärm und dem nicht gerade zu besonderen Aktivitäten verleitenden Dunkel im Maschinenraum, fallen wir in die Betten unserer warmen Kammern. Doch die kommen uns nun wie Kühlboxen vor. Der Miefquirl rührt die Kammerluft um und schiebt sie mit Schwung mir übern Bauch. Die so gefühlte Abkühlung bringt mich in den Schlaf. Der dauert bis vormittags gegen elf und nach dem Mittagessen und zehn vor zwölf melden wir uns wieder im Maschinenraum. Nun wiederholen wir das bisher Gelernte, also wischen Öl bis sechzehn Uhr. Danach folgen Selbstentölen wie gehabt, Abendessen, etwas Kino "Das Meer" und gegen acht starten wir unseren Vorratsschlaf für die Wache.
Um Mitternacht treffen wir unsere Lehrlingskollegen der Acht-zwölf-Wache zur Wachablösung. Die lassen die Ohren hängen. "Wir haben die Schornsteintür zufallen lassen, da sind die Stewardessen erschrocken und abgehauen", erfahren wir. Und auch von der Drohung der Maschinenassistenten: "Wenn die ab sofort nur noch im Bikini baden, könnt ihr was erleben!" Natürlich baden die Mädels nachts weiter ohne, man will ja zeigen, was man hat. Aber für sie hat es sich mal wieder bestätigt: Das sind eben noch grüne Jungs! Da knallen die Kerle einfach mit der Tür, die Undankbaren! Also lohnt sich für uns in dieser Nacht die Schornsteinkletterei nicht. Die Ausbildung erfährt einen Qualitäts-

sprung. Da die Flurplatten blitzsauber und ölfrei sind, unsere Acht-zwölf-Kollegen haben intensive Wiedergutmachung versucht, bekommen wir höhere Aufgaben. Wir wischen Dreck aus Separatortrommeln. Von beiden, Dreck und Trommeln, gibt es genug und da die sauberen Trommeln gleich wieder dem Treiböl-Öldreck-Trennungsprozess zugeführt werden, soll uns auch diese Aufgabe bis Havanna und zurück begleiten.

Glasputz unter Tage

Es ist ja nicht so, dass die Jungs aus der Maschine auf Mädels angewiesen sind, die nachts bikinischonend baden. So ein Schiff fährt auch im Winter über See. Da muss es also andere Orte im Schiff geben, wo Hein Seemann in Erinnerung schwelgen und der Vorfreude frönen kann. Nachdem alles Öl von den Platten und jeglicher Dreck von den Trommeln entfernt zu sein scheint, für kurze Zeit nur, aber immerhin, werden wir den Wach-Assistenten zu Spezialaufgaben zugeteilt. Eine dieser Aufgaben führt mich ins Maschinenlabor. Hier ist es hell, angenehm frisch, sehr sauber und von den Wänden her kucken mir Mädels interessiert bei der Arbeit zu. Die haben nichts an, also ist es nicht zu frisch und sie flüchten nicht, wenn doch mal das Schott knallt. Auf jedem Schiff dieser Welt hängen irgendwo Papiermädels herum. Unsere lachen den "Heizern" entweder einfach nur so entgegen, lieb und selbstbewusst: Kuckt mal, wie hübsch ich bin! Oder, sie zeigen ihre schönrunde Rückseite und es sitzt ihnen der Schalk in den Augen: Mehr gibt's nicht, auch wenn ihr das Blatt rumdreht! Schlimmer sind Damen, die es nicht zulassen, dass irgendein kleinster Schatten bei der Betrachtung der vielen Rundungen und einen Ecke stört. Die Schadenfreude in ihren Gesichtern ist nicht zu übersehen: Ätsch, das habt ihr nun davon. Lasst eure Mädels allein und glotzt nun blöd ans Papier! Meine Aufgabe ist es, Gläser aller Art zu reinigen, Schaugläser, Reagenzgläser, Probengläser, Messgläser und den Glaskrug der Kaffeemaschine. Ich putze lange und gründlich und vor allem schaue ich oft durch sie hindurch um deren Reinheitsgrad zu prüfen. So richtig gelingt es mir dabei nicht, an den Mädels vorbeizukucken. Da muss man sich manchmal ganz schön ablenken. Soll ja nicht jeder gleich sehen, dass nicht nur Kopf und Bauch mit zur See fahren. Nach solch einer Wache will die Ruhe so schnell nicht kommen. Dann kommt der Schlaf doch und die Träume sind eindeutig. Doch ich bin nicht der erste Junge, den die Natur auf dem Weg zum Mann begleitet. So hat sie oft Mitleid, bringt schnell Ruhe ins Geschehen und macht den Kopf wieder klar für die Aufgaben des nächsten Tages.

Details

Nach der Freiwache, also dem Nachwachschlaf am Morgen oder dem Vorwachschlaf am Abend, ziehen wir wiederum Putzlappen über Flurplatten, lenzen Bilgen per Hand oder waschen ölige Heizerpfoten von den cremefarbenen Wandverkleidungen im Fahrstand oder den Handläufen der Niedergänge.
Draußen locken der spiegelglatte Atlantik, hellblauer Himmel, bekleckst mit zartweißen Wölkchen, viel Sonne und wenigstens Fahrtwind. Hier drinnen nerven uns Krach, Öl, Kunstlicht mit viel Schatten und Mordshitze. Ich lerne die Arbeit der Maschinisten schätzen, doch zum Verlieben reicht es nicht. Die Wachen "im Keller" fördern mein Verständnis für die Kollegen "unter Tage" und die Achtung vor der Arbeit der Maschinisten soll sich bis zu meine Rückkehr von der Seefahrtsschule in die Flotte halten, und darüber hinaus. Dann werde ich Nautischer Offizier sein und eine Vorstellung davon haben, was mein Hebellegen "da oben" auf der Brücke "hier unten im Schacht" bewirkt.
Aber erst einmal geht die Lehrzeit weiter.
Wieder einmal ist der Vorwachschlaf vorbei. Pünktlich dreiundzwanzig Uhr fünfzig lösen wir die Acht-Zwölf-Wache ab. Die Lehrlingskollegen haben noch immer ein schlechtes Gewissen, weil sie uns "das mit den Stewardessen" versaut haben. Nun folgt ein Wiedergutmachungsversuch. "Heute sind Sicherheitsrundgang und Temperaturenschreiben dran. Den Wellentunnel müsst ihr gesehen haben." Also klettert unser Lehrlingstrupp dem I. Wach-Assi hinterher, mit ihm neben dem Hauptmotor hoch und runter und füllt Tabellen mit Ablesewerten von Mano- und Thermometern. Danach kucken wir gemeinsam mit dem II. Wach-Assi in den Niederungen des Maschinenbereichs, ob die Feuerlöscher noch am Platz sind, die Leckwehrhölzer blau und trocken, die Notausstiege frei oder ob irgendwo Wasser rein läuft oder Öl raus. Das Ende der Inspektion, die regelmäßig in jeder Wache durchzuführen ist, führt durch den Wellentunnel und zum Notausstieg an der Stopfbuchse. "Stopfbuchse" ist schnell erklärt. Also, das Schiff hat einen Motor, der kurbelt an einer Welle so rum, dass die sich dreht, und das macht deren Verlängerung dann auch mit dem Schiffspropeller. Der Motor ist im Schiff, der Propeller zweckmäßigerweise draußen. Also muss die Welle achtern durch ein Loch in der Schiffswand. Und da die Welle ganz schön lang ist, manchmal ziemlich zappelt, deren Austritt nicht immer ganz dicht ist und permanent geschmiert werden muss, kann es nass und ölig dort sein, darf aber nicht. Unser Trupp langt an der Stopfbuchse an. Es ist trocken und kein ÖL ist zu sehen. Der Maschinenwärter macht uns nun klar, dass "wir jetzt das ganze Öl hier wegwischen" müssen. "Das dauert und das wissen die Wachingenieure und da die keine Lust haben, bis hier hinter zu klettern, ist hier Pause, verstanden?" Unmittelbar an der Stopfbuchse sehen wir einen kleinen Verschlag, der, aufgefüllt mit Putzlappen, zur Ruhe einlädt und "Assi-Ruheraum" heißt. "Lasst um Himmels Willen die Zeitschriften dort liegen, sonst gibt's Ärger!", endet die Einweisung in die Sicherheitsrunde. In der darauf folgenden

Wache werden Gerd und ich mit dem Sicherheitsrundgang beauftragt. "Traut es euch ja nicht, weniger als dreißig Minuten zu brauchen", gibt uns der Wach-Assi die Warnung mit auf den Weg, nicht die Norm zu versauen. Nach einer Viertelstunde bereits sind wir an der Stopfbuchse, erinnern uns an die Zeitvorgabe und machen nun eben Pause im Assi-Ruheraum. Wir hüpfen auf die Putzlappen, greifen uns die Zeitschriften, beginnen mit Blättern und ganz plötzlich glühen uns die Ohren.
Wieder nackte Mädels. Nur ist es hier hinten nun deutlich kühler als im Labor. Also stehen die Damen nicht ganz so locker und fröhlich rum, sondern suchen im Papier Wärme und recht angestrengt, mit wildesten Verrenkungen, wohl auch ihre Klamotten. Der Fotograf hat dazu Erinnerungsfotos gemacht "Wir beim Sachensuchen" oder so. Schnell sind ihm wohl die gestressten Gesichter unfotogenes Motiv geworden. Er glaubt, Schöneres entdeckt zu haben und widmet sich den Damen im Detail. Ich staune, starre, kneif die Augen zusammen und trotzdem geht mir alles zu sehr durcheinander. Ich seh nicht durch und bemerke, wie auch Gerd versucht, durch Drehung des Blattes in alle möglichen Richtungen Ordnung in die Bilder zu bringen und den Augen festen Halt zu geben. So richtig gelingt uns das nicht, auch kein mannhafter Kommentar dazu. Wir legen die Mädels zurück an ihren Platz. Vielleicht finden sie ja was zum Anziehen in der Putzlappenkiste? Dann trotten wir wortlos und unkonzentriert zurück. "War `ne Menge Öl dort", berichten wir dem Wachingenieur und zeigen den Assis, wir haben die Lektion gelernt.
Nun richtiges Öl weg- und breitwischend, arbeiten wir uns schweigend bis ans Ende der Wache. In meinem Kopf geht es noch kreuz und quer. Kurz vor vier spüle ich freiwillig und gründlich die Glaskanne der Kaffeemaschine im Maschinenlabor. Dort begrüßen mich die Mädels, wie gewohnt freundlich lächelnd. Sie überfordern mich nicht und sind einfach nur friedlich und schön. Deren Anblick bringt mir wieder klare Bilder in den Kopf und so schließe ich mit ihnen Freundschaft bis ans Ende der Heimreise. Die anderen sind mir zu stressig.

Schweine, Hitze Affen, Lärm

Am Tag darauf macht US Coast-Guard auf der Liste der Blockadebrecher einen weiteren Strich hinter die BÜCHNER und bald darauf fällt der Anker auf Havanna Außenreede. Im Tropensommer angelangt, wird es fast unerträglich heiß an Deck. Auch in den Kammern bringen die Lüfter und Ventilatoren nur scheinbar Linderung. Bewegte Luft über Bauch, Beine, Rücken und Hintern läßt nur die gefühlte Temperatur sinken, aber immerhin. Wir werden wiederholt zum Tragen unseres Nierenschutzes ermahnt. Das ist ein schön warmer Schal um die Hüften, der zu haken ist wie ein Korsett. Aber wir sind doch Männer!

Also legen wir uns nicht selten ausgelaugt, völlig nassgeschwitzt, nackt und ohne weibische Garderobe auf die Kojen, schlafen ein und die Ventilatoren haben Zeit, viel Luft über unsere Körper hinwegzuwedeln. Nachdem die ersten Lehrlinge hellrot pinkeln und Gäste beim Schiffsdoktor werden, ist auch diese Lektion gelernt.
Die Reedezeit zieht sich über zwei Wochen. Dann bläst und trommelt der Fanfarenzug, kräftig und mit viel Lust auf Landgang, wieder den "Steiger" zum Malecon rüber. Kapitän Schickedanz salutiert in Richtung Havanna, der Anker fällt auf der Innenreede und das Warten geht weiter. Die Getränkebrigade erhält einen Sonderauftrag. Auf Kuba ist die Schweinepest ausgebrochen. Die Schiffsführung erhält von den Behörden die Weisung, sämtliche Wurst- und Fleischlasten zu schließen. Die sollen nach dem Einlaufen versiegelt werden. Wir müssten dann kubanisches Fleisch kaufen. Bei der Vorstellung, seine bereits bezahlten Schweine nicht in die Pfanne zu kriegen und statt dessen noch zusätzliche Schweine kaufen zu müssen, quälen den Chefkoch schlimme Träume. Die Zahlmeisterin hat eine Idee. So trifft sich die Getränkebrigade eines Abends in der Bierlast und räumt diese leer. Dann schleppen wir halbe Sauen dahinein, stapeln nun Bierkisten zurück und vor die Schweine. Der Kühlmaschinist bekommt eine knifflige Aufgabe. Er muss nun die Temperatur der Bierlast so regeln, dass die Schweinehälften nicht so schnell auftauen aber das Bier nicht in den Flaschen gefrieren kann. Den Alkoholgehalt des Gerstensaftes berücksichtigend, entscheidet er sich für "minus ein Grad" und ist erfolgreich. Frau Zahlmeister geizt nicht. Wir haben uns die Kiste "Hafenbräu" verdient und ahnen noch nicht, dass hier bald der nächste Großeinsatz auf uns warten wird.
Mit dem Reedereivertreter kommen Informationen zum weiteren Reiseverlauf an Bord. Wieder werden wir hier nur die Ladung löschen und anschließend nach Matanzas versegeln.
Tage später bringt unser Anker, zusätzlich zum stinkenden Grundschlamm, eine andere Ankerkette mit hoch zur Wasseroberfläche. An dieser hängt ein sowjetisches Schiff und ist so großer Freundschaft nicht zugetan. Nun starten zwei Schiffe auf der Innenreede von Havanna Ausfitzversuche. Der Tanz umeinander hat wenig von Kasatschok, die Feier am Abend schon mehr. Der gegenseitige Dank der Waffenbrüder erfolgt streng abgeschirmt vom pädagogischen Bereich. Doch er trifft auch uns, mit Kino-außer-der-Reihe: Der Große Vaterländische Krieg, im Originalton.
Nun liegt die BÜCHNER fest an der Pier und der Landgang kann kommen. Wir sind vorbereitet und mit zahlreichen Taschenuhren plus dazugehöriger Kette zu sieben Mark der DDR die Kombination, Hemden, Hosen, Kämmen und so weiter bestens für die Peso-Beschaffung gerüstet. Mit seinen Einlaufmärschen hat der Fanfarenzug schwer Eindruck geschunden und so gibt es Anfragen von Land. Musikalischen Demonstrationen deutsch-kubanischer Freundschaft sind wir nicht abgeneigt. Die Aussicht, Arbeitszeit in Freizeit wandeln zu können, be-

stärkt uns zusätzlich, den Anfragen nachzugeben. Und schließlich sind wir Künstler und brauchen Publikum. Das soll bald tierisch begeistert sein! Der Internationale Seemannsclub Havanna lädt uns ein. Also marschieren wir, blau-weiß gekleidet, mit goldglänzenden Fanfaren und Trommeln und stolzem Tambourmajor vorweg, hin zum Klub. Die Begeisterung und Sympathie der Kubaner für unseren Auftritt beschert uns Zuhörer, Mitklatscher und Mitmarschierer zuhauf. Tage später statten wir einer Brauerei unseren Besuch ab. Unsere Fanfaren und Trommeln schicken die Märsche fehlerfrei über das Brauereigelände, die Arbeiter sind begeistert, Musik verbindet. Draußen ist es glühend heiß. So lädt man uns in den Brauereikeller ein und schenkt brunnentief gelagertes Bier aus. Bald sind wir alle Freunde ... es lebe Cuba, der Sozialismus, die Alemanos, Cerveza, por favour! .... und zum Abschied erbittet man noch ein Ständchen auf die Freundschaft. Das machen wir gern. Doch trotz aller Mühe entlassen unsere Fanfaren nur noch ein Krächzen und die Trommelstöcke wirbeln durcheinander und weg. Unser Tambourmajor ist verärgert, die Kubaner sind begeistert und dann auch wieder wir.
Zwei Tage später bittet uns der Zoo von Havanna zum Besuch. Ein Bus bringt uns hin und wir blasen und trommeln im Eingangsbereich, was das Zeug hält. Die Presse ist vor Ort und nun soll ein Foto gemacht werden. Auf der Suche nach einem geeigneten Hintergrund wird der Fotograf fündig. Auf der Rückseite eines Flachbaues zeugen ein Che Guevara-Bild und die Staatsflagge vom Siegeswillen des kubanischen Volkes. Davor grünt herrlicher Rasen. Zum Rot, Blau, Schwarz und Grün soll nun also noch Weiß und Gold. So formieren wir uns zum Standbild und trommeln und trompeten wieder los. Plötzlich bricht ein Heidenlärm hinter uns aus. Draußen tobt der Bär, also wir und die Zoobesucher, doch im Flachbau tobt es auch, und gewaltig. Zwei Kubaner stürzen um das Gebäude herum und auf uns zu. Sie schreien und gestikulieren wild und zerren an unseren Instrumenten. So aus dem Rhythmus gebracht, hat der Tierpark seine Ruhe schnell wieder. Wir erfahren, den Gorillas im Flachbau hat unser Marsch nicht gefallen, die Melodie schon, nur die Lautstärke nicht. Deshalb der Radau im Affenstall! Trotzdem: Es lebe Fidel Castro, die Revolution, der Sozialismus und kommt mal wieder!

Ein Hauch Rosa

Samstagnachmittag. Endlich mal wieder Landgang ohne "Pauken und Trompeten". Für Montag wird das Löschende erwartet und das Auslaufen nach Matanzas soll folgen. Wir wollen das Wochenende ausgiebig nutzen, um Land und Leute zu erkunden, und Absatzmärkte. Also strömen die Lehrlinge der BÜCHNER in Scharen von Bord. Entweder sind die Taschen voll mit an Bord eingetauschten Peso oder man trägt zwei Hemden auf dem Leib, zwei Paar

Socken oder auch zwei Armbanduhren. Der Zoll ist glücklich passiert, mit ihm auch das Hafentor und nun treibt es den Hauptstrom der Lehrlinge dem Malecon zu. Eine Gruppe "Fortgeschrittener" hat sich mit den Taschenuhren zu den kleinen Brüdern mit den großen Schwestern aufgemacht. Andere interessieren sich nicht nur für die Tradition der Bars, deren Nähe zur Revolution und zu Hollywood. Manchen zieht es in die alte Stadt und den Rest zu den jungen Einwohnerinnen.
Ich bin mit Elard unterwegs und für Altstadt und Bier. Elard ist für Bier und Malecon. Also beginnen wir mit Bier. Im Schatten einer Cervezeria genehmigen wir uns zwei bunte Alubecher mit kühlem Blonden drin. Die Sonne hat noch jede Menge Kraft. So werden wir uns im Schatten des alten Havanna zur Uferpromenade hin arbeiten und den Malecon erkunden, wird beschlossen. Wir wollen die Meeresluft mal von Land aus schnuppern und abends dann in die karibische Nacht eintauchen, Floridida Bar mit Ron con Cola. Auf dem Weg zum Wasser hin stopfen wir quietschsüßes Eis in uns rein. Bald kleben uns Mund und Hände vom zuckersüßen Bananentropfkalt und da nehmen wir das Angebot eines alten Havanneros an. Nein, wir sind keine Russen, sondern aus der DDR. Si, Alemanos, versteht er und führt uns an einen Brunnen. Bald strahlen wir landgangsfortsetzungsfein gewaschen und gekämmt, wünschen Fidel und ihm ein langes Leben und ziehen weiter. Der abendliche Malecon füllt sich mit gealterten Revolutionären, Gruppen junger Frauen sowie liebeshungrigen und bierdurstigen Seefahrern. Auf seinen Mauern zum Meer hin kühlen Paare engumschlungen ihre heiße Liebe im Seewind. Wir geniessen das Rauschen der Brandung und die abendliche Brise. Elard schaut nach den Mädels und ich nach einer Bar.
Plötzlich schubst er mich: "Kuck mal da!" Also kucke ich und sehe auf den Stufen eines Denkmales was Kleines, Niedliches, Hellbraunhäutiges mit dunklen Haaren und rotem Tuch drum. Das winkt uns fröhlich zu, wirft dabei rhythmisch den Kopf hin und her scheint dazu mit den Füßen einen Takt zu wackeln. Die niedliche Kleine ist weiblich runde 150 Zentimeter groß und in unserem Alter. Elard winkt zurück. Er zerrt mich am Arm und fordert: "Los komm!" Also folge ich Elard, sie kommt uns entgegengehüpft und als wir bei ihr angelangt sind, lacht sie herzlich und bedeutet uns, einer würde ihr reichen. Dabei zupft sie mir am Hemd und ich kucke wohl so doof, dass sie gleich noch mehr lacht. Dann trifft ihr Schmatz Elards Wange. Doch sie henkelt sich bei mir ein und die Sache ist für sie klar. Für Elard auch. Er ruft: "Bis neun, am Hafentor!", und ist weg. Nun steh ich da mit meiner kleinen Kubanerin. Kopf und Bauch sind im Widerstreit. Der Kopf hat noch nicht wieder Lust auf lebendige Mädels. Die können Seefahrer nicht leiden, erinnert er sich und ist immer noch gnatzig und traurig. Der Bauch fühlt etwas, das kommt ihm bekannt vor. Also überschüttet er den Kopf nun mit Bauchargumenten: Weißt du noch, die Dellen in den Lippen? Und: Vielleicht gibt es hier keine Gurken, doch dafür Palmenmilch! Der Kopf bleibt davon unbeeindruckt. Da beschließt der Bauch "den da oben" mit

dessen Argumenten zu schlagen: "Könnte auch sein, die Kumpels an Bord glauben, du bist zu doof mit Mädels und so?"
"He Bauch, das war mutig!", denkt der Kopf und wird sich nun eben gleich entschließen. So viel Zeit jedoch hat meine kleine Freundin nicht. Der Abend ist zu schön und zum Zaudern zu schade. So zieht sie mich zur Mauer am Malecon. Ihr Arm rutscht um meine Hüften und sie plappert fließend Spanisch drauflos. Dabei strahlen ihre Augen und scheinen überzulaufen vor Freude. Alles an ihr ist in Bewegung und es tut gut, ein Mädchen mal wieder ganz nah, lebendig und warm zu spüren. Das entgeht ihr nicht. So bekomme ich einen Kuss auf die Wange. Da taue ich langsam auf und bestätige ihr gern, dass ihre Bluse sehr schön aussieht. Dabei ist die einfach nur weiß, hat hier und da Bänder und Netzwerke, die Frauen wohl schick finden und als modisch verstehen, ist aber gut gefüllt. Das versteht dann auch wieder ein Mann. Sie beschließt, die Offensive zu verstärken. Also erkenne ich den handtaschesparenden Vorteil eines großen, hautnahen Lagerplatzes. Spiegel und Kamm wandern aus dem Ausschnitt ihrer Bluse heraus, vors Gesicht und durch die Haare und wieder zurück ins Hochlager 75 C. Dann kramt sie Taschentuch, Pesoscheine und Kaugummi dort hervor und findet den Lippenstift. Der tut sein verführerisches Werk, muss dann zurück und alles andere hinterdrein. Ich soll nun sagen, ob sie mir so gefällt. Ihre Freude über meine Antwort zeigen gleich darauf rote Flecken auf meiner Nase, den Wangen und der Stirn.
Die Sonne spielt mit und duckt sich voller Verständnis für die Jugend der Welt hinterm Horizont. Meine kleine Freundin will wissen, ob ich die Beatles kenne und ob ich von denen was singen kann. Sie wartet die Antwort nicht ab, sondern singt selbst irgendwas. Ihre Finger zappeln dabei mit meinen im Takt. Der Kopf ist jetzt mit dem Bauch eins, also nicht mehr zurechnungsfähig. So versuche ich, nicht ganz textsicher, ein zaghaftes: "She loves me ...?". Weiter komme ich nicht. Sofort singt sie Korrektur. "She loves you!", tippt sie mir bei jedem "you" nun an die Brust, nicht ohne vorher auf sich gezeigt zu haben. Schließlich soll ich ja wissen, wer "she" ist. Also wiederhole ich "She loves you..." "Si,si - esta bien!", ist sie begeistert von meinem Beitrag, musikalisch jedenfalls und inhaltlich sowieso. "Exactamente", genau so ist es! Nun spüre ich ihre weichen Lippen auf meinen und rosa Küsse. Die fordern nicht, sondern fragen, teils lustig, teils zärtlich, freuen sich über die Antwort und bedanken sich umgehend. Das Spiel gefällt uns. Es ist Jahrtausende alt doch immer wieder neu und schön. Bald zappelt sie nicht mehr und ich genieße ihren warmen, weichen Körper an meinem. Die Hände holen sich von ihrer samtzarten Haut, was sie kriegen können. Sie zeigt mir, dass sie keine Angst um Kamm, Spiegel und Pesos hätte, würden meine Hände noch weiter forschen wollen. Also bin ich mutig und sie bestärkt mich mit einem schönen, langen Kuss. Den geb ich ihr zurück, sie will ihn nicht haben, da kriege ich ihn wieder und muss ihn nun behalten. Denn, wenn in Havanna das Leben beginnt, hört es an Bord eines Lehrschiffes auf. Es ist höchste Zeit, "Hasta Manana" zu sagen. Das Land-

gangsende ist nahe und die Fortsetzung unserer Bekanntschaft in Gefahr, sollte ich es verpassen. Ob ich einen Stift habe, will sie wissen, wegen ihrer Adresse. Ich vertröste sie auf morgen. Sonntags dürfen wir schon nach dem Frühstück an Land. Also verabrede ich mich mit ihr für den nächsten Tag um zehn Uhr und an der gleichen Stelle. Sie kenne für uns einen schönen Strand, erfahre ich, und, dass dort nicht so viele Leute sind. Wir werden fast für uns allein sein und sie freut sich schon sehr. Meine kleine Kubanerin winkt mir zum Abschied zu, hüpft in Richtung Altstadt und Arme, Kopf und alles sonst an ihr ist Leben. Sie taucht ins Dunkel und mir fällt für morgen und den Strand genug ein. Ich kann es kaum erwarten.
Zurück an Bord, kriegt Elard den stark gekürzten Bericht. Er hat einen Anspruch darauf. Schließlich hat er sich geopfert. Ich hüpfe in meine Koje und denke noch: Mädels, was gibt es Schöneres auf dieser Welt?! Da holt mich Morpheus in seine Arme, hält mich fest und läßt mich tief und glücklich schlafen.

Seemanns Braut

Der Sonntagmorgen sieht mich nicht lange in der Koje. Ich springe raus und Waschen, Rasieren, Anziehen, Kojenbau gehen locker von der Hand. Ohne Ehrenrunde komme ich an der Kragenkontrolle am Messeeingang vorbei. An der Back sehe ich lange Gesichter, die mürrisch an ihren Brötchen kauen und Löffel, die lustlos im Kaffee rühren. In der Nacht noch und damit früher als erwartet, sind die Löscharbeiten zu Ende gegangen. Der Zucker liegt in Matanzas ladebereit. Deshalb hat Kapitän Schickedanz für heute "all hands" beim Seeklarmachen angeordnet und Landgangssperre. Während nun hier an Bord wortkarg Kaffee geschlürft und Ei gepellt werden, tanzen drüben an Land Kubas schönste Töchter in ihren Kleidern, den Geschwistern vor der Nase rum, hin zu den Spiegeln und freuen sich auf ihre Marineros. Am Abend werden sie wissen: Auf Seeleute ist eben kein Verlass!
Gegen Mittag tönt die Schiffsklingel "Klar vorn und achtern!" Minuten später künden lustlos betätigte Trommeln und Fanfaren davon, dass "der Steiger kommt", aber der Seemann geht. Von Luke IV aus suchen wir unsere Mädels auf dem Malecon und winken wie verrückt in der Hoffnung, dass es die Richtigen schon sehen werden. Lehrbootsmann Salzburg sieht uns traurig und versucht Trost: "Auch daran werdet ihr euch gewöhnen. Seemanns Braut ist die See!" Mannhaft sage ich: "Von mir aus" und beschließe trotzig: Aber ohne mich! Die BÜCHNER hat den Lotsen abgegeben und macht volle Fahrt voraus. Der karibische "Ententeich" hemmt deren Vorwärtsdrang nicht. Außerdem geht es den Globus runter, also bergab und somit schneller. Zügig erreichen wir die Reede von Matanzas und dürfen gleich einlaufen. Kapitän Schickedanz kriegt

den Schwung nicht so schnell aus dem Dampfer. Er setzt die BÜCHNER gegen die Pier und ist todunglücklich. Das geschieht ihm recht, denken wir uns heimlich. Was muss er uns auch mit dem Gehetze den Sonntag verderben, die Mädels, die Liebe, das Leben und all das!

Mein schönes Schiff!

Die Gangway liegt noch nicht ganz an Land, da schnappt sich der Alte die Handwerker. Mit dem Ruf: "Keeper, Plumber, mir nach!", balanciert er mit beiden im Schlepptau die hinabschwebende Gangway hinunter. Noch vor ihr landet der Kapitän auf der Pier. Er richtet die Mütze, mit viel Gold drauf und DSR-Zeichen dran, zieht die weißen Handschuhe und seine Uniform straff und ist so gut gerüstet, dem Kratzer gegenüberzutreten. Schließlich hat er auf dieser Reise seinen sechzigsten Geburtstag gefeiert. Die BÜCHNER ist mal grade um die zwanzig, die junge Zicke. Nun wird er ihr mal zeigen, wer hier der Chef ist. Was er sieht, bringt ihn dann doch aus der Fassung.
Unterhalb der Back und in Pierhöhe eben, ziert sein Schiff eine große Delle in der Außenhaut. Farbe ist abgeplatzt. Dort kuckt nun, einen langen metallisch glänzenden Streifen umrandend, frech Rost vor und der triumphiert: Mich kriegt ihr nicht tot. Mit dem Ruf "Bootsmann zu mir!", sorgt der Kapitän dafür, dass der Schwanz des Schadensbesichtungstrupps noch länger wird. Drei bis vier Mal geht der Marsch schweigend die Pier hoch und runter und an der Schramme vorbei. Da bleibt der Alte plötzlich stehen, reckt die Arme zur Beule hin und ruft verzweifelt: "Mein schönes Schiff, mein schönes Schiff!" Dann dreht er sich zu den Handwerkern und seinem Bootsmann um und fleht: "Ihr macht mir das doch wieder ganz?"
Boss, Storekeeper und Plumber beruhigen ihren Kapitän. Zwei Wochen später ist der Zucker im Schiff und Luke III voller Rum. Wo mal eine Delle war, zeugt nur noch aufgerolltes frisches Grau von den gelungenen Reparaturarbeiten. Der Kapitän ist glücklich und ein ganz klein wenig haben wir ihm bereits verziehen. “Klar vorn und achtern!"
Homeward ho!

Plattgemacht

Die Zeit der Frühjahrsstürme hatte begonnen. Wieder steuert Kapitän Schickedanz die BÜCHNER weit im Süden und auf östlichen Kursen dem Kontinent entgegen. Sehr spät erst wird er auf Nordostkurs gehen. In dieser Jahreszeit ist mit dem Atlantik nicht zu spaßen. Dennoch wird uns die Reise bis ans Ende

der Welt führen. Erst einmal aber verabschiedet uns der karibische Sommer mit schönstem Seefahrtswetter. Im Badebassin plätschert noch Meerwasser im Rolltakt des Schiffes von Backbord nach Steuerbord und zurück. Die Stewardessen legen im Freiluft-Solarium Bräune nach. So werden sie zu Hause genau die Beachtung finden, die sie sich erhoffen. Wir tauchen zur Seewache in den "Keller" ab. In wenigen Tagen wird dann der theoretische Unterricht weitergehen. Erst einmal jedoch warten auf uns qualifizierte Aufgaben. Die sollen unsere Liebe zur Maschine festigen helfen. Intensive Berührungen und viele Streicheleinheiten scheinen dazu geeignete Mittel zu sein. So reiben wir zweimal vier Stunden am Tag blaue Paste um Kurbelzapfen und in Ventilsitze. Die Schleifzeuge übergeben wir, heißgerieben und mit handwarmen Griffen, der Vier-Acht-Wache und bekommen sie acht Stunden später von der Acht-Zwölf-Wache zurück, nicht kälter.
Am vierten Tag auf See melde ich mich in der Schiffsarztsprechstunde. Ein leuchtend roter Knubbel mit einem eitrigen Kopf ziert meinen Oberschenkel. "Der ist von Haus aus Chirurg und schneidet gleich", haben mich die Maschinisten gewarnt. Doch ich komme davon. Der Doc piekst kurz rein, läßt die Suppe rauslaufen, macht Salbe und Pflaster drauf und "morgen wieder hier!", startet er die Therapie. "Hitze und Dreck meiden!" Also verbringe ich die letzte Seewache bei meinen Mädels im Labor. Am nächsten Morgen bin ich wieder beim Doc. Der scheint zufrieden, aber: "Weitermachen mit Salbe und Pflaster. In drei Tagen sehen wir uns wieder!"
Die BÜCHNER ist gut abgeladen. Sie liegt "wie ein Brett" in der See und rollt in flacher westlicher Dünung dem Kontinent entgegen. Doch jeden Tag, der vergeht, werden die Wellen nun ein Stück höher, messen bald bis zu fünf Meter und es kommt Unruhe in die Fahrt. Nachts kullern wir in den Kojen hin und her. Die Schlingerleisten bewahren uns vorm Rauspurzeln. "Jetzt kriegt ihr euren Sturm", verkündet Papi Schröder und über Bordlautsprecher erfahren wir, die BÜCHNER wird klar gemacht zur Sturmfahrt. Ab sofort darf das Oberdeck nicht mehr betreten werden. Der Bootsmann beginnt mit der Decksgang und den verfügbaren Lehrlingen alles von Deck und in die Lasten zu stauen, was von den Trägheitskräften und dem zu erwartenden Seeschlag über Bord geschickt werden könnte. Die Decksgang kontrolliert die Lukenabdeckungen. Zusätzliche Persenninge und Laschinge sollen sie schützen. Die Ladebäume werden mit doppelten Drahtstroppen gesichert. Die Tische in den Messen sind sowieso gegen den Stahlboden geschraubt. Nun setzen wir, über Sicherungsleinen, auch die Stühle am Messeboden fest. Am Abend stauen wir in der Getränkelast die Bierkästen über den gesamten Boden, von einer Wand zur anderen zu einem flachen Block und verzurren diesen mit dicken Tampen. Die haut nun nichts mehr um, denken wir. Der Dampfer rollt bald so stark, dass wir nachts durch die Bulleyes wechselweise den Mond und "die Fische" sehen können. Es dauert nicht lange und es ergeht die Anweisung, im Lehrlingsdeck die Panzerblenden der Bulleyes zu schließen und die Vorreiber fest anzuziehen. Die BÜCHNER

stampft nun auch stärker in der See. Das Schlafen fällt immer schwerer. Während des Unterrichts klemmen wir uns in die Schulbänke und versuchen, mal links und mal rechts stemmend, mit den Armen die Beschleunigung des rollenden Schiffes auf unsere Körper auszugleichen. Von hier oben aus haben wir eine gute Sicht auf die schwer und dunkel heranrollenden hohen Dünungswellen. Die künden von dem uns bevorstehenden Zusammentreffen mit einem noch südlich von Island stehenden Sturmtief, das, sich zum Orkantief entwikkelnd, in Richtung britische Inseln ziehen soll. Noch aber fehlt der adäquate Wind.

Nach einer weiteren schlaflosen Nacht stelle ich mich wieder beim Schiffsarzt vor. Der Pickel ist erwachsen geworden. Er tut nun ordentlich weh und nennt sich Furunkel. Dieser Zustand und die zu erwartende schwere See lassen dem Doc keine Wahl. Er entschließt sich zur Operation. Zwei Stunden später liege ich auf dem Tisch, kriege die Maske aufs Gesicht und die Schwester träufelt das drauf, was die Griechen "Himmelsluft" nennen. Nur, es kommt wohl aus der falschen Flasche, denn dort steht "Äther" drauf und wirkt auch so. Anfangs habe ich noch Lust zum Zählen. Dann würgt mich wer, als hat er länger schon Wut auf mich, grellbunte Bilder und Schreie lösen einander ab und am Hals scheinen nun alle die zu drehen, die ich bisher in meinem Leben geärgert habe. Dann hören die Bilder auf und die Schreie, das Würgen wird schwächer, ich erkenne den Op-Raum wieder und meine Retter. Ich bin platt aber soll nun geheilt sein.

Wassermassen

Für die nächsten zwei Tage bin ich vom Unterricht befreit und darf mich von der Himmelfahrt erholen, zwecks Rausch ausschlafen und so. Also kämpfe ich mich zur Koje hin und hinein. Da die BÜCHNER nun heftig rollt, die See geht mittlerweile bis zu acht Meter hoch, baue ich mir eine Matratzenburg. Darin verschanze ich mich, dämmere bis zum Abend hin und die Nacht hindurch. Der Seegang wird immer heftiger. Die wenigsten finden noch Schlaf.

Immer wieder mal gibt es einen Knall im Schiff, dumpf oder hell scheppernd oder schlagend oder holpernd. Dann weiß wieder einer mehr, was er vergessen hat, seefest zu laschen. Auf der Brücke wechseln die Manöverrudergänger der Stammbesatzung einander ab. Das sind erfahrene Matrosen, denen die Steuerleute blind vertrauen können. Die Lage bietet keinen Raum mehr für Lehrlingsausbildung und Experimente. Auch in der Maschine wird mit größter Umsicht agiert und Gänge über ölige Flurplatten finden nur im Notfall statt. In diesen Tagen sind die Mädels in Maschinenlabor und Wellentunnel sehr einsam. Am Morgen muss uns niemand wecken. Die meisten von uns sind die dritte Nacht in Folge wach. Jetzt hat uns der Sturm fest im Griff. Eine stattliche

Windsee, deren Wellenkämme sich zunehmend brechen, läuft aus Nordwest heran, beinahe quer zur Dünung, und läßt die BÜCHNER noch stärker krängen. Die See geht mehr als zehn Meter hoch. Ich werfe mir die restlichen Tabletten ein. Der Druck im Hals ist fast weg, im Kopf jedoch ist alles dumpf. Die Beine wackeln noch und die Wunde schmerzt. Unter Leitung der Lehrer und Lehrbootsleute bereiten wir uns und das Schiff auf die kommende Nacht vor. Dann werden wir mittendrin sein im Orkan und jeder unnötige Handgriff ist dann einer zuviel.
Auf dem Achterschiff hat sich ein Fass losgemacht. Zusammen mit zwei Matrosen soll meine Brigade das nun einfangen und ins Schiff stauen. Wir sitzen im Smoketimeraum, besprechen die Bergung und haben vom Schlafentzug und ständiger Anspannung geschminkte Gesichter. Einer der Matrosen versucht Motivation. "Hier in der Biskaya soll die FIETE SCHULZE abgesoffen sein", macht er uns Mut. Wir öffnen das Schott vom Smoketimeraum zum Oberdeck hin und schicken uns an, vorsichtig rauszuklettern. Da kommt hinter dem Schanzkleid an Backbord eine Welle hoch. Die wächst und wächst, will nicht aufhören damit, ist schnell ein riesiger Berg und es wird dunkel. Wir hechten durch das Schott ins Innere und schaffen es noch, die Stahltür zu verriegeln. Dann gibt es einen Hieb. Der Dampfer fällt nach Steuerbord und wir bilden ein Knäuel. Danach hat sich das mit dem Fass erledigt.
Am Nachmittag macht ein Mitlehrling den Vorschlag, den Seegang vom Klassenzimmer aus zu beobachten. Also arbeiten wir uns, im Wechsel von einer Wand zur anderen fallend, die Gänge und Niedergänge zum Klassenzimmer hoch. Ein einmaliges Schauspiel belohnt uns. Von Backbord her rollt eine so hohe See heran, dass man den Horizont nicht mehr sieht. Man kann bis zur dritten Welle kucken oder sieht manchmal nur noch eine. Hin und wieder schiebt es das Wasser in gewaltige Höhen und es hat den Eindruck, als wenn da jemand Berge aus dem Meer heraus und in die Höhe drücken würde. Dann ruft einer: "Kuckt mal!", und wir kucken. Die BÜCHNER hat sich auf die Backbordseite gelegt. Ein heranrollender Wellenberg begräbt das Vorschiff und die Backbordgänge der Aufbauten unter sich. Im Nu ist dort kein Dampfer mehr zu sehen. Nur die Masten schauen noch aus dem tosenden Schaum heraus. Weit über 30 Grad liegt die alte Dame auf der Seite, bleibt so in der See liegen und scheint zu überlegen, was sie nun machen soll. Sie entscheidet sich für die Fortsetzung der Reise. Also richtet sie sich langsam wieder auf, hebt sich schwer aus dem Atlantik heraus und über das Schanzkleid hinweg strömen die Wassermassen zurück ins Meer. Mir ist das nun zuviel. Die Schmerzen im Oberschenkel gehen nicht weg. Im Kopf sitzt wieder ein dumpfer Druck. Auch kenne ich den Film "Schiff im Sturm" inzwischen und will ihn nicht mehr sehen. Das interessiert den Filmvorführer nicht. Er hat noch eine Rolle, wir haben bezahlt, also zeigt er die auch noch.

Am Ende der Welt

Am Abend erreicht uns über die Bordlautsprecher die Durchsage: "In der Nacht ist mit schwerer See, sehr hohen Wellen und heftigen Schiffsbewegungen zu rechnen. Der Verschlusszustand ist konsequent einzuhalten. Es gilt striktes Alkoholverbot und Bereitschaft für die Manövertrupps!" Die Wellen haben mittlerweile eine Höhe von fünfzehn Meter und mehr erreicht. Wir liegen in den Kojen. Die BÜCHNER fällt in der See hin und her. Im Wechsel wirft es uns gegen die Wand oder die Matratzenbarrieren. Draußen ist die Hölle los. Wer jetzt noch glaubt, Schiffe sind unten rund, wird eines Besseren belehrt. Jede Welle die unterm Schiff durchläuft, rappelt erst an der Backbordkante des Unterwasserschiffes, dann an dessen Steuerbordkante, läßt den Dampfer 30 oder 40 Grad zur Seite fallen und macht dann Platz für die nächste. Immer öfter fällt das Vorschiff so tief zwischen die Wellenberge, dass achtern der Propeller lärmend frei dreht. Zum Zittern des Schiffskörpers, dem Dröhnen von Blech und Splittern von Holz gesellt sich der Krach der Rudermaschine. Bis in unsere Kammer hören wir deren Arbeit. Die Hydraulik vollbringt Höchstleistungen. Spät in der Nacht wird die BÜCHNER, wie vom Gummiband gezogen, weit hochgehoben. Sie verharrt kurz, legt sich dann auf die Seite und fällt nach Steuerbord weg, wie in ein Loch. Dort angekommen, versucht sie sich aufzurichten. Doch es gibt einen kurzen, schweren Hieb und der Dampfer kippt noch mehr zur Seite. Vielleicht zwei Sekunden lang, uns scheint es wie die Ewigkeit, bleibt das Schiff mit einer Schräglage von mehr als 50 Grad auf Steuerbord liegen. Zögernd richtet es sich wieder auf, wird zusehends schneller dabei und knallt nun mit heftigem Schwung auf die Backbordseite. In den Gängen und Kammern kann man nun wählen, ob man an der Wand läuft, auf dem Fußboden oder sich doch lieber irgendwo festklammert. Noch zweimal wirft sich das Schiff so hin und her. Dann besinnt es sich und kehrt zu seinen 30-Grad-Rollwinkeln zurück.
Am nächsten Tag werden wir erfahren, die BÜCHNER war in ein "Atlantikloch" gefallen. Dann hatte sich die nachfolgende Welle gebrochen und die Aufbauten mit voller Breitseite getroffen. Aber sofort erfahren wir: Wasser im Schiff! Das kommt nun von den oberen Decks zu uns herunter ins D-Deck gelaufen. Die Reinschiffbrigaden müssen ran und wegen der permanenten Rutschgefahr die Gänge trocken legen. Das lenkt ab. Wenige Minuten später wirft es den Dampfer wieder schwer auf die Steuerbordseite und neues Wasser kommt nach. Eine weitere Riesenwelle bricht, schlägt im Schornstein ein und nun tropft den Tapferen im Schacht das Wasser vom Stewardessenbadebeobachtungsplatz aus runter auf die Hauptmaschine.
Die BÜCHNER ist am Ende der Welt angekommen.

Jungchen, hast du mal eine Zigarette?

Im Atlantik hat sich eine hohe Kreuzsee aufgebaut und man muss im Physikunterricht (Schwingungslehre, Überlagerung zweier Wellensysteme) nur aufgepasst haben, um sich vorstellen zu können, wie es draußen aussieht. Da schiebt die See Berge aus Wasser durch die Gegend. Auf denen baut der Sturm weitere Berge und die nun entstandenen Riesengebirge, "20 Meter hoch und mehr", werden wir am nächsten Tag hören, trennen tiefe Täler. Und Löcher In diese fällt der Dampfer manchmal hinein und manchmal auch nicht.
Bis dahin, zu diesem Ort und an diesem Punkt der Reise, ist alles Menschenmögliche getan worden. So bleibt nur noch Warten. Es liegt nicht mehr in der Hand des Kapitäns, das Sturmtief zu meiden, falls er es je gekonnt hätte. Die besten Männer stehen am Ruder. Niemand hat Einfluss darauf, ob der Atlantik das tiefe Loch oder die Riesenwelle, die Jahre später die MÜNCHEN innerhalb weniger Minuten mit "Mann und Maus" auf den Grund schicken wird, auf uns zu oder an uns vorbei trägt. Die Maschinisten haben ihren Motor mit Liebe und Sachkenntnis bis hier hin gebracht und am Laufen gehalten. Auch in ihrer Macht liegt es nicht, ob und wie viele Treibstoffleitungen platzen werden oder gar ein "Black out" den Dampfer antriebslos und manövrierunfähig machen wird. Unter Aufsicht des Ersten Offiziers ist die Ladung nach allen Stauregeln und Vorschriften und Bordwand/Bordwand gestaut worden. Es kann nichts verrutschen, eigentlich! Mit seiner Gang hat der Bootsmann jede Ritze des Dampfers abgedichtet. Wenn jetzt schwerer Seeschlag Kammern der oberen Decks flutet und der Schiffskörper, auf dem Wellenberg sitzend, sich so verbiegt, dass Seewasser durch die Risse im Oberdeck und in die Messen läuft, kann auch er nur zukucken und hoffen.
Auf der BÜCHNER herrscht Hochspannung. Die schweren Brecher reißen an der Backbordseite Rettungsflöße aus ihren Halterungen, lösen deren Aufblasmechanismus aus und schwemmen sie dann über Bord. Rettungsboote müssen zusätzlich gesichert werden. Damit sind sie im Notfall nur schwer noch zu Wasser zu bringen. Doch was bedeutet das schon! In solch einen Hexenkessel hinein setzt man kein Boot mehr.
Nach dem zweiten heftigen Schlag steht Kapitän Schickedanz plötzlich bei uns unten im Steuerbordgang des Lehrlingsdecks, ohne Mütze und weiße Handschuhe. Sein Erster Offizier hat ihn auf der Brücke abgelöst. Doch er findet keine Ruhe und ist nun der Vater, der nach seinen Kindern kuckt. Und den Jungs, deren Müttern er versprochen hat, er wird ihnen die Söhne heil zurückbringen. Wer Kapitän wird, weiß, jede Überfahrt ist eine Wette mit Rasmus. Und, mancher Orkan hat das Zeug zur Höllenfahrt. Herbert Schickedanz wird auch diesmal gewinnen und sein Schiff nach Hause bringen. Aber erst mal muss die BÜCHNER hier durch. Es gibt keinen anderen Weg am Ende der Welt vorbei. Gespannt hängen wir mit den Augen am Kapitän. Was wird er sagen oder tun? Seine Hände wandern suchend die Uniform hoch und runter. Dann streicht der

Alte einem der Gangtrockenleger kurz übers Haar, sagt zum nächsten: "Das ist Seefahrt, was?", und bittet den dritten: "Jungchen, hast du mal eine Zigarette für deinen Kapitän?" Er bekommt die und keinem von uns fällt es da ein zu sagen: "Das ist hier im Deck aber streng verboten!"
Wir spüren: In dieser Nacht geht es um mehr.

Der Tag danach

Nachdem die schweren Treffer sich nicht wiederholen und die Gänge trocken bleiben, ziehen wir uns in die Kammern und Kojen zurück. Der Dampfer rollt immer noch heftig. Doch was uns gestern noch um den Schlaf gebracht hat, hindert nun nicht mehr. Es kommt Ruhe ins Deck und bald schlafen wir traumlos tief im immer noch sturmbewegten Schiff. Beim Wecken am Morgen trauen wir Augen, Ohren und Gleichgewicht nicht. Die BÜCHNER liegt ruhig in der See und tuckert friedlich im Englischen Kanal ostwärts. Als wäre nichts gewesen, hält die alte Dame souverän Kurs auf die Straße von Dover. Die Sonne strahlt über blauem Himmel. Eine leichte achterliche Brise hilft schieben. Mit besten Grüßen von Petrus! "Habt ihr gut gemacht. Los, ab nun nach Hause!"
Die Schadensbesichtigung ist im Gange und die Aufräumarbeiten beginnen.Neben den Rettungsflößen sind an der Backbordseite auch die zentnerschweren und mit den Füßen gegen das Schiff geschweißten Leckwehrkisten aus dem Stahl gebrochen und über Bord gespült worden. Niedergänge aus armdickem Rundstahl und schweren Hartholzstufen, getragen von massiven Doppel-T-Stahl-Profilen, sind abgeschert, über Bord gegangen oder liegen an Deck. Schwere Hangerketten aus Gliedern so groß wie Dreipfundbrote hat sich die See geholt. Im Schiff sieht es nicht besser aus. Die Tische in den Messen sind aus den Bodenverankerungen gerissen. Die von den nächtlichen Brechern gefluteten Kammern der Aufbauten sahen aus wie nach Bombeneinschlägen. Der Inhalt der Store erscheint wie frisch im Würfelbecher geschüttelt. Die Zahlmeisterin bittet zum Katastropheneinsatz in die Getränkelast. Auf dem Weg dorthin schlägt uns saurer Gestank entgegen, wie in einer Brauerei. Die Laschinge aus festem Sisal sind gebrochen. Viele der Bierkästen, die am Boden gesichert waren, sind durch die harten Schiffsbewegungen hochkatapultiert worden und dann an den Wänden und der Decke zerschellt. Wir schaufeln Scherben in Pützen, nageln Holzkästen zu Flaschenlagern, räumen ein, was ganz geblieben ist, finden noch volle Flaschen HAFENBRÄU und geniessen diese als Prämie zur anschließenden Auswertung.
Unter den Altgefahrenen der Stammbesatzung ist niemand, der je so einen Sturm mitgemacht hat, erzählt dabei die Chefin. Da sind wir ein ganz klein wenig stolz auf uns. Zwei Tage später läuft die BÜCHNER in Rostock ein und ist reif für die Werft. Also soll für uns Lehrlinge der Hafentörn etwas länger dau-

ern als gewohnt. Stunden später klingelt es an einer sächsischen Wohnungstür. Die wird geöffnet. Mit meiner Post-OP-und-nach-Sturm-Gestalt versuche ich ein Wiedersehenslächeln. Gleich darauf habe ich nasse Haare. Wieder weint die Mutter vor Freude oder aus Verzweiflung. Der Vater sagt: "So sehen also Männer aus!", und diesmal nun klapst er mir lieber nicht an den Hinterkopf. Mein Anblick ist wohl zu elend. In den nächsten drei Tagen unterbricht nur die Ernährung meinen Schlaf. Am vierten Tag bin ich endlich gesund und auch mit dem Kopf zu Hause. Um mich herum steht alles still. Auch ich stehe fest auf den Füßen und will wieder Kapitän werden!

Der nächste Sturm

Wieder am Leben, mach ich mich auf zum Spaghetti-mit-Nachschlag-und-den-Rest-noch-Besuch bei der Oma. Bei ihr habe ich oft meine Ferien verbracht. Wandern, Baden, Spaghettiessen und Unsinn machen. Der Opa liebt Spaghetti, mein Vater auch und nun also auch ich. Ich starte in Richtung Oma, muss auf dem Weg zu ihr den langen Bahnhofsberg hinunter und weiß, hier geht es nachher wieder hoch. Am Haus angekommen, klettere ich bis in den vierten Stock, Oma öffnet, kippt fast aus den Latschen und fällt mir um den Hals. Wieder sind Haare und Schulter nass. So schlimm hat sie sich Seefahrt nicht gedacht. Also läuft sie schnell in die Küche und wirft das zweite Paket Spaghetti dem ersten hinterher ins tobende, salzige Wasser, das nun nicht mehr der Atlantik ist. So könnte es mir eigentlich egal sein. Wenn nur nicht so viele Teigwürmer drin zappeln würden! "Junge, was machst du für Sachen, ich bin stolz auf dich, da brauch ich erst mal einen Schnaps!", kann man die Empfangsrede zusammenfassen, und die Wiedersehensfreude kriegen alle zu spüren: Der Holzlöffel flitzt im Topf herum, das Messer jagt durch den Schinken aufs Schneidebrett und der Käse leistet kaum Widerstand auf der Reibe. Mein Schnapsglas ist voll bis zum Rand. Oma liebt ihre Enkel und Seemänner sowieso, also trifft mich doppelte Liebe. Opa schläft. Er ist Bäcker und es ist die Zeit, in der man nachts noch das Backwerk des Tages bereitet. "Außerdem können wir den hier jetzt nicht gebrauchen", meint Oma, und mir wird klar: Wenn ich mal bis ins Alter geliebt werden will, darf ich keine Kinder zeugen. Frauen lieben erst mal ihre Männer, dann die Kinder, während sie auf Enkel warten Hund und Katze und dann, wenn die Enkel endlich da sind, lieben sie eben die. Ich hätte Opa schon gebrauchen können, und das sogar sehr.
Nämlich, nun stehen zwei große, tiefe Teller auf dem Tisch. In dem einen, dem von Oma, tummeln sich wenige Spaghettis mit ein paar Schinkenstreifen unter einzelnen Käsekrümeln. "Du weißt ja, im Alter isst man nicht mehr so viel!" Meiner erinnert mich an die Wellenberge der letzten Ozeanbezwingung. Nur, dass diese keine Schinkenfüllung hatten und nicht von einer geschlossenen

Käseschicht bedeckt sind. Ich haue kräftig rein, zeig damit der Oma, dass es mir schmeckt, und es ist wie im Sturm. An dieser Stelle kann man nichts mehr tun, nur noch durch. "Das hat mir heute aber wieder gut geschmeckt!", rufe ich später beim Anblick meines teigwarenfreien Porzellantellerbodens. Die Botschaft, dass es von mir aus nicht weiterschmecken muss, ist in dem Satz eigentlich drin. Aber Oma ist nun mal eine Frau und verliebt.

"Du bist jung und ein Mann. Du musst doch noch Hunger haben!" Man wehrt sich als Enkel nicht, wenn einem die Oma was Gutes tun will! "Aber wirklich nur noch ein bisschen!", freue ich mich über den Anblick der nachschlagwürmerangelnden Oma. Vor Glück läßt die nun auf meinem Teller eine weitere Spaghettimonsterwelle wachsen, die sich vor ihren Atlantikschwestern nicht schämen muss. Tapfer schaufele ich Omas Liebe in mich rein. Um Unheil von Leib und Leben fern zu halten, fordert der Bauch den Kopf auf, sich zu wehren. Das hat bei Oma noch nie was genützt, resigniert der Kopf und ist bei dem Gedanken an den Rückweg sowieso total blockiert. Mittlerweile wächst die Teigwaren-Schinken-Käse-Mischung im Magen zügig gen Oberkante. Oma ist lange schon satt und freut sich über meinen Hunger. Sie schwärmt von alten Zeiten, München und Tante Amalia und als sie noch Cafébesitzerstochter war. Das Erbe würde sie im Westen lassen. "Wenn es mal anders kommt. Was soll ich denn mit dem ganzen Geld als Ostgeld hier!" Wie immer denke ich, Kind der Republik: "Ach, Oma, wo lebst du denn! Was soll denn da mal anders kommen?", und werde Jahre später die Weisheit des Alters erkennen müssen. Doch hoffe ich auch: "Schön, wenn es schon so weit wäre, denn dann hätte ich die Spaghetti heute bereits hinter mich gebracht." Die bleiben jetzt manchmal schon an der unteren Speisröhrenklappe hängen und können also nicht mehr frei in den Magen fallen. Irgendwann seh ich dann doch den Boden des Tellers wieder. "Das hat gut geschmeckt", stöhne ich Lob aus mir heraus, und schiebe präventiv nach. "Nun bin ich aber knüppeldick voll!"

Oma ist verliebt. Sie deutet mein Stöhnen als Leidenschaft. Unterstützt von ihrem Grundsatz: Man wirft kein Essen weg!, ruft sie, bereits wieder mit dem Teller vorm Topf stehend: "Nur den Rest noch!" Diesmal reicht die Spaghettiwelle nicht an ihre Vorgängerin heran. Dafür ist der Magen voll bis unters Dach. Also schichte ich alles in der Speiseröhre übereinander und vertraue der Peristaltik. Die muss den Teigwaren-Schinken-Käsebrei nun eben zügig in die Därme stopfen. Eine Stunde später schenkt Oma dem Überlebenden ihrer Liebe den letzten Schnaps ein und gibt mir die Worte mit auf den Weg: "Das war doch wieder schön heute! Melde dich rechtzeitig, bevor du los musst. Da koche ich uns noch mal richtig schön Spaghetti!" Auf dem Weg nach unten knarren die Holzstufen bedenklich laut. Dann bin ich vorn am Bahnhofsberg und irgendwie scheint sich die Erdanziehung heute vervielfacht zu haben. Ich kämpfe mich schleppend bergan, bin irgendwann zu Hause und beschließe, satt zu sein. Für immer und ewig.

Aller guten Dinge

Vier Wochen später erreicht mich das Telegramm. Die BÜCHNER hat die Werft verlassen. Die Wunden der Reise ans Ende der Welt sind versorgt. Nun ist sie bereit für die dritte Ausbildungsreise dieses Lehrjahres. Ich bin gut bei Kräften, war hin und wieder mal im SCHWAN, hätte ja sein können, Amelie und so, und der Seesack ist gepackt. Die Oma sagt traurig: "Da gibt es eben beim nächsten Mal Spaghetti." "Da freu ich mich jetzt schon drauf", tröste ich sie. Der Abschiedsschmerz läßt andere Leiden schnell vergessen. Vorher treffe ich noch Dietmar und der lädt mich zur Klassenfahrt ein. In den Sommerferien zwischen der Elften und der Zwölften will meine ehemalige Klasse zum Zelten nach Geyer fahren. Ich dürfe mit, wenn ich wolle. Die BÜCHNER könnte es schaffen, rechtzeitig zurück zu sein, rechnete ich mir aus, doch will ich wissen: "Was macht Amelie?"
"Hat wohl wieder einen Freund."
"Aha, ich werde mich melden", sage ich ihm, und dann reden wir noch mal drüber. "Ich würde schon gern mitkommen, nur eben nicht zum Zukucken oder so. Vielleicht aber ist Amelie dann wieder solo." Auch wenn ich das Wort Nachschlag erst mal nicht mehr hören kann, was sie betrifft, könnte ich einen Nachschlag ganz gut vertragen.

Wahre Liebe

Es ist Anfang Mai und die BÜCHNER schwimmt wieder Richtung Kuba. Nach dem Ausflug in die Maschine geht die Ausbildung an Deck weiter. Am Ende der Reise stehen Prüfungen in allen praktischen Fächern wie Schiffssicherheit, Ladungsdienst, Seemannschaft und so weiter und auch in den meisten berufstheoretischen an. Die sich anschließenden zwei Jahre an Land sollen uns dann zum Abitur und zur Hochschulreife führen. Am Ende der Reise werde ich um Haaresbreite dem Lila Drachen und dessen Roten Meister entkommen. Erst wird es wie Unglück aussehen, ist aber dann doch Glück. Riesenglück sogar! Andere sollen es nicht haben und so bin ich noch heute bereit, trotz atheistischer Erziehung, die Existenz des Schicksals anzuerkennen und ihm zu danken, sehr und von ganzem Herzen.
Erst einmal jedoch geht es friedlich und bei schönstem Sonnenschein über den vorsommerlichen Nordatlantik. Noch trifft uns keine tropische Feuchte. Somit herrscht bestes Wetter, um den Dampfer vom Rost zu befreien und mit schönstem Aufbauten-Weiß, Oberdeck-Grün, Außenbord-Grau, Schwimmbad-Türkis, Innenschiff-Elfenbein, Ladebaum-Gelb, Brandschutz-Rot, Leckwehr-Blau und Handlauf-Schwarz zu versehen. Ich knie neben den achteren Aufbauten des Brückendecks und schlage mit dem Rosthammer gegen die eklig braunen

Blasen, die den Übergang vom Stahl der Aufbauten zum Holzdeck zieren. "Metallisch blank" ist die Voraussetzung dafür, dass dann auch die Farbe halten wird, die in mehreren Schichten draufgemalt wird, habe ich gerade erst gelernt. Man muss nur ordentlich aufs Braune draufhauen, um den blanken Stahl unter ihm hervorzulocken. Ich hole aus, dresche drauf und plötzlich steckt der Hammer im Schiff.
Die BÜCHNER fährt schon ein paar Jahre zur See und hatte also ausreichend Zeit zum Rosten. Ein Millimeter Stahl gibt zehn Millimeter Rost, weiß ich und sehe es nun. Dieser Teil der Aufbauten hat wohl schon mehrere Millimeter Stahl diesen Weg gehen lassen. Ich ziehe noch am Hammer, da höre ich hinter mir: "Jungchen, mach mir mein Schiff nicht kaputt!" Kapitän Schickedanz leidet beim Anblick des in den Aufbauten festsitzenden Rosthammers sehr. Ohne Rücksicht auf seine weißen Hosen kniet er sich neben mich. Er nimmt den Hammer und zieht diesen ganz sacht über die Rostbeulen. Es scheint, als streichle er sein Schiff und als er fertig ist, dankt es ihm der verbliebene Rost mit tiefbraunem Lächeln. "So macht man das. Und dann ganz schnell Farbe drüber. Hast du deinen Kapitän verstanden?" Ich nicke und streichle unter Beobachtung weiter. Er ist zufrieden und fragt dann: "Willst du mal Kapitän werden?" Ich antwortete: "Ja, Genosse Kapitän!" Er rät mir: "Dann musst du dein Schiff lieben." Ich habe verstanden und fahre fort mit der Liebe zur BÜCHNER. Am Abend honoriert der Lehrbootsmann diese Liebe mit einer Fünf. "Saumäßige Arbeit! Da ist ja überall noch Rost unter der Farbe", begründet er kurz und läßt mich vier weitere Tage an Deck entrosten. Dort klopfe ich dann meine Wut und die Liebe zum Schiff mit heftigen Schlägen auf den rostbraunen Stahl. Der glänzt bald metallisch blank und ich ahne: Liebe ist etwas Kompliziertes. Nicht jeder ist dazu fähig und es muss gute Gründe geben, diese auszuhalten!

Trockenzeit

Unsere schöne Zahlmeisterin ist an Land geblieben. Nun fährt ihr Chef, der Oberzahlmeister, mal wieder mit. Schon nach dem ersten Einsatz der Getränkebrigade wissen wir, trockene Zeiten kommen auf uns zu. Der Zahlmops ist geizig bis auf die Knochen. So schleppen wir täglich viele Kisten zur Mehrung seiner Provision, bleiben aber selbst unentlohnt. Vielleicht gehört Klugheit zur Schönheit und Dummheit zum Geiz? Jedenfalls wäre das seiner Kollegin nicht passiert!
Er hat Angst, wir könnten uns in der Last heimlich Bier in die Taschen stecken. So bleibt er mit drin und befiehlt: "Schafft mal zehn Kisten Bier raus und zählt laut dabei!" Das machen wir anfangs so, doch erkennen wir bald unsere Chance. Und nutzten diese. Also stürzen wir uns zu sechst in die Last, jeder von uns schnappt sich eine Kiste Bier und schleppt diese raus. Nachdem der Erste

draußen ist, zählt der Zweite laut "Eins". Weiter geht's mit "Zwei, Drei, Vier, Fünf". Schnell stehen sechs Kisten draußen und nun steigt die Spannung. Wir fragen den Zahlmops "Wie viele noch?" "Fünf", war das Letzte, was er gehört hatte und so fordert er: "Na fünf noch!" Da läuft der Erste von uns mit seiner zweiten Kiste aus der Last, zählt laut "Sechs" und trägt die an den anderen Kisten vorbei und fort ins nächste Deck. Weiter nun hört der wachsame Kontrolleur: "Sieben, Acht, Neun, Zehn." Er tritt vor die Last, zählt sicherheitshalber noch mal selbst, ist dann zufrieden und frohlockt. Keiner hat sich drinnen heimlich was eingesteckt. Er kennt doch seine Lehrlinge. Nicht mit ihm!
Später treffen wir uns zur feuchtfröhlichen "Brigadeversammlung" in einer leerstehenden Kammer und sind unwahrscheinlich stolz auf uns. Die nachfolgenden Brigadeeinsätze sorgen für Nachschub. Das hat der nun von seinem Geiz, prosten wir uns bald öfter zu und ahnen noch nicht die Gefahr. Bald reicht einem von uns das Bier nicht mehr. So will er zusätzlich den Ruhm des Pfiffigen ernten und sich in Anerkennung baden. Also schleppt er eines Abends die bestellte Kiste zu den Zimmermännern. Die haben Mitleid mit dem trockenen Lehrling, geben eine Flasche aus, aber: "Die trinkste gleich jetzt und hier!"
Weil das nicht auf ex möglich ist, entgeht unserem anerkennungssüchtigen Bierkästenschlepper nicht, dass sich die Handwerker über den Geizhals aufregen, von wegen Provision kassieren und nichts weitergeben und so. Da könne er sie beruhigen, weiß der Lehrling und prahlt sogleich mit unserem Trick. Zwei Abende weiter brennt die Luft im Offiziers- und Unteroffiziersclub. Irgendetwas wird gefeiert und spät in der Nacht kann sich einer der Zimmerleute nicht verkneifen, dem Zahlmops die Wahrheit zu sagen. "Du bist ja so doof, dich können sogar die Lehrlinge bescheißen!" Der Zahlmeister weiß das besser und nur am Lehrertisch ist ganz kurz mal Ruhe.

Herr Lefranz mal wieder

Samstagnachmittag. Das Kammereinschiff ist vorbei, gleich sollen Papi Schröder und Herr Lefranz unseren Fleiß und den Ordnungssinn kontrollieren. Wir freuen uns schon auf den abendlichen Einsatz der Getränkebrigade. Wie gewohnt stehen wir vor der Tür und nicht wie gewohnt scheucht uns Herr Lefranz in die Kammer. Sein Blick streift nur kurz über Wände, Kojen und Fußboden und gleich darauf knarrt seine Stimme mich an. "Naaa, wie läuft es denn so mit der Getränkebrigaaade?", will er nicht wirklich wissen. Also hängt er gleich eine Frage an, die keine ist. "Haaabt ihr nicht Lust mal wiiieder richtig Reinschiff zu machen?" "Nö, nö, nö!", beeilen wir uns mit der Antwort und müssten ihn eigentlich nur anschauen, um zu erkennen, er hat uns nicht gefragt. Entsprechend lang zieht und knarrt er nun: "Doooch, ihr haaabt!" Damit keine Zweifel an der Wechsellust aufkommen soll, fügt er hinzu: "Schon heute

Aaabend startet ihr mit Toilettenreinschiff. Die neue Getränkebrigade weiß bereits Bescheid." Stunden später ziehen wir lustlos Bürsten durch Becken, Lappen über Fliesen, Schwämme über Klobrillen, Tücher über Spiegel und lutschen im Anschluss daran am Daumen. Am nächsten Morgen erfahren wir, Lehrlinge sind beim Bierklauen erwischt worden. "Gleich eine ganze Kiste. Na, die hatten aber Mut!" und "Die können heilfroh sein, sollten sie die Lehre fortsetzen dürfen!" Der dritte Abend in Folge sieht auch die dritte Lehrlingsbrigade beim Kästenschleppen und Bierflaschenklappern. Die trifft nun der verletzte Stolz des Zahlmeisters. Wie wird er vor seiner Kollegin dastehen? Die werden schleppen bis sie lahm sind, so!
Lieber Herr Lefranz, wir hatten uns damals nicht getraut. Deshalb also heute: Danke!

Damenhandtaschen

Wieder fällt der Anker auf der Außenreede von Havanna und andere Dinge werden nun wichtig. Die mit den Taschenuhren, die sie bei den großen Schwestern einlösen werden, nachdem sie die kleinen Brüder hingeführt haben, sind damit beschäftigt, eindrucksvollen metallischen Glanz herbeizuführen. Ich könnte mich auf meine kleine Kubanerin freuen. Da jedoch im entscheidenden Augenblick kein Kugelschreiber zur Hand war, müsste ich nun das Glück bemühen. Doch so richtig habe ich dazu keine Lust. Am Ende der Reise steht Amelie und die Hoffnung auf sie läßt alle Mädels rundum grau aussehen, auch die braunen, lustigen Beatlesfans mit Einsamstrandkenntnissen, rotem Kopftuch und weichem, schlecht beschütztem Hochlager. So stürze ich mich in die schriftliche Hausarbeit mit dem Thema "Stauregeln".
Ich melde mich beim Chiefmate, dem Ersten Offizier. Der ist verantwortlich für das ordnungsgemäße Stauen der Ladung und muss mir helfen.Viel Lust dazu hat er nicht und noch viel weniger Zeit. Auf einem Schiff, dessen Kapitän über sechzig ist, hat der Erste Offizier ein paar Aufgaben mehr als sonst. So drückt er mir viele Bücher und Vorschriften in die Hand und das wichtigste aller Ausschlusskriterien für immer ins Gedächtnis: "In den Luken darf es nie aussehen, wie in Damenhandtaschen, verstehst du, nach dem Laden nicht und schon gar nicht nach dem Sturm!" Im Selbststudium erarbeite ich mir Kenntnisse zum Stauen, Lüften, Separieren, Taljeren, Sichern, Kühlen und so weiter. Diese Grundkenntnisse werde ich später vertiefen und praktisch umsetzen dürfen. Sie werden zu Spezialkenntnissen heranwachsen, die dann eine Menge Konfliktpotential in sich bergen. Nicht nur Kapitäne, nein, auch die liebe Ehefrau wird sich wiederholt fragen, ob sie es "mit dem hier" wohl noch lange aushalten kann. Jedenfalls, wenn es um die Beladung von Einkaufswagen im KAUFLAND oder den anschließenden Transport des Gekauften in Beuteln, Taschen

und Kartons gehen wird, später im zweiten Leben. Immer noch aber bin ich erst mal nur Lehrling und es kann mir egal sein, wer dreißig Jahre später Weinflaschen über Joghurtbecher stauen wird oder Weintrauben neben die Zwiebeln. Also sollen die Luken entsprechend der Reihenfolge der Häfen beladen sein und nicht die Beladung der Luken die Reihenfolge der Häfen bestimmen. So wenig wie möglich sollte kaputt gehen, so viel wie möglich wiedergefunden werden und eigentlich alles noch verwendbar sein, nach dem Löschen. Und: Öl nicht über Zucker stauen, Stahl nicht über Bettfedern, Zwiebeln nicht mit Seife, Heringe nicht mit Rosinen, Harnstoff nicht mit Kartoffeln, Säure nicht auf Papier, Marmor nicht auf Flaschen, halbe Schweine nicht außerhalb der Kühlluke, Ketchup in Alufolie nicht unendlich hoch und Kartoffeln nur dann mehr als zwölf Sack übereinander, wenn der Bestimmungshafen zum Beispiel Leningrad ist und die Schnapsbrenner dort auf Rohware warten. Auch sollte im Seegang nichts verrutschen. Doch nun quäle ich die Nichtseeleute nicht weiter. Denn wer legt schon Einkaufsbeutel auf die Rücksitze im Auto, die Blumen in den Gang davor und bremst dann scharf? Oder Torte und Kuchen zu Brot und Brötchen im Einkaufsbeutel. Die Liegezeit in Havanna ist lang genug gewesen. Meine Hausarbeit ist abgabebereit.

Wie auf heißen Kohlen

Mit leeren Luken tuckert die BÜCHNER hinunter nach Santiago de Cuba zum Marmorladen. Wir runden die Südspitze Kubas. Bei der Passage von Guantanamo besuchen uns amerikanische Kampfflieger. Dann laufen wir in Santiago ein und verkürzen uns die Wartezeit auf die Marmorblöcke mit solidarischer Hilfe in der Zuckerrohrernte. Vier Stunden in sengender Hitze reichen uns aus, die schwere Arbeit zu verstehen und zu achten.
Jeder einzelne übermannshohe Stängel wird mit einem Schlag vom Boden getrennt, dann mit dem nächsten Schlag von seiner Spitze befreit um endlich, durch den dritten Schlag halbiert nun, auf die Sammelhaufen geworfen zu werden. Bald steht die Sonne im Zenit und wir "liegen am Boden." Unsere kubanischen Gastgeber bewirten uns mit Reis, Gurken, winzigen Bananen und Eis und sind stolz darauf, uns das bieten zu können. Es schließt sich eine Rundfahrt über Land an. Wir erfahren von Camillo Cienfuegos, Che Guevara und sehen neuerbaute Wohnhäuser dort stehen, wo vor kurzem noch klapprige und lichtarme Hütten ohne Wasser waren. Noch nicht überall auf der Insel ist man so weit, gestehen die Reiseleiter ein, aber es ist ein Anfang. Kuba wird der Welt zeigen, dass die sprichwörtliche lateinamerikanische Armut kein Naturgesetz ist. Wir drücken ihnen ganz fest die Daumen, doch freuen uns, trotz Sonne, Palmen, Strand und Karibik, ein Stück mehr auf die DDR. Ich sowieso. Ich will nach Hause.

Der Marmor ist endlich im Schiff. Die riesigen Blöcke werden gesichert und sollen im nächsten Hafen mit Zuckersäcken umstaut werden. Wieder passieren wir Guantanamo und versegeln nordwärts nach Matanzas. Nach kurzer Reedezeit beginnt die Beladung mit Zucker. Hin und wieder stockt der Zulauf der Säcke und ich rechne täglich mehrmals voraus, ob ich es noch bis zum Zelten schaffen werde. Dann fehlen noch etwa einhundert Tonnen Zucker. Kapitän Schickedanz will erst warten, ich ergebe mich resigniert dem Schicksal, dann verliert die Schiffsführung doch die Zuversicht und die Reederei fordert: "Kommt nach Hause." Das neue Lehrjahr muss pünktlich beginnen. Den Restzucker wird der nächste Dampfer mitnehmen. Ich atme auf.
Die BÜCHNER gibt endlich MATANZAS-PILOT von Bord und läuft VOLL VORAUS gen Heimat, da bleiben mir noch sechzehn Tage zum erhofften Glück. Ende Juni, also im schönsten Nordatlantiksommer, verirrt sich ein windiges Tief aus nördlicheren Breiten auf unsere Route und treibt ein paar Wellen so durch die Gegend, dass die unsere Fahrt bremsen. Nach drei Tagen geht ihm die Luft und der Wind aus. Das Wetter wird schön, doch gleich darauf geht gar nichts mehr. Die Hauptmaschine streikt und wir treiben zweimal einen Tag lang in der See. Das Gesicht morgens im Spiegel wird immer länger. Dann rattert und rappelt der Motor wieder los und ich weiß nun, wie schön es klingt, wenn ein Motor angeworfen wird. Ich bestehe die Prüfungen und hoffe, es wird sich lohnen, vielleicht auch zwei Tage später noch der Klasse und Amelie hinterherzufahren. Doch ab nun muss alles glatt gehen. Der Motor hält durch und auch das schöne Wetter. Mitte Juli trifft der Dampfer vor Warnemünde ein und es fällt der Anker! Gemeinsam mit ihm fällt auch die Hoffnung auf Amelie ins Wasser, endgültig. Ich bin nun der unglücklichste Mensch, den diese Welt je gesehen hat. Vier Tage nach Ultimo läuft die BÜCHNER ein. Meine praktische Ausbildung zum Vollmatrosen ist zu Ende. Ich mustere ab und habe nun, was ich will und das, was scheinbar dazugehört: Hurra, ich bin Seemann! Doch: Wer liebt mich?

Lebensläufe

Mich treibt nichts nach Hause. Diesmal nun seh ich aus wie ein Seefahrer, hab etwas Geld in den Taschen, echte Jeans auf dem Hintern, bin karibikbraun und keinen interessiert es! Was soll ich also in Waldheim? Die Reichsbahn trägt mich dann doch über Berlin und Riesa zum Zielbahnhof hin. Etwa zweihundert Fahrten "Küste und zurück" sollen in den nächsten Jahren folgen.
Die Wiedersehensfreude der Eltern ist ungetrübt. Die Mutter weiß nun, wie Seefahrer zu Hause ankommen. Sie muss nicht mehr weinen. Doch bereits am Tag nach der Ankunft melde ich mich zum Tanz in die Nachbarstadt ab. Die Mutter vergißt, dass sie sich über meine Heimkehr gefreut hat, und der Vater

tröstet sie: "Lass mal, der ist gesund, was willst du mehr!"
Im SCHWAN treffe ich Dieter und staune. "Was denn, ihr seid schon zurück?", will ich wissen. Er winkt nur ab: "Kannst froh sein, dass du nicht mit warst, heilfroh!" Dann erfahre ich schnell, wie nahe Glück und Unglück beieinander liegen können. Und, wie sehr wenig einer manchmal etwas dafür kann, ob er Nobelpreisträger oder Knastbruder wird.
Die Klasse war, nach gut vollbrachtem Lernwerk und voller Vorfreude, in Richtung Geyer aufgebrochen. Dort hatte man Stangengerippe gebastelt, Zeltplanen darübergeworfen, Heringe in den Boden geschlagen und Seile gespannt. Mit dem Gepäck dann war auch die Last des fleißigen Lernens abgefallen. Weder von Erziehungsberechtigten noch Aufsichtsbeauftragten genervt, tat Jugend das, was sie seit jeher tut und allezeit tun wird. Die Sau wurde rausgelassen! In permanentem Resonanztest der Lautsprecher lieferten die Radios und Recorder das Hintergrundrauschen der Freiheit. Weinflaschen blieben nicht lange verschlossen und Zigaretten verglommen schachtelweise. Auch reisten Jungs und Mädels nicht ganz ohne Grund gemeinsam. Doch dazu wollte ich, nun auch der letzten Hoffnung beraubt, wirklich nichts Näheres wissen. Irgendwann jedenfalls hatte die Nacht Geyer schwarz gefärbt. Ein paar Unentwegte hatten bis kurz an den Datumswechsel heran durchgehalten. Bezüglich der Wahl des Radiosenders war die sich nicht unter Aufsicht wähnende Jugendgruppe ihrer Zeit weit voraus. Es musste so kommen.
Um Mitternacht schickte, mitten in Deutschland, der Deutschlandfunk der BRD das Deutschlandlied, als Hymne verkleidet, über einen Zeltplatz der DDR. Ob die freie deutsche Jugend das noch hörte oder bereits schlief, bleibt ungeklärt. Sofort klar war allerdings etwas anderes. Der freundliche Nachbarzeltbewohner gehörte einem Dienst an, der so geheim und fleißig die Sicherheit des Staates schützte, dass dessen Informanten sogar mitten im Urlaub wachsam blieben. Also schritt der Herr energisch ein und rettete in dieser Nacht die DDR vor ihrem Untergang. Am Morgen mussten dann Zelte abgebrochen, Studienwünsche und Hoffnungen begraben werden. Lebensplanungen erhielten völlig neue Richtungen. "Ab sofort kümmern sich nun die Ministerien für Staatssicherheit und Bildung um uns", endet Dieter. Zwei der ehemaligen Klassenkameraden müssen die Schule verlassen. Sie sollen das Proletariat dort stärken, wo es in schwerer Arbeit sein hartes Brot verdient. Ein paar weitere holt sich der Lila Drachen. Als Offiziere der Nationalen Volksarmee sollen sie bald dafür Sorge tragen, dass "die Sonne schön wie nie über Deutschland scheint!". Auch nachts beim Zelten.
Mir ist schlecht und es ist kein Seegang. Was wäre gewesen, die BÜCHNER hätte es rechtzeitig nach Hause geschafft? Ein junger, hoffnungsvoller Kader, reinrassig-proletarischer Herkunft, auf dem Weg zum stolzen Repräsentanten seines Staates und beauftragt von der Sieghaftigkeit sozialistischer Produktionsverhältnisse weltweit zu künden, hätte, möglicherweise berauscht von der Schönheit seines Mädchens, das wäre es ja noch wert gewesen, oder aber von

der vierten Frustflasche Bier, den Rundfunkangriff des Klassenfeindes nicht bemerkt? Nicht auszudenken! Da hätte es ihm nichts geholfen, als dreifacher junger Blockadebrecher, im Hoffnungsblau der Kampfreserve der Partei der Arbeiterklasse, dem Weltimperialismus in vorderster Linie gegenübergestanden zu haben. Wäre ich also kläglich gescheitert an Gurkenmilch oder Gerstensaft? Zwei Tage Motorausfall, grobe See und ein festsitzender Anker hatten mich vor einer Zukunft bewahrt, die für immer und alle Zeiten untrennbar und sehr eng mit der sozialistischen Produktion verbunden und ganz weit weg von der großen, weiten Welt gewesen wäre. Da stöhnt der Kopf erleichtert "Gott sei Dank!". Manchmal noch, später in meiner Steuermannszeit, wird die Hauptmaschine ausfallen, die See wird hochgehen, es wird Nacht und wahrlich keinem zum Lachen zu Mute sein. Da wird ein Gedanke mir Trost spenden: "Mal sehen, wozu es diesmal gut ist." Doch erst einmal fühlt der Bauch: "Schade!" und dann lange Zeit nichts mehr. Endgültig nun hat mein Traum vom Kapitän die große Liebe zur ersten gemacht!

BEWÄHRUNG

Deja vu

Harte Arbeit kommt auf den Kopf zu. Wiederholt muss er in den kommenden Jahren wachsam sein und den Bauch erinnern: "Vergiss nicht, wir wollen Kapitän werden!" Trotzdem wieder nur Schule, Sitzen, Zuhören - zwei ganze Jahre lang!

Das zweite Lehrjahr beginnt. Innerhalb der nächsten beiden Jahre sollen wir durch die elfte und zwölfte Klasse und hin zum Abitur geführt werden. Das Internat steht in Lütten-Klein. Im Schulneubau daneben wird uns das Abiturwissen vermittelt. Die noch fehlende Berufstheorie bringt man uns an der Betriebsberufsschule in Marienehe bei. Ich quäle mich durch den Mangel an Bewegung im Unterricht und die Ereignislosigkeit an den Nachmittagen und Wochenenden. Hin und wieder finden sich Mitlehrlinge zum Fußballspielen und dann bolzen wir bis zur Erschöpfung. Das tut gut. Danach reichen mir zwei Bier und dem Budget sowieso. Der Erzeuger schickt regelmäßig die Alimente. Damit verdoppelt sich, gemeinsam mit dem Lehrlingsgeld, das verfügbare Einkommen. Trotzdem entkomme ich frühzeitigem Reichtum.

Einmal im Monat gönne ich mir eine Heimfahrt. Dann geht es am Freitagnachmittag mit der Reichsbahn und drei Flaschen Bier von Rostock aus nach Berlin-Ostbahnhof. Dort warte ich im MITROPA-Restaurant auf die S-Bahn nach Schönefeld. Dann folgt wieder Reichsbahn mit Bier und endlich hält der Zug in Waldheim. Gleich darauf freut sich die Mutter über die viele, schöne Wäsche. Der Vater hat seinen Grund zum Frühschoppen und auch ich freue mich am Sonntagabend schon auf den Montagmorgen. Beim Warten auf die S-Bahn nach Warnemünde, im verqualmten MITROPA-Restaurant, wird der Kopfschmerz dann langsam schwinden. An den anderen Wochenenden lese ich viel und bin von Erik Neutschs "Spur der Steine" und Hermann Kants "Die Aula" beeindruckt. Ich erlerne einen Beruf, der permanent im Fokus der Erbauer des Sozialismus, der Erhalter des Friedens und der Revolutionäre steht. Ich will Seemann werden, aber soll Repräsentant sein. Der Bauch ahnt, ohne den Kopf wird er nicht durchs Leben kommen. Ein ganz klein wenig mulmig ist ihm schon dabei. Diese Gedanken begleiten mich durch das Wochenende. Am Montag darauf hole ich mir eine EINS in Englisch und schon am Freitag gibt mir die Miss eine FÜNF. Werde ich mich wieder durch die Schuljahre quälen?

Kein Rosa und viel Rot

Etwas fehlt. Weit und breit ist kein Rosa zu sehen, nicht mal ein Schimmer davon. Manch Lehrling muss sich umgewöhnen. Jetzt bringt eine silbern glänzende Taschenuhr eher ein müdes Lächeln auf die Mädchengesichter als diese ins Bett. Doch Seeleute sind erfinderisch, auch an Land. Also kommt ohne nennenswerte Verzögerung die Zeit der Knutschflecktrophäenjagd und der Umzüge im gemischten Internat. Irgendwann hat der Untermann im Doppelstockbett keine Lust mehr auf "Seegang die ganze Nacht". So läßt er die beiden da oben in ihrem gewagten Spiel über geleimten Buchenholzlatten lieber allein. Hin und wieder ist es dem Stewardessennachwuchs bis hinunter in seine Etage zu weit. Die Mädels hatten kein erstes Jahr auf See und wollen das nun nachholen. Sie vermuten, auf einem Schiff ist es sehr eng und wohl auch nicht so reinlich wie im Damenbad? Wenn man nun jetzt schon mal die Jungsdusche benutzt, kann es im Leben nicht mehr schlimmer kommen? Ganz selten gehen die Vorstellungen von Enge noch weiter. Dann schauen aus dem Bett und unter der Dekke sechs Füße hervor. Doch diesmal aus dem unteren Deck und also über Spiralfedern. So eng wird es dann doch nicht werden an Bord. Warum aber soll man den Mädels das heute schon verraten?
1971 war "Häuptlingswechsel" in Berlin. Der Neue heißt Erich, wohnt gemeinsam mit Margot in Wandlitz und hat dort, natürlich, nichts zu melden. Warum auch? Margot macht ihre Arbeit gut. Die Finnen kucken sich von unserem Vorschule-Schule-Hort-System ein wenig ab. Damit stehen sie Jahre später nicht so schief da, wie der Turm von Pisa und einige Teilnehmer gleichstädtenamiger Studie. Erich befasst sich mit seinem Arbeiter- und Bauernstaat und der Welt. Es ist die Zeit, in der es der Westen dem Osten nicht schwer macht, junge Menschen für "Frieden und Sozialismus" zu begeistern. Die Bilder vom Vietnamkrieg stehen für sich. Sie lassen keine unterschiedlichen Interpretationen zu. Im April 72 wird im Hafen von Haiphong das Motorschiff HALBERSTADT von den Amis werftreif geschossen. Meine Feuertaufe heben sich die Ameri-

kaner für später auf. Die Ermordung von Salvador Allende soll das nächste Kuba auf dem amerikanischen Kontinent verhindern? Pinochet läßt die Moneda bombardieren, da liegt das zweite Lehrschiff der DSR, die J.G. FICHTE, mit einhundertunddreißig Lehrlingen an Bord im chilenischen Hafen und damit an vorderster Front. Wie soll ein junger DDR-Mensch da auf den Gedanken kommen, die Agent-Orange-auf-fremdes-Land-Werfer und die Kommunisten-im-Pazifik-Versenker sind die Guten und er aber wird unterdrückt?
Zumal: Weltweit rollt die Anerkennungswelle für den zweiten deutschen Staat, die DDR. Im Westen selbst nehmen die Demonstrationen für Frieden, den Dialog zwischen den Systemen und gegen Mittelstreckenraketen zu. Die Ostermärsche stehen in ihrer Blüte. Handel und Seefahrt brauchen Frieden. Warum soll ich also nichts dazu tun?!
So steh ich vor den Genossen der Parteiorganisation der Betriebsberufsschule. Ich will die Welt verbessern und den Frieden erhalten, doch erfahre ich, meine Kandidatenzeit sei zwar um, nur hätte ich mich noch nicht bewährt. "Männlein malen" im Parteilehrjahr oder gar, wenn der Genosse Parteisekretär wichtige Passagen der Nach-ZK-Tagungsausgabe des NEUEN DEUTSCHLAND verliest, zeuge von Desinteresse am sozialistischen Aufbau, oder mangelnder moralischer Eignung, ein Mitglied der Partei zu sein, welche die führende Rolle im Staat innehatte, der SED also? Entgegen den Statuten würde man mir nun ein halbes Jahr länger die Möglichkeit geben, mich für eine Mitgliedschaft zu empfehlen. Es sei eine gewaltige Ausnahme und Riesenchance zugleich. Und es helfe mir auch erst mal nicht, dass ich mich verpflichtet habe, als Soldat auf Zeit zu dienen.

Kampfreserve

Was war passiert? Ich hatte meine Funktion als FDJ-Gruppenratsmitglied für "Agitation und Propaganda" nicht nur als Wandzeitungsmaler verstanden. Mit Elard und anderen kümmerte ich mich um den Jugendclub, die Subotniks, die Protestkarten, die "Freiheit für Louis Corvalan" forderten, und die gesellschaftlichen Punkte im Wettbewerb. Andere kümmerten sich um sehr persönliche Punkte. Und um Kontakte nach oben. Die Freie Deutsche Jugend der DEUTFRACHT SEEREEDEREI ROSTOCK hatte ihre Delegiertenkonferenz im Haus der DEUTSCH-SOWJETISCHEN FREUNDSCHAFT abgehalten. Als Delegierter meiner Klasse vernahm ich die Rede des FDJ-Sekretärs der Berufsschule. Der ging mit mir in dieselbe Klasse. Also kenne ich ihn gut und kam aus dem Staunen nicht raus. "Die FDJ als Kampfreserve der Partei der Arbeiterklasse trägt Verantwortung bei der Stärkung der Verteidigung des Sozialismus", tönt es vom Rednerpult aus in den Saal. Während seiner Rede schielte er zu den alten Genossen hinüber. Als "Gäste" der Konferenz wachten sie darüber, dass

die Reserve das tut, was die Partei will. Schließlich forderte er kampfentschlossen: "Und deshalb rufe ich euch auf, verpflichtet euch als Zeit- oder Berufssoldaten zur Nationalen Volksarmee!" So hatte er den Schulterschluss FDJ-SED hergestellt. In der Pause geizten die Genossen der Parteileitung nicht mit Schulterklopfen, Anerkennung und "weiter so!" Dann musste er mal aufs Klo und ich war schon dort. Mit dem Resturin schüttelte er auch jeden Zweifel ab: "Ich bin doch nicht doof und geh länger zur Fahne als ich muss! Schließlich will ich zur See fahren!"
"Du bist der letzte Arsch", gab ich ihm mit auf den Weg und zur Wahl am Nachmittag nicht meine Stimme. Ich war kein Held gewesen. Nur hatte ich weder bei dem "Dafür" oder "Dagegen" noch bei "Stimmenthaltungen?" den Arm gehoben. Man hatte trotzdem bemerkt, da spielt einer nicht mit. Deshalb also nun die Warteschleife, bevor der Handschlag der Genossen und das Mitgliedsbuch der Partei die Kandidatenzeit beenden und die Mitgliedschaft einläuten werden. Wochen später hatte ich der Musterungskommission mutig "vier Jahre Volksmarine" entgegengerufen und wieder ist es keine Heldentat gewesen sondern Trotz. Ich wollte es "denen, die immer nur rumquatschen" zeigen. Außerdem, mich würde ja doch niemand "da draußen" vermissen. Eine zum Beispiel, die nach Gurkenmilch roch oder von der man ein Lächeln erhoffen durfte, obwohl man ihr auf den Füßen herumtanzte.

Bimmeln, Baumeln und Hupen

Ich weiß mit mir, meinen Kräften und meiner Freizeit nicht wohin. Erlöst mich vom In-der-Schule-rumsitzen-müssen. Gebt mir was Richtiges zu tun und ihr habt Ruhe vor mir! Keiner hört es, doch Rettung ist nah.
Auf dem Doberaner Platz steht das Büro zur Rekrutierung der Arbeitskräfte für die Hafenreserve. Hinterm Tor zur Welt stapelt sich kisten-, sack- und schaufelweise Arbeit. Hafenarbeiter sind knapp und wertvoll. Ich spreche vor, erhalte das O.K. und meine erste Spätschicht. An einem grauen Septembersamstagmittag bringt mich die S-Bahn dorthin, wo vor zwei Jahren für mich die Seefahrt begonnen hatte. Diesmal nun zieh ich nicht mit am Koffermonster, sondern mit der Schar der Arbeitswilligen durchs Hafentor, an riesigen, düsteren, kalten, trostlos grau wirkenden Kaihallen entlang und hin zur Arbeitsverteilung im Bürotrakt. Dort gibt es zuerst schwere Arbeitsschutzschuhe, zu große Taklerhosen, eine Wattejacke zum Drin-umdrehen-ohne-aufzuknöpfen, den Arbeitsschutzhelm und die Frage: "Wer will in den Zement?" Die Begeisterung der erfahrenen Reservisten des manuellen Güterumschlages hält sich in Grenzen. Einer von denen hat eine Idee. "Schick mal die da hin, die waren noch nicht dort."
"Die da" sind wir Neuen und wir sind noch nirgendwo gewesen. Wären wir

sonst neu? Also kann der Vorschlag nur richtig sein und begeistert den Arbeitsverteiler sofort. Der Herr über schwer- oder leichtverdientes Geld demonstriert nun, wie schwer es ist, Geld leicht zu verdienen. Ich werde noch heute erfahren, wie leicht man die Chance erhalten kann, sein Geld schwer zu verdienen. "Dann geht ihr in die Bananen", schickt er die "Alten" los und zwei von den "Neuen" werden entlassen mit: "Meldet Euch mal an Kaihalle 3 beim Baltiski!" "Wir sollen uns hier melden", sprech ich, dort angekommen, laut in die Gruppe von Arbeitern und höre erst "Waaaas?" und dann "Ach du meine Güte!" Wir erfahren: Die Arbeiter gehören zum Stamm und sind Mitglieder einer Leistungsgang. Hier werden "richtig Tonnen" gemacht. Was soll man da mit den zwei Zwergen? Letztlich haben sie doch keine Wahl, macht ihnen der Brigadier klar und uns Dampf. "Ärgert mir die nicht zu sehr und, wenn der Kran hupt, seid ihr im Verzug, klar?" Einer tröstet noch seinen Kumpel: "Vielleicht haben die Kleinen auch einen Vorteil? Wenn die sich bücken, sind die schneller unten beim Sack." Der Adressat hat da seine Zweifel aber Hoffnung. "Hauptsache, die kommen nicht nur mit dem eigenen Sack wieder hoch." Somit sind wir herzlich in die Reihen des Hafenproletariats aufgenommen.
Derart hochmotiviert, schauen wir von der Laderampe aus zu, wie der Wachoffizier des sowjetischen Frachters die Luken auffährt. Langsam geben die aufziehenden Lukendeckel zwei große Zementsackfelder frei. Jedes von denen misst etwa 10 mal 25 Meter. Die "Kollegen" bemerken unseren Respekt vor der Aufgabe. Einer macht in Motivation: "Das geht noch ein paar Meter tief rein ins Schiff." Wenig später stehen wir auf dem Zementblock bretharter 50-kg-Säcke. Der Kran bringt leere Paletten und setzte in jeder Ecke der Luke eine davon ab. Zwei Mann pro Palette ist die Regel. Also packen nun in drei Ecken der Luke je zwei Riesen vom Hafenstamm Zementsäcke zu einem tonnenschweren Block auf das Transportholz. In der vierten Ecke der Luke harren wir "zwei Reservezwerge" der Herausforderung, dem Kran keinen Grund zum Hupen zu geben. Der Chefpacker deutet unsere Blicke richtig. Also kommt er zu uns rüber und hilft mit Erfahrungstransfer, die Reserve in Gang zu setzen. Zur Demonstration wirft er mit seinen Riesenhänden an oberschenkeldicken Unterarmen schnell mal ein paar Säcke wie Watteballchen zu einem Staumuster auf unsere Palette und beschließt die Einweisung mit dem Satz: "So geht das, kapiert?" Nun beginnt das große "Tonnenmachen".
Der Kran nimmt sich unsere volle Vorführpalette. Wir zerren die nächste leere in Position und starten das "Eingraben". Erst wenn ein Loch gebuddelt ist, in das wir die Paletten setzen können, wird uns die Arbeit leichter fallen, begreifen wir sofort. Doch das "Lochmachen" ist Hundearbeit. Wir heben die Säcke aus der Kniebeuge hoch und wuchten sie auf das Holz, 50 Kilogramm über 1,50 Meter in der Vertikalen, immer wieder, jeder Sack. Natürlich dauert es gerade mal eine Kranrunde. Erst bimmelt es noch und dann ist Totenstille. Ich ahne, die Stille gilt uns. Ich kucke hoch und durch den von der Stirn fallenden Schweißvorhang hindurch. Der Kranhaken baumelt ungeduldig über unserer

halbvoll gepackten Palette. Weiter hinten lauern die "Kollegen" gespannt aus ihren Ecken heraus. Neben ihnen warten die abholbereiten 20-Zementtüten-Blöcke schon auf die nächste Kranrunde. "Wenn wir heute kein Geld verdienen, kriegt ihr unsere Weiber auf den Hals", macht uns der Chefpacker klar. Warum "das mit den Weibern" nun eine Drohung sein soll, verstehe ich nicht, doch dass es eine ist, sofort. Mir fehlt die Lust zum Grübeln. Nach der zweiten Kranrunde bimmelt es erst, dann baumelt es wieder und hupt nun sogar! Es hupt noch ein paar Runden lang. Dann fassen die Stammleute einen Entschluss. Er soll sie und ihre Familien vor dem Hungertod retten und uns "Neuen" helfen, das Ende der Schicht zu erreichen. "Los, geh du da rüber. Ich mache hier mit", schickt mich der mit den Klodeckelhänden und Elefantenbeinunterarmen zu seinem Kollegen. "Jetzt aber los!", läutet sein Ruf die nächste Runde im Tonnenmachen ein und ab da bimmelt und baumelt und hupt es nicht mehr. Die erste Halbzeit des Spiels geht über vier Stunden. Dann ist es achtzehn Uhr, also "Mittag". Gott sei Dank.
Wir schleppen uns zur Kantine. Nun baumeln die Arme, der Rücken ist steif und den Körper schützt eine getrocknete dicke Zementschweißkruste vorm Frieren. Der Bauch hat weder Hunger noch Durst. Der Magen kämpft mit literweise Zementstaubspucke, die nun vielleicht noch hart wird? Der Kopf befiehlt: Los, trinken, du brauchst nachher noch Reserven zum Schwitzen. Also hole ich mir eine Flasche Milch und einen Kaffee. Ich ziehe den Aluverschluss von der Milchflasche. Dann zittere ich mir mit bleischweren Armen die Flasche an den Mund, schlucke einmal kräftig, stelle die Flasche hin und plötzlich rüttelt es an mir. Ich kämpfe mir die Lider vom Zement-Schweiß-Klebegemisch frei und die Augen auf. Der Rüttler ruft: "Pause ist zu Ende, los nun, den Rest überstehste auch noch!"
Weitere zweieinhalb Stunden tragen wir Sackschichten ab und setzen Zementtüten zu flachen Türmen auf Paletten. Immer öfter rutsche ich dabei mit den Handschuhen am Sack ab. Der kommt daraufhin nicht mit zur Palette hoch, sondern fällt wieder zurück. So muss ich nicht selten einen Sack zweimal hochheben. Das schlaucht ganz schön. Ich ziehe die Handschuhe aus, kann nun besser festhalten, aber bald sind die Handgelenke wundgescheuert. Hin und wieder platzt ein Sack auf. Dann rieselt der Zement über die blutigen Hautstellen. Der Kampf um jeden Sack und gegen den Kran läßt den Schmerz nicht zum Gehirn. "Das merkste erst nachher", baut mich mein Partner auf. Manchmal kuckt der Wachoffizier vom "Baltiski" zu uns rein und ist garantiert froh darüber, dass er das Zeug nur übers Meer schaukeln muss. "Wenn du erst mal da oben stehst, hast du es geschafft", mache ich mir Mut. Dann ist das Ende meiner ersten Schicht als Hafenkuli da. Ich kraxele aus der Luke und schleppe mich vom Dampfer. Zum Abschied fällt ein Klodeckel auf meine Schulter. Ein Lachen trifft mich aus zementverstaubten Augen und begleitet den Abschiedsgruß: "Mancher schaffst es gar nicht bis hierher! Pass auf, dass du nachher beim Bier nicht wieder einschläfst!" Frisch gewaschen und ge-

kämmt, gebe ich das Arbeitszeug ab. Vierundzwanzig Mark, gleich in die Hand, sind der Lohn.

Die Achtung vor denen, die ein Leben lang Holz auf Trockenwagen stapeln müssen, hat nun ein Kind bekommen. Ein Leben lang im Zement, könnte ich mir genauso wenig vorstellen. Einer der alten Hafenreservisten schenkt mir eine Banane. "Von denen hab ich gerade zwanzig Stück gegessen, ich kann nicht mehr. Morgen gibt's die auch in Berlin." Ich melde mich beim Arbeitsverteiler ab. "Erinnere mich beim nächsten Mal daran, dass du im Zement warst", bin ich in den Reservestamm aufgenommen. Nach dreiundzwanzig Uhr erreiche ich das Internat. Ich falle ins Bett, verschlafe den Sonntagfrühschoppen, hole ihn abends nach und melde mich am Montag drauf wieder fürs Wochenende im Hafen an.

Der Unabhängigkeitstag

Monate später und um viele Schichten erfahrener bringt mich die S-Bahn mal wieder samstagabends zum Hafen. "Alle Mann in den Expeller", lautet die frohe Botschaft bei der Arbeitsverteilung für die Nachtschicht. Zwei Uhr Sonntagnacht ist "Mittag" und weil ich mich unterdessen an die schwere und nächtliche Arbeit im Hafen gewöhnt habe, bleibe ich in den Pausen sogar wach.

Die schlafenden Neulinge enttarnend, flackert sich das Kiosklicht durch den Speisesaal. Der ist groß, kalt, dunkel und dreimal am Tag erfüllt von Gähnen, Rülpsen und zotigen Witzen. Auf der Toilette habe ich mir das Gröbste vom Pressfuttermittelstaubrest aus Augen, Ohren und Nase gewaschen. Nur die Haare können späteren Rastalookverliebten erstrebenswerte Fitzvorlage sein. Eingehüllt in meine grauschwarzen Hafenpackerlumpen, sitz ich am Fenster und schaue zu den Lichtern im Hafen hinaus. Die scheinen heute nur für mich. Auf dem Tisch vor mir zeugen zwei Wurstrestzipfel an kackbraunem Senf, serviert auf grünrandigem Teller, vom bestimmungsgemäßen Ende des Bockes, der Wurst und gleich auch der Pause. Leise tippe ich mit der Cola gegen die Milchflasche. Das klingt hell und schön in meinen Ohren und krönt die Botschaft des Kopfes an den Bauch: Glückwunsch zum Unabhängigkeitstag! Prost Bert! Alles Gute zum Achtzehnten! Die Nachbartische gratulieren mit zigarettenkippengeschmücktem Senf auf Papptellern, leeren Kaffeetassen mit Restsatz und Fußbad, Knüllpapier und Flecken aller Art und Herkunft. Arbeitsschutzhelme, Handschuhe und graue Wattejacken zieren Stuhllehnen, Fensterbänke und Fußboden. "Irgendwie sind sie Helden, die solch schwere Arbeit ein Leben lang aushalten", denke ich und bin schon ein wenig stolz darauf, kurz mal zu ihnen zu gehören. Bald ist auch diese Schicht vorbei. Mehr als einhundertundfünfzig Spät-, Nacht- oder auch Zwölf-Stunden-Schichten im Hafen sollen ihr folgen.

Ich hätte ihn warnen können, aber er hat mich ja nicht gefragt! Für uns geht das erste Landjahr der Lehre zu Ende und mit ihm das elfte Schuljahr. Mein Notendurchschnitt liegt bei zwei. Nur auf die Mathe-Eins habe ich Lust, der Rest ist Pflicht. Die FDJ kann zufrieden sein. Die haben gequatscht, ich habe gehandelt. Ich bin entspannt. Nun gibt es die Zeugnisse und dann endlich ist Halbzeitpause an Land.
Also sitzen wir in den Bänken, der Lehrer betritt mit dem Zeugnisheftstapel den Klassenraum und beginnt mit der Ausgabe. Dann fällt mein Name und ich höre: "... müsste sich besser ins Kollektiv einfügen..." und "... könnte deutlich mehr, wenn er wollte." Beim Nach-vorn-Traben denke ich noch, der kann viel reden, wen interessiert das schon. Zurück in der Bank, schlage ich das Heft auf, da wird mir schlecht vom Adrenalinstoß. Wie durch Milchglas schaue ich auf das Blatt vor mir. Blau auf Weiß realisiere ich: Das hat der nicht nur so gesagt, das steht hier auch geschrieben! Zwei Sekunden später bin ich wieder vorn beim Lehrer und knalle ihm das Zeugnis auf den Tisch. Die Klasse staunt, gleich hat der Lehrer einen wutroten Kopf und dann auch so viel Adrenalin im Blut, dass er erst nach erfolglosem Putzversuch erkennt: Das ist nicht die Brille, das sind die Augen. "Das nehme ich so nicht!", trifft ihn mein Entschluss. Dann sitze ich wieder in der Bank, aber das Zeugnis liegt immer noch vor ihm. Er beschließt, erst einmal weiterzuatmen. Trotzdem kann er nicht glauben, was er da sieht. Also gestikuliert er wild und formuliert unscharf. Mein Kopf fragt den Bauch nur kurz, was das jetzt wohl war. Der schickt ihm als Antwort weiteres Adrenalin hoch und da hat der Kopf wieder mit dem Milchschleier vor den Augen zu tun. "Das hab ich ja noch nie erlebt", gesteht der Lehrer ein, auch er hat die Welt noch nicht vollständig erkannt. Ohne mich vorher zu fragen, zittert er mir den verhängnisvollen Entschluss entgegen: "Dann schick ich das Zeugnis eben deinen Eltern mit der Post!" Ich bin zu stolz, ihn zu warnen. Soll er mal! Er kennt meine Mutter nicht, aber ich. Und weil ich sie kenne, fahre ich auch nicht ganz so entspannt gen Sachsen. "Könnte, wenn er wollte!" Warum glaubte mir keiner? Ich habe getan, was ich kann, mehr Schule halte ich nicht aus! "Fügt sich nicht ins Kollektiv." Wer hat denn hier den FDJ-Kasper gemacht und geht nun sogar vier Jahre zur Armee, während andere nur dummes Zeug quatschten? Die Bahn ist schneller als die Post. Zu Hause angekommen, schleifen die Ohren im Dreck. Ich muss kein Wort sagen. Der Vater schickt mich gleich weiter zur Mutter. "Was es auch immer ist, erzähl es ihr lieber sofort!" Also beichte ich. Als die Lehrerpost kommt, ist der Dampf vom Kessel und ihr Liebesentzug fällt moderat aus. "Ich schicke das unterschrieben zurück", verkündet die Mutter später. Der Bauch hat eine Ahnung und der Kopf erinnert sich. Armer Lehrer! Fleißig arbeite ich mich im Sitzmöbelwerk durch die Ferien und hin zum Beginn der zwölften Klasse. Widerspruchslos behandele ich den Hinweis der Mutter. "Du brauchst dringendste mal wieder was Richtiges auf den Buckel" als Befehl.

Sie hat die stärkeren Argumente, diesmal schriftlich sogar, aus Rostock. Am ersten Schultag der zwölften Klasse betritt der Lehrer den Raum. Er kuckt in meine Richtung, fährt sich nervös über den Brillendruckpunkt auf der Nase. Dann schüttelt er mehrmals den Kopf und spricht: "Komm nachher mal bei mir vorbei!" Später im Lehrerzimmer zeigt er mir die Antwort der Mutter. Der Lehrer tut mit Leid und ich beschliesse, ab sofort alles zu tun, ihn in Zukunft davor zu bewahren, dass der Brief noch Kinder kriegt. Meine Mutter weiß "wie der Stahl gehärtet wurde" und wie Makarenko, Lessing und Margot den Pädagogen bei der Erfüllung ihres sozialistischen Bildungsauftrages helfen können. Und da die Zielgruppe sozialistischer Berufsausbildung eben mal keine homogene ist, muss es auch solche geben "wie Bert - schwierige, aber möglicherweise doch wertvolle Mitglieder unserer sozialistischen Gesellschaft?!" Der Lehrer und ich beschliessen Prävention. Noch einen Brief dieser Sorte würde er nicht überleben. Sein Atem geht schwer. Wir erzielen Übereinstimmung darin, uns künftig gegenseitig besser verstehen zu wollen, ich ihn ein bisschen mehr, na klar, und beinahe schaffe ich es sogar, Wort zu halten.

Bewährung

Mit Bewährung an allen Fronten starte ich ins letzte Lehrjahr. Plötzlich ist auch Herr Lefranz wieder da. Vielleicht ist ihm die BÜCHNER zu klein geworden oder die Lehrlinge sind zu artig. Da ist ihm wohl eingefallen, er kennt da jemanden an Land, der scheint ihm noch nicht zu Ende erzogen.
Wieder soll ich ruhig sitzen, mitarbeiten, mitdenken, mich melden und die Lehrer werden dann entscheiden, ob ich antworten darf oder einer der handschwingenden Mitbewerber. Manchmal sehne ich mich nach Klassenarbeiten in Mathe und Aufsatzschreiben. Die Sehnsucht hat noch nichts Pathologisches, aber deren Erfüllung hilft mir, Adrenalin abzubauen. So stürze ich mich mit dem Kugelschreiber und meinen Gedanken auf das Papier, bin für Stunden dieser Welt entrückt und danach geht es mir richtig gut. Leider nur so lange, bis die Englisch-Miss wissen will, ob ich denn die Vokabeln gelernt habe. Manchmal sagt der Bauch: Das dauert doch noch hundert Jahre bis du mal einen richtigen Engländer siehst. Da geb ich ihm Recht und der Miss zur Antwort: "Nein, hab ich nicht." Die gibt mir dafür eine Fünf. Hin und wieder erinnert der Kopf: Nur mit Fünfen, wirst du weder auf die See noch in den Nahbereich eines Nebelinselbewohners kommen. Nun kriegt der Kopf Recht und die Miss hört ein deutliches JA. Da kriegt sie anfangs noch erstaunte Augen und ich bekomme meine Eins. Später stimmt sie dem Bert-Vokabel-Bingo-Vorschlag ihres Therapeuten zu. Sie soll ihre Stimmungslage nicht davon abhängig machen, ob der nun gelernt hat oder nicht. Wenn schon üble Laune, dann will sie selbst schuld sein. So tippt sie, ehe sie mich fragt, auf JA oder Nein. Antworte ich mit JA, hole

mir meine Eins und sie kuckt trotzdem doof, hat sie sich eben vertippt. Ab da gelingt es ihr gut, auch bei NEIN locker zu bleiben und wir haben dann alle was davon. Die Miss hat gerade mal dreißig Winter erlebt und noch kein großes und britisches Inselklima mit Stürmen und Nebel und so. Unsere sozialistischen Pädagogen dürfen so oft nicht ins kapitalistische England reisen, "das wäre ja noch schöner, Englisch in England lernen und vielleicht gleich dort bleiben!" So orientiert sich ihre Schönheit nicht an den britischen Schwestern, sondern hat mehr terrestrische Anteile. Das weiß sie auch. Es ist die Zeit, wo die Mädels aufpassen müssen, dass der Gürtel nicht den kompletten Rock verdeckt. Sie kann sich den Sitzplatz auf dem Lehrertisch leisten und belohnt uns mit dem Anblick ihrer makellosen Beine und zwei Augenblicken Hochspannung pro Sitzung. Jeden Über- und Rückschlag ihrer Beine verfolgen wir atemlos. Also, trotz der Drei auf dem Zeugnis, muss ich gestehen, so schlecht war Englisch dann doch wieder nicht!

Disco und Theke

Die Wochenenden bleiben trostlos. Manchmal blicke ich aus der elften Etage des Internates über die Wohnblockneubauten von Lütten Klein oder bis rüber nach Warnemünde. Dort weiß ich das Meer und wäre gern und sofort wieder auf einem Schiff. Dann ziehe ich unruhig und wie im Käfig hinter den Wohnheimfenstern meine Bahn.

Nicht jeder meiner Kollegen Mitlehrlinge hat Lust darauf, sich erst Strickzeug ankucken zu müssen, bevor er der Freundin ans Zeug darf oder Beinaheschwiegermuttersoljanka zu loben, um aufs Übernachtungsangebot hoffen zu dürfen. Also gibt es noch welche, die zum Frühschoppen mitkommen, zum Blutspenden für sechsundvierzig Mark mit anschließendem Tischlein-Deck-Dich im "Goldbroiler" oder zum Ostseestrandwandern. Wandern macht Durst und endet nicht selten in einer der beiden Bierbars im Neubaugebiet mit zwei halben Litern Hafenbräu vom Fass, einmal Hackepeter und einer Zigarre. Oder in der Disco. Zwei Gründe treiben mich. Der Kopf will mal wieder was Schönes erleben, Küsse und so wäre nicht doof und der Bauch weiß noch, wie sie waren, die rosa Blitzschläge in Waldheim und Havanna. Ein neuer täte mal wieder gut. Manchmal schaut mich ein Mädchen an oder der Kopf sieht interessante Kurven, vielleicht ein hübsches Gesicht oder gar beides auf einmal. Doch es kommt nie wirklich bis in den Bauch. Manche Bildschöne macht den Mund auf und redet sich stockhässlich. Es gelingt mir nicht, mich zu verstellen. Man hört und sieht mir an, was ich denke. Manchmal auch weiß ich selbst nicht, warum ich gerade welchen Unsinn gesprochen habe. Das grenzt die Zahl der Interessentinnen an meiner Gegenwart sehr ein! Oftmals irre ich ziellos in und mit mir durch die Wochenenden und vielleicht an manch weiblicher Botschaft vorbei? Sollte es heute, dreißig Jahre später also, wider Erwarten, irgendwo in Lütten Klein eine Dame mittleren Alters geben, deren Lächeln ich Anfang der siebziger Jahre nicht erwiderte, dann kannst du jetzt aufhören mit Trauern: Zu diesem Zeitpunkt wäre ich keine Bereicherung deines Lebens gewesen. Wirklich nicht!

Enter auf!

Es ist "Blutige Erdbeeren"- und "Paul und Paula"-Zeit. Zum Jahresende schon werde ich in der Marineuniform stecken und meinen Dienst an der Waffe tun. Vier Jahre lang werde ich das Vaterland schützen und die Navigation erlernen. Je näher es rückt, desto wertvoller ist mir die Freizeit. Also findet eben auch Kino statt. "Mit Mädels und so" ist nichts zu befürchten. Für den Augenblick ist es schade, aber mir wird der Brief dann bei der Armee erspart bleiben. In der Schule gibt es kaum Probleme. Die Abiturprüfungen stehen vor der Tür. Jetzt habe ich rundum zu tun und bin ausgelastet. Die Lehrer lassen mich in Ruhe und ich sie. Nur Herr Lefranz knarrt zuweilen: "Ich trau dem Frieden nicht", und wird Recht behalten. Im Sommer soll mal wieder das größte Windjammertreffen der Welt, die OPERATION SAIL, mit allen noch aktiven Großseglern stattfinden. Unser Segelschulschiff, die Schonerbrigg WILHELM PIECK ist eingeladen, das Rennen über die Ostsee und die Abschlussparade in der Kieler Bucht mitzufahren. Im zweiten Lehrjahr hatten wir vierzehn Tage Ausbildung auf der WILHELM PIECK absolviert. Ich erinnere mich noch gut an das morgendliche "Über alle Masten - Enter auf" und wie wir hintereinander, nur mit Arbeitsschuhen und Turnhose bekleidet, in die Steuerbordwanten hoch zum Topp des Fockmastes und Backbord wieder runter krabbelten. Danach war der Großmast dran und zurück an Deck, waren wir munter. Die Beine breit in die Fußpeerde gestellt, die Ellenbogen nur hielten den Körper an der Rah, packten wir mit beiden Händen die Segel aus und anfangs "Schweine" wieder ein. Das war Seefahrt für richtige Männer. Dann war mir der Arbeitsplatz an der Marsrah nicht mehr mannhaft genug. Ich dürfte bis ganz nach oben in die Royal. Vom höchsten der Rahsegel aus grüsste der kleine Sachse mutig die See und die weite Welt. Majestätisch glitt die WILHELM PIECK mit vollem Tuch über die Ostsee, brachte in Wiek, Lauterbach, Saßnitz und sonst wo die Urlauber zum Staunen und machte uns stolz auf unseren Beruf. Ich gebe es zu, da konnte es schon passieren, dass man die Mädchen vergißt. Kurz nur, na klar, aber immerhin! Der König des Tampenplanes war der "Großstengestagsegelschothornaufundbeiholer". Wer den kannte, zur Landgangsmusterung, durfte auch wirklich zum Wirtshaus nach Eldena.
Nur die FDJ war nicht seetauglich. Starkwind war angekündigt und der FDJ-Sekretär der Meinung, man könne da mit dem Segelschiff nicht drin rumfahren.

Also holte er sich das Okay seiner Ratsmitglieder und wollte nun Kapitän Stolle belehren, wann zu Segeln sei und wann nicht. Nachdem der Alte ihm dargelegt hatte, warum es Schiffe gibt und wozu Kapitäne und vor allem, wie lange schon, interessierte es den Kapitän sehr, wie das nun mit der FDJ und deren Erfahrung mit der Schiffsführung sei. Da musste der erschrockene Führer der Kampfreserve klein beigeben. Der Rahsegler wird noch alle Stürme überleben. Die FDJ wird es nach dem ersten großen nicht mehr geben. Doch das wissen wir jetzt noch nicht.

Enter nieder

Nun werden also tapfere und disziplinierte Männer gesucht. Die sollen auf der WILHELM PIECK das Rennen mit der GORCH FOCK, der KRUSENSTERN, der DAR PAMORZA und anderen Großsegelschiffschwestern aufnehmen. Ich will Seefahrt und Segelschiffe hoch im Royal erleben und melde mich. Herr Lefranz glaubt an meine Tapferkeit sofort, will aber bezüglich der Disziplin keine Bürgschaft übernehmen. Dann tut er es doch und es folgt eine meiner schrecklichsten Niederlagen. Doch erst einmal bringe ich die Abiturprüfungen glanzlos, aber mit "Gut" hinter mich. Wieder steht im Zeugnis: "Er könnte mehr ..." und es bleibt für mich der schlimmste Satz, den man Schülern antun kann.
Dann steigen die Windjammerjagdwilligen in Wiek auf das Segelschulschiff auf. Kapitän Stolle hat einen guten Stamm und ist bald auch mit uns zufrieden. Nur der Bootsmann stört unseren Frieden. So hoch und breit wie er ist, muss er mit uns nicht diskutieren. Er versteht sein Fach, doch was versteht er vom Umgang mit Menschen? Dieses Verständnis braucht er auf einem Segler nicht, weiß er, und für sich hat er sogar Recht. An Deck kann nur einer das Kommando haben. Die Zeit reicht nicht für Meinungsumfragen, ehe es in die Wanten, an die Brassen oder auf die Fußpeerde geht, wenn der Kapitän "Segel setzen" fordert oder "klar zur Wende!". Doch liegt die WILHELM PIECK auch im Hafen oder am Anker oder treibt in der See. Und wir, die wir bald Männer sein sollen, sind am Abend und in Ruhe auch eben mal nur Jungs. Hin und her gerissen zwischen den väterlichen Späßen des Kochs und den vierkantig, dummgroben Sprüchen des Bootsmannes wächst in uns der Zorn. Bald reicht es uns und wieder glaubt die FDJ, sie kann irgendwas klären. Sie macht dann doch lieber nicht den Versuch und ich weiß später nicht einmal, ob das nun gut oder schlecht war.
Nach einer Woche Training holt uns ein Bus ab und wir fahren in "erster Geige", also in blauen Schlaghosen, weißen Exerzierblusen, mit Mützen, deren schwarze Bänder goldbestickt die Aufschrift "SEGELSCHULSCHIFF WILHELM PIECK" tragen und stolzer Brust nach Lütten Klein ins "Baltic". Hier hätte es nun die Facharbeiterzeugnisse geben müssen. Doch das Wettkampf-Reglement schreibt "keine Berufsseeleute" vor. "Die könnt ihr euch nach der Ope-

ration Sail abholen", erfahren wir. Also erhalten wir nur die Zeugnisse, die unsere Reife bestätigen sollen. "Für die Hochschule wird es reichen, für das Leben nicht ganz", kriegen wir mit auf den Weg. Wie sehr das stimmt, zeigt sich bald. Am Abend feiern wir mit Eltern, Lehrern und Erziehern. Literweise schütten wir Bier in uns rein und auf den Ruf hin "Schot vor die Mars" kippen wir Klaren hinterher. Bald dunkelt manch Jungseemannshirn der Abenddämmerung voraus. Am Nachmittag des nächsten Tages soll uns der Bus zurück zum Segelschiff bringen. Wir haben ein Gegenbrennen dringend nötig. So trinken wir uns zum Frühschoppen nüchtern und also kritikunfähig. Das soll sich bitter rächen. Der Bus sammelt uns ein. Wir beschliessen, den letzten Tropfen vor der "Operation Sail" nun heute und im Eldenaer Wirtshaus zu trinken. An der WILHELM PIECK angekommen, treibt die Müdigkeit einen Teil der Truppe in die Hängematten. Der andere Teil marschiert zum Ausnüchterungstrinken und ist kurz darauf hackendicht. Am nächsten Morgen weckt uns die Bootsmannspfeife und keiner traut sich, uns hoch in die Masten zu schicken. Der wankende FDJ-Sekretär läuft mir über den Weg und hat ein Rätsel für mich: "Das war aber mutig gestern Abend. Wenn da mal nichts nachkommt!" Kommt aber.
Zum Morgenappell erfahren wir, dass sich am Abend zuvor mehrere Kursanten dienstuntauglich gesoffen, den Zeitplan an Bord ignoriert, die "Gesellschaft für Sport und Technik" nach außen hin als eine "versoffene Truppe" und somit in der Öffentlichkeit völlig falsch dargestellt hatten. "Besonders hervorgetan hat sich Genosse Glück. Er hat dem Bootsmann Prügel angeboten und das kann nicht geduldet werden. Deshalb ergeht folgender Befehl: Genosse Glück mustert umgehend ab, die anderen schrubben fünf Tage lang Deck, in der Freizeit." Jetzt hänge ich da wie ein Schluck Wasser. Mir ist kotzelend und nicht nur wegen der WILHELM PIECK oder der OPERATION SAIL. Nein, wie soll ich so Herrn Lefranz unter die Augen treten? Die Ohren am Boden und den Seesack hinter mir herschleifend, irre ich zum Bahnhof. Die Fahrt von Greifswald nach Hause gerät zur Tortour. Immer wieder kreisen die Gedanken um die letzten Tage und den gestrigen Abend. Eigentlich ist es lachhaft. Der Bootsmann, ein Kerl wie ein Baum und ich winziger Zwerg. Hätte er mir nicht ein paar aufs Maul hauen können? Dann wäre ich eben für zwei Wochen mit einem blauen Auge rumgelaufen und es wäre gut gewesen. Aber so? Der Schlag hat gesessen.
Die WILHELM PIECK gewinnt das Rennen nicht und auch nicht das Kampfsaufen gegen die GORCH FOCK. Wie auch, wenn man die "besten Leute" nach Hause geschickt hat! Doch dafür fällt das Sparwassertor. Nicht mal das tröstet mich. Jahrzehnte später werde ich lesen: Die Schonerbrigg hat auch den schwersten Sturm überstanden. Wie immer in der Seefahrt, wird dieser an Land getobt und nur Bewährten und Unerschrockenen eine Chance gelassen haben. Mit vollen Segeln wird die Brigantine GREIF zu neuen Ufern aufbrechen, mit Alterfahrenen an Bord. Das Kommando wird Kapitän Stolle haben. Wer sonst!

Rote Linie

Der Vater sagt: "Erzähl mir lieber nichts", und die Mutter fordert: "Los, raus damit!" Später bin ich froh, dass ich es los bin. Die Mutter streicht mir über das Haar und stöhnt laut vernehmlich. Es wird wohl noch dauern, ehe aus ihrem Jungen ein Mann geworden ist. So lange will der Vater nicht warten. Er macht uns ein Bier auf. Tage später erreicht mich ein Telegramm: "Dienstantritt am 04.07. auf MS KARLSHORST!" Also heißt es wieder Seesack packen und Reichsbahn fahren.

Die KARLSHORST ist ein neunzig Meter langer Kasten, lümmelt im A-Becken des Überseehafens lustlos in den Leinen und strahlt viel Ruhe aus. "Vollmatrose Glück meldet sich zum Dienstantritt!", rufe ich dem Wachoffizier entgegen. Der hebt beschwichtigend die Hände. "Mach mal nich so`n Wind, min Jung. Bei uns in der Russlandfahrt läuft das alles viel ruhiger." Ich erfahre, dass die Rote Linie, wie sie der DDR-Seemann nennt, die Heimat für Strafversetzte, Alkoholiker, Wehrdienstpflichtige in Lauerstellung, Funker nach Wehrdienst, Patentträger in Bewährung, Familienväter mit Familiensinn und "sogar für ganz normale Seefahrer" ist. Man hat sich eingerichtet. Die Reise nach Klaipeda und zurück dauert drei Tage. Nach Leningrad und Riga braucht man etwas länger. Verschifft werden Stahl, Kohle, Papier, Holz, später sogar Kartoffeln zum Schnapsbrennen, und was der deutsch-sowjetische Handel noch so hergibt. Auch der kleine Handel blüht.

Die KARLSHORST hat in Leningrad festgemacht. Wir sollen Stahl laden. Der Kran ist kaputt. Man wartet auf "Spezialist aus Moskau". An unserer Gangway ist ein Soldat mit scharfem Gewehr postiert. Vor uns liegt ein Bundesgermane und hinter uns ein großes, rostiges Ungetüm mit Heimathafen Panama. Beide Dampfer haben zusätzlich je vorn und achtern ihren Rotarmisten. Hafen ist Grenzgebiet! Der Panamese löscht grüne 250-Liter-Fässer in Waggons auf der Pier. Während meiner Gangwaywache läuft unser Elektriker an mir vorbei, runter an Land und die Beule unter seiner Jacke läßt mich eine Flasche Schnaps ahnen. Gleich darauf kommt er wieder die Gangway hochgesprungen und es hat sich ausgebeult. "Nicht wundern, handeln!", ruft er mir zu und verschwindet im Schiff. Dann klingelt es von Land her und das große Kranungetüm vom Nachbarliegeplatz schiebt sich drohend in Richtung unseres Hecks. Es macht "wumm" und nun stehen 250 Liter Dieselkraftstoff, in grünem Blech verpackt, auf unserem Achterschiff. Kosten: 1,38 Mark Ost.

Der Abend gehört dem Landgang. Wir fahren in den Seemannsclub, trinken Bier und Sekt, spielen Billard und treffen Seeleute vom bundesdeutschen Dampfer. Noch tüfteln die Minister in Berlin an "Sicherheit und Ordnung", also ist Seefahrt noch gemütlich, ruhig und friedlich. Es stört keinen, dass wir gemeinsam trinken und quatschen. Dann gehen im Club die Lichter aus, doch wir haben noch Durst. Da sollen die Bundesgermanen eben zu uns mit an Bord kommen. Der Posten vor der KARLSHORST spielt am Sicherungshebel seiner Ka-

laschnikow und versucht, finster zu kucken: Das dürft ihr nicht. Also laden uns die Kollegen zu sich ein. Doch das Unternehmen scheitert am Rotarmisten an der Gangway des Bremer Dampfers. Alles klar: Rein in den Hafen dürfen wir alle, doch jeder darf nur auf sein Schiff. Da fällt uns was ein und der Sprechfunkverkehr der Roten Armee beginnt auf Hochtouren zu laufen. Die Kollegen aus Bremen setzen uns Stühle und einen Tisch an Land, Schnaps und Bier drauf und sich selbst, inspiriert von ihren berühmten Stadtmusikanten, hintereinander auf die Gangway. Wir heben die Gläser und Soldat Koljas Sprechfunkgerät ist längst schon oben am Mund. Wenig später kommt Sergeant Grischa und seine gezogene Pistole läßt uns die Wahl: Kanjetz oder Russenknast! Wir entscheiden uns im Sinne des Weltfriedens und der Völkerverständigung. Grischa ist zufrieden.
Da strastwujet Druschba!

Russischunterricht

Bald ist die KARLSHORST abgeladen. Die Luken sind voller Schnittholz und auch an Deck liegen die Pakete meterhoch gestaut und gesichert. Noch spät in der Nacht laufen wir aus und ab gen Rostock. Ich bin dem Zweiten Nautiker als Wachmatrose zugeteilt. Mit langer Rollzeit schaukeln wir durch die friedliche See der Leningrader Bucht. "Tü gawarich po russki?", will er wissen. Ich nicke voreilig, er sagt: "Na los, dann melde uns mal bei denen ab", und reicht mir den Hörer des UKW-Sprechfunkgerätes. Darauf bin ich nicht vorbereitet. Also muss es danebengehen. Der Zweite schwitzt. "Pass auf, jetzt kannste was erleben. Gib mal das Signalbuch rüber und mach die Lampe klar!"
Von Land her nähert sich uns ein schnelles Schiff. Der "Wachhund", erklärt mir der Second und schiebt einen Zettel mit Punkten und Strichen rüber. "Das heißt KARLSHORST laut Morsealphabet", läßt er mich wissen. "Wenn die uns anblinkern, liest du laut vor STRICH, PUNKT, STRICH, Pause, PUNKT, STRICH ... und so weiter." Es blinkert vom Russen her und ich beginne laut zu lesen. Der Zweite morst mit der Aldislampe zurück. Mir rutscht ein Punkt zu viel zwischen die Striche. Also beginne ich von vorn. Da stöhnt der Steuermann kurz auf und wirft die Lampe in die Ecke. Vom Wachhund flackert es fragend zurück. Der Zweite instruiert mich: "Sag dem Chief, dass du dran Schuld bist!" Er stellt sich an den Maschinentelegraphen und ich soll ans Ruder. Plötzlich wird die Brücke taghell. Die Russenscheinwerfer lassen keine Wahl. Wir sehen nichts mehr. Also legt der Steuermann den Maschinentelegrafen auf STOP. Die KARLSHORST läuft aus dem Ruder und trudelt im Seeraum vor sich hin. Der Wachhund schifft einmal um uns rum und hat nun Zeit, nach Schiffsnamen und Heimathafen zu forschen. Das Telefon klingelt. Der Chief will wissen, warum wir stoppen. Der Alte steht plötzlich auf der Brücke und vermutet Untergang.

Der Zweite Steuermann zeigt in meine Richtung: "Ich hab 'nen neuen Wachmatrosen."
Bald ist es wieder dunkel, Heimatkurs liegt an, die Maschine dreht voll und die Besatzung ist hellwach. Kronverschlüsse hüpfen nun fröhlich von den Flaschenhälsen, auch in der Kammer des obersten Maschinisten. Am Morgen schmerzt dem Chief der Kopf und ich soll dran schuld sein. Am Mittag löst der Kapitän Bootsmanöver aus. Bootsmann und Storekeeper kucken, ob sich die Rettungsbootsdavids noch klappen lassen. "Kuckt gründlich!", fordert der Alte. Aus gutem Grund. Der Rest der Besatzung hängt die Angeln ins Meer und am Abend gibt es fangfrischen Dorsch, geräuchert, gekocht, gebraten. Bald legen wir in Rostock an und literweise wird nun der Grüne-Fass-Diesel von Bord, am Zoll vorbei und an Land gebracht.

Ordnung, die man sieht

Zwei Tage später geht die Reise nach Riga und ich lerne die Lektion: "Ordnung sieht man!" Während der Nachtwache soll ich alle Gänge der Aufbauten wischen. Ich schrubbe wie ein Blöder, wische alles gut trocken und am morgen gibt's den Anschiss vom Bootsmann. Wenn ich gewischt hätte, müssten da ja noch nasse Flecken sein, folgert er und ich denke, das soll er mal meiner Mutter erzählen. Doch das denke ich wirklich nur! "Nächste Nacht machste das aber richtig!", gibt er mir eine zweite Chance. Also zieh ich in der nächsten Nacht, morgens gegen zwei und östlich von Bornholm, nun den tropfnassen Lappen über die Gänge. Ich lasse hier und da eine kleine Pfütze stehen, bin schnell fertig und hoffe. Gegen drei steckt der Chief seinen Kopf aus der Kammer, kuckt fragend in meine Richtung und schnipst sich mit dem Zeigefinger gegen den Hals. Ich nicke ihm ein JA entgegen. Reinschiff macht Durst. Halb fünf gesellt sich der Zweite Offizier zu uns. "Was ist denn das für eine Sauerei da draußen?", meint er meine gründlich feuchtsauber gewischten Gänge. Dann füllt der Chief Klaren nach und wir festigen die Nautisch-Technische-Freundschaft. Das Lob vom Bootsmann am Morgen bestätigt mir, ich bin lernfähig. "Das sieht man nämlich, ob einer gewischt hat!"
Wir laden Stahl und der drückt den Dampfer tief in die See. Auf der Rückreise gibt es etwas Wind und Seegang. Sehr steif und hart stampfend kämpft sich die KARLSHORST dem Heimathafen entgegen. Der Schwerpunkt liegt tief unten im Schiff und Rollzeiten um 6 Sekunden sind gerade auch auf der Ostsee kein Spaß. "Bei den vielen Stahlfahrern die dort unten bereits liegen, säufst du eines Tages mal ab und findest keinen Platz mehr", deutet der Alte in Richtung Meeresgrund. So ordert er die Maschine auf LANGSAM VORAUS und weil er weiß, ich will studieren, erklärt er mir: "In der Stahlfahrt muss du vorausdenken und dir Zeit und Ruhe lassen, sonst hast du bald ganz viel von beiden! Die

Hektiker aus der großen Fahrt werden das nie begreifen." Viel später als geplant, erreichen wir Rostock, doch der Kapitän hat Besatzung, Schiff und Ladung mitgebracht. "Allemal besser, als wenn dich die Hubschrauber aus dem Wasser ziehen, oder?", meint da der Alte und muss wohl schon eine Ahnung haben.

Wachschlaf

In Leningrad liegt jede Menge Schnittholz. Etwas davon packen uns die Krane in die Luken und an Deck. Dann ist der Dampfer beladen, seeklar und butterweich. Die Decksladung läßt den Schwerpunkt des Pendels Schiff weit nach oben wandern und gleich nach Passage der Mole rollt die KARLSHORST bedächtig in der flachen Ostseedünung. Unsere Rollzeit ist nun deutlich länger als beim Stahlfahren. Sanftes Wiegen auf den Wellen hat das harte Hin- und Herwerfen in der See abgelöst. Das bleibt nicht ohne Folgen.
Östlich von Bornholm schraubt sich die KARLSHORST bedächtig westwärts. Ich bin Wachmatrose beim Ersten Offizier. Die Wache beginnt vier Uhr und die Nacht zuvor habe ich, trotz Handwecken durch den Null-Vier-Wächter, verschlafen. Das darf nicht noch einmal passieren. Also schlafe ich in dieser Nacht ziemlich unruhig. Immer wieder fällt mein Blick auf die Uhr. Dann kommt mir ein Traum aus der bösen Welt in die Quere. Zum Glück endet er friedlich und im Schutz der Kammer. Nur, der Frieden hält nicht lange. Ich kucke an die Uhr und bin hellwach. "Scheiße, schon wieder verschlafen!" Das Borwandtickmonstrum schickt mir vier Uhr fünfzehn entgegen. Also spring ich aus der Koje, hetze in die Klamotten und auf die Brücke. Dort angelangt, bin ich eine halbe Stunde zu spät. Ich lass meine Ohren hängen, flüstere um Vergebung bittend "melde mich zur Wache!" und reiss die Augen auf. Keine Antwort, nur schwarze Nacht ist da, Ruhe, das leise Tuckern der Maschine und das sanfte Wiegen der KARLSHORST. Dann haben sich meine Pupillen an die Dunkelheit gewöhnt und ich erkenne zwei dunkle Gestalten. Die eine sitzt auf dem Wachstuhl, die andere beim Radargerät. Die Sitzhaltung der beiden deutet darauf hin, die haben wohl auch mal rausgekuckt in den Seeraum. Dann muss sie das zarte Schwingen des Schiffes in windstiller baltischer Nacht wohl in den Schlaf gewiegt haben. Nun kucken sie also in sich rein. Ich stupse leicht an den Steuermann und den Wachmatrosen der Null-Vier-Wache. Die staunen erst, erschrecken gleich darauf und sind nun hellwach. "Du sei mal ganz still. Denk an gestern Nacht", machen sie mich zu ihrem Verbündeten. Jetzt wird Kriegsrat gehalten. Das Ergebnis läßt mir den Unterkiefer runterklappen und gibt eine Vorahnung auf die wirklichen Gefahren der Seefahrt.
Der gerade eben noch tiefschlafende Wachmatrose trabt nun runter zur Kammer des Ersten Offiziers. Er darf nicht Anklopfen, wegen der Glaubwürdigkeit,

weiß er. Also reißt er die Tür auf und ruft, wie besprochen: "Chiefmate, he Chiefmate! Noch einmal komme ich aber nicht wecken!" Fünf Minuten später tagt der um den Ersten Offizier erweiterte Kriegsrat wieder. Der Chiefmate kann sich nicht vorstellen, wie ihm das passieren konnte. Stillschweigen wird vereinbart. Die Null-Vier-Wache meint, mit einer Flasche Braunen wäre sie zufrieden. Derweil ist es fünf Uhr. Ein Deck tiefer schläft friedlich der Kapitän und auf der Brücke trägt der Zweite Offizier ins Tagebuch ein: 04.00 Uhr - Wache ohne Beanstandungen an den Ersten Offizier übergeben. Dann ruft er dem Chiefmate "Gute Wache!" nach vorn und der antwortet "Gute Ruhe!."
Zwei Stunden später mampft die Null-Vier-Wache genüsslich die ersten Brötchen des Tages. Die sind hellbraun, knusprig und beinahe noch ofenwarm. Dazu schüttet der Steuermann den Rest vom Chiefmate-WEINBLATTSIEGEL in die Gläser. Der Wachmatrose meint, man müsse ja nun nicht jedes Mal erst einschlafen, um den Ersten Offizier nicht rechtzeitig zu wecken. So eine Flasche zwischendurch sei schon nicht dumm. Der Zweite Nautiker hat da seine Zweifel. Zu recht, denn zwei Etagen höher erhalte ich vom Ersten Offizier den Befehl: "Du kuckst ab sofort jeden Morgen vor Wachbeginn in meine Kammer rein, ob ich da noch drin liege, verstanden?" Das hätte gestern Nacht nicht geklappt, weiß ich, aber nicke dennoch heftig. "Klar, hab ich verstanden." Welcher Reeder macht schon eine Schlafmütze zum Kapitän!

Fisch an Steuerbord

Meine letzte Reise vor der "Fahne" geht nach Norwegen. Ich bunkere in Rostock drei Flaschen NORDISCHER LÖWE zu je vier Mark West. Die will ich den von der Dunkelheit Geplagten zur Aufhellung ihrer Tage anbieten. Zweihundertundvierzig DM ist der Gegenwert, erklären mir gestandene Skandinavienfahrer, oder Seefahrtsbuchverlust, falls es schief läuft. Doch Jugend ist mutig, sonst geht nichts vorwärts auf dieser Welt. Ein Mitmatrose wagt es, siebzig DM ohne Zollklarierung ausführen zu wollen. Die Zoll- und Passkontrolle erwischt ihn. Er muss absteigen und der Steuermann erklärt mir: "Der sieht die See nie mehr. Westgeld wieder mit rausnehmen ist nämlich so, als wenn deine Freundin nur mal kurz den Rock hochhebt, wieder fallen läßt und ätsch sagt, verstehst du? Da wärest du gnatzig und der Staat ist es eben auch!"
Die KARLSHORST läuft aus und durch Belt und Kattegat in den Skagerak. Es ist ein herrlicher Sommertag. Im Seegebiet wimmelt es von Fischkuttern. Aus der Lehre noch weiß ich, Fischerei beim Fang hat Vorfahrt. Nun werde ich ans Ruder müssen, freue ich mich im Ausguck auf die nahe Abwechslung, doch nichts passiert. "Wollen wir die rammen?", glaube ich nicht so richtig, und der Steuermann sieht meinen fragenden Blick. "Merke dir das gleich für später. Da brauchst du nur draufzuhalten. Wenn du jedem einzelnen Kutter ausweichen

willst, kannste gleich einmal um den Erdball kutschen!" Der Fischerei ist diese Abweichung von der Regel bestens bekannt. Schließlich dient sie dem Überleben auf See. Nun schlagen die Kutter mit sich und den ausgebrachten Netzen lustige Haken. Voraus, dort wo gerade noch viele Stundengläser in Fischkuttermasten den Wunsch nach ungestörtem Fang kundtaten, entsteht so für uns freie Fahrt. Auf einem der Fischkutter, "dat müssten Dänen sein, du", hüpft ein Fänger am Bug hin und her, fuchtelt wie wild mit den Armen zu uns rüber und schwenkt dabei was Großes, Dunkles. Ich denke, der würde uns bestimmt erschlagen, wenn er könnte und blicke wieder zum Second. "Wat is nu wieder?", will er wissen. "Da droht uns einer!" Der Steuermann kuckt hoch und raus, freut sich. "Na endlich!", und ruft so laut in die Kommandoanlage, dass die Bordlautsprecher fröhlich zittern: "Fisch an Steuerbord!"
Die nachmittägliche Ruhe ist aus dem Schiff. Jeder weiß, was er zu tun hat, nur ich nicht. Das klärt sich gleich. "Geh mal ans Ruder und dann machst du genau das, was ich dir sage, mitdenken verboten, okay?" Ich soll das Ruder nun Steuerbord zehn legen, staune kurz und dann tu ich es eben. Mindestens fünf Kabellängen Abstand zur Fischerei, habe ich gelernt. Der Kutter kommt immer näher. An Deck der KARLSHORST ist Betrieb. Der Koch schleppt Aluminiumwannen, der Bootsmann hat eine Pütz mit Schnapsflaschen stand by und Matrosen hantieren mit Wurfleinen. VORAUS GANZ LANGSAM tasten wir uns an den Kutter heran und müssen dann nur noch Kurs und Geschwindigkeit exakt beibehalten. Den Rest machen die norwegischen "Dänen" und bald darauf liegt der Fischkutter an Steuerbord längsseits. Bootsmann und Norwegerkapitän verhandeln kurz. Dann wechseln vier Flaschen Weinbrand gegen vier Kisten Fisch die Besitzer. Unsere Wege trennen sich, doch auf beiden Schiffen bleibt die Freude zu Gast. Beim Norweger wird es sicher an diesem Tag eher als sonst dunkel. Auch wir brauchen abends einen Schnaps, zum Verdauen von so viel Fisch, geräuchert, gebraten, gekocht - fangfrisch getauscht.

Mister Pilot

Der Weg zum Hafen Sarpsborg führt durch den Oslofjord und die Schären. Vorsichtig nähern wir uns den gewaltigen Felsen mit den engen Durchfahrten. LANGSAM VORAUS warten wir auf den Lotsen. Der kommt uns weit draußen schon entgegen, unsere Gangway ist klar und zum Wasser hin vorgefiert. Ich klettere runter und reiche MISTER PILOT die Hand. Mit festem Gang und klarem Blick bedeutet er mir, er komme allein klar. Nur drückt er mir die schlabberig flache und leichte, aber große Aktentasche in die Hand. Da wird es sicher nicht viel Formulare brauchen, wird mir beim Anblick der Tasche klar. Doch mit Papier hat die nicht viel im Sinn, weiß ich später.
Der Lotse ist gleichzeitig der Zöllner, habe ich erfahren und der Steuermann

mich gewarnt: "Nich, dass du an den gleich den Schnaps verhökern willst!" Die stundenlange Revierfahrt führt durch malerische Felsschluchten und an grünen Steilwiesen vorbei. Dort stehen niedliche bunte Holzhäuser drauf und der Alte spricht: "Das sind alles arme Schweine hier. Haben nur Haus und Boot und Volvo und so. Das ist eben so im Kapitalismus."
Ich bin jetzt Revierrudergänger und darf das Ruder hart mal hierhin und mal dahin legen. Das Schiff gehorcht der Ruderlage. Der Stahlkasten dreht langsam an, wird dann immer schneller und der Bug gleitet rechtzeitig vorm Felsen weg und in seine neue Fahrtrichtung hinein. Dabei kippen die Aufbauten etwas zur steinigen Fahrwassergrenze hin und es hätte eine Verbeugung sein können. Ich denke: "Lieber Felsen, ich erkenne an, du hast die stärkeren Argumente. Dann fahre ich eben an dir vorbei und wünsche noch einen schönen Tag." Vor dem Erreichen des neuen Kurses geb ich Gegenruder, der Dampfer dreht nun langsamer, federt etwas ab und der Vorsteven zeigt bald zwischen zwei neue Felsen. Und alles passiert nur, weil ich am Steuer stehe! Na gut, und weil der Alte das so soll, es der Lotse will und die Landschaftsgestaltung das nahe legt. Seefahrt ist schön und in den Schären sowieso.
Mit dem Festmachen in Sarpsborg verwandelt sich MISTER PILOT in CUSTOMS OFFICIER und die Besatzung hofft. Worauf, sagt mir keiner. Zwei Stunden später soll ich den lotsenden Zöllner an Land führen. Dessen Blick ist nun starr und glasig. Die Beine wackeln bedenklich. Jetzt läßt er sich gern stützen. Nur die Tasche gibt er nicht her. Die ist auf der Fahrt hier hoch zum Hafen mächtig angeschwollen. Die Neugierde schickt meine Hand mit kurzem Stoß gegen das Leder. Der Inhalt antwortet mit dem bekannten dumpfklappernden Klang voller Flaschen. Da muss ich nicht lange nachdenken warum. Der zöllnernde Lotse fällt mir aus dem Arm und ins Taxi hinein. Die Tasche fällt mit, doch ihr kann nichts passieren. Sie steht unter behördlich gesichertem Personenschutz mit Ganzkörpereinsatz. Ich klettere zurück auf den Kahn der fröhlichen Leute. "Der hat vergessen die Transitlast zu versiegeln", ist der Alte nicht wirklich traurig. "Wir sollen ihn zum Auslaufen wieder anfordern", erhält der Funker die Weisung vom Kapitän. "Keinen anderen, hörst Du?"
Die ROTE LINIE funktioniert.
Eine Flasche Schnaps zu 4 DM bringt in Norwegen 80 DM. Daraus werden beim Schiffshändler 5 Jeans und jede von denen wird 50 Rubel Wert sein, im nächsten roten Hafen. Macht 250 Rubel für 4 Westmark. "Haste Rubeln, kannste jubeln!", lautet ein alter Spruch der Russlandfahrer und meint Gold, Brillanten, Sekt und Kaviar.
Es dauerte drei Tage, dann sind die Luken mit Zelluloseballen vollgestopft. "Bootsmann, macht mir die ordentlich dicht!", fordert der Alte und begründet: "Wenn da Wasser rankommt, quellen die auf und dann kriegste das Zeug nicht mehr raus aus der Luke." Die Rückreise führt wieder durch das Oslofjord. Drei Jahre später findet die KARLSHORST in den norwegischen Schären ihr Seemannsgrab: Die Decksladung, Schnittholz aus Archangelsk, verrutscht im

Sturm, der Dampfer legt sich auf die Seite und läuft langsam mit Wasser voll. Beim Bergungsversuch versenkt die KARLSHORST einen der Retter, den BRD-Bergungsschlepper ATLAS. Die Besatzung der KARLSHORST wird von norwegischen Rettungshelicoptern vom Dampfer geborgen. Mehr weiß ich dazu nicht. Später treffe ich die Funkerin der KARLSHORST, die trotzdem wieder ein Schiff bestiegen hat. Sie zollt dann ihrer Tapferkeit Tribut mit ihrem allabendlichen Schlafcocktail aus Wermutwein mit Gin. Also, auch Seefrau liebt das Meer und die Schiffe! Sei mir gegrüßt, Funkfrau: "La Isla bonita!"
Die KARLSHORST gibt heimreisend einen mit Sicherheitsgurt geführten Lotsen an das PILOT-Boot ab. Vorsichtshalber hängt die dem Vorhin-noch-Zöllner hinterhergereichte Aktentasche an zwei Leinen. Schnaps kann ja nicht schwimmen. Die See ist ruhig und bald hat uns Rostock wieder. Der "DM-wieder-ausder-DDR-heraus-Schmuggler" steigt freudestrahlend die Gangway hoch und ist glücklich. "Ich habe mein Seefahrtsbuch zurück!" Da spricht der Steuermann leise zum Ladebüro, in dem außer uns beiden niemand sonst sitzt: "Vorsicht, der darf nur wieder fahren, weil er unterschrieben hat!" Was und bei wem, verrät er dann besser auch dem Büro nicht.

Wenn Erbsensuppe müde ist

Ein neuer Koch ist angekündigt. "So schnell haben wir keinen richtigen kriegen können, der kommt von der Armee", eilt ihm voraus. Also steigt einer auf, der war bei der Volksmarine und ist überzeugt davon, zur See gefahren zu sein. Die zwei Tage in Rostock stellt er sich gut an und kocht Schmackhaftes. Dann hängt sein erster Speiseplan am Brett und der Funker hat ihn gewarnt: "Koche um Himmels willen montags nie Suppe. Samstags ist Suppentag an Bord, mit Bockwurst drin und Pudding dazu. Da hat der Chefkoch mal ausreichend Zeit, die Kombüse zu putzen. Aber sonst gibt es an Bord immer was Richtiges zu essen!"
Doch der Plan bleibt so hängen, der Dampfer läuft aus und es wird Montag. "Siehst du, hat sich doch keiner weiter aufgeregt", freut sich der Koch. Er wirft die Kippe über Bord und klettert von der achteren Manöverstation zurück in die Kombüse. Dabei muss er am Bootsmann vorbei und der drückt ihm zwei Topflappen in die Hand. Da stutzt er nur kurz, muss aber eilen, denn gleich werden die ersten Hungrigen erwartet. Da will er noch einmal kräftig die gute Erbsensuppe rühren. Er tritt durchs Kombüsenschott und der Topf ist weg! Aufgeregt läuft er durch das Schiff und fragt die Stewardess. Die hat "die schöne Suppe" nicht gesehen. Er bittet den Bootsmann um Hilfe. Der ist entsetzt "Was, keine Suppe heute?", und schon klappern die Wachgänger der Null-Vier in der Messe. "Los nun, Koch, wir müssen zur Wache!" Hocherregt wirft der Koch nun Bockwürste in lauwarmes Wasser, schmiert Brote wie besessen, brät Eier und

Schnitzel und ist am Ende der Notverpflegung "fix und alle". Nun muss er erst einmal abschalten und nachdenken, beschließt er. Auf dem Weg zur Kammer hin läuft ihm der Alte über den Weg und gibt ihm eine Denkaufgabe mit: Wenn er schon solch eigenartigen Speiseplan mache, Suppe am Montag, wo gibt's denn so etwas, dann möchte er ihn bitte schön auch einhalten. Hochrot, durchgeschwitzt und ratlos öffnet der Unglückliche die Kammertür und siehe, da steht der Topf. Befreit holt er Luft, veratmet sich dann und gleich darauf scheint er zu ersticken. Die Mittagsruhe kann er vergessen. In der Koje schläft schon wer, die Erbsensuppe. Sekunden später nur soll der Kapitän nun die Topflappen nach Fingerspuren vom Bootsmann untersuchen lassen. Da kriegt der Alte einen Anfall. Gleich darauf müssen drei Paar Ohren einen Anschiss verdauen und am Nachmittag sieht man Bootsmann, Koch und Stewardess gemeinsam beim praktischen Umsetzen der Bohneneintopfrückrufaktion in der Kammer des Marinekochs. Der ist nun bei der richtigen Seefahrt angekommen. Das beweist auch der Speiseplan für die nächste Woche. Montag: Schnitzel, junge Erbsen, Kartoffeln und Erdbeerkompott.
Mir bleiben zwei Wochen Landurlaub bis zum Wehrdienstantritt. Der Kopf rechnet: 4 Jahre, das sind 1460 Tage Uniform, Pflichterfüllung, Befehl und Gehorsam! Bauch, hast du dir das gut überlegt?

Abschied

Für mich heißt es nun Sachenpacken und Abschiednehmen. Wehrdienst und Studium werden ein größeres Loch in die Seefahrtszeit reißen, weiß ich. Was ich da nicht mal ahne: Die DSR wird nicht mehr dieselbe Reederei sein, acht Jahre später. Noch bleiben im Ausland die Freiwächter und "Tagelöhner" über Nacht an Land, wenn sie es wollen, und keiner will hinterher wissen, wo sie denn waren. Der Matrose an der Gangway darf noch wegkucken, wenn die Dockschwalben ins Schiff flattern. "Sicherheit und Ordnung" lauern bereits in Berlin, sind jedoch noch nicht ausformuliert und also auch von Mielke nicht gegengezeichnet. Da wäre dann nachfolgende Geschichte ein Skandal gewesen und nicht mehr nur "Erziehung auf See".
Es ist die Zeit, in der noch fünfzehn Leute beim Feiern in der Zweimannkammer "beinahe übereinander hocken" und also kollektiv am Kopfschmerz für den kommenden Tag arbeiten. Die Stewardess "muss mal". Jetzt hätten wenigsten zehn Männer aufstehen und den Weg zur Kammertür freimachen müssen. Kisten hätten umgepackt werden müssen, Gläser und Flaschen hätten zu Bruch gehen können, volle möglicherweise, nicht auszudenken! Nein, wir wollen uns doch die schöne Gemütlichkeit nicht "zur Sau" machen lassen. Also wird das Mädel aufs Becken in der Waschecke gehoben, Licht dort aus, Vorhang zu und die Truppe singt nun laut ein schönes Lied. "Von Hamburg bis nach Ritzenbüt-

tel ...", hallt es aus der Kammer und durch das Schiff. Nicht nur in dieser Zeit müssen die Stewardessen hart sein im Nehmen. Die Mädels, die Seefahrt länger als ein Jahr aushalten, passen dann zu uns und ins Leben. Doch sie liegen bereits auf Kiel, die neuen Schiffe und neuen Sitten.

JEDE MENGE LIEBE

Stillgestanden!

Michael hat den Farbfilm vergessen und Nina Hagen beklagt das sehr. Wir können nun erst mal alles Zivile jenseits des Torkontrollpostens vergessen, marschieren im Karree, stürmen über die Bahn, versuchen zu treffen und üben Grußerweisung. Ich darf nun, nach Jahren des Stillsitzens, still stehen und nicht klagen. Schließlich war es mein Wunsch.

An der Unteroffiziersschule der Volksmarine in Stralsund-Parow wird der Nachwuchs für die Flotte ausgebildet. Die Gebäude aus der Zeit vor 1945 stehen noch fest und sicher. So dienen sie wieder einmal jungen Vaterlandsverteidigern als Unterkunft. Unser Oberleutnant vereint alle preußischen Tugenden in sich. Nur in einem unterscheidet er sich. Oftmals blickt ihm der Schalk aus den Augen, was uns vermuten läßt, für ihn ist die Armee wohl eher ein Spiel für große Kinder, wenngleich ein ernsthaftes! Er bringt uns die Lektion bei: Ordnung riecht man! Also sind die freizeitlosen ersten Wochen ausgefüllt mit Disziplin und Ordnung. Wir lernen Kojenbau mit messerscharfen Kanten in den Bettdecken, Spindordnung mit Blusen, Hemden, Unterwäschestapeln, die wie exakt übereinander gesetzte Bretter aussehen und auch das geht wieder nicht ohne viel Zeitungspapier und noch mehr Übung. Schlapp, schweißnass und schlammbeschmiert, haben wir, nach dem Sturm über die Bahn, fünfzehn Minuten Zeit, um geduscht, gebügelt und vor allem mit trockenen, schwarzglänzenden Stiefeln vor dem Block auf die Zeugmusterung zu warten. Wer diese Schule übersteht, weiß, wie Mann sein Leben lang noch schmutzige Schuhe schnell blank bekommt, ohne sich dabei zu bücken. Morgens, abends und

auch mal so kuckt der Oberleutnant nach seinen Schäfchen und der Zimmerordnung. Ich liege mit neun weiteren Unteroffiziersschülern unterschiedlichster Erziehung, Herkunft und hygienischer Vorbildung auf einer Stube. Dennoch gelingt es dem Zugführer und seinen Gruppenführern, das Erscheinungsbild "des Saustalls" bis zum Ende der Grundausbildung von männlich herb zu militärisch exakt zu verändern.
Am Samstagmittag betritt der Oberleutnant die Stube, freut sich über die Wasserflecken an der Wand unten, gleich über den frisch gebohnerten Dielen, "Aha, vorher gewischt!", aber schnuppert nun, noch im Türrahmen stehend, wie Hasso. "Die Fenster sind nicht geputzt", stellt er dann fest, "In zehn Minuten bin ich wieder hier." Wir ziehen alle verfügbaren Lappen, mit Spucke drauf, über die Schwachstellen und zehn Minuten später hält der Oberleutnant erst nur die Nase rein. Gleich darauf steht er ganz im Raum. "Also, Genossen Unteroffiziersschüler, Ordnung riecht man. Es muss nach frischer Luft, Bohnerwachs und Fensterputzmittel riechen. Alles andere ist unakzeptabel, so wie eure Bude hier!" Wir haben nun den ganzen Nachmittag Zeit, über seine Worte nachzudenken, und kurz vor dem Abendbrot will er sich alles noch einmal ankucken. Das ist hart, denn bis dahin darf keine Kante am Bett knicken. Also findet die Freizeit im Stehen statt. Lange vor Ablauf der Frist und mitten im nasskalten November, reißen wir die Fenster weit auf, schliessen sie kurz vor achtzehn Uhr, schütten nun literweise Klarofix gegen die Scheiben und im Raum umher und lassen die Bohnerwachsflasche offen stehen. Es stinkt ordentlich nach Ordnung. Dann geht die Tür auf, die Zugführernase riecht Reinlichkeit, die Augen blitzen Schalk und seine Stimme ruft: "Jawohl, so war das gemeint. Raustreten zum Abendbrot!"

Grauen am Morgen

Morgendlicher Serotoninmangel soll Schuld sein, dass mancher morgens kein Geschenk an seinen Mitmenschen ist. Ich weiß das besser. Da tutet zum Beispiel sechs Uhr eine jämmerlich laute Hupe elendlich lang und schrecklich nervtötend über die Flure und in die Stuben der Unteroffiziersschule. Dem freiwillig das Vaterland Schützenden bleiben nun gerade fünf Minuten, um sich vom Traum zu verabschieden, der Gegenwart bewusst zu werden, aus der Koje und in die Sportklamotten zu springen und kerzengerade still vor dem Gebäude der nun anstehenden Körperertüchtigung zu harren. Zwanzig Minuten nach der Tortour soll ich hellwach sein und bereit zur Abwehr des Klassenfeindes und bin eigentlich fix und fertig, noch ehe der Tag begonnen hat. Weil, ich dann entweder 3000 Meter Ausdauerlaufen, Panzerkettengliederkraftübungen oder Rumpf-, Kopf-, Arme-, Beine- und Becken-Wirbeln hinter mich gebracht habe.

Es bleiben weitere fünfundzwanzig Minuten für waschen, rasieren, Kojenbau, Herzfrequenznormalisieren, Besteck suchen, kämmen, raustreten und warten. Dann geht es fröhlich, im Gleichschritt durch den Novembernebel hin zu Malzkaffee, Marmelade, Plastikgeschirr, Magerkäse, Spiegelstapelei und Büchsenwurst. Auf dem Rückweg zur Unterkunft erklären wir singend dem dauerverregneten Herbsttagesanfang, dass "Spaniens Himmel" seine Sterne über uns ausbreitet. Nein, wirklich nicht! Wenn ich Serotonin wäre, hätte ich morgens auch keine Lust auf diesen Stress. Der aber geht über vier Jahre, wirkt ein Leben lang nach und wieder weiß Pavlow die Erklärung, wenn Jahre später die liebe Frau meinen wird, ihrem morgenmuffligen Ehemann böse Absicht und Lieblosigkeit vorwerfen zu müssen.

Rechtweisender Kurs

Was jetzt passiert, soll Jahre später Seefahrtsamt, Verkehrsministerium und Chefinspektion beunruhigen, eigentlich. Doch Schiffe stranden nicht in Tagebüchern. Erst einmal jedoch ist alles gut. Endlich macht mir die Schule Spaß. Die Grundausbildung liegt hinter uns und an der Steuermannsschule der Volksmarine bringt man uns Navigation, Schiffsführung und alles bei, was wir als Steuerleute brauchen werden. Wir ziehen Koppeldreiecke über die Karten und stechen anfangs Kartenzirkel in diese rein, ehe wir sie anlegen, später. Wir lernen, das Magnetfeld der Erde und das des Schiffes lenken den Kompass ganz schön ab. Deshalb auch fahren Schiffe selten dorthin, wohin der Kompass hinzeigt. Schlimmer noch, auch Wasser und Wind schieben die Schiffe auf anderen Wegen über Grund als die über die Seekarte geplanten. Das begreif ich schnell und freue mich über die vielen Einsen im Fach Navigation. Da weiß ich noch nicht, dass auch DSR-Kapitäne mit den Kursen machen, was sie wollen. Jedenfalls, noch stimmt die Welt und die ersten Navigationstrainings- und -belehrungsfahrten mit der Schulbootabteilung bestätigen mir: "Ja, das will ich. Ich will Schiffe führen!"

Sicherheitsbefehl

Erst wird es Weihnachten 1974 und dann Silvester. Für uns Neue gibt es keinen Urlaub, doch dafür den Sicherheitsbefehl aus Berlin. Ost- und Westmächte verhandeln über die Stationierung von Mittelstreckenraketen und weil man ja nie wissen kann, wie das ausgehen wird, bleiben wir wachsam. So streifen Doppelposten durch das Objekt, zittern sich am Munitionsbunker durch die Nacht oder träumen sich im Wachlokal per Kurzschlaf nach Hause. Für alle

Nichtwachgänger gilt erhöhte Bereitschaft, "falls der Klassenfeind kommt!". Soweit ist auf der Ostseite der Mauer die Sicherung des Friedens unter Waffen gewährleistet.
Der Klassenfeind indessen hat die von ihm mit der Landesverteidigung Beauftragten zu Mutti nach Hause geschickt und nun patrouillieren alte Herren als Wachschutz um die Kasernen und Heerscharen orientnaher Damen bringen mal wieder Ordnung in die Unterkünfte und Objekte. Das macht sich gerade gut, denn "keiner latscht dann über das frisch Gewischte!". Damit wählt die Westseite oben genannten Berliner Betonbauwerkes einen interessanten Ansatz zur Friedenssicherung: Sie verstreut die Soldaten unbefehlbar und ohne Waffen in alle Winde. Wir zerstreuen uns zwischen den Wachdiensten erst mit Doppelkorn und dann mit der Frage, wo kriegen wir Nachschub her. Die Wäschefahrer, einzige Verbindung der Kasernierten zur Außenwelt und zum KONSUM, können nicht helfen. Vorm Fest ist alle dreckige Wäsche gewaschen worden.
Uns fehlen die Eltern nicht so sehr, wie wir ihnen. Doch wie sehr gerade zur Weihnacht Kinder den Eltern fehlen können, werde ich dreißig Jahre später erfahren.
Die Wäschefahrer sind also daran Schuld, dass wir pünktlich zum Ausbildungsbeginn im neuen Jahr stocknüchtern und gierig auf Abwechslung sind.

Dörte

Der Frühling kündigt sich an und die Ahnung, dass dann der Sommer folgen wird mit viel Wärme und Mädchen, an deren Anzugsordnung mangels Anzug wenig zu ordnen sein wird - und warum auch? - bringt uns immer häufiger auf richtig unordentliche Gedanken. Wir stehen im Frühling des Lebens. Hin und wieder hebt die Natur nicht nur den Finger, um daran zu erinnern: "Eigentlich hatte ich ja mit dir was anderes vor in diesem Alter!" Da kann ich die trösten, "Ich mit mir auch!" Trotzdem müssen wir beide nun damit fertig werden und es ist Arbeitsteilung vereinbart. Mutter Natur kümmert sich um ihren Sohn, doch wenn sie mal keine Zeit dazu hat, ist es gut, dass ich, mittlerweile im vierten Jahr, die dritte Gemeinschaftsunterkunft männlicher Jugendlicher in der Folge erleben darf. Und weil in diesen die Schamgrenze bei weitem nicht so gesichert ist, wie die Ost-West-Mauer, begreift man schnell seinen Beitrag zur Linderung der Not-am-Mann. Obwohl es letztlich eine unbefriedigende Situation bleibt, führt eben persönliches Engagement hier schneller zur Entspannung als beispielsweise im Friedensprozess.
In der JUNGEN WELT will Dörte per Annonce wissen, ob es denn nicht einen jungen Mann gäbe, der gern liest, redet, lacht und so. Wenn dem so sei, solle er sich bei ihr melden und man könne das ja auch gemeinsam tun. Da Dörte in

Stralsund zur Penne geht, wäre es nicht so schlimm, ein Seefahrer mit Grips würde antworten, zur Not auch einer in Uniform. So biete ich mich als Notlösung an und bekomme den Zuschlag. Damit hatte ich nicht gerechnet. Vielleicht aber sind alle anderen Seefahrer gerade auf den Weltmeeren? Per Brief praktizieren wir Annäherung. Dann muss ich also doch zum Fotografen, Mutti wird sich freuen. Es folgt der Austausch der Brustbilder. Mannhaft, im modischen Armeekurzhaarschnitt und in Exbluse weiß, strahle ich ihr vom Fotopapier entgegen. Sie dankt, blondgelockt über ebenfalls weißer Bluse, mit ihrem schönsten Lächeln. Die obligat herben Gesichtszüge der von Salzluft, Sturm und Meereswasser gezeichneten nordischen Gesichter suche ich vergeblich und bin also begeistert. Ich flunkere ihr meine Freude über die Aneignung von Schulwissen aufs Papier und drücke die Daumen für die Abiprüfung. Sie will noch einmal wissen, ob ich nun immer bei der Volksmarine bliebe oder doch lieber zur DSR zurückgehe. Da kann ich sie beruhigen. Ich nutze die Chance, ihr zu offenbaren, dass es bei mir zu leidenschaftlichem Tanz als Kunst nicht reiche. Über die DSR freue sie sich sehr, das mit dem Tanzen könne sie mir zeigen und Leidenschaft würde sie dennoch vermuten. Wir könnten uns ja mal treffen.
Mir kommt nie der Gedanke, dass sie, trotz der vielen Übereinstimmungen, mal auf mich herabschauen würde. Tut sie aber bald. Wir haben was Wichtiges vergessen!

Störtebecker, diesmal als Cocktail

Der Mai lockt ins Freie und der Tag des Treffens bricht an. Es ist Samstag und lange schon wischen, putzen und schrubben wir nicht mehr so gründlich in der Unterkunft herum, sondern schütten viel Wasser um uns, kleben Bohnerwachs auf die Dielen und spritzen Klarofix an Fenster, Spinde, Tische, Stühle und in die Luft. Die Fenster stehen auf Anschlag offen und fertig ist die Sauberkeit. "Stube zehn gereinigt und gelüftet klar zur Runde!" Dann drücke ich mit dem Bügeleisen Hose und Exbluse platt, zaubere mir ein blütenweißes Schleifchen auf den schwarzen Knoten und entferne die Folie vom Zur-Musterung-Vorzeige-Mützenbezug. Ich drücke die Polierbürste durch das Leder der Landgangsschuhe und knabbere mir die Fingernägel eckig. Die Ausgangsmusterung überstehe ich im ersten Anlauf, wechsele den Mützenbezug von VORSCHRIFT auf MARINE, also von kreisrund und glatt zu handgezogen über ovalem Metallbügel, komme damit ungeschoren durch das Kasernentor und ein freundlicher Maat läßt mich auf seiner Jawa Sozius gen Stralsund reiten. Treffpunkt Alter Markt, vierzehn Uhr, ist ausgemacht, an der Milchbar beim Rathaus. Dort führt der Weg des Maaten eigentlich nicht vorbei. Doch es treibt ihn die Neugier zu erfahren, "was die Genossen Unteroffiziersschüler denn so für Mädels abfas-

sen." Also bringt er mich hin. Das Motorrad knattert über den Marktplatz. Vor der Milchbar steht nur eine, die nun wirklich als Zielperson nicht in Frage kommt. Da ist mein Helfer etwas enttäuscht, doch er muss weiter. Ich danke und richte mich auf langes Warten ein, schließlich ist es ja ein Mädchen, auf das ich warte.
Die an der Milchbar scheint den Aushang nun zu kennen, dreht sich um und - es ist Dörte! Sie schüttelt den Kopf: "Nö, nich?!" Ich nicke: "Ja, doch!", und schüttele kurz: "nicht?" Nun lacht sie: "Doch, ja!", und ich frage: "Was nun?" Sie will wissen: "Sind wir nun nicht mehr miteinander verabredet?" Ich entgegne: "Doch! - Ja?" Da beschließt sie: "Na klar doch. Komm ich zeig dir Stralsund!" Der Kopf sagt, das wird nichts werden. Der Bauch fühlt sich sauwohl und gibt dem Kopf zu bedenken: Na und, aber die sieht doch gut aus, oder? Der Kopf gibt ihm Recht, ahnt jedoch, das mit den Lippendellen wird er wohl vergessen können! Eine schöne Stimme hat sie, hört er, und für die Augen ist sie allemal was. Doch ein richtiger Trost ist das nicht. Macht nichts, beschließt der Bauch. Mal sehen, was passiert! 175 lange, hübsche, weibliche Zentimeter, ohne Schuhe gemessen, und 170 kurze, seefahrende, männliche Zentimeter, in Schuhen, tippeln nun nebeneinander und lachend runter vom Markt in Richtung Nordmole. Da haben wir wohl beim Austausch der taktisch-technischen Daten Wichtiges vergessen, stellen wir belustigt fest und werden immer entspannter. Wir spinnen uns ordentlich zu Recht, was die wohl denken könnten, die uns so sehen. "Die Jungs werden neidisch sein und beinahe platzen: muss das ein Hirsch sein, wenn der so eine große, hübsche abkriegt!", biete ich ihr an, und Dörte revanchiert sich: "Und die Mädels tuscheln bestimmt: Der mag zwar niedlich sein, aber zu lachen hat er bei der nichts!" Schnell stellen wir fest, in Bauch und Kopf sind wir Geschwister. Nur haben die Menschen eben andere Vorstellungen davon, wer in der Mann-Frau-Kombination der größere sein soll. Leider! Trotzdem stimmt es für diesen Tag genau so. Wir müssen uns nicht mustern, belauern, abwägen und vorentscheiden: Sehen wir uns wieder?, mit welchem Ziel?, ist es nur mal so oder mehr?, gefalle ich ihr?, gefalle ich ihm?, sind deine Wünsche und Vorstellungen auch meine? Das macht locker. Obwohl, die Fragen hätte ich mir schon gern gestellt. Über die Nordmole hin und zurück erzähle ich Dörte von Kuba und der BÜCHNER. Dann wechseln wir von Brackwasser zu Süßwasser, schlendern um die Teiche und dann geht es quer durch die Stadt, vorbei an Marienkirche, Meereskundemuseum und Schiffercompagnie. Sie ist nun dran mit erzählen. Ich höre und sehe ihr gern beim Reden zu. Es ist viel Frau drin im Rosa und mit jeder ihrer Gesten wird mir klar, was mir fehlt.
Am frühen Abend fehlen nicht mehr viele Schritte bis zum Alten Markt. Der Bauch ahnt, es wird kein Wiedersehen geben. Das ist auch dem Kopf klar und da macht er ihr ein Angebot. Das nimmt sie freudig an und ein wenig später sitzen wir bei der ersten Runde Störtebeckercocktail in der Milchbar. "Bist du nun enttäuscht?", will sie wissen. "Ja - doch!", denkt der Bauch und der Kopf

spricht: "Nein - nicht!" Nun zwickt der Bauch: Das ist jetzt aber kein Kompliment und der Kopf korrigiert: "Ja klar - doch - ein bisschen schon!" Er hängt ein Lächeln an, das nur ein ganz klein wenig Resignation trägt, aber immerhin, und kriegt eines mit ein ganz klein wenig Traurigkeit drin zurück. "So viele wie du, waren nicht dabei. Ich werde wohl noch mal annoncieren", höre ich Dörte mit leiser Stimme sagen, doch gleich darauf bietet sie Trost an: "Du wärst sowieso nicht mein Letzter gewesen und ich nicht deine Letzte, so!" Das leuchtet uns ein und nach dem zweiten Störtebecker, gegen acht, sind wir uns einig, es war schön heute, sehr schön, aber es wird keine Fortsetzung geben. Zum Abschied, vorm Rathaus, geben wir uns die Hand. Das dauert eine Mikrosekunde länger und kann "schade" bedeuten oder "war doch schön, nicht wahr?". Unserem Lächeln folgt ihr "Ahoi!" und mein "Tschüß!". Sie winkt kurz und Sekunden später wird sie von der Altstadt verschluckt. Ich verschlucke mich zwei Stunden später am vierten Bier und beschliesse: Landgangsende.
Es ist die Zeit der TAGESREISE. Wochen später erspähe ich sie inmitten der Fans zum Konzert der Horst-Krüger-Band. Wir winken uns zu und der Kopf spricht zum Bauch: "An die hättest du dich doch so niemals rangetraut, oder?" "Hast ja Recht", knurrt der Bauch und der Kopf resümiert: "Also freu dich, dass du die erleben durftest!"

Fischfang an Land

Die Ausbildung zum Steuermannsmaat geht seinen sozialistisch-militärischen Gang. Wir üben Sammeln auf den Gegner, Positionseinnahme zum Feind, das Legen von Nebelwänden, Zeit totschlagen und Urlaub beantragen. Mein Jahresurlaub ist genehmigt. "Du warst lange nicht zu Hause", hat die Mutter gemahnt, und der Vater ergänzt: "Und komm einfach mal ohne deine frohen Botschaften."
Also steig ich Ende Juni in den D-Zug Stralsund-Berlin. Drei kräftige junge Herren in Jeans und Karohemden, die Bärte etwas zerzaust aber Frohsinn im Blick und Erwartung, wuchten ein großes weißes Plastikfass ins Abteil, das bald für Stimmung sorgt. Der Zug fährt an und da delegieren sie einen aus ihrer Mitte zur MITROPA. Bis gestern waren sie im Fisch, erfahren die Mitreisenden bald. Einhundertundfünfzig Tage sei eine lange Zeit und nun freuen sie sich selbstverständlich auf zu Hause, aber erst einmal hätten sie Durst. Der Delegierte kehrt zurück und packt jetzt seinen MITROPA-Fischzug auf das Fass zwischen den Sitzbänken mit den Fischern drauf. Den zwei Stangen Zigaretten der Marke "Club" folgen sechzig "Pullis" Brauner und drei Flaschen Bier. "Damit wir den Schnaps nicht so trocken runterwürgen müssen", erklärt er seinen Kollegen. Die sind dafür. Minuten später "brennt die Luft" im Abteil.
Bald ist der erste Durst gestillt, da holt einer die Skatkarten raus, weil: So lange

kann man nicht aus dem Fenster schauen! Monatelang nur Wasser und nun plötzlich alles voll Land, voll Menschen und Häuser, da muss weicher Übergang her. So skaten sie sich der Heimat entgegen und der Platz zwischen ihren Lippen wird nicht leer. Entweder hüpft dort eine "Club" bei "achtzehn, zwanzig, passe" vor sich hin oder ein Pulli entgluckert sich, beim Kartenmischen und -geben, seines hochprozentigen Inhaltes. Mit atemberaubender Geschwindigkeit nimmt die Zahl der vollen Schnapsfläschchen ab und der Dunst im offenen 2. Klasse Waggon der Deutschen Reichsbahn zu. Die anderen Fahrgäste, meist heimkehrende Urlauber und hier vor allem die Muttis, beginnen nun damit, ihren Nachwuchs mit Vorlesen, Ratespielen oder: "Kuck mal dort, die schöne Kuh" abzulenken. Die Kinderchen werden noch zeitig genug erfahren, wie sehr sich Erwachsene aufs Wiedersehen freuen können, vor allem auch Männer. Die meisten der Vatis waren im Leben auch schon mal länger fort und zeigen deshalb mehr Verständnis. Sie ahnen, die Fischerei hat Nachholebedarf! Dann trifft die Fischersleute die entscheidende Frage und das Unheil nimmt seinen Lauf.

Mutti ist wohl gerade auf dem Klo oder schimpft mit Vati, da fühlt sich das Töchterchen vernachlässigt, tritt an die drei heran und tippt gegen den Skattisch. "Habt`en ihr da drin?" Im Nu ist der Sprengring vom Fass, der Deckel runter und ein Hering baumelt vor der Nase des Mädchens. Das quietscht vor Begeisterung. Die Fischerei ahnt die Chance, endlich, nach so langer Zeit, Liebe verschenken zu dürfen. "Hol mal `ne Zeitung!", fordert man die Kleine auf. Die ist fix wieder da und strahlt den Jägern der Weltmeere mit der WOCHENPOST in der Hand entgegen. Zwei Prachtheringe fliegen aus dem Fass und aufs Papier. Die werden erst eingerollt und dann stellt das Knicken der Papierenden das Fischwickelpaket fertig. "Kannste deiner Mutti bringen, da freut die sich!" Stolz zieht das Mädchen ihr Päckchen mit dem Silber der Meere an sich und ab geht's zu Mutti. Die wird sich über ihr Heringsfass auf Beinen freuen, denke ich noch, da höre ich auch schon, wo Mutti sitzt. Die Kleine will ihr ja keine Zeitung schenken und so hat sie eben den Kopf- und Schwanzknick aus dem Überraschungspaket wieder rausgemacht, damit Mutti besser sehen kann, was ihr da gleich entgegen riechen wird. Also zeigt sie die Heringe hoch, Mutti soll reinkucken und die ist hoch gespannt. Doch weil sie nur den Fisch kriegen soll und Töchterchen das Geschenk ganz schön hoch reichen und deshalb kräftig ankanten muss, beschließt die Lake eben, bei der Kleinen zu bleiben. Sie tropft ihr lustig aufs Kleidchen und tröpfelt dann weiter vom Saum auf die Schühchen. Mutti will die stinkende Pfütze nicht glauben, in der ihr von Heringssaft tropfendes Töchterchen steht, Vati zählt eifrig die am Zugfenster vorbeieilenden Hochleitungsmasten, da entspannt sich seine Angetraute mit einem spitzen Schrei. Vati zählt tapfer weiter, der Feigling, und gleich darauf mischt sich das Salz der Muttiaugen mit dem Salz der Ozeane.

Die Fischer wissen sich im Zentrum der Dankbarkeit, geniessen die Aufmerksamkeit und haben noch ein ganzes Fass voller Liebe zu verschenken. Schnell

ist die Kunde vom Hering, der beinahe fangfrisch ist und den es umsonst gibt, rum im Zug und da werden die Zeitungen knapp. Mädchen und Jungen, Damen und Herren bilden eine Schlange und jeder zahlt mit dem Wertvollsten, was er hatte: Die Damen mit ihrem schönsten Lächeln, die Herren mit Bier und die Kinder mit ihrem Staunen. Bald zeigen von Schuppen getrübte, flache Bäche dem Zusteigenden die Richtung zum Fisch. Auch Oma, die ihre Brille vergessen hat, riecht die Eiweißquelle und freut sich schon auf die Fischsuppe am Abend. Der intensive Geruch der großen, weiten Welt, Abteilung Untersee, durchdringt die Abteile und zwingt den Fischern ein vorerst letztes Mal noch die Bilder von prallvollen Netzen und dem ersten Kontoauszug nach der Reise ins Gehirn. Es ist mehr nur als gerecht, jetzt vom Reichtum abzugeben.
Irgendwann hat wohl jeder im Zug seinen Fisch. Die drei sind nun voller als ihr Fass mal war, der Zug läuf in Berlin-Lichtenberg ein und da heißt es für unsere Heringsbändiger und deren würzige Restladung aus- und umzusteigen, Richtung Thüringen. Unsere guten Wünsche begleiten sie und wir ahnen, falls da heute noch Frauen auf sie warten, ist das jetzt für die Jungs nicht der letzte Spaß des Tages gewesen. Wenig später erreicht die Bahn den Ostbahnhof. Eine Stunde weiter werden die Waggons zur Rückfahrt in den Norden bereitstehen und die Reisenden am Geruch schon erkennen, wo ihr Zug steht. Ich steige um in den Sachsen-Express und der trägt mich nach Waldheim.

Rauchzeichen

Anfangs trifft er mich noch öfter, der fragende Blick der Mutter: Stimmt das wirklich? Dann beginnt sie zu begreifen. Endlich einmal hat es ihr Jüngster geschafft, ohne Hiobsbotschaft nach Hause zu kommen. Doch wer sich am meisten darüber freut, bin ich selbst. Nicht auszudenken, was mir der Oberkommandierende der Streitkräfte der Warschauer Vertragsstaaten erzählt hätte, den Muttibrief in der Hand.
Omabesuch mit Spaghettikampf und Prahlen in der Marinekluft stehen auf meinem Programm. Der Oma kommen die Tränen vor Rührung und dem Opa vom Husten. Er hat den Schnaps im Uhrenkasten gefunden, musste sich so schon beeilen, wegen Oma und nun das noch. Da hat sich der zweite Schluck eben mal etwas im Hals verirrt. "Ja" röchelt er, "genauso haben die feinen Herren ausgesehen, die wir Landser über die Berge bringen mussten, damals in Italien. Hatten Schiss vor den Partisanen, die Herren der Marine in ihren feinen Lumpen", und schiebt nach: "Die sahen aber nicht lange so aus, das kannste glauben." "Bist ein schmucker Junge" tröstet mich Oma, stellt Opa den Schnaps weg und mir den Spaghettiteller hin.
Die zwei Wochen Urlaub sind schnell rum. Der Zug ab Berlin riecht wie jeder andere auch und in Stralsund erwarten mich Neuigkeiten. Zum sechsundzwan-

zigsten Republikgeburtstag sollen wir an Erich vorbeiparadieren und das muss geübt werden. Wir erfahren, es sei eine Ehre, stundenlang stillzustehen und dann die Beine exakt vor sich her werfen zu dürfen. Gleich nach der Urlaubssaison soll das Training starten. Wir verkürzen uns die Wartezeit mit Räucheraal. Das geht so: Unser Mecklenburger Junge hat vom Vater gelernt, wie man Aal fängt, wenn man zum Würmerbaden und Langweilen keine Lust hat. Also tauschen wir in der Schlosserei eine Flasche Braunen gegen zehn Meterstükken Stahlrohr. Die versenken wir samstags am Abend im Strelasund. Nachts macht sich der Aal auf die Suche nach Aas und anderen schmackhaften Dingen, hat bald eine "dicke Plauze" und sucht sich beim Morgengrauen eine schattige Ecke zum Übertagen. Da liegt dann eben so ein Rohr rum und dort schlüpft er hinein. Seinen Kumpel schickt er ins Nachbarrohr. Dann wird es draußen hell und gleich darauf wieder dunkel. Wie im Fahrstuhl geht es nach oben an die Luft und hier verhindern zwei Steuermannsmaatenschülerhände, dass mit dem Sundwasser auch der Aal wieder wegplätschert. Da hat er verloren und mit ihm fünf oder sechs weitere Artgenossen pro Tauchgang. Die werden sich später gar fürchterlich dafür rächen. Erstmal aber suchen wir uns eine blickgeschützte Stelle in der Wildnis des Objektes.
Am Nachmittag stellen wir ein Drainagerohr hochkant auf die Ziegelsteinfeuerstelle, setzen würzige Hölzer in Brand, löschen kurz ab und hängen die ausgenommenen Aale in die Haltedrahtkonstruktion im Rohr. Dann decken wir einen feuchten Lappen über die Rohröffnung. Nun ist Warten dran und das verkürzen wir uns mit Branntwein und dicken Zigarren. Vier Dannemann-Rauchsäulen begleiten den Aalrauch zum Himmel und wir fühlen uns wie Daniel Boone und dessen Brüder. Weit und breit stört kein Gedanke an Armee, Parade, Wachdienst oder gar Mädels. Nach der zweiten Flasche Braunen hätten die auch kein Interesse mehr an uns oder würden das große Zanken kriegen. Aber so befinden wir uns im Einklang mit der Natur. Wir sind also glücklich. Nur Hunger kriegen wir langsam. Irgendwann ist der Aal dann auch "durch" und wir backen Brotbüchsen mit Büchsenbrot drin in der immer noch heißen Aalräucherglut. "Um Himmels willen nicht warm essen", warnt Mecklenburg, aber Sachsen, Thüringen und Berlin haben Hunger auf Aal. Mecklenburg fürchtet, nichts abzukriegen. Also nimmt es, trotz besserem Wissen, am räucherfrischen Gemeinschaftsessen teil.
Spät am Abend sind wir satt von Aal mit Brot, trunken vom Glück und dem Braunen, frisch geräuchert von Dannemann und eigentlich nur noch friedfertig müde. Wir schleppen uns zurück in die Gemeinschaftsunterkunft des kriegerischen Objektes. Nachts grüßt uns der Aal und zwickt ganz eklig im Darm. Da geht es gemeinsam weiter mit Krümmungen auf den Betten oder in der Toilette. Dort kleckert sich der Wurmfisch wieder raus und wenn man genau hinhört, konnte man denken, er lacht dabei schadenfroh. Kann aber auch am Schnaps liegen.

Bomben und Orden

Anfang September beginnt das Exerziertraining. Stundenlang latschen wir nun um den Platz oder üben Stehen oder eine Gruppe steht, während die andere Gleichschritt übt. Irgendwann und irgendwie gerät mir ein Stein in den Stiefel. Mir fällt kein Grund ein, warum ich auf dem nun rumtrampeln soll. Ein wenig tut es ja auch weh. Da bleibe ich beim Schauexerzieren stehen, schüttele den Stein raus und renne der Truppe hinterher. Weil aber gerade "Abnahme" durch die Stabsoffiziere ist, wischen die sich erst die Augen und fragen dann unseren Zugführer, ob das wahr ist, was man gerade sieht. Also platzt die Bombe. Trotz vorbildlicher Leistungen im Fach Navigation darf der Unteroffiziersschüler Glück so nicht BESTER werden, wird beschlossen und: "Der fährt nicht mit nach Berlin!" Somit teilt sich der Zug am Ende der Ausbildung, in neunzehn BESTE und einen GUTEN.
Anfang Oktober wird unser Lehrgang nach Berlin verlegt und nur Innendienstkranke und Unwürdige bleiben zurück. Wir Zurückgebliebenen müssen uns nun langweilen, die Kaserne sauber halten, Fernsehen kucken und vom Schnarchen ungestört die Nacht in der Zehn-Mann-Stube "tiefschlafen", da dürfen die Auserwählten stundenlang auf einem Rollfeld des Flughafens Berlin-Schönefeld das Stillstehen üben. Dabei brennt ihnen die Sonne erbarmungslos auf die Köpfe. Nur manchmal klatscht lustig ein Koppelschloss mit einem Marineschüler dran auf den Beton. Dann hat die Sanitätskraftwagenbesatzung eben zu tun. Bald ist das vierzehnte DDR-Oktoberfest vor Ultimo überstanden. Nach einem Jahr Vorbereitung auf große Taten für Vaterland, Marineschifffahrt und Vorhangsicherung, gibt es Ende Oktober die Zeugnisse und die Orden, neunzehn Stück. Maat Glück erhält den Befehl: "Sechste Grenzbrigade Küste, vierte Grenzschiffsabteilung, marsch!”

Warnemünde - Hohe Düne

Jetzt beginnt das richtige Leben, mit Wachsamkeit an der Seegrenze zwischen Nato und Warschauer Pakt. Wir hoffen auf Heldentaten und Abenteuer bei der Sicherung des Weltfriedens und sind eben noch jung und dumm. Ich kann nicht ahnen, dass sie Jahre später ein Riesenglück sein wird, die Langeweile am Anker auf dem Vorposten See.
Im Objekt "Warnemünde - Hohe Düne" melde ich mich zum Dienstantritt auf dem mir zugewiesenen Grenzschiff und bin nun Steuermann auf der G-41. Der Wachoffizier gibt mir seinen wertvollsten Tipp: "Genosse Maat, Sie sind jetzt an der Front. Lassen Sie sich von den Altgedienten nicht die Butter vom Brot nehmen. Sie haben sonst für immer verloren. Besonders ihr Steuermannsgast wird das versuchen, also Vorsicht!" Der kommt von der Fischerei, erfahre ich und da

ich weiß, das sind beinharte Jungs, bin ich doch leicht nervös. Zumal, es ist ein Riesenkerl, höre ich noch. Der Kopf beschließt zwecks Vorstellung ins 16-Mann-Deck runterzuklettern, doch der Bauch kneift dazu ein wenig. Trotzdem wage ich den Abstieg. Der Kopf will "militärischen Einstand", aber der Bauch rät: "Kuck dich erst um und wenn es eine Friedenschance gibt, nutze die!" Der Kopf stöhnt hörbar, der Bauch zwickt merklich und der Puls gibt Gas. Unten angekommen, bleibt mir die Luft weg. Bis zu drei Kojen übereinander und nur der Gang dazwischen und an dessen Enden winzige Spinde lassen kaum Luft zum Atmen, keinen Platz zum Sitzen und noch weniger Raum für Privatsphäre. Der dienstälteste Matrose hätte jetzt "Achtung" rufen müssen, aber staunt scheinbar darüber, wie ich staune. "Bist du der Fischer?", frage ich einen Langen mit eingezogenem Kopf. Der sagt "Ja" und hört nun von mir, sein Gegenüber und neuer Chef kommt von der Handelsmarine und wird nach der Fahne studieren. Damit weiß er auch gleich, dass wir Kollegen sind, also die einzigen "richtigen" Seefahrer an Bord. Er kennt das eherne Gesetz der Seefahrt, dass der Wachmatrose dem Steuermann ohne Widerspruch Folge zu leisten hat.
"Los, erzähl mal, wo habt ihr gefangen und was?", biete ich ihm Frieden an. Damit hat er die Chance, mir was Neues und seinen Matrosenkollegen "was mit ellenlangem Bart" zu erzählen. So hören die nun zum tausendsten Mal seine Storys von Neufundland, Reykiavik und Fischfang im Sturm. Denen folgen meine von Kuba, Norwegen und Untergang am Ende der Welt, beinahe jedenfalls. So eint uns der Stolz, richtige Seefahrer zu sein. "Das ist aber auch kein Zuckerschlecken hier", bestaune ich nun das 16-Mann-Deck. "Worauf du einen lassen kannst, Steuermann", wird mein Friedensangebot auch von dem grimmigen Nicht-Achtung-Rufer von vorhin angenommen. Mein Einstand kann wohl glücklicher nicht sein.
Zurück im U-Deck zeigen mir die Unteroffizierskollegen meine Koje unter der Decke und den Spind über dem Boden. Der Bootsmann, Zehnender im letzten Dienstjahr, bietet mir an: "Wenn es Probleme gibt, komm zu mir!" Es bleiben nur wenige Tage, dann folgen Grenzdienstvorbereitung, Seeklarmachen und "Klar vorn und achtern". Das Minensuch- und Räumschiff MALCHIN läuft unter dem Kommando der Grenzbrigade Küste zum Westvorposten in die Wismaraner Bucht aus.

Vorposten

Nördlich von HANNIBAL lösen wir die G-21 ab und laufen gleich weiter zur Morgenpatrouille. Südlich vom Kiel-Ostsee-Weg beginnen wir unsere Suche in Streifen. Die führt uns zurück zur Küste und wer da gerade mit dem Schlauchboot im Seegebiet rumpaddelt und soll das nicht, hat eben Pech. So sehen wir das.

Alle zwanzig Minuten wird dabei der Kurs geändert, es geht rechtwinklig zum alten und fünf Minuten lang gen Land und dann drehen wir weitere 90 Grad nach Steuerbord und weiter geht es zwanzig Minuten auf diesem Kurs. Dann ist zweimal Kursänderung nach Backbord dran und wieder beginnt das Spiel. Ich hetze zwischen Peildioptern und Seekarte hin und her und es ist navigatorische Schwerstarbeit. Hin und wieder kuckt der Kommandant selbst mal, wo sein Schiff steht und ist bald mit meiner Arbeit zufrieden. Ich lasse keinen Zweifel daran, dass ich das will. Und dass ich das kann, zeigen ihm meine Standorte aus Vierstrich-, Vertikalwinkel-, Versegelungs- und auch Doppelwinkelpeilungen, die Lotlinien und die Vorhaltekursempfehlungen. "Das war gut, Steuermann", lobt er mich nach dem Ankerfall. Doch er muss eine Ahnung haben oder Botschaften aus Parow: "Und schlampe mir nicht rum, jetzt vor Anker!"
Der Stumpfsinn beginnt. Im Zweiwachsystem lösen wir uns, mit kurzem Wechsel am Abend, alle vier Stunden ab. Grenzdienst heißt Sofortbereitschaft der Maschine, kurze Ankerkette und Schlafen in Uniform. Während der Wache am Anker beobachten wir den Seeraum, schauen Handelsschiffen entgegen, Fähren hinterher und Fischkuttern zu. Ab und an läuft ein DSR-Dampfer Wismar an oder von dort aus und da wird mir das Herz ein wenig schwer. Über tausend Tage Armee und noch einmal vier Jahre Studium trennen mich von der Handelsflotte. Steuermann bin ich aber jetzt schon mal, tröste ich mich. Und, ich werde hier viel Navigation lernen, trainieren und anwenden und manchem Kollegen gegenüber im Vorteil sein. Dass mir das eher schaden als nutzen soll, weiß ich da noch nicht. Und das ist gut so. Bauch und Kopf hätten sonst ordentlich Ärger miteinander gekriegt.
Irgendwann sind die ersten sieben Grenzdiensttage rum. Die G-15 löst uns ab und vierzehn Tage Pierliegen mit Wartungsarbeiten für Schiff, Körper und Köpfe schliessen sich an. Also Dienstsport, planmäßig vorbeugende Instandhaltung und Politunterricht. Dann ist wieder Grenzdienst, dann Wartung, dann Grenzdienst, wieder Wartung und das soll drei Jahre lang so weitergehen.

Formationstanz

Die erste Verbandsfahrt steht an. Als Führungsschiff der vierten Grenzschiffabteilung nehmen wir Abteilungschef, Stabschef, Politchef und jede Menge weitere Stabsoffiziere an Bord. Es folgen Gefechtsalarm und das Auslaufen. Westlich der Reede von Warnemünde laufen wir in Räumformation und üben Kursänderung nach Flaggenbefehl. Wie immer dreht die G-45 zur falschen Seite und wie immer verliert der Stabschef deshalb seine Wette nicht. Dann geht es in Marschformation, also “alle meine Entchen” oder im Gänsemarsch, rüber in Richtung Hiddensee zum Ankern, Mittagessen und danach wieder Anker auf! Mit Westkurs laufen wir zum Kursänderungspunkt nordwestlich Darßer Ort und

kratzen ein wenig am Dunkelblau der Seekarte. Wie auf eine Schnur gefädelt, folgen uns die maritimen Vorpostenschwestern. Hin und wieder kuckt mir der Stabschef über die Schulter, auf die Seekarte und nickt meist zufrieden. Nur mein Kommandant meinte mal kurz: "Das kann ich doch wohl jetzt nicht glauben?" Warum, verrät er noch nicht.
Bald ändern wir den Kurs nach Süden, laufen in die Ansteuerung Rostock, drehen weiter auf Südsüdost, tuckern zwischen die Molen und im Seekanal heimwärts. Nun üben sechs Grenzschiffe "Päckchen packen" und liegen bald fest vertäut an der Pier. Der Stab geht von Bord, mit ihm der Kommandant und der erinnert noch mal schnell an sein Rätsel: "Na warte!". Also bin ich gespannt und kann es nun wirklich kaum noch erwarten. "Weißt du, dass du uns alle über Dreck gezogen hast? Bei der Marine wird das nichtgenehmigte Überfahren der 10-Meter-Tiefenlinie wie eine Grundberührung behandelt. Sei froh, dass die 45 mal wieder falsch angedreht ist, sonst wärst du heute dran gewesen!", erklärt er mir, vom Stab zurück, des Rätsels Lösung. "Kannst dich bei deinen Steuermannskollegen bedanken, dass die dich nicht verpetzt haben!" Kurz darauf erklären mir die nautischen Kollegen, welcher Unteroffizier des Stabes den Schnaps besorgt, den wir am Wochenende trinken werden, auf meine Rechnung.

Blinde Kuh

Es folgen Monate mit Grenzdienst, Wartung, wieder Polituntericht und dann führt uns die nächste Verbandsfahrt ins Manöver mit befreundeten Panzerarmeen. Also laufen wir in Richtung Halbinsel Wustrow aus. Dort sollen sowjetische Panzer an Land den Feind mimen. "Wir schützen uns mit einer Nebelwand", erklärt der Stabschef die Fässer auf unserem Achterdeck und beginnt, in der Karte zu konstruieren. Bald darauf weiß er, woher der Wind weht und auf welchem Kurs und bei welcher Geschwindigkeit wir das undurchsichtige Etwas aus den Fässern und in den Seeraum entlassen sollen.
"Plötzlich und unerwartet" stehen Panzer auf den Dünen. Gefechtsalarm! Unsere sechs Grenzer formieren sich wieder einmal zum Gänsemarsch, dann zündet der Pyrotechniker die Nebelbomben und "Verstecken hinter der Wand" wird befohlen. Nur, der Wind macht nicht das, was unser Stabschef für ihn geplant hat. Möglicherweise gehört er zu einem Tiefdruckgebiet und es ist die Zeit, in der diese noch ausschließlich weiblich sind. So verhält er sich eben auch und dreht, wohin er gerade will. Satter Nebel quillt aus den Fässern und wallt auf unseren Hintermann zu. Der Stabschef meint erst, er kann das nicht glauben, ahnt dann aber Schlimmes. Der Signalgast soll seinen Kollegen morsen, dass nun jedes Schiff einzeln manövrieren darf. Doch ehe noch der Strich-Punkt-Strich-Befehl durch den Seeraum blinkt, hat der Nebel die vierte Grenz-

schiffsabteilung erfasst. Die Tarnung ist perfekt! Wir sehen den Nebenmann nicht, der nicht seinen und so weiter. Die Nebelhörner tuten reihum und die Panzer an Land müssten die Rohre jetzt nur in Richtung Wolke und Typhonlärm halten und dann die Magazine leer feuern. Der Kommandant schwitzt sich mit Hilfe des 3-Seemeilen-Bereiches am Radargerät durch die G-Schwestern hindurch und aus der Wolke heraus. Der Stab zieht sich zur Beratung zurück und ich denke, da lob ich mir eine touchierte 10-Meter-Tiefenlinie!

Grüße nach Augustusburg

Im zweiten Jahr nun an der Seegrenze quälen mich Politunterricht, Frühsport und mangelnde Zeit zum Landgang. Wie soll man da zu einem Mädchen kommen? Schließlich kann ich mir ja keines backen!
Apropos Backen: Im Frühjahr steigt ein neuer Koch auf. Der hat auf der Augustusburg gelernt, ist also Fachmann und soll wohl ein Geschenk kulinarischer Art an die Jungs im Grenzdienst sein. Nun hat der Kommandant Erfahrung genug und erinnert mich daran, dass die Verpflegung an Bord zu meinem Ressort gehört. Da könne es von Vorteil sein, ich schaue dem Neuen etwas auf die Finger. Dessen Vorgänger hat mir vorm Nachhausegehen noch einen Speiseplanentwurf "für die erste Woche nach mir" geschenkt und den Satz: "Da wirste mal sehen, wie gut du es mit mir hattest!" Also fülle ich die Proviantformulare aus und schicke die Bestellung an das Lebensmittellager. Tage später fahr ich gemeinsam mit dem Neuen das Zeug holen. Der ist erst guter Dinge, dann gespannt und erschreckt schließlich. Beim Anblick der "paar Dosen, Tüten und Kartons" weigert er sich "auf der Stelle" weiter übers Kochen nachdenken zu wollen, wenn er nicht noch was "zum Verfeinern" dazukaufen dürfe. Also lass ich ihn. Schließlich ist er der Fachmann. So kehren wir vollbepackt zum Schiff zurück und die Rechnung erreicht uns zwei Tage später mit Anhang. "Du sollst dich beim Alten melden", erfahre ich vom Bootsmann und: "Lass mal immer schon die Ohren ein wenig hängen. Das hilft! "Genau deshalb, Steuermann!", fuchtelt mir der Kommandant mit dem Rechnungsanhang vor der Nase rum, "Du solltest doch aufpassen. Jetzt essen wir wieder drei Wochen lang nur Suppe, um "aus den Nassen" zu kommen. Klär das auf der Stelle mit dem Koch!" Also klettere ich mit dem Zettel im Mund durchs Luk nach oben. In der Kombüse rührt der Koch glücklich in Soße, Suppe und Kaffeetasse. Da beschliesse ich, bis morgen zu warten. Die Mannschaft freut sich über das gelungene und reichhaltige Mittagessen. Ab sofort ist der Koch ihr Freund.
Der nächste Donnerstag kommt. "Hör zu Chefkoch", beginne ich versöhnlich und mit der Bestellliste in der Hand, "der Alte meint, du wärst jetzt bei der Armee und ich soll dir das sagen." Sein fragender Blick scheint ehrlich gemeint und so fahre ich mit der Aufklärung fort: " Also, Tomatensuppe wird nun nicht

mehr aus drei Kilo frischen Tomaten gemacht, sondern aus Wasser und drei Kellen Tomatenextrakt, trocken und aus der Pappschachtel." Der Kochblick wechselt von fragend über staunend nach böse. Dann erkennt er meine und seine Uniform, das Schiff, die Armee und begreift, dass er ab sofort nur noch Essen kochen soll, mit dem er nach seiner Meinung bei jeder Prüfung durchgefallen wäre. "Nö, das mach ich nicht. Da gehe ich eher in den Bau", meint er da und kuckt so daher, ich kann ihm nur glauben. Mir fällt die Augustusburg ein, deren Nähe zum Erzgebirge und Lichtmangel und Depression, auch "Rachermännels" Flug auf der BÜCHNER. Ich beschliesse, ihm fortan die Zuwendung zu geben, die er nun dringend nötig haben wird. Zwei Stunden später sind Speiseplan und Bestellung fertig und der Koch hat seine Aufgabe bei der Sicherung der Seegrenze der DDR erkannt: "Das soll euch nicht schmecken, ihr sollt nur lebend wieder nach Hause kommen", klärt er die Mannschaft auf. "Und wer das nicht glaubt, kann ja den da fragen." "Der da" bin ich.

Backe, backe Kuchen

Dann ist es mal wieder Donnerstag. "Donnerstag ist Seemannssonntag", verkünde ich in der Messe und "auf richtigen Schiffen gibt's da Brötchen zum Frühstück und nachmittags Kuchen." Die Besatzung ist dafür, der Chefkoch dagegen. "Das darf ich dem nicht anweisen", klärt mich der Kommandant auf. "Doch Brötchen, wenigstens im Grenzdienst, das wäre nicht dumm. Mach mal, Steuermann", entlässt er mich mit der Aufgabe, dem Koch etwas abzutrotzen, was nicht befohlen werden kann. Da hilft uns die Ostsee.
Der Sommer ist vorbei und die ersten Fahrten über die wellige See zeigen deutlich, Seefahrt und Seegang gehören zusammen. Die Zeit der Herbststürme ist im Anmarsch. Bald wird so viel Leben im Seeraum sein, dass mancher "lieber würde sterben wollen", wenn man ihn nur ließe. Die MALCHIN hievt Anker, verlässt den Vorposten Hiddensee und läuft zur Morgenpatrouille ins Seegebiet nördlich von Rügen ab. Eine flache Dünung rollt uns entgegen und wird zügig höher. Bald hüpft der Dampfer wie ein junges Reh.
In der Kombüse herrscht Totenstille. Kein Topfklappern und Löffelklimpern, kein Messerklacken auf Schneidebrettholz, kein Fluchen, kein Gesang, nichts! Gegen elf Uhr wird der Kommandant unruhig. So schickt er mich vom Hauptbefehlsstand nach unten. "Kuck mal, wie weit das Mittagessen ist!" Ein Blick in die Kombüse erklärt alles. Auf der Kochplatte schiebt sich der Brühetopf zackig im Rollrhythmus des Schiffes hin und her. Dabei schubbert er an den Schlingerleisten des Herdes und die Suppe in ihm wirft bei jedem Eintauchen des Buges in die See lustige spitze Wellen. Ein anderer Riesentopf wird von der Trägheit seiner Kalt-Wasser-mit-rohen-Kartoffeln-drin-Füllung über den Herd bewegt. Beide Töpfe stehen miteinander im Wettbewerb. Das Ergebnis sind Wasser-

spritzer in der Brühe oder Brühespritzer im Wasser oder Brühe und Wasser auf Herd und Kombüsenboden. Dort kullern Zwiebeln und Erbsendosen vor sich hin. Nur die Klumpen aus rohem Rind- und Schweinefleisch kleben seefest am Hackeklotz. Und wo ist nun der Koch? "Er gehe jetzt sterben, hat er gemeint", ruft mir der Funker entgegen und der Motorenmaat "weiß, wo der stirbt."
Wir steigen hinab in den Schacht, dorthin, wo das Schiff nicht so eklig rollt und stampft, wie beinahe jedem Seefahrer aus eigenem leidvollem Erleben bekannt ist. Kurz darauf höre ich neben dem Hauptmotor ein Röcheln und erkenne ein weißes Bündel. Das liegt wie tot auf den Flurplatten und hat das Gesicht des Koches. Die Farbe des Kochgesichtes passt zur Kombüsenkleidung. Nun röchelt es: "Das überlebe ich nicht", und da wissen wir, dem geht es schon besser. Hat er sich doch von aktiv "sterben wollen" schon auf passiv "nicht überleben" hochgerappelt. Deshalb melde ich "der lebt noch" hoch zur Brücke und der Kommandant will nun wissen, ob ich kochen kann. Da hat er Glück, denke ich, dass ich meiner Mutter ab und zu beim Gulaschanbraten "helfen" durfte. Beim Warten auf den Moment, wo die Pfanne unbeobachtet vor sich hin dampft und dem Fresssack "jetzt" signalisiert, kriegt man schon mit, wie mit gekonntem Messerstich der Weichheitsgrad gekochter Kartoffeln ermittelt wird, wann Erbsen gar sind und wie Soße entsteht.
Nun bin ich also von der Navigation und dem Schutz der Seegrenze freigestellt und zur Absicherung des Überlebens auf See abkommandiert. Ich stecke den Finger ins Kartoffelwasser, lutsche ihn ab und stelle fest: "Aha, bis zum Salznapf hat es die Augustusburg nicht mehr geschafft." Das hole ich nach und gleich darauf zischt der Margarineklumpen über den Pfannenboden und kreuz und quer von Bande zu Bande. Das Fett hat sich hellbraun gebrutzelt, da werf ich die Fleischstücken hinein, Pfeffer, Salz und Paprika hinterher und schäle, schneide, weine mich durch einen Berg Zwiebeln. Die schmücken bald goldbraun das schwarzbratende Gulasch und so endet der Bratgang. Wasser drüber, Deckel drauf und die Erbsen haben noch Zeit. Endlich fällt der Anker hinter Land.
Der Dampfer liegt nun ruhig wie ein Brett und der Koch steht wie ein Mann, beinahe. "Wie kann ich das nur gutmachen?", zeigt mir seine Frage, dass er bereits wieder in die Zukunft plant. "Brötchen!" ist meine kurze Antwort. Da will er Brötchen backen und Kuchen, sein ganzes Leben lang. Hauptsache, der Wind bläst morgen nicht wieder so. Macht der aber und so höre ich noch sechsmal in Folge seine Bereitschaft, schmackhaftes Backwerk zu zaubern, "wenn es nur helfen würde!" Dann liegt der Dampfer an der Pier und da hat der Chefkoch alles vergessen, also ist wieder landgesund.

Na warte!

Ich darf zum Kurzurlaub nach Hause, melde mich bei der Oma an und beim Opa "zum Backenlernen". "Jetzt kannst du der Marine zum zweiten Mal in deinem Leben was Gutes tun", klär ich ihn auf und stelle die Schnapsflasche auf den Tisch. Oma stellt die Spaghetti daneben. Der Weg zur Backkunst führt über zwei volle Teller mit roten Würmern drauf. Doch dann ist der Nudeltopf leer. Ich bin voll und Opa ist bereit. Jetzt kann er zeigen, wie man "handgebackene Brötchen" macht. Beinahe mein gesamtes Blut kämpft aber im Magen mit der Omaliebe. Dazu schickt der Opaschnaps hochprozentigen Nebel hoch zu den grauen Zellen. Da bin ich wohl einen Augenblick lang unaufmerksam, jedenfalls sind Opas goldengelbe Schrippen der Beweis: Das kann so schwer nicht sein!
Zurück an Bord, kommt der Tag der Entscheidung. Zehn Tage bleiben noch bis zum nächsten Grenzdienst und dem dazugehörigem Seegang. Entsprechend mutig und kämpferisch gibt sich der Koch. "Das war nur erpresst", behauptet er: "und außerdem kann ich das gar nicht, Brötchenbacken, so!" Ich bin vorbereitet, also schlägt meine Stunde. "Jetzt zeig ich dir mal, wie das geht", prahle ich vor der Mannschaft und beginne mein Knet- und Backwerk. Bald strahlen die Schrippen noch ofenwarm vom Backblech. Ein wenig drübergepinseltes Wasser verleiht ihnen den verführerischen Glanz und ich finde sie gelungen. Die Besatzung meint, die wären schon etwas knusprig und der Chefkoch urteilt vernichtend: "Knochenhart die Dinger. Die kannste mit der Flak verschießen!" Es soll dabei bleiben: "Dem Steuermann seine Dinger oder gar nichts", gibt er der Mannschaft seine Backverweigerung bekannt. Da entscheiden sich die Matrosen für Verzicht. Also muss nun der Funker ran. Zwei Tage vor dem Grenzdienst kucke ich erst, ob die Kombüsentür auch wirklich weit offen steht. Dann rufe ich zur Funkbude rein: "Das soll aber ein Scheißwetter werden, was?" Der Funker, ein gelernter Hochseefischer, will auch seine Seemannssonntagsbrötchen. Also schreit er mich neben mir stehend voll: "Ja, das stimmt, Sturm und haushohe See!" "Machst du mir für morgen mal einen Wetterbericht?", erinnere ich den Fischer an die Absprache. Der hat die natürlich nicht vergessen. Bald winkt er mit dem Blatt und der Vorankündigung von Weltuntergang drauf, am nächsten Tag in der Mecklenburger Bucht. Am Donnerstagmorgen soll das Schiff raus zum Grenzdienst. Doch schon in der Nacht werden ungewohnte Aktivitäten an Bord bemerkt. Mal klappert es, dann klatscht es wie Fäuste am Sandsack. Nun ist Ruhe und bald darauf klappert es wieder und Licht geht an und aus. Dann heult die Sirene im Maschinenraum und ruft den E-Maat aus der Koje. Der kommt bald zurück und grübelt: "Irgend etwas an Bord zieht heute aber mächtig viel Strom."
Am Morgen klingelt es "Klar vorn und achtern". Die MALCHIN dreht sich mit ihren beiden Propellern "wie auf einem Teller" in Ablaufrichtung, hat bald Breitling, Seekanal und Reede hinter sich gelassen, da strahlen uns vom Frühstückstisch her goldene Backwerke entgegen. "Die kann man sogar essen,

Steuermann!" Glücklich, stolz und in frischer Kluft geniesst der Koch das Bad in der Dankbarkeit der Mannschaft. So bemerkt er nicht, dass aus dem windigen Funkersturmtief ein nebliges Windstillehoch geworden ist. Da trifft die Steuermannshand die Schulter des Kochs und die Anerkennung folgt auf dem Fuß: "Siehste, alte Suppenkelle, geht doch. Dreimal Kotzen frei dafür!"

Gestrandet

Grenzdienste und Hafenliegezeiten wechseln einander ab. Hin und wieder frage ich mich, wozu und wofür ich das alles mache. Mir fallen nur Grenzsicherung und Kapitänwerden ein. Der Bauch murrt dann hoch zum Kopf: "Denkst du, das reicht?" Der Kopf ist sich nicht sicher, aber trotzt nach unten: "Was willst du mehr?", und der Bauch hält gegen: "Sollte es nicht jemanden geben, der sich mit uns freut, der auf uns wartet? Wo finden wir Zuflucht, wenn mal was schief geht? Gibt es nur das Pauken für Leistungsabzeichen, Training für die Schützenschnur und Wettfahrt mit dem Bundesgrenzschutz? Was will ich mit den schönen gelben Balken auf der Schulter, links vier und rechts vier, und: "Seemanns Braut ist die See"? Ich hätte gern endlich die gefunden, der ich fehlen werde, wenn ich auf See bin, später, so!" Damit der Kopf weiß, was der Bauch meint, entlädt der zwei Akkus, von denen, die er zuhauf hat, und schickt "dem da oben" die Erinnerung hoch an Herzrasen, Dellenlippen, rotes Kopftuch und so. Das macht dem Kopf ein schlechtes Gewissen. Er weiß ja, er ist der Organisator und ohne Navigation im weiblichen Nahbereich kann "der Dicke da unten" lange auf seine rosa Blitzschläge warten.
Der Kopf ist im Zugzwang, tut etwas, aber hat es befürchtet, unter Druck wird das nichts! Also wache ich irgendwann im Herbst in der Rostocker Altstadt auf. Ich muss keine Fragen beantworten und könnte es auch nicht. Bauch und Kopf kriegen sich fürchterlich in die Haare. Ich soll nun schlichten und erklären: Was war das denn jetzt? - Weiß ich auch nicht, laßt mich in Ruhe! Wochen später, gerade habe ich mich an fragenden Augen vorbei gemogelt, klickt früh am Morgen eine Evershagener Wohnungstür hinter mir ins Schloss. Wieder fühle ich mich unwohl danach. Ich kann mich selbst nicht mehr leiden und maule mich durch die nachfolgenden Tage.
Der Funker vermutet laut meine Wandlung zum Frauenhasser. Der Bootsmann kennt Abhilfe in Bernau, die Freundin seiner Frau. Also wird ein Treffen verabredet und es reicht zu einem freundlichen Händedruck nach reichlich missglücktem Wochenende. Mir reicht es auch, und wie! "Nein, so wird das nichts, Kopf! Wir müssen es einfach geschehen lassen, drauf warten und es passiert oder nicht", meint der Bauch und beschließt, nichts zu akzeptieren, was unter Revolution im Bauch und Blackout im Kopf ist. Weißt du noch Kopf? Ja! Also, ist Warten angesagt, aber: Wie lange?

Sturmjahr

Das wohl schwärzeste Jahr für die Handelsschifffahrt der DDR beginnt mit dem Untergang der CAPELLA. Am 3. Januar 1976 sinkt das Küstenmotorschiff im schweren Nordseeorkan im Seegebiet der Emsmündung und also ganz nahe der Küste. Die Besatzung hatte versucht, das havarierte, mit zunehmender Schlagseite in der aufgewühlten See manövrierende Schiff zu halten und das Angebot einer Bergung durch ein niederländisches Motorrettungsboot ausgeschlagen. Trotz höchstem Einsatz aller Seeleute der CAPELLA holt sich die außergewöhnlich hohe Grundsee das Schiff. Beim Versuch, die über Bord gegangene Besatzung zu retten, begibt sich ein weiteres DSR-Schiff, die NIENBURG, in die Grundsee und damit in höchste Gefahr. Sehr hohe Wellenberge, brechende Kämme, die davon abreißende Gischt und nicht zuletzt die Dunkelheit lassen den Seeleuten keine Chance. Die Nordsee gibt keines der elf Besatzungsmitglieder wieder her. Ein Grabstein auf dem Leisniger Friedhof erinnert noch heute an diesen Tag, die Gefahren der Seefahrt und den Mut auch der sächsischen Fahrensleute.
Am 14. Oktober 1976, gegen siebzehn Uhr, sinkt, in der stürmischen Biskaya und nur wenige Seemeilen vom rettenden Land entfernt, der Motortanker BÖHLEN. Vierundzwanzig Seeleute und zwei mitreisende Ehefrauen ertrinken in 6 Meter hohen Wellen, ersticken im dicken Ölfilm, erfrieren im herbstkalten Atlantik, rutschen kraftlos vom kieloben treibenden Rettungsboot oder gehen, die Rettung vor Augen, noch bei der Bergung verloren. Elf Besatzungsmitglieder überleben. Halb erblindet vom Ölschlamm, stark unterkühlt und total entkräftet werden sie von französischen Rettungshubschraubern und Fischereibooten aus der See geborgen. Viele Jahre später wird man lesen: "Die Ursache für die nach der Grundberührung gezeigte Passivität (der Schiffsführung) wird immer ungeklärt bleiben." Warum? Der überlebende Funkoffizier muss sie kennen! Bis zu seiner endgültigen Aussage bleibt der Verdacht: Haben, neben dem Kapitän, auch die Nautischen Offiziere als Seemänner versagt, handwerklich und menschlich? Warum schlief ein Leitender Technischer Ingenieur bei "Wasser im Schiff" weiter, drei Stunden lang noch?
Am Ende meines zweiten Dienstjahres bei der Marine träume ich, in unruhiger Vorpostennacht, weiter meinen Traum vom Kapitän. Unser Kommandant ruht in Bereitschaft. An Schlaf denkt wohl keiner an Bord. Unser Schiff wirft sich heftig am Haken hin und her. Das Radarecho von Bukspitze wandert langsam in den Entfernungsring und weg vom Peilstrahl. Der Anker rutscht. Also muss ich den Kapitänleutnant nun informieren.
Die Zeit der Herbststürme hat begonnen.

Seemannsweihnacht

Bald steht fest, wir werden das Fest im Grenzdienst auf See verbringen. Somit fällt der Weihnachtsurlaub für die komplette Besatzung ins Wasser. Die Stimmung der Beweibten ist entsprechend. "Chefkoch, nur du kannst uns Weihnachten retten!", leite ich meinen Vorschlag an ihn ein, und stolz stimmt er zu. Also wird er nun vor und nach den Feiertagen etwas knauserig sein. Doch zum Fest bestellt er Proviant "wie auf der Augustusburg". Bebunkert mit Ananas, Spargel, Rouladenfleisch, Schinken, Stollen, Schokolade, Apfelsinen, Nüssen, etwas Hefe für die Brötchen und allem sonst, was die Kombüse zum Fest in Ersatzbefriedigung umwandeln kann, laufen wir am 23. Dezember zum Vorposten zwischen Bukspitze und Kiel-Ostsee-Weg.
Alle Bereiche haben seefest gelascht und seeklar gemeldet. "Kuckt euch in den Ressorts noch mal um", fordert der Kommandant uns Unteroffiziere auf. "Wenn nachher draußen auf See Flaschen, Stahlhelme, Töpfe und Schotten durch die Gegend fliegen, seid ihr dran!" Also haben wir gewissenhaft kontrolliert, denken wir. Die G-41 verläßt den Seekanal, dreht unterhalb der Reede auf Westkurs und stampft mäßig gegen die aus Nordwest kommenden Wellen an. Bald sind wir frei von der Reede, da nimmt der Alte das Mikrofon und verkündet: " Achtung Besatzung, wir überprüfen jetzt den Seeklarzustand der Ressorts. Danach bitte die Restpunkte erledigen und Meldung zur Brücke. Los geht's - festhalten!" Nun warten alle gespannt, was denn passieren wird. Ich weiß, das dauert etwas, habe aber das "Hart Steuerbord!" des Kommandanten gehört und bin mir sicher, gleich gibt es Arbeit. Es kommt, wie es muss. Wenig später liegt die MALCHIN quer in der See, überlegt nicht lange, was das soll und wirft sich heftig hin und her. In den Lasten, Diensträumen und Unterkünften "rumpelt und pumpelt" es und man hätte denken können, es wären lauter Wackersteine, sind es aber nicht. Der Kommandant nickt zufrieden und hofft, nun möge es auch der Letzte an Bord begriffen haben. So befiehlt er "Backbord 10 - Kurs 270 Grad!" und harrt der Schadensmeldungen. Die halten sich in Grenzen und die G-41 ist nun wirklich seeklar und bereit, Wind und Wellen zu trotzen.
Der Dienstbefehl des Stabes der Grenzbrigade Küste für den 24. Dezember heißt "friedliche Weihnacht". Die Morgenpatrouille entfällt und da atmet der Koch wieder freier. Der Wind hat in der Nacht gedreht, weht nun von Bornholm her mit Stärke 7 in die Mecklenburger Bucht hinein und baut eine See auf, die unser Kriegsblech kräftig am Anker hüpfen läßt. Nach dem Mittagessen beginnt der Koch tapfer, die sechsundzwanzig Weihnachtspappteller mit Naschzeug, Pfefferkuchen, Apfelsinen und Nüssen zu befüllen. Das braucht eine Menge Platz. So stehen die Teller auf dem Herd, dem Hackklotz, der Anrichte und auf dem Boden. "Wenn das Wetter so bleibt, halte ich das gerade noch aus", macht sich der Koch Mut. Zwar stößt es ihm hin und wieder sauer bis zum Zäpfchen oder gar bis zum Gaumen hoch auf, doch das hat er nun schon gelernt: Runterschlucken und weiter geht's!

Der Kommandant läßt weitere Kette stecken und der Anker hält nun. Vom Peildiopter kommend, tauche ich rein in den Hauptbefehlsstand, da klappert die Rohrpost und die Weihnachtsbotschaft des Funkers heißt: Grenzalarm! Gleichzeitig hieven nun sechs Grenzschiffe auf ihren Festtagspositionen vor der Küste der DDR, von "Hannibal" bis zu den Kreidefelsen von Rügen, die Anker und möglicherweise passiert auf jedem dann das Gleiche? Die Ankerkette der G-41 ist zur Hälfte im Kasten, da beginnt der Haken zu rutschen. Noch aber drehen die Propeller nicht. Es dauert nicht lange und wir liegen quer in der See. Gegen das Gehampel jetzt war die Seefestkontrolle von gestern ein Spaß. Die Kiste wirft es heftig nach Backbord und Steuerbord und nach den Geräuschen im Schiff zu urteilen, müssen wir viele Restpunkte übersehen haben. Ein Schrei, der jede Menge Verzweiflung trägt, dringt hoch bis zur Brücke und auch an das Ohr des Kapitänleutnants. Ein Blick zum Kommandanten genügt und ich weiß, wir ahnen beide dasselbe.
Etwas später nur, aber eben zu spät, läuft der Motor und das Schiff dreht in den Wind. Die MALCHIN dampft "VORAUS LANGSAM" zur befohlenen Position. "Steuermann, geh mal kucken, was das war!" Ich ahne sehr Unweihnachtliches und werdel Recht behalten. Also klettere ich runter zur Messe und höre am Schluchzen, wohin ich zuerst kucken soll. Vom Kombüsenschott her hüpft mir eine Apfelsine entgegen. Im Reich des Kochs sieht es nach einem Volltreffer aus. Draußen wirft sich das Grenzschiff gegen die anrollende See, da wälzt sich drinnen der Koch im Pappteller-Pfefferkuchen-Apfelsinen-Nüsse-und-Schokoladen-Gemisch. Das macht sich bunt und kreuz und quer am Boden der Kombüse breit. Und da sich sein erstes Weihnachten auf See sehr anschaulich vom bisherigen "Heit is gar schie" unterscheidet, hat der Chefkoch "die Wut". Mit der Faust drischt er auf jeden Schokoladenweihnachtsmann, der den Sturz überstanden hat. Nur diejenigen Hohlkörper, die der Seegang hinter den Herd geschickt hat, überleben das Massaker. "Lass ihn in Ruhe, aber stell ihn unter Beobachtung", weißt der Kommandant an.
Nur kurze Zeit später wird der Grenzalarm abgebrochen. "Eine Radarstation soll sich geirrt haben", erhält der Alte die Information von Land und "wir wünschen all denen, die verantwortungsbewusst ihren Dienst an der Staatsgrenze der DDR leisten ein friedliches und beschauliches Weihnachtsfest!" Bald liegt die G-41 wieder hinterm Haken. Da nimmt der Kommandant seinen Koch in die Arme, drückt ihn fest an die väterliche Brust und tröstet ihn mit den Worten: "Glaub mir, Koch, schlimmer kann's nicht mehr kommen. Los, das packen wir jetzt gemeinsam alles wieder schön auf die Teller rauf!" Der Weihnachtsabend wird dann noch so gemütlich, wie es ein am Haken in der See hüpfendes Schiff zuläßt. Und, obwohl die Pappteller Eselsohren zieren und Knicke, die Äpfel Matschflecken zeigen, manch Pfefferkuchen seinen Zuckerguss vermisst und nur noch das, die Schokoladensplitter umhüllende, bunte Silberpapier vage Vermutungen zuläßt, welche Form der Inhalt vor dem Kochfausttreffer hatte, freut sich die Mannschaft über die gelungenen Weihnachtsteller maritimer

Machart. Der Koch staunt: "Mensch, und mir war es nicht mal schlecht, vorhin, so eine Wut hatte ich!"

Abgewrackt

Wir überstehen den Jahreswechsel, die Frühjahrsstürme, die Langeweile und dann kommt der Monat April. Das Schiff ist lange genug im Einsatz gewesen. Ganz große Wartung mit viel Warten ist angesagt. Uns droht eine lange Werftzeit.
Werft ist Horror. Man wohnt und lebt und arbeitet im Rost, in Dreck und Lärm. Noch im Stützpunkt wird alles Geheime abgerüstet. Halb gefleddert, verholen wir nach Gehlsdorf an die Marinepier und werden dort vollständig ausgeweidet. Alles, was sich irgendwie abschrauben, abflanschen und entkleiden läßt, fällt den Vorbereitungen zum Aufslippen zum Opfer. Vom stolzen Grenzschiff bleibt beinahe nur noch Stahl übrig. Dann gibt es nichts mehr abzubauen. Wir werden in Position gedreht und spielen "Stapellauf rückwärts". Nach zwei Stunden Fahrt aus dem Wasser und rauf auf das Land, liegt das Schiff hoch und trokken. Dort tropft es vor sich hin und präsentiert seinen Unterwasserbart aus weißgrauen Kalkpocken und Grünzeug, Neptuns Bart eben.
Bald sind wir die zweite Woche "außer Gefecht" und denken, schlimmer kann es nicht kommen. Die Ziehharmonikabaracke der Werft soll unsere nächste Unterkunft werden, ist aber noch nicht in behausbarem Zustand. So schlafen die, die nachts das funktionslose Blech vor Diebstahl bewahren tagsüber, umdröhnt vom Klopfen der Rosthämmer, Nadelentrostungspistolen und Fünffingerentrostungsmaschinen, von akustischen Albträumen begleitet. Oder sie suchen ihn zumindest, den Schlaf, noch einmal. Zwei Wochen später, finden wir ihn dann auch nicht so richtig in der Werftbaracke. Hier liegen jetzt zwanzig Grenzschützer gefechtsunfähig und "alle auf einem Haufen" im einzigen Raum der Ziehharmonika. Der Ruhe vor den Rosthämmern und Wasserstrahlern wird jegliche Privatsphäre geopfert. Wenn nachts einer furzt, sind die einen sofort und die anderen etwas später wach. Schnarcher stören bald keinen von uns mehr. Wer gern vorm Einschlafen noch ein wenig liest und dann gegen zehn müde wird, aber es eigentlich gerade spannend ist, kann beruhigt sein Buch weglegen. Mitternacht ist Landgangsende. Die Letzten kommen gegen eins und wenn die endlich flach liegen, ist der Bücherwurm hellwach. Trotzdem sollte er sich schnell wieder müde lesen, weil um vier die Wache am entrosteten Stahl wechselt. Da muss die Ablösung "zwanzig vor" geweckt werden und die Abgelösten sind nicht vor "viertel nach" in den Kojen. Um sechs Uhr in der Frühe ist Wecken und gegen sieben stehen die Letzten auf.
Irgendwann ist dann auch ein Offizier da. Acht Stunden lang erinnert uns die Anwesenheit des OvD, dass wir noch immer den Frieden schützen. Sechzehn

Uhr, spätestens, übernehmen wir Unteroffiziere die Macht oder, falls alle Maate, Obermaate und Meister durstig sind, wird die "Verantwortung" dem erfahrensten Stabsmatrosen übertragen. Hat auch der Durst, schlägt die Stunde der Obermatrosen. Vor dem Landgang sind zwei Stunden Fußballspielen "befohlen". So halten wir unser Gehirn bei Sauerstoff, die Muskeln leistungsfähig, den Körper halbwegs in Form und uns bei Laune. Bald liegen wir den zweiten Monat "auf Slip" und handeln völlig unmilitärisch: Wir kapitulieren! Widerstandslos ergeben wir uns der Anästhesie im "Dicken" und im "Onkel Tom". Mütter, Frauen, Freundinnen und weitere Kommandeure werden eine Menge zu erziehen haben, nach diesem Krieg.

Volle Breitseite

Nun umstellen Stahlstangen so das Restschiff, dass diese, gegeneinander und mit dem Schiff verschraubt, schwere Holzbohlen tragen. Auf denen kann man in luftiger Höhe, aber halbwegs sicher und mit schwerem Entrostungsgerät bewaffnet, rund um das Unterwasserschiff turnen. Wir sind also eingerüstet.
Durch die Roststaubschwaden hindurch kündigt sich ein schöner Sommerabend an. Die letzten Hämmer schweigen bald. Ich klettere hoch in die Stellage und zum Kontrollgang an den Tagesarbeiten vorbei. Die Jungs waren fleißig. Das zeigen große Rostschutzfarbenflecken an der Außenhaut. Zufrieden wippe ich meine Runde über die federnden Holzbohlen und der Kopf ist wohl schon beim Fußball oder Feierabendbier. Da hat der Bauch Lust auf Glücksgefühl, Hüpfen vor Freude oder auch Schweben. Gleich werde ich den stählernen Abstieg erreicht haben und es ist logisch, wenn ich mit mehr Schwung auf das letzte Brett springe, dann wird dieses stärker federn und der Hüpfer im Anschluss muss höher ausfallen. Beinahe wie Fliegen wird es sein, na klar!, denke ich. Also spring ich. Meine 80 Kilogramm treffen das Brett. Das biegt sich wie gewollt, aber eigentlich auch wieder nicht. Es hat nun ausreichend potentielle Energie erhalten, könnte diese über den Rückfederweg in kinetische Energie umwandeln, aber verharrt lange und sehr gespannt in der Biegeposition. Plötzlich ist alles anders. Ich überhole die durch das Splittern des Holzes unregelmäßig gezackten Bohlenteile auf ihrem 5-Meter-Weg nach unten. Das Gesäß voran, schlage ich auf dem Beton auf. Mit deutlichem Knall finden links und rechts von mir auch die schweren, vom Bruch mehrfach gespitzten Holzbohlenteile ihren Platz am Boden. Anfangs fühle ich gar nichts. Dann seh ich rundum alles in Gelb getaucht. Signalmaat und Sperrgast kratzen mich vom Boden und schleifen mich zur Koje. Regungslos bleib ich dort bis zum nächsten Morgen liegen.
Der Wachoffizier erschrickt erst, dann folgt die Fahrt zum Revier. Dort gehen die Hosen runter, der Medizinmann kriegt große Augen und das Hämatom da-

mit die Aufmerksamkeit, die es verdient. Jede Menge Salbe und ein Tipp begleiten mich auf dem Rückweg: Kühlen Tag und Nacht! Die Therapieempfehlung und Verhaltensanweisung des militärisch medizinischen Diensttuenden lautet: Tauglich zu allen Diensten im Stehen und Liegen. Zurück in der Baracke will die Mannschaft nun sehen, was da so eine Aufregung verursacht hat. "Steuermann, Hosen runter!", begleitet mich ab da und über vier Wochen hin allmorgendlich der Ruf der Truppe. Was die sieht, bringt Unterhaltung mit wechselnden Farben in die graue Eintönigkeit der Werft. Beide Steuermannshinternhälften färben sich, unter Beteiligung der Oberschenkelrandbereiche, im Verlaufe des Hämatomlebenszyklus' rot, blau, schwarz, grün, gelb und endlich wieder schweinchenrosa. Irgendwann geht auch "das mit dem Sitzen" wieder. Gott sei Dank, wer macht schon Frühschoppen im Stehen. "Onkel Tom" und der "Dicke" warten auf mich.

Robert und Renate

Der Vorabend beim Tanz im "Dicken" war anstrengend und wie immer zu lang und zu feucht gewesen. Also sitze ich am Sonntagmorgen im "Onkel Tom". Ich nutze die erste Hälfte des Frühschoppens zum Gegenbrennen und die zweite zum In-Form-Bringen für den "Dicken" am Abend. "Nun könnte langsam mal wieder eine Frau auf Kollisionskurs geraten", wünscht auch der Kopf. "Weil, es könnte sonst sein, die lange Zeit an Land wäre umsonst gewesen?" "Ja", ergänzt der Bauch, "warme, weiche Haut und morgens mal keine Flucht, wären genau das, was uns beiden unendlich gut täte." Irgendeine Fachschule für Frauenberufe ist in der Nähe. Die Mädels am gestrigen Abend schienen der Seefahrt nicht abgeneigt, erinnert sich der Kopf. Der Bauch weiß nur noch, dass keine dabei war, die ihn hätte verleiten können, den Kopf zum Vergessen meiner tänzerischen Defizite zu überreden. So hatte auch gestern Abend wieder das Blut erst den Teil des Bieres, der lustig macht, im Hirn abgeliefert, später den, der den Sandmann bringt, und zum Schluss den Kopfschmerz, wie immer! Nun zeigt die Uhr bald elf, der Bauch zwickt "alles Mist", der Kopf bestellt "noch ein Bier, bitte!", und die Augen schauen ins leere Glas. Dort steht aber auch nicht, wie es mit Bert Glück "und den Frauen" nun weitergehen könnte.

"Ist hier noch Platz?", will eine männliche Stimme wissen. "Ja, klar doch", muss ich nicht hochkucken. Bis eben waren die restlichen Stühle am Tisch noch frei. Am oberen Rand des Blickfeldes nehmen die Augen zwei Schatten wahr und da kucke ich doch auf. Sofort gibt es einen Hieb und im Sonnengeflecht hängen die Blicke einer Frau, an deren Mundwinkeln der Kopf erkennt: Die weiß, was sie mit ihren Augen in fremden Bäuchen anrichtet. Das Pärchen, beide etwa Mitte zwanzig, nimmt Platz. Er bestellt: "Drei Bier, eins für den Steuermann hier mit!" Ich staune. "Wenn man am Standort wohnt, weiß man alles über die Marine", erklärt er sein Fachwissen. Sie sitzt neben ihm und lacht über mein dummes Gesicht. Der Bauch merkt jedoch schnell, sie lacht "uns" nicht aus. Da wird der Kopf mutig, sucht ihre Augen und bleibt wiederholt an ihnen kleben. Bald sind wir drei beim "Du". Mittags gegen eins weiß ich, sie ist Sekretärin und er Kraftfahrer. Die beiden wissen, ich bin ein richtiger Seemann, nicht nur Volksmarine eben, und bald Kapitän. Na ja, fünfzehn Jahre wird es wohl wenigstens noch dauern. Dann prosten sich Renate, Robert und Bert zu und verabreden für den Nachmittag Vorratsschlaf. “Bis heute Abend im Dicken", bestätigt er und sie winkt mir zu. Da schlägt es im Solarplexus noch einmal ein und der Treffer bringt eine Ahnung mit: Kopf und Bauch werden eine Menge zu tun bekommen.

Smokie

Am frühen Abend machen sich der Artilleriemaat und der Signalmaat mit mir auf den Weg zum "Dicken". Gertrud liebt ihre Jungs von der Marine. Sie weiß, die brauchen erst Mut, ehe sie die Tür zum Tanzsaal durchschreiten. "Los jetzt, ich bediene euch drüben weiter", schickt sie uns nach der zweiten Lage Bier rüber auf den Saal. "He, hierher!", höre ich die Stimme vom Vormittag. Robert winkt uns zum Tisch heran. "Setz dich da rüber", schickt er mich an Renates Seite. Später stößt ein weiteres Pärchen zu uns, Bekannte von Robert, und die Band beendet die erste Pause. Berlin hat zu dieser Zeit wohl mal wieder zu viel Meissner Porzellan oder richtiges Geld sogar. Also erklingen neben RENFT, KARAT und PUHDYS die SMOKIES von allen Rundfunk- und Radiokanälen. Auch die Hausband im "Dicken" setzt auf Import und spielt heute und noch monatelang an jedem Tanzabend SMOKIE hoch und runter. Nach dem vierten Bier nervt das nicht mehr. Wie Profis schweben Robert und Renate über das Parkett. Der Anblick läßt Meisterschaft vermuten.
Irgendwann später will Renate, ich solle mit ihr tanzen. "Ich kann das nicht", setze ich auf Verteidigung. "Ich auch nicht", setzt sie ihren Angriff fort. Renate zerrt mich an der Hand ins Gewimmel. "Mach einfach nur mit", sagt sie und läßt mich wissen, dass ich in sicheren Armen bin. Sie überfordert mich nicht und mit den Worten: "Das bisschen Wackeln wirst du ja wohl bringen", setzt sie ihre Hoffnung in meine Lernfähigkeit. Vielleicht ist sie sich doch nicht ganz sicher und hat Angst ich könnte stolpern. So zieht sie mich fest an sich ran. Der geballten Ladung Frau kann ich nicht widerstehen und nutzte die Chance. Sie weiß, wie sie riecht, sich anfühlt, sich bewegen muss und wo meine Hände hingehören, damit die begreiffen, wer da mit mir tanzt. Die Runde ist zu Ende, der Bauch nun völlig durcheinander und der Kopf braucht ein Bier. "Das ordnen wir morgen", beschliessen Kopf und Bauch. Dann ergeben sich beide einem Dreh-

buch, das sie nicht kennen.
Robert tanzt mit der Freundin des Freundes. Gertrud bringt die nächste Runde Bier. Wir prosten uns zu und Renates Finger wischen über meine Lippen. "Der Schaum da, sieht doof aus", erklärt sie und bittet: "Trink mal noch einen Schluck!" Ich habe jedes Nachdenken aufgegeben und setze das Glas eben noch mal an. "So geht das nämlich auch", küßt sie mir nun schnell, doch ohne Hast, die Lippen trocken. "Und macht sogar Spaß, oder?" Nun tritt mir ein wenig Schweiß aus den Poren. Der Blick schielt zu Robert und dessen Tanzpartnerin. Da lacht sie wieder ihr Lachen, welches nicht nach Auslachen klingt. Sofort hängen ihre Lippen wieder an meinen. Ich ergebe mich und bin gespannt darauf, was noch kommen wird. Der Abend verläuft friedlich. Nur Robert meint kurz einmal zwischenrein, er hat sein Bett gern leer und kalt, wenn er von der Nachtfahrt kommt. Der Kopf will sich das merken, für die Auswertung, morgen, und der Bauch hat Lust auf Bierschaum an den Lippen. Da merkt der Kopf, dass er nun die Verantwortung trägt und läßt weiteren Schaum nicht zu. Gegen Mitternacht hat auch die Band die Nase von SMOKIE voll und der Tanz endet. "Ihr seid eingeladen", befiehlt Robert die Fortsetzung des Umtrunkes in Renates Wohnung. Dort reichen die Stühle nicht für alle Gäste. Also macht sich's Renate auf meinem Schoß bequem, beißt mir noch zweimal ins Ohrläppchen und gegen drei ist Daddeldu.

Eine Abmachung

Die neue Woche beginnt mit viel Sonne und meinem Wunsch, es möge bald Samstag sein. Dann werden Renates Blicke wieder im Bauch einschlagen und das andere war auch nicht schlecht.
Erst einmal jedoch krabbeln wir wie die Ameisen über das Kriegsblech und machen dem Rost den Garaus. Dabei dröhnt der Kopf und schmerzt vom Lärm der Rostmaschinen, vom Schlafdefizit und vom Sauerstoffmangel. Dem Bauch geht es blendend. Er kramt im Kurzzeitgedächtnis und ist noch ganz hin und weg vom Bierwegwischkuss, dem Ohrläppchenknabbern und dem, was die Hände fühlen durften. Er träumt sich voraus und nicht jeder der Träume ist für das Samstagnachmittags-TV-Programm geeignet. Hier aber, im Dreck und Lärm der Werft, fühlt er sich mit seinen Gedanken sicher und unbeobachtet. Doch der Schein trügt. Der Kopf hat es längst schon bemerkt: Der Bauch ist verknallt. Zudem, er kennt die aktuelle hormonelle Situation seines Chefs und verkündet deshalb: "Höchste Alarmstufe!". "Hör zu Bauch, die hättest du nie allein. Außerdem bist du bald wieder an der Grenze. Zudem ist Robert nicht gerade klein und schwach." Das sind eine Menge Argumente, Kopfargumente eben, und da legt er noch ein Bauchargument nach: "Was hast du schon für Erfahrung. Geh mal erst noch ein wenig in die Lehre. Es sitzen genug junge

Damen im “Dicken” rum. Da kannste üben, bevor du dich an solch eine Frau rantraust." Das will der Bauch nicht hören. Mutig ist er schon immer gewesen! "Sowieso, dir war doch auch der Verstand vernebelt, Kopf, als du sie gesehen hast und geschmeckt und so, oder?" "Das schon, aber ...", fällt dem Kopf nicht viel zum Entgegnen ein. Der Bauch hat Recht. Klar, auch er ist verliebt. Doch ahnt er, das darf nicht sein und sucht nun nach neuen Argumenten.
Da kommt der Bauch ihm zu Hilfe: “Kopf, vergiss mal deine Rede. Schließlich hab ich ja auch noch was Richtiges zu tun, Transport, Verdauung und Kneifen bei Gefahr. Wie sollte ich meine Arbeit machen, wenn es in mir immer nur dröhnen und rumpeln würde. Zum Beispiel, weil wir jemandem was kaputt gemacht hätten. Norbert vielleicht, oder auch ihr, Renate. Bei dreien ist immer einer zu viel. Wir hängen uns da nicht rein, heute nicht, nicht morgen und sowieso nie. Und du, Kopf, beschützt uns!" "Ja genau, Bauch, das ist es!", bestätigt ihn der Kopf. Er kennt "den da unten" schon über zweiundzwanzig Jahre, und weiß, der braucht seinen Schutz. Trotz allem ist es dem Kopf etwas flau, als er dem Bauch versichert: "Abgemacht!" Und weil er ahnt, wie schwer das wird, ist es kein Freudenseufzer, den er dranhängt.
Am späten Nachmittag, nach Dienstschluss, sonnen wir "Werftarbeiter auf Zeit" uns am Warnowufer oder wagen ein Bad. Ab und zu muss ein Dampfer an uns vorbei, runter zum Stadthafen und wieder zurück, oder raus auf die Ostsee. Meine Genossen Mitkämpfer für eine sichere Seegrenze, nach innen und außen, und gegen Eisenoxid, am Schiff und in den Kehlen, staunen die Schiffe an. Ich kann ihnen manches von Seefahrt und Landgang erzählen. An zwei Tagen der Woche bin ich zum Berichtigen der GVS-Seekarten, die ganz sehr geheimen eben, in den Stab abkommandiert oder bereite mich auf das Klassifizierungsabzeichen Navigation vor. Am Mittwoch ist Durstlöschen im “Dikken” dran, am Freitag Warmfahren im "Onkel Tom” mit anschließendem Tanz im “Dicken” und Samstagvormittag wieder Frühschoppen im “Tom”.
Endlich kommt der Samstagabend. Im "Dicken" ist bereits Stimmung, als wir eintreffen. Robert, Renate und deren Freunde haben "für die Jungs der Marine" Plätze freigehalten, Robert den neben Renate für mich. Da hätte der Kopf eigentlich seine erste Rateaufgabe des Abends, doch er drückt sich davor und bestellt "Bier für alle". Witze, Geschichten und Späße halten die Runde bei Laune und Renates Blicke mich. Und in Spannung. Dann werde ich wieder zur Tanzfläche gezogen und wehre mich eigentlich nur "für Robert". Beim Wackeln nach Takt spüre ich Renates Wange an meiner, ihre Lippen an meinem Hals, ihren Geruch, ihre Haare an meinen Lippen und ihren Atem an meinem Ohr. Dann gleiten meine Hände etwas von ihren Hüften und auch das fühlt sich gut an. Sie geht vom Angriff "mit Haut und Haaren" zum verbalen über. "Du hast schöne Augen", sagt sie und ich weiß bisher nur, die sind grün. Nun also auch schön, na gut! "Robert muss morgen früh raus. Wir gehen heute beizeiten. Sei nicht traurig!", ist sie überzeugt, dass sie mir für den Rest des Abends fehlen würde. Und weil es wirklich so ist, nutzt der Bauch die Verwirrung des Kopfes

und überredet ihn zu einem Kuss. Der ist vorsichtig artig angelegt, doch hat er bei ihr keine Chance, harmlos zu enden. Als sich unsere Lippen voneinander lösen, haucht sie mir ins Ohr: "Hatte schon gedacht, ich müsste dir das erst beibringen." Wir tanzen zu Ende und zurück am Tisch, wartet sie noch, bis Robert sein Bier ausgetrunken hat. Dann gehen beide heim. Mit Rauschen im Bauch bleibe ich zurück und spüre den Rausch im Kopf. Die neue Woche beginnt und ich komme nicht los von Renate. Sie tanzt dem Kopf durch die Gedanken und dem Bauch auf dem Sonnengeflecht herum.

Feindberührung

Bereits am Mittwoch meldet sich der Durst wieder. Also beschliessen wir, etwas dagegen zu tun, am Abend im "Dicken". Wie immer freut sich Gertrud über uns, den Umsatz, das Trinkgeld und die Stimmung. Später setzen sich norwegische Seefahrer an den Nachbartisch. Die erkennen schnell, wir sind ebenfalls Seeleute, solche von der Navy, aber auch richtige. Nicht lange, da nebelt das Bier durch die Köpfe. Es geht kein Wind, kein Russenpanzer droht und manchmal tut Nebel auch gut. Also schieben wir Nebeltöpfe nach. "Gertrud, Pils für die Jungs aus dem Norden und für uns!" Schnell ist die Wachsamkeit gegenüber dem Klassenfeind vergessen, auch unsere ehrenhafte Aufgabe an der Staatsgrenze. Für Seeleute gibt es sowieso keine Grenzen. Warum auch, beim Drüberschiffen bemerkt die ja doch keiner. So verbrüdern wir uns grenzenlos.
Bald sitzen wir gemeinsam mit dem friedlichen Feind an den zusammengestellten Tischen und pflücken uns die Bestenabzeichen, Schützenschnüre, Sportabzeichen, Klassifizierungsabzeichen und das "Für Gutes Wissen" im FDJ-Studienjahr von der Brust. Damit dekorieren wir die skandinavischen Brüder im Kampf gegen die Naturgewalten auf See und im "Dicken". Die sind begeistert. Dann meint einer von denen, unsere Mützen, mit schwarzem Band und goldenem Aufdruck GRENZBRIGADE KÜSTE würde ihm zum Glück noch fehlen, auch das Koppel, mit DDR-Koppelschloss dran. Da verkleiden wir die Norweger zu Waffenbrüdern und sind so allen KSZE-Bemühungen dieser Zeit weit voraus. Warum soll jemand auf die schießen, von denen er Schnaps und Orden geschenkt bekommen hat? Wir kennen die Völkerfreundschaft ja nur aus der Theorie. Ljudmillas Briefe zum Beispiel, von den Ferien bei der Tante auf dem Dorf bei Kuibischew. An diesem Abend jedoch haben wir die Chance, das Volk der Norweger praktisch glücklich zu machen und nutzen sie. Gut, die haben gerade keinen Fisch zum Tausch, aber Kronen einstecken. Die tauschen wir ihnen gern in richtiges DDR-Geld ein. Dann tauschen wir noch Adressen und wenn Krieg gewesen wäre, wären wir wohl am nächsten Morgen alle standrechtlich erschossen worden!
Am Montagmorgen gegen sieben rüttelt es heftig an meiner Schulter: "Los

Steuermann, hoch nun, der Alte ist im Anmarsch." Ich suche die Arbeitskluft, finde das Ausgehuniformknäuel und mir wird schlecht. Auch die Genossen Maate und Matrosen, die gleich mir den Klassenfeind am gestrigen Abend mit Orden und Ehrenzeichen überhäuft haben, sind schwer nervös. Ich schlage "Prügelei mit den Kraftfahrern des Stabes der Volksmarine" vor. Einstimmig sind alle dafür. "Die sind für so etwas bekannt", weiß ganz Rostock, wissen wir und bald auch der Kommandant. "Das können wir nicht an die große Glocke hängen, Steuermann!", besänftigt mich der Kapitänleutnant, "sonst ist der Bestentitel im Eimer." Da geb ich ihm Recht und er schlägt "beim Schweißen verbrannt" vor. Die Verlustmeldung geht zur Brigadeführung. Die will ihre Jungs "so nicht!" draußen rumlaufen sehen. So strahlen wir pünktlich zum Wochenende mit neuen Exblusen, Bändermützen und Abzeichen dem Tanz im "Dicken" entgegen. Dabei baumeln die Eicheln lustig an der Schützenschnur und das "Abzeichen für gutes Wissen" zeigt: Wir sind für den ideologischen Klassenkampf bestens gerüstet.
Am Sonntagabend verkuckt und vergreift sich unser Funkmessgast an einer Dorfschönen. Nach dem Tanz prügeln ihn die erfolglosen einheimischen Mitbewerber windelweich. Nur in der Unterhose darf er zurück in die Werft. Diesmal nun schmücken Uniform, Orden und Ehrenzeichen die Abfallkörbe der beschaulichen Werftgemeinde. Später wird er Mut beweisen und das Mädel zur Frau nehmen. Erst einmal jedoch beweist uns der Kommandant, dass ihm die vielen Prügeleien nun reichen! "Ausgangssperre für alle!"
Bis zum Freitagnachmittag!

Aufrüstung

Bereits den vierten Monat nun liegen wir in der Werft. Die Moral der Truppe wird von den Exkursionen in den "Dicken" und zu "Onkel Tom" gespeist. Doch ein Ende des Lebens in Dreck und Krach ist in Sicht. Der Rost ist vom Blech und fünf Schichten Farbe schützen das Unterwasserschiff vor Muscheln, Algen, Salz und somit vor fahrtbremsenden Wasserverwirbelungen. Also kommt der Tag, an dem das Schiff wieder dort liegt, wo es hingehört, im Wasser. Bald glänzen auch die Aufbauten im hellen Armeeschiffgrau. Unser Schwanenjunges spielt, von Mutti frisch geputzt und den Leinen an der Pier gehalten, im Warnowschlamm. An Bord wimmelt es von Werftarbeitern. Das große Puzzle "Kriegsschiff" muss nun wieder aus den Anlagen- und Motorteilen, der Ausrüstung, der Wandverkleidung, den Waffen und Instrumenten zusammengesetzt werden. Zehn Tage bleiben noch bis zur Probefahrt.
Am Samstag kommt Renate allein zum Tanz. Wieder habe ich fünf Tage lang nur von ihr träumen können. Ich bin mächtig aufgeregt. "Robert muss fahren", erklärt sie und "aber ich wollte dich sehen." Schon sitzt sie neben mir, rückt

ganz nah an mich ran und wieder bekommt der Bauch schwere Treffer. "Achtung, Bauch, Robert war bisher unser Verbündeter", warnt der Kopf. Sie bemerkt meine Unsicherheit. "Ich fresse dich schon nicht auf", verspricht sie. Trotzdem fängt sie damit schon einmal am Ohrläppchen an. Sie schickt ihr Nichtauslach-Lachen hinterher und die Runde wird eröffnet mit "Bier für alle!". Die Band beginnt zu spielen, Smokie, was sonst. Wir tanzen uns artig wie Brüderchen und Schwesterchen zur Pause hin und sie hat wirklich keinen weiteren Hunger auf mich. "Ich muss jetzt los", sagt sie dann und "bringst du mich raus?"

Draußen erwartet uns eine sternenklare Sommerhalbmondnacht. Der "Dicke" heißt nicht umsonst LINDENHOF. Also schützen die Linden den Hof und uns vor zu viel Mond- und Laternenlicht. Ich fasse ihre Hände. Sie hält mir die Lippen so hin, dass ich von ihnen kein "Tschüs" ablesen kann. Dann geht das Atmen erst einmal nur noch durch die Nase. "Es wäre deine Schuld gewesen", haucht sie mir in einer Pause mit Mundatmung entgegen. Weil der Kopf ein Mann ist, kann er nicht gleichzeitig denken und küssen. So entscheidet er sich für die Fortsetzung der Nasenatmung. Alles, was die Situation zuläßt, kriegen die Sinne von Renate, schicken es zum Bauch und der ist glücklich. Zweimal erinnert sie mich noch daran, dass sie "jetzt aber los " müsse. Beim dritten Mal geht sie wirklich. "Lass uns am Dienstag noch ein Bier trinken", lädt sie mich ein, sie am Vorabend unseres Auslaufens noch einmal zu treffen.

Am Dienstagabend sitzen wir im "Onkel Tom". Ihre Hände halten meine und das ist mutig. Hier ist sie oft mit Robert und man kennt die beiden gut. Sie will mehr von der Seefahrt wissen und wie es weitergehen wird, nach der Grenze. Ich erzähle ihr meinen Kapitänstraum und vom Studienbeginn im nächsten Jahr. Ihre Blicke spielen nun nicht mehr das Spiel der Abende im "Dicken". Auch lassen sie diesmal keine Krater im Bauch zurück. Doch es rumort kräftig in ihm drin und tut ein wenig mehr weh als sonst beim Abschied von ihr. Unsere Traurigkeit vertreibt die Worte aus den Gesprächen. Vielleicht ist es mehr als ein bisschen Biochemie, was uns fehlen wird?

Ihre Hände liegen nun in meinen. Ich habe nicht den Mut zu fragen: "Was ist mit Robert?" Wortlos beschliessen wir, uns nicht weiter zu quälen und zahlen. Bis zu ihrer Haustür ist es nur ein Stück. "Meldest du dich, wenn ihr wieder zurück seid?", will sie wissen. Ich antworte "Ja". Mehr kriegt der Mund nicht zustande. "Bestimmt?", bleibt sie hartnäckig. "Ja, bestimmt!" Die Situation taugt nur für traurige Küsse. Auf die haben wir keine Lust. Langsam und wortlos streicht mir ihre Hand über die Wange. Die Nasenspitze erhält einen Stups. Sie dreht sich zur Tür und ist gleich darauf im Haus verschwunden. Ich ahne, eine Scheißzeit wird auf mich zukommen und soll Recht behalten.

Katerstimmung

Die Besatzung steht zur Morgenmusterung auf dem Achterdeck. Die Anzugsordnung läßt einen ungeordneten Haufen unter militärischer Führung vermuten. "Die Schlamperei ist ab sofort vorbei!", befiehlt der Kommandant und will Schiff und Besatzung am Abend seeklar sehen. Am nächsten Morgen soll die Probefahrt beginnen. Emsig bringen wir Ordnung in die Ressorts. Langsam kommt die Erinnerung daran zurück, was, wann und wie zu tun ist. Vier Monate Werftzeit hinterlassen Spuren. "Steuermann, ich hab den Verdacht, irgendwas fehlt hier auf dem Hauptbefehlsstand", macht mir der Kapitänleutnant klar, er hat das gleiche unbestimmte Gefühl wie ich.

Plötzlich dämmert es mir. Klar, der Magnetkompass, die Peildiopter, das Chronometer, die Sextanten, alles, was Messing ist oder sonst noch Wert hat, fehlt! "Hatten wir das nicht in die Verschlussbox der Werft gegeben?", grübelt der Kommandant. Die habe ich aber gerade ausgeräumt und das Zeug ist nicht dabei. "Dann sind die Instrumente bei den Verschlusskarten im Stab", folgert der Alte und macht sich auf den Weg zum Telefon. Er kommt zurück und sein Gesicht ist bedrohlich finster. Sofort erfahre ich, warum. "Im Stab ist das Zeug nicht", sagt der Stabschef und wir hätten Zeit bis morgen Früh. Er brächte sonst den Militärstaatsanwalt gleich mit."

Wieder ist mir übel. Zu oft noch sind die Gedanken bei Renate, der Alkohol schwitzt sich raus und nun das noch! "Los Steuermann, versuch dich zu erinnern. Du willst doch wohl immer noch zur DSR zurück, oder?" Jetzt wird es richtig ernst, ist mir klar und literweise Adrenalin blockiert die Denkleitungen im Gehirn. Am Nachmittag will der Stabschef den neuesten Stand wissen und es ist der alte. In mir ist nur noch Verzweiflung. Ich kucke aus der Nock heraus, über die Warnow hinweg, zur Werft hinüber, weiter zum Überseehafen und bin mir sicher, das war's nun. Die Gewissheit, alles ist vorbei, läßt den Adrenalinnachschub stocken. Wogegen soll ich mich nun auch noch wehren. Irgendwann ist das restzirkulierende Stresshormon verbraucht. Nunmehr hüpfen die Gedanken wieder ungestört durchs Hirn. Da fällt es mir ein. Es sollte ja keiner die wertvolle Ausrüstung klauen können. Werftzeit ist eben Klauzeit, an allen Ecken. Wir hatten das Messingzeug in eine Blechkiste gepackt, den Deckel verlötet und dann die gesamte Kiste noch mal gegen die Spanten geschweißt, tief unten im Schiff! Ja, dort müsste es sein! "DSR du hast mich wieder!" "Kommandant, es ist alles bereits an Bord", rufe ich dem Staunenden zu. Der meldet "Erprobungs- und seeklar" an den Stab und bringt mir eine Botschaft mit. Der Chef wird ihm noch sagen, ob aus dem Maat Glück ein Stabsmatrose werden wird. "Klar vorn und achtern!"

Die G-41 läuft die Warnow abwärts und zur Probefahrt raus auf die Ostsee. Jede Menge Werftingenieure füllen zusätzlich das Kriegsblech. So wie wir nun, müssen sich die Sardinen in der Büchse fühlen. Ich leide unter Renate-Entzug und Ratlosigkeit: Wie wird es nach der Probefahrt weitergehen?

Einfach nur doof?

Die Erprobung scheint nicht enden zu wollen. Tagelang laufen wir in der Messmeile hin und her. Dann wird das Kriegsblech in voller Vorausfahrt gestoppt. Der Signalmast zittert dabei nicht nur ein wenig und irgendwann ist auch das vorbei. Die MALCHIN fährt zur Restpunktebeseitigung wieder in die Werft.
Ich telefoniere kurz mit Renate. "Komm vorbei, Robert ist nicht da!" Renate öffnet die Tür. Sie zieht mich an sich und ich halte sie ganz fest. "Du hast mir sehr gefehlt!" Wieder ist der Mund trocken. Den macht sie auf ihre Art nass und bestätigt dann: "Du mir auch!" Nach einer Pause fügt sie hinzu: "Ich habe mich nicht erst mit Abendbrotmachen aufgehalten. Lass uns schnell was essen gehen." Couch und Tisch signalisieren, die Nacht hat sie nicht solo geplant. Der Bauch sehnt sich nach ihr. Doch der Kopf ist froh, als die Haustür hinter ihm ins Schloss fällt. Im "Onkel Tom" reden wir über alles und Gott und die Welt und mogeln uns so an wichtigen Fragen vorbei. Ich spüre ihre Nähe, die Wärme, den Atem, ihre Bewegungen und weiß, heute könnte ich alles kriegen, was ein Mann in meinem Alter braucht. Und vielleicht nicht nur heute? Warum frag ich nicht einfach nach Robert? Der Gedanke an ihn blockiert mich.
Auch das zweite Bier macht mich nicht lockerer. Die Unterhaltung stockt nun öfter. Der Kopf kennt mich gut. Also rät er nicht: "Nimm die Nacht einfach mit und morgen Früh ist es gut und vorbei." Er schickt seine Zweifel in den Bauch. Die verklumpen dort, drücken auf das Sonnengeflecht und im Magen fühlt es sich an, als liegt dort ein großer schwerer Stein drin. "Wir machen niemandem etwas kaputt", haben Kopf und Bauch sich versprochen. Es bleibt dabei. Zurück am Haus, will sie reinhuschen. Ich halte sie fest. Sofort weiß sie Bescheid. Nein, es gibt keinen Kuss zum Abschied, treffen ihre Augen hart den Bauch und ihr Mund ergänzt: "Feigling!". Daraufhin macht die Haustür die Zeitig-zu-Bett-Geher wieder sehr lebendig.
Ich bin leer, wie tot.
Der Bauch fühlt den Verlust, ist hilflos, verzweifelt und ungerecht. Das soll es nun gewesen sein mit Renate? "Kopf, du bist zu doof für diese Welt!" "Ich habe nur meine Aufgabe erfüllt. Denke an unsere Abmachung!", erwidert der Kopf und ist ebenfalls todunglücklich. Na klar, heimlich liebt auch er Renate. Aber, das kann er dem Bauch doch nicht sagen. Der Weg zur Straßenbahn führt an den Linden vom "Dicken" vorbei. Die haben nun ihren Schatten umsonst geworfen, jedenfalls was das Bündel Elend hier betrifft, ahnen sie und rauschen mir ihre Zweifel mit auf den Weg. So schnell wird das nichts werden, mit dir und den Frauen.
Zwei Jahre später, das zweite Studienjahr hat begonnen, wird mich ein Brief erreichen, schön beschriftet, ein wenig verziert auch und dick. Ungeöffnet werde ich ihn verbrennen. Er gehört nicht in den Müll. Ich hätte antworten müssen. Der Absender wird verraten: Renate ist umgezogen.

Bockwurst und Kaviar

"Da hast du aber Glück gehabt, Steuermann", gibt mir der Kommandant mit auf den Weg zur Beförderung. Wenig später bin ich Obermaat und das Klassifizierungsabzeichen NAVIGATION schmückt meine Brust. "Ich diene der Deutschen Demokratischen Republik", schrei ich nun, damit die das auch hört, den Stabschef an. Der antwortet leise und an der DDR vorbei. "Wir konnten dir doch nicht einen Orden verpassen und dich gleichzeitig degradieren." Der Kommandant wird zum Korvettenkapitän geschlagen. Wir sind "dran gewesen" aber auch tapfer. Den Kampf in der Werft besteht schließlich nicht jeder.
Am gleichen Tag erfahren wir, das Schiff muss noch einmal in die Werft und diesmal ist es Stralsund. Entmagnetisieren steht auf dem Plan. Tagelang schlingen sich dicke, schwarze Kabel durch das Schiff, am Kriegsblech entlang und um den Dampfer herum. Sie sollen die von Rosthämmern, Schweißbrennern und Schraubern zerbeulten Magnetfelder wieder geraderücken. Später ist auch das geschafft. Die Seegrenze der DDR hat uns wieder.
Der alte FDJ-Sekretär wird in die Reserve versetzt. Ich bin der neue und will noch immer die Welt verändern. Aber kapiert habe ich schon, FDJ passt gut zum Lebenslauf eines Kapitäns der sozialistischen Handelsflotte. Und wenn ich schon wegen der Großfressen hier vier Jahre brummen muss, dann können die auch mal einen ausgeben. Wir holen uns den Titel "Bestes Schiff" der Grenzschiffsabteilung und es war gar nicht schwer. Nach mehr als eintausend Tagen Marine habe sogar ich begriffen, dass man nicht gleich jeden kleinen Stein sofort aus dem Stiefel schütteln muss. Der Vizeadmiral spricht von Heldentum und Vaterlandsliebe und ahnt nicht, wie heldenhaft man das Vaterland in der Werft lieben kann. Dann überreicht er dem Kommandanten und mir den Orden, schüttelt uns die Hand und bittet zu Lachs, Wodka und Kaviar. Sein Adjutant bringt ihm die Bockwurst.
Wochen später bin ich Delegierter zur FDJ-Konferenz der Grenzbrigade Küste. Wieder sind nur Männer um mich rum. Das Jugendleben mit den an den richtigen Stellen gebeulten FDJ-Blusen findet woanders statt. Ich sage mir: "Du musst hier raus!" Zurück an Bord läuft mir der Funker über den Weg. "Du hast mich doch mal Frauenhasser genannt", erinnere ich ihn und löse das Rätsel auch gleich auf. "Weißt du, wen ich nicht mehr sehen kann? - Dich!" Die Fischerei kennt den Bordkoller am besten, wer sonst. Also tröstet er mich. "Bald sind wir wieder auf See, du unter deinen Möwen und ich über meinen Fischen. Da weißt du dann nach hundert Tagen überhaupt nicht mehr, wie ein schöner Arsch aussieht. Los, lass uns Mädels ankucken gehen, Landgang!"
Die Jahreszeit hat begonnen, in der die Mädels beim Ankleiden vergesslich werden.

An den Aufbauten steht nun G-441. Wir liegen auf Westvorposten. Die Langeweile quält uns mit dicken Zigarren und viel zu viel Kaffee. Hin und wieder mal schlafen die Radarbeobachter ein oder der Ausguck oder auch ich. Nicht nur einmal pendelt die PETER PAN deshalb, unbeobachtet von uns und undokumentiert, auf ihrem Fährweg zwischen der BRD und Schweden hin und her. Wer soll da Paddelboote, Schlauchboote oder gar Schnorchel erkennen?
Am Nachmittag gibt es Grenzalarm. Die Sandlatscher der Grenzbrigade haben Zivilsachen gefunden, eine Tasche und Proviantreste. Der Stab geht von einem Republikwegschwimmer aus und wir Vorpostenschiffe sollen ihn suchen. "Endlich ist mal was los", freuen wir uns. Wir sind eben noch dumme Jungs. Eine unserer Schwestern hat den Schwimmer entdeckt. Auch eine BRD-Fähre sieht ihn und während der Grenzer ALLE KRAFT VORAUS läuft, liegt das Fährschiff schon auf STOP und holt den Mutigen aus dem Wasser.
Nun gibt es im Seeraum drei Glückliche. Zwei sofort und einen später. Dieser, der Kommandant des Grenzschiffes, kriegt nun den Anschiss des Brigadechefs. Doch später dann, nach der Wende, kann er tief ausatmen und erleichtert sein.
Die Langeweile schlägt jede Serie im Fernsehen. Der Funker erzählt mir vom Opa bei der Kaiserlichen Marine. Wollte die Brückenbesatzung die der Maschine ärgern, hielt sie eine Kanne voll Wasser bereit und pustete in das Sprechrohr, das hinunter zum Maschinenleitstand führt. Dort ertönte die Signalpfeife. Auf Nachfrage nun hörten die Maschinisten: "Hier spricht der Wassermann." Das wollten die nicht glauben und fragten also "waaaas?" ins Rohr. Inzwischen hatte das Wasser aus der Kanne seinen Weg durchs Rohr und hinein ins Gesicht des Ungläubigen gefunden. Dass man mir so etwas nicht erzählen darf, weiß der Funker nicht. In der Nacht beschließt die Brückenwache Funkerwecken. Der hockt hinter der Taste und schläft bestimmt, ist uns klar. Also, Flasche mit Wasser gefüllt, Sprachrohrpfiff und Wasser rein. Der Funker ist wach, hören wir nun und sehen es Sekunden später. "Du dummes Schwein", tropft er auf der Brücke vor sich hin. "Du hattest gerade Riesenglück! Wenn ich nicht geschaltet hätte, wäre die Suppe über die Funkanlage gelaufen. Grenzdienstunklar! Weißt du, was das bedeutet hätte? Im Stechschritt nach Schwedt und danach sozialistische Produktion, richtige Handarbeit, lebenslang!" Mir wird schlecht und ich gelobe, die Fischerei zu Ehren, jederzeit.
Wieder liegen wir am Anker. Diesmal bei Darßer Ort. Grenzalarm! Wir sollen Republikflüchtige übernehmen. Die waren am frühen Morgen mit dem Kanu losgefahren und als Leistungssportler schnell am Kiel-Ostsee-Weg angelangt. Auf seiner Fahrt hin zum Fangplatz befuhr ein Fischkutter die internationalen Gewässer. Die beiden hatten sich vom "Schweden" gern retten lassen, doch das WIS am Bug nicht gesehen. Also sind ihre "Retter" Wismaraner Fischer. Zwanzig Jahre später wird man auch an der Ostseeküste behaupten "Da waren

nur die da oben dran Schuld!". Ich werde es dann besser wissen.
Wieder Grenzalarm! Diesmal sind Schlauchbootschleifspuren im Sand gefunden worden. Es weht ablandiger Wind. Was am Strand, bei den Buhnen noch, wie kleine Wellchen aussieht, sind Seemeilen weiter draußen und ungeschützt vom Land nun, ausgereifte Wellen. Wer die See nicht kennt, soll sie nicht befahren. Schon gar nicht als Landratte und bei ablandigem Wind. In Wind und Wellen entdeckt eines der suchenden Grenzschiffe das dunkelgrüne Kinderschlauchboot. Frau und Mann sind am Ende ihrer Kräfte, völlig durchnässt und das Boot läßt Luft. Die können nur glücklich gewesen sein, bei ihrer Rettung. Wärmende Decken und heißer Tee sofort, gesiebte Luft später, aber immerhin Atmen, und dann eben Abschiebung sind doch allemal besser als ersoffen oder erfroren?

Wende oder Halse

Grenzalarm! Ein Schlauchboot wird gesichtet und wieder ist ablandiger Wind, anfangs. Wir liegen in Bereitschaft im Hafen und müssen auslaufen. Der Kommandant kommt nicht rechtzeitig ran, also übernimmt der Erste Wachoffizier die Führung. Wir haben die Molen hinter uns gelassen. Da dreht der Wind auf Südwest und wird deutlich stärker. Der Wetterbericht meldet ein Tief über Dänemark und ein Trogtief, die kleine Schwester also, südlich davon. Es soll in die Mecklenburger Bucht ziehen, sagt Rügenradio. Der Klassenfeindwetterbericht Norddeich meldet: Es ist schon dort! Ich kucke raus und es stimmt! Dem Unkundigen zur Information: Wie im richtigen Leben auch sind kleine Trogschwestern von Tiefdruckgebieten deutlich "lebhafter als die großen" und so wird eben heute die "Kleine" von der "Großen" in die Ostsee zum Spielen geschickt. Hier tobt sie sich nun richtig aus.
Wir laufen auf nordöstlichem Suchkurs und die Wellen uns hinterher. Ab und an schlägt mal eine achtern auf das Heck. Noch aber liegt das Schiff relativ ruhig in der See. Bald hat die Ostsee weiße Mützen auf, dann weiße, breite Streifen und später viel Gischt. Wir dürfen bis Windstärke acht draußen fahren und es weht eine neun, in Böen elf. Der Grenzalarm wird aufgehoben. Die Suchschiffe sollen unter Land gehen oder einlaufen. Doch dazu müssen wir erst einmal den Kurs ändern, also wenden.
"So etwas hab ich noch nie erlebt", bestätigt der Erste Wachoffizier und Kommandant für heute meine Ahnung. Der Leitende Technische Offizier fügt "ich auch nicht" hinzu und das Nachdenken beginnt. Wie fährt man eine Wende in stürmischer See? "Eigentlich wird es eine Halse", geb ich zu bedenken. Die Verkrampfung im Gesicht des Entscheidungsträgers löst sich nicht merklich. Ich schiebe nach: "Fahrt aus dem Schiff und Hartruder erst, wenn wir quer zur See liegen oder so." "Oder so" weil, ich habe es bisher auch nur gelesen. Doch

die beiden wollen es hinter sich bringen. Erst kommt es, wie es nicht soll.
Das Kursänderungskommitee beschliesst und befiehlt: VOLL VORAUS und HART STEUERBORD! Und da kommt es eben, wie es muss. "Alle Mann festhalten", schrei ich in das Mikrofon der Kommandoanlage. Dann legt sich der Dampfer mit Schwung quer in die See. Eine Sturmbö fasst die hohen Aufbauten und wirft uns hart an die 60 Grad heran rüber auf die Backbordseite. Das Schiff richtet sich schnell wieder auf und erhält gleich darauf den nächsten Hieb. Die Besatzung liegt auf den Wänden. Der Rudergänger kniet im Gang, kommt wieder auf die Beine und ich brülle ihn an: "Wage es jetzt nicht, voll gegen die See zu halten!" Erster Offizier und Leitender Techniker wechseln die Mimik von Erschrecken zu Staunen. Ich ziehe die Steigungshebel zurück und dann, mit "VORAUS HALBE FAHRT", darf der Rudergänger etwas mehr gegen die See und nach Hause steuern. "Ich bin doch nicht verrückt!", stellt da der Koch fest und will ab sofort nicht mehr zur Handelsmarine. Trotzdem, Jörg, du warst tapfer!

Reserve

Zum 78er Herbstbeginn grüßt die Ingenieurhochschule für Seefahrt mit der Zusendung der ersten Lehrbriefe im Fach Mathematik, Doppelintegrale und Matrix, oh Gott! Mit zwei Monaten Verzug zum Semesterbeginn, soll ich direkt von der Armee zum Studium umsteigen und vier freie Tage dazwischen müssen zur Resozialisierung reichen. Bei dem Gedanken an das harte Lernen in Bälde, von Null auf Hundert, schwitze ich doch sehr. Die Lehrbriefe sollen den Armisten die Vorfreude bringen, doch in Kopf und Bauch macht sich ein mulmiges Gefühl breit. Eines nach dem anderen, schlägt der Kopf vor und der Bauch ist dafür. Also werfe ich das gedruckte Wissen in die Ecke und kucke es mir bis zum Studienbeginn nicht mehr an.
Gemeinsam mit dem Kommandanten nutzte ich die letzten Grenzdienste zum ausführlichen Training der astronomischen Navigation. Die Sonne auf den künstlichen oder richtigen Horizont zu ziehen, fällt nicht schwer. Aldebaran und Kollegen so auf die Mondkimm zu setzen, dass daraus kein Standort an Land wird, ist schon schwieriger. Bald beherrsche ich auch die Königsdisziplin der Navigation. Am Ende meiner Dienstzeit wird mir das Seefahrtsamt mein erstes Kapitänspatent erteilen. Klar ist es nur das für die Ostseefahrt, doch nicht selten fährt es sich über den Atlantik leichter. Jedenfalls, von da an macht mir in der Navigation kaum einer noch was vor. Nur, was ich nicht ahne, ich weiß zu viel!
Nach vier Jahren Armee passen die Zivilklamotten in eine Tasche. Die ist also schnell gepackt. Einmal saubere Unterwäsche habe ich noch und die trag ich am Leib. Der Stabschef hat auch für den letzten Tag Frühsport befohlen, erin-

nert mich der Offizier vom Dienst. "Ich schwitz mir das Hemd nicht mehr nass", erkläre ich ihm und muss dann doch in den Laufschritt. "Sofort beim Stabschef melden", lautet die zeitversetzte Antwort des OvD. "Hau ab jetzt und sei froh, dass du die vier Jahre so gut überstanden hast", dankt mir der Chef des Stabes für meinen unermüdlichen Einsatz beim Schutz des Vaterlandes. Dann drückt er mir fest und lachend die Hand und schiebt mich zur Tür hinaus. Stolz und etwas traurig laß ich die Hohe Düne hinter mir. Viele Jahre später werde ich wissen: Sie war ein Riesenglück, die Langeweile am Anker! Ich kann es für meine Dienstzeit bezeugen. Wenn es einen Schießbefehl gab, dann den laut Dienstvorschrift: Anruf "Stehen bleiben oder ich schieße!" - Warnschuss in die Luft - gezielter Schuss in die Beine, doch es war nie ein Treffbefehl!
Noch am Donnerstag bringt mich die MITROPA nach Waldheim. Dort wache ich am Freitag auf und sage zu Mutter und Vater: "Melde mich zurück!" Die Mutter lächelt verhalten und der Vater erklärt mir ihre Freude so: "Wenn du nun nicht jedes Mal so ankommst, wie gestern Abend, hören wir das gern."

Mir schwant was

Der Abend sieht mich im SCHWAN. Dort trink ich mir den ersten zivilen Kopfschmerz nach nunmehr vier Jahren intensiver Vaterlandsliebe an. Bei Cäsars "Apfeltraum" brenne ich samstags im FLEMMING einen gegen und am Sonntag hat mich der SCHWAN wieder. Die Disco spielt irgendwas. Später sieht der Kopf verschwommene Bilder. Die Ungewissheit der nächsten Tage zwackt mir gewaltig im Bauch. Ich steige mal hoch zur oberen Bar oder zur unteren hinunter und weiß noch nicht, dass hier bald Blitz und Donner sein werden. Also läßt mich das kalt. Doch Wüstenhitze steht bevor. Irgendwie und irgendwann erreiche ich die elterliche Wohnung. Dort schnappe ich mir den Koffer und Vater und Mutter erkennen beim Abschied: So, wie ihr Sohn ankommt, kann er auch losfahren.
GEORG BÜCHNER, Rote Linie, WILHELM PIECK, Vorposten, MALCHIN und jede Menge praktischer Navigation und Schiffsführung liegen hinter mir. Wissensdurst und vier Jahre finanzielle Durststrecke stehen bevor. Danach soll das Steuermannspatent für die "Große Fahrt" mein Kapitänspatent für die Ostseefahrt ersetzen. Ich weiß: Endlich werde ich mit unseren Handelsschiffen dorthin fahren, von wo aus die Besatzungen der MATHIAS THESEN und der ALBIN KÖBIS Karten und Briefe geschrieben hatten, zu ihren Familien nach Hause und vor zwölf Jahren auch an den kleinen Bert. Der ist seinem Traum nun ein deutliches Stück näher gekommen. Bald wird er Eisbären sehen und Tampico. Da ist er sich sicher .Doch, wird jemand auf ihn warten, zu Hause?
"Uns hält keiner mehr auf, wir werden Kapitän", frohlockt der Kopf. Der Bauch nickt nur dazu und denkt sich "mal sehen!". Er hat eine Ahnung.

N
20°E
40°E
NNW
NNE
NW
NE
WNW
ENE
W
E
WSW
ESE
SW
SE
SSW
SSE
S
CAPE GUARDAFUI
INDIC
OCEAN
10°N
10°N
0
0
10°S
10°S
20°E
30°E
40°E

ZWEITES BUCH

SEEMANNS BRAUT

Im Kampf um Bert schickt das Landleben seine bewährten Waffen ins Feld: Drei Frauen. Eine vierte schützt ihn vor den Piraten und eine fünfte rettet ihn vor Fernost. So darf er nach Afrika und das sogar auf dem schönsten Schiff der Reederei. Bert steht nicht auf Männer und die nicht auf ihn. Am Ende scheint alles möglich: Steinbruch oder Kapitän.

Für Kathrin, Inka und Manja

DREI FRAUEN

Wustrow

Wieder sitze ich im Zug. Die Reichsbahn bringt mich nach Rostock. Es ist der erste Montag im November. Im Seemannshotel "Haus Sonne" treffe ich weitere Gestern-noch-Armisten, die gleich mir die Seefahrt studieren wollen. Wir fahren zur Kleiderkammer und dort, wo die Mütter das letzte Mal so stolz auf uns waren, erhalten wir nun Uniformen, in die nur "richtige Männer" passen. Vor sieben Jahren also war der Matrosenlehrling Bert Glück hier eingekleidet worden um der großen, weiten Welt standesgemäß gegenüberzutreten. Gemeinsam geht es mit Bahn und Bus nach Wustrow. Im Bauch rumort es ganz schön. Vier Jahre liegen zwischen der letzten angestrengten Kopfarbeit und dem, was uns nun bei der Aneignung von ingenieurtechnischem Hochschulwissen bevorsteht. Wie lange wird es dauern, bis wir uns wieder in intensives Lernen reingefunden haben?
Wir trinken uns Mut an und beschließen, wir können es ja mal versuchen. Gegen neunzehn Uhr setzt uns der Bus unweit der Seefahrtsschule ab. Damit bin ich Kapitän Schickedanz wieder sehr nahe. Seit einem Jahr ist er im Ruhestand und sein täglicher Gang zum Strand und durch sein Dorf herum führt an den Jungchens vorbei, die sein Erbe antreten werden.
Aus der 1846 gegründeten Großherzoglichen Navigationsschule und späteren Seefahrtsschule ist nun die Ingenieurhochschule für Seefahrt geworden. In uni-

versitären Studiengängen, die deutschlandweit einmalig sind, werden die zukünftigen Führungskräfte der DDR-Schifffahrt ausgebildet. Doch so richtig ahnt wohl die Arbeiter- und Bauernmacht nicht, was sie sich damit eingebrockt hat. Denn, wer seinen Nachwuchs zum Denken erzieht, muss davon ausgehen, der wird von dem Wissen Gebrauch machen, auch dann, wenn er nicht soll. Also werden wir nun den Schliff erhalten und die Kenntnisse, die ein Schiffsoffizier braucht, um im rechten Moment ruhig und überlegt das Richtige zu tun. Später, nach ausreichend langer Fahrzeit, werden wir die Verantwortung übernehmen, die Kapitän Schickedanz vor kurzem selbst noch trug: Für Schiff, Ladung und Besatzung. Und für die Söhne der Mütter, die darauf vertrauen, dass Kapitäne jederzeit wissen, welche Verantwortung sie auch gegenüber den Angehörigen an Land tragen.
Hin und wieder werden wir ihn zufällig treffen und grüßen. Er wird die Hand an die Mütze legen, zurückgrüßen und wissen, die haben bei mir gelernt und das schon mal behalten, man grüßt seinen Kapitän! Werden es seine Jungchens nie vergessen: Es reicht nicht aus, die See nur zu lieben. Man muss auch die Menschen lieben, die sie befahren?
Jede Menge Theorie liegt nun vor uns und die Seefahrtsschule bereits im Dunkeln. Eine unheimliche Ruhe begegnet uns in dem zu einem U geformten Gebäudekomplex. Im rechten Flügel befinden sich die Aula, der Radarturm und Wirtschaftsräume. Neben den Lehrräumen beherbergt der Mittelteil das Herz der Schule, die Studentenkneipe mit Mensa. Im linken Flügel ist das Wohnheim untergebracht und mit ihm betrete ich meine vierte Gemeinschaftsunterkunft für Männer in Folge. Wie verabredet, werfen wir nur die Taschen auf die Betten in den uns zugeteilten Zimmern. Gleich darauf sitzen wir staunend am Tisch in der Schulkneipe. Fassungslosigkeit zeichnet unsere Gesichter. Jeder von uns hat gerade dasselbe erlebt.
Auch ich hatte die Tür zu meiner Bude geöffnet und zwei Seefahrtsschüler mit rauchenden Köpfen und tief eingegraben in Hefter und Bücher gesehen. Die hatten sich nur kurz vorgestellt, entschuldigt: "Das geht schon seit Wochen so", und erklärt: "Morgen sind die Hausaufgaben zur Abgabe fällig. Bald sitzt ihr auch so da."
Mannhaft und "weil heute kein Bus mehr zurückfährt", trinken wir nun unser Bier, beschließen, tapfer zu sein, ab morgen, und noch immer oder nun gerade durstig. Nach zehn macht die Kneipe dicht und jeder verkrümelt sich in seine Bude. In meiner ist es stockdunkel. Aus seiner Koje heraus zischt mir James "mach leise!" zu und dreht sich wieder zur Wand. Ich beschließe "Russischschlafen" und entere nach oben ins Bett. Im Stockwerk über uns geht der Abend mit Gesängen, Poltern, Johlen und Pfeifen in die Nacht und den Morgen über.
"Das ist die Fischerei", erklärt mir Didi zum Frühstück und ergänzt: "Die kommen vom Landgang einfach nicht los."

Gewitter an der Bar

Wir haben Schonzeit bis Jahresende, erfahren wir. Dann wird es für die Spätankömmlinge ebenfalls kein Pardon mehr geben aber Testate, Hausaufgaben, Prüfungen und also den kompletten Lehrplan. Nun raucht auch mein Kopf bei Mathematik, Technischer Mechanik, Elektrotechnik, Russisch, Englisch, Strömungslehre und Marxismus-Leninismus. Ich wirble mit Integral- und Differentialrechnung übers Blatt, erkenne, beim Rütteln des Lehrers an den Heizungsrohren und dem Verbiegen von Plastiklinealen bis kurz vor die Bruchgrenze, den Zusammenhang von Lasten, Kräften und Momenten, beschreibe mit komplexen Zahlen die Wirkung kapazitiver und induktiver Widerstände im Wechselstromkreis und wenn nicht Seefahrtsschule draußen dran stehen würde, könnte ich es nicht glauben. Des Rätsels Lösung ist dann sehr einfach. Zum Abschluss des Studiums werden wir neben dem Steuermannspatent eine Diplomarbeit schreiben und als Diplomingenieure gut gewappnet sein, für den Fall, dass widrige Umstände, wie Verlust der Seetauglichkeit, Scheidung, die Liebe oder irgendein wachsames Ministerium, uns an Land binden könnten. Da ist die Wende noch nicht denkbar. Doch mit ihr wird sich ein weiterer Grund zum "Landgang für immer" ergeben.
Die fortgeschritteneren Semester grüßen aus Warnemünde und machen Mut. "Wer das erste Jahr durchsteht, schafft auch den Rest!" Ich jedenfalls bin schon mal Anfang Dezember geschafft und beschließe: Heimatwochenende.
Die Reichsbahn trägt mich gen Süden. Wo früher Bierflaschen mit den Stößen der Schienen freudig um die Wette klapperten, liegen jetzt die Mitschriften der Mathevorlesungen oder der Arbeits- und Gesundheitsschutzseminare im Abteil rum. Artig und trocken erreiche ich Waldheim. Die Eltern staunen. Nein, was Bildung so aus den Kinderchen machen kann! Ich schlage das Bierangebot des Vaters nicht ab. Da atmet der auf. Sein Sohn ist gesund.
Am Samstagabend drängt der Bauch auf Besuch im SCHWAN. Es ist Tanz. Das ist mir egal. Ich habe Durst. "Mensch, dich gibt es auch noch", landet Olegs Hand auf meiner Schulter. Als eines der Campingopfer der Sommerferien vor der Zwölften stärkt er nun die Sozialistische Produktion, erfahre ich. Er hat sich abgefunden, arbeitet in Schichten und verdient gutes Geld. Darauf kann ich noch lange warten. Der Umstieg vom Unteroffizierssold auf das Bettelstipendium knabbert gerade an meinen Armeespargroschen. Doch, ob ich bald "nichts" oder "gar nichts" mehr haben werde, bleibt sich gleich. So handele ich, wie ich meine, dass es die Welt von einem Seemann erwarten darf. "Warte Oleg, ich hole Sekt zum Anstoßen!"
In der unteren Bar kämpfe ich mich bis auf den Hocker vor. Dort rufe ich Angelika "eine Flasche Sekt" entgegen. "Warts ab, bis du dran bist", trifft mich die volle Wucht des Harthaer Charmes. Meine Blicke haben nun Zeit zum Wandern, machen sich auf den Weg und bleiben sofort am Eingang hängen. Was kleines blondes Wuschliges betritt die Bar mit festem Schritt, ist bester Laune

und solo. Die Kleine stutzt kurz beim Anblick der Drinkbedürftigen Masse. Dann taucht sie in diese hinein und unmittelbar hinter mir wieder auf. Los, jetzt!, zwickt der Bauch den Kopf. Also spricht der nun hinunter zum Wuschelkopf: "Siehste, das ist der Vorteil von uns Kleinen. Soll ich dir gleich was mitbestellen?" Die Freude über den gelungenen Tauchgang versteckt sie nicht, findet an meinem Angebot nichts auszusetzen und lacht "ja, Wodka-Cola" zu mir hoch. Angelika hat gerade zwei übrig. So rutsche ich mit den Gläsern zwecks Blick- und Bauchkontakt zur Kleinen runter. "Prost!", rufe ich und ergänze "da hab ich ja endlich meine ‚Gute Tat' für heute vollbracht!" Sie freut sich zurück und erwidert das "Prost!". Dann trifft der Schwung ihres Glases das meine, wir strahlen hin und her und im Bauch kneift es ganz kräftig Alarm. Doch hinter mir naht Unheil. "Hier, deine Flasche Sekt. Macht vierundzwanzig Mark alles zusammen!", hat Angelika nun Zeit für meine Bestellung. Ich greife noch zur Geldtasche, da schlägt es neben mir ein. Eine kleine, zarte, aber sehr resolute Hand donnert ein Zweimarkstück auf den Tresen. Aus dem hübschen Gesicht meiner Gerade-eben-erst-Bekanntschaft blitzen mich Augen an, die man so da drin nicht vermutet. Gewaltig grollt es mir entgegen: "Von solchen nehme ich nichts geschenkt!" Dann hinterlässt der zweite Donnerschlag ihr leeres Glas neben dem Geldstück. Sie dreht sich um und ist fort. Ich staune mir die nächste Wodka-Cola rein und achtundzwanzig Jahre später werden wir Silberne Hochzeit feiern.

Küsse, Kiste, Standesamt und Kinder

Nun bin ich ja mit meinen Geschichten mal wieder in Sachsen. Die Mädels hier sind die schönsten der Welt und zickig schon gar nicht, in dem Alter. Doch auch hier geht das nicht so glatt, wie die Überschrift glauben machen könnte. Die Kleine ist nämlich weg und wie soll man da Hochzeit feiern?
Also trage ich die Flasche des Anstoßes hoch zu Oleg. Zielstrebig arbeiten wir uns deren Boden entgegen. Die Band spielt wild und laut. Wir schreien uns an und dann ist Pause. Da tippelt der Wuschelkopf etwas entfernt an uns vorbei. Oleg prostet ihm zu. Die Kleine winkt kurz zurück und vergisst nicht den bösen Blick für mich. Ganz plötzlich jedoch entspannt sich ihr Gesicht. "Kennst du die?", will ich von Oleg wissen. Der nickt und spricht: "Bei der haste keine Chance!" Weil der Kopf das vorhin kurz mal anders sah und der Bauch eine Ahnung von Frieden hat, ruf ich ihr hinterher: "Los komm, die Flasche ist gleich leer!" Natürlich kommt sie nicht, sondern geht erst zur Toilette oder wohin auch immer. Aber der Rückweg führt sie zu uns. Doch ihr Blick macht mir klar: Ich stehe hier, weil ich das will, und nicht wegen der Einladung eben. Das ist mir egal. Ihre Augen haben ausgeblitzt und funkeln wieder so, dass der Bauch völlig durcheinander gerät.

Ich muss sie fühlen, riechen, schmecken und der Kopf soll das organisieren. Doch der ist nicht "am Netz" und, obwohl er das meiste ihres Lachens abbekommt, eifersüchtig auf jedes Lächeln, das sie Oleg schenkt. Warum spielt die Band nicht weiter? Endlich ist die Pause zu Ende. Die Runde "zum Anfassen" beginnt. Ich weiß ja immer noch nicht, was das Gewitter an der Bar verursacht haben könnte, doch am Tiefpunkt des Glücks "mit den Frauen und so" kann ich wohl nichts mehr falsch machen. So beschließe ich, nicht zu glauben, was heute und hier passiert. Bauch und Kopf wollen sie haben, die wilde Kleine, und ich sowieso, jetzt! Ja, sie tanzt mit mir, wehrt sie sich nicht beim leisen Ziehen am Ärmel und zur Tanzfläche hin. Der Bauch hat nun die Führung und der Kopf kann sich nur wundern: Seit wann können wir denn Tanzen? Meine Arme halten sie fest und sanft an mir. Ich spüre, alles an ihr ist Frau! Der Kopf wird mutig und wagt einen winzigen Kuss auf ihre Wange. Kein Donnern, kein Blitzschlag. Darauf legt er einen noch winzigeren, noch kürzeren, sehr artigen Kuss auf die Lippen nach und es gewittert noch immer nicht. Das bleibt so bis zum letzten Ton der Band, die Busse sind weg und auf dem Heimweg sind die Küsse nicht mehr ganz so artig.

Langstrecke

"Willst du mich wirklich bis nach Hause bringen?", will sie wissen "Na klar, ich hab doch Zeit", mach ich ihr klar und: "Da krieg ich vielleicht unterwegs immer mal wieder einen Kuss?" Sie wirft wohl so schnell nichts um. Also auch der Verrückte nicht, der sie nun bis zum sechs Kilometer entfernt liegenden Siedlungshaus bringen will, wie er sagt. So schlagen wir am Ortsausgangsschild die Richtung Leisnig ein.
Es beginnt der Austausch von Argumenten, warum das eigentlich sinnlos ist, was wir hier gerade machen. "Es ist ein ganz schön langer Weg", meint sie auch die zehn Kilometer für mich zurück, nachher. Ich küsse sie und da weiß sie schon mal, aha, der will nicht nur wandern! Da führt sie den nächsten Hinderungsgrund ins Feld: "Ich werde gut bewacht. Mein Vater ist Bergmann und Studierte kann der überhaupt nicht leiden!" "Ich will wirklich wieder zurück, heute", hat sie ein Argument weniger und gleich darauf auch das zweite nicht mehr: "Ich falle beim Studium bestimmt durch, garantiert!" Nun ist für die Gegenwart alles klar. Ein weiterer Kuss unterbricht den Marsch nur kurz und dann beginnen wir mit Zukunftsverhinderungsarbeit. "Ich habe eine Tochter, so! Und geschieden bin ich auch!"
"Das passt gut, ich bin ja auch selten zu Hause", mache ich den Fehler, von dessen Wirkung ich jetzt noch nichts ahne und ergänze: "Außerdem müsste ich mich dann nicht nächtelang schinden." Das lässt sie unkommentiert. Was "das" betrifft, hat sie wohl von noch keinem überarbeiteten Mann meines Alters

gehört.
"Verrätst du mir, was ich falsch gemacht habe, vorhin an der Bar?", hätte ich nun gern eine Erklärung. Die bekomme ich auch: "Ich hab gedacht, der Saukerl ist verheiratet. Die Frau ist oben im Saal und der macht unten an der Bar Mädels an. Hier kaufen sonst nur Verheiratete Sekt." Also bereite ich sie auf die Zukunft vor: "Bei Seeleuten ist alles anders, wirste sehen!" Ich muss nicht lange kucken um zu merken: Jetzt! Nun beginnt eine größere Pause mit längeren Küssen. Der Kopf gibt nicht gleich alles weiter zum Bauch, es ist zu schön, und schaltet das Gehirn ab. Sowieso ist ja alles nicht wahr, was gerade geschieht. Und, wer nicht zu denken braucht, kann besser fühlen. Trotzdem versucht der Kopf eine Beinahe-Bestechung. Später wird sie mir gestehen, dass sie so richtig nie daran geglaubt hat.
"Wir dürfen auch die Frauen mal mit auf Reise nehmen", locke ich, und eigentlich ist es blöd. Denn, wenn der Seemann nur deshalb geheiratet wird, kann er auch gleich solo bleiben. Was ich noch nicht weiß, ist: Berlin wird bald "Sicherheit und Ordnung" fertig gestellt haben. Nichts wird in der Flotte mehr so sein, wie es war. Auch die Fahrkarte zur Mitreise der Ehefrau gibt es dann nicht mehr geschenkt.
Irgendwann haben wir die Siedlung erreicht. Da trifft mich ihr forscher Blick und die Frage: "Willst du vielleicht auch wissen, wie ich heiße?" Oh je! Schnell reiche ich ihr die Hand und spreche mit fester Stimme: "Bert! Ich heiße Bert und du?" Sie heißt Kathleen, erfahre ich. Der Handschlag beendet den offiziellen Teil. Ich lasse sie gleich gar nicht los und der sanfte Zug meiner Hand zeigt ihr: Kussalarm! Nun bekommt sie eine Vorstellung, wie ausgehungert Seeleute sein können. Dann kriegt sie wieder Luft und spricht: "Jetzt muss ich aber los." Also löst sie sich von mir und weil nur der Konsum, der Abschnittsbevollmächtigte, der Doktor und vielleicht der Pfarrer ein Telefon haben, muss die Spontanität späterer Jahre jetzt noch als planvollvorausschauendes Handeln daherkommen. "Sehe ich dich nächste Woche wieder?", ist mehr Bitte als Frage. "Hol mich von der Bushaltestelle ab", erfüllt sie meine Hoffnung. Für heute hab ich genug Kussdellen auf den Lippen und werde keck. In meiner Hand blinkert ein Zweimarkstück. "Hier, dein Fahrgeld!", will ich sie nur necken, doch "schwupp" bin ich zwei Mark ärmer. Schließlich war sie ja eingeladen, vorhin, an der Bar. "Los jetzt", schiebt mich Kathleen in Richtung Waldheim, winkt noch mal kurz und hüpft fort ins Dunkel der späten Nacht.
Auf meinem Zehn-Kilometer-Heimweg stört kein Laut die Gedanken an sie. Kein Wind nimmt das Gefühl ihrer Haut von meiner. Immer wieder finden die Augen im Dunkel ihr Bild. Nur langsam zieht der Duft ihres Parfüms aus meiner Jacke, muss aber an der Nase vorbei. So würde ich auch zwanzig Kilometer gut überstehen, fühle ich, und bin mir sicher: Die will ich haben! Liebe ist Bauchsache, von Anfang an.
Zu Hause angekommen, bin ich stocknüchtern und trotzdem sturztrunken, vor Glück.

Ich verschlafe den Frühschoppen nicht, sondern liege hellwach im Bett und will nicht raus. Wie tausend Bienenstöcke summt es im Bauch und der Kopf muss nicht fragen. Die ist es, nur die!
"Der ist ja doch krank!", revidiert der Vater seine Meinung vom Vortag. Die Mutter ahnt "Schlimmeres". Der frühe Nachmittag sieht mich endlich auf den Beinen. Meine Gedanken sind ständig bei Kathleen. Trotz bevorstehender Reichsbahnkampfnacht hüpfe ich überdreht und gutgelaunt durch die Wohnung. Da weiß die Mutter, sie hat Recht. Sie kennt ihren Sohn. Der Vater meint: "Ach so!"
Am Montagmorgen hat die Schule mich wieder. Wir erfahren, am Freitag soll das Arbeitsschutztestat nachgeschrieben werden, in der letzten Unterrichtsstunde! Diese endet um dreizehn Uhr, aber zwölf Uhr fünfzig schon fährt der Bus. Wer den verpasst, kriegt den Zug nicht mehr und wird dem Fischland erst am Samstagvormittag entkommen.
Liebe verleiht Flügel. Doch auch die würden mir nichts nützen, ist mir klar. Also beginnt intensives Nachdenken. Didi tröstet mich. "Die Hauptfrage war dieselbe wie im letzten Jahr, vielleicht biste eher fertig?" Sekunden später nur steht mein Plan. Es wird fünf Fragen geben, die Hauptfrage, pokere ich, und die vier weiteren muss ich dann eben schon jetzt einmal erraten. Also bereite ich drei Blätter vor. Auf jedem ist die "Hauptfrage" beantwortet. Somit spielt die Beantwortung der Frage "Warum Arbeits- und Gesundheitsschutz der Werktätigen im sozialistischen Produktionsprozess eine zentrale Rolle spielen" auch auf jedem der drei Blätter die zentrale Rolle. Nun erhält jedes Blatt zwei unterschiedliche Antworten zu weiteren naheliegenden Fragen, zum Beispiel die zu den MAK-Werten, zu den Meldepflichten oder den Verantwortungsbereichen der mit dem Gesundheits- und Arbeitsschutz Beauftragten. Der Freitag kann kommen. Ziel ist es, die Arbeit in maximal zwanzig Minuten abgabebereit zu haben. Wenn ich Glück habe, sind drei Fragen schon beantwortet. Falls nicht, muss ich Samstag eben direkt von der Bahn zum SCHWAN.
Wir sitzen im Seminarraum und ich bin zapplig und nervös. Der Lehrer kommt fünf Minuten später. Damit bleiben mir nur noch fünfzehn Minuten für sein Testat. Schnell atme ich auf. Die erste Frage kenne ich und die ist schon beantwortet, auf allen drei Blättern. Jetzt finden sich aber auf keinem meiner Alternativblätter Antworten, die zu zwei der weiteren vier Fragen passen könnten. Nach der Elefantenrüssel-Wurm-Methode wähle ich das Blatt mit den naheliegendsten Antworten. Schnell sind so, nur mit dem Griff zum richtigen Blatt, drei Fragen abgearbeitet. Zehn Minuten bleiben mir zur Beantwortung der restlichen zwei. Dann ist es geschafft! Um zwölf Uhr fünfunddreißig gebe ich meine Blätter ab. Der Lehrer staunt noch, da wechsele ich schon Uniform gegen Zivilkluft. Ich hetze zur Bushaltestelle und der Puls geht noch nicht wieder normal, da hat die Wochenendreise ins Glück begonnen.

Samstagnachmittag, so gegen fünf, bringt mir der Bus Kathleen. Sie springt heraus, mir entgegen und hat keine Chance. Dann kämpft sie sich frei, kann wieder atmen, zieht die Augenbrauen nach oben und spricht: "Zieh das Ding nie wieder an!" Nun ist mein schönstes Jackett nicht nur kariert, sondern auch mein einziges. So hab ich für die kommende Woche schon mal was zum Nachdenken. Erst einmal jedoch macht sie die Augen zu. So schlimm wird es ja wohl nicht aussehen, grüble ich kurz, und begreife dann. Unsere Lippen tippen kurz aufeinander, es ist ja noch hell, und dann schlendern zwei glückliche Menschenkinder ohne eigene Wohnung dem Harthaer Spiel-, Tanz- und Berührplatz für Frischverliebte im Spätherbst entgegen.
Am Montag drauf sitzt ein, die Grundlagen der Meereseroberung Studierender in der Mathevorlesung. Ob der Professor nun an der Wand weiterschreibt, weil sich niemand findet, der in der Pause die Tafeln abwischt, oder einfach über das vorher Geschriebene drüber, ist mir egal. Die Mathehausarbeiten holen mich dann auf die Erde zurück. An den Nachmittagen glüht nicht nur mein Kopf bei der Revierfahrt durch die Naturwissenschaften. Das Einschlafbier am Abend hilft mir beim Hinübergleiten in die Träume vom Glück, von Kathleen und dem kommenden Wochenende. Die Fischerei feiert noch immer.
Wochen später gibt es das Blitztestat im Arbeits- und Gesundheitsschutz zurück. Der Lehrer meint, die DREI des Seefahrtsschülers Glück wäre in Anbetracht der "enormen Zeit", die er sich für die Beantwortung der Fragen gelassen hätte, eine "reife Leistung". Nur in zwei Fällen passt eben die Antwort nicht unbedingt zur Frage. Es wäre überlegenswert, für das Abschlusstestat etwas mehr Zeit einzuplanen.
Klar, mach ich. Wenn's nicht gerade wieder Freitagmittag ist?

Auch Eskimos

Die Schonzeit der Spätankömmlinge zum Studium der Schiffsführung ist nun vorbei. Kopf und Bauch haben sich gut in den Wechsel gefunden: Fünf Tage Kopfarbeit bei Matrix, Wendepunkten und Nullstellen, zwei Tage Bauchsausen mit Kathleen.
Bald ist es Weihnachten. Kathleen und ich verbringen die Feiertage jeder bei seinen Eltern. Immer dann, wenn "der Saal lockt", muss er das nicht lange tun. Wir erliegen seinem Ruf und dem der Hormone. Vor Utes "Jugendliebe", zwischen Treptes "Dicken Bohnen", Citys "Am Fenster" und nach Sillys "Letzten Kunden" bleibt viel Zeit für Hochwasser an den Biorezeptoren.
Zur Silvesterfeier im FLEMMING macht uns der Winter ein verspätetes Weihnachtsgeschenk. Tonnenweise wirft er Flocken herunter und wirbelt diese so kräftig durcheinander und zuhauf, dass er seinem Ruf als Gefährlichster der vier Feinde des Sozialismus gerecht wird. Da hat er dem Frühling, dem Som-

mer und dem Herbst mal wieder gezeigt, wer hier der Chef ist.
Jedenfalls fällt erst das Saallicht aus und dann die Heizung. Der Schnee türmt sich mannshoch. Die querstehenden Busse versperren den hinter ihnen drängelnden Räumfahrzeugen den Weg. "Koljas" Panzer glühen noch vor und da bleibt uns nur die Körperwärme zum Überleben. Also nutzt junger Mann die Chance und weil junge Frau nichts dagegen hat, sind zwei Wintermäntel bald eine wärmende Hülle für beide. So könnte es bleiben, hofft der Kopf gegen jede Vernunft. Dann ergibt er sich der Situation und überlässt dem Bauch das Feld. Der dampft vor Liebe und Kathleen-Hitze im siebten Himmel vor sich hin. Nun begreife ich, warum auch Eskimos Kinder kriegen. Erst einmal jedoch kriegt das Notstromaggregat Benzin, der Saal Licht und der Kopf einen Eindruck vom bevorstehenden Nachhauseweg. Am Neujahrstag früh um vier schließen wir uns den sich durch die Schneewüste Heimwärtsstapfenden an. Jeder in seine Richtung. Zwei Tage später kündet das Telegramm in meiner Hand vom Sonderurlaub. Meterhoch bedeckt flockiges Weiß das Fischland. Die Russenpanzer haben die Halbinsel noch nicht erobert und nur mannshohe Gräben aus Schnee und Eis sichern die Wustrower Infrastruktur. Für Busse und Bahnen ist kein Platz. Auch nicht für Seefahrtsschüler und für Verliebte schon gar nicht. Übersicht, Gelassenheit und Wartenkönnen sind nun gefragt. Auch Sturheit im Kampf gegen die Schneewanderdünen. Wer könnte das wohl besser als die "Männer von der Küste"? Also nehme ich den zweiten Teil des Winterweihnachtsgeschenkes an die Verliebten des Jahres 1979 dankbar entgegen. Zwei Tage später haben die vereinten Truppen der Nationalen Volksarmee und der Sowjetischen Streitkräfte in Deutschland die Verbindungswege zu Tanzsaal und zärtlich-weicher Wüstenhitze freigekämpft. Soweit es die Lokalität zulässt, gehören wir uns, bis zum Sonntagabend.
Am Montag darauf erwache ich aus meinem Wintertraum und finde mich wieder beim stinkenden, faulenden, parasitären Kapitalismus, der für 1000% Profit über Leichen geht, wie der Professor bei Marx gelesen hat. Mein Interesse dafür ist noch sehr unterentwickelt. Aber ich werde dieses Wissen bald in der Prüfung brauchen und einundzwanzig Jahre später staunen, was schon zweihundert Dollar nur aus Menschen machen können.
Am Mittwoch halte ich einen schön verzierten, dicken Brief in den Händen. Der beginnt mit "Mein lieber Bert" und zeigt, dass Mädchen genauso viel schreiben können wie reden. Er endet auf Seite acht mit "Deine Kathleen" und einem Kussmund. Wieder und wieder drängt der Bauch den Kopf: Noch mal! Also muss der Kopf dem Bauch Kathleens Zeilen vorlesen, wohl zehnmal oder mehr, und der ist dabei nicht in dieser Welt. Am Freitag dauert mir die Zugfahrt viel zu lange. Dann ist das Wochenende viel zu kurz. Am Mittwoch gibt es jede Menge zu lesen, mit Kussmund und so, und das Glück ist mein Freund. Doch droht das Semesterende mit den ersten Zwischenprüfungen.

Ein Brief

Wieder einmal ist es Sonntagabend. Kathleen bringt mich zum Bus. Während der Bauch noch voll ist mit Kathleen, zwicken im Kopf schon Doppelintegrale, Corioliskraft und Strömungsabriss an Kanten oder Wirbel dahinter.
"Die nächsten beiden Wochenenden kann ich nicht kommen. Die Prüfungen, versteh mich, ich muss noch viel lernen", lasse ich Kathleen zurück. Beim Abschiedskuss noch will der Bauch: Fahr doch erst morgen Früh. Doch der Kopf übernimmt die Macht und bemerkt nicht das Grummeln im Bauch.
Zurück in Wustrow, stürze ich mich, gleich meinen Mitstudierenden, in den Prüfungsstoff. Am Mittwoch hoffe ich, dass mich Kathleens Brief dann eben am Donnerstag erreicht. Der kommt auch. Er ist schnell gelesen und irgendwie kommt mir das Gelesene bekannt vor. Ich muss es mir nur deutlich wärmer denken, die Bäume vorm Haus als Palmen, den Schnee als Regen und Wustrow als Matanzas, um drauf zu kommen. Erst denke ich noch, vielleicht schreiben die Mädels immer voneinander ab oder der Text gehört zur Erziehung mütterlicherseits. Dann denke ich nichts mehr und handle, wie es die Welt von einem Mann erwartet. Am Abend bin ich volltrunken.
Weiber sind doof, stelle ich auf dem Weg ins Vergessen fest und Gott sei Dank gibt's davon auf See nicht so viele. Zum Kapitän werden braucht man sie nicht. Sowieso, da sie alle gleich schmecken, gleich riechen und gleich bescheuert sind, nehme ich eben eine andere, so!
Der Blick in den Spiegel am nächsten Morgen lässt nicht viel Hoffnung keimen, eine andere könnte an mir interessiert sein. Der Kopfschmerz ist jetzt und die Liebe eben nie. Also brenne ich einen gegen. Das dauert bis Samstagfrüh und ich verschlafe den Bus, in den ich sowieso nicht rein wollte. Am Samstagabend bleibt das Restgeld in der Linde. Sonntagmittag blendet mich der Tag. Der Kopf scheint zu platzen und die Mundschleimhäute kleben trocken an der Zunge oder andersrum? Die Seefahrtsschule hat schon viel Elend gesehen. Sie kennt unzählige Geschichten von Liebe, Verlassenwerden, Leid und mannhafter Problembewältigung. So schickt sie mir Herbert über den Weg. Der hat zwei Flaschen Bier in der Hand, zehn Mark in der Tasche und eine der vielen Serviermädels, die er kennt, bringt auch mal ein Bier auf Pump an den Tisch. "Berti, Junge, das ist eben die Liebe", klärt er mich auf. "Mir geht das jedes Mal so!", und "da gewöhnst du dich dran, glaub mir!", macht er mir Mut für die "nächsten zwanzig Mädels". Am Abend ist der Kopfschmerz weggetrunken. Das Out-of-Money gähnt mir die Botschaft "Zwangsausnüchtern" entgegen. Zurück im Wohnheim, rolle ich mich auf mein Bett und bin mir sicher: "Weiber, kein Schwein braucht die!"
Montagmorgen staunen mir Didi und Günther von ihren Prüfungsvorbereitungslernplätzen aus entgegen: Du lebst wieder? Ich beschließe Strandlauf bis zum Umfallen, kalt duschen, drei feste Mahlzeiten und am Abend noch mal laufen ums Dorf. Danach falle ich wieder auf meine Koje und höre die Vorwürfe

des Kopfes an den Bauch. "He, du Blödmann, anstelle der drei Tage Blau hätten wir auch zu Kathleen fahren können. Oder?"
"Ich weiß ja, aber um dieses Wochenende ging es doch gar nicht!"
"Stimmt, aber vielleicht wäre es ja um viele andere gegangen?"
"Wie meinst du das?"
"Ich habe einen Plan! Alles andere morgen. Schlaf jetzt!"

Rechnen und Schreiben

Also habe ich doch was in der Schule gelernt.
Jahre später würde man nun zum Handy greifen, etwas mailen oder faxen. Aber noch ist entweder das Hochschultelefon belagert oder das in Kathleens Betrieb tutet sein "besetzt". Und wer hat schon eines zu Hause? Schließlich spielt die Handlung im Sozialismus!
Am Dienstagmorgen kann der Kopf wieder klar denken. Mit Simagel-Unterstützung kommt auch Ruhe in den Bauch. In der Marxismus-Leninismus-Vorlesung lasse ich den Professor allein über Sinn und Unsinn des Revolutionsexportes nachdenken. Schließlich stört sich ja in Berlin auch keiner an unserer importierten Revolution. Wenn das Marx und Lenin wüssten!
In der Strömungslehre macht Heinzi für mich die Kreuzchen hinter die richtigen Antworten. Dem Matheprofessor ist es völlig gleich, wer seiner Vorlesung folgt. Er wird seine Schäfchen alle wiedersehen und es wird Vollzähligkeit sein, Schwitzen und Grübeln. Sein Sitzplan zur schriftlichen Prüfung wird jeden Kommunikationsversuch der Prüflinge untereinander unmöglich machen. So wird er die zu den Vorlesungen nicht allzu häufig erschienenen, nach den Konsultationen zur Nachprüfung, dann sogar persönlich kennen, wie jedes Jahr eben! Derweil bemühe ich meine Kenntnisse im Analysieren, Vorrechnen und Aufschreiben. Wenn es nicht so sehr zum Heulen wäre, könnte es richtig Spaß machen.
Kopf und Bauch machen sich über den Kathleen-Brief her.
"Das Besitzanzeigende in Anrede und Abschluss sind dem Zweck ihres Briefes geopfert", stellt der Bauch fest. Da will er in Selbstmitleid zerfließen, doch macht der Kopf ihn aufmerksam: "Immerhin sieht der Punkt am Ende des Briefes aus wie ein winziger Kussmund." Diese Vorstellung gibt mir die Hoffnung und klares Denken zurück. "Jetzt lass mich erst mal allein lesen", fordert der Kopf vom Bauch. Emotionen sind das Letzte, was er nun braucht. Sie will nicht ewig warten müssen, schreibt sie, und auch die Wochenendehe ihrer Eltern war für sie nicht das, was sie ihren Kindern mal zumuten wolle. Sie liebt mich, aber glaubt, die Kraft wird ihr fehlen, die langen Trennungen über so viele Jahre durchzuhalten. Da wäre es das Beste, sofort Schluss zu machen, was sie hiermit tut. "Wir sind doch auch lange zu Hause", muckt der Bauch auf, und der

Kopf ergänzt: "Falls wir mal da sind", und folgert: "Da hilft nur Mathematik." Mutig besitzanzeigend beginne ich meinen Brief an Kathleen und rechne dann vor: 53 Wochen mal, Klammer auf, Samstag plus Sonntag, Klammer zu, plus etwa 4 Feiertage ergeben 110 Tage, welche die Landratte gemeinhin vollständig mit seiner Frau verbringt. " Die sehen sich doch zusätzlich noch in der Woche", hält der Bauch gegen, und der Kopf erwidert: "Das bringt uns hier aber nicht weiter! Außerdem, bei Schichtarbeit kennen die sich auch nur über Zettelbotschaften." Weiter schreibe ich: Der Seemann hat es da gut, weil, die Wochenenden auf See kriegt er als freie Tage gutgeschrieben, pro Monat auf See gibt es einen zusätzlichen Tag und der Urlaub reicht für 28 Kalendertage an Land. Das macht 150 Tage und es sind immerhin 40 Tage mehr, so! "Und wann fahren wir da zur See?", ist der Bauch nun wirklich interessiert, und der Kopf zischt: "Das tut jetzt nichts zur Sache! Die Aufgabenstellung heißt: Ermittlung des Maximums von Anwesenheit an Land!"
"Schreib auf, dass sie ja auch mal ein halbes Jahr lang mitfahren kann, jawohl", und "das müsste man mit draufrechnen", wird nun der Bauch übermütig. Doch der Kopf schimpft: "Bist du verrückt, da kommt sie doch auf den Gedanken, die Reisen ohne sie könnten auch so lang sein." "Dann schreibste eben, die meisten Seeleute gehen ihren Mädels sogar auf den Nerv, so lange sind die manchmal zu Hause!" "Ach Bauch", stöhnt der Kopf, "halt dich da nur raus. Wir wollen sie doch behalten, oder?" "Natürlich gehört die viele Zeit an Land der Familie, den Kindern und so", macht der Kopf die Argumentation komplett, und hofft nun sehr, sie wird das interessieren.
Der Brief ist geschrieben und der Kopf setzt "Dein Bert" drunter. Dann lässt er den letzten Versuch des Bauches gelten und als PS zu: Komm am Samstag zum Tanz. Du fehlst mir sehr. Ich werde auf dich warten!
Jahre später wird mir Kathleen verraten: Dem Vorgerechneten hat sie nie getraut, der Liebe schon!

Bauchzeit

Noch am Dienstagabend steckt der Brief in der gelben Kiste und hat nun drei Tage Zeit bis zum Empfänger. Warum sollte am Mittwoch ein Brief von ihr kommen? Kommt auch nicht und auch nicht am Donnerstag, Gott sei Dank! Donnerstagsbriefe machen krank. Die Spannung steigt. Wie wird sie reagieren? Sicherheitshalber interessiere ich mich am Freitag nicht erst noch für die Seefahrt und fahre bereits einen Bus eher zum Bahnhof. Nur kein Risiko mehr, ich muss zu ihr!
Die Bahnfahrt nimmt kein Ende. Meine Stimmung schwankt hin und her, von Hoffnung auf Verzweiflung und wieder zurück. Es soll endlich Samstag sein. Wenn sie aus dem Bus steigt, werde ich ihren Blick suchen und dann sofort Be-

scheid wissen, bin ich mir sicher.
Am frühen Abend bin ich zu Hause. Der Vater spendiert ein Bier und einen Schnaps, dann noch eine Runde und ich schwanke gerade wieder. Also stöhne ich: "Ach, die doofen Weiber!" Die Mutter bemerkt gereizt: "Hier sitzt auch ein Weib am Tisch", und der Vater beruhigt sie: "Diesmal ist er nun wirklich krank."
Der Samstagvormittag will nicht vergehen. Ich könnte zur Oma gehen. Drei Teller Spaghetti im Magen wären Ablenkung genug. Dem Gehirn würde dann sämtliches Blut fehlen. Ich bräuchte nicht zu grübeln, doch für wie lange? Das Risiko ist zu groß. Außerdem, mir schmeckt sowieso nichts. Der Mittag zieht sich. Am Nachmittag liege ich sinnlos in der Badewanne rum und weiche vor mich hin. Die Eltern kennen mich dort drin nur mit Bierglas, Zigarre, Zeitung und Gesang. Und nun das hier. Sie sind ratlos. Ich werde immer nervöser. Es summt im Kopf und dröhnt im Bauch. Trotzdem erwische ich den richtigen Bus. Dann hält der in Hartha und es folgen noch mal endlos scheinende Minuten Warten auf den Bus aus Leisnig. Mit feuchten Händen und einem Herzen, das durch den viel zu engen Brustkorb tobt und stolpert, sehne ich ihn herbei. Dann kommt er endlich. Er hält und sie steigt langsam aus. Ihr Blick sucht mich, hat mich gefunden, wir gehen die wenigen Schritte aufeinander zu. Ich nehme sie in die Arme, sie wehrt sich nicht. Ich brauch nichts zu fragen, sie muss nichts sagen. Wir werden es ganz einfach versuchen, vereinbaren wir wortlos an diesem Abend. Jeder wird sein Bestes dazu tun. Und, dass das Beste zu tun die Minimalvoraussetzung für eine gemeinsame Zukunft ist, ahnen die Köpfe schon. Die Realität wird diesen Vorsatz immer wieder auf Bestand prüfen. Erst einmal jedoch ist Bauchzeit.

Indikatorirritation

Ein letztes Mal vor den Semesterferien sitze ich im Fischlandexpress. Mich stört die kalte Nacht nicht. Die harten Stöße der Schienen halten mich nicht vom Träumen ab und der kalte Rauch in den Abteilen regt mich nicht auf. Der Samstagabend mit Kathleen war wunderschön. Es wird eine gemeinsame Zukunft geben. Ich weiß endlich, wofür ich auf dieser Welt bin und für wen. Die Hefter bleiben zugeklappt. Mein Wissen muss für die Prüfungen reichen. Es reicht auch, merke ich schon am Montag und dann auch am Mittwoch. Der Kathleen-Brief am Mittwoch ist dick und schön wie nie vorher. Den Kussmund gibt es gleich mehrfach und nicht nur am Schluss. Die Prüfung am Freitag kürze ich ab. Die Mehrzahl der Fragen habe ich richtig beantwortet, bin ich mir sicher. Und ob mit Gut oder Genügend, es reicht immer auch aus und ist nicht die Frage, wenn man zu Kathleen will und also zum Bus muss.
Der Sachsenexpress trägt mich hinein in die Semesterferien. Drei Wochen

Geldverdienen im Polstermöbelwerk sind geplant und jeden Tag Kathleen. Also staple ich tagsüber schweres Schnittholz aus Buche und Eiche auf die Trocknungswagen, stehe acht Stunden an der Hobelmaschine oder helfe beim Waggonentladen auf dem Bahnhof. Nach der Arbeit springe ich, frisch geduscht, mit schmerzenden Muskeln und müden Knochen, in den Bus und fahre Richtung Riesenstiefel. In der Woche bleibt uns eine Stunde am Tag. Dann hat jeder von uns "noch was Richtiges" zu tun. Ich brauche abends kein Bier zum Einschlafen. Meine Betthupfer sind Kathleenduft und Glückshormone.
Am Samstag ist wieder SCHWAN-Zeit.
Die Eltern sind fort über Nacht und mein vorsichtiges Signal an Kathleen bleibt von ihr unbeantwortet. Na gut, dann nicht. Wenn man sich "ein ganzes Leben gemeinsam" denkt, mit der, die man liebt, dann spielt "eine Woche früher oder später" keine Rolle. Doch das Schicksal nimmt seinen Lauf. Wir tanzen bis zum Schluss. Das macht mir Durst und das letzte Bier ist wohl zu viel, oder der Schnaps oder beides? Gegen Mitternacht, die Band packt ein und die Busse fahren gleich, will ich sie zu ihrem Bus auf der anderen Straßenseite bringen. Doch sie schiebt mich zu meinem. Nun kucke ich richtig doof. Da fragt sie: "Fahren wir jetzt nicht zu dir?"
"Na klar, und ob, ja, doch, lass uns fahren", stammle ich vor Überraschung und neben der Vorfreude schleicht sich eine böse Ahnung ins Gehirn. Ja, und eben nicht nur dahinein. An der elterlichen Wohnung angekommen, müssen wir nicht schleichen. Auch hält man sich in unserem Alter nicht mehr bei Strickzeug und Briefmarkensammlung auf. Somit bleibt das Licht gleich aus. Es kommt, wie es muss. Zum Bier-und-oder-Schnaps-Zuviel und zur Vorahnung gesellen sich die Vorfreude mit ordentlich viel Adrenalin und eine Erregung, die so groß ist, dass sie sich nicht mehr anzeigen lässt. Mir bleibt aber auch nichts erspart!
Jetzt passt es gut, dass Mädels eine Menge Worte in sich tragen, dazu die Fähigkeit, diese blitzschnell zu Sätzen zu fügen und die dann aber auch "raus müssen", so lang sind die und so viele sind es. Ich hadere mit mir, "dem da unten" und der Welt. Sie tut, als wäre nichts gewesen, und das muntere Plätschern ihrer Worte vertreibt den Bleifluss meiner grauen Gedanken, jedenfalls beinahe. Ich liebe sie mit jeder Faser meines Körpers, nun sogar noch viel mehr, aber ein paar der Fasern im venösen Bereich sind vor Liebe und Glück erschlagen. So sind sie nicht stark genug, das, vom liebestoll schlagenden Herzen durch den Kreislauf getriebene, Blut an entscheidender Stelle am Rückfluss zu hindern.
Wenn man das später, so kurz vor der Silbernen Hochzeit, niederschreibt, fällt es schwer, sich die Verzweiflung dieses Augenblicks ins Gedächtnis zurück zu holen und in Worte zu fassen. Denn, wie für alles auf der Welt, das nicht einmalig ist, anfangs "schon mal" passieren kann und später "manchmal schon", hat man dann auch für die "Tragödien" der Jugend ein Lachen und für die Gegenwart "gute Gründe". Und eine Frau, die ihren Helden versteht und weiß, der braucht schon mal Schutz, auch vor sich selbst.

Erst einmal jedoch ist der Kopf voller schwarzer Gedanken. Ich sehe mich schon auf der schwarzen Liste der Damenwelt: "Die Herren, mit denen es sich nicht lohnt, erst ein Bett zu suchen" oder so. In Gedanken suche ich den Aufstieg zum Viadukt und muss mir die Treppen nicht merken. Der Rückweg wird sie nicht brauchen und das Ende wird hart aber schnell sein. Unterdessen küsst mich Kathleen zärtlich mal hierhin, mal dahin. Ich spüre sie warm und weich an mir und der Kreisel der wilden Gedanken dreht sich bald langsamer. Dann höre ich noch, wie der Bauch mit dem Kopf schimpft: "Jetzt hast du mir aber ordentlich dazwischengefunkt!", und Kathleens "nun schlaf aber!" Gleich darauf geht es mit Löffelchen, P 6, artig ins Reich der Träume. Am Morgen danach ist ein junger Mann wieder ein Stück schlauer. Das also ist es nicht, was die Mädels zuallererst erwarten. Trotzdem ... na ja!
Tage später fällt mir auch nicht mehr ein, was ich auf dem Viadukt soll, und irgendwann ist Kathleens Bauch dicker als meiner. Ich muss dann wohl vorher deutlich gelöster gewesen sein als jetzt, wie man hinterher sehen wird.
Aber, der Reihe nach!

Bonbonkullern

Die Arbeit im VEB Hinsetzmöbel ist schwer. An manchen Tagen kämpfen wir lange, sehr breite, dicke und nasse Buchenbretter, die am Boden festzukleben scheinen, von diesem los, stemmen sie hoch aus und wuchten die dann auf die Trockenwagen. Für so einen Job gibt es einhundert Mark die Woche und ich weiß mal wieder, wie schwer mancher sein Geld verdienen muss. "Mach das mit Verstand und Technik", mahnen die Hofarbeiter zuweilen, "sonst hebst du dir 'nen Bruch!" Ich bin jung und kräftig und "weiß es besser". Also heb ich mir den Bruch. Der meldet sich drei Jahre später, doch genau zur rechten Zeit. Er wird Familienglück bedeuten und ein wenig mehr Zukunftsgarantie sein.
Ich schiebe gerade mal wieder Buchenrohlinge über den Hobel, eintausenddreihundert Stück oder so. Die Arbeit ist so aufregend, dass meine Bewunderung für die Leidensfähigkeit des Proletariats enorm steigt, doch sie lässt den Gedanken Platz zum Wandern. Also wandern die nun zu Kathleen und unserer Stunde am heutigen Abend voraus. Da weder Gelegenheit für Brüderchen und Schwesterchen sein wird, noch für mehr, klingelt es plötzlich und es ist nicht die Pausenklingel, sondern der Kopf. Na klar, ich bin nicht der Einzige, der sich nach ihr sehnt. Sie hat eine Tochter, hat sie gesagt, und ich werde neugierig auf Mini-Kathleen.
Nach dem Begrüßungskuss am Abend frage ich sie: "Kommst du mich mal mit deiner Tochter besuchen?" Kathleen nickt und warnt: "Ina redet nicht gleich mit jedem. Verzweifle also nicht!" Warum sollte ich? Freut sich das Kind in mir auf einen neuen Spielkameraden. "Ein bisschen gespannt bin ich schon", gebe ich

dann aber doch zu, und Kathleen antwortet: "Na ich erst!"
Die Arbeitswoche vergeht. Der Samstagabend verläuft prophylaktisch artig und dann ist es Sonntagnachmittag. Leicht nervös erwarte ich meinen Besuch. Es klingelt an der Tür. Ich habe eine Tüte Bonbons gekauft und fühle mich gut vorbereitet. "Das ist der Onkel Bert. Sag ihm Guten Tag!", bittet die Mutti ihre zweieinhalbjährige Tochter. Die hält daraufhin ihre kleine Hand in die Richtung, in der sie vermutet, dass sie der Onkel schon finden wird, wenn er will. Dabei schaut sie interessiert an die Wand und sagt kein Wort. Ich greife mir also den Zipfel, der da aus der Jacke baumelt, und schüttle kurz daran herum. "Du bist also Ina", starte ich die Kommunikation. Ihr Kopf dreht zu mir. Der Blick spricht: Wer sonst? Sofort gibt es wieder unwahrscheinlich interessante Dinge an der Wand zu sehen.
Während Kathleen nun die Tochter aus Jäckchen und Mützchen mit Bommel schält, denke ich, die ist aber niedlich, die Kleine, und stolz, und hat schon Charakter, wie Mutti. Nun starte ich den zweiten Versuch. "Ich bin Bert", spreche ich mannhaft in Richtung Garderobe. Da ruckt er wieder, der kleine Kopf, und ihr Blick sagt: Weiß ich doch, hat Mutti doch gerade erst gesagt. Für sie ist die Situation klar: Den Onkel kennt sie nun und wenn er sie kennen lernen will, muss er sich schon was Besseres einfallen lassen. Die Botschaft verstehe ich und drücke also Kathleen lange und sehr an mich. Das hatte ich sowieso vor, auch den Kuss als vertrauensbildende Maßnahme. Beides zusammen soll heißen, kuck mal, die Mutti kann mich auch leiden. Inas erneuten Blick zur Wand schmücken nun hoch in die Stirn gezogene Augenbrauen und Mundwinkel auf Gegenkurs.
Dann sitzen wir am Stubentisch. Ich halte ihr die Bonbontüte hin und an der Wand gibt es wohl nichts mehr zu kucken. Ina kuckt nun zur Decke hoch. So also auch nicht, denke ich ratlos in mich rein, und beginne "völlig entkrampft" mit Kathleen zu schwatzen. Der Kopf hakt die Bonbons als Mittel zum Zweck bereits ab, da ruft der Bauch: "Ich hab es!", und rät mir, mit den Dingern zu spielen. Die sind rund und kullern schön von einer Hand in die andere und zurück. Die Bewegung der Bonbons über den Tisch macht ein nicht zu überhörendes Rollern. Das gelangt an Inas Ohr und ihr Blick löst sich von der Decke, aber nur kurz. "Siehste!", triumphiert der Bauch kopfwärts. Natürlich, sie ist weiblich und die Neugierde zwar noch so klein wie sie selbst, aber eben schon da. "Die kann man sogar gegeneinander schubsen", verstärke ich meinen Angriff. Daraufhin lasse ich zwei Bonbons mal kurz "bling" machen. Nun wackelt der Ina-Kopf etwas, aber die Festung steht noch. So führe ich weitere Truppen ins Feld.
"Und man kann die auch ganz weit übern Tisch rollern lassen!" Dazu schnipse ich mit dem Zeigefinger so gegen eine der bunten Kugeln, dass die sich langsam auf den Weg zur Deckenbetrachterin macht. Ich lasse eine weitere folgen und dann noch eine. Nun hat es dreimal gerollert und weil kein viertes Rollern zu hören ist, stutzt Ina kurz und kuckt schnell mal runter auf den Tisch. Dann

schnappt sie sich ein Bonbon und das verschwindet im Mund. Dabei schaut sie mich kurz an und ihr Blick sagt, ich lutsch das Bonbon, weil ich das will und nicht, weil ich es soll! Das kommt mir bekannt vor. Es lässt sich nicht leugnen, vor mir sitzen Mutter und Tochter. Nun kuckt sie wieder hoch zur Decke, was sonst, doch gleich darauf wieder auf den Tisch. Nun kullern zwei Bonbons in meine Richtung. Die schick ich zurück und krieg nur eines wieder. Also müssen neue ins Spiel. "Ich bin auch noch da", meldet Kathleen ihren Anspruch aufs Mitspielen an. Bald eilen alle Bonbons hin und her und durcheinander. Schnell ist ein lustiges Kreuz- und Querrollern im Gange. Manchmal hüpft ein Bonbon vom Tisch und einmal schnipse ich eines hinterher. "Damit das da unten nicht so allein ist!" Das leuchtet Ina ein. Sofort dreht sie ihren Schnipsfinger in Richtung Tischkante, da nutzt Kathleen ihre Chance. "Das macht man aber nicht, Onkel Bert!" Da rollert das Bonbon artig zu mir herüber und Ina weiß jetzt, nicht nur Töchter müssen den Müttern "fein folgen".
"Mit Lebensmitteln spielt man nicht", reicht Mutti die Erklärung nach. Doch ich denke mir, manchmal muss man es sogar! Jedenfalls gibt es nun zwei Menschenkinder, die artig sein müssen, wenn Mutti das will, und so etwas verbindet.
Ich schlage Spazierengehen vor. Mein Besuch ist dafür. Wenig später springen wir die Haustreppe hinunter. Vorm Haus greift sich Ina die Hand der Mutti. Und weil sie noch eine frei hat und wir ja nun zwei sind, denen die Mutti was zu sagen hat, reicht mir Ina ihre andere Hand und guckt mich dabei sogar an. So, Onkel, die kannste jetzt kriegen und wenn du die nicht nimmst, bist du selber dran schuld! Ganz schnell greif ich zu und damit ist die zweite der drei Frauen in meinem Leben. Muttis Liebling findet dann so sehr Gefallen an der Menschenarmschaukel, dass uns später die Arme wehtun und ich eine Vorahnung kriege, wie anstrengend Familienleben sein kann. Als sich Mutter und Tochter an der Bushaltestelle verabschieden, gibt es von Kathleen einen Schmatz auf mein linkes Ohr und hinein die geflüsterte Botschaft: "Das hätte ich nicht gedacht!" Ina schaut argwöhnisch hoch, was die beiden wohl zu tuscheln haben? Ich lächle ihr zu, da lächelt sie zurück und das heißt wohl dann, wir hätten das auch nicht gedacht, aber es war doch schön, oder?
"Du kannst uns nächste Woche mal besuchen kommen, wenn du willst", lädt mich Kathleen ein. "Und wenn du Mut hast", vervollständige ich ihre Einladung für mich. Sie sieht mir meinen Mut an und stärkt mich auf ihre Art: "Na ja, einfach wird's nicht werden!" Dann winkt mir neben der großen Hand eine kleine hinter der Busfensterscheibe zu. Das macht Mut für den nächsten Samstag. Ich winke zurück und weil es nun mal zwei Mädels sind, winke ich eben mit beiden Händen. Für jedes eine.

Brust oder Keule

Also, das hatte ich mir schon gut gemerkt. Der Vater ist Bergmann und war vorher Fleischer. Wer nur eine der Berufsgruppen kennt, wird "oh!" sagen, wer beide kennt, aber "O-ho!". Und, Studierte kann er nicht leiden, hab ich nicht vergessen. "Oh je!" Möglicherweise wird auch Heldenmut noch zu wenig sein, fürchte ich, zittere mich durch die Arbeitswoche und die "Kollegen" muntern mich auf. "Wer mit Fleischers Tochter ins Bett will, muss erst am Hackklotz vorbei!" Ich kann mir nun raussuchen, ist es Erfahrung oder Neid. Was auch immer, die Schweißausbrüche werden nicht weniger.
Freitagabend im Flemming zeigt mir Kathleens Nähe, für sie lohnt sich jedes Wagnis. Und, eine kleine Verbündete gibt es in der Höhle des Löwen ja auch noch, weiß ich seit einer Woche.
Den Tag werde ich nie vergessen!
In Siedlungsnähe wirft mich der Bus an den Rand des Geschehens und ich muss nun hinein. Mit festen Schritten und hochfrequentem Puls arbeite ich mich zum Haus der Dame meines Herzens und dessen Wächter hin. Der treibt nun in meiner Vorstellung entweder als hackebeilschwingender Riese Studenten vor sich her oder wirft als uranerzbrechender Finsterling mit jungen Felsen nach ihnen. Der Bauch ist mutiger als der Kopf. Er übernimmt die Führung und ich klingle ohne zu zögern. Kathleen öffnet mir. Sie zieht mich sacht am Ärmel durch den Flur und in die Küche. Vorn am Herd steht ihre Mutter und hinten auf dem Küchentisch steht hochkant die Tageszeitung. Seite 1 und 8 sind gut sichtbar und wenn ich nicht eine Ahnung hätte, würde ich staunen.
Erst einmal aber gebe ich der Bald-Schwiegermutter die Hand und spreche mit fester Stimme: "Guten Tag, ich bin Bert!" Sie begrüßt mich und freut sich und dann höre ich neben mir: "Onkel Bert, Onkel Bert, Onkel Beeert!!!" Ina zappelt freudig vor sich hin. Also kriegt sie ihren Begrüßungskuss auf die Wange und Omi spricht: "Das haben wir nämlich den ganzen Vormittag geübt". Die Zeitung steht noch immer. Nun ist Ruhe im Raum und da ist es nicht zu überhören, die Zeitung kann noch mehr. Sie atmet, hustet und raschelt. Omi bittet zu Kaffee und Kuchen in die Stube. Der Kuchen ist selbstgebacken und schmeckt auch so. Nicht mal beim vierten Stück muss ich mich quälen. Omi schubst Ina leicht. Die ruft: "Opiiii!", und weil der Trick mit den Enkeln immer klappt, fällt die Zeitung in der Küche nun um. Inas Opi kommt wortlos zum Kaffeetisch geschlurft. Er ist nicht groß, aber von drahtiger Gestalt, also Muskeln, Knochen und kein Gramm Fett zu viel. Weil ich Blicke lesen kann, nach jahrelangem Studium meiner Mutter, gehe ich vorsichtig von "Gefechtsalarm" auf "Bereitschaft" zurück, aber bleibe wachsam.
"Also", beginne ich mich vorzustellen, "ich war gerade vier Jahre bei der Marine und bin vorher als Matrose zur See gefahren." Nun habe ich also proletarische und patriotische Gemeinsamkeiten herausgearbeitet und schiebe kulturelle nach, Lieder verbinden oder so. "Beim Einlaufen in Havanna haben wir Glück-

auf-Glück-auf-der-Steiger-kommt getrommelt und trompetet", verkünde ich stolz. Gleich darauf bricht mir der Schweiß aus. Wer da nicht dabei war, kann es eigentlich nicht glauben, denke ich, und fürchte, wenn sich Inas Opi nun verarscht fühlt, hab ich keine guten Karten. Der aber hält nur Omi die Tasse hin. Die schüttet Kaffee nach und ich nehme auch gern noch einen. Nun muss die Katze aus dem Sack. Ich hole tief Luft, spreche stolz die Worte: "Ich will nämlich mal Kapitän werden", über den Kuchen hinweg und hänge an: "Ja, und da muss ich vorher studieren, sonst wird das nichts und das mach ich eben gerade jetzt!"
"Klar", sagt nun Inas Opi, "die können ja nicht jedem, der mal über die Talsperre gepaddelt ist, so ein Schiff in die Hand geben." Dann nimmt er die Kaffeetasse, schaltet den Fernseher an, stellt "Sport aktuell" ein, setzt sich auf seinen Sofaplatz und wartet auf Fußball-Oberliga und WISMUT AUE, fünfte Wiederholung oder die sechste? Ich atme tief und glücklich ein und aus. Kathleen freut sich mit mir. Ina strahlt mich an und deren Omi freut sich über das fünfte Stück Kuchen, das ihr Möchte-gern-Schwiegersohn nun erlöst in sich reinstopft. Nach dem Spaziergang sagt Kathleen: "Kannst heute hier bleiben, wenn du willst", und "ich glaube, er kann dich leiden."
Nach dem Abendbrot darf Omis Liebling noch Fernsehen kucken und Opi nerven. Dann muss sie ins Bett und wir dürfen es später auch. Erst gibt es noch viel zu erzählen. Doch bald schalten wir von artig auf unartig um und Kathleen entdeckt dabei einen Schmetterling. Am nächsten Morgen kuckt ein kleiner Mädchenkopf über das Fußende des Bettes zu uns herein. Der ruft: "Maaaami, ich muss mal!", und die Welt ist in Ordnung.

Dreimal kurz

Die Semesterferien sind zu Ende. Von den dreihundert Mark Holzhofarbeitslohn werde ich die nächsten Heimfahrten finanzieren. Jede Nachtwache am Eingang zur Seefahrtsschule bringt zusätzliche acht Mark. Damit steht die finanzielle Absicherung. Der siebentägige Kathleen-Wiedersehrhythmus darf nicht abreißen. Jeden Mittwoch erreichen mich nun lange Briefe. An deren Ende erinnert mich, zusätzlich zum Kussmund, ein Schmetterling an ein Siedlungshaus mit arschkaltem Schlafzimmer unterm Dach und an ein dickes, mollig warmes Federbett mit kochendheißer Kathleen drin.
An der Seefahrtsschule geht die Wissensvermittlung ihren sozialistischen Gang. In Englisch hören wir von Little red riding hood and the big bad wolf in the deep dark wood. Im Russischunterricht erfahren wir, wie man in Wustrow eine Natursauna baut. Damit wir uns das auch merken, spricht der Lehrer vorsichtshalber deutsch. Das kann der Englischlehrer nicht auf sich sitzen lassen. So weiht er uns nun in die Geheimnisse des Zeesensegelns ein, in der Mutter-

sprache der Segler, versteht sich. So viel Spaß gönnen uns die mathematische und die technisch-mechanische Wissenschaft nicht. Sie überbieten sich gegenseitig mit Hinweisen auf den Ernst des Lebens und der Vergabe von Hausaufgaben. Dem Arbeitsrecht bleibt die fünfte Unterrichtsstunde am Freitag. Da hat es der Lehrer gut. Mit sechs Leuten arbeitet es sich leichter als mit zwanzig. Später auf See wieder, wird es keinen Bus nach Hause geben. Also hat er Verständnis für seine abwesenden Heimfahrer, deren Mädels und Kinder. Er weiß, die Jungs werden in ihrem Leben deutlich mehr entbehren müssen als eine Stunde Arbeitsrecht pro Woche. Die Prüfungsfragen werden die vom letzten Jahr sein und die waren auch schon nicht neu. So vertraut er dem Informationsfluss zwischen den Semestern und der Intelligenz der zukünftigen Funkoffiziere, Nautiker und Maschineningenieure der Handelsflotte und Hochseefischerei. Bei ihm ist noch nie einer durchgefallen!
In der Frühjahresmitte bin ich zum Bordfest meines ehemaligen Grenzschiffes eingeladen. Mädels dürfen mitkommen, heißt es, aber ich bin mir sicher, die sollen sogar. Also buche ich für drei Nächte ein Doppelzimmer im Warnow-Hotel. Dann frage ich den Bruder ob er nicht dreihundert Mark übrig hat. Hat er, meint er, und er weiß ja, er kriegt die wieder "wenn du mal Kapitän bist". Nun lade ich Kathleen ein. Die kommt gern zu mir und der Möglichkeit "mal woanders einkaufen" zu können. Sie bringt ihren Monatslohn mit, fünfhundert Mark, und so lenkt die Frage, ob wir uns das leisten können, nicht ab. Vier Tage lang wird es nur Liebe, Sekt und frische Luft geben, freue ich mich. Am ersten Tag ertrage ich mannhaft, das Trampeln vor Klamottenläden. Am zweiten Tag staunen die aktiven Grenzer, dass DER so eine abgekriegt hat. Da tu ich nicht unstolz. Dass es so leicht nicht war und ist, behalte ich lieber für mich. Die Fete im Warnemünder Teepott geht bis in den Morgen. Zum Abschied wünscht der Kommandant Kathleen und mir viel Glück und setzt nach, er hätte gern mal wieder so einen Seemann, der das liebt, was er macht. "So einen wie dich, Steuermann!" Sofort fallen mir drei Armee-Ereignisse mit Schutzengel ein. Ich bin mir sicher, ganz ohne solche Menschen, die mit mir umgehen können, wie er eben, werde ich das mit dem Kapitän wohl nicht schaffen. Danke Kommandant!
Für das erste Wiedersehen, später auf See, vereinbaren wir Typhongruß. Der Nautiker des heimkehrenden DDR-Handelsschiffes wird dann "dreimal kurz" mit dem Signalhorn den Kommandanten der MALCHIN grüßen. Mit seinem "Grauen Schwan" wird dieser bei Hannibal auf Friedenswacht liegen und nicht einfach so mal zurückgrüßen dürfen. So werde ich seine Freude nur ahnen können. Die Gewissheit über die "Freude" meines Kapitäns allerdings werde ich sofort und sicher haben. "Steuermann, erschrick mich nicht noch einmal so!" Da werde ich noch nichts wissen vom Sender, der für die Botschaft verantwortlich ist. Dreimal kurz soll heißen: Ich - bin's - Bert!
Die Schifffahrt jedoch hört das anders: Maschine - geht rückwärts - voll! Doch bis dahin muss ich noch ein bisschen studieren und feiern.

Haariges

Der dritte Tag im Warnow sieht uns hungrig. Wir beschließen "feste Nahrung" und hübschen uns auf. Ich zeige Kathleen, wie man innerhalb von fünf Minuten gefechtsbereit und tageslichttauglich sein kann. Sie zeigt mir, wie das auch ganz ohne Hast geht. Nach dieser Stunde ziehe ich meine Schöne an mich, drücke verliebt an ihr rum und lerne, Mann darf nicht zu jeder Zeit mit Mädchenhaaren machen, was er will. Nun braucht Kathleen weitere zwanzig Minuten. Die Lektion sitzt!
Zehn vor elf stehen wir vorm Hotel-Restaurant. An dessen Tür steht: GESCHLOSSEN. In zehn Minuten wird sie geöffnet werden, verspricht das Schild. So beschließen wir, an der Foyer-Bar zu warten. Als wir vom Barhocker klettern, ist das Restaurant bereits wieder geschlossen. Zwölf Stunden hochgeistige Gespräche mit wechselnden Barkeepern, warmherzigen Kulturschaffenden und deren weit offenblusig-weiblichen Fangemeinde, lassen es nicht vermuten, hier haben gerade "Proletariat und Bettelstudent" sauer verdientes und noch zu verdienendes Geld "auf den Kopp gehauen". Der Dauerangriff von "Cat-Stevens-hoch-und-runter", Orange Flip, Erdnüssen, Bier und ab-und-zu-mal-zur-Toilette-Müssen zeigt Wirkung und Nachtruhe wird befohlen. Jungmann hat noch nicht vergessen, welche Spätwirkungen das eine Glas zu viel haben kann. Sowieso, wo sollte er hier oben im Norden ein Viadukt hernehmen? Also bleibt Bert in dieser Nacht friedlich und gönnt seinem Mädchen den Schlaf.
Der vierte Tag dient der Rückkehr ins Leben. Kathleen geht schnell noch einen Pulli kaufen. In diesen Stunden überlege ich, von welchem Geld ich wohl die nächste Heimfahrt bestreiten soll. Am Bahnsteig dann halte ich Kathleen ganz fest. Ich zerzause ihr nur das Nackenhaar und fühle mich mutig dabei. Dann steigt sie in den Zug. "Im Sommer bringst du Ina mit", ruf ich ihr zum Fenster hoch. Sie winkt zurück. "Na klar, denkst du ich fahre immer allein weg!"
Wir wissen, vier Tage lang nicht auf der Erde wird die Ausnahme bleiben und ahnen, der siebte Himmel wird bald der sechste sein. Erst einmal aber haben achthundert Mark, auf ihrer Runde durch die Volkswirtschaft, die ihnen zugedachte Aufgabe bei werktätiger Konsumentin und wissbegierigem Konsumenten erfüllt und sind wieder in den Unternehmen angelangt. Das ist für DDR-Verhältnisse eine "reife Leistung". Doch was tut man nicht alles für seinen Staat!

Wustrow ade

Vier Wochen bleiben noch bis zu den Hauptprüfungen. Ein Teil der Seefahrtsschüler bereitet sich am FKK-Strand bei Ballspielen aller Art auf diese vor. Ein anderer beweist, in FDGB-Urlauberinnenbetten passen auch zwei rein. Zehn bis zwanzig Genossen Bald-Kapitäne-oder-Chiefs repräsentieren in der Marxismus-Leninismus-Vorlesung vier Seminargruppen. Ein wenig verlassen sieht die Aula schon aus. Doch die Marx und Lenin kundigen Professoren waren "auch mal jung", Berlin ist weit und in sicherer Entfernung. So greifen sie eben nicht administrativ in den Hormonregelkreis der "außer Haus Studierenden" ein. Schließlich hat auch Karl Marx die Gesetze der Natur nie in Zweifel gezogen.

Ein paar Studenten ahnen bereits, Prüfungen werden etwas mit Wissensabfrage zu tun haben. So eignen sie sich dieses schon mal an. Mit jeder Woche, die vergeht, werden es mehr.

Die jungen Damen, die der gemeinsame Urlaub mit den Eltern in den Norden gezogen hat, sind gezwungen, ihre Jagd auf die strammen Jungs von der See mal kurz zu unterbrechen und können das Ende der Prüfungen kaum erwarten. Die dreizehn Jahre alten, als Siebzehnjährige gestylten Mädels des Dorfes lässt das kalt. Sie haben noch Jahre lang Zeit zum Siebzehnsein, auch im Frühjahr, Herbst und Winter. Und dann sogar ohne die lästige Konkurrenz aus "Dräsdn" und "Leipsch". Nur Herbert hält sich zur Verfügung. Doch für jede reichen auch seine Kräfte nicht.

In zwei Wochen werden sechs Hauptprüfungen, nur jeweils zwei Nächte getrennt von einander, entscheiden, wer das Studium in Warnemünde fortsetzen darf. Didi, Steffi, Günter und ich haben nun jeden Vorbereitungstag in Lernblökke aufgeteilt. Bis zur ersten Prüfung muss der Kopf den Stoff für alle sechs gespeichert haben. Zwischen den Prüfungen ist Wissenspflege geplant. Ab der dritten darf der Bauch wieder mitreden. Dann sollen die Mädels anreisen dürfen, besteht Übereinkunft. So geht es generalstabsmäßig den Prüfungen entgegen. Es herrscht selbst auferlegtes Alkoholverbot, totales!

Der Sonntag vor dem ersten Prüfungsmontag sieht uns fleißig und bis in den Abend hinein lernen. Gegen zehn stöhnt Steffi: "So kann ich nicht einschlafen". Ich frage: "LINDE?", und Didi sagt: "Ja!". Also ziehen wir zu Lindenwirt und Einschlafbier. Morgens um drei entlässt uns die Linde taumelnd ins Schwarz der Restnacht vor der ersten Prüfung. Gegen halb vier schlägt Didi im Wohnheim lang hin und knapp an der Litfaßsäule vorbei. Nach sieben kommt der Erste von uns zurück ins Leben. Er weckt den Rest und dann gelangen wir doch noch pünktlich zur Prüfung in der Technischen Mechanik.

Mechanisch erarbeiten wir die technischen Lösungen der Prüfungsaufgaben und trauen uns nicht, abzugucken. Bei jeder Drehung des Kopfes sticht und hämmert es im Gehirn. Am Nachmittag ist Auswertung bei Bier und Pfeffilikör. Der Abend sieht uns zeitig im Bett, der nachfolgende Morgen bei Strandlauf und Katerwegbaden. Vor- und Nachmittag sehen uns beim Repetieren und das Einschlafbier am Abend bleibt auch nur eins und kommt aus der Flasche. Morgen ist nämlich Matheprüfung. Nach der Elektrokundeprüfung am Freitag muss Großreinschiff sein.

Am Samstag kommt Kathleen und bringt Ina mit und viel Liebe, die man nicht nur lesen kann. Es folgt eine sehr schöne Woche mit meinen zwei Frauen. Nur

die drei restlichen Prüfungen stören ein wenig. Und weil auch diese bald vorbei und glücklich gemeistert sind, feiert die Seminargruppe das erste an der Seefahrtsschule überlebte Jahr. Es gibt Spanferkel am Spieß, Bier aus der Flasche, Musik vom Recorder, Mädels im Arm und für mich gleich zwei. Der Englischlehrer stürzt vornüber ins nasse Gras. Das war vorm Schiffen noch trocken und so was gehört sich auch an einer Seefahrtsschule nicht.
Endlich beginnen die Semesterferien. Vorher versucht sich Herbert noch im Kathleen-Anmachen und scheitert kläglich, ätsch! Dann rutscht Ina auf ihrem "Töpfchen" so über den Fußboden, dass Axel meint, er hätte ein Wildschwein in unserem Zimmer grunzen hören. Kathleen staunt schnell noch wegen der zwanzig leeren Pfeffilikörflaschen am Morgen, aber nicht lange, und weiß dann wieder mehr darüber, wie Seeleute an Land feiern.
Ina hilft Mutti beim Kochen, schüttet dabei den Pfeffer auf den Tisch, in die Augen und an den Ärmel. Weil das so brennt, wischt sie mit dem Ärmel die Augen und eigenartig, nun brennen die noch mehr! Später steckt sie dem eingemauerten Schwein eine Haarspange in die Schnauze. Das beißt zurück und da weiß Ina, dass man Steckdosen nicht ärgern soll. Schnell klebe ich allen Grunzern im Zimmer die Nasen zu. Dann geht der Puls wieder normal.
Wir tollen zwei weitere Tage nackig am Strand rum. Mein Schatten ist da noch fünfundzwanzig-Jahre-jünger-als-heute-schmal. Dabei schütten wir Glückshormone um uns und abends den Sand aus den Sachen. Sechsmal die gleiche Nachricht am Brett: "Glück - bestanden!" ist das Signal zur Heimreise.
Ich nehme Abschied von der altehrwürdigen Kaderschmiede der deutschen Seefahrt im Kapitän-Schickedanz-Dorf. Würde ich jetzt schon wissen, sie wird nur noch eine Ruine sein, später beim nächsten Wiedersehen, hinge mein Blick wohl ein paar Sekunden länger an ihr. Doch Gedanken an die Endlichkeit der Dinge gehören noch nicht in mein Alter. Und, wer glaubt wohl heute schon an eine Wende und ahnt die Kahlschläge danach? Also locken der Sommer zu Hause, bei Kathleen und Ina, Alltagstest und Zukunftsarbeit und als Zugabe: Holzhofschufterei im VEB Sessel & Couch, wie immer.

Die ersten Gräben

Bei DSR warten die Offiziere der Handelsschiffe auf den zugesagten Sommerurlaub und bekommen ihn nicht. Es gibt viel zu wenige Springer, Ersatzleute also. Der Nachwuchs sitzt noch auf der Hochschulbank und man kann ja die Schiffe im Sommer nicht anbinden. So schnappe ich mir mein kleines Kapitänspatent und frage im Flottenbereich Nord-Ostsee nach einem Semesterferienjob. Für die Ablösung eines Dritten oder Zweiten Offiziers reichen mein Patent und die Fahrzeit, erfahre ich in der Inspektion. Das klingt gut, ahne ich doch, da würden sich irgendwo in der Republik eine Frau und deren Kinder sehr freu-

en, den Vater mal wieder zu sehen, noch dazu im Sommer! Meine Freude wäre nicht minder groß. Das Geld könnte ich gut gebrauchen und die Westmark sowieso. Doch die Rechnung ist ohne das Ministerium für Hochschulwesen gemacht. Vater Staat schickt mir die Botschaft: Ich lass dich studieren, also gehorche! Zur Heranzucht der neuen, sozialistischen Intelligenz ist der enge Kontakt zum Proletariat unabdingbar, macht mir der Rektor klar. Also erteilt er mir den Marschbefehl. Studentensommer in Berlin!
Gemeinsam mit anderen Kleines-Patent-Trägern und Seefahrtsschulstudenten buddele ich Koffergräben für die Reichsbahn. So werde ich später nicht mehr ganz so unwissend über die Schienenstöße nach Hause und zurück holpern. Ich weiß dann, ohne dass da draußen Drähte parallel zu den Gleisen verlaufen, wird mein Zug keine freie Fahrt haben. Zur Schule hoch, wäre ja nicht schlimm. Also buddele ich für die Heimfahrten. Wir schachten Gräben, bereiten ein Kiesbett, legen dahinein Beton-U-Profile und auf diese dann die Deckel drauf. Unsere Bald-Kollegen-Nautiker im Nord-Ostsee-Einsatz haben nun begriffen, der Sommer an Land findet mal wieder ohne sie statt. Wie jedes Jahr wird auch in diesem ganz viel Liebe im Spiel sein müssen, wenn sie den nächsten Hochzeitstag noch erleben wollen.
Nach vierzehn Tagen UB 1 und handtellergroßen Blasen ist Schluss mit dem Grabenkampf. Nun gehören, neben den Wochenenden, auch die Werktagsabende meiner Minifamilie im Gründungsstadium. Wieder ziehe ich dicke Buchen- oder Kiefernbohlen auf den Tisch der Pendelsäge, höre stundenlang deren nervtötendes Kreischen und kenne bald das Geräusch, das einem "explodierenden" Ast vorauseilt. Manchmal buckle ich auch, unter Zollaufsicht, Sitzgarnituren in Westspeditionstrucks zwecks Export nach NSW, also in das nichtsozialistische Wirtschaftsgebiet.
An den Wochenenden sprenge ich zentimeterdicke uralte Farbe von den Rahmen der Siedlungshausfenster. Es folgen Grundierung und fachgerechter Farbaufbau. Diese vertrauensbildende Maßnahme und das Zeichen, Studenten können auch arbeiten, bringen den Seemann dem Bergmann näher. Dieser schlachtet an den Wochenenden die Privat-Sauen der LPG-Mitglieder. So liegen am Sonntagmittag ein paar Mark Fleischerlohn für Omi auf dem Tisch der Siedlungshausküche. Jede Menge Blutwurst, Leberwurst und Hackepeter, frisch vom Schwein, liegen daneben. Kathleen "kann das Zeug nicht mehr sehen!". Gut so, denn ein Student braucht es schon.

Warnemünde

Mit dem September beginnt auch das zweite Studienjahr. Ich ziehe in den elften Stock des Wohnheims auf dem Hochschulgelände. Aus dem Fenster kann ich Lütten-Klein sehen, die Warnow-Werft und den Überseehafen. An unserem

Tor steht "Ingenieurhochschule für Seefahrt" dran und das ist wirklich drin. Endlich beginnt die Ausbildung in den "Brotfächern". Schiffsführung, Navigation, Wetterkunde, Ladungskunde, Seerecht, Schiffssicherheit und andere Wissenschaften verleiten zu diszipliniertem Studium, anfangs. Doch auch die Liebe verleitet. Da kommt es vor, dass am Donnerstagmittag "wie Freitag" gehandelt wird. Die Ergebnisse der Prüfungen zum Ende des zweiten Semesters berechtigen mich zum Empfang des Leistungsstipendiums. Für ihre zum Studium delegierten Familienväter legt die Reederei noch zusätzliche Mark drauf. Ich bin nicht mal verlobt. Doch sieht man das nicht so eng. Frau und Kind sind da und Seeleute lieben ihre Mädels, weiß man bei der DSR. Nun kann ich für rund sechshundert Ostmark im Monat studieren. In der DDR ist das nicht wenig Geld. Der Wohnheimplatz kostet keine einhundert Mark und die Reichsbahn hält sich bedeckt gefräßig. Der Staat hat seinem studierenden Proletariat die Ampeln auf Dunkelgrün gestellt. Doch bald fordert er Gegenleistung ein.
Die Handelsflotte der DDR ist strategische Ernstfallreserve der Truppen der Warschauer Vertragsstaaten. Die Konstruktion der Schiffsneubauten erlaubt den zügigen Ersatz der Krane durch Geschütze. Die Tragfähigkeit auch der Zwischendecks reicht für den Transport von Panzern. Die Aircondition der Luken ist auf den zügigen Luftwechsel eingestellt, der Bohnensuppeessende, Stiefeltragende und nicht nur einatmende Truppen beim Transport über See am Überleben halten soll. Die Schutzvorrichtungen der Schiffsaufbauten gegen chemische, bakteriologische und radioaktive Kampfstoffe stehen denen von Kampfschiffen nicht nach. So lassen sich schöne "Spiele für große Jungs" veranstalten, deren Regeln im Fach maritim-militärische Ausbildung gelehrt werden. Jahre später wird die Mobilmachung und der Umbau von Fracht- und Fährschiffen durch die Briten im Falklandkonflikt zeigen, die Vorkehrungen der DDR-Vaterlandsverteidigungsplaner sind höchst sinnvoll. Sie passen zu einer Seefahrernation, in die Zeit der Konfrontation und zum Standort "an vorderster Front".
Was die Insulaner per Befehl und über den Stolz auf die Queen regeln werden, soll für uns die freiwillige Verpflichtung zum Reserveoffizier der NVA bringen. Nun waren es eigentlich sehr friedliche Absichten, die uns veranlasst hatten, das Studium zum Offizier der Handelsflotte aufzunehmen. "Mal kucken, wie die Gegend in anderen Ländern ist oder die Häuser, die Bäume und die Mädels dort aussehen, also die Menschen und so", oder: "Den Lords mal zeigen, wer hier der Chef auf dem Dampfer ist!" Wir staunen anfangs nicht schlecht, doch begreifen ganz schnell, es ist keine Bitte! Somit bleibt unsere Gegenwehr kurz und ist eigentlich nur eine Rückfrage. Sollen wir wirklich? Die Antwort fällt deutlich aus. Ja, ihr sollt, freiwillig! Also bin ich nun Reserveleutnant der Nationalen Volksarmee.
Im Oktober erreicht mich der Brief von Renate.
Bauch und Kopf lieben Kathleen, sehr und über alles, mit Haut und Haaren, auch die Wüstenhitze, auch Ina. Trotzdem, ich hätte antworten müssen.

Naturgewalten

Diese Geschichte kennt Milliarden von Varianten, doch das Ende ist immer dasselbe. Die Wochenenden gehören Kathleen und Ina und mir. Es herrscht Spätsommerbabywetter. Mit zwei Wochen Regen "am Stück" gibt der November seinen Einstand. Er zwingt alle Herbstdepressiven endgültig in die Knie und die Liebenden in die Hütten. Also sitzen wir am Freitagabend unterm Dach des Siedlungshauses. Der Kanonenofen glüht. Die Herzen glühen auch. Der Obstschaumwein ist raus aus der Flasche. Dann friert der Ofen und bevor wir frieren, hüpfen wir unter das dicke Deckbett. Ordentlich schütteln wir die Federn von unten her durch und also glüht die Liebe weiter. Dabei ist der Kopf die meiste Zeit im Kalten. Er hat es sonst gern kühl, ahnt aber, er verpasst was, und wäre also auch gern im Warmen. Vergnatzt spielt er bald nicht mehr mit. Die Chance nutzt der Bauch. Um ihn herum tobt die Hitze und da scheint es wirklich nur noch eine Frage der Zeit zu sein. Weil das Gaumensegel noch nicht flattert, ist die sich anschließende Ruhe eigentlich nur eine stille Pause. Jugend regeneriert sich schnell. Auch sind es noch zwanzig Jahre hin bis zum "jetzt bin ich aber wirklich müde". So flackert die Liebe gegen Mitternacht wieder mal auf oder später oder "und später". Am Samstagmorgen platschen sich die Regentropfen noch immer am Fenster platt. Da glühen der Ofen und die Liebe im Wechsel ohne Unterlass bis zum Sonntagmorgen weiter. Und weil der Regen noch eine Woche dranhängt, hängt auch die Liebe noch ein Wochenende an. Es kommt, wie es muss.
Nach einem friedlichen Weihnachten, dem verkaterten Neujahrstag und drei Wochen Wissensaneignung an einer hohen Schule im flachen Norden der Republik empfängt mich der Süden mit seiner schönsten Tochter und ihrer Botschaft: "So, jetzt hast du es endlich geschafft!"
Kathleens Blick lässt dem Adressaten ihrer Rede keine Wahl zwischen "froher Kunde" oder "glücklicher Verzweiflung". Also war sie, trotz nächtelanger heldenhafter Gegenwehr, am Drängen maritimer Naturgewalt gescheitert. Wenn die Art des nun zu verkündenden Ereignisses Frauen wirklich glücklich macht, dann versteckt sie das Glück gut. "Du wirst Vater!", spricht sie, und kuckt wie: Ahnst du, was du angerichtet hast?

Nestbauversuche

Nun war ich das ja nicht ganz allein. Trotzdem bin ich mächtig stolz auf mich. Jedenfalls so lange, bis Kathleen sagt: "Das kann jeder Doofe", und anhängt "aber wie geht es nun weiter?" Da ahne ich, jetzt ist der Kluge gefordert, und entgegne schlau: "Dann heiraten wir eben!" Daraufhin lächelt mir meine Angebetete grimmig entgegen. Kathleens Augenbrauen heben sich hoch in die

Stirn. Die Augen folgen ihnen und drehen dann eine Blickrunde durch die Bodenkammer. Die gestöhnte Nachdenkhilfe der glücklichen Mutter: "Hier krieg ich das Kind jedenfalls nicht!", hält die Vaterfreude vorerst in Grenzen. Zudem, sofort fällt mir meine Mutter ein und deren Geschichten aus früherer Wohnraumlenktätigkeit, auch die von den Großeltern-Eltern-Kinder-und-Enkel-WGen auf Lebenszeit. Trotzdem verkünde ich mutig: "Ich werde uns eine Wohnung besorgen!" Kathleens Miene zeigt, sie will mir glauben! Als Zugabe zum Ich-liebe-Dich-also-glaub-ich-dir-Blick gibt es einen Kuss von ihr und meine Freude kann nun endlich raus. Die über Jahre hinweg in Gruppenunterkünften erworbene Männerphobie wirkt noch immer. So ist meine Begeisterung echt und kommt aus tiefstem Herzen: "Es soll ein Mädchen werden. Ich wünsche mir ein Mädchen von dir. Dann hab ich drei Frauen und alle werden neidisch sein, so!" Ich bin eben noch jung und dumm, Gott sei Dank!
Gemäß unserer sozialistischen Qualitätsmaxime "Meine Hand für mein Produkt" übernehme ich, als junger Erstzeuger, nun Verantwortung. So frage ich Kathleen: "Haben wir auch nichts vergessen?", und ergänze "lass uns an den Feinheiten arbeiten!" Da stöhnt sie kurz und hörbar auf, meint, zwei Kinder hätte sie nun wohl doch schon, dann käme jetzt eben bald das dritte. Doch eigentlich bräuchte sie endlich auch einen Mann. "Das trau dich!", warne ich sie nicht wirklich. Fest ziehe ich sie an mich und verspreche ihr: "Du wirst deine Wohnung kriegen, vertrau mir!"
Das macht sie dann auch und wir arbeiten an den darauf folgenden Wochenenden noch Restpunkte am hinzukommenden Leben ab. Es tut gut, jemanden zu haben, der einem vertraut, merke ich sofort. Wochen später weiß ich, es wird schwer werden, sie nicht zu enttäuschen, sehr schwer!

Erich

Das dritte Semester ist um. Mir bleiben zwei Wochen Zeit, die Rathäuser der umliegenden Städte, deren Wohnraumabteilungen und die Hauptzugangsbedingung zu einer Wohnung kennen zu lernen: Heiraten sie erst mal, dann kriegen sie einen Platz auf der Liste der verheirateten Wohnraumsuchenden und dann sehen wir weiter!
Kathleen ist noch "satt" von der Scheidung. Ich will sie nicht drängen. In ihrem Bauch jedoch drängelt es schon. Mir ist klar, ich muss nun der Held sein, der sie beschützt. Bei allem, was er sagt und tut, wird er daran gemessen werden, was er tatsächlich auch schafft. Ein wenig Schweiß treibt mir das schon auf die Stirn. Da fällt mir der Sozialismus ein, die Könige der mittleren Ebene, deren Chef ganz oben, meine Mutter und, was ich bei ihr gelernt habe. Also schreibt der Genosse Bert Glück direkt an den Genossen Erich Honecker einen Brief. Der kündet von junger Liebe, vierköpfiger Familie in Bälde und Hochzeit dann,

wenn wir das Bier zur Feier auch bezahlen können, um also würdig-proletarisch in den Stand der Ehe zu treten. Weiter berichte ich vom silikosekranken Wismut-Kumpel, den Windeltopfdampf und Kindergebrüll um sein schweres Restleben bringen könnten. Ich vergesse den sozialistischen Außenhandel nicht. Dieser wird bald einen würdigen Repräsentanten mehr haben, doch nur, wenn er Frau und Kinder sozial gesichert in einer noch so kargen aber doch eigenen Wohnung weiß. Anderenfalls läge dann in ein paar Jahren vielleicht ein zehntausende Tonnen Wasser verdrängendes Schiff im Rostocker Hafen und könne nicht auslaufen, weil dessen Kapitän wiederholt das Wellblechdach seiner sächsischen Hütte richten muss?!
Die Antwort lässt nicht lange auf sich warten. Der Transportstrom sozialistischer Erzeugnisse über die Seegrenze der DDR hinaus in die weite Welt wird dann, in zwei Jahren, nicht abreißen, bekräftigt man unsere Hoffnung. Heute schon wird man sich und die Genossen vor Ort bemühen. Versprochen, Genosse Glück!
Das überwältigt uns und zugleich auch die Waldheimer Wohnraumlenkungsbeauftragte derart, dass sie sich gegen die Ablehnung ihrer ersten zwei Angebote durch uns nicht sperrt. Ihr drittes Angebot verdient dann auch endlich die Bezeichnung Wohnung. Nun bin ich Kathleens Held. Auch bin ich noch immer ein junger Mann. So liegt die Belohnung für das Heldentum zart, weich, sanft und wüstenheiß unter mir, später dann vor mir und bald ist auch Schluss mit Löffelchen. "Wegen des Kindes. Und hast du jetzt nicht auch was anderes zu tun?"
Da hat sie Recht und ich nun viel Zeit zur Bewältigung des nächsten Problems.

Busse und Bahnen

Die Wohnung ist fünfzig Quadratmeter klein. Auf diesen finden Küche, Schlafstube, Stube, Vorsaal und Kinderzimmerchen Platz. Zum Plumpsklo hinunter führt eine halbe Treppe durchs Haus und alles zusammen befindet sich in einem Vorkriegsneubau. Der Vermieter darf monatlich neunzehn Mark Kaltmiete verlangen. Eine warme Wolldecke, die der durch die geschlossene Eingangstür strömenden kalten Zugluft Einhalt gebieten soll, kostet schon mal fünfundzwanzig Mark. Die Wolldecke aber gehört zum Zustand "nach Renovierung". Erst einmal jedoch steht das Bewohnbarmachen noch aus und damit unmittelbar vor mir. Das Haus steht irgendwo zwischen Waldheim und Hartha. Es gehört zur Reihe der "Leipziger Häuser" und steht in seinem Zustand den Namensgebern der Messe-Altstadt in nichts nach. Zudem befindet es sich im kommunalen Niemandsland und nicht nur Not- und Bereitschaftsärzte streiten sich darüber, wer nun für die Versorgung der "Leipziger Häuser" verantwortlich ist. Somit bleibt dem Patienten mehr Zeit zu überlegen, was ihm eigentlich fehlt.

Von außen betrachtet, wirkt der Bau friedlich. Die stark befahrene Hauptstraße führt unmittelbar vor dem Haus und an Wohn- und Kinderzimmer vorbei. Der Vater tröstet mich, für ein gesundes Kind ist der Straßenlärm kein Problem. Zwischen der Rückseite des Hauses und dem Bahndamm liegt ein grüner Flecken. Wäschepfähle schmücken den Rasen und ein Schild bittet, die Wiese nicht zu betreten. Wenn also ein Weg gefunden sein wird, die Wäsche, ohne das Gras niederzulatschen, doch an die Leine zu klammern, dann wird es für das Schneeweiß der Hemdchen, Höschen und Windeln gut sein, dass bei der Bahn die Umstellung von Dampf- auf Elektroloks zügig vorangeht. Zwei weitere Achtfamilienhäuser schließen sich unserem an. Rundum sind dann nur noch Felder. Die Buslinie in beide Städte, irgendwo hinter dem Ackerland, führt am Haus vorbei. Volkswirtschaftlich betrachtet, wäre es unsinnig, der Bus hielte an "jeder kleinen Klitsche". Also macht er es auch hier nicht.
Die Wohnung liegt im Parterre und deren Eingangstür wurde bereits beschrieben. Die Doppelfenster klappern nur mäßig. Also stopft man jede Menge "Neues Deutschland" und "Junge Welt" in die Ritzen zwischen Holz und Mauerwerk. Nun braucht man nur ständig noch Kohlen nachzulegen und da heizen die Öfen Stube und Küche sogar aus. Von außen her lässt der Putz dem Mauerwerk ausreichend Freiheit. Damit bekommt auch die Umgebung etwas von Glücks Ofenwärme ab. Gern kuscheln sich Katze und Hase im Winter an die Hauswand. Der Platz hinterm Fallrohr der Dachrinne genügt den Igeln zum Frostabwettern.
Bald sind die Handwerker gefunden. Der Maurer wird zwei Tage zu tun haben, der Bodenleger vier, für Tapezier- und Malerarbeiten sollte man zwei Wochen einplanen, Elektro-, Gips- und Restarbeiten noch mal eine Woche und dann sind die Möbel in drei Tagen aufgebaut, rechne ich. "Der Nachwuchs wird bald drängeln, dass die Rippen krachen", katalysiert Kathleen meine Planungen. So bleibt nicht die Zeit, das Semesterende abzuwarten.

Seeräubernachwuchs

Da kommt Hilfe von der Insel Rügen. Erstmalig sollen im Sommer die Ralswieker Störtebekerfestspiele stattfinden. Für das historische maritime Räuberdrama auf einer Seebühne, mit richtig dreidimensionalen Kulissenschiffen aus Holz dahinter, benötigt man Scharen von Statisten. Vielleicht hatten im Vorfeld der Planungen die Ministerien für Kultur und Hochschulwesen eine ihrer gemeinsamen Tagungen mit einem Umtrunk verlängert oder die geplanten Komparsen hatten sich als nicht seefest erwiesen? Jedenfalls fand man, dass wir, also die in Warnemünde die Seefahrt Studierenden, wohl am authentischsten seeräuberisch brüllen, johlen, pfeifen, toben und singen könnten. Irgendwer muss uns nach dem Frühschoppen beobachtet haben. So ergeht von Berlin

aus nach Warnemünde folgender Befehl: Das Semester endet vier Wochen früher als geplant. Die Nautiker von Nord-Ostsee wissen noch vom letzten Jahr, wie sich der Sommer fern von zu Hause anfühlt. Also sollen sie ein weiteres Jahr Nicht-abgelöst-Werden-und-Frau-Vertrösten trainieren. Derweil werden unsere Seefahrtsschüler in Ralswiek zu Piraten geschminkt. Punkt!
Es gibt keine Ausnahmen, macht uns das Schreiben des Rektors klar. Auch ich soll nun über die Seebühne rasen, rachsüchtig schreien, falsches Bier trinken und kunstvoll sterben, währenddessen der Nachwuchs im Fruchtwasser tobt. Zudem lässt der Renovierungsfortschritt der zum Nest bestimmten Ruine die Dame meines Herzens langsam nervös werden.
Ich zaudere keinen Augenblick und klopfe mannhaft am Sekretariat zur Rektorfestung. "Der ist die nächsten Wochen nicht da", erfahre ich drinnen von der Wache. Nachdem mein Anliegen das Weib unter der Rüstung hervorgelockt hat, rät mir dieses "das mal schriftlich zu machen". Sie ist eine Frau und versteckt ihre Sympathie für nestbauende Helden nicht. "Ich kümmere mich dann", gibt sie mir mit auf den Weg. Die wenigen Zeilen sind schnell formuliert. Sie beschreiben mein Anliegen und enden mit dem Hinweis auf die von Erich Honecker gesponserte Wohnung. Dann gebe ich meiner Überzeugung Ausdruck, dass mein Anliegen auch der glaubhafte Wunsch des Generalsekretärs der Sozialistischen Einheitspartei Deutschlands sei. Die zukünftigen Repräsentanten seines Staates sollen sich in geordneten Verhältnissen auf ihre wichtige Aufgabe an der Außenhandelsfront vorbereiten können. Ich müsste den Genossen Honecker dann eben fragen, was die lichte Zukunft des Kommunismus dringender bräuchte, Seeräuber oder sozialistische Schiffsoffiziere. Und, wenn ich nicht umgehend die Antwort des Rektors bekäme, wäre ich gezwungen, den Durchschlag meines Schreibens nach Berlin zu schicken. Ob ich das soll, will ich abschließend wissen.
"Bleiben sie mal gleich da", schickt mir die Dame nun ungerüstet und vom Schreiben sichtlich begeistert ihr schönstes Schalklächeln entgegen. Zwei Minuten später holt sie mich zum Rektor herein. "Sehen Sie bloß zu, dass sie nach Hause kommen!", dröhnt mir der Chef die Bestätigung über den Eingang meines Schreibens mündlich entgegen. Einen Nachsatz allerdings will er sich nicht verkneifen: "Die Kommas sind alle falsch gesetzt!"
Zu Hause angekommen, gibt es richtiges Bier aus Wernesgrün und Siegerküsse von Kathleen. Mehr lassen der Nachwuchs und die Vernunft nicht zu. Außerdem, ich habe ja nun auch richtig was zu tun. Tage später, die Tapete hat das Selbstabwickeln aufgegeben, hoffe ich, vielleicht setze ich die Kommas im Leben besser?! Doch darüber muss ich nicht lange nachdenken. Nachdem mir die Eltern ihre Hilfe beim Schrankwandaufbau gekündigt haben, ich hatte ja nur bemerkt, ich wäre nun erwachsen und da würde der Schrank dahin gestellt, wo ich das will, Kathleen also, wird mir klar, das mit den Kommas werde ich wohl doch noch ein wenig üben müssen, auch im Leben.

Die Tage bis zum Einzug lassen sich an einer Hand abzählen. Kathleens Bauch rundet sich zusehends. Sie schleppt schon ganz schön am Angerichteten. Noch ist es nicht August. So werden Baby und Bauch weiter wachsen. Ein wenig tut sie mir schon Leid, meine kleine Dicke. Ina staunt täglich darüber, dass Mutti dicker sein kann als Onkel Bert, und darf ihr Geschwisterchen hin und wieder mal streicheln, bauchgeschützt natürlich. "Bald ist es so weit. Freust du dich schon?", will Omi von ihr wissen. Ina antwortet ihr mit dem mir gut bekannten Wenn-es-denn-sein-muss-Blick an die Decke. Da hat sie bereits eine Ahnung und Wochen später, der Muttibauch wird dann hier und da von innen heraus gebeult werden, wird sie es genau wissen. Erst einmal aber kuckt sie misstrauisch Mutti an und kann sich noch immer nicht so große Kinder in dem kleinen Bauch vorstellen. Doch, dass sie ihre Omi bald nicht mehr für sich allein haben wird, schon. Also kuschelt sie sich an Omi ran und nervt dann Opi. Das jedoch mit Vorsicht. Immerhin läuft bereits die siebente Fernsehwiederholung vom verlorenen Wismut Aue-Spiel. Er ahnt bald, auch diesmal wird seine Mannschaft nicht gegen Mielkes Truppe gewinnen. So darf Ina bald auf ihrem Opi herumturnen und tut das mit festem Tritt. Das lenkt ab vom Fanschmerz. Im Siedlungshaus wickelt man nun Tassen, Teller, Schüsseln und sonstigen Hausrat in Zeitungspapier.
Noch ist die Zeit nicht heran, in der "halbe Hähne" Babywindeln und Breichenkochen üben oder sich darauf vorbereiten, ihre bald kreißenden Frauen beim Hecheln und Pressen durcheinander zu bringen. Also tu ich naturbestimmt Mannhaftes und flechte die letzten Halme ins Nest. Am Abend dann finde ich mich erschöpft aber glücklich unterm Dach ein und übe gemeinsam mit Ina, Muttis dicken Bauch zu streicheln. Dann ist Ina vom Sandmännchen abgelenkt und Kathleen zieht mich flüsternd an sich. "Wir haben mit ihr den ganzen Tag ‚Vati' geübt", will sie mich überraschen. Ich überrasche zurück: "Ich will nicht, dass ein anderer für Ina bezahlt. Ich will sie adoptieren!" Nun sitzen wir zwei Überraschten da und kucken uns an. Die Pause zieht sich bis zum Traumsand aus Adlershof. Dann kriegt Mami einen Gute-Nacht-Kuss von Ina. Mir reicht sie ihre kleine Hand rüber, sagt: "Gute Nacht, Onkel ... hmmm ... Vati?" Der Klos im Hals lässt nur Nicken zu, meine Ohren kriegen Besuch und Ina von mir einen kurzen Schmatz. Da weiß sie, Mutti und Omi haben mit ihr nichts Falsches geübt. So sagt sie schnell noch einmal "Vati!", ist stolz auf sich und deshalb kriegen auch ihre Ohren nun Besuch. Damit sie nicht lange rumwischen muss, kriegt sie nun den Gute-Nacht-Kuss von mir nur auf die Stirn gehaucht. Weil aber ein Hauchkuss nicht so klebt, wie einer mit Spucke, der von Omi zum Beispiel, darf er sogar dort bleiben. Nun tippelt sie los und mit Mutti hoch unters Dach. Als Kathleen wieder unten ist, geht die Schmatzerei artig weiter. Dann sagt sie: "Lass uns später noch mal über die Adoption reden, ja?" Gleich hakt auch der Kopf ein. "Bauch, hast du dir das gut überlegt?", und die Antwort ist

typisch Bauch: "Quatsch, zum Überlegen bist du doch da. Ich fühle, nur so ist es richtig, und da will ich es auch!"
"Dann fühle doch gleich mal, wo das Geld herkommen soll für Wohnung, Kinder, Bahnfahrten und so. Nicht jeder ist dazu gemacht, mit zwei Hosen und ein Paar Schuhen durchs Leben zu gehen, wie du!" "Na hör mal", hält der Bauch gegen, "wir werden Kapitän, hast du da schon mal einen Armen gesehen? Und außerdem, wir lieben sie!" Der Kopf weiß, dass noch etwas Zeit vergehen wird, bis Kapitän Glück sein Schiff durch Sturm und Wind, mit Silber und Gold kistenvoll, Seide und Sammetzeug beladen und übervoll von Sehnsucht nach Hause steuern wird. Er ahnt die Größe der vor ihm liegenden Aufgabe und beschließt kleine, übersichtliche Schritte. "Dann sieh mal zu, dass du vom Rektor die Ferienarbeitserlaubnis bekommst", erinnert er den Bauch an die bevorstehenden Semesterferien. Sofort fallen dem Bauch wieder Störtebeker und Ralswiek ein. Bei dem Gedanken an die Rektorunterschrift bricht ihm der Schweiß aus und da wird der Kopf wieder einmal Hilfe leisten müssen.
Zurück in Warnemünde, schnapp ich mir meinen Reichsbahnfahrpreisermäßigungsantrag und auch die Anträge einiger Kommilitonen. Vor dem Sekretariat mische ich den Ferienarbeitserlaubnisantrag unter die vielen Reichsbahnanträge und drinnen dann stempelt die Helden und Nestbauer liebende Dame gleich los. Beim fünften oder sechsten Stempel muss sie deutlich weiter links zielen. Also stockt sie kurz und schaut beim Lächeln nicht zu mir hoch. Mit meiner Hoffnung auf zusätzliche vierhundert Mark zieht sie hinein zum Rektor. Als sie wieder rauskommt, zeigt mir ihr Blick, sie hat getan, was sie konnte und sie hat es gern getan. Wieder einmal wird mir klar: Ohne die Mädels an Land ist Seefahrt einfach nicht möglich!

Ich kriege ein Kind

In der ersten Nacht im eigenen Nest gesteht mir Kathleen, dass sie mich liebt. Ich hatte das schon vermutet, bei jedem Kussmundbrief und Schmetterling, aber sie macht nie große Worte. Wenn also nun doch, kann es nur stimmen und ich höre es gern. Bald ist das verwandtschaftliche Gemeinschaftswerk "Glücks Wohnung" gelungen und die "Bude" im bewohnbaren Zustand. Der Nachwuchs kann kommen.
Ina hat jetzt ihr eigenes, kleines Zimmer. Der Küchenherd ist groß genug. So wird der Windeltopf nicht runterfallen, wenn es in ihm brodeln wird. Die Küche muss gleichzeitig das Bad sein. Also hat uns der Vermieter erlaubt, dort auf eigene Rechnung ein neues winddichtes Fenster einzubauen. Dem Schwager war es gelungen, einen Minirestposten an Glasfliesen zu organisieren. Damit wird in der Waschecke das Spritzwasser nicht das Weiß von der Raufasertapete waschen. Die Stube ist so winzig, dass sie dadurch allein beinahe schon

gemütlich wirkt. Neben dem großen Kachelofen steht die Schrankwand, in ihr der Fernsehapparat und gegenüber ist die Eckcouch mit Stubentisch und Sesseln. Ein Teppich zusätzlich zum Bodenbelag nimmt der vom darunterliegenden Keller kommenden Kälte etwas die Kraft. Im Schlafzimmer stehen die Betten und der Schrank aus der Zeit "als Omi noch jung war". Somit ist auch das nächste Sparziel vorgegeben. Besonders im Winter und nachts bleibt der Weg zum Plumpsklo, eine halbe Treppe tiefer, eine tägliche Mutprobe.
Ich arbeite bereits wieder die vierte Woche im VEB Couch & Sessel. Der Ofen wird bald gut gefüttert werden müssen. So fallen die Hartholzreste an der Pendelsäge großzügig aus, vom Tisch herunter und in den Feuerholzsack hinein. 50er Buche und leicht angeharzte Kiefer werden, auf ihrem Weg durch den Küchenherd, Windelwechsel- und Babybadewohlfühlklima zurücklassen. Eine stolz strahlende Mutti mit quietschvergnügtem Kind wird sich nicht um die schwitzenden Küchenbesucher sorgen.
Die Zeit für den Vier-Personen-Haushalt ist ran. Der Sommer ist warm und schön. Wer nicht gerade ein Kind mit sich rumschleppen muss, kann sich darüber sehr freuen. Am Samstagnachmittag gehen wir drei etwas spazieren und raten, wann denn nun der vierte sich zu uns bummeln wird. An einem Augustsonntagmorgen ereilt Ina ein Pseudokrupp und uns der Schreck. Der Arzt eilt, nimmt Ina mit und behält sie im Krankenhaus. Die Aufregung zieht vom Kathleenkopf Richtung Bauch. "Nun fehlt nur noch Vollmond", unkt meine kleine Dicke, und die Nacht ohne Ina ist schon eigenartig.
Am Dienstagnachmittag, der Löwe ist gerade Chef am Himmel, schlendre ich nach getaner Arbeit aus dem Werktor. Die Pförtnerin ruft mir zu: "Ihre Frau hat angerufen. Sie sollen heute mal nicht rumbummeln!" Und da es mich sowieso nach Hause zieht, bald startet das fünfte Semester, Wochenendfamilie wird angesagt sein und jede Minute zu Hause ist jetzt schon wertvoll, staune ich nur kurz. Also bummle ich auch heute nicht. Wie immer, setzt mich der Bus weit vorm Haus ab. Dann bin ich daheim und Kathleen ist fort. Auf dem Küchentisch stehen ein leerer Wäschekorb und zwei Flaschen Pfeffilikör. Ein Zettel liegt dabei: "Bitte Wäsche abnehmen. Bin dein Kind holen!"
Es klingelt an der Wohnungstür und Oma Dora aus der Nachbarwohnung steht vor mir. "Na, da kommt wohl heute der Nachwuchs. Ihre Frau ist vorhin mit dem Krankenwagen weg." Sie hält unsere Wäsche bereits zusammengelegt im Arm, schiebt die mir rüber und rät: "Da feiern sie mal nicht so viel!" Nun steh ich da mit der Wäsche, der leeren Wohnung, den vollen Pfeffiflaschen und dem Rätsel, bin ich nun Vater oder nicht oder was? Ich klingle eine Treppe höher an der Wohnungstür zum einzigen Telefon im Haus. Dessen Besitzer ist Postamtschefin und man weiß ja aus der Schule, bei jeder Revolution müssen erst einmal Polizei, Medien und Post gesichert werden. So hat sie vorsichtshalber eben auch einen privaten Anschluss zur Infrastruktur.
"Drängeln Sie mal nicht so, junger Mann, hier kommt gerade ein Kind", gibt mir die Hebamme telefonisch Bescheid. Ich soll noch mal anrufen, später. Den

Pfeffilikör habe ich vorsorglich mitgebracht. Er wird uns die Wartezeit verkürzen. Nun ist das halbe Haus gespannt. Der Obernachbar hilft mir beim Pfeffivernichten. Dann wähle ich noch einmal die Nummer der Entbindungsstation. Das Telefon sagt mir, etwas wäre nun da und da ja jeder sonst anrufen könne, wird man mir nicht verraten was da nun da sei. Bis morgen hätte das ja wohl noch Zeit und wie es klingt, würde ich ja sowieso gleich nichts mehr begreifen. Wenig später läuft die zweite Flaschenfüllung Pfeffi in mich und den Nachbarn, da läuft auf der Entbindungsstation des Leisniger Krankenhauses Kathleens Uterus überrandvoll mit Blut, doch die Hebamme sehr spät erst zur diensthabenden Ärztin.
Es ist ein Riesenglück für alle, auch für mich, dass ich davon nicht sofort erfahre. Gegen den Bauch hätte der Kopf keine Chance gehabt. Ich hätte mich benommen, wie es eine sozialistische Persönlichkeit nicht tun sollte, versprochen!

Einfache Reproduktion

Berlin hätte gern die erweiterte Reproduktion, also Vati und Mutti zeugen drei Kinder und mehr. Der Staat tut viel dafür, dass viele schlaue Kinder den Sozialismus nicht nur personell stärken. Jahre später wird es keinen Sinn machen, dem hinterherzuweinen. Wer das eine will ...
Also, einfache Reproduktion ist Pflicht und die scheint nun erfüllt. Wenn man es recht bedenkt, hat die Wende vielleicht zwischen Waldheim und Hartha ihren Anfang genommen, damals Anfang der achtziger Jahre? Ich hätte zwei Kinder zeugen müssen, aber biete, mit nur einem, mutig und revolutionär der weiteren Fortpflanzung die Stirn. Man wird, wiederum Jahre später, noch viel blöderen Unsinn von selbsternannten Wenderevolutionären hören und lesen. Da will ich lieber hiermit schon mal meinen Anspruch anmelden. Erst einmal aber melde ich mich auf der Entbindungsstation.
"Wage es nicht, mit Rosen und im Anzug zu kommen!", hatte mich Kathleen gewarnt. Nun muss sie erleben, wie ihr Bert glück- und freudestrahlend vor ihr steht. Also erklärt sie das mit dem Anzug und den Rosen doch lieber ihren Mitmüttern im Zimmer: "Der fährt nämlich zur See und kennt Kinderkriegen nur vom Film her." Noch bin ich in dem Alter, in dem man kein Gefühl dafür hat, was Frauen wirklich wollen. Also hatte mir das mit dem Anzug und den Rosen eingeleuchtet, nur die Drohung nicht. Wenn da am Morgen nicht gerade zwei leere Pfeffiflaschen gewesen wären, hätte ich mir den Anzug wohl noch einmal angekuckt vorm Anziehen, na ja. Aber die Rosen, auf die bin ich stolz! Schließlich herrscht Sozialismus! Da gibt es frische Blumen im Laden nur zur Beerdigung oder aus dem eigenen Garten oder geklaut eben. Somit sind die fünfzig Rosen in meinem Arm ein wahres Liebesbekenntnis. Der Leser erinnert sich sicher an

das Ackerland rund um Glücks Nest. Auf diesem hatte die Gärtnerische Genossenschaft "Rosenzucht und Export" hektargroße Flächen lange vor Kohl bereits in buntblühende Landschaft umgewandelt und war ihrer Zeit also weit voraus. In der Mitte des August waren die Rosen fast alle geschnitten worden und brachten bald Farbe in den Westen. Nun standen noch Restrosen rum und das hatte seinen Grund, dass diese trotz Blumenmangel im Land, niemand klaute. Jetzt fehlen also auch die und so schlecht sieht der Strauß nun wirklich nicht aus. Kathleen zupft sich die Rosen mit den nur wenig hängenden Köpfen und nur winzig braunen Blätterflecken aus dem Strauß. Viel Arbeit hat sie damit nicht. Dann zischt sie: "Schaff bloß die Dinger schnell weg!" in meine Richtung. Nachdem auch die Krankenschwestern im Reststrauch noch brauchbare gefunden haben, spricht nichts mehr gegen die Entsorgung der Übrigen.
Der Rückweg führt am Babyzimmer vorbei. Dort schaue ich in ein zartrosa lächelndes Gesicht. Es gehört der Säuglingsschwester und bedeutet mir, an ihr hinunterzusehen. "Es ist ein Mädchen", freut sie sich schon mal für mich, und hofft, dass Freude ansteckt. Ich muss zweimal auf das Bündel schauen. "Oh Gott, war ich das?" Ein kleiner knittriger Kopf kuckt mir entgegen, die Ärmchen sehen aus wie zu straff geschnürte Leberwürste im Naturdarm und so richtig Freude aufs Leben spiegelt das alles nicht wider. Sekunden später tröstet mich Kathleen. "Die da drüben hat sogar ein Kind mit ganz viel schwarzen Haaren auf dem Kopf gekriegt! Das kannst du dir nicht vorstellen!", flüstert sie mir zu. Doch, das kann ich, aber behalte es vorsichtshalber für mich. Kathleen sieht noch sehr bleich mit Blau drin aus. Wenn ich nun meine ersten Eindrücke hier werte, fällt dem Kopf nicht gleich ein, wo hier nun das Glück sein soll und so. Doch der Bauch spürt es sofort und sehr. Es ist da und heißt Kathleen, Ina, Maja und Bert. "Komme morgen bitte wie ein richtiger Mensch", machen mir Kathleens Worte zum Abschied klar, nicht nur ich habe heute Toleranz Forderndes gesehen.
Am Abend sitze ich ganz allein in der Wohnstube. Später liege ich schlaflos im großen Bett. Kathleen fehlt mir und Ina. Der geht es schon besser, aber sie steht noch unter Beobachtung, weiß ich seit dem Mittag. Der Babykorbwagen wartet auf Maja und ist also auch leer. Die Stille wird mir unheimlich. Da schalte ich das Licht wieder an, rolle mir Kathleens Kissen zurecht und drücke sie ganz fest an mich. Als ich am Morgen erwache, ist "Kathleen" total zerknautscht und das Licht brennt noch immer. Das brennt noch sechs Nächte lang. Dann klopft sich Frau Glück die Kathleenrolle flach, liegt also wieder neben mir, Maja brüllt sich ausreichend Sauerstoff in die Lunge und Ina meint, genau so hätte sie sich das gedacht. Dann kuckt sie in den Korbwagen, sogleich an die Decke, daraufhin um sich, sieht weder Mutti noch Vati in der Nähe und flüstert gepresst zum Schreihals hin: "Du alte Ziege!"

Konsumrausch

Die Konsumgenossenschaft, Kreisverband Rostock, funkt SOS. Doch der Reihe nach.
Für Kathleen beginnt nun das Mütterjahr. Der Staat meint es mit der Förderung junger Familien ernst. Also kann sich Mutti nun, bei fast vollem Lohnausgleich, ein Jahr lang rund um die Uhr um ihr Töchterchen kümmern, und um Ina und auch ihr drittes Kind. Bis dahin ist der Arbeitsplatz sicher und der Krippenplatz beinahe. Ein wenig hängt das auch von Terminen ab, doch wir leben ja nicht den ersten Tag in der DDR.
Der Beginn des Herbstsemesters erlöst mich vom Schreien aus dem Korb. Ich bin zwischen Studium und Familie hin- und hergerissen. Maja stärkt ihre Stimme für kommende künstlerische Herausforderungen. Ina rettet sich in die Siedlung zur Omi. Nach dem Schreiwochenende, drei Tagen im Windeltopfdampf der Küche und zwei Nächten daumenlutschend neben Kathleen bin ich reif für die Wissensaneignung im Hörsaal und Durchschlafen im Wohnheim. Doch bereits in der Mitte der Woche glaube ich, schlau genug zu sein und will nach Hause. Also wird der Donnerstag immer öfter zum Freitag.
Mit "guten Tipps" von Herbert ausgestattet, wie er noch junger Vater war und so, geht es auf die Heimfahrt und an die Umsetzung. Also schreit Maja mal wieder meinen REM-Schlaf in Stücke. Da packe ich mir den Korbwagen. Ich reiße die Schlafzimmertür auf, will Wagen und Schreihals hinausschieben, doch sofort sitzt mir die Löwenmutti im Nacken. "Dann schläfst du eben in der Stube. Maja bleibt hier!" Nun muss ich mich entscheiden, Wüstenhitze mit Gebrüll oder stille Eiseskälte. Danke Herbert für den guten Rat! Bald habe ich mich an den lärmenden Babykorb gewöhnt. Immer öfter nun bleibt auch Ina am Wochenende zu Hause. Da fällt es schwer, sonntagabends den Zug zu besteigen. Also wird der Montag zum Sonntag.
Eine Situation, in der meine Wissbegierde von Dienstag bis Donnerstag reicht, unser Seminargruppensprecher aber von Montag bis Freitag Anwesenheit führen muss, schreit nach Konflikt. Auch bin ich nicht der einzige nestbauende Seefahrtsschüler. Irgendwann gibt sich Heinzi nicht mehr mit Geschenken für seine Bierdeckelsammlung zufrieden und protestiert: "Leute, das mach ich nicht mehr mit. Wenn ein Lehrer mal das Buch sehen will, bin ich dran. Also, ab heute kostet das richtig was, nämlich Konsummarken!" Schlagartig steigt im Süden der Republik der Umsatz der Konsumkreisverbände. Frauen, Freundinnen, Mütter, Schwiegermütter und Omas der Seefahrtsschüler holen alles, was sie zum Leben benötigen, nur noch aus den KONSUM-Verkaufsstellen ihrer Städte und Dörfer. Für jede Umsatzmark gibt es Umsatzmarken. Da geschieht es. Es kommt zum KONSUM-Süd-Nord-Gefälle in der DDR. Nämlich, die Marken werden in Bücher geklebt und am Jahresende gibt es dafür Umsatzprozente in Ostmark zurück. Nun landen aber die Marken des Südens im Kreisverband Rostock. Der verkauft nicht mehr als vorher, muss jedoch zum Jahres-

ende Riesensummen ausschütten, zum Beispiel an die Familie Heinzi, und gerät tief ins Minus. Der Süden macht einen Bombenumsatz, doch kaum einer fordert mit Marken seinen ihm zustehenden Anteil am Umsatz ein. Also ist der KONSUM hier fett im Plus. Irgendwann mischt sich Berlin ein. Das bringt dem Süden "Rote Sterne" im Wettbewerb und dem Norden zweimal Rot, nämlich die Laterne und zusätzliche Parteilehrjahre. "So lange, bis auch bei euch der Sozialismus gesiegt hat, Genossen!"
1982 wird die Handelsflotte der DDR zwanzig neue Nautische Offiziere bekommen. Parallel zu den dann "plötzlich und unerklärlich" stark fallenden Umsatzrückforderungen der Kunden im Norden per Rabattmarken wird die Herzinfarktrate bei den Verantwortlichen im Rostocker Konsumkreisverband schlagartig sinken. Und der Süden wird begreifen, er hat sich zu lange auf seinem Glück ausgeruht. Bis dahin aber sind es noch vier Semester und Heinzis Frau wird noch manchmal nur knapp einer Konsummarkenrückseitenklebervergiftung entgehen, jawoll!

Gebündeltes Wissen

Das Studium der Seefahrtswissenschaft schreitet voran. Wegen der ausgeweiteten Wochenenden wechsele ich meine Lerntechnik von Hefter-Mitschrift auf Kärtchen-Gleich-oder-Nachschrift. Mein Hauptselbststudienort wird die Reichsbahn. Da ist es von Vorteil, das vermittelte Wissen auf handlichen DIN-A7-Kärtchen, gebündelt und markiert mit verschiedenfarbenen Haargummis, bei sich in den Taschen zu tragen. Also schreibe ich mir am Dienstagnachmittag von den Kommilitonen den Freitag- und Montaglernstoff aus deren Heftern gleich auf meine Kärtchen ab. Und weil die klein sind, kann da nur das rauf, was ich für wichtig halte. Das wiederum kriege ich nur raus, wenn ich den Inhalt kapiere. Am Abend habe ich das zu Vermittelnde zweimal von hinten und von vorn gewälzt, einmal aufgeschrieben und verstanden. Das Kärtchenbündel wandert ins Regal und harrt dort der kommenden Prüfungen. An Dienstag, Mittwoch und Donnerstag übertrage ich noch in der Vorlesung oder im Seminar das Gehörte auf weitere Kärtchen. Die kucke ich mir Reichsbahn-heim und Reichsbahn-zurück noch mal an und dann kriegen die Freitag-bis-Montag-Kärtchen Besuch von ihren Dienstag-bis-Donnerstag-Kolleginnen.
Endlich beginnt an der Seefahrtsschule auch die Navigationsausbildung. Ich nehme mein Patent, beantrage im Wissenschaftsbereich eine Befreiung und kriege die auch. Nur die Prüfungsarbeit muss ich mitmachen. Nach vier Jahren Horizontalwinkel, Vertikalwinkel, Versegelungspeilung, Azimut und Lotlinien in Praxis sollte mir das nicht schwer fallen. Außerdem, auch wenn mir die Genossen Navigationslehrer der Seefahrtsschule später nicht helfen werden, hier an der Schule führt eben der rechtweisende Kurs auch nicht immer über die Karte

oder den Grund. Ich darf Recht behalten und bestehe diese Prüfung.
Die zusätzliche Freizeit der verkürzten Wochen nutze ich zur Vorbereitung auf die Diplomarbeit. Auch werde ich nicht umhinkommen, wieder im Hafen arbeiten zu müssen.
Die Wochenenden gehören ganz meinen drei Frauen.
Irgendwann im Frühherbst liege ich neben Kathleen unterm großen Federbett. Ich lutsche mal wieder am Daumen und der junge Mann im Vater und Studenten drängelt. Unerfahren bezüglich postnataler Sperrfristen, tue ich Naheliegendes und frage die mir nahe Liegende. Es sind auch die Antworten, die ich an ihr so liebe. Die entspringen dem richtigen Leben und hören sich zum Beispiel so an: "Denk einfach, du bist auf einer langen Reise! Das hast du doch sowieso bald wieder vor, oder? Die Reise hier ist bald zu Ende. Um die Länge der anderen musst du dich kümmern!"
Doch bald wird mir das Leben zu Hilfe kommen.

Babynahrung-Windeltopf-Zyklus

Das erste Weihnachtsfest in Familie, eigener Wohnung und eigener Regie ist da. Immer öfter beschenkt uns Maja mit himmlischer Ruhe. Am Weihnachtsabend bemerkt Ina, dass der Weihnachtsmann die Mutti geküsst haben muss. An Muttis Wange kleben weiße Weihnachtsmannbarthaare und Vati schimpft natürlich, so gehe das ja wohl nicht. Und dass er nicht auf der Stelle eifersüchtig wird, liegt sicher da dran, dass Männer in wichtigen Dingen eben zusammenhalten.
Die Zeit zwischen den Feiertagen und dem neuen Jahr bringt Ruhe und lässt Raum für die Klärung ernsthafter Fragen. Erst einmal aber hat Maja Hunger. Kathleen hält, am Küchentisch sitzend, das gut gefüllte Stramplerpaket im linken Arm. Mit der rechten Hand löffelt sie Kindernahrung aus dem Glas. Ihre Lippen formen den Breihaufen auf dem Löffel zu einem rundgelutschten Berg. So prüfen sie gleichzeitig auch die Esstemperatur. Kathleen scheint zufrieden und schiebt das Ergebnis ihrem Liebling zwischen die Backen. Der Wonneproppen strahlt und schmatzt und mag die ganze Fuhre nicht sofort. Also schubst die Zunge wieder was raus. Das klebt an den Lippen, den Wangen, auf dem Lätzchen und, wenn Maja ordentlich dabei zappelt, auch an Mutti. Die sammelt in Ruhe den Rest mit dem Löffel wieder vom Kind und von sich. Damit baut sie eine neue Fuhre "Reis mit Möhre" oder "Kartoffel mit Rindfleisch", wieder und wieder. Noch ehe der Löffel den Babynahrungsbreiglasboden erreicht, schnarcht Maja in Kathleens Armen. Passend zum Fest, bietet sich uns ein Bild des Friedens. Stunden später stört diesen Frieden ein Quengeln und ist bald Schreien. Da holt Mutti ihre Windeln mit Ton aus dem Korb, legt Maja auf den Küchentisch und entpackt das übelriechende Etwas. Wer im Leben erfahren

musste, wie frisch aus dem Baby entlassene und von allen Nährstoffen befreite Babynahrung riecht, der ahnt, wie sehr Mütter ihre Kinder lieben müssen. Nun knetet Kathleen verliebt das vom Darm Freigegebene mit der Windel zu einer Rolle oder Kugel. Dann lässt sie ihr Werk im Plumpsklo verschwinden. Vorher noch sind Poputzen und Majaküssen dran. Dabei zappeln deren Ärmchen und Beinchen verzückt wie geschnürte Presswürste an der Stange. Frisch gewindelt gibt's Schaukeln auf Muttis Knien, Milch und Abfahrt zurück ins Körbchen.
In den ersten Tagen hatte Ina noch gestaunt, doch bald wissen wir Besseres mit unserer Zeit anzufangen als Maja anzuhimmeln. Und das Schlimmste kommt ja noch. Auf dem Küchenherd brodelt der Windeltopf. In den hinein wird die kackbraun gefärbte Baumwolle gestopft. Bald darauf dampft es in der Küche wie in der Sauna. Stolz und mit roten Wangen werkelt Kathleen in ihrer Babyversorgungsstation. Ina sagt: "Ich erschwitze hier", und auch ich "schwitze wie ein Schwein". So haben wir beide einen Grund mehr zum Besuch der Wohnstube und des dortigen Fernsehapparates.

Silber und Gold

Kisten voller Edelmetall, so weiß ein altes Seemannslied, bringt der Weltumfahrer mit sich nach Hause. Uns würden zwei alte goldene Ringe schon völlig ausreichen. Ich hätte ganz gern eine Familie, die einen gemeinsamen Namen trägt. So meine ich, GLÜCK wäre ja nun als Überschrift für unseren Drei-Damen-und-ein-Herr-Haushalt kein hässlicher Name. Kathleens Widerstand ist auf einen Rest zusammengeschmolzen. Dieser heißt, versteh uns nicht als Geschenk, bislang lief es glatt, aber die großen Herausforderungen kommen noch, spätestens in zwei Jahren. So lange will ich nicht mehr warten. Anfang Januar sitze ich wieder im Zug nach Rostock und unser Entschluss steht fest. Wir werden am Ende der Sommerferien heiraten, gleich nach Ablauf des Babyjahres. Bis dahin wird Kathleen noch alleinerziehende Mutter zweier Kinder sein. Damit ist ihr der Platz in der Kindergrippe sicher. Wir brauchen das Geld und weil "mir sonst die Decke auf den Kopf fällt!", will Kathleen wieder arbeiten gehen. Achtzehn Jahre lang Popoputz am Kind sind Ostfrauen nicht gewöhnt. Ich will Ina adoptieren. "Wenn ich dich eher getroffen hätte, hätte **ich** dir Ina gebastelt", hatte ich mit Logik meine Absicht gestützt. Kathleen hatte auf ihre Art geantwortet "Wenn wir uns das leisten können? Na, da mach mal los!"
So marschiere ich mitten im Januar wieder zum Doberaner Platz. Der Hafen braucht noch immer fleißige Reservisten und Erfahrene wie mich sowieso. Ich brauche das Geld und für Nacht- und Wochenendschichten gibt's zusätzliche Westmark. Nicht gerade viel, aber fünfundzwanzig bis dreißig Schichten müssten ausreichen. Denn, wir haben noch ein Problem. Goldene Ringe kriegt nur

der, der dem Schmied vorher was hingebracht hat, Gold zum Beispiel. Kathleen und ich haben weder Omagold noch eigenes. Der Seeleutebasar im Überseehafen rückt Eheringe nur gegen Westmark raus, richtiges Geld also. Achtzig Mark West werden gebraucht und die müssen erst mal erarbeitet sein. So muss ich hin und wieder ein Wochenende in Warnemünde bleiben. Export, Import und Transit für Europas Binnenländer laufen auf Hochtouren und der Umschlag fährt 12-Stunden-Schichten. Da mache ich mich am Freitagnachmittag auf den Weg zum Hafen. Um achtzehn Uhr startet die Schicht im Zucker, in den Südfrüchten, in der Kohle, im Zement oder wo auch immer. Samstag früh um sechs ist sie zu Ende. Um sieben schlafe ich das erste Mal in der MITROPA überm Bier ein. Nach fünfzehn Uhr wache ich im Studentenwohnheim auf und bin am Abend gegen sechs wieder im Stückgut, beim Stahllöschen, Apfelsinenzählen oder Kohletrimmen. Der Sonntagmorgen sieht mich ohne Bierstop im Bett. Sonntagabend um zweiundzwanzig Uhr wanke ich wieder unter halben Schweinen oder stehe im Mais. Am Montagmorgen bin ich um sechs "wie erschlagen" und deshalb um sieben nicht im Hörsaal. Das macht schlank und kann nur Liebe sein, sonst hält man das nicht lange durch.

Schon wieder Störtebeker

An der Seefahrtsschule hatte es lange und heftige Diskussionen gegeben. Nicht nur der kapitalistische Mensch weiß den Einsatz der Ellenbogen im Kampf um Führungsansprüche, Geltung und Macht zu schätzen. Und da der Neid eine klassenlose Grundeigenschaft des Menschen zu sein scheint und ihn dazu verleitet, lieber nichts zu besitzen, als nur den kompromissfähigen Teil, standen die Herren Professoren schon mehrere Male vor dem Nichts. Wieder einmal hatten sie sich darum gestritten, welcher der Wissenschaftsbereiche denn der Entscheidende bei der Erfüllung des Bildungsauftrages "Offiziere für die Handelsflotte" sei. Dem müsse der meiste Platz an Bord eines noch in den Dienst der Ingenieurhochschule zu stellenden Motorschulschiffes der IHS Warnemünde/Wustrow zu gewähren sein.
Der letzte von drei außer Dienst zu stellenden Seitentrawlern der Fischerei stand kurz vorm Abwracken. Diese definitiv allerletzte Gelegenheit einte die Streithähne und man griff zu. So liegt im Frühjahr 1981 an der entlegendsten Pier des Rostocker Fischkombinates in Marienehe etwas, das die Fischerei "Schiff" nennt und lange Zeit GÖRLITZ hieß. Der intensive Fischfang in salzigem Wasser hat die Haut der alten Dame tief durchbräunt. Dank der zahlreichen, im Rost eingeschlossenen Luftkammern ist der notwendige Auftrieb gesichert. Das soll nun unser erstes stolzes Ausbildungsschiff werden, erfahren wir. Und, weil nicht nur Nachtfahrten geplant seien, gäbe es viel zu tun. Wir melden uns als Freiwillige auf Billiglohnbasis und hämmern mit Schickedanz-Technik

liebevoll am Rost. Sodann schmieren wir fässerweise Farbe drüber und verhelfen dem langgefahrenen Mädel zu dickem Make-up und neuer Schönheit.
Der Tag der Indienststellung ist angebrochen. Ich ziehe eine Leine "an der die Wäsche schon dranhängt" von vorn und über alle Masten nach achtern. So bunt über die rostigen Toppen beflaggt und bewimpelt, muss sich der alte Fischereidampfer noch einmal wie beim Stapellauf fühlen. In schmucken Uniformen harren wir der Gäste, die sich eingeladen haben, wie: Ministerium für Hochschulwesen, Ministerium für bezirksgeleitete Industrie, Ministerium für Verkehrswesen, Landesverteidigung, Fischkombinat, DSR und Seefahrtsschule. Bald sind alle an Bord und man entscheidet, "auf den Dicken" nicht länger zu warten. Es folgen kernige Reden, die von Trauer handeln, Auferstehung, Hoffnung, Bezwingung der Meere, einer neuen Generation von Schiffsoffizieren und dem Sieg des Sozialismus. Nun ist auch der Dicke an Bord. Axel zieht die Fischereifahne runter vom Mast. Ich ziehe die Hochschulflagge hoch. Offiziell sind nun alle Gäste froh über die Indienststellung. Heimlich und in sich rein jedoch, freuen sich die Genossen, dass sie das alles nicht mehr mitmachen müssen, was sie sich in ihren Ministerien gerade für die neue Generation ausgedacht haben und ausdenken werden. Der Sektkorken knallt sein Salut. Das Ingenieurhochschulmotorschiff STÖRTEBEKER ist somit in den Dienst von Wissenschaft und Ausbildung gestellt. Das muss begossen werden.
Die "schönen alten Zeiten" kommen nicht wieder, steht fest. Bevor nun die "lichte Zukunft des Sozialismus" einem "auch jeden Spaß an der Seefahrt verdirbt", entscheiden sich die Ministerien dafür, zügig "VOLLE FAHRT VORAUS" aufzunehmen. Der Generaldirektor der DSR erkennt noch rechtzeitig, die das Schiff bewachenden Genossen Seefahrtsschüler werden bald seine Untergebenen sein. Er riecht den Konflikt. Rechtzeitig noch gelingt ihm der geordnete Rückzug. Der Rest der Gäste wähnt sich für die Sturmfahrt gewappnet. Irgendwann in der Nacht tobt die Gesellschaft im rechten vorderen Viertel des Orkans. Die als Stewardessen verkleideten zukünftigen Funkoffizierinnen lotsen uns an die Bar, das Buffet und mitten hinein in die haushohe See. Dort hat die Indienststellung ihren Höhepunkt erreicht. Das "Fischkombinat" kniet, gelb gestreift bis unter die Achseln, vor einem der Funkmädels und fleht: "Nur einen Kuss!" Die "Landesverteidigung" kämpft stehend an der Flasche und lässt Trinkspruch und Nachfüllen einander abwechseln, bis zur Neige. Der Meteorologieprofessor und gleichzeitige Erfinder des mit Williamsen im Wettbewerb stehenden Törns zur effizienten Rückführung von Schiffen auf den Unfallweg nach Außenbordfallens von Besatzungsmitgliedern, heimlich und in sicherem Abstand nennen wir ihn den "Wolkenclown", angelt sich ohne Unterlass Salate aus drei vor ihm stehenden Schüsseln. Diese separiert er mit Braunem aus der Flasche und weiß noch nichts von seinem "Glück". Zwei Jahre später werden der Erste Offizier eines DDR-Handelsschiffes und sein Praktikant, beim Sich-zu-Tode-Langweilen auf der Reede vor dem türkischen Mersin, glauben, "arktischen Seerauch" entdeckt zu haben. Jedenfalls, wenn man die dort beobachtete

Erscheinung mit den Wolkenbildern im Lehrbuch des Dicken vergleicht. Er wird dann den Bericht der beiden ignorieren und sie mit Missachtung strafen. Doch so geht man eigentlich nicht mit einer neuen Generation sozialistischer Schiffsoffiziere um, oder?
Erst einmal jedoch geht Salat mit Weinbrand vor Wolke.
Nur der Kapitän des Trawlers hüllt sich in Pfeifenrauch, Melancholie und Sehnsucht nach Fischfang vor Labrador. Oder wenigstens Seefahrt ohne Professoren, Ministerien und Lehrer. Aus seiner Ecke heraus beäugt er misstrauisch die eigenartigen Gäste und ist, nach Bier und Wodka, "nur so viel, dass man nicht verdurstet" das, was man bei der Fischerei "nüchtern" nennt. Bald erfüllt ihn eine tiefe Trauer darüber, "wie weit" es sein Schiff gebracht hat. Wir trinken zügig los und sind schnell der Situation angepasst. Herbert gewinnt, wie immer, und geht bei einer zukünftigen Funkerin längsseits. Der Verlierer beweist seine Treffsicherheit. Mit Schwung lenkt er zehn Liter Fischkombinathafenwasserbrühe zielgenau durch das Bulleye und ins Lotterbett. Das stört den Funkverkehr nur wenig und bringt auch Herbert nicht aus dem Takt. Am Morgen dann sind alle wieder trocken, die Genossen Seefahrtsschüler sehen klare Bilder und die Erinnerung an die fröhlichen Funktions- und Würdenträger bestätigt mal wieder: Seefahrt ist hart, besonders an Land!

Zukunftsarbeit

Die Themen für die Diplomarbeiten sind verteilt. Sehr oft nun bin ich im Turm der Seefahrtsschule zu finden. Dort versuche ich, die Manöverelemente der Schiffstypen unserer Flotte an die Vorgaben des Radarsimulators anzupassen. Im Ergebnis soll das Training der Schiffsführung bei schlechter Sicht, so praxisnah wie möglich, stehen. Tagelang analysiere ich die Drehkreise, die Stopp- und die Auslaufstrecken der Modellschiffe. An den Wochenenden "fliege" ich zu meinen drei Frauen und trabe zwischen den Heimfahrten in den Hafen. Vor den Schichten dort fahre ich mit meinen Musterschiffen über den Radarschirm und wer mir später in der Flotte noch was zur Kollisionsverhütung mittels Radar erzählen will, kommt zu spät.
Irgendwann sagt der Körper STOP und drückt nach einer Zementschichtnacht im Hafen ein Stück Darmschlinge durch ein bindegewebeschwaches Stück Bauchdecke. "Hebe dir keinen Bruch!", hatte man mich immer gewarnt, aber keine Idee nachgeliefert, wer dann die schweren Bretter, Säcke und Ballen für mich heben solle. Also ziehe ich in das Leisniger Krankenhaus ein. Die Chirurgen ziehen ihre Nähte, später die Fäden und es gibt zwei frohe ärztliche Botschaften für mich. Die eine ereilt mich sofort und bedeutet zwei Wochen Nach-OP-Urlaub in Familie. Die andere gibt es ein Jahr später. Sie wird Weichen stellen und Familienglück bedeuten, sowie überschaubare Räume der

Enthaltsamkeit. Wieder wird es eine Dame sein, die mir dann zum Glück verhilft. Da muss Mann doch Frauen lieben, oder?
Zwei Wochen später hat mich die Seefahrtsschule wieder. Gleich meinen Kommilitonen lerne ich nun fleißig für die nächsten Prüfungen oder lasse auf dem Radarschirm weitere Schiffe miteinander kollidieren oder auch nicht. Am Semesterende bekommen die Prüfer die Antworten, die sie erwarten, und weil ich nicht testen will, wie nachtragend Rektoren sein können, kümmert sich die Sekretärin wieder persönlich um die Unterschrift unter meine Ferienarbeitserlaubnis.
Die Westmark für das Schuften in langen Umschlagnächten gibt es in bunten Scheinen mit äquivalentem Nennwert. Diesen erkennen nur speziell für Seeleute eingerichtete Verkaufsstellen an, doch das ist mir egal. Endlich bin ich im Besitz der Ringe. Die gefallen Kathleen sogar. Nun also darf es September werden.
Mitten im Juli trägt mich die Reichsbahn dem Ehestand entgegen. Erst aber muss ich noch etwas werktätig sein und eine Prüfung, "wie im richtigen Leben" bestehen.

Trübes Wasser

Maja tapst schon herum, trägt stolz ihren dicken Windelhintern durch die Wohnung und dazu bei, dass Ina und mir nicht langweilig wird, wenn Mutti grad mal keine Zeit für sie hat. Also steht Ina irgendwann am Vormittag in der Küchentür. Mit spitzen Fingern schiebt sie Maja vor sich her, rümpft die Nase und meint: "Die stinkt aber ganz schön, Papi!" Ich muss da nicht lange hinriechen, um Inas Eindruck zu bestätigen. Kathleen regelt wohl gerade mal was mit der Arbeit oder dem Krippenplatz, ist also außer Haus. Ich muss handeln. Da pack ich mir das herzhaft riechende Kind und will es hochheben. Doch der Strampelanzugstoff in ihrem Rücken gibt breiig nach. Das fühlt sich an, als wenn man in Pampe greift, nur dass da noch ein Stück Stoff drüber ist. Was das für Pampe ist, muss ich nicht lange überlegen. So richtig weiß sieht auch der Hals des übelriechenden Kindes nicht mehr aus. Wenn es nun kein Kleinkindkackenchaos geben soll, kann ich die so nicht auf den Wickeltisch packen, wird mir klar. Ina kuckt gespannt, wie das nun weitergehen wird. Ich begreife die Situation als Herausforderung und Chance. Vatis sind jeder Situation gewachsen. Mein Blick wechselt zwischen wilder Entschlossenheit und verzweifeltem Suchen. Dann trifft er die Spüle und Rettung ist da!
Von meinen Händen gezogen, schwebt Maja quietschend durch die Luft und landet in der linken Wanne der Spüle. Zum lallenden Kind gebe ich Ellenbogen geprüftes kindwarmes Wasser hinzu. Während der Nachwuchs nun eben gleich mal im Anzug badet, läuft in die rechte Spülenwanne kaltes Wasser. Ina

ist begeistert, aber hält einen sicheren Abstand. Die Trennung des Kindes von der stinkenden Hülle steht bevor. Strampelanzug, Hemdchen, Windelhose und Windeln schwimmen bald im kalten Wasser und das sieht bald so gelbbraun aus wie das Warme mit Maja drin. Also zieh in den Stöpsel, die Brühe gluckert weg und ich putze das Kind unterm laufenden Wasserstrahl mit meinen Händen schneeweiß. Anschließend geht die Reise im hohen Bogen auf den Windeltisch und ins Badetuch. Am Ende sieht Inas Schwesterchen aus, als wäre nichts gewesen, doch die Küche wie nach einer Schlammschlacht. Und weil ich mir gut vorstellen kann, wie Kathleens Gesicht aussehen würde, käme sie jetzt zur Tür herein, schaff ich mir Putzfreiheit. So erhält Ina den Auftrag: "Geh mit der fernsehen oder was auch immer!" Da schnuppert sie vorsichtshalber noch mal an der Schwester und dann tippeln beide in die Stube. Ich habe nun richtig Arbeit. Später wird mir Ina ihre Begeisterung über mein mannhaftes Tun zeigen. Stolz auf ihren Papi, wird sie wissen wollen: "Stimmts, wie ich noch klein war, da hast du mich auch so gewindelt?"
Na klar, was denn sonst!

Poltern am Abend

Der Sommer vergeht mit Kinderwagenschieben, Omi- und Opi- Besuchen, Hochzeitskleidkaufen, Jugendhilfeamtbesuchen und Adoptionbeantragen. Inas Erzeuger muss einwilligen, sonst wird es nichts mit einhundert Prozent Familie Glück. Der wäre ja dumm und ist es nicht. Damit wird es bald vier glückliche Glücks und einen glücklichen Unterhaltsentpflichteten geben.
Die Arbeiten im Sitzmöbel-VEB Waldheim gehen in die vierte Woche. Ich arbeite im Maschinensaal als Handlanger den Facharbeitern zu. Nebenbei versuche ich mich im Basteln einer Fußbank für Kathleen. Die hätte sie gern, um bei Bedarf die eigenen 150 Zentimeter um 20 weitere zu verlängern. Klar doch, für meine Angebetete tue ich alles. Am Freitagmorgen ist die Fußbank fertig. Einer der Möbeltischler meint, er hätte das noch nie erlebt, dass jemand das Feuerholz vorm Verbrennen noch verschraubt und verdübelt. Dann drückt er kurz mit dem Handballen auf mein Kunstwerk. Das wackelt bedenklich in allen drei Freiheitsgraden. So meint er, könne das schnell den falschen Eindruck bei den Mädels machen. Doch wenn ich Mut genug hätte, tauge es vielleicht nicht als Geschenk, als Überraschung jedoch allemal. Mich drückt kein unangebrachter Stolz. Am Freitagmittag nehme ich das Hochzeitsgeschenk des Gutachters in Fußbankangelegenheiten dankbar entgegen. Die Bank ist aus Hartholz, vom Fachmann gebaut und ich könne nun eine Kuh draufstellen, es würde halten, sei er gewiss.
Die Hochzeit rückt näher. Majas erster Geburtstag ist vorbei. Damit ist der Krippenplatz sicher und also kann in vierzehn Tagen Hochzeit sein. Es wird kei-

nen Polterabend geben, verkünden wir im Vorfeld und rundum. "Geschenke bitte in Geldform, davon haben wir noch nicht genug."
Dann ist der Vorhochzeitsfreitagabend da. Verabredungsgemäß ist es still in der Wohnung. Ich bin ganz nüchtern, Ina ist gespannt, Kathleen etwas müde. Maja riecht sich gut an und alles um uns her ist Friede und Vorfreude. Da klingelt es zaghaft an der Tür. Ich öffne und erkenne, stimmt, denen hatte ich das mit dem Polterabend, der keiner sein soll, nicht gesagt. Vor mir stehen der Fußbankbauer, die Bretterstapelaufsetzer, der Holzhofmeister, eine Kiste Bier und zwei Flaschen Schnaps. Wie das endet, könne sie sich denken, meint Frau Bald-Glück und schickt die Kinderchen schlafen. Die beiden Flaschen Pfeffi reichen gerade mal so und die Kiste Bier nie und nimmer. Trotzdem berichtet Kathleen am nächsten Morgen, sie hätte die Polterer dann irgendwann in der Nacht mal nach Hause geschickt. Der Biervorrat sei nun futsch und, damit ich es gleich wisse, "so jedenfalls heirate ich nicht!".

Scheidung vor der Hochzeit

Also entgegne ich, jeder Mann würde vor der Hochzeit so aussehen wie ich heute morgen. Das wäre ihr egal, wie ich mich ans Licht trauen wolle, aber "mit ***den*** Augen trete sie vor keinen Fotografen!" Jetzt sehe ich es auch und weil ich Kathleen kenne, ist mir klar, das meint die ernst. Ihre Augen ziert eine Bindehautentzündung. Sie geben den Anschein, Kathleen hätte die Nacht durchgeweint, wegen des Glücks, dem Glück oder wem auch immer. Bauch und Kopf klingeln Alarm! Die Gäste, das Mittagessen, die Feier ... die Liebe! Drei Stunden vor dem Termin beim Standesamt habe ich nun einen mittelschweren aber bräutigamsgemäßen Kater, eine Braut mit roten Augen, die "so, freiwillig auf kein Foto rauf" und "dann eben auch nicht heiraten" will und keine rettenden Augentropfen. Zwei eilends geführte Telefonate geben Gewissheit. Kein Arzt ist bereit, Kathleens Bindehaut und mein Nervenkostüm als Notfall zu akzeptieren. Die ersten Gäste rücken an. Es sind der Schwager und die Schwester der Holden. Billa bestätigt mir sofort: "Das kannst du der glauben! Die kenn ich schon länger!"
"Ohne Augentropfen geht gar nichts", bekräftigt auch Kathleen noch einmal das drohende Ende unserer Liebe, doch gibt ihr noch eine winzige Chance. "Aber, wenn du welche besorgen könntest, dann wäre innerhalb einer Stunde alles gut." Die Botschaft ist konsequent weiblich: So, nun zeig mal, ob du mich liebst!
"Wir brauchen euren Trabi", spreche ich zum Schwager. Der fühlt Action, ist also dafür und kurz darauf rasen wir zum Waldheimer Krankenhaus. Dort treffen wir lauter Kranke und Schwestern, doch weder Arzt noch Ärztin sind in Rufnähe. Also treibt mich die Not über die Gänge und in eines der Schwesternzimmer. Die Mädels frühstücken gerade und haben wohl für heute schon allen

Klatsch abgearbeitet. So nehmen sie sich Zeit für meine gehetzt vorgetragene Geschichte von Liebe, Hochzeit, Seefahrt, möglicherweise nun bald vaterlosen Kindern, verzweifelter rotäugiger Frau und Beinahe-auch-Verzweiflung in mir, "wenn nichts geschieht!" Am Ende meines Vortrages erhebt sich eine würdige, hochzugeknöpfte Dame und verkündet: "Ich weiß von nichts." Dann verlässt sie den Raum und die Restmädels stürzen über die Flure und hin zu den Arzneischränken. Sekunden später hält eine die Rettung in der Hand und droht: "Die ist mir gerade runtergefallen, also kommen sie um Himmels Willen am Montag nicht mit einem Rezept!" Das verspreche ich ihr ganz sehr. Vielleicht brauch ich sie ja bei der nächsten Hochzeit wieder. Zwei Stunden später halte ich meine entspannte Kathleen im Arm. Die meint nun, der gestrige Polterabend hätte mich wohl ganz schön mitgenommen, so kurzatmig wie ich nun sei und "wie du rumläufst!" Daraufhin ordnet sie ein wenig an mir herum. Wieder eine Stunde weiter klicken die Fotoapparate und die Bilder werden später ein Brautpaar zeigen, dem man ansieht, es hat schon etwas Lebenserfahrung. So strahlt die Braut Ruhe aus, ist bezaubernd schön und keine Brille verdeckt ihre leuchtenden Augen. Der Bräutigam schaut mit festem Blick in die Zukunft und auf sein geliebtes Weib. Man sieht ihm an, er ist Herr der Lage und seiner selbst. Und da das Hochzeitsfoto "mit Bräutigam-EKG dran" noch nicht erfunden ist, glaubt man den beiden die glückliche Gelassenheit sofort.

Ina erinnert sich am Nachmittag daran, dass Mutti und Vati Geld durch die Gegend geworfen haben und überredet Enrico zum Hochzeitmachspiel. Gleich darauf klingelt es an der Wohnungstür. "Mehr konnte ich nicht retten", spricht Oma Dora, und muss ihren Handteller nicht zu sehr wölben, um dem Rest der Fünfmarkstücke aus Inas Sparbüchse als Transportbehältnis zu dienen. In den Kinderzimmern der Leipziger Häuser kriegen die Sparschweine wertvolles Futter. In unserer Wohnstube feiert die ältere Generation die gelungene Kindeszusammenführung. Die Jugend fetet auf der Wiese hinterm Haus. Dabei lachen wir über die Kinderchen, die Muttis erziehen etwas an ihnen herum und die Väter sichern den Fluss der Getränke. Nur "deine affigen Wimpeln", wie Kathleen meine stolz und farbenfroh-seemännisch-zünftig das Fest schmükkenden Signalflaggen nennt, irritieren die Braut ein wenig. Die zeigen "Lotse an Bord" , "Quarantäne" oder "Feuer im Schiff" und passen so sogar manchmal ins Leben an Land. Am frühen Abend liegt der Schwager bewusstseinsarm in dem Bett, was er kennt. Unser Ehebett auf Zeit hatte auch ihm schon bei der Vergrößerung der Familie gute Dienste geleistet. Später dann liegt er neben dem Bett und Kathleen weiß nicht, warum sie diese Nacht nicht dort schlafen soll, wo sie hingehört. Ich rücke mir in der Stube zwei Sessel zusammen, höre Ina und Maja im Kinderzimmer noch plappern und denke, ein Glück, dass wir vorgearbeitet haben. Mit so einer Hochzeitsnacht, kommt man nämlich zu nichts.

Am Sonntagmorgen schleicht sich meine Angetraute zu mir ans Sessellager und spricht: "Du Armer!" Noch ehe die Kinder drängeln oder der Schwager erwacht, nimmt sich Frau Glück die Zeit, Herrn Glück zu küssen. "Die Hochzeitsreise holen wir mit dem Schiff nach", flüstere ich ihr verliebt ins Ohr. Damit sie nicht zugeben muss, so richtig glaubt sie da nicht dran, küsst mich Kathleen eben noch einmal. Nun bin ich also ein Ehemann im Alter von sechsundzwanzig Jahren und für DDR-Verhältnisse ein absoluter Spätstarter. Doch das ist mir Wurscht! Ich bin einfach nur glücklich und fühle mich sauwohl mit meinen drei Frauen!

Ein Sozialistisches Kollektiv

Die Hochzeit ist vorüber und das Wochenende auch. Der Montagabend sieht mich auf der Bahn, der Dienstagmorgen im Hörsaal und der Endspurt ist eingeläutet. Die Hauptfächer gehen ins letzte Semester. Dem werden sich die Abschlussprüfungen anschließen, das Diplomsemester und die Praktikantenzeit. Für Kathleen beginnt eine harte Zeit und es wird härter kommen. Noch ist Frieden, aber auch der ist schon anstrengend genug. Werktags muss sie morgens halb vier raus aus dem Bett. Dann heizt sie beide Öfen an. Halb fünf muss der Kachelofen zugedreht werden. Um fünf ist die Nacht endgültig vorbei und halb sechs werden Ina und Maja geweckt. In Stube und Küche empfängt die beiden mollige Wärme. Nach dem Frühstück geht es durch Schneeregen, Eissturm oder manchmal auch ganz normal, Maja im Kinderwagen oder auf dem Schlitten und Ina an Muttis Hand, die zugige, regengepeitschte Landstraße entlang. Autofahrer können auch zu DDR-Zeiten schon richtig schön rücksichtslos sein. Halb sieben ist Maja in der Krippe, dreiviertel sieben Ina im Kindergarten und Punkt sieben beginnt die Arbeit im VEB Elektromotoren. Der liefert Antriebe für die Landesverteidigung, die Weltraumfahrt und ganz zivile Unternehmungen. Kathleens Arbeitsplatz ist die Wareneingangskontrolle. Um vier am Nachmittag endet die Arbeit und die Töchter müssen nun in umgekehrter Reihenfolge zur morgendlichen Tour eingesammelt werden. Dabei sind Einkäufe zu erledigen. Zu Hause angekommen, muss die Asche aus den Öfen und neue Glut hinein. Es folgen Abendbrot und Majabetten, Ina Märchenvorlesen, Kohlenschleppen für den nächsten Morgen und um acht ist auch für Kathleen Schlafenszeit. Die Nacht wird früh genug zu Ende sein.
Samstags ist stundenlanges Warten in der Kaufhalle und beim Fleischer angesagt. Dem folgen große Wäsche, Wohnungsaubermachen und vielleicht mal mittags eine Stunde Schlafen. Damit dient das Wochenende oft nur der Regeneration und dem Überleben der Familie. Der bezahlte Haushaltstag pro Monat hilft den Müttern enorm. Der Staat braucht Arbeitskräfte und Kinder. Die Freistellung ist eine Investition in die Zukunft. Und in stolze, selbstbewusste Frauen.
Was nun kommt, kann kein Brief nach Berlin geradebiegen. Maja ist sehr oft

krank. Oftmals muss sie schon tagsüber aus der Krippe geholt werden.
Bald ist die bezahlte Freistellung bei Krankheit des Kindes ausgereizt. Maja wird wieder krank und dann ist auch Kathleen am Ende.
Auch im Sozialismus sind Chefs "dafür, dass Frauen Kinder kriegen". Das sehen sie ein, na klar! Schon allein deshalb, weil es ja sonst auch mit der eigenen Kindheit nichts geworden wäre und auch nicht mit der schönen Karriere jetzt. Weil sie Leiter von Sozialistischen Kollektiven in einem kinderfreundlichen Land sind, sind sie sogar sehr dafür. Die Frau im Sozialismus, so allgemein, na klar muss die Kinder kriegen oder auch die in der Nachbarabteilung. Nur, warum nun "gerade die Weiber meiner Abteilung hecken wie die Karnickel", ist nicht einzusehen. "Dann sind die noch pausenlos krank mit ihren Wänstern!" Wie soll der Sozialismus da siegen?
Später wird es Mobbing heißen. Also liegt Kathleen wiederholt mit einer schweren Angina flach und Ina kümmert sich um Maja so gut sie kann. Vorerst erfahre ich davon kein Wort, dann doch. "Wir wollten doch nur, dass du in Ruhe studieren kannst!" Das letzte Geld ist ausgegeben. Vom Rathaus gibt es keinen Pfennig und unsere Eltern sollen nun den Unterhalt übernehmen. “Eher geh ich betteln", sagt Kathleen, und ich kenne sie gut. Also beginne ich in der Vorbereitungszeit zu den Hauptprüfungen wieder mit den Nachtschichten im Hafen. Doch es kann nur ein Tropfen auf den heißen Stein sein. Gott sei Dank ist die sehr karge Zeit bald zu Ende. Dann schickt uns der Herr den Frühling und Majas Gesundheit stabilisiert sich. Kathleen verdient wieder Geld. Doch die Angst vor Rückschlägen bleibt. Bald sehe ich aus "wie ein leergekotzter Schlauch", meinen die Studienkollegen. Bis zum Ende des Studiums werde ich die Schichten nicht durchhalten. Also nehme ich mein Patent und frage in den Flottenbereichen nach Arbeit. Die haben jede Menge. Morgen schon könnte ich als Dritter Offizier im Flottenbereich Mittelmeer/Afrika aufsteigen. Doch Kathleen droht: "Das trau dich! Du wirst Kapitän und nichts anderes kommt in Frage!" Da liebe ich sie gleich noch viel mehr und trotzdem muss eine Lösung her. Also beantrage ich, zeitgleich zu den Hauptprüfungen, das Diplomsemester machen zu dürfen. Das würde mein Studium um ein halbes Jahr verkürzen. Der Rektor ist froh, dass ich "nur das" will. Also darf ich und lege los. Das lässt mich nicht gesünder aussehen, wird aber gerade deshalb zum freudigen Ereignis.

Auch Kühe, Genossen Seefahrer!

Diese Geschichte hat sich nach dem fünften, sechsten oder siebenten Mal Maja-krank in Folge ereignet und hätte mir die gesamte Dramaturgie der vorhergehenden Geschichte durcheinander gebracht. Ich reiche sie hiermit nach, weil sie lustig ist, aber auch zeigt, wie ungleich die Lasten der Jungfamilie

Glück zu diesem Zeitpunkt verteilt sind. Ich verrate kein Geheimnis, daran wird sich auch in späteren Geschichten nicht viel ändern. Die Hauptlast tragen nun einmal die Seemannsfrauen an Land, zu jeder Zeit.
Meine Lasten sehen so aus:
Am Vorabend des Republikgeburtstages im Jahre 1981, also acht vor zwölf, läuft die STÖRTEBEKER aus und kündet stolz von der Zuversicht und vom Glauben an die Sieghaftigkeit einer neuen Nautikergeneration. Mit Schülern der Seefahrt an Bord dampft sie zur Navigationsbelehrungs- und Schiffsführungstrainingsfahrt durch Belte, Sund, Kattegat und Skagerak in die Nordsee und zurück. Ich gehöre zur Gruppe der Seefahrtsschüler, die mit dem Ersten Offizier die Vier-Acht-Wache geht. Er nennt uns Leutnants und wir trainieren Peilen, Auswerten, Aufsteuern, Gegenhalten, Ausweichen sowie unsere Geduld. Denn, der Erste soll "der Kuhkapitän" gewesen sein! Da hat mal ein Schiff eine Kuh totgefahren und ob sich beide im Wasser oder auf der Wiese getroffen haben, ist uns noch nicht ganz klar. Das wüssten wir doch zu gern, zähmen aber unsere Neugier und lernen vom Ersten Wachoffizier See- und Revierfahrt. Es ist finstere Nacht, kein Mond scheint und nur das rote Licht des Einschaltknopfes der Kaffeemaschine glimmt in der Schiffsbrückenkaffeekochecke vor sich hin. Während auf jedem anderen, also normalen Schiff dieser Welt Witze erzählt oder Heimatberichte ausgetauscht werden, herrscht auf einer Schulschiffbrücke absolute Ruhe. Jeder überflüssige Satz stört bei der Wissensaneignung, dem Erfahrungsammeln und später in der Beurteilung.
Die STÖRTEBEKER rappelt sich südgehend vorwärts und ein Licht taucht am Horizont auf. "Entgegenkommer Steuerbord voraus, rot-weiß-grün", ruft der Ausguck-Seefahrtsschüler dem Wachoffizier-Seefahrtsschüler zu. Dazu muss der Nichtseemann nur wissen, nachts sieht man keine Schiffe, sondern nur deren Positionslichter. Die Stellung der farbigen Lichter zueinander lässt den kundigen Schiffslenker mit großer Wahrscheinlichkeit die Absicht des anderen erahnen.
"Rot-weiß-grün voraus in Sicht, Augen zu und Schotten dicht!", flachst es aus dem Mund des Navigations-Seefahrtsschülers hinterm Kartentisch hervor. Der Witz ist uralt, doch für Bald-Nautiker eine wichtige Gedankenstütze. Es sollte gehandelt werden. Der Erste Offizier ermahnt nun seine Leutnants zu mehr Ernsthaftigkeit. Also wird ernsthaft gehandelt. "Geh mal ein bisschen nach Steuerbord, so dass der unser rotes Licht sehen kann", spricht deshalb der Wachoffizier-Seefahrtsschüler zum Rudergänger-Seefahrtsschüler nun das, was er in seiner Matrosenfahrzeit selbst oft genug gehört und befolgt hatte. Dem Ersten Offizier reicht es. Also donnert er lehrend los: "Rechtzeitig und energisch! Das hört ihr doch täglich im Unterricht!" Da ruft nun der Wachoffizier-Seefahrtsschüler: "Hart Steuerbord!", und es folgt eine winzige Handlungspause mit viel Stille darin. Der Erste platzt wohl gleich, fürchten wir den Spaß übertrieben zu haben. Doch der hat schon mehr erlebt als "dumme Leutnants" und Nachwuchs, der "schon als Matrose in der Flotte versaut" wurde. Er über-

nimmt das Kommando, bringt Ruhe in die Brücke, damit auch in den Seeraum und bittet zur Audienz am Ende der Wache. Auch der Gegenkommer scheint erleichtert. Trotzdem zeigt er uns deutlich seine rote Positionslaterne. Das Hin-und-her-Hampeln unserer Lichter hat ihn doch etwas irritiert.
Zehn vor acht betreten die Acht-Zwölf-Wache gehenden Genossen Seefahrtsschüler zwecks Ablösung der alten Wache die Brücke. Im Bewusstsein einen genialen nautisch-schiffsführerischen Scherz zu landen, ruft einer von denen "Acht-Zwölf-Wache meldet sich auf der Brücke! - Hart Backbord!" Schlagartig vergrößert sich für den Ersten Offizier der Kreis der "unreifen Leutnants, die die DSR ins Chaos stürzen werden". Dessen sei er sich sicher. Mit nachdrücklichem Hinweis auf die zukünftige Verantwortung für Schiff, Ladung und Besatzung und seinem aktuellen Eindruck von unserer Eignung dafür, macht er uns bewusst, die schöne Studentenzeit wird in Kürze vorbei sein. Jetzt wagt auch der letzte Mutige nicht mehr zu fragen: "Wie war das denn nun mit der Kuh?"

Fernost droht

Zunehmend wieder interessiert sich die Flotte für uns Seefahrtsschüler. Es ist Anfang März und vorausplanend für den Herbst trampeln die Arbeitskräftelenker und Inspektoren der Flottenbereiche über die Hochschulflure. Sie wollen sich ausreichend Praktikanten sichern.
"Der Jahrgang wird wohl komplett zu Fernost gehen", ist die Grundaussage einer Informationsveranstaltung. Und: SICHERHEIT UND ORDNUNG sind per ministerieller Anweisung aus Berlin bei der DSR installiert worden. Das gefährdet die Personalplanung der Inspektionen akut. Wir müssen uns nämlich nun noch einmal bewerben. Zwei Studenten überstehen das nicht. Sie waren dann eben schnell mal vier Jahre ein bisschen die Seefahrt studieren. Einer der Unglücklichen gehört unserer Seminargruppe an. Unter dem Punkt des Fragebogens "Kontakte in das nichtsozialistische Wirtschaftsgebiet" hatte er "Briefwechsel / Malta" angegeben und bei nachfolgender eindringlicher Befragung auf dieser Brieffreundschaft aus seiner Matrosenfahrzeit bestanden. Auf unsere gut gemeinten Tipps hin, wie "du musst doch bescheuert sein" oder "da kriegst du dein Seefahrtsbuch doch nie wieder", hatte er zur Zweitbefragung dann den Abbruch des Briefwechsels angekündigt. Mit dieser Antwort jedoch hatte er nicht gerechnet: "Schreiben Sie mal schön weiter ihre Briefe. Sie werden Malta nie wiedersehen!"
An meiner proletarischen Abstammung hat sich nichts geändert. Doch ich hatte ja Westverwandtschaft hinzugeheiratet. Eingebrockt von testosterongesteuerter Antwort nach östrogenvermitteltem Angriff auf naturgemäß funktionierendes Jungmannhirn, und nicht nur dort eben, ergänzen nun Onkel und Tanten bei Bremen und Köln die Liste Potentiell-kontaktsuchend-klassenfeindlich-Gesinn-

ter. Bald kann ich aufatmen. Die Personalsituation bei DSR drückt so sehr, dass man sogar in Berlin begreift, angebundene Schiffe können schwer ihre Transport- und Devisenfunktion erfüllen. Also "lasst sie fahren, in Gottes Namen". Aber, man wird die Kader schmieden müssen. Deshalb sucht man nun intensiver unter Maurern, Klempnern und restlichem Proletariat die geeigneten Hämmer, welche die studierten Rohlinge in Form bringen sollen. Bald überschwemmen Politoffiziere mit ihrer "Fach-, Sach- und Führungskenntnis" die Schiffe. Das gibt schöne Geschichten und der Leser darf sich schon jetzt darauf freuen.
Wir sollen also nach Fernost fahren, Hongkong, Singapur und Tokio und wie der Name des Flottenbereiches schon vermuten lässt, findet dort Schifffahrt statt, die interessante Wetten zulässt, was wohl länger dauern wird, die Reise oder ein Jahr? Bei diesem Gedanken murrt der Bauch ganz kräftig. Der Kopf meint, dass hätte er dem Bauch schon immer gesagt, dass dorthin, wo es Wasser gibt mit Häfen dran, auch Schiffe fahren. Das könne schon sein, gnatzt der Bauch nun mit dem Kopf. Bei so vielen Schiffen auf der Welt müsse es ja nun nicht gerade das des jungen Familienvaters Glück sein, das Kalkutta, Shanghai, Haiphong und ähnlich grausam weit entfernte Häfen ansteuert.
"Kopf, kann man da wirklich nichts dran drehen?"
"Jetzt lassen wir uns erst mal die Seetauglichkeit verlängern und sehen dann weiter", erinnert der Kopf an den Termin beim Medizinischen Dienst des Verkehrswesens.

Ein Internationaler Frauentag

Es ist der 8. März 1982, der Rettung bringt.
In der Außenstelle Seefahrtsschule des MdV Rostock tut Frau Doktor ihren Dienst. Sie war wohl gestern noch an der UNI, so schön jung ist sie und nett. Da mutmaßt der Kopf, die könnte vielleicht auch verliebt sein oder mit Kleinkind ausgestattet oder so? Egal, er wird es versuchen. So hört Frau Doktor von junger Liebe, zweifachem Vaterglück, drohender Trennung "über Jahre hinweg" und somit absehbarem tragischem Ausgang einfacher Reproduktion. Ob man nicht doch aus Liebe, Seefahrt und Sozialismus was Geeignetes basteln könne, wäre nun die Aufgabenstellung. Das ist wirkliche, richtig lebendige Praxis und muss eine junge Medizinerin, die möglicherweise gerade zwei Doktorväter mit gegenteiliger Meinung zum Promotionsthema überleben durfte, anstacheln. Und sie ist Frau. Da weiß sie, es lohnt nicht für jeden Mann, Hormone auszuschütten, aber für den hier vielleicht? So beschließt sie, ihrer unbekannten Geschlechtsgenossin zu helfen und, weil gerade der Internationale Frauentag ist, dieser ein ganz besonderes Geschenk zu machen. Sie kennt ja Geschenke von Männern und weiß, auch darum sollten sich Frauen besser selbst küm-

mern. Also kümmert sie sich. "Hatten Sie in der letzten Zeit eine OP?", will sie wissen und ergänzt: "Sie sehen nicht gut aus!" Schnell ahnt sie, dass der Grund dafür weniger der geflickte Leistenbruch und mehr die Diplomarbeit-Hauptprüfungsvorbereitung-Hafenarbeit-Nachtschichtenkombination ist.
Aber, das hat sie bei ihrem Professor gelernt, nicht selten ist das Übel im scheinbar Nebensächlichen versteckt. So diagnostiziert sie einen ganz komplizierten Leistenbruch, ja, verheilt zwar, doch wie lange wird es halten, das sehr schwache Bindewebe? Wer schon einmal spröden Stoff genäht hat, weiß, wie schnell da wieder was bricht. "So kann ich Ihnen die Tropentauglichkeit nicht geben", spricht sie den Satz, der Kathleens Geschenk zum Frauentag sein wird. Frau Doktor geht davon aus, dass ich nach vierjährigem Studium auch der Ozeane weiß, konsequent trennen die Tropen die gemäßigten Breiten von den fernöstlichen Längen, jedenfalls für Schiffe mit deutschem Heimathafen.
Das Beet vorm Haus gibt zwei Blümchen her und einen passenden Halm dazu. Mit diesem mutig komponierten Gesteck eile ich wieder rein zum MdV. Ich freue mich zur Retterin in Weiß hin und die freut sich zurück: "Viele Grüße an Frau und Kinder!"
Da fällt mir kein Grund ein, Frauen nicht lieben zu müssen.

Ein Telegramm

"Das mit den Schichten im Hafen vergessen Sie mal ab sofort. Wir machen uns sonst unglaubwürdig", lautet das zweite Ergebnis der Tauglichkeitsuntersuchung. So richtig böse bin ich darüber nicht. Auch an einer Seefahrtsschule gibt es das Diplom nicht geschenkt.
Bald sind die achtzig Seiten zur Anpassung der Manöverelemente von DDR-Handelsschiffen an das der Simulation von Schiffsbewegungen zugrunde liegende mathematische Modell des Radarsimulators aufs Papier getippt, Dank an Christian! Nun spielt meine umfangreiche DIN A7-Kärtchen-Fachbibliothek die wichtigste Rolle in der Vorbereitung auf die Hauptprüfungen. Ich bin bereit, die Fragen, wie man Stahlladung so sichert, dass sie im Seegang nicht verrutscht, wie man Schiffe so belädt, dass sie nicht umkippen, wie man Bananenladung vorm Verderben schützt und warum es in Kriegen nie um den Glauben geht, zu beantworten. Zudem weiß ich, wie man bei Aufbautenbränden den Kamineffekt verhindert oder warum die sozialistische Produktionsweise der kapitalistischen überlegen ist. Ich stelle mein Wissen unter Beweis und so traut man mir zu, beim Lenken von Schiffen und Führen von Sozialistischen Kollektiven Verantwortung übernehmen zu können. Also bestehe ich die Prüfungen "sehr gut" und "gut" und somit ohne Probleme. Nur der Seminargruppen-Vati meint, urteilen zu müssen: Genosse Glück hätte noch besser abschneiden können, wenn er kontinuierlicher gelernt und etwas regelmäßiger am Lehr-

betrieb teilgenommen hätte. Woher soll er wissen, dass ich schon viel zu viel weiß? Mir steht diese Erfahrung ja auch noch bevor.
In den siebziger und achtziger Jahren wächst an den Universitäten, Hoch- und Fachschulen der DDR eine sozialistische Intelligenz heran, die selbstständig nachdenken, kompetent mitdenken und verantwortungsbewusst vorausdenken lernt und so mit dem Leitungsstil einer Arbeiter- und Bauernmacht, Befehl und Gehorsam, nicht mehr zu führen sein wird. Auch im Sozialismus entwickeln sich die Produktivkräfte weiter, wusste schon Marx. Sind die Verantwortlichen in Staat und Wirtschaft darauf vorbereitet?
Glücklich, zufrieden und "fix und fertig" breche ich meine Zelte in Warnemünde ab. Die Kommilitonen haben einen schönen Sommer vor sich. Dem wird ein Diplomsemester folgen. Danach wartet die Flotte auf sie. Ich will jetzt nur noch zu Kathleen, zu den Töchtern und meine Ruhe haben. Dass "drei Frauen" und "Ruhe haben wollen" einander ausschließen, merke ich bald. Doch das Alle-plappern-jetzt-mal-los-und-niemand-hört-dem-anderen-zu vertreibt bald den Nachprüfungsmüll aus meinem Gehirn. Beim Kartoffelnschälen, Kohlenschleppen und Spazierengehen erscheinen mir immer seltener Pantokarenen, Isobaren, Isothermen, krängende Hebel oder fob, cif und andere Seefrachtvertragsklauseln. Nur der Lärm im SCHWAN stört mich noch längere Zeit und Kathleen meint, sie hätte nun einen Opa zum Mann. Die Ruhe im Bett, auch die Unruhe dort, ganz viel Wüstenhitze mit Kathleen dran und noch mehr Schlaf bis weit in den Tag hinein bereiten mich schonend wieder auf die richtigen Aufgaben eines richtigen Mannes im richtigen Leben vor. Denn im Mai wird das Praktikum als Assistenzoffizier beginnen. Da wird der Kopf gute Nerven brauchen, ahnt der Bauch.
Anfang Mai erreicht mich das erste Einsatztelegramm. Sofort ist es da, das Gefühl, was uns ab nun oft jede Menge Kraft abverlangen wird. Es wird sehr viel Kopf brauchen, dem Bauch die Liebe zu sichern, die dieser so sehr nötig hat. Jedes Mal neu, wenn der lieblosgraue Postzettel im Briefkasten "Dienstantritt" fordern wird, wird diese Botschaft hart in das Familienleben der Glücks einschlagen. Sie wird bedeuten: Drei Tage noch bis Ultimo oder vier, allein dann für Monate in Alltag und Bett, allein mit den Sorgen an Land und den Ungewissheiten auf See, allein mit der Freude über die Kinder und der Sorge um sie, fünf Minuten Seefunkgespräch im Monat, niemand zum Ausheulen in der Nähe und oftmals keiner zum Lachen, Lieben und Glücklichsein, wenn man es ganz sehr bräuchte. Nur hin und wieder mal ein Brief.
"Dienstantritt MS LUCKENWALDE am 10.05. / 08.00 Uhr Wismar, Inspektion."
Wir spüren die Spannung der Tage vor der ersten längeren Trennung. Die Gespräche werden kürzer, das Lachen wird weniger und die fragenden Blicke von Ina und Maja sind schwer zu ertragen.
Am Abend des neunten Mai 1982 sagt Kathleen: "Und geh nicht als Letzter von Bord." Dann bleibt ihr Schatten, mit Zipfeln dran, die sich beim Winken mehr schleppen als zappeln, in der trostlosen Waldheimer Bahnhofnacht zurück. Ich

lasse die Bierflaschen ungeöffnet im Abteil stehen. In Karl-Marx-Stadt steige ich um und wechsle nach Mitternacht in Leipzig noch einmal den Zug. Alles um mich herum ist grau, verqualmt und kalt, als der dann am Morgen in Wismar hält.

EIN VERGNÜGEN EIGNER ART

Zurück auf See

Also hatte ich gestern noch Kathleens Hitze an mir, Inas Schnattern neben mir, Majas Kleckerei vor mir und somit lauter Familie um mich herum. Nun liegt die Reichsbahnnacht hinter mir. Die erste Reise mit einem Handelsschiff wieder, nach nunmehr achtjährigem Weg über Marine und Studium, wartet auf mich. Das nächste Kapitel auf dem Weg hin zum Kapitän in der großen Fahrt kann beginnen.

Das Motorschiff LUCKENWALDE liegt im Hafen von Wismar an der Pier. Ein morgendlich friedliches Bild bietet sich dem Ankömmling. Der Schichtwechsel im Umschlag ist im Gange. Somit klingelt kein Kran, hupt kein Stapler und die Restschleier vom Morgennebel ziehen sich ungestört um die Dampfer herum. Meiner schlafft an seinen Festmacherleinen müde vor sich hin. Im Laufe der Nacht und bis in den Morgen hinein ist der Teil der Stammbesatzung eingetroffen, der Reichsbahn fahren muss. Langsam bröckelt nun auch der norddeutsche Rest hinzu. Die einen erkennt man am Übernachtbahnfahrgrau der Gesichter. Den anderen haften noch Reste von Bett-und-Weib-Wärme an. Die Crew für das Unternehmen "Wismar - Lattakia und zurück" wird bald vollzählig und sehr mit der Vorbereitung der Reise beschäftigt sein. Das lenkt ab von Frau und Kind und Hund und hilft so auch beim Seeklarmachen im Kopf.

Der Dritte Offizier hat die Wache. Die Ladung ist an Bord. Die Reisevorbereitung, Proviantübernahme, Warten auf Kapitän und Papiere und Funkoffizier, wie immer, läuft nach Plan. Auch die Übergabe der Ressorts durch die Hafen-

springer an die Besatzung der kommenden Reise ist im vollen Gange. Ich melde mich als Praktikant beim Dritten an Bord. Der schickt mich zum Bootsmann. "Mach dich da mal nützlich. Wirst sehen, das hilft dir enorm!" Also schleppe ich gemeinsam mit den Matrosen Bierkästen durchs Schiff und hin zur Last. Die Jungs verstehen das Zeichen. Der kann zupacken, trotz Studium. Schnell bin ich aufgenommen und man hilft mir gern. Deshalb steht die Einstandskiste Bier schon an der Seite. Ich muss nur noch bezahlen. Der Koch hetzt vorbei und drückt dem Bootsmann den Lastenschlüssel in die Hand. "Ich brauche dringenst noch was von der Schiffsversorgung. Nachher kommt Proviant. Staut mir das mal in die Last!", und fort ist er. Ungläubig schaut ihm der Chef der Decksgang nach. Seine Jungs sind auf die Reaktion gespannt und die kommt prompt: "Alles vor die Last!", zischt er gnatzig in unsere Richtung. Also stapeln wir die Kästen, Kartons, Gläser, Fässer und Säcke zu einem Riesenberg vor die Last. Den muss der Koch nachher nur schnell noch zur Seite räumen, ehe er aufschließen kann. Na ja, und wenn er aufgeschlossen hat, kann er das Zeug auch gleich selbst einstauen.
Nun weiß ich schon einmal, der "Boss" ist hier an Bord der uneingeschränkte Herrscher und will gefragt werden. Als eine Bitte aber hatte er die Rede des Kochs nicht verstanden. Deshalb also, aha! Weiter weiß ich bald, der Bootsmann hat den Schlüssel zum Kabelgatt, damit zur Drechselwerkstatt und dem Holz, Birke, Buche, Obstbaum, Mahagoni und mehr und also die Macht. Die Nachfrage nach filigran Gedrechseltem ist groß, an Land, aber auch an Bord. Es wird pünktlich und fehlerfrei geliefert, an beinahe alle Dienstgrade und Dienststellungen. Wer will und darf, darf sich auch selbst versuchen. Wer nicht macht, was dem Boss gefällt, darf nicht. So einfach ist das. Dem Kapitän gefällt dieses Spiel nicht sonderlich, aber: "Ein Schiff, das drechselt, säuft nicht!", wird er mir noch auf dieser Reise erklären und: "Halte dich aus Stammbesatzungen raus, solange du kannst!"
Zurück auf der Brücke grinst mir der III. NO entgegen: "So viel zum Überleben auf See. Das Wichtigste weißt du jetzt. Willkommen nun wirklich an Bord und sichere dir mal vorsorglich eine zusätzliche Rolle Toilettenpapier!" Der "Bordfunk" trägt mir die Erklärung bald zu. Auf der letzten Reise war "weiblich, jung und attraktiv" als Passagier an Bord gekommen. Alle hatten gebalzt, auch der Bootsmann. Letztlich hatte der Dritte das Rennen gemacht. Noch mehr jedoch ärgerte es den Bootsmann, und das nicht erst seit letzter Reise, dass der Jungsteuermann absolut kein Interesse für Holz zeigte. Für Stauholz schon, aus dienstlichen und damit verständlichen Gründen, doch gedrechselt? Nein, danke! Auf Zypern war für die Dame die Reise zu Ende gewesen. Sie hatte das Schiff verlassen, aber Sieger und Verlierer blieben an Bord. Geblieben waren auch die Narben der verlorenen Schlacht ums Weib auf der einen und das Desinteresse an den Dienstleistungen des Chefs der Decksbrigade auf der anderen Seite. Heimreisend kam der Zeitpunkt, an dem die Ausrüstung für die nächste Reise bestellt werden musste, und mit ihm der bekannte Konflikt.

Toilettenpapier ist Bootsmannsressort, wie etwa Farbe, Rosthämmer und Klobürsten auch. Da es aber nun mal Papier ist, bietet seit jeher schon der Katalog der SCHIFFSVERSORGUNG die fasrigen Wischzeugrollen sehr nah an den Seiten zum Büromaterial an. Dieses wiederum gehört zum Ressort des Dritten Nautischen Offiziers, was, sicher unfreiwillig, die Tatsache unterstreicht, der im Büro hat eben eher mal Zeit für "den Topf" als der im Sicherheitsgurt hängende Rostklopfer am Mast. Selbst wenn Hein Seemann wirklich der Darm drückt, muss er noch am Bootsmann vorbei. Und das, jedenfalls während der Arbeitszeit, soviel weiß ich noch von der BÜCHNER, kann lebensgefährlich sein. Also, der Dritte Nautiker hatte den Katalog erst rausrücken wollen, nachdem seine Bestellung komplett gewesen wäre. Das war dem Bootsmann "zu dreist" gewesen und so forderte sein lässig vor die Nautikernase und auf den Kartentisch geworfener Zettel "100 Rollen Kackpapier". Für die Ärsche an Bord wird das nicht reichen, hatte der Dritte vermutet, und mit Schwung und den Worten "mach mal deinen Scheiß selber" den Katalog auf die Bootsmannsback befördert.

"Krieg ist die Fortsetzung der Politik mit militärischen Mitteln. Letztlich geht es nie um irgendeinen Glauben, aber immer um Ressourcen, um Bewahrung oder Erreichung der Macht über diese." Dafür hatte ich in der Hauptprüfung Marxismus-Leninismus eine Eins vom Professor bekommen. Nun wird also die Praxis der Theorie nachgeliefert werden, vermutet der Bauch, und der Kopf geht in Bereitschaft. Ursache, Anlass, Belagerung, Eroberung, Verstopfung, Offiziere, Unteroffiziere, Fußvolk, Flagge zeigen, eine Front, verdeckt zwar, aber immerhin, ja genau, das ist Krieg und mitten im Frieden möglich.

Jahre später noch, immer dann, wenn sich die Papprolle erbarmungslos leer zeigen und hohl vor der Halterung um das Holz klappern wird, und es wird noch nicht zu Ende gewischt sein, werde ich an meine erste Praktikumreise denken.

Der Klopapierkrieg auf der LUCKENWALDE

Die Seekarten liegen bereit, die Maschine hat Probegedreht, der Alte ist da, der Funker auch, die Klarierung an Bord. An der Gangway warte ich auf den Lotsen. Die Schiffsdurchsuchung durch Grenzer und Zöllner ist in vollem Gang. Ein Zollbeamter kehrt mit seinem "Schnuffi" vom Vorschiff zurück und ich versuche einen Spaß. "Klettert der Hund auch in die Luke?" Die Antwort ist kurz und trocken: "Ja". "Na, da kann ich ja nächste Reise meine Frau nicht in der Luke verstecken!?", glaube ich einen Scherz zu machen. Plötzlich hat der Herr vom Zoll Zeit für mich und antwortet mit einer Ahnung. "Warst wohl lange nicht mehr in der Flotte, was?" "Acht Jahre an Land, Armeezeit und Studium", bestätigen ihm schnell, das kann der Nun-wieder-Seemann noch nicht wissen. "Mach solche Scherze nicht wieder, nein, wirklich nicht wieder!", zeigt er Ver-

ständnis, doch rät mir dann dringend, das mit "Sicherheit und Ordnung" sollte ich mir noch einmal richtig erklären lassen.
Die Schlepper sind längsseits und der Lotse ist auf der Gangway. "Klar vorn und achtern." Auf geht's zur ersten Reise nach langer Zeit an Land. Auf dieser bin ich dem Ersten Offizier zugeteilt und zeige ihm, was ich kann. Er zeigt mir, was ich nicht kann. Also schwitze ich mich durch Dinge, deren richtige Beantwortung an der Seefahrtsschule zum Empfang der Note "Eins" berechtigt. An Bord erst begreift man, wo die Fragen dazu herkommen. Die Navigation macht mir keine Schwierigkeiten. Wozu hatte ich schließlich vier Jahre lang Kontakt mit Sextanten, Peildioptern und Radargeräten. Die Tage bis zum Erreichen unseres syrischen Zielhafens verfliegen. So viel Seefahrt, endlich wieder, berauscht. Von der Brücke eines Handelsschiffes aus sieht man die See anders als durch die schweißverklebten Gläser der Rostbrille, mit Gehörschutzwatte im Ohr und dem Bootsmann im Nacken.
Schneller jedoch als die LUCKENWALDE fährt, werden die Klopapierrollen dünn. Jeder an Bord scheint großzügig zu wickeln und zu wischen. Auch die Reserven gehen zügig zur Neige. Darauf, es könnte da einer wickeln, der nicht bedürftig ist, kommt niemand. Doch bald hängen die Pappträger unbekleidet in den Toilettenpapierhalterungen der Mannschafts-WCs und in der Lotsentoilette. Nur in den plötzlich gut bewachten personengebundenen Toiletten hält sich das Papier länger. Der Bootsmann hat keine Sorgen, auch der Dritte nicht. Doch nicht nur meine Reserverolle schwächelt der Leere entgegen. Zunehmend wird ein Verdacht laut. "Hier muss doch jemand Klopapier klauen?" Da hat die Reise ihren Scheitelpunkt noch nicht erreicht. "Der Dritte hat keins bestellt", erklärt nun der Bootsmann jedem, der es wissen will oder soll. Bald scheint es nirgendwo an Bord noch Toilettenpapier zu geben. Heiße Tipps machen die Runde. Schnell weiß jeder, die Ostseezeitung saugt besser als die Junge Welt. An ein Neues Deutschland, dem Zentralorgan der Sozialistischen Einheitspartei Deutschlands, wagt sich keiner ran, noch nicht. Tage später dann, Jahre vor der Wende, treibt die Not auch zu solch vorrevolutionärem Tun. Der Wagemut unserer Seefahrer kennt keine Tabus. Fernschreiberpapier und Neue Berliner Illustrierte schmieren mehr breit als dass sie abwischen. Der zunehmende Seifeverbrauch bestätigt das bald. Die Stewardess verbringt unruhige Nächte bei ihren Serviettenvorräten. Nur die Kampfreserve der SED ist nicht wachsam genug. Eines Mittags stürmt der FDJ-Sekretär in die Brücke. Hochrot im Gesicht, zeigt er die akute Gefährdung der "Wettbewerbsposition Sekundärrohstoffe" an. "Da hat doch jemand die SERO-Last geknackt und das gesamte Altpapier der letzten Reise geklaut. Das haut uns im Wettbewerb meilenweit zurück. Kann man da nichts machen, Kapitän?", fragt er kämpferisch in Richtung Schiffsführung. Aber auch Verzweiflung und Resignation schwingen mit. Meine Erfahrung mit der FDJ lässt mich ahnen, der wischt bestimmt lange schon selbst mit geklauten Schulungsunterlagen. Etwa denen zum Studienjahr "Die Theorie wird zur materiellen Gewalt, wenn sie die Massen ergreift". Nun

ist aber der Mangel Praxis und beschäftigt uns mehr. Die Not ist offensichtlich. Der Funker versucht noch einen schwachen Witz. "Da muss eben der Trick mit dem Daumen ran!" Dem Kapitän ist "das Spiel nun zu blöd". Auch er hat sich bereits im Minimieren geübt, doch "irgendwann reicht es!". So beordert er den Dritten Offizier und den Bootsmann auf die Brücke. Der Dritte kommt selbstbewusst aber ohne, der Boss erscheint frech und mit. "Also", spricht der Boss, "da können wir mal froh sein, dass ich immer eine eiserne Reserve habe." Triumphierend und zur Anschauung hält er zwanzig "Reserve-Rollen" Klopapier der Marke Raufaser in Richtung Kapitän. Und achtzig weitere Rollen hätte er noch. Der Alte erkennt jetzt, er ist nicht der Einzige an Bord, der nicht hin und wieder hätte mit dem Finger vom Wischschnipsel abrutschen müssen, wäre da nicht der Notstand gewesen. So folgen deutliche Vier-Augen-Gespräche in der Kapitänskammer. Die Weisung des Alten führt zum Waffenstillstand an der Bootsmann-Steuermann-Front, vorerst. Fröhliches Wickeln auf allen WCs krönt bald die Freude der Besatzung über die gelungene Intervention des Kapitäns.
Die LUCKENWALDE hat ihre Kisten in Lattakia gelöscht, dann vor Zypern auf Rückladung gewartet und keine bekommen. Sie wird dringend in Wismar gebraucht. So klappert und rüttelt sie sich nun in Ballast, also leer, nach Hause. In achterlicher Dünung "wälzt sich der Dampfer wie die Sau auf dem Mist". Das ist der Tribut, den wir an die Leichtbauweise der Neuzeit zahlen. Die Deckenplatten und Wandverkleidungen zittern nervtötend vor sich hin. "Ist eben alles nur noch Büchsenblech", erklärt mir der Chiefmate. Dann löst ihn der Alte zum Abendbrotessen ab. Ich bin mit dem Kapitän allein auf der Brücke. "Also", beginnt der Alte, "ich habe mit der Inspektion telefoniert. Eine Reise noch und dann kannst du als Dritter fahren. Das Fachliche an Bord ist nicht das Problem. Halte dich aus allen Spielen raus und hüte dich vor Stammbesatzungen. Da bist du schnell blind und lernst nichts mehr. Wir werden vier Tage in Wismar liegen. Kannst nach Hause fahren!"
Der Chiefmate hat sein Abendessen beendet, war wohl schnell noch auf der Toilette und ruft beim Betreten der Brücke: "Das ist ja richtig eng jetzt auf dem Klo mit den dicken Kackpapierrollen, was?"
"Das stimmt", lacht der Kapitän, und vergisst nicht zu hoffen: "Nun werden wir doch wohl Ruhe bis nach Hause haben!"
Da eröffnen die Alliierten eine neue Front.

Forza Italia

Die Fußball-WM in Spanien beginnt. Der Funkoffizier hat uns im Englischen Kanal den bildlosen deutschen Ton zum tonlosen englischen Bild organisiert. Der Kalender zeigt den 11.07.1982. Deutschland spielt gegen Italien. Die Messe ist rammelvoll. Alle wollen Deutschland siegen sehen. Bis zu dem Augen-

blick, in dem das brutale Leder erbarmungslos das Netz des deutschen Tors beult, von innen! Den Bootsmann hindert nur ein Gedanke am Weinen: Ich bin doch ein Mann! Auf seiner Suche nach Mitleidenden bietet er den Verarschten dieser Reise die ungedeckte Flanke. Also nutzen ein paar vom Chefkoch geführte Mutige ihre Chance. Urplötzlich und tapfer, weil auch für ostdeutsche Fans undenkbar, entdecken sie ihre Liebe zum italienischen Fußball. Noch vorm zweiten italienischen Einschlag im deutschen Tor schleicht sich der Chef über Töpfe, Pfannen, Softeismaschine, täglich drei kulinarische Höhepunkte und damit nicht selten auch Herr über die Stimmung der Besatzung aus der Messe. Wir erhalten Besuch auf der Brücke.
"Haben wir eine Italien-Flagge?", will der Chefkoch wissen. Wir haben und gleich darauf hat sie auch der Italien-Fan-Block auf der LUCKENWALDE. Diese wird nun bei jeder Gelegenheit jubelnd emporgerissen. Und es gibt so viele davon. Es ist zum Heulen. Den Bootsmann scheint es vor Wut zu zerreißen. Da kann ihn auch Paule Breitner nicht mehr trösten. Nach Spielende stürzt der Boss zum Brückenschott rein. "Das könnt ihr doch nicht machen, dem Koch eine Italien-Fahne geben! Der hat genau gewusst, dass ich keine Deutschland-Fahne hätte schwenken dürfen. Aber Italien ist schließlich auch in der NATO, jawohl!" Die Verzweiflung über seine Niederlage steht ihm im Gesicht. Wenn er nicht Chef der Decksbrigade wäre und nicht groß und stark und so, er würde ungehemmt losheulen, aber so? Die späte Rache des Kochs verhindert klares Denken. Da hilft ihm der Erste Offizier eben dabei. "Jetzt wird es kindisch, Boss, oder? Trink zwei Klare und gib Ruhe!", macht er ihm die ausweglose Lage klar. Langsam begreift nun der Herr über Arbeitsverteilung, Rosthämmer, Farbe, Schonplätze und Drechselholz, Deutschland hat verloren, er hat verloren - Scheißspiel!
Aber auch ich habe begriffen! Der Kopf denkt "aha" und der Bauch zwickt dazu ein wenig.

Drei Tage

"Klar vorn und achtern", klingelt die Schiffssignalanlage und dass keiner denkt, der Alte hätte nur Langeweile, ruft er uns deutlich "Decksbesatzung, klar vorn und achtern!" über die Bordlautsprecher zu. Bald sind die schweren Leinen eingeholt, die Schlepper entlassen, die Maschine dreht voll und wenige Stunden weiter wartet der Nord-Ostsee-Kanal auf uns.
Mir ist, als wäre ich gar nicht zu Hause gewesen. Am Dienstag hatte die LUKKENWALDE in Wismar festgemacht, Mittwoch war Reichsbahnfahrtag südwärts, abends noch Begrüßung durch die Familie mit Töchterstreicheln und deren Mutti küssen, gefolgt vom schnellen Hinwegschlafen vorm Gute-Nacht-Kuss, Wachwerden mit nachfolgendem Langezuhören, drei Damen hatten viel

erlebt in sechs Wochen, abendlichem Abschied von den Töchtern und nächtlichem Abschied von Kathleen, Donnerstag Reichsbahnfahrtag nordwärts mit anschließendem Seeklarmachen und schon war der Traum zu Ende gewesen.

Auf den Kopf gefallen

Bis auf den Kapitän und den Dritten Offizier haben die Nautiker gewechselt. Der Erste Offizier will alles besser wissen als der Alte und der Zweite Nautiker will Erster werden. Nur der Dritte hält sich wieder "aus allen Spielen raus" und macht "Dienst nach Vorschrift". Mit solch einer Konstellation spielt Klopapier wirklich nur noch die ihm seit jeher zugedachte Rolle.
Es wird ungemütlich. Wieder wird der erste Hafen Lattakia sein. Dann müssen Leercontainer von Larnaka nach Mersin gebracht werden und alles Weitere soll sich ergeben. Ich gehe mit dem Zweiten Wache. Der Erste Offizier braucht eine Stabilitätsrechnung für seine Unterlagen. Der Zweite soll die machen. Der beauftragt mich. Also versuch ich das und so richtig gelingt sie mir nicht. Die LUCKENWALDE müsste nach meiner Berechnung mit 15 Sekunden in der See rollen, also innerhalb dieser Zeitspanne von Backbord nach Steuerbord und zurück kippen und das ohne Unterlass. Die aber hält sich nicht dran und braucht eben eine Sekunde mehr dazu. Doch wenn ich anfangs nicht ganz so schnell auf die Stoppuhr drücke und am Ende dafür ganz fix bin, zeigt mir die Uhr auch wirklich 15 Sekunden an. Stoppt der Zweite Offizier die Rollzeit, dann wandert der Zeiger bis zur 16, jedes Mal! Wir sind noch bei der Diskussion des Unterschiedes, da betritt der Alte die Brücke. Vor seinem Mittagsschlaf will er sich den Seeraum ankucken und das Gefühl der Ruhe und Weite auf die Backskiste mitnehmen. Der Zweite ahnt, wer Erster werden will, muss dem Praktikanten was beibringen können. Damit beginnt er nun.
"Also, das musst du dir merken, Sorgfalt ist das Wichtigste und alle Daten müssen exakt sein, verstehst du?" Darauf wäre ich ja zur Not noch selbst gekommen, kann aber jetzt bei einer Sekunde Differenz nicht aufmucken. Der Alte knurrt "Gute Wache", verlässt die Brücke nach achtern zu und holt sich seine Ruhe nun eben dort. Jetzt rechnet mir der Zweite "das eben mal richtig" vor. Dabei kommt er ebenfalls auf 15 Sekunden und misst lieber noch einmal mit der Stoppuhr nach. Meinen Trick von vorhin kennt er wohl noch aus seiner Assistenzoffizierszeit. So ruft er bald: "Stimmt, 15!"
Vier Uhr am Nachmittag ist Wachwechsel. Der Erste betritt die Brücke, spricht: "Ich habe heute Morgen den Dampfer mal ein bisschen auf den Kopf getrimmt. Da kommt der Wulst besser zur Wirkung. Die vorderen, oberen Ballasttanks sind damit voll. Doch die eine Sekunde mehr macht das Schiff nicht wesentlich weicher." Dann wirft er das Ballastorderbuch auf den Kartentisch. Schneller als der Chiefmate die Brücke verlassen kann, spricht der Zweite sehr laut und sehr

deutlich zu mir: "Das rechnest du morgen alles noch einmal, vielleicht wird es dann richtig!" Sein entschlossener Blick zeigt dem Chiefmate, ich bring dem Assi schon bei, wie das geht!
Am nächsten Tag macht der Alte den zweiten Anlauf, um auf der Brücke, wie gewohnt, Ruhe in die Verdauung und den Kopf zu bringen. Das ist die Stunde des Zweiten Nautikers. "Also, daran liegt das nämlich. Wenn man die Unterlagen nicht exakt studiert, kommt das Falsche raus dabei!", spricht er mit fester Stimme in meine Richtung und laut genug, dass es der Alte ganz sicher hören muss. Der ahnt nun, auf dieser Reise wird er sich etwas anderes einfallen lassen müssen, um seinen nachmittäglichen Frieden zu finden. Also flüchtet er wieder nach achtern. Vorher hört er noch: "Jetzt zeig ich dir mal, wie das geht." Dann zeigt mir der Zweite Offizier, wie man unter Berücksichtigung des zusätzlichen Ballastwassers auf 16 Sekunden kommt und wie man das Ergebnis durch Messung bestätigt. "Sag ich doch, 16!" Nun sei mir wohl klar, was ich noch lernen müsse. Am Abend beruhigt mich der Kapitän. "Die Heimreise fährst du beim Ersten in der Wache, versprochen!"

Griechischer Wein

Der Alte hält sein Versprechen. Nun muss der Zweite eben seinem Wachmatrosen was beibringen. Auf der Heimreise wartet in Gerakini eine Spezialaufgabe auf mich. Die LUCKENWALDE liegt auf sicherer Tiefe an der griechischen Küste und zwischen zwei Chalkidiki-Fingern vor Anker. Wir laden Magnesit in Big Bags, die auf Motorbooten von Land aus zu uns herübergebracht werden. Die Ladung ist für England bestimmt. Die Übernahme soll zwei Tage dauern. Der Abend gehört dem Landgang.
Wegen der zirka 500 Meter Mediterranean Sea zwischen unserem Schiff und dem feinkörnig sandigen Endlosstrand mit Urlaubertrubel dahinter setzt die landgangslustige Truppe unter meiner Führung mit dem Rettungsboot über. Ich soll die Jungs zusammenhalten und den Funkkontakt zum Dampfer per Walkie Talkie absichern. Schnell fließt der Retzina in Strömen und die Repräsentanten zweier sich sonst weltweit im Klassenkampf gegenüberstehender Systeme sind heute mehr für die Liebe. Gegen Mitternacht sind wir, gegen jede Sicherheit und Ordnung, griechisch-ostdeutsch-westdeutsch-männlich-weiblich gemischt, singen, lachen, trinken, essen und auch ich soll getanzt haben, wird man später erzählen.
Morgens halb drei erreicht das zweite Rettungsboot der LUCKENWALDE den Strand. Dessen Bootsführer, der Zweite Offizier, meint, nun sei aber wirklich Landgangsende. Es wäre sicher das Beste, er nähme uns in Schlepp. Am Dampfer angekommen, rettet mich der beherzte Griff eines Matrosen vorm Sturz von der frei über dem Mittelmeer baumelnden Gangway. Danke! Die Ge-

schichten wären hier sonst zu Ende. Vier Stunden später passt mein Kopf wider Erwarten durch die Brückentür. Ich melde dem Chiefmate, heute könne ich nicht pünktlich zur Wache kommen. Da ist der Wachbeginn bereits drei Stunden alt. Also glaubt er mir das sofort.
Am Mittagstisch bemerkt der Zweite laut und in meine Richtung, der Kapitän eines Schiffes müsse sich schon auf seine Offiziere verlassen können. Daraufhin stoppt der Alte sein Messer- und Gabelwerk und spricht, da hätte der Zweite Offizier sehr Recht. Wenn er da nämlich an die vorletzte Reise mit ihm denke, "weißt du noch Second, Kreta!", hätte das schon seinen Grund, dass die Seefahrtsschule nicht gleich fertige Kapitäne in die Flotte entließe. Daraufhin muss nun der Zweite ganz schnell zur Wache und ich zum Anschiss beim Alten. "Die nächste Reise fährst du schon als Dritter, hat die Inspektion gerade bestätigt. Also, das Ding letzte Nacht war dein Ausstand aus dem Matrosenleben, schreib dir das hinter die Ohren!"
Anfang August läuft die LUCKENWALDE in Wismar ein. Der Alte schiebt mich vom Dampfer. "Los, fahre nach Hause und mach Urlaub, solange das noch geht. Überall fehlen Nautiker. Sag das deiner Frau, damit die weiß, was auf sie zukommt. Oder erzähl ihr das besser nicht. Alles Gute. Du wirst Kapitän, da bin ich sicher. Aber der Preis dafür wird hoch sein. Hau ab jetzt!"
Da denk ich noch, es müsste ausreichen, gut ausgebildet, erfahren und wachsam zu sein, wegen der Fronten an Bord und so. Ich kann mir deshalb zum "Preis dafür" nichts vorstellen. Also mache ich mich entspannt und voll von Liebe, die nun endlich auch einmal raus muss, auf den Waldheimweg.

Schwarzer Humor

Das Ende des Sommers verlebe ich mit meinen Mädels. Die sind so lieb zu mir, wie es Töchter immer und Ehefrauen manchmal sind, wenn der Hormonhaushalt sie lässt. Wir wandern und, so das Wetter es erlaubt, gehen wir Baden. Doch bald muss Kathleen wieder zur Arbeit und nimmt die Töchter vorsichtshalber in Krippe und Kindergarten mit. "Damit etwas wird in der Zeit, in der du daheim bist!" Es gibt nämlich noch Restpunkte an der Wohnung abzuarbeiten. Der Schornsteinfeger hat Angst, es könne mir langweilig werden. Also kündigt er sein Kommen nicht an, steigt hoch auf das Dach und lässt den Besen 15 Meter tief im Schornstein lustig hoch und runter kehren. Der fettig schwarze Staub der Schornsteininnenseiten sammelt sich in Kellerhöhe zu einem hohen Haufen, der bis zur Wohnung der Glücks hoch reicht. Schließlich schicken hier acht Familien täglich nicht wenige Kohlen durch die Esse, wegen der Fenster und der Türen und anderer Undichtigkeiten. Am Ende des Kehrgangs entlässt der Glücksbringer den Besen ungebremst auf seinem schwerkraftbefohlenen Weg nach unten. Dort angekommen, trifft er in Höhe der Eintrittsöffnung unseres Küchenherdeabzuges auf einen stattlichen Haufen Ruß. Der so Aufgeschreckte sucht und findet den Notausgang. Also rußt es rückwärts zur Kohleneinwurföffnung des Herdes hinaus und in unsere Küche hinein. Der Schwarze Mann staunt ein wenig, wieso rußt denn das auch hier oben raus? Da staune ich unten bereits ganz schön. Der Krawall in der Wand lockt mich durch die Wohnung. Ich erreiche die Küche und kann nicht glauben, was ich sehe. Die Wände sind schwarz, die Gardinen, die Schränke und deren Inhalt auch. Die fettige Masse klebt an Tellern, Gabeln, Topflappen, Lampen, Näpfchen, Fläschchen, Flaschenputzbürste, Seife, Spiegel und auf dem Fußboden sowieso. Schnell stelle ich fest, ein feuchter Lappen verwandelt den zarten Grauschleier nur in schwarze Wischstriche. Weil das Fluten der Küche nicht möglich ist, beginnt nun der Komplettabwasch. Vier Stunden später steht Kathleen in der Tür und heult sofort los. "Da siehst du gleich mal, was die mit einem so anstellen, wenn man alleine ist! Das hat der schon mal gemacht." Wir benötigen noch weitere vier Stunden. Dann ist die Küche vom Negativ zum Positiv gewandelt und auch der gröbste Ruß von den Fasern der rauen Tapete runter. Doch die geleimte Wandfarbe hält nicht auf dem fettigen Grau. Also fetze ich alle Tapetenbahnen von der Wand. Dann streiche ich neue dagegen, pinsele Farbe drüber und freue mich mit Kathleen über die neu tapezierte Küche. Genauso wie schon einmal, vor einem Jahr.

Haariges, schon wieder

Der erste Hochzeitsjahrestag naht. Die Vorbereitungen dazu führen mich wieder sehr nah an die Problematik Frauen und Haare heran. Kathleen kehrt aus der Stadt zurück und hat Ina und Maja gleich mitgebracht. Ina strahlt mich an. "Mami war nämlich beim Friseur!" Da fängt es in Kathleen an zu würgen und zu schluchzen. "Wie eine Oma haben die mir die Haare gemacht, wie eine Oma!" Ich will zum Trösten ansetzen, da trifft mich ein Blick, der Ochsen tot umfallen lassen kann. Also lerne ich, tröste Frauen nie, wenn sie verzweifelt sein wollen oder wütend. Und störe sie ja nicht beim weinen Wollen. Meine omaschöne Wilde lässt, nun hemmungslos heulend, das Spülebecken voll mit Wasser. Die Verzweiflung lässt ihren Kopf bis zum Hals da hineintauchen. Dann reißt sie ihn aus dem rettenden Nass. Das strömt und tropft so an ihr herunter, dass es die Tränen gleich mitnimmt und so seenreich hätte man sich die Küche eines Seefahrers nun auch wieder nicht vorgestellt. Mein Landkapitän verschwindet mit klatschnassen Haaren in der Schlafstube und wird erst wieder auf der Brücke erscheinen, wenn das Erscheinungsbild zur Dienststellung passt.
Für lange Zeit dröhnt uns der Fön nun die Botschaft herüber: Ja, Mutti will ins Leben zurück! Trotzdem verhalten wir uns wie die Mäuschen, weil, wenn Mutti

tobt wird's ungemütlich. Also kucken wir intensiv fern. Eine Stunde später geht die Stubentür auf. Kathleen strahlt uns mit ihrem Self-made-Mädchenkopf entgegen. Dann küsst sie die Töchter und fragt mich: "Na, wie gefall ich dir?" Da kriegt sie einen Kuss. Den gibt sie mir später zurück und hängt spät am Abend noch an, was Männer jederzeit gut gebrauchen können. Bei Glücks herrschen Friede und Freude und das, was draußen unter der Klingel steht, ist auch in der Wohnung drin, Glück eben!

Schnell ist es da und wieder vorbei, unser einjähriges amtlich beurkundetes Ehebestehen. Ich verteidige meine Diplomarbeit. Am 12. September 1982 halte ich endlich das Zeugnis in der Hand, welches mir die Befähigung zum "Nautischen Offizier - A5" bestätigt.

Der Kopf jubelt, was kann nun noch passieren! Da meldet sich ein dicker Spielverderber. Der Bauch zwickt: Erinnere Dich! Und wird Recht behalten.

Bis Mitte Oktober sieht der Kopf nun täglich Kathleen, Ina und Maja um sich. Der Bauch fühlt alle drei Frauen mal gleichzeitig oder nur die eine, ganz allein und wüstenheiß. Nach drei Monaten richtig sehr und gern beieinander und einfach nur Familie sein, gibt es nichts Schlimmeres als das graue Papier im Briefkasten, das wortkarg macht und traurig.

"Dienstantritt Wismar am 22.10. / 08-00 Uhr Motorschiff SCHÖNWALDE, Inspektion!"

In den Tagen vor Ultimo reden Kathleen und ich nur noch das Nötigste. Köpfe und Bäuche schalten um auf die Zeit danach. Die Vatihand fährt den Töchtern öfter als sonst übers Haar und noch staunen die darüber nur. Wir wollen es Ina und Maja nicht zu schwer machen, beschließen wir tapfer. Die beiden sollen am Morgen aufwachen und Kathleen wird ihnen sagen: "Der Vati musste wieder los, doch er kommt ja bald wieder!" Die Pflichten des jungen Tages werden kaum Platz lassen zum Traurigsein, nur ein wenig eben. Gewusst hatten wir es ja lange genug, dass es passieren würde. Nun ist es eben wahr geworden. Die letzte Nacht ist nicht die der jugendlich-stürmischen Leibesübungen. Regungslos, beinahe wie tot liegen wir uns hautnah. Die Hände transportieren die Botschaften, welche die Münder nicht zustande kriegen. Die sind Versprechen, sollen Mut machen und Kraft geben, die Zeit der Trennung zu überstehen. Und ein bisschen stirbt man wohl doch jedes Mal beim Abschied. Wieder verspreche ich, nicht als Letzter von Bord zu gehen, und denke, wenn ich mal Kapitän sein werde, dann gilt das nicht mehr.

Die Reichsbahn bringt mich nach Wismar. Was kann man von so einem Ungetüm auch anderes erwarten?

Das schönste Schiff der Reederei

Der Zweite Offizier hatte mich vorgewarnt. "Sieh zu, dass du so wenig wie möglich den Alten auf der Brücke hast. Dann ist nämlich Schluss mit lustig!"
Erst einmal jedoch empfängt die SCHÖNWALDE ihren neuen Dritten mit der Botschaft des Ersten Offiziers: "Wir laufen heute Abend noch aus. Müssen morgen Früh pünktlich in Aarhus sein. Zu sechzehn Uhr erwarte ich die Seeklarmeldung. Die Schonzeit ist vorbei. Ans Werk!".
Schiff und Besatzung, insgesamt vierundzwanzig Leute, teilen sich den Wohn,- Arbeits- und Freizeitwürfel auf dem Achterschiff und sind ordentlich, sauber, jugendlich frisch und sehr schön. Vor allem der Kapitän. Er achtet darauf, dass dies so bleibt, und man munkelt, das Besatzungskollektiv kämpfe um den Namen TAUSENDSCHÖNWALDE.
Ich flitze zur Brücke hoch. Dort empfängt mich der Zweite und hat bereits viele der Aufgaben erledigt, die eigentlich meine wären. "Ich kann mich noch erinnern. Deshalb!", startet er die Warming-up-Runde. "Zum Anfang ist man immer etwas nervös. Das gibt sich schnell. Los, ich zeig dir den Dampfer!" Ich erfahre, dass der Kapitän noch recht jung ist, der Chiefmate sehr streng, der Koch zaubert exzellente Gerichte, die Stewardess ist mit dem Storekeeper verlobt und also ist "Ruhe an Bord, was Weiber betrifft". Der Chief ist Sachse, der Zweite Nautiker stammt aus Thüringen und "mit den Ingenieuren kommste gut aus". Gegen Mittag besteigt der Kapitän sein Schiff. Standesgemäß und nach Gewohnheitsrecht folgt ihm der Funkoffizier mit deutlich zeitlichem Abstand. Nun ist die Besatzung vollzählig. Am Abend ist der Dampfer seeklar. Es folgt der Probelauf der Maschine mit Propeller-Test-Drehen. Dann gehen die Zöllner und Grenzer von Bord. Der Lotse schlürft seinen Kaffee und die Schlepper liegen längsseits. Mit "Klar vorn und achtern!" klingelt und ruft der Alte zum Reisebeginn. Bald schwimmt der Dampfer frei von der Pier. Er lässt Timmendorf an Steuerbord querab, dann Hannibal links liegen und endlich verabschiedet sich auch der Lotse achteraus. "Wir zwei gehen jetzt mal die Wache", nimmt mich der Alte unter seine Fittiche. "Den wirste anfangs öfter am Hals haben. Wie lange das so geht, liegt an dir", hatte mir der Zweite angekündigt.
Sechs Tage später liegen Aarhus, Hamburg und Antwerpen hinter uns. Die SCHÖNWALDE tuckert zwischen den Leuchtfeuern von Dover und Calais die Straße von Dover entlang. Hastings Radio brabbelt "no warnings" über den Englischen Kanal. Die Sterne zeigen dem sächsischen Steuermann und Welteroberer: Der Weg ist frei, zum Atlantik und zum Kapitän auf großer Fahrt. Also führt dieser stolz nun sein Schiff atlantikwärts. Die langgezogene, flache Dünung lässt den Dampfer majestätisch stampfen. Die Urgewalt, mit der er sich vor 10 Jahren und am Ende der Welt, nicht weit von hier, in den Haaren hatte, nimmt ihn gnädig auf. Geschafft! Jedenfalls der erste Schritt.
Der Alte geht die Wache noch immer mit mir und spricht: "Tu mal so, als wenn ich gar nicht anwesend wäre." Wer Fahrschule gemacht hat, weiß, wie herrlich

anwesend ein Abwesender sein kann und wie das die Verkrampfung fördert. Ich überstehe die vorfahrtsberechtigten Schiffe, indem ich "rechtzeitig und energisch" die Fahrt reduziere. Dabei lerne ich vom Kapitän: "Spiel nicht so viel mit den Hebeln. Der Chief wird nervös, wenn der Propeller plötzlich anders dreht oder gar die Sirene im Kontrollraum losheult." Nun kenne ich also bereits die, die Vorzüge eines ferngesteuerten Hauptmotors infrage stellende Person an Bord. "Und wenn es geht, fahr die Kursänderungen nicht so hart", hatte mir der Zweite verraten. "Da wird der Alte unruhig, kommt auf die Brücke und wenn er wieder geht, habt ihr richtig was zu tun." Also streiche ich das "energisch", wegen des "Überlebens auf See", aus meinem Schulwissen und ersetze "rechtzeitig" durch "noch viel eher ".So fordert die Reiseorder des Kapitäns "rechtzeitig und energisch" und der Havariekommissar würde später wohl energisch unterstreichen: "Wir haben ihnen ja schließlich nicht ohne Grund vier Hochschuljahre lang Urlaub an Land geschenkt!" Also: "So zeitig wie möglich und ganz zart!" Na gut!
Der Erste Offizier hatte mir in den Ladehäfen schon klar gemacht, "solche Spinner" wie mich, Jungoffiziere also, kennt er gut. Er ist der Einzige an Bord, der arbeitet, und Brückenwache auf See ist keine Arbeit. "Das ist, wie wenn du zu Hause einkaufen gehst, aufräumst oder Kohlen holst oder so. Der Dampfer muss laufen. Da teilen wir Nautiker uns rein und nach der Wache dann habe ich noch richtige Arbeit für dich, alles klar?" Jedenfalls, eine Stunde vor dem Ende der Wache traut mir der Alte zu, sein Schiff auch alleine steuern zu können. Vor dem Verlassen der Brücke schiebt er seine Wange an der Wandverkleidung entlang. Dazu blinzelt er mit den Augen, stöhnt Laute der Verzweiflung und des Schmerzes durch die Brücke und knurrt: "Darüber müssen wir morgen reden, unbedingt." Mit diesem Rätsel lässt er mich auf der Brücke zurück. Der Matrose im Ausguck starrt intensiv zum Horizont. Auch er hat ein Problem. Vor ihm liegt eine schwere Zeit, ahnt er. Wenn da jetzt plötzlich ein Schiff daherkommt, muss er den Dritten rechtzeitig warnen. Der ist nämlich frisch von der Schule. Und da weiß man ja nie!

Des Rätsels Lösung

Am nächsten Morgen gegen neun betritt der Alte die Brücke. Nur kurz kuckt er mal in den Seeraum, auf die Seekarte und ins Schiffstagebuch, doch lange dann in der Brücke umher. Wieder schiebt er dabei die rechte oder die linke Wange an der Wand entlang. Sein Zeigefinger huscht über das schwarze Display des Radargerätes und taucht in die Erde der Brückenpalme. Plötzlich kniet er am Boden, lugt unter den Läufer und was ein Kokosläufer auf einer Schiffsbrücke soll und wie viel Spaß der produzieren kann, erfahre ich bald. Gleich darauf wischt er mit einem Hemdsärmel an einem der vielen Brückenfenster rum.

Sein Kopf schüttelt dabei unaufhörlich und sehr und man müsste Angst kriegen, der würde sich bald vom Hals schrauben. Immer öfter entweicht das von gestern bekannte Stöhnen seinem Mund. "So geht das nicht", teilt er mir endlich mit. Es würde ihn umbringen. Ehe das geschieht, ruft er dann doch "Wachmann!" raus in die Steuerbordnock. Der so Herbeibefohlene kommt herzugesprungen. Er kennt seinen Kapitän.
"Der Ausguck ist jederzeit besetzt zu halten", steht im Reiseorderbuch. Bald jedoch steht mein Wachmatrose hinter mir oder liegt oder ist ganz fort. Dann kommt er wieder, hat den Staubsauger in der Hand und schiebt ihn über den roten Teppich aus reinstem Kokosgarn. "Jegliche Nebengeräusche, die geeignet sein könnten, die UKW-Wache zu stören, haben zu unterbleiben", mahnt der Kapitän seine Offiziere schriftlich zu Reisebeginn. Da aber Staubsaugerlärm ein Hauptgeräusch auf der SCHÖNWALDE ist, verstößt dieser nicht gegen die Wachorder!
Die Kapitänspalme gießt der Alte selbst, doch mit dem Pinsel könne ich schon mal, beim Rauskucken in den Seeraum, den Staub vom Radargerät entfernen, löst sich das Rätsel für mich immer weiter auf. Bald wäscht der Wachmatrose, bewaffnet mit Eimer und Lappen (Pütz und Feudel - damit mir die Seefahrtkundigen nicht böse Briefe schreiben!), die Stellen der Wandverkleidung ab, welche die Wangen des Kapitäns beim Blinzeln gegen die Sonne, "da erkennt man den Staub nämlich am besten", nicht bereits blank geputzt haben. Gegen Wachende wischt sich der Kapitän irgendwelchen Schweiß von der Stirn und geht ab. Er müsse jetzt erst mal was essen, dann nachdenken und später hätte er ja auch noch was zu tun. "Gute Wache, Steuermann!"
An den zehn darauf folgenden Vormittagen der Ausreise wiederholt sich das Spiel in Variationen. Dann geht das Motorschiff SCHÖNWALDE auf der Außenreede von Alexandria vor Anker, ist nun blitzsauber und wirklich ein sehr schönes Schiff!

Türken

Die Dänische Butter soll aus den Kühlluken heraus gleich auf Trucks geladen werden. Diese sind im Zulauf und eben noch nicht ladebereit. Also werden wir ankernd warten müssen. Der Erste Offizier hat "jetzt richtig was zu tun" und, weil "Brückenwache auf Reede wie Sofaliegen zu Hause" ist, könne ich ein Stück seiner Sofazeit gleich mitmachen.
Vorher spielt er mit mir noch das Spiel: "Na, was ist das für ein Schiff da?", und zeigt auf den, der nebenan am Haken liegt. Bald lerne ich den Unterschied zwischen Containerschiffen, Schüttgutdampfern und Musikdampfern kennen und nicke jedes Mal ganz interessiert zu den Ausführungen meines Chefs. Doch irgendwie hab ich das wohl schon gewusst. Da erwartet mich bald eine richti-

ge Aufgabe. Erst einmal jedoch stehen die Trucks nun ladebereit im Hafen von Alexandria auf der Pier. Auf deren offenen Ladeflächen wird die Butter zu meterhohen und tonnenschweren Blocks gestaut. Den Abschluss bildet eine über den Butterwürfel geworfene schwarze Plane. Die muss ordentlich am Truck verzurrt werden. Damit der Fahrer gut sieht, was er macht, scheint ihm Ägyptens Sonne hilfreich und kräftig zur Seite. Der erste Truck hat den Hafen noch nicht verlassen, da tropft er bereits fettig vor sich hin. Stunden später dann, in Kairo, wird wenigstens der Kern der Ladung noch gefroren sein. Nun muss der Butterbreimantel eben schnell zum Basar.
Die Butter ist runter vom Dampfer. Die SCHÖNWALDE hat Alex verlassen und steuert über das östliche Mittelmeer northbound zum türkischen Mersin hin. Zur Chiefmate-Abendbrotablösung auf der Brücke zeigt mir der Erste ein Schiff am Horizont und will wissen: "Na, wo kommt der her?" Ich antworte: "Von Steuerbord und er hat Vorfahrt."
"Nenee, welches Land?", wird er ungehalten. Gleich darauf erfahre ich: "Hohe Back, hohe Aufbauten - typischer Türke!" Ich quittiere: "Aha!" Dann übergibt mir der Erste die Wache und als er vom Essen zurückkommt, ist Gott sei Dank kein weiteres Schiff in Sicht. Später dann fällt der Anker vor Mersin.
Am nächsten Morgen liegen wir noch immer am Haken und warten auf Einlauforder. Zum Frühstück warnt mich der Funker. "Die haben Langeweile da oben. Spielen mal wieder Schiffe erkennen", und meint Kapitän und Chiefmate. Ich beschließe Vorwärtsverteidigung, weil, die vielen Ankerlieger rundum habe ich auch schon bemerkt. Also reiße ich die Brückentür auf, entdecke die Schiffserkenner in der Nock und rufe sofort "ahaaaa!" laut aus der Brücke heraus und über die Reede von Mersin / Türkei. "Alles voller Türken hier. Hohe Aufbauten, hohe Back, ja, typische Türken!" Die Trefferquote kann nur hoch sein, frohlokke ich, da trifft mich der verachtende Blick der Fachleute. Ab sofort wird man "dem Sachsen" eben nicht mehr erklären, woran man ein Schiff erkennt. Das hat der nun davon, so!

Fremdsprachenpraxis

Es dauert einen Tag, dann ist das tschechische Glas für die Bauvorhaben im türkischen Mersin gelöscht. Wir sollen rüber nach Zypern, kriegen ein paar leere Container an Deck gestellt, geben die in Larnaka an Land und laden Vollschiff Citrus für Portsmouth. Ich nutze den kurzen Landgang zur Vervollständigung der Geschenke für Kathleen und die Töchter. Der Rest des Handgeldes geht für zwei Krüge Wein zu je 5 Liter drauf, Comandaria, rot, kräftig, nachgezuckert, billig eben, was sonst.
Bald tuckert die SCHÖNWALDE auf Heimatkurs durchs östliche Mittelmeer, nach drei Tagen aus ihm heraus und hinein ins westliche. Dort rappelt sie wei-

ter bis zur Straße von Gibraltar, zwängt sich auf dieser zwischen Afrika und Europa hindurch, hinaus auf den Atlantik und weiter geht die Reise im sicheren Abstand zur portugiesischen Küste und Biskayawärts.
Der Funker macht sich an Rügenradio ran und organisiert mir telefonischen Kathleenkontakt. Ich erfahre, zu Hause geht alles seinen geordneten Gang. Zum Ende des Gesprächs rufe ich fröhlich "Betten lüften und Hausfreund rauswerfen" in den Hörer und Kathleen will wissen für wie lange sie mit meiner Anwesenheit rechnen darf. Ich druckse etwas rum. Also rät sie: "Drei Tage?" Ich antworte: "Nein, fünf diesmal", und sie sagt: "Na ja, dann beeil dich mal. Tschüs!"
Mitten im Herbst lässt die Biskaya friedfertige, niedliche Wellen vor sich hin plätschern und die Sicht ist gut. Während meiner Wache nähert sich von Steuerbord, fünf Strich achterlicher als querab, also schräg von hinten eben, ein "dickes Ding". Der Aufkommer kommt zügig daher und ist ein Autotransporter. Wenn der seinen Kurs beibehält, wird er mir knapp vor der Nase kreuzen. Das wäre gegen jede Überholregel. Ich bin zum Kurshalten verpflichtet aber kucke nun doch öfter mal achteraus. Die Autofähre hält stur ihren Kurs und da werde ich ein wenig nervös. Also rufe ich ihn über UKW. Unter dem Einfluss von zu viel Adrenalin greift sich mein Hirn die falsche Vokabel. "Hallo Ferryboat", mache ich den Fehler, der mir den Alten auf die Brücke bringen wird, aber setze richtig fort: "Would you please overtake in a save distanz?" Der müsste jetzt nach Steuerbord wegdrehen, denke ich, und erschrecke. Das Riesenschiff dreht weiter nach Backbord und somit beinahe voll auf mich zu. Dann wird es an Steuerbord dunkel. Der Kasten schiebt sich an der SCHÖNWALDE vorbei und dessen Bugwelle bringt unseren Dampfer zum Tanzen. Dann huscht er mir kurz vor der Nase über die Vorauslinie, schickt sein Schraubenwasser der Bugwelle hinterher und lässt den Tanz der SCHÖNWALDE modern werden und heftig. Die Tür klappt und der Alte steht auf der Brücke. "Was war das denn jetzt, Steuermann?"
"Weiß ich auch nicht, Kapitän", lüge ich, und füge hinzu "der sieht wohl Stückgutdampfer nicht als Schiffe an!?"
"Stimmt, die sind eitel da drüben", bestätigt der Alte wohl aus eigener Erfahrung. Derweil eilt das Riesenschiff zum Horizont und da lässt mich der Alte mit "Gute Wache" wieder in Ruhe. Nun weiß ich schon mal, wie man die großen Kästen nicht anspricht. Beim nächsten Mal also "Ship" oder "Car Feery"? Mal sehen, was dann passiert. Die korrigieren mich sicher noch einmal.

Am nächsten Tag haben wir die englische Küste erreicht. In Höhe der Isle of Wight übernehmen wir den Lotsen für Portsmouth. Der führt uns an Admiral Nelsons legendärer VICTORY vorbei zur Pier und dort warten bereits die Trucks von "Mainland Market Delivery". Die Stauer warten auf ihren Schnaps. Sie wissen, die Ostdeutschen haben kaum richtiges Geld, also Pfund zum Beispiel. So müssen sie nun was tauschen, wenn sie ihre Lieben bei Heimkehr mit Silber, Gold, Seide und Sammetzeug beschenken wollen. Also setzen die Bordkrane Apfelsinen und Pampelmusen für das britische Vorweihnachtsgeschäft an Land, da setzt an Bord, wer hat, seine letzte Flasche Schnaps in Pfund um. Ich habe noch zwei. Das ergibt sechs Pfund und die sind zu dieser Zeit noch einundzwanzig Mark West wert. Davon kaufe ich auf dem Markt in Portsmouth Apfelsinen. Nun hatten wir ja davon ein ganzes Schiff voll, doch wäre es Ladungsdiebstahl und somit nicht nur gegen das Gesetz, sondern vor allem gegen die Ehre. Kein ordentlicher Mensch auf dieser Welt bereichert sich an dem, was ihm ein anderer in gutem Glauben anvertraut. Schon gar nicht ein Seemann, weiß ich noch von der BÜCHNER.

Bei den englischen Stauern war es mir schon aufgefallen. Nun sehe ich es also auch an Land. Besonders auffällig sind hier die Mädels. Mitten im Herbst blitzen mir unter kurzen Röcken unbestrumpfte Damenbeine entgegen und es stört eigentlich nur deren blaue Färbung. Die Männer sehen aus wie gerade frisch von den Falklands zurück oder aus dem Pub. Der Golfstrom allein reicht eben nicht zum Glück. Also muss es an Sturm und Nebel liegen, denke ich. Doch das raue Inselklima dringt nicht durch die Haut. So sind die Engländer eben auch herzlich und offen und mir bald sympathisch, wie Sachsen eben. Am Abend dann sind die Paletten vom Schiff. Dreißig von denen hätten laut Frachtvertrag zu Bruch gehen dürfen, doch alle sind ganz geblieben. So lässt der Empfänger zwei Paletten voller Apfelsinenkartons als Dankeschön an Bord. Er weiß die Zuverlässigkeit unserer Seeleute zu schätzen und freut sich bereits auf den nächsten DSR-Dampfer, der seine Ladung unversehrt hier abliefern wird.

Der Lotse wünscht uns ein schönes Weihnachtsfest, und wir ihm auch. Dann sind wir wieder auf See und der Funkoffizier darf funken. So erreicht uns der Gruß der Reederei: "Beeilt euch, ihr müsst noch vorm Fest wieder raus, Auslaufen zur nächsten Reise am 21.12.; keine Ablösung vorgesehen, Gruß Inspektion."

Zwei Tage später steige ich in Wismar vom Dampfer und bin beladen mit zwei Kartons Apfelsinen - geschenkt, 5 Kilo Apfelsinen - gekauft, zwei Krügen voll Wein und ein paar Klamotten für meine drei Frauen. Die Reichsbahn setzt mich in Waldheim ab. Dort erwartet mich das Empfangskomitee, bestehend aus drei freudig erregten Erwachsenen, zwei plappernden Kinderchen und einem Schwagertrabi. Der Trabi trägt die Fuhre zur heimatlichen Wohnung. Hier plappert es ohne Unterlass weiter. Irgendwann ermahnt Kathleen die Töchter, den Vati nun aber mal in Ruhe zu lassen. Daraufhin verziehen die sich maulend ins Bett. Es folgt ihnen der Vati-Gute-Nacht-Kuss und als ich am nächsten Morgen erwache, kann ich es kaum glauben: Neben mir liegt Kathleen. Da schiebe ich meine Hand langsam rüber, bis zum ersten Widerstand. Der hat die Hitze, an der man sich gern die Finger verbrennt. So ist bald nicht nur der Vati zu Hause, sondern auch der junge Mann bei seiner jungen Frau, also der ganze Bert bei seiner Familie!

Ein Weihnachtsgeschenk

Vier Tage bleiben für glückliche Familie. Während sich alle rundum aufs Fest freuen, besorg ich den Weihnachtsbaum für meine drei Frauen. Doch hat man die Glücks schon fröhlicher erlebt.
Am 20. Dezember bleiben Kathleen, Ina und Maja im abendlichen Dunst des Waldheimer Bahnhofs zurück. Am Morgen des 21. Dezember melde ich mich auf der SCHÖNWALDE zum Dienst. Mir schmeckt nichts, ich bin gereizt und nicht der Einzige an Bord, dem man Weihnachten mal kurz vor die Nase gehalten hat, um dann "ätsch!" zu sagen. Zwei Tage lang wird meine Koje unbezogen bleiben. Der dritte Tag jedoch wird über ein blitzschnell bezogenes Steuermannbett staunen und zwei per Handkantenschlag mittig gedellte Kopfkissen darauf. Das wird seinen Grund haben. Erst einmal jedoch legt die SCHÖNWALDE ab und wenn Wünsche stärker wären als Schiffsmotoren und Schlepper, dann wäre der Dampfer heute nicht von der Pier weggekommen. So aber zottelt das Schiff lustlos die Ansteuerung Wismar Ostseewärts und tuckert sich durch die Nacht hinüber zum dänischen Aarhus. Dort fällt am Morgen der Anker und uns erreicht die Botschaft von Land: Streik! Die Stauer befinden sich im Arbeitskampf. Bis zum Jahreswechsel werden sie keine Schiffe beladen. Also auch unseres nicht mit Butter. Am Abend ereilt uns die Order der Inspektion: Ladebeginn ist der 28. Dezember - in Kiel! Ablaufen nach Wismar, ETS 27.12. - macht Weihnachten. Frohes Fest!
Erst glühen die Köpfe, dann die UKW-Kanäle. Noch beim Ankerhieven wird der Weihnachtswachdienst für Wismar festgelegt. Ich muss nicht lange raten. "Was meinst du, Steuermann, wir schicken doch erst mal die alten Herren nach Hause, oder?", fragt mich der Kapitän nicht wirklich und tröstet mich: "Na los, darfst als Erster anrufen. Deine Mädels sollen nach Wismar kommen!" Gleich darauf klingelt in Waldheim ein Telefon. Dessen Besitzerin klingelt eine Etage tiefer bei Glücks und blitzartig ist für Frau Glück die Nacht zu Ende. "Wollt ihr mit zu Papi aufs Schiff?", müssen Ina und Maja nun beantworten oder eigentlich nicht. Und da alle drei nicht wissen, wie ein Schiff aussieht, mit Papi drauf, folgt nun wildes Kofferpacken, Opiinformieren, Haaremachen, gefechtsmäßiger Hausputz,

Abfahrt mit Opi-Lada zur Karl-Marx-Stadt-Reichsbahn, nächtliches Rütteln über den Schienenstrang mit quengelnden Töchtern und todmüder Mutti, Ankunft in Wismar am 24.12., Übersetzen zum Dalben, die Hühnerleiter hochklettern zur SCHÖNWALDE und Wiedersehensfreude schon drei Tage nach Abschiedsschmerz.

Pfeffernuss, Äpfelchen, Mandeln, Korinth

Einen Wermutstropfen hat die Weihnachtsbowle dann doch. Chiefmate Leitmann wird sich die Wache mit mir teilen. Er ist der festen Überzeugung, der Erste Offizier eines Handelsschiffes muss der bestgehasste Mann an Bord sein. Nur so kann er die Sicherheit des Schiffes, der Ladung und der Besatzung dem Alten gegenüber garantieren. Die harten Forderungen an andere sind auch die an sich selbst. Fröhliche Weihnacht!
Am Vormittag erreichen noch mehrere Ehefrauen das Schiff. Die Heimfahrer sind mit Packen beschäftigt und wissen nicht wohin mit dem Inhalt der bunten Weihnachtsteller, die der Koch "nun nicht bis Silvester noch" aufheben will. Das klärt sich jedoch schnell. Also läuft der Elektriker über den Gang von seiner Kammer zur Messe hin. Die heimfahrtbereitgepackte Tasche hält er in der einen Hand und den Pappteller voller Nüsse und Zuckerzeugs in der anderen. Da kommt ihm Ina entgegen. Nach der Passage des E-Mix trägt sie einen Teller mit Weihnachtszeug drauf und der Elektriker hat nun eine Hand frei. Stolz trägt Ina ihr Geschenk in Richtung Mutti. Auf dem Weg zur Kammer des Dritten Nautischen Offiziers Bert Glück stellen der Zweite Ingenieur und der Bootsmann ihre Teller oben auf den Elektrikerteller drauf. "Da freust du dich, was?"
Der Kapitän schließt sich Ina an. Er hält dabei Maja an der einen Hand und seinen Teller in der anderen. Die Truppe zieht gemeinsam weiter zu Frau Glück und dort angekommen, wünscht der Alte: "Frohes Fest!" Bald lässt sich anhand der Anzahl der Weihnachtsteller in meiner Kammer ermitteln, wie viele der Besatzungsmitglieder die Weihnacht zu Hause feiern werden. Unterdessen ist die Frau des Ersten Offiziers an Bord eingetroffen. Das stimmt ihn deutlich milder. Zur Wachübernahme auf der Brücke nehme ich Ina und Maja mit. Die staunen den großen Onkel an und das Schiff, welches von hier oben aus betrachtet ganz gewaltig aussieht. Der Chiefmate dreht sich in unsere Richtung und spricht: "Ich wache die Nacht durch. Feier du mal mit deiner Familie!" Dabei streicht er der Großen kurz übers Haar. Sein Lächeln ist nun eher traurig als zynisch, wie sonst so oft, und Jahre später werde ich ahnen, er hat mich wohl sehr um meine drei Frauen beneidet. Denn ich werde erfahren, Kapitän Leitmann hat sich in seiner Kammer mit zwei Dienstpistolen gleichzeitig erschossen. Der Vollblutseemann wird dann erfolgreich den Stürmen auf See getrotzt haben, war endlich Alter geworden, ohne vorher Politoffizier sein zu müssen,

aber die Stürme an Land waren ihm zum Verhängnis geworden.
Am Abend sitzt der zur Bordweihnacht verpflichtete Teil der SCHÖNWALDE-Besatzung mit seinem Besuch nur kurz am Weihnachtsbaum in der Messe. Tine, die erste Stewardess, verwöhnt uns mit den Schöpfungen des Chefkochs und meine Töchter mit weiteren Restpapptellern voller schmackhafter Gaben. Dann zieht die Pfeffernuss-Äpfelchen-Mandeln-Korinth-Karawane gen III. NO Kammer. Die Töchter flattern zur Gute-Nacht-Ruhe weiter hinein in die Lotsenkammer. Eine Stunde später klopft es an meiner Kammertür. Ich öffne und ein Herr der Maschine fragt: "Ist das deine hier?" Dabei hält er Maja an der Hand und lässt mich wissen: "Die haben wir gerade aus den Bilgen gekratzt!" Dann lacht er: "Na ja, so schlimm war es noch nicht, aber die stand plötzlich im Maschinenraum." Darüber kann Mutti nun gar nicht lachen. So befiehlt sie energisch: "Nachtruhe, sonst fahren wir gleich wieder nach Hause!" Die Drohung wirkt drei Sekunden lang. Dann dröhnt sich das Radio der Lotsenkammer in den Bereich um fünfzig Dezibel und "weil Weihnachten ist" und Aufregung, wegen Papi, dem Schiff und so, und draußen ist Nacht, üben wir uns in Nachsicht. Wir halten noch etwas Wache in Töchternähe. Von der Brücke aus gleiten unsere Blicke über den abendlichen Hafen von Wismar, dessen Lichter, Krangespensterschatten und hinüber zur weihnachtlich geschmückten Stadt. So finden wir endlich die Ruhe, die auch ohne Kinder mal schön ist.
Zurück in der Kammer, stolpern wir über Berge von Nüssen, Pfefferkuchen, Schokolade, Bananen und Äpfeln. Dann dauert es nicht lange und es wird herrlich eng im sonst so großen Bett. Beide Weihnachtsfeiertage dienen dem Bestaunen des Schiffes und dem Verwöhnenlassen der Töchter durch Tine. Die ahnt, sie wird sich bald zwischen "Kinder oder Seefahrt" entscheiden müssen. Herr und Frau Glück kämpfen um innere Einkehr und manchmal um die eine Bettdecke nur. Irgendwann knurrt Kathleen, ich hätte ja nun bekommen, was ich gewollt hatte. Da könne ich auch die zweite Bettdecke wieder aus dem Versteck holen. Mein Argument, hier läge im Regelfall immer nur einer im Bett, hilft mir nicht. So muss ich in der Phase, in der Frauen zu gern auf todmüde Männer einschwatzen, auf Deckensuche gehen. Im Hospital werde ich fündig. Nun hat Kathleen endlich ihre Decke. Müde "vom ganzen Stress, der Arbeit, der Bahnfahrt und all dem", puppt sie sich blitzschnell ein und schmort mit ihrer Wüstenhitze und ohne mich dahin. Doch ich bin hellwach. Neben mir herrscht Verschlusszustand. So muss ich eben ohne die Hilfe meiner Wickelpuppe in den Schlaf kommen, wie sonst immer an Bord.
Am nächsten Tag sucht Maja den Mittelpunkt und findet ihn so:
Wir sitzen mit den Besatzungsmitgliedern beim Mittag in der Messe. Ina hat ihr Gänsebein schon abgeknaubelt und kuckt in der Bar fern. Maja "muss mal, Mami!" Da wird sie von Kathleen zum WC gebracht und dort von uns vergessen. Schließlich ist ja noch Gans auf unseren Tellern und Wein im Glas. Plötzlich geht die Tür zur Messe auf. Maja tippelt herein und hat die Strumpfhosen und Schlüpfer knapp über den Fersen hängen. Die Klopapierschlange in ihrer

Hand ist mindestens zehn Meter lang. Die kriecht aus der Messe, über den Gang, rein ins WC und endet an der Halterung neben dem Becken. Nun dreht Maja ihren nackten Hintern in Kinderkrippenpopoabwischstellung, also zu uns in die Messe rein und hoch in Richtung Decke. Dazu ruft sie laut: "Maaaamie!" und wedelt mit dem Kackpapier. Für eine Zehntelsekunde ist Stille. Die wandelt sich blitzschnell in schallendes Gelächter der anwesenden Offiziere und Matrosen und schminkt Kathleens Gesicht tiefrot. Ein Herr der Maschine ruft: "Die kenn ich von gestern Abend noch. Die hält nichts auf. Aus der wird mal was!" Zweite Ingenieure sind eben lustige Leute.
Am Abend des 26.12. erreichen die ersten Weihnachtsurlauber wieder den Dampfer.
Am 27.12. ist alles vorbei. Der Erdnuss-Schokoladenweihnachtsmann-Apfelsinen-Transport verlässt mit seinen drei Begleitern, Kathleen, Ina und Maja, das Schiff und schleppt sich total überladen zur Bahn. Die SCHÖNWALDE lässt den Propeller drehen und rappelt sich bis Kiel. Dort wird sie bis über beide Kühlluken mit der aus Aarhus herangeschafften Ladung zugebuttert, lädt später in Rotterdam noch jede Menge Stahl und schwimmt zum Jahresbeginn dem Atlantik entgegen.

Eine Idee

Die Biskaya zeigt sich von ihrer milden Seite. Die Zeit der Herbststürme ist vorüber. Ganz sacht leitet die Rückseite eines flachen Tiefs Polarluft über See. Da hat diese keine Lust darauf, kleine Wellchen lustig plätschern zu lassen. Das Wasser scheint zäh und schwer wie flüssiges Blei. Zielstrebig und mit gleichmäßigem Schub schneidet der Bug der SCHÖNWALDE sauber die See. Wir kommen gut bis zum Kap Torinana, passieren am nächsten Tag Cabo da Roca, später Vicente und Gibraltar und schwimmen dann ostwärts im westlichen Mittelmeer. Das beschenkt uns mit winterlich mediterranem Klima. Der Matrose im Ausguck und der Wachoffizier in der Brücke genießen die klare Sicht und den Weitblick.
Eine Woche später erreicht die SCHÖNWALDE die Außenreede von Alexandria und kann wegen der Dünung aus Nordwest nicht ankern. Also dampfen wir VORAUS LANGSAM gegen die See. Der Alte betritt die Brücke. Wieder beginnt er sein Wange-an-der-Wand-Langschieben-und-dabei-gegen-das-Licht-Blinzeln.
Der Wachmatrose hatte auf der Ausreise bereits die Deckenverkleidung abschrauben müssen und bis zur Vorstreichfarbe runter "ordentlich sauber" putzen dürfen. Nun kuckt er bangend zum Brückenschott rein. Eigentlich dürfte keine Gefahr drohen. Ultimative Sauberkeit wäre nun nur noch mit Sandstrahlen herstellbar, hofft er. Trotz aller begründeter Hoffnung bin ich gewappnet und

beginne mit der für den Ernstfall vorbereiteten Ablenkung. Der sozialistische Wettbewerb verlangt "Treibstoffsparen". Die Geheimvorräte des Chiefs und die Prämienkonten der Schiffsführung sind sehr dafür. Also schiebe ich dem Kapitän den Bericht eines seiner Kollegen in dessen Sauberkeitszustandkontrollweg und vor die Nase. Der Artikel war in der Fachpresse veröffentlicht worden und beschreibt die mit dem Schiff gesammelten Erfahrungen beim Treiben ohne Maschinenunterstützung in bewegter See. Fazit: Oftmals liegt ein mit gestoppter Maschine im Sturm "segelndes" Schiff ruhiger in der See als mit Fahrt voraus. Nur dauert es etwa zwanzig mitunter sehr bewegende Minuten, bevor diese Ruhe eintritt. Jeder Seefahrer kennt das. Ein "Black out" schon bei mäßigen Winden und flacher Dünung bringt schnell gespanntes Warten auf die Brücke und sehr viel Bewegung in den Schacht. Kein Strom, bedeutet nun mal Stillstand der Hauptmaschine und erfordert blitzschnelles, sachkundiges Handeln der Maschinengang. Zudem tobt manchmal noch rund um die See. Der Dampfer rollt heftig und spielt Würfelbecher. Angestrengt lauscht dann die Brücke, ob Ladung verrutscht oder der Hobel endlich wieder läuft. Nicht selten zeigt sich das Schiffsinnere danach wie "nach der Schlacht".
"Und das sollen wir hier jetzt ohne Not probieren?", will der Alte von mir wissen. "Na ja, wegen des Wettbewerbs und so. Könnten wir da nicht eine Menge Sprit sparen? Wenn der Propeller noch eine Weile mit Steigung Null dreht, kann doch nichts passieren", entgegne ich. Der Kapitän zögert nur kurz. Der Vorschlag reizt ihn als Seemann und als Prämienberechtigten sowieso. Und experimentierfreudig war er schon immer. Minuten später wirft sich die SCHÖNWALDE mit heftigen Schwüngen in der Dünung hin und her und will damit nicht aufhören. Im Schiff poltert es gewaltig. Massive Proteste aus der Kombüse und der Pantry erreichen die Brücke. Da zieht der Kapitän den Steigungshebel wieder hoch, spricht: "Na, Steuermann, das war wohl nichts!", und verkündet zum Abendbrot in der Messe: "Der Dritte hatte da mal eine Idee!" Tine leitet die Botschaft über Wechselsprechverbindung zum Chefkoch weiter. Der ist wohl noch beim Töpfeeinsammeln und da klappert dessen Antwort blechern aber entschlossen zurück. "Der soll mich nachher mal besuchen kommen. Ich hab da nämlich auch eine Idee!" Am Abend tröstet mich der Alte mit der Feststellung: "Der Wind ist nicht stark genug und die Stahlladung zieht uns zu tief ins Wasser. Da reicht die Segelfläche nicht zu einem ordentlichen Anstellwinkel gegen die See. Wir probieren das irgendwann einfach noch mal."

Monkey business

Bald gibt sich die See friedlich und dem Einlaufen in den Hafen von Alexandria steht nichts mehr im Wege. Der Lotse ist an Bord, die Fahrt geht vorbei am Great Pass und irgendwo hier muss mal der Pharus von Alexandria gestanden

haben, ein Leuchtturm und eines der sieben Weltwunder. Erdbeben und Kriege ließen es in der Geschichte stranden. Das hat die SCHÖNWALDE nicht vor. So ändern wir an der Mole "Hart Backbord" den Kurs und dann soll der Anker auf der Innenreede fallen, meint der Lotse. Gerade noch hatte der Alte sehr kritisch den Staub auf beiden Radargeräten beäugt. Die Bemerkung des Lotsen jedoch lässt ihn blitzschnell die Hausfrau vergessen. Nun kuckt er als Kapitän fragend den Lotsen an. Die Butterempfänger seien noch nicht bereit, erfährt er da, und der uns zugedachte Liegeplatz würde dringend gebraucht. Tine betritt die Brükke und hat die dem Lotsen zugedachte Flasche Johnny Walker mit, auch die Stange Pall Mall. Wenn ich es nicht besser wüsste, könnte ich denken, überall auf der Welt saufen und rauchen die Lotsen wie die Stadtsoldaten. Unsere Gaben jedoch sollen den Lotsen friedlich stimmen und der SCHÖNWALDE den Weg frei machen. Der aber ist zu, hat der Alte gerade erfahren. Ankern auf Innenreede steht in Aussicht. Da packt ihn die Wut. Der Kopf des Kapitäns ahnt, jetzt macht er was falsch, aber auch Kapitäne haben einen Bauch. So schnaubt er: "Nicht mit mir!" Gleich darauf zieht Tine mit Schnaps und Zigaretten wieder ab und der Lotse ein langes Gesicht. Er grübelt kurz und lässt dann "lieber mal eine Kettenlänge mehr, Captain!" stecken, denn es könne nun dauern. Der Alte krakelt seine Quittung aufs Honorarpapier und Mister PILOT zieht mit saurer Miene ab. Für ihn wird das schöne Nebengeschäft diesmal nicht stattfinden, nicht heute jedenfalls! "Die lassen uns hier verhungern", meint der Erste zum Alten und der meint zurück, das wüsste er auch ohne Hilfestellung. Dann zieht der grimmige Blick des Kapitäns durch die Brücke. Sein Zeigefinger streift über die Buchrücken alter Handbücher, auch an den Fensterscheiben entlang, und die Hand hebt nur kurz den Kokosläufer. Der Blick schiebt sich drunter und nun haben die Wachmatrosen Arbeit für vierzehn Tage.
Am nächsten Morgen schon ereilt uns die Botschaft, die Empfänger wären jetzt da und bräuchten "ein Stück Butter zur Ansicht". Deshalb müsste der Dampfer mal kurz an die Pier und danach wieder raus auf Reede. Nun bekommt der Kapitän erst einmal keine Luft und tiefdunkles Rot ziert seinen Kopf als er ins UKW-Gerät brüllt: "I don`t accept this monkey business!" Dann atmet er wieder, reißt mir den Staubwegpinsel aus der Hand und muss das nun loswerden: "Weißte was, Steuermann, die wollen nur kein Motorboot mieten. Dafür, dass die sich ein paar Blöcke Butter rausnehmen, dumm draufkucken und dann darf ich die noch bewirten, soll ich zwei Schlepper bezahlen, die Festmacher und den Lotsen. Nicht mit mir!" Also liegt die SCHÖNWALDE für etwa zwanzigtausend Mark Betriebskosten, Ostmark nur, noch zwei Tage länger auf Reede und wird immer schöner dabei.
Endlich ist es so weit. Nachdem der Dampfer "drei - eins, vorn und achtern" am Liegeplatz fest ist, steigt ein überaus herzlich-freundlicher Bewohner Alexandrias die Gangway empor. Er lässt sich zum Alten bringen. Dessen ansichtig, öffnet er die hoch erhobenen Arme weit und strahlt dem Kapitän entgegen. "I'm so really verry sorry, Captain! So sorry!" Vor zwei Tagen ist ihm das schö-

ne Geschäft mit den Schleppern, den Festmachern, dem Lotsen und der SCHÖNWALDE nicht geglückt, aber er ist sich sicher, der Kapitän wird was gelernt haben. Nun trinkt man gemeinsam Whisky und Kaffee. Auch die Pall Mall schmeckt. Der Funker bringt die Nachricht aus Larnaca: "Wo bleibt ihr denn?", und ergänzt: "Zypern drängelt schon!" Da wird der Alte noch mal ganz kurz böse, aber nur in sich rein. Er füllt die Gläser mit Johnny Walker nach, reicht eine weitere Runde Pall Mall an seinen Gast und Tine bringt weitere Stangen und Flaschen als "Präsent for you!". Die waren drei Tage vorher schon einmal auf der Brücke, mussten dann wieder zurück in die Last und haben nun Geschwister bekommen. "Sachtakk, Kaptänn!"
Irgendwann sind Butter und Stahl aus dem Schiff. Wir dampfen nortbound rüber nach Zypern. Im Gegensatz zu den Bürgern der DDR schmecken den Briten Apfelsinen und Pampelmusen auch nach dem Fest noch. Also sollen wir mit Vollschiff Citrus auf Heimreise gehen. Die Ladung schnappt uns eine andere Reederei weg. Da üben wir eben kurz nur mal An- und Ablegen. Dazwischen muss die zweite Stewardess zum Zahnarzt. Dort lässt sie einen ihrer Weisheitszähne, bringt aber höllische Schmerzen und hochwirksame Mittel dagegen mit. Das wird den Alten beinahe zum Wahnsinn treiben, aber erst zehn Tage später. "Klar vorn und achtern!"
Homeward ho!

Alles nur wegen der Segler

Die SCHÖNWALDE rüttelt sich leer nach Hause. Das Schiffsblech klappert an allen Ecken und Enden. Respektlos kommentiert das der Zweite Ingenieur: "Das hat man nun von der Leichtbauweise. Der Dampfer rappelt wie ein Heuwagen übers Pflaster."
Sieben Tage später verlassen wir das Mittelmeer. Zwischen Ceuta und Gibraltar hindurch tauchen wir aus dem windeltopfdampffeuchtenküchenähnlichen Dunst des Mittelmeeres und der Atlantik begrüßt uns mit einer frischen Brise. Die Brücke glänzt "wie Meister Propper". Doch nun geht es die portugiesische Küste entlang. Da ist es schon besser, neben dem Steuermann kuckt noch wer interessiert in den Seeraum, wegen der Fischer und so. Also macht der Matrose, was er soll, Ausguck. Am Morgen bemerkt auch der Tagestörn, also die Schar der nichtwachegehenden Nachtschläfer an Bord, wie Chief, Kapitän, ein paar Matrosen, Bootsmann, E-Ingenieur und so weiter, dass der Dampfer zunehmend rappelt. Beim Frühstück klappern die Kaffeetassen nervtötend auf ihren Tellern. In den Farbfässern schlägt die bunte Pampe spitze Wellen. Den Wandverkleidungen hört man an, wo die Verschraubung nachgezogen werden sollte und also ist alles wie immer, wenn die See unruhig wird.
Am Vormittag, während der 8-12-Wache, Cabo de Roca liegt steuerbord quer-

ab, bringt der Funker die Wetterberichte für den Nordatlantik, die portugiesische Küste, den Golf von Biskaya und den Englischen Kanal. Auch die Wetterkarten stehen auf Sturm. "Ach", spricht da der Alte, "das machen die nur wegen der Segler. Die müssen sonst alle aus dem Wasser gezogen werden und wir können nicht ruhig fahren. So schlimm wird das nicht werden. Wir kucken uns das mal an." Zum Mittagessen rutschen die Eisbeine, begünstigt vom soßevermittelten Reibungsverlust und den Fliehkräften, bedrohlich an die Tellerränder oder darauf. Am Nachmittag schimpft der Funkoffizier: "Möchte nur mal wissen, wozu ich hier mitfahre!" Uns anderen Schiffsoffizieren ist das manchmal auch nicht so klar, doch heute geben wir ihm Recht. Es ärgert ihn sehr, dass der Alte die Wetterberichte nicht ernst zu nehmen scheint. Der Zweite Offizier schiebt dem Alten die Sturmwarnungen von Coruna Radio und Land's End Radio über den Kartentisch und der schiebt seine Antwort zurück. "Lass mal Second, damals, als die Segler alle abgesoffen sind, haben die zu wenig Wind vorhergesagt. Nun haben die Schiss und sagen vorsichtshalber jedes Mal zwei Windstärken mehr an." Das Abendbrot findet bereits auf feuchten Tischtüchern statt. Schließlich hat Tine keine Lust, ständig Geschirr einzusammeln. Nun versuchen nur noch die Teekannen umzukippen und manchmal schafft das eine sogar.
Im Laufe der Nacht nimmt der Seegang merklich zu. Der Erste Offizier hat die "Galewarning - northwest eleven increasing to twelve" an den Alten weitergeleitet. Der ahnt nun, eine Orkanwarnung könnte auch für sein Schiff gelten. Mittlerweile formt der Atlantik beachtliche Wellen, schickt diese der SCHÖNWALDE entgegen und am Morgen passt das, was wir um das Schiff herum sehen und in ihm erleben zu den empfangenen Warnungen. Trotz Ballastwasser, aber "das ist, als wenn du in den Laderaum gespuckt hättest", spielt der Sturm mit dem Dampfer wie mit einer Blase in der See. Wie in jedem "richtigen Sturm" wird es bereits zum Nachmittag finstere Nacht. Nur am Widerschein des Lichtes der vorderen Topplaterne, das von der Gischt der nächsten größeren Welle reflektiert wird, erkennen wir, gleich wird es unheimlich rumpeln. Dann schlägt der Dampfer gegen den Wellenberg oder erwischt ihn gerade noch so. Das dehnt das gespannte Warten etwas und gleich darauf geht die Fahrt abwärts und mit viel Schwung ins Wellental. Die Spitze des nachfolgenden Wellenberges bricht garantiert und schlägt auf das Vorschiff. Dort, wo gerade noch viel Schiff mit Luken drin und Kranen drauf war, ist nun jede Menge weiß verwirbeltes Salzwasser mit Mast- und Kranspitzen drin. Dann dauert es fast immer etwas, aber manchmal eine Ewigkeit, und die SCHÖNWALDE schüttelt sich und steigt, nun frei vom Atlantikwasser, bedächtig und triumphierend heraus aus der See. Stolz zeigt sie dem Orkan "hier bin ich!" und dann beginnt die nächste Tal- und Bergfahrt.
Nun lässt der Alte seinen geliebten Kokosläufer von der Brücke räumen und so wissen wir, langsam glaubt er es wohl auch, das mit dem Orkan. Bei meinem Wachantritt um zwanzig Uhr stellt der Kapitän fest, dass man "jetzt sowieso

nichts mehr ändern" könne und "da müssen wir eben durch". Das geht so drei Tage und Nächte lang. Anfangs bewegt sich der Dampfer noch voraus und dann nicht mehr. Später halten wir VORAUS LANGSAM Kurs gen Kanada, nähern uns aber mit zwei Seemeilen pro Wache der spanischen Küste. Hin und wieder wird die SCHÖNWALDE von den hohen Bergen hinunter ins Tal geworfen. Dort liegt sie dann schräg drin und weil das mit dem am Selbststeuer eingestellten Kurs nun wirklich nichts mehr zu tun hat, klingelt der Automat nervtötend. Der Rudergänger macht dem Klingeln ein Ende und führt das Schiff auf die rechte Bahn zurück. Nun lauscht der Chiefmate hinaus in den tosenden, pfeifenden Sturm, ob es von den Luken her poltert, klappert oder zischt. Weil aber wackelnde Ladung, die Windgebrüll 12 überpoltern kann, noch erfunden werden muss, bleibt die Miene des Ersten Offiziers sorgenvoll.

Kohlensack und Geisterbahn

Die furchtbarste Nacht im Sturm ist immer die letzte.
Nun sind in den Kojen bereits die Matratzen hochkant gestellt und verkeilt. Mit Hilfe der Decken, Kopfkissen und Liegekeile der Backskisten sind die Schlafmulden so geformt, dass uns sogar die heftigen Schiffsbewegungen nicht aus der Koje schleudern würden. Nur selten noch und nur für Sekunden umarmt uns Morpheus. Alle sind wir überreizt und nur eine ist fröhlich und befindet sich auf dem Weg in die Handlung.
Am Abend, pünktlich zehn Minuten vor acht, will ich die Wache übernehmen und erfahre, der Alte liege im Funkraum Bereitschaft und "wenn was ist", sei er in Sekundenschnelle vorn bei mir. Ich übernehme die Wache und es dauert nicht lange und da "ist was". Das Schwarz um die SCHÖNWALDE herum wird noch schwärzer und eine besonders hohe Welle trifft das Schiff. Die Kaffeemaschine katapultiert aus der Halterung und versteckt sich im Dunkel der Brücke. Seehandbücher durchbrechen die Schlingerleiste und folgen den Gesetzen der Ballistik. Ein mittelschweres Ziehen im Magen zeigt mir deutlich, Heldentum kann anstrengend sein. Der Alte stöhnt, nun neben mir und übernachtbleich, "mein schönes Schiff!". Dann fragt mich mein Kopf nur kurz, warum da "weder Angst ist, noch Denken an Frau und Kind", weil, Anlass wäre schon. Doch der Bauch verschiebt die Antwort auf irgendwann. Es bleibt stockfinstere Nacht und rundum ist weniger als nichts zu sehen. Nur der Sturm heult am Radarmast rum und der Lehrling hofft, wenn er sich gegen die Wand im hin- und herfallenden Schiff stemmt, kippt der Dampfer vielleicht nicht um.
Plötzlich gibt es einen Hieb, als wäre die SCHÖNWALDE gegen eine Mauer gefahren. Gleich darauf ist "Kohlensack" mit "Jahrmarkt" drin: Black out! Solche "Späße" können sich nur Schiffbauer an Land einfallen lassen! Draußen toben der Wind und die See und schicken Pfeifen und Brüllen und Krachen ins Schiff.

In kolkrabenschwarzer Nacht wirft sich der Dampfer wie ein hyperaktivbockig-garstiges Kind in der See umher. Nun dreht der Motor nicht mehr, alle Lampen sind aus und Sirenen, Hupen, rote Flackerlichter und feste orange- oder auch blaufarbene Leuchtpunkte zeigen an: Es droht Gefahr! Als ob man da ohne "Geisterbahn" nicht selbst drauf kommen würde!
Während sich jeder im Schiff dort festhält, verkeilt oder verkrampft, wo er gerade steht und darauf wartet, was nun passiert, wird im "Keller" heldenhaft gekämpft. Minuten später dreht "der Hobel" wieder. Danke an die Helden der Maschine! Die Hilfsdiesel schicken Strom zur Kaffeemaschine und den anderen wichtigen Verbrauchern der Schiffsbrücke. Derweil lässt der Alte das Schiff langsam gegen die See drehen.
Da öffnet sich die Brückentür. Herein geschwebt kommt die Zweite Stewardess und ruft begeistert: "Aaaah, müssen das aber schöne Wellen sein! Darf ich mir die mal von hier oben aus ankucken?" Darf sie nicht, wird sie gleich wissen. Und nicht nur, weil man sowieso nichts sieht. Der Alte kriegt erst wieder keine Luft und für einen Anfall reichen wohl die bis hierher verbrauchten Kräfte nicht mehr. Dann stöhnt er nur in meine Richtung: "Steuermann, schaff mir die aus den Augen, sofort!" In der Kammer angelangt, löst sich das Rätsel. Die Schmerzmittel hatten erst die beabsichtigte Wirkung nicht erreicht, später doch, aber nur mit Hilfe von Wodka. Dann aber sehr. Und so ist wohl auf unserem Dampfer in dieser sturmgepeitschten Biskayanacht der einzige entspannte und von den entfesselten Naturgewalten begeisterte Mensch weit und breit im Seeraum zu finden.
Nachdem mir der Bäcker und Tine permanente Aufsicht der Euphorisierten zugesichert haben, melde ich auf der Brücke Vollzug. Dabei klatscht der Dampfer wieder mal "gegen eine Felswand". Die SCHÖNWALDE ächzt dabei laut und die Sirene im Schacht gibt schnell wieder Ruhe. Während der Wachmatrose mal wieder den Kaffeesatz am Brückenboden zusammenwischt, meint der Alte, dieser Aufschlag wäre ihm nun aber nicht mehr so sehr heftig vorgekommen. Zur Wachübergabe um Mitternacht bemerkt der Zweite Nautische Offizier: "Ein Glück, dass die Segler gewarnt wurden." Dabei achtet er auf eine sichere Distanz zu seinem Kapitän. Am nächsten Morgen bläst der Wind nur noch mit Stärke 8 in Spitzen 10. Am Abend dann schlafft der Sturm zu starkem Wind ab. Wieder einen Tag später runden wir das französische Ushant und laufen im Englischen Kanal ostnordostwärts. Da betritt der Alte ausgeschlafen die Brükke. Der nach Unordnung spähende Blick irrt umher und muss fündig werden, nach so einer Schlacht. "Mein schönes Schiff!", entfährt es dem Alten, und der Funkoffizier fährt aus dem Funkwachsessel hoch. Er kennt seinen Kapitän, ahnt Unheil, wedelt mit dem Wetterbericht und spricht: "Das nächste Sturmtief ist im Anmarsch. Jetzt sollten wir sehen, dass wir von hier fort kommen!"
"Mit dieser Müllkiste fahre ich keine Seemeile weiter", informiert der Kapitän unmittelbar darauf seine Steuerleute. Wir haben nichts anderes erwartet. Am Nachmittag fällt der Anker in der Seine-Bucht. Hinter Barfleur haben wir Land-

schutz gefunden und Großreinschiff ist angesagt. Schließlich soll ja das drin sein, was draußen dransteht. Noch immer tippt Günters Zeigefinger auf das große T in der Wetterkarte. Wieder stehen dort nun ganz wenige und also sehr windige Hektopascal drunter. Unterdessen sucht und findet der Kapitän Reste der letzten Vollbremsung. Triumphierend präsentiert er den Kaffeesatzkrümel seinen Steuerleuten. Da spricht der Funkoffizier: "Das geht in die Hose", und wird Recht behalten. Am schwarzen Störenfried kratzend flucht der Alte: "Das geht nicht ab!", und ahnt nicht, da kommt bald noch was zu.
Für mich wird es die Rehabilitation bedeuten und warum, erzählt die nächste Geschichte.

Deja Vu maritime

Am kommenden Morgen ist die Grundschönheit der SCHÖNWALDE wieder hergestellt. "Den Rest erledigen wir in Fahrt", beschließt der Alte, und befiehlt: "Anker auf!"
Genau vierundzwanzig Stunden später geht überhaupt nichts mehr. Das nächste Orkantief hängt über der Nordsee und wieder hängen wir mittendrin. Die Nordsee ist deutlich flacher als der Atlantik. Also entstehen schnell eklig spitze Wellen, die sehr zum Brechen neigen. Der Sturm fetzt den Schaum von den Kronen und der Seeraum sieht aus, als ob der Windeltopf brodelt. Ohne Deckel drauf, versteht sich. Rundum ist Gischt. Der Dampfer rüttelt, knallt, ächzt und scherbelt gegen die See. Wieder spielen die Fliehkräfte Billard mit allem, was nicht seefest gezurrt wurde. Zum Frühstück mault der Koch durch das Wechselsprechgerät zur Pantry hoch: "He, Tine, sag dem Alten, wenn das noch mehr schaukelt, kann er das Mittagessen heute vergessen!"
Von seinem Platz in der Offiziersmesse aus hat der Kapitän mitgehört, will antworten, da dreht der Propeller leer. Das Geräusch ist allen an Bord bestens bekannt. Wir halten den Atem an. Tine verkeilt sich mit Armen und Beinen im Rahmen der Pantrytür. Wer kann, greift sich schnell noch Teller und Tasse und was sonst noch greifbar ist und Lust auf Flugstunde haben könnte. Jeder von uns hält nun irgendwas ganz sehr fest. Gleich darauf gibt es einen Hieb und die SCHÖNWALDE ist an einer Nordseewasserwand gelandet. Dann landet auch der Ketchup wieder. Von den Deckenplatten der Offiziersmesse tropft er zum Ausgangspunkt seines Sprunges auf die Back zurück. Im Restketchup über mir baumelt ein Flaschenscherben und wehrt sich noch gegen den freien Fall. Dann platscht die SCHÖNWALDE ins nächste Wellental und schickt den Flaschenrest zu mir runter. Den Kapitän hält es nun nicht mehr beim Essen. Eine Stunde später schwimmt der Dampfer in sicherer Entfernung zum britischen Festland und frei vom Hauptverkehrsweg. Der Alte beschließt: "So, Dritter, jetzt versuchen wir das von Alexandria hier eben noch mal!"

Anfangs sichert der laufende Motor noch schnelle Handlungsbereitschaft. Dann legt sich das Schiff etwa zehn Grad auf die Steuerbordseite. Der Wind schiebt die Aufbauten so zurecht, dass die aus drei Strich an Backbord anlaufende See die SCHÖNWALDE zart dümpeln und rollen lässt und dann geht auch der Hauptmotor auf STOP. Nun knackt es im Wechselsprechlautsprecher der Brücke und der Koch vermutet: "Wenn der Dampfer so liegen bleibt, könnte ich ja sogar was Richtiges kochen?" Dem Alten gefällt sein gelungenes Experiment sehr, doch die Brücke kann, nach den Treffern des frühen Morgens, nur unaufgeräumt aussehen. Also vermutet der Wachmatrose nicht lange und legt los. Der Kapitän ist begeistert und später am Mittagstisch Mann genug, zu verkünden: "Okay, der Einfall war vom Dritten. Doch dass mir keiner auf den falschen Gedanken kommt: Ausführen kann das natürlich nur ein richtiger Kapitän!"
Irgendwann flaut der Sturm ab und die Fahrt geht weiter. Wir erreichen das Feuerschiff "Elbe 1", nehmen den Lotsen zum Kanal, dann den Kanallotsen und die Steurer an Bord und die letzte schöne Geschichte dieser Reise ist wieder nur auf der SCHÖNWALDE möglich.

Zwei Angebote

Die Hälfte des Nord-Ostseekanals liegt hinter uns. Wir haben uns an das viele Land rundum und den Schnee drauf gewöhnt und wissen nun, bald sind wir richtig zu Hause. Nach dieser Reise werde ich für eine Reise aussetzen und schöner kann das Leben nicht sein!
Im NOK haben die Lotsen gewechselt. Der Erste Offizier übergibt dem Alten die Wache. Der nahende Morgen schickt sein Licht über den Horizont, über die Kanalwiesen und zu uns in die Brücke der SCHÖNWALDE. Es kommt, was muss. "Herr Lotse", begrüßt der Kapitän den Revierkundigen, "darf ich Ihnen etwas zu Essen anbieten?" Gerade hat Tine die Brücke betreten, lächelt nun ihr schönstes Lächeln, schließlich geht es ja nach Hause, und reicht dem Lotsen die bunt garnierte Lotsenplatte. Von dieser lächeln frisch gebackene Brötchen. Wurst und Käse sind frisch aufgeschnitten und also weder hochgebogen noch randtrocken. Kein Lotse dieser Welt kann da nein sagen. "Sehr gern Herr Kapitän, ich bin entzückt!", erwidert der Angesprochene, und nimmt sich also ein Brötchen mit zartem Schinken drauf und Gürkchen drüber. Dann kuckt er mal schnell auf das Radarbild und beißt ins frische Backwerk. Dabei hüpft ein Krümelchen auf die elektronische Orientierungshilfe und von dort aus hinunter zum Kokosläufer. Der Blick des Kapitäns folgt dem Krümel und erstarrt augenblicklich.
Staub! Auf seinem geliebten Läufer liegt Staub! Er winkt den Wachmatrosen zu sich. Dabei winkelt er die Arme zu der uns gewohnten Geste vor der Brust und

schiebt diese dann so unmissverständlich mehrmals vor und zurück, dass der Matrose erschaudernd begreift. So kuckt er erst zum Lotsen, dem schmeckt das Brötchen noch, und dann hilfesuchend zu mir. Befehl ist Befehl, zucke ich nur die Schultern und mache mich hinterm Kartentisch klein. Dann erfüllt es die Brücke, das staubwegschlürfende turbinenartig heulende Geräusch. Der Matrose turnt mit dem Sauger um den brötchenessenden Lotsen rum. Der deutet das falsch, also richtig, und Stunden später räumt Tine die Brötchenplatte wieder weg. Nur eines der Brötchen, das mit dem Schinken drauf, ist angebissen. Die Gespräche zwischen Lotse und Kapitän sind nun sehr dienstlich. Der Alte hat wohl begriffen, da ist irgendwas daneben gelaufen. Nun will er es gutmachen und so naht neues Unheil. Ich staune nicht schlecht, als der bekennende Nichtraucher den Lotsen fragt: "Darf ich Ihnen eine Zigarette anbieten, Herr Lotse?"
"Vielen Dank, gern, Herr Kapitän!", vermutet der Lotse Wiedergutmachung.
Während er nun genüsslich vor sich hinpafft, wandert der Blick des Alten durch die Brücke, bleibt an seiner Palme hängen und wieder kommt "die Wut" in ihm hoch. Im letzten Hafentörn hatten "die Verbrecher der Schiffselektronik" ihre Kippen in den Übertopf geworfen. Beim Seeklarmachen hatte ich die noch rechtzeitig raussammeln können, aber eine wohl übersehen. Die hatte der Alte bald gefunden und dieser Film läuft wohl gerade vor seinen Augen ab. "Wenn mich was anstinkt, dann sind das Raucher", flucht er laut. Wieder bücke ich mich tief runter zur Seekarte und wieder deutet der Lotse die Worte des Alten richtig, also falsch. Sehr jung noch stirbt die Lotsenzigarette im Aschenbecher. Der Revierkundige beschließt, ab sofort nur noch seine eigenen zu rauchen, da draußen in der Kälte beim Wachmatrosen, als "von so einem" noch irgendein Angebot anzunehmen.
In der Kieler Schleuse ist die Tortour für den Lotsen vorbei. Ich geleite ihn hinunter zur Gangway und sein ungläubiger Gesichtsausdruck begleitet die Frage: "Mit dem seid ihr eine ganze Reise unterwegs gewesen?" Ich bestätige das mit stolz geschwellter Brust, aber kann ihn beruhigen: "Der ist sonst nicht so. War eben eine schwere Reise. Fast nur Sturm und eigentlich konnte keiner was dafür, dass wir da immer mitten drin waren." Da winkt der Herr Lotse noch mal freundlich zur Brücke hoch und denkt sicher, war wohl die richtige Entscheidung, der Seefahrt beizeiten ade zu sagen.
Vierundzwanzig Stunden später liegt die SCHÖNWALDE im Hafen von Wismar. Zwölf Stunden später liegen wir in den Armen unserer Frauen, Freundinnen, Geliebten und was das Leben noch so für den Seemann bereithält. Nur der Kapitän steht vor seinem Chefinspektor und muss erfahren, es reicht nicht ganz, so, wie der Dampfer gerade aussieht. HÜBSCHWALDE könne er sich vorstellen, TAUSENDSCHÖNWALDE so schnell nicht und VIELZUSCHÖNWALDE nie und nimmer. Nun trägt der Kapitän Trauer und müsste es nicht. Doch er kann ja nicht wissen, drei Jahre später wird er sogar auf einem der schönsten Schiffe der Welt Dienst tun. Das heißt jetzt noch ASTOR und wäre

in diesem Zustand mit DDR-Flagge, Parteiversammlung und DFD-Gruppenarbeit wohl völlig überfordert.

Wo Bananen enden

"Deine Firma hat dir einen Orden geschickt", empfängt mich Kathleen. Ich küsse Frau und Kinder, rufe "die fahren jetzt mal ohne mich die Blechkisten durch die Welt, so!", und die Töchter sind begeistert: "Au fein, dürfen wir da bei Papi zu Hause bleiben?" Das mit dem Orden klärt sich sofort und das "bei Papi bleiben" drei Tage später. Also bin ich nun Träger des Bronzenen Durchhalteordens für zehn Jahre erfolgreiches Wirken im Dienst der Seeverkehrswirtschaft der DDR. Da denke ich, nun könne ich doch mal anfragen, ob denn die Frau des so Geehrten eine der nächsten Reisen mitmachen dürfe. "Sie sind noch keine zwei Jahre wieder zurück in der Flotte", erhalte ich zur Antwort, doch mit ihr auch Trost. "Versuchen Sie es doch ganz einfach im nächsten Jahr wieder."
Am dritten Heimattag stellen die Töchter fest, bei Papi darf man eine ganze Menge mehr als bei Mami, ordentlichen Blödsinn anstellen macht Spaß und Leute verscheißern sowieso. Doch dafür morgens so lange schlafen müssen? Nein! Also zieht es sie in Kindergarten und Krippe. Es reicht ihnen allemal, holt sie ihr Papi am Nachmittag mal eher ab.
Das Osterfest steht bevor. Wir basteln Körbchen, in die der Osterhase was reinstellen kann oder soll oder zum Verschenken an Omis, Opis, Tanten und Oma Dora. Die betagte Nachbarin hilft Kathleen hier und da mal bei Tagesaufgaben, die für eine Frau keine wären, gäbe es ständig einen Mann im Haushalt. So hatte zum Beispiel der Kohlenfahrer nicht lesen können oder wollen. "Hinters Haus, bitte!", hatte auf dem Bestellschein gestanden, doch alle 30 Zentner Kohlen waren vorm Haus abgekippt worden. Ich musste gerade ein sehr schönes Schiff durch das Mittelmeer lenken und so hatte sich Oma Dora den Opa Erwin geschnappt und dann halfen einhundertfünfundvierzig gelebte Jahre Kathleen, den schwarzen Dreck in den Keller zu schleppen.
"Wie können Sie nur die arme kleine Frau so allein lassen?", soll ich ihr nun beantworten, und versuche es mit den "Bananen, die ja irgendwer übers Meer holen muss". "Die bleiben doch sowieso in Berlin. Deshalb müssen Sie es doch ihrer Frau nicht so schwer machen", ist die Antwort, die zeigt, dass Oma Dora noch immer mitten im Leben steht. Also zeige ich ihr nun, dass auch Vatis nützlich sein können, zum Beispiel, um Osterkörbchen zu basteln, Eier zu bemalen und Kinder zu erziehen, wenn Muttis gerade mit der Wäsche zu tun haben oder sich von der Woche und uns erholen müssen. "Beim Anblick des riesigen Wäschehaufens glaube ich manchmal ich hab drei Kinder!", überhöre ich mannhaft. Wenn Kathleen sich fertig von der Familie erholt hat, bastelt sie sogar mit oder malt Häschen und Bärchen für Ina und Maja. Dann habe ich endlich eine

Hand frei. Die schüttet mir Bier aus der Flasche und ins Glas. Samstagabend läuft der Fernsehapparat vor sich hin und ist nur Tapete die flimmert, mit Sprache drin, die keinen interessiert. So viel haben wir uns noch zu erzählen und zu träumen und manchmal nur kurz ist Ruhe. Danach schütte ich Wein nach und die Geschichten von Land und See gehen uns beiden nicht aus. Familie ist schön.

Cumulusse und Bockwurst

Am Mittwoch vor Ostern bringt der Bus Ina und mich zu den Braunbären des Leisniger Burghangtierparkes. Die hocken dort ziemlich eingequetscht hinter ihren Gitterstäben und kucken dumm zum Abhang hinunter und rüber zur Mulde. Mit Wasser rundum, hätten die es genauso schön, wie ich auf meiner Schiffsbrücke, denke ich da, und zerre Ina raus aus dem Park und hinein ins Freie. Dort aber droht neues Gequetsche. Nur wenn wir uns einen Sitzplatz im Bus erkämpfen, könnte die Rückfahrt halbwegs gemütlich werden. Also eilen wir zur Haltestelle und haben nun Langeweile. Beinahe zwanzig weitere Möchte-gern-Sitzer langweilen sich mit uns. Da schubse ich Ina an und frage: "Na, was haben wir denn für Wolken am Himmel?" Ina kuckt fachmännisch hoch ins Weiß-Blau über dem Marktplatz, lässt sich etwas Zeit mit der Antwort, aber verkündet dann sicher: "Lauter Cumulusse, Papi. Das sind heute alles Cumulusse!" Aus den Gesichtern rundum gähnen nun schwarze Löcher des Staunens. Kann ja keiner wissen, Ina kennt nur Cumulusse und ich frage nur bei Cumulus congestus, mediocris oder humilis. Bald haben alle zu Ende gestaunt und der Bus fährt vor. Der Fahrer öffnet die Tür und die Leute stürzen wie die Blöden auf diese zu und hindurch. Also erziehe ich meine Tochter laut. "Siehst du, wie die Erwachsenen drängeln? Wenn du mal groß bist, darfst du das nicht tun. Die erdrücken ja sogar kleine Kinder!" Daraufhin macht uns ein älterer Herr den Gang frei. "Kommen Sie, das ist aber auch wirklich eine Unart!" Da bedanken wir uns laut und die bereits sitzenden Drängelpersonen blicken schnell vom Durchgang weg und sehr interessiert aus den Busfenstern. Ich finde noch einen Platz für Große, Ina einen für Kleine, auf Papis Knien also, und darauf reitet sie fröhlich den Leipziger Häusern, zwischen Hartha und Waldheim, entgegen.
Am Donnerstag beschließe ich Teilnahme an der Schlacht um die Festtagsrouladen. Nur vordere Plätze in der Warteschlange erhöhen die Wahrscheinlichkeit, an das begehrte Rindfleisch zu gelangen. Also sollte man wenigstens eine Stunde vor Öffnung der Kaufhalle dort stehen. Wegen des zu erwartenden Wienergeschenkes von der dicken Tante beim Fleischstand will mich Maja begleiten. Als wir ankommen, warten bereits drei Omis und vier zuckerkranke Frührentnerinnen am Eingang. Jede der vor uns Stehenden wird für einen oder zwei

werktätige Auftraggeber aus der Verwandtschaft oder der Hausgemeinschaft mit einkaufen, weiß ich. Schließlich kann die sozialistische Produktion nicht ruhen, nur weil es am Nachmittag nur noch Schnitzel zu kaufen gibt. Damit stehen eigentlich sieben mal drei Leute vor uns und die Gefahr, dass dann einundzwanzig mal vier Rouladen schon weg sind, bevor wir dran sein werden, ist real. Ich hoffe also, dass der Konsum heute mit mehr als vierundachtzig Rouladen beliefert wird. Vielleicht aber ist die eine oder andere vor mir mit Schnitzel und Schweinegoulasch zufrieden? Die Chancen stehen eher schlecht. Also packt mich die Wut und ich erkläre Maja laut das Leben. "Kuck mal, die hier schon eine Stunde lang rumstehen, sind die, die im Bus immer sitzen müssen, weil denen sonst die Füße weh tun. Die würden sogar kleine Mädchen erquetschen, das kannste wissen!" Da rückt die Dame vor mir ihrer Vorderfrau noch etwas näher auf die Jacke. Hinter uns wird auch Platz. Maja interessiert das wenig. Das beinahe dreijährige Kind kuckt zum Kaufhallendach hoch und buchstabiert laut: "K-auf-hal-le!" Nun sind die Omis und Tanten von meinem Wunderkind angetan. Sie können ja nicht wissen, stünde morgen Bockwurst dort oben dran, Maja würde wieder vorlesen: K-auf-hal-le. Schließlich haben wir lange genug geübt und sie kennt nur Kaufhalle!
Dann ist Ostern vorbei und man kann sich so sehr aneinander gewöhnen. Das ahnt der Bauch und als der Kopf ihm meldet, das Telegramm ist da, weiß er es längst. Wieder werden die Worte weniger, finden sich die Hände abends im Bett und wollen mehr nicht. Dann kommt der Abend, an dem die Gute-Nacht-Geschichte für die Töchter länger als gewohnt ausfällt und ich froh bin, die Augen an die Buchstaben heften zu müssen. Am nächsten Morgen gegen sechs, Kathleen und die Töchter frühstücken und bereiten sich dann auf ihren Marsch zu Krippe, Kindergarten und Betrieb vor, frage ich am Tor des Wismarer Hafens mal wieder nach dem Liegeplatz der SCHÖNWALDE.

Zerfetzt und zerbeult

Es folgen zwei Sommerreisen ins Mittelmeer.
Wir bringen Holzkisten aller Größen nach Lattakia und jedes Mal entstehen beim Löschen enorme Schäden. "So ist das, wenn man bettelarm ist und sich keinen Stapler in der Luke leisten kann", schimpft Chiefmate Leitmann, und meint dabei DSR und DDR. Die Kisten werden von den syrischen Stauern mit Brechstangen und Kanthölzern so in Position gedrückt und gezogen, dass Drahtschlingen um sie herum gelegt werden können. Mit deren Hilfe nun zerrt und schleift der Bordkran die Holzverpackungen samt Inhalt aus den Unterzügen. Dabei fallen sie auf den Lukenboden oder rumpeln über andere Kisten hinweg. Beinahe jede Verpackung geht zu Bruch und nicht selten erleidet der Inhalt Schaden.

"Das ist den Empfängern gleich", erklärt mir der Erste. "Die Verträge sind so beschissen gemacht, die DSR haftet bis zur Abholung der Ladung aus dem Zollschuppen." "Wir liegen ja auch ewig lang hier im Hafen. Wird das nicht teuer für uns?", will ich von ihm wissen, und er kuckt mich an, wie einen armen Irren: "Wo lebst du denn? Wir kosten doch kein Geld, mit unseren paar Ostmark Heuer." Jeder Schichtarbeiter an Land verdient mehr als wir Offiziere hier an Bord, weiß ich mittlerweile auch. Doch ich ahne, das ist es nicht, was den Chiefmate ärgert. "Das Problem ist ein anderes", erklärt der mir deshalb weiter. "Wir sind Seemänner und kriegen die Ladung anvertraut, damit die unversehrt ankommt. Das geht mir gegen die Ehre, wenn ich ankucken muss, wie das Zeug hier vor meinen Augen zerstört wird, verstehst du?" Der meint das ernst, weiß ich, und denke laut: "Wenn man nun beim Laden bereits Stroppen, große Schlingen aus Draht also, um die großen Kisten legt?" Es ist das Gemisch aus Wissen, Stolz, Erfahrung mit der DSR und verzweifelter Ahnung zur Leistungskraft der real existierenden sozialistischen Wirtschaft, das ihn auch jetzt wieder zynisch werden lässt. "Denkst du etwa, du bist der Erste, dem das einfällt?" Dann hängt er den Satz an, den man mir ohne Folgen nicht sagen darf: "Na los, dann mach mal!" Damit ich auch wisse, was ich ändern wolle, schicke er mich für heute nun zu den Stauern in die Luke. "Kuck dir das gut an. Ich geh dafür deine Wache zu Ende!"
Am Schluss der zweiten Reise steht mein Vorschlag auf zwanzig Blatt Papier: Er nennt sich "Maßnahmen zur Verhinderung der enormen Löschschäden im Hafen von Lattakia". Der Erste Offizier liest sich das durch, sagt nichts weiter dazu und mehr Anerkennung kann man von ihm nicht erwarten. Bevor der Kapitän meine Ausarbeitungen der Ladungsinspektion in Wismar übergibt, übergibt er mir heimreisend erst noch die Seewache. Die NOK-Passage liegt hinter uns. Die SCHÖNWALDE befährt den Kiel-Ostsee-Weg. Viel kann nun nicht mehr bis zum WISMAR-Lotsen passieren, eigentlich.

Hart Backbord

Wenn es etwas gibt, das Kapitänen die Ruhe raubt, dann sind das Backbordmanöver ihrer Nautischen Offiziere. Die Erklärung dafür versteckt sich in Vorfahrtsregeln, lehrbuchreifen Kollisionen sowie nautischen Albträumen. Sie würde besonders die überfordern, die mal wieder was über Liebe und Seefahrt erfahren wollen und nun befürchten, sich mit den Geschichten Fachwissen anlesen zu müssen. Also, soviel vorab: Das Glück der Glücks ist noch nicht perfekt und bald wird es den Anschein haben, als hätte sich alles um sie herum gegen sie verschworen. Nur Geduld!
Erst einmal steht der Dritte Nautiker der SCHÖNWALDE auf der Brücke derselben und die zweite Sommerreise neigt sich sichtbar dem Ende entgegen. Die

Leuchttonnen des Kiel-Ostsee-Weges blinken und blitzen mir den Weg nach Hause. Das Puttgardenleuchtfeuer liegt an Steuerbord zwei Strich achterlicher als querab. Die Fähre nach Rödbyhavn hat ihre Vorfahrt gekriegt. In etwa zwanzig Minuten wird der Wachmatrose das Ruder nach Steuerbord legen und danach liegt Wismar recht voraus, so die Planung. In allen Offizierskammern hackt man auf ERIKA rum und produziert so die an Land heiß begehrten Reiseberichte. Der Chief berichtet, dass die "Treibstoffeinsparungen dem guten Wartungszustand der Maschine zuzurechnen sind", und verrät nichts vom Chiefreservezuschuss aus dem Tank, den er höchstpersönlich nur peilt. Der Erste Offizier muss noch nicht von der "Jahrhundertwelle" berichten, die alle Käse hat außenbords rollen lassen, weil, dieser Verlust wird sich erst Reisen später ereignen und dann auf Reede, während der Wachmatrose schläft. Die Freie Deutsche Jugend prahlt mit sechs Versammlungen auf dieser Reise. Da die SCHÖNWALDE ein Jugendschiff ist, ist die FDJ immer mit dabei, wenn es gesellschaftliche Aktivitäten gibt, die man abrechnen kann, wie Grillabend, Sportfest, DSF-Abend, Parteiversammlung, Reservistenversammlung und Neuererversammlung. Die Gewerkschaft moniert die alten Bücher und Filme, die an Bord gekommen waren, und weiß jetzt schon, zur nächsten Reise wird man Filme und Bücher liefern, die dann eben anders alt sind. Der Kapitän denkt sehr angestrengt nach. Was eigentlich habe ich denn die ganze schöne Reise über getan? Der Funker muss da noch mehr grübeln. Also darf ich das Schiff allein durch die Nacht kutschen.
Ich kucke mich im Seeraum um. Gleich muss ich den Dampfer auf Heimatkurs drehen und benötige dazu freien Raum an der Steuerbordseite. Doch dort schiebt sich von achtern her ein BALTISKIJ heran. Der könnte mir nachher im Wege sein. Ich bin zum Kurshalten verpflichtet. Propellersteigung runterfahren, wäre die einfachste Lösung. Dann würde mich der Russe zügig überholen und ich könnte nach Steuerbord und wieder VOLL VORAUS drehen. Aber eben nur "wäre", denn, so ein Schiff hat einen Leitenden Technischen Ingenieur, kurz Chief genannt. Will man den ordentlich ärgern, geht das ganz problemlos mit der Fernbedienung der Maschine, nautisches Handeln mit remote controlled engine. Ich kuck noch mal aus der Nock und zum Russen rüber. Der wird es nicht schaffen, mich bis zum Kursänderungspunkt überholt zu haben. Da schickt mir der Kopf die Erinnerungen an meine Marinezeit, die Manöver meines Kommandanten und seine Worte zu Hilfe. "Das ist wie auf der Straße. Dreimal links abgebogen ist wie einmal rechts!" Übersetzt heißt das, da, wo man mit "Hart Steuerbord" hin will, kommt man auch mit "Hart Backbord" hin, wenn man nur lange genug dreht. Der Bauch ist von der Idee begeistert. Ja, so machen wir das, Kursänderung genau an dem Punkt, den der Alte will, ohne den Chief zu wecken!
Jetzt helfen mir auch meine vielen Abende im Turm der IHS und am Radarsimulator. Mit den Schiffen vom Typ Poseidon bin ich dort hunderte Drehkreise gefahren, simulierte am Radar, jedoch sehr praxisnah, also halbtheoretische

nur. Nur, der Turm stand dabei still. Jetzt aber rappelt ein, das richtige Meer befahrender Poseidon unter mir und wird ganz gewiss mitdrehen. Ich weiß, über Backbord gedreht, braucht der dreieinhalb Kabellängen Platz. Ein Blick ins Radar zeigt mir vier Kabel Abstand zur Kiel-Ostsee-Weg-Linie. Es kann nichts schief gehen! Was ich nicht bedenke, ist die exzellente Sicht in sternenklarer Halbmondnacht und den Eindruck, den es machen wird, wenn den heimataufgeregten, ruhlosen und durch ihre Fenster den Seeraum betrachtenden Schönwaldern gleich "das Bild wandern" wird. Ganz langsam erst, doch dann immer schneller. Also rufe ich vier Kabellängen vor dem Kursänderungspunkt "Handruder!". Der Wachmatrose ist ein guter Seemann, springt ans Lenkrad und fragt nicht. Weil aber nun nicht jeden Tag das Ruder hart nach Backbord gelegt wird, kläre ich ihn auf. "Das wird jetzt mal was ganz anderes. Du machst genau das, was ich dir sage, okay?" Dann rufe ich "Hart Backbord!", höre die Quittung des Matrosen mit einer Mikrosekunde Verzögerung nur und denke, das ist wirklich ein guter Mann.
Die SCHÖNWALDE dreht langsam an, wird dann schneller, kippt etwas nach Steuerbord und dann wandern die Lichter von Lolland an den Brückenfenstern vorbei. Bald gehen sie in den Laufschritt über und jagen dann eben auch an allen anderen Schiffsfenstern vorbei. Die Lichter von Fehmarn jagen ihnen hinterher. Ich rufe: "Ruder Mittschiffs!" Dann steht der Alte auf der Brücke, wenig später der Chief, gefolgt vom Funker und ich befehle: "Neuer Kurs 180 Grad!" Bald darauf grüßen uns die Leuchtfeuer der Heimat und die SCHÖNWALDE hat auf ihrem neuen Kurs Ruhe gefunden. Auch die Lichter rundum stehen still und der Kapitän wirkt kurzatmig, als er um Auskunft ersucht: "Dritter, was war denn das jetzt?"
"Kursänderung, ohne den Chief zu wecken", antworte ich stolz. Der Alte weiß es schon und fragt trotzdem: "Und wer steht jetzt neben mir?" Am Morgen liegt der Dampfer fest an der Pier. Es herrscht Aufbruch-, Ablöse- und Heimfahrtsstimmung. Ich melde mich beim Alten ab und der quittiert mit Handschlag. Entschlossenes Handeln könne er mir nun bestätigen, falls da mal jemand fragen sollte. Doch eine Bitte hätte er: "Gib mir vor der nächsten Kursänderungen dieser Art Bescheid, Steuermann. Ich bin noch zu jung für einen Herzinfarkt." Und weil seine Frau neben ihm steht, nutzt er die Chance und zeigt ihr gleich mal "den, der dich zur Witwe machen wird".

Eichelmännlein und Kastanienautos

Nach zweimal "Lattakia und zurück", je acht Wochen Reisezeit, bepackt mit Klamotten und Früchten für Weib und Töchter und Wein für Gesang und so, in der Wohnungstür und Kathleen empfängt mich mit den Worten: "Tu das nie wieder, versprich mir das!"

"Diesmal bleib ich länger, versprochen. Und vielleicht klappt es sogar mit Weihnachten", tröste ich meine drei Frauen und etwas auch mich. Ja, eigentlich hatten beide Reisen zusammen sechzehn Wochen und drei Tage gedauert und diese drei Tage waren eben das Problem. Nach der ersten Reise war Kathleen und den Kindern ein Geist erschienen. Der hatte mal kurz mit im Bett gelegen, drei Mahlzeiten eingenommen, kein Ohr für Probleme gehabt und keinen Sinn für Entscheidungen. Dann war er entschwebt. Das, was der Bauch gut gemeint hatte, hatte der Kopf später als saudummen Einfall erkennen müssen. Doch es war nun mal passiert:
"Wir liegen drei Tage in Wismar, Steuermann. Ich lasse dich nur nach Hause, wenn du mir versprichst, pünktlich zurück an Bord zu sein. Notfalls fährst du Taxi auf eigene Rechnung, verstanden?", hatte mir der Kapitän nach der ersten Acht-Wochen-Reise mit auf den Heinweg gegeben. Ich hatte Sehnsucht und wollte nach Hause, unbedingt. Im ersten Semester hatte es doch auch geklappt und war schön gewesen, wusste ich noch, und hatte vergessen, ich war nun nicht mehr nur Student und jung verliebt. Also war ich in Wismar in die Bahn gesprungen und hatte an der bekannten Stelle neben dem Leipziger Hauptbahnhof ein Schwarztaxi bestiegen. Spät am Abend war ich zu Hause eingetroffen, hatte Küsse und Geschenke verteilt und war todmüde eingeschlafen. Am nächsten Abend schon musste ich wieder zum Waldheimer Bahnhof. Also war der Bauch schnell einmal zu Hause gewesen, doch der Kopf eben an Bord geblieben. Welche Frau braucht schon einen halben Mann?
"Ohne dich ist es schwer genug. Aber dich mal kurz vor der Nase zu haben und dann bist du wieder fort, ist nicht fair. Tu das nie wieder!" Die Nacht ist lang, bis zum Morgen schlaflos und dann habe ich eine Vorstellung mehr von Neid, Gehässigkeit und ehemaligen Kumpels. Kathleens Arbeitskollegen, die mit den fetten Westpaketen, den Partnern zu Hause und der Omi als Rundumbetreuung für die Kinder, setzen ihr pausenlos zu. Sie wissen nicht, für die weiße Bluse aus Hamburg, die dann doch nicht passt, bin ich sechzig Tage fort von zu Hause. Auch gibt es in meinem Betrieb nichts, was ich gegen eine schnellere Mopedreparatur tauschen könnte. Ist es kaputt, müssen Kathleen, Ina und Maja wochenlang und bei jedem Wetter frühmorgens nach Hartha und abends nach Hause zurücklaufen.
Gleichberechtigung und Emanzipation verhindern nicht den unverschämten Angriff auf praktisch alleinstehende Ehefrauen. Und Vorurteile begünstigen unterlassene Hilfeleistung.
"Wenn du zu Hause bist, kommen alle angeschissen! Bist du auf See, fragt kein Schwein nach mir und den Kindern! Als ich überfallen worden bin, hier im Haus, hat mir von diesen Feiglingen keiner geholfen, nur Oma Dora! Und dann kommst du und musst gleich wieder fort", stürzt es mit Worten und Tränen aus Kathleen heraus. Auch war sie gutgläubig genug gewesen, in der Brigade von der Aussicht auf eine Mitreise an Bord eines Handelsschiffes zu erzählen. Seitdem nehmen die Provokationen im Betrieb zu. Was wir noch nicht wissen, es

wird ihr sehr helfen, dass wir zu diesem Zeitpunkt noch fest an Sozialismus, Menschlichkeit und Solidarität glauben. Ein falsches Wort, und der Traum von mehreren gemeinsamen Wochen auf dem Schiff, von Zeit füreinander, ohne Stress, Hetze und die Angst, wann kommt das Telegramm, wäre für immer vorbei. In dieser Nacht begreift der Kopf ein wenig mehr von dem Preis, den Kathleen für unsere Familie zahlt. Trotzdem begreift er noch lange nicht alles. Der Bauch fühlt Dankbarkeit aber auch Schuld und diesen Gefühlsmix wird er nie loskriegen. An guten Tagen erzählt sie mir, wie sie sich mit mir freuen wird, dann, wenn ich Kapitän sein werde. Was sie an schlechten Tagen denkt, behält sie für sich.
Es ist ein schöner Herbst. In den Schulen erinnern die Lehrer die Schüler an die hungernden Tiere des Waldes im Winter und also sollen Kastanien gesammelt werden und Eicheln. Der Eichberg in Waldheim hat davon genug, weiß ich noch aus meiner Kinderzeit. So fahren wir mit dem Bus in die Zschopautalstadt. Dort sammeln wir fleißig für Rehlein, Hirsch und Wildsau und für uns.
Das Wochenende gehört dem Basteln von Eichelmännlein mit Kastanienhälftenhüten "für Omi" und Kastanienautobau mit Eichelscheibenrädern für Opi. Kathleens Hinweis: "Die Sauerei räumt ihr nachher aber allein auf!", behindert unsere Kreativität nicht.
Hin und wieder darf ich das Mittagessen kochen, aber nicht zu oft. "Es soll uns ja auch mal wieder schmecken!" Nicht immer verspüre ich Lust dazu, die Möhren in Scheiben zu schneiden. Da viertele ich die nur längs, nenne sie "Schiffsmöhren", die Kinderchen sind begeistert und deren Mutti nicht. Zu Inas und Majas Freude gibt es bald Schiffskartoffeln, Schiffsgoulasch und Schiffseintopf. Viele Jahre später wird es sächsische Sushi geben. Doch auf dieses Rezept muss der Leser noch etwas warten. Dann feiern wir Ina-Geburtstag und Kathleen-ein-Jahr-älter und kurz vor dem Weihnachtsfest, wann sonst, kommt das Telegramm: "Dienstantritt PRIGNITZ am 21.12. in Wismar; Inspektion."

Drei Nachrichten

Nach einem Anruf in Wismar steht fest: Sofort nach Einlaufen der PRIGNITZ soll ich den Dritten Offizier ablösen. Weihnachten und Silvester ist Wachegehen im Hafen dran. Das Auslaufen ist für den dritten Januar geplant.
Kathleen hat wohl das Pfeffernuss-Äpfelchen-Mandeln-Korinth-Transporttrauma vom letzten Fest an Bord noch nicht verarbeitet und winkt ab. "Omi und Opi wollen ihre Enkel auch mal wieder zu Weihnachten sehen. Wir kommen danach zu dir aufs Schiff und bleiben bis Neujahr", legt sie gegen die Hoffnung ihrer nun protestierenden Töchter fest, und lässt nicht rütteln. Also besteige ich drei Tage vor Weihnachten einen der drei DSR-HOLLÄNDER und zwei Nachrichten halten meine Begeisterung in engen Grenzen. Mein Ich-will-bald-Erster-

werden-Kollege von der LUCKENWALDE hat es geschafft. Er ist nun Chiefmate und auf dieser Reise mein Chef. Schlimmer geht's nicht, denke ich, da fällt mein Blick auf die Besatzungsliste und ich lese Politoffizier. Bald steht mir der Erste Offizier gegenüber, spricht: "War nicht so gemeint, damals, Frieden?", und ich wäre doof, nicht dafür zu sein. Das Weihnachtsfest findet irgendwo statt, nur nicht an Bord. Wir haben keine Lust auf Weihnachtsfeier im Heimathafen und ohne Familie. Also besingt das Radio die Nacht, die auch Atheisten still und heilig ist. Währenddessen bereite ich mein Ressort auf die Reise vor. Ich korrigiere die Seekarten und Handbücher und lege dann dem Kapitän den Ausreise-Seekartenstapel zurecht.
Endlich bringt die Reichsbahn Kathleen, Ina und Maja nach Wismar und Stimmung an Bord. Zum Jahreswechsel darf Maja auf den Schultern des Chiefmate reiten und Ina das Typhon ziehen. Das tutet dumpf über den Hafen hinaus, nach Wismar hinüber und macht ordentlich Krach dabei. Zum Lärm rundum mischt sich knallender, fröhlicher Feuerzauber am Himmel. All das werde ich auf dieser Reise noch einmal erleben, nur ohne Frohsinn dabei.

Lenin

Der Einsatz von Kommissaren stellt eine politische Misstrauensmaßnahme dar, steht wohl irgendwo bei Lenin zu lesen. Das schnelle Wachstum der Flotte während deren Expansionsphase hatte sicher auch Führungskräfte zur Folge, die ohne den ökonomischen Druck nie Verantwortung übertragen bekommen hätten. Das soll sich ändern und also spuckt die Seefahrtsschule ständig neue und hochschulgebildete Schlaue aus. Da muss das Proletariat wachsam sein und ist es auch. So kriegen Klempner, Schlosser, Maurer, Fleischer und ähnliche seefahrtsnahe Berufstätige nach einem Jahr Parteischule viele gelbe Balken auf die Uniformschultern und sollen nun nicht nur Kapitänen zeigen, "wo es lang geht".
Die PRIGNITZ hat den Kontinent verlassen und hält, Vollschiff Stahl für Beirut, im Atlantik südwärts. Der Pope läuft bereits mittags schon mit einer roten Nase herum. Nicht selten redet er wirres Zeug, klappert nachts mit der Schreibmaschine, ist oft "hackenfett" und wohl nie richtig nüchtern. "Lass mal", versucht mich der Chief zu beruhigen. "Den haben wir uns schon hingebogen. Der hatte anfangs nur Komplexe. So ein Schiff ist eben doch was anderes als Steine übereinander setzen." Ich erfahre, ist der Politnik mal wieder dicht, nutzt man die Chance, in dessen Akten und Berichten zu blättern und korrigierend einzugreifen. "So viel Schaden hat der bisher nicht anrichten können."
Wieder einmal liegt die Straße von Gibraltar hinter uns. Meine Abendwache ist zu Ende und ich setze mich zum trinkfesten Rest der Besatzung in die Bar. Dort sitzt auch der Pope und tönt: "Weil der Alte so säuft, hat mich die Kreisleitung

zu euch an Bord geschickt, nun wisst ihr's!" Mir platzt der Kragen. "Ich habe den Kapitän bisher noch nicht einmal besoffen gesehen, du aber bist ständig voll. Man muss sich schämen, mit dir in einer Partei zu sein!" Die Lust auf Bier ist mir vergangen. Ich ziehe mich in die Kammer zurück. Das Herz klopft noch gewaltig und der Kopf spricht: "Na Bauch, hast du eine Ahnung, was du gerade angestellt hast?" Da zwickt der Bauch kräftig: "Lass mich in Ruhe!"
Am nächsten Morgen betritt der Alte die Brücke. "Steuermann, was war die Nacht in der Bar los?", will er meine Variante des Ereignisses hören, von dem er schon weiß. Die kennt er bald, atmet tief durch, kuckt ernst und lange zum Horizont. Dann zieht er die Augenbrauen weit hoch und spricht: "Hör zu, das geht nur den PO und mich was an, verstanden? Gegen die Kreisleitung richtest du nichts aus. Besser ist, du entschuldigst dich bei dem!" Wieder klopft mir das Herz bis zum Hals. "Das meinen Sie jetzt nicht ernst, Kapitän?", will ich so richtig nicht wissen, ahne ich doch, ja, das meint der so. "Es ist deine Entscheidung, Steuermann. Willst du nicht Kapitän werden?" Mit diesem Rätsel lässt er mich auf der Brücke zurück. Der Politoffizier lässt mich für den Rest der Reise in Ruhe. Irgendwann sucht er morgens den Bericht, den er nachts getippt hat, und irgendwer redet ihm später die Zweitschrift aus. Vielleicht aber war auch nur das Farbband der Schreibmaschine zu Ende gewesen. Und, ob der mit dem Kugelschreiber was Ordentliches zu Papier gekriegt hätte, bezweifele ich noch heute.

Green Line und Schwarzpulver

Die PRIGNITZ läuft VORAUS - HALBE FAHRT in die Ansteuerung von Beirut und übernimmt vor der Mole den Lotsen. Der Bürgerkrieg im Libanon, der früheren Schweiz des Orient, hat sich zugespitzt. Beirut, die vormals reichste und attraktivste Stadt des Mittelmeeres, ist nun reich an Trümmern. Tag und Nacht liefern sich Syrer, libanesische Milizen, israelische Armee und Palästinenser Gefechte, jeder gegen oder mit jedem. Das Chaos scheint perfekt. Hier fällt ein Haus ein, dort wird eines aufgebaut. Der Wiederaufbau braucht jede Menge Stahl. "Die Libanesen zahlen pünktlich. Hier sitzt Geld ohne Ende", erklärt mir der Alte. "Die Reederei hofft, im Nachkriegsgeschäft dann groß mit dabei zu sein." Deshalb wagen wir uns also auch jetzt in den Hafen und werden gleich vorn in der Nähe der Schmugglerpier, hinter der Mole, unseren Liegeplatz erhalten. Der Alte lässt die Festmacherleinen "auf Slip" legen. So könnten wir diese bei Gefahr schnell von Bord aus lösen und abdampfen.
Die Kaihallen unmittelbar neben der PRIGNITZ sind mit Sandsäcken umbaut. In den Sandsackburgen stehen Armeezelte der französischen UN-Truppe, wie die dort gehissten Flaggen verraten. Pausenlos patrouillieren UN-Jeeps durch den Hafen. "Landgangssperre" verkündet der Kapitän und so richtige Lust hat

wohl keiner von uns, sich das zerschossene Beirut anzukucken. Tagsüber herrscht Ruhe. Wir öffnen die Luken und das Löschen beginnt.
Am Hafentor sind Händler aktiv. Hier endet die Grüne Linie, die Beirut durchzieht und die Konfliktparteien trennen soll. Ab sechzehn Uhr ist auch dort die Ruhe vorbei. Die Heulgeräusche des Tages vervielfachen sich in der Nacht und werden von den Leuchtgeschossspuren illuminiert, die sich wie Ketten über die Stadt legen. Am Morgen beobachten wir Raketeneinschläge an der Küste und Rauchwolken in der Nähe des Beiruter Flughafens.
Dem Bauch wird es mulmig und der Kopf funkt Bereitschaft!
Wir setzen das Stahllöschen fort. Am Vormittag erhalten wir Besuch der DDR-Botschaft. "Ihr müsst unsere Leute mit rübernehmen nach Zypern", bedeutet man uns. Am Mittag erreichen zwei Männer und eine Frau das Schiff. Schwere Nächte in Schutzkellern des umkämpften Beirut liegen hinter ihnen. Die Agentur warnt uns, es soll bald losgehen. Was, weiß man nicht.
Die Lage in der Stadt ist brenzlig. An der Grünen Linie findet sich heute kein Händler. Wir holen die Mehrzahl der Leinen ein, halten die Hauptmaschine in Bereitschaft und setzen die Stahlbündel nur noch auf die Pier. Vor der Küste trifft die NEW JERSEY ein und geht in Stellung. Die Drohgebärde des US-Amerikanischen Schlachtschiffes soll die Konfliktparteien zur Räson bringen. Nun beginnen die Franzosen hektisch zu agieren. Schwere Hubschrauber fliegen von See heran, nehmen im Standflug Jeeps, Panzerwagen und graugrüne Riesenkästen an die Geschirre und fliegen mit der so unter ihnen schwebenden Last zu den französischen Versorgern und Transportern vor der Küste. Gegen Mittag wird der Beiruter Flughafen geräumt. Im Minutentakt und wie auf eine Kette gefädelt, steigen die Flieger auf und düsen in Richtung Zypern ab.
Plötzlich wird es rundum ganz ruhig.
Kein Mensch ist mehr auf der Pier. Auch im Franzosenlager sucht man vergebens nach Soldaten. Über den Hafen, der mit seinen zerschossenen und zerbeulten Containern einer Müllkippe gleicht, breitet sich Friedhofsruhe. Diese Stille macht noch mehr Unruhe in uns. Auf dem Achterdeck stehend, nehme ich das Mittagessen ein, werde etwas müde und setze mich dann doch auf einen Poller. Plötzlich klingelt die Bordsignalanlage "Klar vorn und achtern!". Sofort sind wir hellwach. "Los Leute, alle Leinen los und ein und dann in Deckung", ruft der Alte über die Lautsprecher. Dabei lässt der Hauptmotor die PRIGNITZ mächtig zittern. Ohne Maschine-Hochfahrprogramm geht es auf die Flucht. Weil das aber kein Schongang ist, zittert der Chief mit seiner Maschine mit. Gemeinsam mit dem Bootsmann und den Matrosen renne ich vor auf die Back. Eine Leine hängt an Land fest. "Die fahren wir mit der Maschine kaputt", ruft der Alte. Da höre ich ein Pfeifen und schreie "Deckung!". Acht oder zehn Mal macht es “blupp” und es klingt nicht wie Sahne in Spinat. Etwa 100 Meter neben der PRIGNITZ steigen Fontänen aus dem Wasser. Viele Grüße von der NEW JERSEY!
Dann knallt es fürchterlich. Die Leine ist gebrochen. Das Schiff schwimmt bald

frei von der Pier und nimmt zügig Fahrt auf. Im Schutz der hohen Lukensülle und Aufbauten springen wir zurück nach achtern. Da sehe ich es und es ist wie im Film. Plötzlich sind alle Tore der Kaihallen im Franzosenlager offen. Die Pier steht voller motordonnernder, kampfbereiter Panzer. Und weil im Bauch noch nicht angekommen ist, was der Kopf sieht, will ich mir die Panzer gemeinsam mit dem Bootsmann näher anschauen. Wir stecken die Köpfe um die achteren Aufbauten herum, da ist es wieder, das bekannte Heulen. Diesmal nur deutlich näher. Blitzartig liegen wir lang an Deck. Dann steigen die Fontänen knapp neben der PRIGNITZ aus dem Wasser. Da endet unsere Neugier abrupt und wir hechten durch das nächstliegende Schott in den Schutz der Aufbauten.
Auf der Brücke angelangt, muss ich erst zweimal kucken. Dann sehe ich Kapitän, Chiefmate, Politoffizier und Funker hinter dem Fahrpult in der Hocke. Der Alte schielt in kurzen Abständen zum Brückenfenster raus, gibt Kommandos zum Rudergänger hin und etwas später schwimmt die PRIGNITZ frei vom Hafen und von der Mole. Mit asthmatisch fauchender Maschine dampft sie westnordwestwärts ins freie Mittelmeer. Noch acht weitere Schiffe verlassen Beirut und nur ein Massengutdampfer kriegt seine Maschine nicht in Gang. Der erlebt nun sehr nah das, was wir aus sicherem Abstand beobachten dürfen. Die Nacht hindurch blitzen Feuerbälle hell und groß um die Geschütze der NEW JERESEY herum. Die Botschaften, welche die Amis versenden, künden nicht unbedingt vom Frieden. Vielleicht aber bringen sie die Konfliktparteien zur Vernunft?
Der Funkoffizier kann sich vor Arbeit nicht retten. Jeder von uns will nun den Angehörigen zu Hause das Wir-sind-rausgekommen-Telegramm schicken. Am Abend berichtet die AKTUELLE KAMERA des DDR-Fernsehens vom Beschuss Beiruts und irgendwann am nächsten Tag, nach der Arbeit und frisch aus dem Briefkasten, erfährt Kathleen Glück, dass Bert Glück Glück hatte. "Grüsse an die Kinder und Küsse! Papi."

Noch einmal Schwein

Im libanesischen Tripoli geben wir die Restladung Stahl ab. Dort besuchen uns Soldaten irgendeiner konfliktbeteiligten Partei und sammeln, mit vorgehaltener Maschinenpistole, Bier und Zigaretten ein. Einer der Kämpfer fordert vom Alten eine Zigarre. Die bekommt er auch. Den Kapitän packt die Wut. Er schnappt sich den Nikotineinfordernden und wirft ihn zusammen mit der MPi aus der Kammer. Gleich darauf packt sich der Schreck den Kapitän. Dieser wird bleich und füllt sich Weinblattsiegel ins Glas. Er wartet das Ende einer weiteren Glasfüllung ab und erkennt dann, dass die militärischen Handlungen an Bord der PRIGNITZ einen friedlichen Ausgang genommen haben. Gleich darauf meldet ihm der Chiefmate das Löschende und wir laufen in Richtung Zypern aus.

Nachdem der Koch, die Chefstewardess und die Besatzung unsere Botschaftsflüchtlinge mit viel Liebe und Zuwendung wieder gesellschaftsfähig gepäppelt haben, setzen wir die Dame und die Herren in Larnaka an Land und dampfen leer heimwärts. Bald ist der Schreck von Beirut aus unseren Gliedern. Wir haben wieder Muße, uns über Kleinigkeiten zu ärgern. Woher sollte die Abwechslung auf See sonst kommen!
Der Bäcker backt köstliche Brötchen. Die sind frisch, goldgelb und vor allem knusprig. Alle an Bord freut das, nur nicht die Chefstewardess. Ob ich denn noch immer nicht wüsste, wie man ein frisches Brötchen aufschneidet, will Evi von mir wissen. "Überall auf dem Tisch und dem Läufer liegen die Krümel rum", beschwert sie sich wiederholt bei mir. Ich wäre nicht der Einzige, gibt sie mir Recht, aber meine Krümel hüpften wohl am weitesten. Deshalb ergreife sie nun Maßnahmen. Also arbeitet sich ihre Nagelschere so geschickt durch die Pappe vom Schreibblockrücken, zeichnet der Kugelschreiber so klar die arttypischen Merkmale und färbt ihr Lippenstift so schön den Rohling, dass es im Anschluss jeder erkennt: Ein Schwein! Dieses Schwein, verkündet Evi nun, wird sie im Anschluss an jedes Frühstück dem Tisch in der Offiziersmesse verleihen, der "am meisten rumgesaut" hat. Die Spannung steigt. Dem Alten macht das Spiel Spaß. Er hat schon bemerkt, die Jungoffiziere sollten noch ein wenig krümelsparendes Brötchenöffnen üben. An den ersten Tagen der Heimreise steht die Sau fest und sicher und scheinbar für immer auf dem Tisch der Dritten und Zweiten Offiziere. Natürlich geben wir uns nun mehr Mühe. Dem Zweiten Ingenieur ist das Spiel bald zu doof. Er steigt auf Schwarzbrotschnitte um. Es dauert nicht lange und da wird es uns langweilig mit dem Schwein auf dem Tisch. Da fragt sich der Dritte Ingenieur laut: "Was macht Evi nur, wenn der Tisch mit den meisten gelben Balken auch einmal die meisten Krümel hat?"
Wir beschließen, nicht lange zu raten. Anfangs wickeln wir die Brötchen in eine Serviette und schneiden die dann erst auf. Da krümeln die Dinger noch immer beim Reinbeißen. Also kehren wir nach dem Frühstück mit der Handkante die Tischdecke und es liegen noch Krümel auf dem Läufer. Später verkündet der Zweite Maschinist, es reiche ihm nun und da schliefe er eben ab sofort länger! Bald aber wackelt die Aufenthaltsberechtigung des Schweins auf unserem Tisch gewaltig. Auch Evi wackelt und wirkt blasser als sonst. Möglicherweise hat sie die Gefahren der "spielerischen Erziehung der großen Jungs an Bord" verkannt. Ab sofort legt sie die Bewertung der aktuellen Krümellage sehr großzügig zu unseren Ungunsten aus. Das wird sie retten, hofft sie. Wir entschließen uns zum Äußersten.
Einen Tag vor dem Erreichen der Biskaya greifen sich die beiden Dritten von Brücke und Maschine zum Frühstück je eine Scheibe Brot. Wir schmieren Butter drauf und Honig drüber. Dann knicken wir die Scheibe in der Hälfte, klappen zu, wickeln das Frühstück in die Servietten, verlassen die Messe und die Aufbauten und setzen an Oberdeck, achtern am Kombüsenschott, das Frühstück fort. Nun müsste Evi heimlich Krümel streuen, freuen wir uns, und die

Spannung steigt. Als der Alte gegen neun die Brücke betritt, lacht er schon wieder. Das war nicht den gesamten Morgen so, weiß der Chefkoch am Mittagstisch zu berichten. Evi war, noch beim Frühstück, mit ihrer Sau losmarschiert. Sie hatte erst kurz gestutzt, dann rundum geblickt, lange gezögert und der Kapitän hatte sie fest im Visier. Als sie das Schwein dann, mit dem Mut der Verzweiflung, dem Alten, dem Chief und dem Popen auf den Tisch gestellt hatte, gab es nur eine Erklärung für ihr Überleben: Sie ist eine Frau! Umgehend hatte der Alte "die Kinderei" für beendet erklärt und mir noch in der Wache gesagt: "Steuermann, wenn ihr zwei zu doof seid, eure Brötchen aufzuschneiden, dann saugt ihr die Messe jeden Mittag nach der Wache, bis das klappt!"
Am siebenten März läuft die PRIGNITZ in Wismar ein. Einen Tag später, zum Internationalen Frauentag, trete ich mit Blumen, die man nur Männern verkaufen kann, durch die Tür und vor Weib und Töchter und verkünde: "Jetzt spielen wir drei Wochen lang Vater-Mutter-Kind."

Tuuuuuuuut

Das Spiel gefällt uns gut. Doch, weil Kathleen "ja auch mal wieder arbeiten" muss und "immer nur zu Hause bei Papi" gesunde Kinder langweilt, kümmere ich mich tagsüber um wichtige Dinge.
"Wenn du von See aus immer bei mir auf Arbeit anrufst, hören alle mit. Ich will das nicht. Dann rufe lieber gar nicht an!", hatte mir Kathleen wiederholt als Aufgabe mitgegeben und den Wunsch: "Am besten wäre, wir hätten selber ein Telefon." Sie ist eben eine Frau.
Nun bekommt man ja in der DDR eher einen Trabi, als dass die Wohnung Fernmündliches-Gespräch-Anmeldeklingeln ereilt. Doch, wenn man als Sachse zur See fährt, weiß man, dass seefahrtsbezogene Argumente regional sehr unterschiedlich gewürdigt werden. Das, womit man im Norden keine Flunder kugelig kriegt und in Berlin nur Hohngelächter erntet, kann in Sachsen Steine erweichen und so Wunder tun. Also: "Ich fahre zur See, deshalb benötige ich dringendst ein Telefon", würde in Rostock mit der Lüge abgeschmettert, hier führen schließlich alle zur See. In Berlin müsste man sich gefallen lassen, hier täte wohl jeder was ganz Wichtiges für den Staat. Nur dort eben, woher tatsächlich die meisten Seefahrer stammen und die, die wirklich Wichtiges für den Staat taten oder tun, Ringelnatz, Cohrs und Ulbricht zum Beispiel, ist der Seefahrer ein Exote und beschützenswertes Wesen, so er sich kümmert.
In Wismar noch hatte ich mich vorgekümmert. Ich war beim DSR-Bereichsleiter gewesen, hatte berichtet, dass, wenn er, der Leiter, mir meine Tätigkeit im Außenhandel und die damit unbedingt notwendige telefonische Erreichbarkeit schriftlich bestätigen würde, sein Leiterkollege bei der Post meiner Heimatkreisstadt dann gute Chancen für ein Glück-Telefon sähe. Was der DSR-Be-

reichsleiter nicht weiß ist, der Postleiter hat noch nicht mal eine Ahnung, dass es den Genossen Glück überhaupt gibt. Das muss ich ihm nun nahe bringen. Also ist Weiterkümmern notwendig.
Der Bus bringt mich und mein wertvolles DSR-Nebenstellenleiter-Schriftstück zur Kreisstadt und die Füße tragen zum Postrat. Der kennt die neuste Ministerratsanweisung, von wegen der Bürgernähe und so. Doch glaubt er nicht daran, dass irgendeiner hier Neues Deutschland liest, ausgenommen die Sportseite natürlich, und so von besagter Ministerinitiative für das Volk weiß. Da hält er sein Büro auch am Sprechtag geschlossen. Ich übergebe seiner Sekretärin ein kurzes Schreiben und die Information, ich käme am nächsten Sprechtag wieder und es ginge um einen Telefonanschluss. Da runzelt die Dame leicht die Stirn und wird beides weiterleiten, sagt sie. Einen Sprechtag weiter, sieben Tage später also, teilt mir die Herrscherin über das Postratvorzimmer mit, ihr Chef hätte eine planmäßige Sitzung. Da übergebe ich ihr ein zweites Schreiben.
Ich käme am nächsten Sprechtag wieder und es ginge um einen Telefonanschluss, ein Dringlichkeitsersuchen des Kombinates Seeverkehr und Hafenwirtschaft, Schriftstück läge bei, und um eine Ministerratsweisung. Nun stöhnt die Dame vernehmlich und ahnt wohl, der kommt wirklich wieder. Also stehe ich zum nächsten Sprechtag wieder im Vorzimmer des Postrates. Er lasse ausrichten, auch heute wieder müsse man sich am Sprechtag versammeln, um darüber nachzudenken, wie die ministeriell geforderte Bürgernähe volksnah und bürgerfreundlich umzusetzen sei. Wenn ich aber mit dem Telefonanschluss im vierten Quartal diesen Jahres einverstanden wäre, bräuchte ich mich am nächsten Sprechtag nicht noch einmal auf den langen Weg bis zu ihm zu machen. Ich könne dafür Freizeit, Familie und Glück genießen. Da freut sich der Bürger Glück und denkt: Wenn das der Minister wüsste!
Unter die Freude über den Telefonanschluss in Bälde mischt das Leben einen kleinen grauen Zettel und steckt den in unseren Briefkasten. Wieder wartet das schönste Schiff der Reederei auf dessen Dritten Nautischen Offizier.

Hochzeitsgeschenke aus Berlin

Die SCHÖNWALDE läuft erst nach Aarhus rüber und lädt dort die Kühlluken voll Butter und an Deck, neben Luke I, Kühlcontainer mit Käse. In Hamburg und Rotterdam soll die Beladung der Laderäume mit Röhren, Fässern und Kisten erfolgen. Jede Menge Container an Oberdeck werden in Antwerpen die Ladung vervollständigen. Erst einmal jedoch erhalten wir Anschauungsunterricht dazu, was Sicherheit und Ordnung in der Praxis bedeuten.
Tine war aus dem Urlaub zurückgekehrt, mit ihr unser Storekeeper und ihr Freund. Was längst fällig gewesen war, war geschehen. Sie hatten geheiratet. Nun hüpfen beide in Aarhus die Gangway hinunter und wollen an Land.

Klamotten, Bier und Bummeln, wie immer. Der Kapitän sieht das gerade noch so und stutzt nur kurz. Dann pfeift er schrill auf zwei Fingern den Ton, den beide kennen. Sie drehen sich um und der Alte winkt die Beinahe-Landgänger zurück. "Seid ihr verrückt?", will er von den verdutzt Kuckenden keine Antwort, sondern leitet sofort zum wichtigen Hinweis über: "Ihr seid doch nun verheiratet!" Das wäre ihnen auch schon aufgefallen, lassen die nun hören, und wo denn das Problem wäre. "Das, was ihr bei jeder Auslaufbelehrung hört, nämlich Sicherheit und Ordnung, ist das Problem. Es gilt Gruppenlandgang, also mindestens zwei Personen gemeinsam, Ehepaare jedoch gelten nicht als Gruppe." Tine schnappt nach Luft. Storie spricht "Siehste!" zu ihr und der Alte besteht drauf und gibt gleich den hilfreichen Tipp dazu. "Schnappt euch einen Lehrling. Nehmt ihn mit an Land und bringt den um Himmels willen wieder mit! Wenn der sich verläuft, kriegen wir Riesenprobleme!"
Er kennt die Beispiele gut, mit denen die Reederei ihre Kapitäne füttert. So liegt die "Vermutung der Kontaktaufnahme" immer dann nahe, wenn zwei zur gleichen Zeit, laut Landgangsbuch, an Land gehen, aber zu unterschiedlichen Zeiten zurückkommen. "Der Eintrag ins Landgangsbuch ist sowohl bei Landgangsbeginn, als auch bei Ende von jedem Landgänger persönlich und unmittelbar vorzunehmen", bedeutet also: "Achtzehn Uhr Max und Moritz an Land", und nicht: "Zweiund-zwanzig Uhr: Max zurück, zwei-undzwanzig Uhr dreißig: Flax und Krümel zurück, dreiundzwanzig Uhr: Moritz zurück". Das kann nur danebengehen. Kommt nur einer zurück, ist die "Republikflucht" des anderen sicher und die Vermutung, der eine, Zurückgekommene hätte vielleicht was gewusst, "nahe gelegt". Das beschäftigt dann zwei Ministerien sehr. In der Flotte kursiert deshalb der "gute Tipp": Wenn dein Landgangskollege an Land bleibt und im Westen also, bleib lieber auch gleich dort. Sonst kommst du da nie wieder hin.

Seemann, Suff und Weiber

Am Abend ist die Ladung an Bord. Die SCHÖNWALDE läuft in der Nacht und mit Doppelwache zwischen Nyborg und Korsör hindurch in die Kieler Bucht und hin zur Schleuse, in die Schleuse hinein und auf der anderen Seite wieder heraus. Es folgen acht Stunden Fahrt im Nord-Ostsee-Kanal, wieder Schleuse rein und raus mit Lotsenwechsel und Revierfahrt die Elbe runter nach Hamburg, Laden in der Nacht, Elbe hoch, raus auf die Nordsee, rüber zum Hook of Holland, Lotsenübernahme und rein nach Rotterdam. Wieder Laden an allen Luken, Seeklarmachen, raus auf die Nordsee, westlich Vlissingen die Übernahme des Schelde-Pilot, Revierfahrt die Schelde hoch bis zu den Schleusen, Lotsenwechsel, Schleuse rein und raus und rüber zur Pier. Innerhalb von zwei Stunden stehen die Container an Deck und werden nun von der Besatzung so seefest gelascht, dass die kein Atlantiksturm abräumen kann. Das dauert vier Stunden mit "all hands an deck". Dann geht es wieder rüber zur Schleuse, die Schelde runter und westlich von Vlissingen steigt der Lotse von Bord. Wir sind nun fünf Tage lang kaum aus den Klamotten gekommen. Die Beine sind schwer und der Kopf braucht Schlaf. Aber wir haben es geschafft, in jedem Hafen pünktlich zum Ladebeginn fest zu sein, Überliegezeiten zu vermeiden und den Verladern zu zeigen, auf die DSR ist Verlass. Nach dem Stress an Deck, auf der Brücke, in der Maschine und auf den Manöverstationen werden wir nun bald die ersehnte Ruhe finden. Die Straße von Dover ist passiert. Die Brücke stellt auf Normalwachbetrieb um, die Maschine auf 24-Stunden-Automatikbetrieb und die Reise nach Alexandria beginnt.

Später, in meinem nächsten Leben, wird mich ein besorgter Personalchef warnen: "Sie werden bei uns richtig arbeiten müssen!" Und ich werde mir dann denken, wenn ich es nicht besser wüsste, müsste ich ihm nun antworten: "Stimmt, das muss ich wohl noch lernen!" Bis dahin sind es noch acht Jahre Zeit und so tuckert die SCHÖNWALDE über den frühsommerlichen Atlantik. Dabei bietet sie den Delphinen ihren Bugwulst zum Spielen und die Gesellschaftlichen Organisationen setzen ihre Reiseplanungen um. Vorher gibt der Alte noch einen aus und zollfreie Ware zum Erwerb frei. Pro Mann und Frau eine Flasche Schnaps, zwei Flaschen Wein und eine Stange Zigaretten müssen nun für vierzehn Tage reichen, wie immer eben.

Die Zweite Stewardess ist noch nicht vergeben, weder an Bord noch an Land. Nun muss sie mit den Lords feiern, ob sie will oder nicht. Nicht selten traut sich dann tief in der Nacht einer der beiden übriggebliebenen Galane nicht aus der Stewardessenkammer oder weg von der Bar. Er hat Angst, der andere könne zum Zug kommen. Kommt der dann auch, vor Alexandria noch, und weil "was Frauen betrifft" der Status Quo an Bord im Regelfall unanfechtbar ist, zieht nun auch auf der SCHÖNWALDE Ruhe ins Balzgeschehen.

Die Reedezeit vor Alex nutzt der Erste Ingenieur. Die Versammlung der Partei, welcher er hier an Bord als Sekretär vorsteht, und das dazugehörige Lehrjahr werden en bloc "durchgezogen". Das tut er gleich nach den turnusmäßigen Arbeitsschutzbelehrungen durch den Chef der Komplexbrigade. Da kann ihm kein Parteimitglied entkommen. Auch so nicht, denn der das Schiff umgebende Seeraum lässt keine Chance zur Flucht. Also stellen wir Genossen einmal im Monat fest, dass alles gut wird oder dies und jenes Scheiße ist. Da freut sich der Parteisekretär zusammenfassend über die konstruktive Kritik. Er wird das an die Genossen an Land weiterleiten. "Wie das endet, weiß ich schon", kommentiert Chiefmate Leitmann das Ergebnis, und ist froh, dass er da nicht dabei sein musste. "Schließlich muss ja jemand den Dampfer voranbringen, während ihr da unten den Sozialismus siegen lasst!"

Die Bordgewerkschaftsversammlung findet donnerstags oder sonntags, gleich nach Coffeetime, statt. Wer etwas langsamer kaut, mampft seinen Kuchen einfach weiter. Die Messe ist auch der Versammlungsraum. "Wir wollen Sportfest", beschließt die Besatzung, und der Alte beschließt ergänzend: "Erst auf Heimreise!" Schließlich muss er seine Truppen bei Laune halten und weiß, das geht mit Pizza, nach Proviantübernahme in Limassol, und Sportfest, mit Siegerehrung bei Bowle oder Barabend, am besten. Nach zehn Tagen Biskaya, Atlantik und Mittelmeer stellt der Alte fest, die vierzehn Tage bis zur nächsten Transitausgabe sind noch nicht um. Da ahnen wir, es kommt eine sehr trockene Reedezeit auf uns zu. Tine erlebt nun eine Invasion von Komplimenten der Besatzungsangehörigen ihr gegenüber. Dem einen oder anderen erliegt sie. So wandert eben auch die eine oder andere Flasche Schnaps aus der Transitlast heraus, am Alten vorbei und hinein in geheime Kammerfete. Aber wirklich nur selten!

Käse lernt das Laufen

Das passiert gleich zwei Mal. Beim ersten Mal helfen ihm die Volkswirtschaft der DDR, der Kapitän der SCHÖNWALDE und einige Spätnachfahren der Pharaonen. Beim zweiten Mal dann kann er das fast schon allein, nur eben nicht ganz so gut, wie seine Schwester, die Butter.
Die SCHÖNWALDE hat den Anker aus dem Grund der Alexandria-Außenreede gebrochen und an Bord gehievt. Wieder läuft sie am Great Pass vorbei zum Hafen hin und wirft dann das hakige Ding in den Schlamm der Innenreede. Diesmal darf Mister PILOT die Stange Pall Mall und die Flasche Johnny Walker behalten. Das verleitet ihn zu der Aussage, es könne morgen bereits an die Pier gehen. "Believe me, Captain!" Das hoffe er doch ganz sehr, gibt der Alte dem Lotsen zusätzlich zu Schnaps und Zigaretten mit auf den Weg, entsinnt sich kurz und legt vorsichtshalber eine Stange Pall Mall nach. Gleich darauf ist der Kapitän schwer beschäftigt.
Als Anlage zum politisch-ideologischen Reiseauftrag war diesmal sogar was richtig Praktisches an Bord gekommen. "Wache auf sicheren Reeden", heißt das Schreiben der Chefinspekion. Die sitzt an Land und schlägt deshalb vor, man könne doch da, wo "noch nie was passiert" sei und also auch in Zukunft wohl kaum was passieren würde, Strom sparen. Die Umsetzung wäre einfach. Es lägen Erfahrungen vor und Alexandria sei ja nun wirklich nicht "hinterm Mond und in der Wildnis". Trotz heftigstem Stirnerunzeln seines Ersten Offiziers beschließt der Kapitän: "E-Ingenieur, knips mal jede zweite Lampe an Deck aus und die großen Strahler in den Masten sowieso." Zum Chiefmate gewandt spricht er: "Der Wachmatrose soll jede Stunde eine Runde über Deck machen, Walkie Talkie mitnehmen und so sparen wir in der Nacht mal richtig viel Strom." Nun schreibt er in das Wachorderbuch, Alexandria hätte eine sichere Innenreede. Seine Steuerleute, also wir Nautischen Offiziere, müssen das unterschreiben und trotzdem hält sich jemand in dieser Nacht nicht an den Einfall

der Chefinspektion und den Eintrag des Kapitäns.
Am Morgen flattern dem Ersten Offizier bei seinem Rundgang über Deck Fetzen einer Zeitung entgegen, die voll ist mit kringeliger Schrift. Er folgt der Spur und vorn an Luke I löst sich für ihn das Rätsel. Einer der Kühlcontainer ist geknackt. So etwa die Hälfte der dänischen Käse darin hat es über Nacht auf dem deutschen Schiff nicht mehr ausgehalten. So hat er wohl arabische Füße bekommen und Lust auf Seefahrt mit anschließendem Landgang dazu.
"Wie das nur passieren konnte?", können sich weder die nächtens mit Unmengen von Arbeit in den Ressorts beschäftigten Nachtwachoffiziere noch deren stündlich über Deck patrouillierten Wachmatrosen vorstellen. Obwohl, der Null-Vier-Wachmatrose und der des Chiefmates ahnen es schon, das aber vorsichtshalber erst ein paar Wochen später beim Bier, im sicheren zeitlichen Abstand und flüsternd: "Das war so arschdunkel an Deck. Dann hätte ich noch unter den ganzen Containern durchkriechen müssen. Stell dir mal vor, ich wäre denen über den Weg gelaufen. Ich hätte die Kiste Bier heute nicht bezahlen können." Schnell wird Übereinkunft bestehen, Biertrinken heute ist allemal besser als Tod damals, und die nächste Kiste Hafenbrühe geht in Arbeit. Erst einmal aber haftete "ab sofort!" der E-Ingenieur der SCHÖNWALDE seinem Kapitän "persönlich!" dafür, dass in allen kommenden Reedenächten, "solange der Dampfer hier unter meinem Kommando steht!", jede Lampe an Deck brennt. "Hell und klar! - Verstanden?"
Zwei Tage später macht die SCHÖNWALDE an der Pier fest und unser Käse lernt das zweite Mal das Laufen. Wie bereits seine Butterschwester vor ihm wird er, auf offene Trucks gepackt und mit einer schwarzen Plane bedeckt, auf seine Reise durch die Wüste vorbereitet. Das "stinkt ihm ein wenig" und man wird das bald riechen. Auch tropft er bald los, doch wegen des weniger Fettes i.Tr. nicht ganz so schmierig vor sich hin, wenn er dann stundenlang und bei Sonnenlicht durch die Wüste kutschiert wird. Bald stinkt er etwas mehr als seine Schwester und hat eigentlich keinen Grund dazu. Weshalb auch sollte man Jungs zarter behandeln als Mädels?

Special Mission

Die Ladung ist rundum im östlichen Mittelmeer verteilt. Per Telegramm wird die SCHÖNWALDE zum türkischen Mersin beordert. Dort sollen wir ein paar wenige Container mit Haselnüssen laden und mehr Rückladung wird es nicht geben, erfahren wir
"Lass mal Luke II frei", bittet der E-Ingenieur den Ersten Offizier, "da könnten wir heimreisend jeden Tag Fußball spielen!" Der Alte hört das und protestiert. Da könne er ja gleich ein Lazarettschiff kommandieren. Der Zweite Offizier pflichtet ihm bei und gibt zu bedenken: "So viel Nahtmaterial und Verbands-

zeug habe ich gar nicht mit, wie wir dann bräuchten." Nun protestiert der E-Ingenieur in seiner Funktion als Vertrauensmann der Schiffsgewerkschaftgruppe und als Fußballer sowieso. Die Runde einigt sich auf einen Kompromiss. Luke II bleibt leer, aber: "Nur für Volleyball, nichts sonst!" Dann dürfen wir einlaufen, beginnen das Laden und der Nussversender freut sich so sehr über unsere Ankunft, dass er die gesamte Besatzung für den Abend in das LIMANI-HOTEL einlädt. Dort empfangen uns köstliche Speisen, Bier und Arak und als das Bier alle ist, eben nur noch Arak. Mir ist das egal, schließlich muss ich erst am nächsten Tag um sechzehn Uhr auf Wache und so lange hält der zäheste Rakikopfschmerz nicht. Gegen Mitternacht läuft ein Schwestern-Poseidon im Hafen ein und hat auch Durst. Morgens gegen fünf löst sich die Ladungsverabschiedungs-und-Schwesterbegrüßungsfeier auf. Ich finde die SCHÖNWALDE und ich hau mich aufs Ohr. Gott sei Dank, noch elf Stunden bis zur Wache! Sofort schlafe ich ein, aber träume übles Zeug.
Zum Beispiel, dass der Alte in meiner Kammer steht und will, dass ich aufstehe. Da werd ich kurzatmig, ziehe die Augenlider gegen die dunklen Brauen vor bleischwerem Schädel und der Alte steht wirklich vor mir und will, dass ich aufstehe. Es ist acht Uhr morgens. "Steuermann, ich habe einen Spezialauftrag für dich. Ich gehe dafür auch heute Abend deine Wache", beginnt er, und erinnert sich an den Minisprachkurs auf See. "Du sprichst doch Englisch. Dafür, dass sie letzte Nacht nicht mitfeiern durften, sollen die Wachgänger heute zum Baden fahren. Du bist der Reiseleiter!" Damit ich nun nicht erst frage, wie viel Zeit mir zum Wachwerden, Rasieren und Anziehen zur Verfügung stehe, antwortet der Alte vorab: "Der Bus steht schon unten an der Pier." Also hetze ich mich, mit medizinballgroß-gefühltem Kopf und grauschleierigem Blick durch Morgentoilette und hinein in die Sachen. Auf der Pier verabschiedet uns der Alte, dreht sich dabei zu mir und erinnert mich an meinen Auftrag. "Sprich englisch mit dem Fahrer, der fährt euch, wohin ihr wollt!"
Also erkläre ich dem Mann am Lenkrad, wir wollen baden. Der antwortet: "No problem!" Na gut. Nach einer halben Stunde werden wir erst durstig, ich sowieso sehr, und dann stutzig. An der nächsten Piesel soll der Fahrer halten. "Would you please stopp overthere for a drink?", fällt meinem nachtgeschädigten Hirn ein. "No problem!", ruft der Fahrer, und fährt weiter. Da wir vom Hafen aus gestartet sind, könne der Weg bis zum Wasser so weit nicht sein, kalkuliere ich, werde aber mit jeder weiteren Fahrminute nervöser. "Where are we going to?" "No problem!" Nun hat sich meine Ahnung bestätigt, mich hätte die Reisegruppe nicht gebraucht. Eine Stunde später liegen wir endlich am feinsandigen Strand westlich von Mersin. Ihm vorgelagert steht das Mädchenkastell im Meer, in unserer unmittelbaren Nähe jedoch die Kiste Hafenbräu in der Brandung. Sonne, Wasser, Kastell, Strand und Bier entschädigen uns für die lange Anreise.
Auf der Suche nach Schatten für unseren Proviant trifft uns die Frage: "He, seid Ihr Deutsche?" Das können wir bestätigen. Da lädt uns der ältere badebehos-

te Herr zu seinen Freunden, "dort unter den Sonnenschirmen, bei den Zelten", ein. Alle haben sie lange in Deutschland gearbeitet, erinnern die sich gern, und ob Ost oder West sei Ihnen egal. "Ja, deutsches Bier, das schmeckt!", wissen sie noch. Den Kopfschmerz vom Konservierungsstoff, der uns Seefahrern das Hafenbräu tropentauglich machen soll, werden sie morgen erst spüren. Nach dem zweiten Arak kann ich wieder scharf sehen. Gegen Mittag landet weit hinten ein Flugzeug und bringt die Töchter, zum Prahlen: "Kuckt mal, die sind süß, was?", und die Frauen, zu rückwärtigen Diensten. Kochen ist Männersache, erklärt man uns, setzt uns Piyaz, Cacik, Kebab, Mücver, Lahmacun und Honigyoghurt vor und erfreut sich an unseren Brötchen mit Boulette drin, "oh, Hamburger!". Die sich anschließende Mittagsruhe ist nur kurz. Dann schwimmen wir hinüber zum Castell und zurück am Strand startet die Abfahrt zu "Himmel und Hölle". Mit Fackelschein erkunden wir die zauberhafte Märchenwelt der Alabasterhöhlen und sind beeindruckt. Doch so, wie der Ort heißt, sieht es in mir drin aus. Nämlich, das hier ist gerade ein "richtig schöner Westkontakt!", erkläre ich den Matrosen, Maschinisten, der Stewardess und auch Gerd im Gespensterlicht der Höhlen. Nicht ohne Grund.

Gerd, der dicke Motorenwärter soll bei der Stasi sein, geht das Gerücht um an Bord. Wenn das stimmt, rettet mich nur eines, ich muss mit meinem Bericht schneller beim Alten sein als Gerd bei seinem Chef. Vorwärtsverteidigung nennt man das. Am frühen Abend, zurück am Strand, erinnern uns die Gastgeber: "Vergesst nicht zu schreiben und schickt die Fotos mit!" Wenn die wüssten! Die Zettel mit deren Adressen müssen auf türkischem Boden bleiben und so trägt sie der Fahrtwind als Knüllpapier fort von unserem Reisebus. Würde die jemand an Bord finden, wäre für uns die Seefahrt Geschichte. Zurück auf der SCHÖNWALDE melde ich mich sofort beim Alten. "Also, Kapitän, wir hatten Kontakt mit Südosteuropäern." Er antwortet mir: "Das lässt sich in der Türkei nicht umgehen. Doch, wenn es kein Westkontakt war - no problem!" Da denk ich noch, das habe ich heute schon mal gehört, und bestätige dem Alten: "Stimmt, der Fahrer hat genau das getan, was wir von ihm wollten."

Jahre später wird mir einer der Landausflugsteilnehmer berichten, der dicke Gerd wäre sein Seefahrtsbuch losgeworden. Zu Hause am Kneipentisch hätte er seinem Tischkumpel erzählt, ihm wäre die Stasi auf den Fersen und er glaube, da sitze gerade auch einer von denen am Nachbartisch. Tage später soll er eine mündliche Vorladung erhalten haben. Vom Chef dessen, der am Nachbartisch gesessen hatte, erzählt man.

Voll in die Hose

Die SCHÖNWALDE übernimmt vom längsseits liegenden Versorger Trinkwasser. Koch und Bäcker kaufen auf dem Gemüsemarkt von Mersin Tomaten, Gurken, Zwiebeln, Bananen, Melonen, Apfelsinen, Kartoffeln und sonstiges Frischzeug. Mit den Ladungspapieren kommt auch der Lotse an Bord.
Die Heimreise beginnt und wird voll in die Hose gehen. Und nicht nur in eine. Das Wetter im östlichen Mittelmeer könnte schöner nicht sein. Der Dampfer liegt ruhig in der See. Da lässt der Alte Luke II auffahren. Schnell ist das Spielfeld farblich markiert und das Volleyballnetz hängt quer durch die Luke. Das Sportfest kann beginnen. Also ist für die "Tagelöhner" mittags Arbeitsende. Der Bäcker soll die abendliche Siegerehrung in der Bar vorbereiten. So steht er nun, gemeinsam mit Tine, beim Kapitän in der Kammer.
"Also, Kapitän, wir hatten uns gedacht, der Sieger kriegt eine Flasche Schnaps und der Zweite eben Wein?" Da wäre er dafür, bestätigt der Alte den beiden, und denkt sich, von zwei Flaschen kann sich die Besatzung schließlich nicht besaufen. So wird er "als Überraschung" abends noch zwei Kisten Bier "für alle" dazustellen. Am Nachmittag herrscht Hochstimmung auf den Stationen körperlich-festlicher Ertüchtigung. Klimmziehen, Liegestütz und Rumpfheben sichern das klassische Repertoire ab. Ergänzt durch Taucherflossenwettlauf, Kronverschlusssammeltauchen und Rettungsringzielweitwurf, kommt das Maritime nicht zu kurz. Das Volleyballturnier stellt den Zusammenhalt der Sozialistischen Kollektive sicher. Am Abend sind alle bestens gelaunt und durstig.
Die Siegerehrung in der Bar sieht die Besatzung in gespannter Erwartung. Nur der Bäcker wirkt etwas fahrig, als er mit der Preisverteilung beginnt. "Sieger im Klimmziehen ist Willy - Flasche Braunen!, Zweiter ist der Dritte Nautiker - Flasche Wein! Sieger im Taucherflossenwettlauf ist Ingo..." Nun stutzt der Kapitän und staunt gleich darauf. " ... Flasche Wodka!, Zweiter ist Manne - Flasche Wein!. Sieger im ...."Der Bäcker, der Sauhund, denkt sich da der Alte. So war das nicht besprochen, aber er macht gute Miene zum bösen Spiel. Die Mannschaft ist begeistert, bejubelt die sechs Flaschen Schnaps und weiteren sechs Flaschen Wein und als der Bäcker verkündet: "Der Kapitän hat auch noch eine Überraschung!", geht die Stimmung in Euphorie über. Also, stellt der Alte seine zwei Kisten Bier dazu und alle lieben ihren Kapitän. Nur der Bäcker ist sich nicht sicher, ob er auch wiedergeliebt wird. Da bekommt er bald Gewissheit. Beim Verlassen der Bar zischt der Alte zu ihm hinüber: "Backmann, für dich fällt mir auch noch eine Überraschung ein. Da kannste Gift drauf nehmen!"
Sizilien liegt hinter uns und einige haben noch müde Augen vom nächtlichen Suchen auf Rai Uno oder Due und anderen italienischen Fernsehkanälen. Die Vorbereitungen auf Zuhause sind in vollem Gang. "Mal wieder nackte Mädels sehen, damit man weiß, was auf einen zukommt, und nicht so erschrickt."
Erst einmal aber kommt etwas anderes auf uns zu.

Einen Tag vor Gibraltar stehen die ersten Mitglieder der Crew beim Zweiten Nautischen Offizier im Hospital oder auf der Brücke und sehen blass und flüssigkeitsarm aus. Die SCHÖNWALDE tanzt ein paar Meilen auf der wässrigen Trennlinie zwischen Afrika und Europa entlang, zwischen Ceuta und Gibraltar hindurch, dreht dann hoch zur portugiesischen Atlantikküste, da hat sich die Zahl der Besatzungsmitglieder mit flüssigem Stuhl bereits verdoppelt. Dann dauert es gerade mal noch zwei Tage, Kap Torinana liegt steuerbord achteraus, da beschreibt der Zweite Offiziere über Rügen-Radio dem Funkarzt seine Patienten so: "Wie leergeschissene Schläuche". Die Gespräche an Bord drehen sich nun in der Hauptsache um Konsistenzen, Frequenzen und was wohl dran Schuld sei an den vielen Gängen zum Kackstuhl. Der strahlend blaue Himmel über der Biskaya sieht Schwimmbad und Sonnendeck verwaist. Was wollen die Mädels auch dort, wenn sie sowieso keiner beobachtet. Beinahe alle Besatzungsmitglieder schwächeln nun kraftlos vor sich hin. "Am Trinkwasser kann das nicht liegen", folgert der Alte, "sonst müssten wir ja auch Durchfall haben", meint er sich, mich, den Funker und meinen Wachmatrosen. Uns geht es blendend. Zwei Tage später, in der Straße von Dover, dann nicht mehr. "Quarantäne", funkt der Medizinische Dienst des Verkehrswesens zurück, und weiß auch schon, wo. Also sind wir drei Tage später zu Hause und doch nicht daheim. Der Haken fällt auf Wismar-Reede. Dann fallen die Hosen. Die Mädels des MdV kratzen mit scharfkantigen Glasröhrchen uns enddarmnah am Hintern und zwei Tage später kommt Entwarnung: Keine Amöbenruhr!
Die SCHÖNWALDE liegt an der Pier, der Inspektor sitzt beim Alten und schnell steht fest: "Ihr habt vierundzwanzig Stunden Zeit zum Ausrüsten und müsst dann wieder los. Anladen in Hamburg. Die Schicht ist schon bestellt!"

Zerbrochen und zerfetzt

Nun wissen die meisten der Rai Uno-Kucker, das mit den Mädels müssen sie sich noch etwas länger merken. Aber auch die küstennah Wohnenden treffen mit der Botschaft "ich muss morgen früh wieder los" nicht immer auf entspannte Freude zu Hause. So sind sie bald wieder zurück an Bord und nicht nur die Rückreise war dann "glatt für'n Arsch!".
Nach meinem Anruf bei ihr weiß Kathleen, im Sommer werde ich zu Hause sein. Gerade eben hatte es die Nautische Inspektion verkündet. Doch beide wissen wir auch, nun brauchen wir uns um keinen der betrieblichen Ferienplätze mehr zu bewerben. "Mir fällt was ein", verspreche ich heldenhaft ins Telefon. Kathleen will mich aufmuntern und glaubt mir, spricht sie tapfer zurück.
Diesmal geht es ohne Aarhus über Hamburg, Rotterdam und Antwerpen nach Lattakia. Dort kriegt der Kapitän einen Tobsuchtsanfall, weil: "Das dauert ja Stunden, ehe die mal eine Kiste am Kran haben!" Also klettert er runter in die

Luke und wird "denen mal zeigen, wie das geht!". Nach einer Stunde steht er schweißnass wieder an Deck und hat mitgeholfen, zwei weitere Kisten kaputtzumachen. "Anders geht das eben nicht", erklärt er seinem Chiefmate. Der fragt mich nun, wieweit die Beantwortung meines Vorschlages sei. "Ich hab da noch nichts", antworte ich, und er nickt dazu "Genauso habe ich mir das gedacht. Wenn wir nur einen eigenen Stapler an Bord hätten ... aber, das Sprichwort stimmt: Arm sein ist teuer".
Die Ladung ist raus aus dem Schiff. Die Löschschäden bestätigen eindrucksvoll die dem Reiseauftrag angehängte Claimstatistik. "Da kannste nur heulen", spricht der Ladungsoffizier im Chiefmate, und der Seemann in ihm ahnt noch nicht, bald wird die SCHÖNWALDE sehr ihren Lattakia-Kisten gleichen.

Poseidon Rodeo

Wir versegeln nach Zypern.
Die Ladung ist im Schiff. Die SCHÖNWALDE hat Vollschiff Citrus für Portsmouth geladen und wartet nun im Hafen von Larnaka auf den Lotsen. Der findet keinen zweiten Schlepper, denn ohne den geht gar nichts. Der Wind hat stark aufgebrist. Die Dünung läuft um die Mole herum und in den Hafen herein. Unser Dampfer zerrt und wackelt an den Leinen. "Tomorrow morning, not before!", teilt uns Mister PILOT mit, und weiß nun auch: "There is a galewarning, Captain!"
Der Kapitän lässt weitere Festmacherleinen ausbringen, die Brücke besetzen und ordert die Maschine auf Bereitschaft. Mein Vorwachschlaf verläuft ziemlich rumplig. Wenn ich es nicht besser wüsste, würde ich glauben, ich wäre auf offener See. Um Mitternacht übernehme ich die Wache. Der Wachmatrose läuft ständig von vorn nach achtern und zurück und kontrolliert die Leinen. Die halten noch. Gegen drei wird die Dünung stärker und der Sturm drückt gegen die Aufbauten der SCHÖNWALDE. Wie ein gefesseltes Tier wirft sich das Schiff in den Leinen hoch und runter, hin und her. Nachdem das Schiff mehrmals heftig gegen die Pier geworfen wurde und alle Reserveleinen ausgebracht sind, nehmen wir die Gangway ein. Die sieht nun aus wie ein Korkenzieher. Halb vier klappt der Dampfer achtern von der Pier ab. Eine Welle greift unter das Heck, setzt das Schiff mit Schwung gegen die Pier und vorn bricht die erste Leine. Der Kapitän befiehlt "all hands on deck!" und die Maschine startet den Hilfsdiesel für das Bugstrahlruder. Gleich darauf brechen achtern zwei Leinen. Die Hauptmaschine wird gestartet und der Propeller dreht mit Steigung Null in Bereitschaft. Die zwei vor uns liegenden Schiffe kollidieren miteinander und beginnen dann über UKW-Kanal nach dem Lotsen und Schleppern zu rufen. "Ship in distress. Imediatly help and assistance required!" Absolute Stille, auch auf dem Kanal des Harbour Masters, antwortet ihnen. In immer kürzeren Abstän-

den wird unser Schiff von den Wellen an die Pier geworfen. Der Wind tut das Seine dazu. Das Bugstrahlruder kann nur die Belastung der Leinen vorn und achtern ein wenig balancieren.
Tausende Tonnen Schiff und Ladung knallen nun entweder gleich gegen die Pier oder ziehen erst noch die Leinen wie Schnipsgummis lang, um die SCHÖNWALDE mit doppeltem Schwung dann krachend am Beton landen zu lassen. Jeder Aufschlag an der Pier lässt Radarmast und Schiffskrane zittern. Der Chief meldet die ersten Schäden aus dem Maschinenraum. Der Tagestank ist gerissen, die Haupt-schalttafel in Gefahr und Öl fließt in die Bilge. Verzweifelt und weitere Hilfe suchend starrt der Kapitän von der Brücke aus auf sein losgelassenes Bullenkalb. Das hüpft wie wild an der Pier hoch und runter und krängt und stampft dabei wie sonst nur draußen auf See. Jedes Mal, wenn sich Stahl und Beton so völlig gegen jede Regel und mit brutalem Knall und Knirschen treffen, treibt es dem Alten das Blut in den Kopf und die Tränen in die Augen. Jeder Seemann weiß, der sicherste Ort bei Sturm ist das Meer. Wie aber soll er da rauskommen, wenn Hafenkapitän, Schlepper und Lotsen schlafen?
Wiederholt drischt der Alte mit den Fäusten auf die Handläufe der Backbordnock und weiß nicht: "Was soll ich denn noch machen?" Wir Offiziere sind bei den Matrosen und verfügbaren Maschinisten an Deck. Jetzt müssen wenigstens die restlichen Leinen halten. Auf der gegenüberliegenden Seite des Hafenbeckens hat sich ein Schwimmkran von der Pier losgerissen. Führerlos treibt der nun in unsere Richtung. "Los Leute, alle Stauholzbündel an Steuerbord raushängen", befiehlt der Erste Offizier. "Wenn der hier ankommt, drischt der uns den Dampfer auch noch an Steuerbord kaputt!" Wagemutig klettert der Bootsmann hoch in die Krankabine, der Ausleger wird entsichert und bald darauf wirft der Sturm das Hebezeug mit Bootsmann drin und das Holzhiev am Haken hin und her. Eine Stunde später hängt unser Stauholz als Aufprallschutz in sicherer Höhe über der Wasserlinie außenbords. Wir wollen uns trotzdem nicht vorstellen, was passiert, wenn der Schwimmkran mit der SCHÖNWALDE kollidiert.
Bis sechs Uhr morgens setzt das Schiff noch mehrere Male hart gegen die Pier. Jeder einzelne Aufschlag schmerzt. Mit jedem Hieb nimmt die Gefahr leckzuschlagen zu. Punkt sechs geht das Licht auf den Hafenschleppern an. Die fangen den treibenden Schwimmkran ein und dampfen nun zu uns. Bald stehen die Leinenverbindungen. Der Alte zieht die Propellersteigung nach oben, lässt Hartruder legen und den Bugstrahl voll gegen die Pier drücken. Die Schlepperchen tun ihr Bestes. Nach endlos langen zehn Minuten kommt die SCHÖNWALDE, im nun langsam abflauenden Sturm, von der Pier frei. Wir laufen zur Außenreede ab. Dort fällt der Anker und am Nachmittag besichtigen Kapitän, Chiefmate und Chief vom Lotsenboot aus das Schiff. Unsere Backbordseite ist über eine Länge von neunzig Meter heftig gebeult. Oberhalb der Wasserlinie ist der Stahl gerissen, zwei Tanks sind leck und ein Besichtiger muss klären, Klas-

seerhalt ja oder nein? In die Werft? Ladung wieder raus?
Wir haben Glück, keiner der Spanten ist gebrochen und so dürfen wir die Ladung nach Portsmouth bringen. Danach aber ist Werft Pflicht. Also macht sich eine zerbeulte Konservenbüchse auf den Weg nach Hause. Die wird ihrem hübschen Namen nicht unbedingt gerecht, doch deren Kapitän trägt wieder seinen weißen Schal und sucht Staub.
Auf Versicherer, Juristen, Gutachter, Diplomaten und Behörden kommt eine gewaltige Arbeit zu.

Schiffspositionen

"Alle Welt" interessiert sich dafür, an welchem Ort der Erde die Schiffe unserer sozialistischen Handelsflotte gerade ihren Reiseauftrag erfüllen. Natürlich auch der Nautische Wachoffizier. Er ist gut beraten, alle Maßnahmen zu unternehmen, um, in regelmäßigen Abständen und mit gutem Gewissen, das Kreuz in der Karte so weit wie möglich in der Nähe des Striches zu platzieren, mit dem der Alte zu Reisebeginn die Seekarte gefurcht hatte. "Da geht's lang, Steuermänner, nirgendwo anders."
Täglich wollen Reederei und Politabteilung wissen, wo sich "unsere Schäfchen" gerade rumtreiben. Und einmal wöchentlich will auch die Presse ihren Lesern, forschenden Pionieren, liebenden Ehefrauen und Patenstädten zeigen: KARL MARX, FRIEDRICH ENGELS und der FLIEGERKOSMONAUT DER DDR -SIGMUND JÄHN" sind überall. Oder: Liebhaber raus und Betten lüften, Mann ist im Zulauf. Oder: Jetzt die Delegation zusammenstellen, das Patenschiff wird pünktlich zum Bordfesttermin in Rostock sein. So hätte es 1984 in Hohen Viecheln beinahe "über alle Toppen geflaggt" ein Riesenfest gegeben. Zu den Klängen des Blasorchesters der Freiwilligen Feuerwehr hätte VICHELN PILOT das Motorschiff SCHÖNWALDE sicher an die Pier gebracht. In seiner Begrüßungsrede hätte der Bürgermeister den Zusammenhang von Binnenfischfang und Hochseefahrt hergestellt. Die Dorfjungen hätten erst zu den Biergläsern und dann zu den Mädels gegriffen. Tränen der Rührung und der Wiedersehensfreude wären geflossen und Doppelkorn und ... Schade eigentlich!
Die SCHÖNWALDE steuert Heimatkurs. Die Beulen sind draußen am Schiff dran, doch wir sind drinnen. Die gesamte Besatzung soll zum Sommerurlaub abgelöst werden. An Bord herrscht Hochstimmung. Die Ressortleiter klappern wieder mit ERIKA. Schimpfend stopft Tine die Schmutzwäsche der Reise in die Säcke der Schiffsversorgung. "Mit den Kerlen kannste jetzt nicht mehr ordentlich reden." So muss sie einsehen, dass "Jugendschiff" eben heißt, viele junge Männer sind an Bord. Die wollen kein zweites Mal umsonst das Nachtprogramm von Rai Uno gekuckt haben und müssen nun unbedingt in den Nahbereich ihrer Mädels. In der Kühllast registriert der Chefkoch, was von halben

Sauen übrig geblieben ist. Der Bootsmann bestellt Toilettenpapier, der Dritte Nautiker Radiergummis und der Funker seine Frau ans Hafentor. Der Chief bastelt an der Zahlenkombination, die sofort den Stand der schwarzen Pampe im Schweröltank steigen lässt und etwas später zwei Kontostände, eines in Dresden und eines in Rostock. Damit macht er "Reserven" zu richtigem Geld und auch seinem Kapitän eine Freude.
Nicht nur mein Wachmatrose sieht nachts im Ausguck "nur noch nackte Mädels". Ein bisschen könnte er Recht haben, denke auch ich manchmal. Der Kapitän schläft Vorrat für die bevorstehenden Revierfahrten und die Hauptmaschine tropft lustig vor sich hin. Alle diejenigen, die im Tagestörn auf die Brücke gehören, wie Elektro-Ingenieur, Bootsmann oder Chief, tauschen mit dem Zweiten Nautiker Tricks aus. Wie kriegt Mann sein Mädel so ins Bett, dass es kein Überfall wird, aber "zu lange warten muss ja auch nicht sein, oder?" Nur unseren Storekeeper hebt das nicht an. Er hat seine Tine ja mit an Bord.
Man sieht, die Crew hat keinen Schaden genommen. Sie erinnert sich noch und freut sich schon sehr. Ein stolzes Schiff mit strammer Besatzung kehrt heim. Nur im Funkraum ist Stille, wie immer.
Der Chiefmate betritt die Brücke. "Hat einer den Funker gesehen?", will er wissen und wedelt mit dem Positionsbuch. Täglich, wir wissen es schon, will die Inspektion zu Standort, Zielhafen und Ankunftstermin informiert werden. Den neusten Stand hält der Erste nun in der Hand, doch wo ist der Funker?
Der Zweite vermutet: "Funknebenstelle Liegestuhl oder Backskiste, wie immer!" Ein Blick in den Funkraum bestätigt dem Ersten, stimmt, Funkwache liegend. "Hoffentlich wird der noch vor zu Hause wach", bangt er, und beschließt, dem Funker auf die Sprünge zu helfen. Also legt er das Positionsbuch vor sich hin, blättert zur aktuellen Seite und ändert "Wismar" in "Hohen Viecheln".
"Das wird ihn wachmachen", grinst er in Richtung Chief und Zweiten Nautiker. Dann wirft er das Buch nach hinten auf den Funktisch. Das landet dort mit trokkenem Knall. Der Funker kämpft sich in die Senkrechte, liest kurz, wird nicht stutzig also auch nicht wach und hackt dann Position, ETA und Zielhafen "Hohen Viecheln" in seine "Kiste" und in die Welt. Wenige Minuten später weiß man in Rostock: "Y5LH" wird am Neunzehnten des Monats und acht Uhr im Norden des Schweriner Sees festmachen. Ein Hindernis nur gibt es, der See hat keinen Zugang zum Meer. Kurz danach verfällt der Funkoffizier wieder in die horizontale Wachposition. Chief und Elektro-Ingenieur spötteln in Richtung Chiefmate: "Hellwach ist der Funki, man sieht's!"
"Wartets ab, das ist Wecken mit Zeitzündung", taucht der Erste von der Brücke. Er kennt seinen Kapitän. Erst einmal jedoch muss er hinunter ins Ladebüro zum Termin mit ERIKA.
Das Abendessen in der Offiziersmesse ist voll im Gang. Der Chiefmate ist satt und erhebt sich. "Ich komm nachher mal kucken", kündigt der Kapitän seinen Abendbesuch auf der Brücke und das tägliche Studium der Schiffspositionen an. Der Erste tippt dem Chief auf die Schulter. "Kannst auch mal kucken kom-

men, wo wir sind", lädt er ihn ein. Der Chief ahnt "Brückenspiele", will nichts verpassen und schließt sich umgehend dem Chiefmate an.
Eine leichte nordwestliche Atlantikdünung lässt die SCHÖNWALDE in den Reststrahlen der untergehenden Sonne nordwärts schaukeln. Der Erste betritt die Brücke. Ich gebe ihm seine Wache zurück. Er ruft: "Übernommen", und grinst: "Bleib mal noch, es lohnt sich!"
Heimreise ist schön, Leben ist schön, Seefahrt ist schön! Bis der Alte die Brücke betritt. Er greift sich den Hefter mit den Schiffspositionen. Diese sind, nachdem "alle Schäfchen" nach Rostock gemeldet haben, von dort als Sammelliste zurück an die Schiffe der DSR gefunkt worden, also auch am Fernschreiber der SCHÖNWALDE eingetroffen. Nun sind sie im Schiffspositionshefter abgelegt und das zeigt, der Funker muss zwischenzeitlich wach gewesen sein. Der Wachmatrose reicht dem Alten dessen "herzlosen" also coffeinfreien Kaffee. Der Kapitän liest sich in der Liste zu Y5LH hin. Plötzlich beginnt er zu blinzeln und sofort herrscht in der Brücke eine Stille, wie sonst nur im Wartezimmer beim Zahnarzt. Der Chief interessiert sich unwahrscheinlich sehr nun für die, vom Fahrstand der Maschine zur Brücke ferngemeldete Motordrehzahl und Propellersteigung. Vorsichtshalber geht der Chiefmate am Kartentisch in Deckung. Im Funkraum herrscht Ruhe. Noch.
"Funker! Funkeeeeeer!!!!", klingelt brüllend der vom Ersten Offizier eingestellte Wecker mit der Stimme des Kapitäns quer durch die Brücke zur Funkbude hin. Das wird ihn wohl geweckt haben, ahnen Chiefmate und Chief, ohne ihre Mienen dabei zu verziehen. "Ist das hier ein Affenstall?", tobt der Alte. Auch ich treffe Vorbereitung zum "Überleben auf See" und flüchte zum Ausguckmatrosen hinaus in die Nock. Der Weg des tobenden Kapitäns zur Zielperson im Funkraum führt am Kartentisch vorbei. "Was um Gottes willen wollen wir denn in Hohen Viecheln?", kann es der Alte noch immer nicht fassen. "Vor allem, wenn man bedenkt, dass der Landungssteg der Weißen Flotte seit Jahren bereits kaputt ist", wird der Erste nur ganz kurz mal mutig. "Sei still, du kommst auch noch dran", faucht ihn der Alte an. Gleich darauf steht der Kapitän im Funkraum und will wissen: "Hat denn die Reederei nicht gefragt, was das soll?" Dabei fuchtelt er mit der Liste vor der Nase des schreckweißen aber tatsächlich nun hellwachen Funkers rum. "Wenn da eine Nachfrage kommt, mach ich Euch nackig!", fasst der Kapitän etwas später zusammen und tritt dann ab. Der Chief verkrümelt sich von der Brücke. Ich melde mich ab zum Vorwachlangliegen und der Erste Offizier feixt sich bis ans Ende seiner Wache. "Wer, außer Kapitäne, liest bei DSR schon Schiffspositionen?" In der Funkbude wird nun emsig am Reiseabschluss gearbeitet. Termingetreu läuft die SCHÖNWALDE am Neunzehnten des Monats in Wismar ein.
Der Funkoffizier schließt seine Hütte und geht gleich nach dem Zoll von Bord, wie gewohnt. Am Hafentor springt er zur Frau ins Auto und mittags sind sie zu Hause. Kurz vorher passieren sie noch das Ortseingangsschild des Heimatdorfes. Dort steht HOHEN VIECHELN dran und das zwingt unseren Funker zu

einem kurzen, gepressten "Die Sauhunde!". Den fragenden Blick der Gattin übersieht er. Bald klappt die Tür zum reetgedeckten Haus und Dinge stehen an, die wichtiger sind und näher liegen als die SCHÖNWALDE, hautnah sozusagen.
Zwischen Kathleens und meine Haut hat das Leben noch acht Stunden Reichsbahnfahrt gelegt. Als die vorüber sind, haben drei Frauen erst noch ganz viele Fragen und danach noch viel mehr zu erzählen. Alle meine Frauen sind gesund und ich bin zu Hause! Die Kinder müssen dann doch ins Bett und Kathleen ist müde vor Glück. Da mach auch ich die Augen zu und verbrenn mich ganz artig an meiner Wüstenheißen. Beim Hinwegdämmern denke ich noch, wenn ich jetzt ganz schnell losschlafe, dauert es nicht so lange bis morgen Früh. Sie entkommt mir nicht!

Zweimal Männersolidarität

Es ist zum Haare Raufen!
In zehn Minuten fährt der Bus. Der Weg bis zur Haltestelle ist im Normalfall zehn Minuten lang. Die Koffer stehen an der Treppe, Ina quengelt: "Geht das denn nun nicht mal los?", und Kathleen ordnet noch Haare. "So fahr ich sonst nicht mit!" Dann liegt das letzte Haar dort, wo Mutti es sich vorgestellt hat, da meldet sich Maja: "Mamiii, ich muss mal!" Ina dreht die Augen zur Hausflurdekke, Maja ihren Hintern auf den Holzbrillenplumpsklositz und Kathleen steht mit Papier in Bereitschaft.
Nun bleiben uns fünf Minuten für die Zehn-Minuten-Strecke. Kathleen flitzt mit den Töchtern an der Hand vornweg. Der Kopf würde ja nun gern mal kucken, wo Muttis Haar, das von vorhin, jetzt liegt, doch der Bauch ist für Frieden. Also hetze ich hinter meinen Mädels her und mit mir schleifen zwei Koffer über den Asphalt. Dabei gehen meine Blicke im Wechsel nach vorn und zurück. Der Bus müsste uns überholen und dürfte, ginge es nach mir, sich heute verspäten. Macht er aber nun gerade heute nicht und so rufe ich auf halber Strecke: "Achtung, der Bus!" Nun stoppt die Hatz zur Haltestelle. Wir winken wie die Wilden und das Wunder geschieht. Die Kinder quietschen vor Vergnügen. Kathleen schickt mir ihr schönstes "Siehste!" entgegen und ich kämpfe die Riesenkoffer in den Bus hinein. Der Busfahrer hat Frau und Töchter, das zeigen sein Blick und die Solidaritätsbekundung: "Das kenn ich!"
Am Bahnhof angekommen, liegen knapp einhundert Meter zwischen Haltestelle und Bahnsteig und zwanzig Minuten bleiben uns zum Wechseln. Das müsste reichen. Der Zug bringt uns nach Karl-Marx-Stadt, der nächste nach Leipzig und der letzte Zug unserer Reise wird uns nach Bad Kleinen tragen. Nach zweimaligem Umsteigen mit drei Frauen und zwei Koffern wird dort dann ein Taxi auf uns warten. Mit dieser Gewissheit erreichen Blutdruck und Herz-

frequenz bereits eine Stunde nach Verlassen des Leipziger Hauptbahnhofes wieder Normalwerte.
Wie versprochen, war die Sommerablösung auf der SCHÖNWALDE eingetroffen, doch zum Glück fehlte nun noch ein Urlaubsplatz. Der Katalog der FDGB-Ferienplätze war, wie jedes Jahr, schon in den landseitigen Einrichtungen der Flotte deutlich dünner geworden. Die für die Flotte bestimmten Plätze waren an die Schiffe ferngemeldet worden oder die Kapitäne hatten die Liste bei Auslaufen gleich mitbekommen. Nun fahren die Schiffe ja in der ganzen Welt rum, liegen entweder auf Reede und dürfen von da aus nicht funken, oder wettern ab und haben dabei wirklich ganz andere Probleme. Vielleicht aber auch Laden und Löschen sie gerade und auch das ist richtige Arbeit. Wie jedes Jahr, war das Ferienplatzwunschrückmeldeultimo schnell erreicht. Eine Stunde nach Fristablauf bereits, waren die "Restplätze der Flotte" an Land verteilt. Und acht Wochen danach sowieso.
Das hatte ich dem Taxifahrer, der alle meine Sachen und Geschenke zum Wismarer Bahnhof brachte, nach vorn geschimpft und der hatte nach hinten geantwortet: "Wenn du Bettzeug mitbringst, hätte ich für dich einen Bungalow im Garten hinter meinem Haus." Er hätte auch zwei Töchter, die Mädels könnten dann gemeinsam spielen, baden oder was auch immer. Da bliebe für den Jungseemann und dessen schöne Frau auch mal Freizeit für Wein, Weib und, was dieses Alter noch so fordere. Noch vor Erreichen des Bahnhofs war das Geschäft perfekt gewesen. Obwohl es Mecklenburg sein würde, das uns Urlaub und Abschalten bringen sollte, wusste ich uns sicher. Denn, ginge die Welt unter, hätten wir gleich einen Funker am Ort und nur drei Häuser weiter, in Hohen Viecheln. Nun sitzen wir also im Zug nach Norden. Anschlussängste würden heute ihre adrenalinsteigernde Rolle nicht mehr spielen. Ein Taxi wartet auf uns. Da macht sogar Reichsbahnfahren mal wieder Spaß! Auch Kathleen ist glücklich und deshalb trifft ihr Schmatz meine Wange. Nun wollen Ina und Maja auch einen, kriegen den und damit hat Glücks erster gemeinsamer Urlaub begonnen.

Sommerurlaub in Viecheln

Der Urlaub gestaltet sich anfangs wie der eines Seefahrers an Land. Doch außer den Nächten gibt es noch Tage mit typisch mitteleuropäischem Wetter drin. So hüpfen an den ersten dreien Ina, Maja und Papi in den Schweriner See und üben dort Handstand unter Wasser und Reiterspiele oder tollen über die Wiese. "Tauchen und Vollspritzen gibt's nicht!", bestimmen die Töchter vergebens. Nur Mami treibt keinen Unsinn. Schließlich ist sie eine erwachsene Frau. Also lässt sie ohne Unterlass und von allen Seiten Sonne an sich ran. Am vierten Tag ist die Panthenolspraydose leer und in der schönsten Eisprungzeit ist

Anfassen verboten, weil: "Das brennt überall so sehr!"
Da kommt das Wetter der Rothaut und ihrem stürmischen Seefahrer zu Hilfe. Es kippt von sonnig auf bewölkt und hat Regen, Wind und 14 Grad Celsius mit, mitten im Sommer. Da spazieren wir, was die Wanderwege hergeben. Mutti erzählt den Töchtern alle Märchen, die sie kennt, und da sich das Mistwetter Zeit lässt, manches Märchen zweimal. Dabei hängen Ina und Maja wie gebannt an Kathleens Lippen. Dort würde ich auch ganz gern dranhängen. Weil rote Haut, so sie dann weiß zu werden beginnt und sich in Fetzen legt, nicht mehr schmerzhaft ist, wird Mittagsschlaf befohlen. Nein, müssen sie nicht, erfahren die Mädels und verabschieden sich zum Spielen mit den Töchtern unseres Bungalowvermieters. "Soll ich dir mal zeigen, wo die kleinen Babys herkommen?", lote ich meine Chance auf Schlafen-ohne-Auge-zu aus. Die rot-weißgefleckte Dame neben mir meint: "Das trau Dich!", lüftet dann doch die Bettdecke und wüste Hitze kriecht zu mir herüber. Dann höre ich noch: "Denk dran, die kriegste alle mit aufs Schiff!", und es ist typisch Frau. Wie soll ich jetzt noch denken?
Später kann ich es wieder und hören auch. Also höre ich, die Töchter sind zurück. Mitgebracht haben sie einen Riesenlärm aus Schreien, Quietschen und Lachen. Und so kucken wir eben mal, was da solchen Spaß macht. Gleich darauf sind Kathleen und ich in das große Verkleidenspielen einbezogen. Dazu gehört natürlich der Klassiker männlicher Verkleidungskunst: Mamis BH als Papis Ohrenwärmer. Das wäre ihr dann nun doch zu affig, kann uns Kathleen das Spiel nicht verderben. Denn, der Regen klatscht gegen die Fenster, scheint dabei alle Zeit der Welt zu haben und so besteht keine Gefahr, dass jemand von draußen beobachtet, wie Glücks Glück in Verkleidung aussieht.
Die restlichen Tage vergehen mit Wandern, Broiler essen, Colagläser umschütten, eins pro Tag ist Pflicht, Schiffe ankucken in Wismar und Blechboote übern Schweriner Schlossteich rudern. Dann gibt es noch ein Dorffest mit glitschigen Preisen für die Sieger der Wettbewerbe und Preisverleihungen, die es eben nur in Mecklenburg gibt. Also nimmt man dem Glücklichen beim Aalgreifen, Altersklasse 10 bis 14, den Aal wieder weg. Gerade noch rechtzeitig hatte man dessen sächsischen Dialekt vernommen. "Das wäre ja noch schöner! Darf hier bei uns schon Urlaub machen und will nun auch noch den Aal mitnehmen. Nönönöö! Hier Hein, nimm du man min Jung!"
Und weil die Geschichte im Sozialismus spielt, gibt es noch kindliche Opfer autoritärer Pädagogik nach jungväterlichem Erziehungsversuch. Also muss Ina allabendlich in einem Schreibheft kurz darlegen, was am heutigen Tag so schön war, wo und warum. Dazu klebt sie Eintrittskarten vom Zoo, Fahrkarten der Weißen Flotte, Ansichtskarten von Schwerin und Rostock neben den Text und meint: "Da hätte ich auch in der Schule bleiben können." Später, zurück dann nach Taxi-Bahn-Bus-Fahrt, wird sie Omi und Opi stolz zeigen "was wir alles Schönes gemacht haben". Der Urlaub ist zu Ende. Afrika ruft. Das hört mein Inspektor und schickt mir ein Telegramm. Damit es der Familie Glück

nicht zu wohl wird.

Rundum kunterbunt

Wieder einmal fahre ich also Reichsbahn. Der Kopf macht seeklar, da ist der Bauch noch in Hartha. Inas Geburtstag ist bald, doch ich werde auf See sein. "Dann schenkst du mir eben nach der Reise was, Papi", hatte sie zu trösten versucht, mich und sich. Doch Kathleen hatte mir Inas Geburtstagstraum verraten. Sie hätte gern einmal nur ein großes, buntes Paket, so eines, wo alle Leute staunen, wenn sie es vom Postamt nach Hause tragen wird. Das ist von meinem Papi, würde sie den Leuten erzählen, der fährt nämlich zur See und hat an mich gedacht. Also gelingt mir in dieser Reichsbahnnacht das Trübsaalblasen eher nicht, schließlich muss ich planen.
Der Morgen befreit mich vom nervtötend durch nassgrauschwarze Nacht holpernden zigarettenrauchkalten Ungetüm. Die Gangwaytafel der SCHÖNWALDE empfängt mich mit der Botschaft: "Landgangsende! - Auslaufen zwölf Uhr!"
"Chiefmate, ich muss noch mal in die Stadt", leite ich die Erklärung ein, warum. Das Kind im Ersten hat ein Einsehen und so melde ich gegen zehn mein Ressort seeklar und mich an Land ab. "Komm bloß nicht zu spät, sonst setzt es was", gibt er mir mit auf den Weg. Mit Kleber, Schere, Strick, einem leeren Pappkarton und einem gelben Geschenk vom Koch stürze ich vom Dampfer und rein nach Wismar. Dort kaufe ich ein Buch für Ina, wegen der Bildung, Buntpapier für den Karton, breites Schleifenband und Bonbons. Dann hetze ich zum Seeleutebasar und komplettiere den Inhalt mit Kaugummi, solchen, den man auch wirklich kauen kann. Ich lege Filzschreiber dazu, die richtig malen, Plüschvieh, das nicht kratzt beim Kuscheln, und Mädchen-T-Shirt nach Verkäuferinnengeschmack. Bald darauf sitze ich kurzatmig im Postamt und packe, schnipsle, klebe und beschrifte. Schnell sieht es um mich herum aus, wie Jahre später in meinem Arbeitszimmer. Die Leute staunen nicht schlecht. Doch ist man einiges gewohnt in einer Stadt, in der Seeleute ankommen, abfahren oder gar Landgang machen. Dann steh ich am Schalter und die Dame dahinter will es nicht glauben.
So ein Kasperpaket hätte sie ja noch nie gesehen, rot-grün-blau-gelb und orange mit Buntpapier beklebt mit fetter lila Schleife und winzigem Adressfeld nur. Das nimmt sie mir so nicht ab, weil, das transportiert doch keiner und außerdem lädt es ja zum Klauen regelrecht ein, will sie erst stur bleiben. So erzählt Vati Bert der Mutti Schaltertante was von Tochterglück und langer Reise. Am Ende ist auch die Warteschlange dafür, dass Seeleute Kinder haben sollten. Eine Dame hinter mir meint, das Paket wäre wohl den ganzen Transportweg lang im Mittelpunkt. "Das Ding zu klauen, traut sich garantiert niemand!" Doch

auch darauf lässt sich Mutti "bei aller Liebe!" nicht ein. So bestätige ich ihr schriftlich, ich hafte bis zum Empfänger. Ein Zustellvermerk sichert dem Paket zusätzliche Aufmerksamkeit beim Warten im Harthaer Postamt. "Ich garantiere für nichts!", fällt endlich die Festung, und mir fällt ein Stein vom Herzen. Mein Blick trifft die Uhr. So stürze ich aus dem Postamt, wenig später durchs Hafentor und der große Zeiger steht auf halb nach Ultimo, da stehe ich auf der Brücke der SCHÖNWALDE und warte auf meinen Anschiss. Da meint der Kapitän, ich müsse ruhiger werden, und kuckt dabei leicht böse in Richtung Funkraum. Derweil vereinbart der Erste Offizier über UKW einen neuen Termin mit dem Zoll, den Grenzern und dem Lotsen. Der Funker fehlt noch immer. Danke, du Herr über weißes und graues Rauschen!
Vier Tage später wird ein kleines Mädchen stolz ihr großes, buntes Paket aus dem Postamt und durch die Stadt nach Hause tragen. "Von Papi!" Es wird ganz kleine Schritte machen und alle die, die dann große Augen machen, werden erfahren, sie hat heute Geburtstag und auch ihr Papi hat an sie gedacht. "Kuck mal, hier!" Am fünften Tag dann wird Kathleen meinen, per Funk und weiß oder grau verrauscht, das mit der Banane wäre ein etwas unglücklicher Einfall gewesen, na ja! Die Damen von RÜGEN-RADIO haben an diesem Tag wieder ein Thema mehr für ihre Frühstückspause. Mich würde schon mal interessieren, ob je eine von denen dann doch noch einen Seemann geheiratet hat, bei den grässlichen Geschichten, die sie jeden Tag hören mussten, live.

Neptun ruft

Bei Hannibal gibt die SCHÖNWALDE den Lotsen ab. Eine Reise beginnt, die uns nach Hamburg und Antwerpen, über den Atlantik, durch das Mittelmeer und den Suezkanal ins Rote Meer, hinein in den Indischen Ozean und nach Mombasa, Dar es Salaam, Beira und Nacala bis Maputo führen und über Aden und Hull zurück nach Wismar bringen wird. An Bord sind zwanzig Ungetaufte. Auf die wartet der Äquator. In Mombasa wartet schwarzer Samt, in Maputo die Fischerei, in Dar es Salaam warten Diebe, der 60. Geburtstag wartet auf unseren Kapitän und der heißt Ralswieck.
Der ausklingende Sommer beschert uns eine ruhige See. Pünktlich erreichen wir die Reede von Port Said. Dort melden wir uns für den Morgenkonvoi durch den Suezkanal an und warten dann, wie viele Schiffe auch, am Anker auf die Liste und den Konvoistart am kommenden Morgen. Unterdessen tagt das Täuferkomitee. Es gibt nur sechs Getaufte an Bord und auf die kommt nun jede Menge Arbeit zu. Äquatortaufe an Bord von DSR-Schiffen ist alles andere als Gaudi. Es ist eine Wissenschaft. So müssen in den nächsten Tagen Foltergeräte entworfen, Möbel gezimmert, Schläuche genäht, Tinkturen gemixt, Spannung produziert sowie Abläufe und Verantwortlichkeiten festgelegt wer-

den. Kapitän Ralswieck hält sich aus den Spielen der großen Jungs raus, sagt er, und trifft eine wichtige Entscheidung: "Kein Alkohol vor und während der Taufe!" Zwei Pappen voll mit rohen Eiern fahren ab sofort ungeschützt durch die pralle Sonne und auf dem Peildeck übers Meer. Somit ist das Shampoo für die Tauffrisur in Arbeit. Ein großes Fass auf dem Achterdeck schluckt alle Abfälle der Kombüse und Tine ist gut beraten, sich an die Weisung des Täuferkomitees zu halten: "Keine Abfälle ins Meer. Alles hier rein!"
Am frühen Morgen formieren sich die wartenden Schiffe vor Port Said zum südgehenden Konvoi entlang der wichtigsten Schifffahrtsroute der Welt. Auch wir nehmen den Lotsen, den Elektriker und die Festmacher mit ihren Booten an Bord. Der 88 Seemeilen lange maritime Wüstentrip beginnt. Gegen Mittag warten wir im großen Bittersee auf den nordgehenden und also gegenkommenden Konvoi. Am späten Abend erreichen wir Suez. Dort setzen wir die Festmacherboote zurück ins Wasser und geben unsere ägyptischen Begleiter ab. Sie nehmen Whiskey and Cigarettes mit. Die SCHÖNWALDE läuft südwärts im Roten Meer und dreht dann in Richtung Kap Gardafui. Wir runden das Horn von Afrika und nun kann der Äquator kommen.

Sol. Castellani

Ab sofort herrscht strenge Informationssperre. Wer den Ungetauften verrät, wie weit es noch bis zum Äquator ist, verliert seinen Taufschein oder die Taufwürdigkeit. Es gibt nichts Schlimmeres für den Seemann, als ungetauft zurück zu kommen.
Dann ist es so weit. Eines morgens, gegen fünf und in schönster Restschlafzeit, schrillt uns die Signalanlage ihr ekligstes Bimmeln in die Schlafkabinen. Dann gluckert der Bordlautsprecher mit Neptuns Stimme: "Auf, auf, ihr Ungetauften. Reinigung nahet!" Daraufhin nahen Neptuns Häscher und zerren uns zum Warteraum. Gegen halb sechs Uhr sitzen zwanzig Besatzungsmitglieder in der Bordwäscherei, haben Schlafanzughose an oder Spitzenhemdchen und müssen trotzdem nicht frieren. Die Wäscherei liegt über dem Tank, in welchem das Schweröl vorgeheizt wird. Der kann die ganze Wärme nicht für sich behalten und gibt davon großzügig nach oben hin ab. Vorsichtshalber steht noch die Tür zur Sauna offen. Deren Heizung läuft auf Volllast. Schließlich soll sich ja keiner bei Neptun einen Schnupfen holen. Gegen sechs erreicht uns die Botschaft, Neptun hätte sich bei der Position der SCHÖNWALDE geirrt, drum sei Taufe erst morgen und man wünsche uns frohes Warten.
Die Ruhe ist nun raus und jeder hofft, es möge bald vorbei sein. Ein ruheloses, quälendes Warten begleitet uns über den Tag und durch die Nacht. Das Frühstück am nächsten Morgen fällt aus. Neptun braucht mürbe Täuflinge. Schließlich hat er nur wenige Helfer und alt ist er auch schon. Gegen acht wird der

erste Täufling aus der Wäscherei gezerrt und bald bin auch ich dran. Anfangs hänge ich "in Bereitschaft" am hölzernen Kreuz des Südens und darf die mir zur Stärkung gebotenen Speisen nicht abschlagen. Somit ist der Koch seinen Salzhering los, viel Pfeffer und Senf, auch Tabascosoße und die Rettungsboote können nun mit frischem Schiffszwieback bestückt werden. Als Neunter oder Zehnter trete ich meinen schweren Gang zum Taufparcour an. Dort werde ich mit der Kraft des kompaktstrahlenden, aus Feuerwehrschläuchen entlassenen Seewassers durch den Segeltuchschlauch gedrückt. Drinnen beule ich mir die Knie am Holzbalkenäquator und muss weiter zur Streckbank, weil, solche Kleinen wie mich taufe er nicht, spricht Neptun. Also liege ich bäuchlings auf dem Holz und werde von Täuferarmen, Tauen und Taljen an Händen und Füßen auf Taufmaß gezerrt. Es zischt dazu fürchterlich und stinkt eklig nach verbranntem Fleisch. Ein Schmerz erreicht eine der hinteren Gesäßbacken und ich sei nun gebrandmarkt, freut sich eine grimmig dreinschauende Gestalt. Während der Brandmalmacher sich neues Eis aus dem Eimer angelt, neue Speckschwarte bereitlegt und den Zackenstahl rotglühend macht, für den Täufling nach mir, darf der Glückliche vor mir bereits die Meerjungfrau küssen. Das dauert, also muss ich ins Wartefass und bis zum Kinn in den Aufguss aller Abfälle der bisherigen Reise hinein. Meinen Protest stoppt der Wächter des Fasses mit einem Salzhering. Den steckt er mir quer in den Mund, was den Schall meines Protestes enorm dämpft. "Mach nicht solchen Krach, Neptun ist nämlich nicht mehr der Jüngste!" Das Warten hat ein Ende und der Barbier will von mir wissen: "Was ist dir dein Bart wert, mein Freund?" Nachdem ich "Bier und Schnaps in Mengen" und "Sack und Seele" geboten habe, nimmt das der Barbier gern und trotzdem den schönen Vollbart dazu. Den bin ich nun für immer los und Kathleen wird später nicht lange um ihn weinen.
Jetzt soll ich zwischen vier Frisuren wählen. Ich zögere und da fühlt er seine Kunst nicht ausreichend von mir gewürdigt. Wenn mir also weder Irokese, Kreuz des Südens, Halbmond oder Pater Domino gefalle, würde er seine Kreativität nun nicht weiter an mir verschwenden und eben Glatze schneiden. Das tut er sogleich und unter Verwendung von ausreichend viel Natureishampoo aus intensiver Sonnenlagerung. Und weil aus der Bio-Verpackung keine Küken rauskommen, stinkt es nur ganz gewaltig grässlich und faul mir von der Stirn zur Nase herunter.
Der Haarräuber zieht mir ein wenig den Hosenbund vom Bauch und meint, es gäbe jetzt etwas Spezialshampoo auch dahinein. Rasieren könne ich ja nach der Taufe selbst. Die Mischung aus Schweröl, Pferdefett, Graphit und Castellani kleckert auf mein Schamhaar und das ihm eingelagerte wertvolle Teil Mann. Nun wartet die Meerjungfrau auf mich. Selbst der liebreizende Stewardessen-BH kann das männlich Herbe der Gattin des Herrschers der Meere nicht kaschieren. Vor ihr niederkniend, dürfe ich den oberen der übereinander gelegten Schwimmflossenfüße küssen, meint sie gnädig und haut mir dann den unteren Senfschwimmflossenfuß aufs Auge. Derweil winkt Neptun den As-

trologen heran. Der reicht mir zwei, zu einem "Fernrohr" zusammengebundene Flaschen. Da soll ich reinkucken und hindurch und er will wissen: "Na, was siehst du, mein Sohn?" Sein Sohn sieht: "Deine liebreizende Frau, oh Herrscher." Die sähe er selbst, meint er, und ob ich nichts Schöneres sähe. Da wartet nun auch sein Herzblatt ganz gespannt auf meine Antwort. Mein Bauch rät mir nur noch richtig schöne Dinge zu sehen. Also sehe ich "den Äquator, endlich!" Den wiederum könne er für mich noch nicht sehen, aber, ich reibe mir noch das Fernrohrsalzwasser aus den Augen, er schärfe mir nun den Blick für Wesentliches. "Kuck lieber mal, ob du was zu trinken siehst!" Da sehe ich es endlich und rufe: "Oh ja, eine Kiste Bier und eine Flasche Schnaps!" Nun scheint er zufrieden gestellt und tauft mich im Herbst des Jahres 1984, mittags gegen zwei, unter der glühenden Sonne Ostafrikas und auf dem Schwimmbaddeck der den Indischen Ozean befahrenden SCHÖNWALDE auf den Namen "Seezunge".
Mittels kräftiger Tauchhilfe durch die Häscher folgt noch der erste Spülgang im Schwimmbad und dann geselle ich mich zu den Frischgetauften. Wir haben jetzt mit der Entfernung der Resthaarfetzen von der Kopfhaut zu tun und dem Balancetraining an den Folgetagen. Es soll nämlich abgehen, das Spezialshampoo am Haar da unten, doch “der” soll dranbleiben. Keine einfache Aufgabe bei dem Gemisch. Während später am Abend in der Bar fröhliches Taufebegießen stattfindet, ziehe ich zur Wache auf die Brücke. Von dort aus kucke ich der Nacht in die Sterne und an den Mond. Der ist nur halb, liegt auf dem Rücken und muss hier unten wohl so aussehen. Vier Wochen später wird ein Brief Hartha erreichen, Geburtstagspost für Kathleen. Es ist nicht die erste und wird noch lange nicht die letzte Feier meiner drei Frauen ohne mich sein. "Lass mal, daran haben wir uns gewöhnt", wird mir Kathleen auch weiterhin mit auf die Reise geben und mir so helfen, das schlechte Gewissen in Grenzen zu halten. Drei Damen also werden den Brief mit den vielen Stempeln und bunten Marken öffnen, dabei auch ein Foto finden, "viele Grüße von der Taufe!" lesen und staunen: "Das soll Papi sein?"

Ungerecht

Es gibt auch langweilige Reisen an Afrikas Küsten entlang. Deshalb lohnt sich die spätere Erwähnung nicht. Doch eine Geschichte könnte helfen, Frauen zu begreifen.
Reisen später wird eine Stewardess mit langen, blonden Haaren vor dem Barbier sitzen und ihren Leib bieten, wenn er ihr nur die Haare ließe. An allen Tagen der Reise wäre das Geschäft sofort gemacht, aber zur Taufe, nein! Welche Frau kennt es nicht, das Geräusch, das eine Schere macht, die Haare in Ohrnähe schneidet? Leserin, fühlst du den Schmerz? Also wird ein Büschel blon-

der Haare der Stewardess von oben her in den Schoß fallen und Bäche von Tränen hinterherstürzen. Der anwesende Zweite Offizier, getauft schon als er noch Dritter war, wird in Blitzesschnelle die vier Punkte der Schockprophylaxe repetieren und dann doch lieber dem Barbier "Gnade" soufflieren. Der wird der Stewardess verraten: "Das sind die Haare vom Lehrling vor dir", und die wird ihren Dank aufteilen. Der Barbier kriegt den Kuss und ich nur keinen Notfall. So ungerecht kann das Leben sein.

Ein Totenschiff

Die Aufregungen der Taufe liegen hinter uns.
Ruhig läuft die SCHÖNWALDE durch die klarsichtige Nacht auf ihrem Süd-Südwest-Kurs über die spiegelglatte See im Indischen Ozean. Es ist einundzwanzig Uhr dreißig. Auf der Brücke herrscht gespannte Ruhe. Gleich muss es passieren! Kurz darauf klappt das Brückenschott. Es wird kurz hell und wieder dunkel und da ist es passiert. Der Kapitän steht neben mir.
"Was ist, Dritter, kocht hier keiner Kaffee?", meldet er sich auf der Brücke. Wie jeden Abend springt der Wachmatrose erleichtert vom Ausguck herein und an die Kaffeemaschine. Endlich Abwechslung. Dann schlürft der Alte seinen Kaffee und spricht den Eröffnungssatz seines allabendlichen Brückenbesuches. "Mensch, ist das hier ein Totenschiff, niemand feiert, das hältst du doch nicht aus!" Es ist eben das Los eines Kapitäns auf See, der einsamste Mann an Bord zu sein. Wohin er auch immer kommt, gerade noch war Stimmung in der Bar, in der Kammer, der Messe oder im Smoketimeraum, da wird es dienstlich. An Bord ist man Tag und Nacht Kapitän. Abends auf der Brücke sowieso. Meist folgen der Begrüßung Erzählungen aus seiner Jugend, der Fahrenszeit, dazu, was er über die Seefahrt denkt, die DSR und das Leben und, wie es wohl weiter gehen wird. Heute erfahren wir, den Ersten Offizier kennt er schon länger. Vor über dreißig Jahren hatte er den kleinen Jungen aus dem Apfelbaum des Nachbargartens gepflückt und mit auf das Revier genommen, damals als er noch Küstenschutzpolizist war. Jetzt hat ihm die Reederei "den Kleinen" als Chiefmate mitgegeben. Der soll bald Alter werden und vom Kapitän Ralswieck könne man schließlich jederzeit noch was lernen. Der Alte hat bereits jede Menge Fahrzeit auf dem Buckel und keine Lust mehr auf große, weite Welt und so. "Solln man die Jungen jetzt ran! Die haben noch die Nerven für den ganzen Technikkram, weißt du. Mit sechzig bist du auf See ein alter Mann!" Dann ist die Tasse leer. Der Alte wünscht "Gute Wache" und taucht ab in die Aufbauten. Vielleicht lebt da doch irgendwo noch wer und hat Durst?
Manchmal aber gelingt es dem Kapitän. Da ertappt er, so gegen zehn, den Funker beim Hinwegschleichen und der hat dann verloren. "Los Funker, ich hab noch 'ne Buddel", muss der Arme seinem Kapitän in die Kammer folgen.

Am nächsten Tag wird man den Funkeraugen ansehen, ob noch ein Rest in der Flasche geblieben ist. Der Wachmatrose trollt sich wieder raus in die Nock. Er weiß, in der letzten Stunde es Tages will sein Steuermann allein sein. Sie gehört der Ruhe und den Gedanken an zu Hause. Kathleen, Ina und Maja werden wohl schon schlafen. Wird Kathleen von den "lieben Kollegen" in Frieden gelassen? Für das Reiseende nehme ich mir den zweiten Anlauf vor. Ich will endlich mein Versprechen einlösen. Die Mitreise muss nun gelingen. Sie hat sie sich lange schon verdient.

Fernverkehr

Nach Mitternacht sitze ich in der dunklen Kammer. Die Füße liegen im Bulleyekasten und eine Hand hält die Einschlafbierflasche. Von draußen gähnt der Seeraum zu mir herein und ich gähne zurück. Doch plötzlich bin ich hellwach. Ach du Schreck, der Hochzeitstag, schon wieder!
Also tapse ich wieder hoch zur Funkbude. Dort schnappe ich mir das Telegrammformular und gegen ein Uhr, nach der zweiten Flasche Bier, ist er fertig, der Ich-liebe-nur-dich-und-das-so-sehr-und-wie-sogar-und-am-liebsten-gleich-jetzt-Text. Den bringe ich hoch zum Funkraum. Andreas wird ihn am Morgen finden und dann sofort absetzen. Zurück in der Kammer, scheint mir gerade heute mal wieder das Bett viel zu groß. Am Morgen weckt mich Tine mit "Eier nach Wahl". Der Duschstrahl schickt mich weiter ins Leben. Zwei Tassen Kaffee zum Frühstück machen mich halbwach und die dritte, dann schon auf der Brücke, ganz. Andreas ruft von hinten aus der Funkbude: "He, Bert, soll ich das wirklich so schicken? Da werden ja die Mädels bei RÜGEN-RADIO rot!" Also lesen die Augen des Morgens den Text, den mir die sehnsuchtsvolle afrikanische Fernliebesnacht souffliert hatte. Funki hat Recht! "Um Himmels willen!" Solche Texte kriegt auch das Waldheimer Postamt nicht jeden Tag. Dessen Chefin wohnt eine Etage über Glücks und da wüsste ja schon mal das "halbe Haus", was Seeleute so drückt. Also formuliere ich von sehnsuchtsvoll wild auf artig verliebt um. "RÜGEN-RADIO hat heute eine kurze Liste. Das könnte also noch während der Wache klappen. Soll ich dich anmelden?", will Andreas wissen. Ja, er soll ein Gespräch anmelden. Nun knüllt auch der zweite Entwurf im Papierkorb vor sich hin. Zwei Stunden später klingt mir Kathleens Hinweis, es wäre ja nun auch schon vier Tage her, vom Lautsprecher entgegen und wie verliebtes Säuseln in den Ohren. Sie könnte jetzt sagen, was sie will. Mir ist es egal. Ich höre ihre Stimme und nur das zählt.
Es gehe ihr gut, Ina lerne fleißig in der Schule und Maja "den Wanst kriegst du zur nächsten Reise mit aufs Schiff!", höre ich noch. Dann macht starkes Rauschen die Fortsetzung des Gespräches unmöglich. Also muss Andreas doch ran und die Rügen-Radio- und Postamttaugliche Version meines Telegramms

senden. Es endet: "Wir liegen im Fahrplan", und heißt: Wenn alles gut geht, könnte es Weihnachten klappen mit viermal Glück und einem Weihnachtsbaum.

Fischerei, mal wieder

Baira und Nacala liegen hinter uns und vor uns Maputo. Dort liegen Hecktrawler unseres Fischkombinates im Hafen, zappeln ungeduldig in den Leinen und warten auf neue Netze, Ausrüstung, Filme, Bier und alles, was das Leben fernab der Heimat noch so braucht. Wir übernehmen den Lotsen und die SCHÖNWALDE läuft in der Ansteuerung zum Hafen. Der Alte hat die Wache. Ich notiere rotes und grünes Blech, das am Dampfer vorbei schwimmt, Kursänderungspunkte und Manöverbefehle ins Schiffstagebuch. "Siehst du die Rosthaufen dort, Dritter?" Der Kapitän zeigt zum Brückenfenster hinaus und weit nach vorn. "Das ist die Fischerei, die trampeln schon an der Pier, wollen wieder raus auf See und Kohle machen!" Doch wir "trampeln" auch. Während der Herreise hatten es "alte Maputofahrer" verraten. "Die liegen da unten seit Wochen schon trocken und haben einen Durst, das könnt ihr euch nicht vorstellen. Die schlafen schon zwischen ihren Garnelen und können die nicht mehr riechen." Eine Flasche Schnaps zu 1,30 Mark - Ost! gegen einen Karton Garnelen, 2 Kilogramm und nur die Schwänze, sei der Tauschkurs. "Macht den ja nicht kaputt!" So war, trotz Taufe, die Reise sehr trocken geblieben. Eine beachtliche Zahl an Schnapsflaschen harrte des Umtausches in "blankes Eiweiß".
Die SCHÖNWALDE hat festgemacht. Doch anstelle der Fischer überfallen uns Customs officier und Port Healthcontrol. Ihrer Wichtigkeit und der Macht bewusst, beäugen die Zöllner die Klarierungslisten und kucken und stempeln so lange, bis der Alte ausreichend “whiskey and cigarettes” auf den Tisch gepackt hat. Derweil ärgert eine kleine, dicke dunkelhäutige Dame in schneeweißer Uniform mit viel Gold dran den Koch. Mit hochrotem Kopf steht der bald darauf beim Alten in der Kammer und hält die Dame von Healthcontrol am Kragen. Der Kapitän wird schreckweiß, befreit die Hafenautorität aus den Pranken des Chefkochs und hört von ihm: "Kapitän, die will ein Kilo Käse und vier Hühner untersuchen lassen, ob man die essen kann. Ich wollte ihr von allem eine Probe abschneiden. Da hat die sich noch zwei Hühner genommen!"
Unterdessen tobt die Schwarz-Weiße mit wildem Portugiesisch-Englisch-Gemisch und der Alte ist sich sicher, aus ihren Sätzen immer wieder das Wort "Quarantäne" herauszuhören. Das treibt ihm die Schweißperlen auf die Stirn. Der anwesende Fangleiter der Fischerei kennt das Spiel und weiß, das kann dauern. Also fragt er den Alten, ob man nun lieber erst noch mal auslaufen soll. "Dort draußen schwimmt nämlich bares Geld, Kapitän!" Daraufhin setzt sich Kapitän Ralswieck die Dienstmütze auf. Dann schminkt er sein Gesicht mit

dem, was er für sein schönstes Lächeln hält. Freundschaftlich hakt er die Gesundheitsmietze unter und spricht zum Koch: "Los, komm mit und kein Wort mehr!" An der Proviantlast angekommen, fischt sich der Alte einen leeren Karton aus dem Vorraum und gleich darauf hat Mocambique 3 Kilo Käse und zwölf Hühner mehr als noch am Morgen. Jetzt ist der Koch der Ohnmacht nahe, doch Port health control ist glücklich und bald auch von Bord. Am Abend feiert man irgendwo in Maputo ein großes Fest mit Hühnerkeulen an Käsewürfeln. "Wenn die uns hier in Quarantäne nehmen, dann holen die sich jeden Tag nicht nur Käse und Hühner", erklärt der Alte seinem noch immer sprachlosen Koch und fügt hinzu: "Hab ich alles schon erlebt. Kannste glauben!"
Nun hat die Fischerei "Grünes Licht" und der erste Fänger kommt längsseits. Drei Tage und drei Nächte lang fliegen nun Kisten, Kästen und Kartons am Kranhaken zwischen den Fischern und uns hin und her, auch Flaschen voll Schnaps. Zwischendurch gibt die SCHÖNWALDE wiederholt Freibier als Erste Hilfe für die Salzwassergeschädigten, also ewig Durstigen, aus und man wird es im Wettbewerb als sozialistische Hilfe abrechnen. Während wir mit der Übergabe von Proviant, Ausrüstung und Bier an die Fischerei deren "Überleben auf See" sichern, kümmern sich Mocambikaner ohne Zugriff auf die Lasten solidaritätbringender ostdeutscher Handelsschiffe um ihr Überleben an Land. Unsere Plastiksäcke mit den total verölten Sachen vom Spülluftkanalsäubern haben "Beine" gekriegt. Nicht weit von uns entfernt liegen die Putzlappenhosen und Hemden ausgebreitet an der Pier und werden mit Hafenbeckenwasser und Kernseife behandelt. Den Rest macht die Sonne und das Ergebnis wird ein paar von denen glücklich machen, die ein beinahe unendlich reiches Land bewohnen. Das steht auf Erz, Gold und Diamanten und kann oder darf da nicht ran. Die Erste Welt wird sich doch von der Dritten die Preise nicht verderben lassen!
Unser Dampfer verlässt Maputo und wohl jeder an Bord hat wenigstens zehn Kilo Garnelen eingetauscht. Der Koch sagt: "Ich weiß nicht, wo ich den ganzen Mist hinstauen soll!" Also erinnere ich ihn, bei den Hühnern müsste ja nun Platz genug sein. Da antworten mir 120 Kilogramm Küchenchef, er nehme bewundernd zur Kenntnis, dass ein so kleiner Sachse solch großen Mut habe.

Hart Steuerbord

Mit ausreichendem Abstand zur Küste, hält die SCHÖNWALDE Kurs auf Mombasa. Es ist gegen neun am Vormittag. Ich gehe Wache und der Seeraum rundum scheint frei von irgendwelchen Herausforderungen nautischer und navigatorischer Art.
So bereite ich meinen Wachmatrosen auf sein kommendes Studium an der Seefahrtsschule vor. Er darf seine Kreuzpeilung in der Seekarte auswerten und

freut sich über den "Treffer". Und weil der Wachmatrose Dresdner ist, ist er nicht dumm. Nun müsste er nämlich wieder raus in den Ausguck und dort sich dem Wachende entgegen langweilen. Da sucht er lieber im Seeraum nach irgendwas, das ihn berechtigen könnte, eine Frage zu stellen. Er hofft, die Antwort wird umfassend und lang sein. Welcher Wachoffizier geht schon freiwillig nach draußen in die Kälte und an die frische Luft? Da erträgt er doch eher den Wachmatrosen in der Brücke. "Steuermann, was sind das für weiße Flecken auf dem Wasser da drüben unter Land?", interessiert nun den Dresdner Seefahrer vielleicht wirklich. Da klär ich ihn auf. Die sehr langgezogene und sehr flache Dünung, die wir hier draußen kaum merken, steilt sich dort über den, der Küste vorgelagerten Untiefen auf und bricht. "So sieht das eben aus, wenn es plötzlich schnell flach wird. In manchen Ansteuerungen muss man dazwischen durch oder knapp dran vorbei und das Gefühl, nun kann es schnell eng werden, ist schon recht eindrucksvoll", führe ich weiter aus und beende meine Erklärung mit der Feststellung: "Das kann uns hier draußen aber, mit mehreren hundert Faden Wasser unterm Kiel, nicht passieren." Da nickt der baldige Seefahrtsschüler, kuckt in den Seeraum, zeigt nach voraus und will wissen: "Aha, also der weiße Fleck da vor uns ist dann was anderes?"
"Muss ja, Mensch, denkst du, wir haben den Kurs über Untiefen abgesetzt?", gebe ich ihm Recht. Trotzdem nehme ich den Blick von der Seekarte. Eigenartig sieht das da vorn schon aus. "Manchmal bläst der Wind auch gegen die Strömung, da kabbelt die See und vielleicht ist es das", erkläre ich nun. "Da machste eben zur Beruhigung das Echolot an." Also starte ich die Lehrvorführung der Technik und schalte das Echolot auf "Ein". Der große weiße Fleck voraus kommt bedrohlich nahe. Ich hebe den Zeigefinger zum Echographen und spreche: "Hier, siehste?" Doch dann sehe ich es selbst. Die Tiefenlinie schießt nach oben und hört nicht auf damit. Jetzt muss alles blitzschnell gehen. "Handruder und Hart Steuerbord!", rufe ich. Bernd stürzt nach vorn. Sekunden später neigt sich der Dampfer nach Backbord und dreht zügig nach Osten. Derweil atme ich gespannt oder gar nicht. Nun müsste es gleich entsetzlich holpern, so flach ist es, zeigt der Echograph. Das Brückenschott klappt und Kapitän Ralswieck will wissen: "Spielste mit den Möwen Hasche, Steuermann?" Ich atme noch etwas kurz, zeige dem Alten die Echokurve und den Fleck. "Da geh man wieder auf Kurs, Jung! Und der Wachmann soll Kaffee kochen", leitet er die Fortbildung für seinen Steuermann und dessen Wachmatrosen ein. Also erfahren wir etwas über Sprungschichten im Wasser. "Plötzlich ändert sich die Salzkonzentration, da geht kein Echo durch. Die Strömung treibt das an die Oberfläche und da sieht die Lotlinie eben so aus. Sind beliebte Verstecke für Fischschwärme und U-Boote. Weiß ich noch von der Marine." Dann ist seine Tasse leer und "weil bei euch hier oben auch nichts los ist", gehe er eben wieder in seine Kammer. "Gute Wache noch!"
Am Nachmittag weiß es das ganze Schiff: "Der Dritte hätte uns beinahe auf Dreck gesetzt!" Weil sowieso Bordversammlung ist, wegen Mombasa und so,

erklärt der Kapitän der Besatzung, warum ein Schiff bei tausend Meter Wassertiefe nicht stranden kann."Nicht, dass mich der Generaldirektor nach der Reise zu sich ruft und wissen will, warum ich die Grundberührung nicht gemeldet hätte. Wenn ihr Quatschköppe vor euren Mädels oder in der Kneipe prahlt, kommt dann nämlich so was raus. Hab ich alles schon erlebt. Könnt ihr glauben!"

Schwarzer Samt

Frauen, die Männer nicht lieben, sollten nun sofort zum nächsten Kapitel springen. Denn, Rita, Petra, Steffi und Moni hießen gestern noch Lily, Mary, Peggy und Jane. Nun ist die Fregatte der Engländer wieder auf See, der Flugzeugträger der Amis erst in vier Wochen wieder hier, aber zwischenrein nun ein deutsches Handelsschiff im Zulauf. Also warten Afrikas Töchter mit samtschwarzer Haut, zielgruppenorientierten Namen, riesigen Kulleraugen und reichlich von dem, was an Frauen noch schön rund sein kann, auf uns. Wie immer, werden sie demjenigen, der sich in ihren Nahbereich wagt, Kopf- und Bauchhirn vernebeln.
Und weil das so ist, ist auf der Bordversammlung der gestrige Untergang der SCHÖNWALDE schnell vergessen. Es geht um Schlimmeres, die Gefahren an Land! In seiner Funktion als Gesundheitsoffizier belehrt uns der Zweite Nautiker zum "Gesundheitsschutz in den Tropen - Kapitel Geschlechtskrankheiten" und endet mit einem Hinweis für Mutige. "Gummis bei mir oder im Gangwaykasten." Zu diesem Zeitpunkt nennt man die Erkrankungen nach HIV-Infektion gerade mal erst seit zwei Jahren AIDS und die Botschaft, dagegen seien Tripper und Syphilis nur ein Spaß, hat die Seefahrer der Welt noch nicht so richtig erreicht. Deshalb gibt es, wie auf jedem DSR-Schiff, auch bei uns den Spaßvogel, der wissen will: "Also, Kapitän, wenn es wegen Sicherheit und Ordnung sowieso nur Gruppenlandgang gibt, wozu brauchen wir da Kondome? Ist Gruppensex denn nicht gegen die sozialistische Moral?" Der nächste, der solch eine blöde Frage stelle, bekäme Landgangssperre, antwortet da der Alte. Dann ergänzt er noch, es gäbe da nichts, was er in Mombasa nicht schon erlebt hätte und wendet sich dann Tine zu: "Mädel, stell mir mal noch 'ne Flasche Braunen aufs Zimmer, bevor der Zoll kommt!"
Dann wird es Nacht und wieder Morgen. Der Lotse steigt über und bald liegt die SCHÖNWALDE in Mombasa an der Pier. Händler bringen Schnitzwerk ans Schiff, Korallen und Elfenbein und wollen Dollar, Schuhe oder ungetragene Hemden und Hosen. Wir löschen Kisten auf LkWs an Land. Gegen zehn tritt der Erste Offizier neben mich an die Luke und spricht: "Mach Schluss jetzt. Kannst mit deinem Matrosen an Land gehen. Ich mach hier weiter und um achtzehn Uhr bist du wieder an Bord!" Er sieht mein Staunen und ergänzt: "Du

gehst in der kommenden Nacht Wache. Wir sind an Land und wenn was ist, der Alte ist auch noch da." Erst maul ich noch etwas vor mich hin, von wegen "auch mal Mädels ankucken gehen" und werde später heilfroh sein, rechtzeitig an Bord zurück zu dürfen. Also ziehe ich mit Bernd durch die Stoßzähne hindurch, die Kilindiniroad hoch und an dem Klimbim vorbei, den es dort, wie überall auf der Welt, zu kaufen gibt, wo Urlauber für gewöhnlich zu viel Geld mit sich führen.

Dann folgen die Salons für griechische, russische, spanische, französische und Ganzkörpermassagen. Die Damen davor lassen vermuten, dass drinnen nicht unbedingt der Hüne aus Frankreich oder Spanien lauert, der mit Handkantenschlägen auf verspannte Rücken eindrischt und so den müden Seefahrer wieder munter macht. Unsere Hirne schwitzen sich durch die Aufgabe, bekannte Techniken dem jeweiligen Land zuzuordnen. Frankreich und Griechenland sind schnell abgehakt. Wie das in Spanien so läuft, deutet uns eine vollbusige Schwarze an und "small money only!". Die kann ja nicht wissen, "small money" ist für den ostdeutschen Seemann schon viel Geld, viel "richtiges Geld" eben. Sie ist uns trotzdem nicht böse, als wir weiterziehen. Hier fängt noch jede Maus ihren Kater. "Vielleicht schmeißen die dazu mit Handgranaten?", rät mein Wachmann auf meine Frage hin, was denn nun "russisch" sei. Wir erkennen schnell, heute werden wir das wohl nicht endgültig klären. Sowieso, auch fehlt uns das Geld zur Erforschung des russischen Weges zur weltweit überall gleichen Entspannung. Wir beschließen: "Biertrinken und Mädelskucken im Sunshine."

Gegen sechzehn Uhr setzt sich Olivia neben mich an die Bar und will im Tonfall von "hast du mal Feuer?" wissen: "Do you like fuck?" Übersetzt heißt das: Gleich oder nachher? Oder: Gefalle ich dir? Oder: Wieviel willst du ausgeben? Oder was auch immer. Nur eben nicht, dass sie nicht selbst ein Feuerzeug hätte, weil, weshalb sitzt der sonst hier? Dazu legt sie ihre linke Hand so auf meinen rechten Oberschenkel, dass es einer Menge Ablenkung bedarf, ihre Frage nicht umgehend wortlos zu beantworten. Zum Schweiß auf der Stirn gesellt sich weiterer im Nacken. So intensiv hatte ich mir das nicht gedacht. Es zwickt mal kräftig im Bauch und dann ist der Kopf wieder am Netz. Sie lässt sich mit einem Bier hinhalten und zwanzig Minuten später beantwortet sie meine Frage "do you like another beer" nicht mit "no". Mit dem zweiten Bier schlürfe ich mich der achtzehnten Stunde entgegen und in die Nähe der Chance, die Bar ohne Gesichtsverlust verlassen zu können. Weil, welcher richtige Mann will schon als so Einer gelten, der das nicht liebt, was Olivia mit großen weißen Augen, glänzenden Lippen, samtschwarzer Haut, faltenfrei gebeulter Bluse und zielführend eingesetzten Händen anbietet.

Mein Blick ruft den Wachmatrosen. Der lässt, wie besprochen, seine Angreiferin sitzen, kommt zu mir und deutet gestenreich an: Wir müssen! "Oh, I'm the officier in duty now", lüge ich eine Stunde vor Wachbeginn die Dritte Welt an. Mit der Rechnung über vier Gläser Bier zahle ich auch den Preis dafür, das

Sunshine in Afrikas Augen als Mann verlassen zu dürfen, also, in der Lage schon, aber auch pflichtbewusst, deutsch eben! Olivia staunt noch, da hüpf ich vom Hocker und bin gerettet. Der Abgang gelingt in Ehren und ein kurzer Rundblick vorm Hinausgehen lässt mich ahnen, heute Abend wird schummrige Nahkampfbeleuchtung das nüchterne Nachmittagsgrau ersetzen. Scorpions und andere Anmacher werden die Lords auf die Tanzfläche ziehen. Sollten die allein nicht genügen, werden es dann eben Evas, Marias und Heidis Hände sein. Wenn dann noch Schweißperlen zueinander finden, gemacht von der tropischen Hitze, katalysiert von den Fantasien erzwungener Enthaltsamkeit und entlassen von schwarzer und weißer Haut in die sehnsuchtsvolle afrikanische Nacht, dann wird es keine Alternative mehr geben zum schwarzem Samt auf weißem Laken.

Mombasa und Sunshine ist Ausnahmezustand und findet nicht im wahren Leben statt, nicht heute. Wer an Bord noch beschließt: Ich gehe nicht an Land, hat eine Chance. Wer abends im Sunshine oder zwei Häuser weiter sitzt, nicht mehr. Kapitän Ralswieck weiß das und wünscht mir eine "Gute Wache". "Die sollen sich mal alle erst morgen Früh ins Landgangsbuch eintragen", drückt er mir das Ding in die Hand. "Sonst denkt da irgend so ein Suffkopp noch, er wäre erst gegen fünf zurückgekommen und war doch schon pünktlich um zwölf an Bord. Oder meinst du, wir wollen Ärger haben nach der Reise? Habe ich alles schon erlebt!" Der Alte meldet sich zu seiner Flasche ab und "will nichts hören und nichts sehen, außer der Dampfer brennt!". Dann liegt die SCHÖNWALDE beinahe menschenleer und grabesstill an der Pier. Wie jede Nacht in Mombasa trennt auch heute das Hafentor scharf die Sehrlebendigen von den Diensttutoten.

Am nächsten Morgen gegen sechs stellt ein Taxi die letzten Landgänger an der Gangway ab und gleich darauf stellt der Chiefmate Vollzähligkeit der Besatzung fest. Der Kapitän freut sich, dass um dreiundzwanzig Uhr fünfzig die gesamte Besatzung zurück an Bord war. Dann wirft er das Gangwaybuch in die Ecke und ruft: "Na, da wollen wir mal wieder!"

Das Frühstück gibt's schon auf See. Dar es Salaam und 3000 Tonnen Kupferladung warten auf uns.

Der Kahn der glücklichen Leute

An Bord herrscht Hochstimmung.

Wer es sich leisten kann, macht kein Hehl aus den "Mordsweibern letzte Nacht im Sunshine. Weißt du noch?" Na klar, wie sollte man die so schnell vergessen. Beim Feierabendbier lässt die Erinnerung die Augen der Lords glänzen und mancher Zwist sonst an Bord, und normal für die Länge der Reise bisher, kommt nicht zustande. Mancher darf sich nur in sich rein freuen. Ein Boots-

mann, der nicht gleich mit dem Pinsel wirft, oder ein Parteisekretär, dem nicht sofort wieder "Versammlung" einfällt, machen das Bordklima angenehmer. Jedes Ärgernis der Ausreise, das wegen Mangel an sonstigen "Skandalen" immer auch bis zur Heimreise reichen würde, scheint wie weggeblasen. Bei dem einen oder anderen ist es wohl auch so.
Nur bei Tine und ihrem Mann kriselt es. Er kann die Jungs gut verstehen, sehr gut sogar und sie sieht ihm das an. Also darf er nun Daumenlutschen bis auf Widerruf. Sie weiß ja, ausnahmslos alle Männer sind Schweine, doch dass ihre Jungs hier an Bord dazugehören sollen, kann sie nicht fassen. Also findet schon mal ein Teller mit hartem Aufschlag seinen Platz auf der Back oder der Kaffee hat zu viel Schwung beim Nachgießen. Am dritten Tag nach der Enttäuschung lässt sie die Höflichkeiten ihrer "guten Jungs" wieder an sich ran. Am vierten ist sie bereit zu verzeihen und ab sofort mehr noch als vorher froh, dass sie kein Mann ist. "Die haben es aber auch wirklich nicht leicht! Solche Weiber müsste man verbieten!"
Bald jedoch sind die Glückshormone in Kopf und Bauch zum Reisepegelstand zurückgekehrt und die Crew kann sich wieder dem Streit um Kleinigkeiten und dem harten Seemannsalltag widmen.
Der heißt: Reede und Warten.

Das Große Krabbeln

Mit uns warten noch etwa zwanzig weitere Schiffe auf ihren Liegeplatz im Hafen von Dar es Salaam. Auch für morgen ist noch kein Einlaufen geplant, erfahren wir von der Agentur. Da befiehlt der Alte zur Freude der Besatzung "Barabend!"
An meine Abendwache hänge ich gleich noch die Hundswache vom Zweiten Offizier an. Der will sich heute "mal so richtig zufahren" und wird sich dann morgen Abend revanchieren. Ich nutze die Chance und plane für den nächsten Tag Waschen und Bügeln. Schließlich trage ich das letzte weiße Hemd schon den zweiten Tag. Für die Tropen sind das genau ein und ein halber Tag zu viel. Mitternacht ist vorbei. Die SCHÖNWALDE liegt ruhig am Anker und die Reede bietet ein Bild des Friedens. Zusätzlich zum afrikanischen Sternenhimmel brennt unsere Deckbeleuchtung hell und klar. Damit ist auch das Signal an alle Langfinger Tansanias klar: Wir sind hellwach! Während der Wachmatrose Kaffee kocht und aus der Brücke heraus wachsam übers Oberdeck späht, erhält vier Etagen tiefer die Waschmaschine von mir ihre zweite Füllung. Die erste fährt bereits in der Schleuder Karussell. Zurück auf der Brücke, widme ich mich dem Kaffeetrinken, der Matrosenunterhaltung und der Beobachtung des Seeraumes.
Wie in den letzten Nächten auch, ist es auf unserem polnischen Reedenach-

barn stockdunkel. Nur die Ankerlaternen brennen schwach. Nirgendwo sonst auf dem Dampfer kann ich noch Licht zu erkennen. Als großer dunkler Schatten liegt der Pole zwischen den anderen hell beleuchteten Ankerliegern. Vielleicht macht der Wache auf sicheren Reeden, denke ich mir, und, auch wenn er keinen Käse an Bord haben sollte, ist er mutig. Gegen drei Uhr, die zweite Füllung hängt im Trockenraum neben der ersten, fülle ich die Trommel der Waschmaschine ein drittes Mal. Die bald wieder weißen Hemden sind dran. Zu ihnen gebe ich meine Spezialwaschpulvermischung, eine Handvoll Spee, ergänzt von einem Viertelhändchen Ätznatron, danke liebe Maschinisten! Das hat noch immer jeden Schmutz mürbe gemacht und die Hemden strahlend bleich. Zurück auf der Brücke, spricht mein Wachmann: "Steuermann, kuck mal da!" Dazu zeigt er rüber zum Polen.
Der liegt noch immer dunkel vor sich hin, nur ist ein Krabbeln auf dem Dampfer zu sehen, wie auf einem Ameisenhaufen. An der dunklen Außenhaut liegen kleine Boote längsseits. Die Brücke des Polen ist noch immer dunkel. Also versuche ich, über UKW-Kanal 16 den Wachoffizier zu rufen. Der wird ja wohl wenigstens auf der Brücke liegen, wenn er schon schläft. Keine Antwort. "Los, halte dem die Aldislampe in die Fenster!", fordere ich Bernd auf und rufe weiter über UKW: "Polish vessel on Dares anchorage, do you read?" Dazu arbeitet mein Wachmann mit dem flackernden Strahl der Signallampe alle Fenster der Aufbautenvorseite des Polen ab. Hinter irgendeinem muss doch der Kapitän schlafen. Unsere Aktivitäten sind drüben an Deck bemerkt worden und der Rückzug beginnt. Endlich wird es hell auf der Brücke des Polen. Gleich darauf brennt auch dessen Deckbeleuchtung und das große Krabbeln ist vorbei. "Loud and clear", krächzt mir Kanal 16 die Botschaft des polnischen Kapitäns die Bestätigung, er hört mich nun. Nachdem er weiß, er hatte mal kurz deutlich mehr Leute an Bord als gemustert sind, wird es wieder sehr lebendig an Deck. Doch die da jetzt rumlaufen, dürfen das sogar.
Morgens um vier übernimmt der Erste Offizier der SCHÖNWALDE die Wache und staunt über das frühmorgendliche Treiben beim Reedenachbarn. Ich schildere ihm die nächtlichen Ereignisse. Da ist sich der Erste sicher, die da drüben haben sich ihre Nachtruheteuer erkauft. Der Pole ruft nun über UKW nach "Port Police" und "Harbour Master", muss aber bald einsehen, auch andere Leute haben einen festen Schlaf. Ich wünsche dem Chiefmate "Gute Wache!". Dann steige ich zur Waschmaschine hinab, hänge zehn porentief blütenweiße Hemden im Trockenraum breit und der Bügeltag kann kommen.

Gin, Chris und Khaki

Nach nur drei Stunden Schlaf, einem lustlosen Frühstück und noch müdem Aufstieg zur Brücke, übernehme ich kurz vor acht vom Chiefmate wieder die Wache. "Acht-Zwölf auf der Brücke!" Der bedeutet mir, leise zu sein, und zeigt in Richtung UKW. "Polish vessel, this is Dares-PILOT, please proceed to the entrance!" Der Erste lacht und meint, der Alte vom Polen sei wohl noch sprachlos. Dann meldet sich der Pole doch und hat keine einzige Leine mehr an Bord. "Sorry, we have no ropes." Alle wurden in dieser Nacht geklaut und nun kann er nicht an der Pier festmachen. Das bedaure er sehr, erwidert ihm daraufhin Mister PILOT, doch er könne ihm welche verkaufen. Ob er wolle? Was heißt schon wollen, krächzt es da zurück, er muss! "Okay Captain, proceed to the entrance!"

"Wollen wir wetten, die Leinen hat der Lotse gerade frisch reingekriegt", kommentiert das unser Chiefmate. Der Alte ergänzt: "Und die werden sich gleich ganz wie zu Hause fühlen beim Polen an Bord. Hab ich alles schon erlebt." Mein Mittagsschlaf geht bis sechzehn Uhr. Dann ziehe ich mit zehn weißen und zehn Khakihemden unterm Arm hin zum Bügelraum. Mit mir ziehen eine Plastepütz, gefüllt mit einer Flasche Gin, zwei Flaschen Tonic-Wasser und einem leeren Glas, und der Recorder. Bei Gin-Tonic und Chris de Burgh drücke ich die Falten aus meinen Hemden und zwei Stunden weiter sind alle zwanzig platt. Also geht es, den Hemdenstapel jonglierend, wieder zurück in die Kammer und die Plastepütz ist schon deutlich leichter. Nach dem Abendbrot pflücke ich Unterwäsche und Socken von der Leine. Die stopfe ich in den Schrank und muss dabei keine übertriebene Vorsicht walten lassen. Die wird der Körper bügeln, weiß ich. In der Ginflasche ist noch ein Rest für fünf oder sechs Hemden. Weil aber Gin-Tonic auch ohne Bügeln schmeckt, dudeln bald wieder "Ferryman", "Spaceman" und "Lady in Red" durch die Kammer des Dritten Nautikers. Ich denke, ganz ohne "red" würde schon reichen, lege die Füße in den Fensterkasten und kucke Kino. "Schiffe auf Reede - eine unendliche Geschichte". Mein Zeigefinger mischt mir den nächsten Gin-Tonic.

Kathleen, du wärest stolz auf mich, könntest du uns jetzt sehen, mich und zwanzig gebügelte Uniformhemden. Was man anfängt, bringt man auch zu Ende, ist deine Devise. So folge ich dir und arbeite mich weiter zum Grund der Ginflasche hin. Ich erwache gegen Mitternacht. Die Flasche ist leer. Selbst Chris de Burgh hat keine Lust mehr auf seine Lady mit was an. So ruft er "ship to shore" und klagt "the line is bad". Das ist mein Signal und ich mache mich lang. Ich werfe mich auf die riesiggroße Matratze im Schlafraum. Dann drücke ich mir das zu Kathleen gerollte Kopfkissen an die Brust und fühle, es wird nun Zeit für die Heimreise. Der Gin im Blut, die afrikanische Nacht und die Sehnsucht nach Kathleen tragen mich erst nach Waldheim und dann in den Schlaf. Irgendeines der Schiffe auf der Reede vor Dar es Salaam kriegt vielleicht gerade wieder das große Krabbeln.

Vier Tage später läuft die SCHÖNWALDE aus Dares aus und stoppt noch einmal kurz auf Reede. Die Crew findet keinen Blinden Passagier und der Alte spricht: "Das hab ich nämlich alles schon erlebt!" Dann dreht die Maschine voll und der Dampfer hält Kurs gen Aden zum Treibstoffbunkern.

Fernbedienautomatik

Die SCHÖNWALDE hat Aden erreicht, läuft unter Lotsenberatung in den Hafen ein und zum Bunkerplatz hin. Es ist tiefschwarze Nacht. Ein Kopfschlepper soll beim Festmachen am Treibstoffrüssel assistieren. Wie geschrieben, der Lotse ist an Bord und nachher, wenn der Alte die Brücke betreten und fragen wird: "Ist der Lotse schon da?", wird Mister Pilot bereits wieder weg sein.
Bis dahin jedoch hüpft der Erste Offizier in der Brücke hin und her und rotiert für zwei. Der Revierkundige bittet um Unterstützung durch das Bugstrahlruder. Also hetzt der Chiefmate von der Steuerbordnock herein in die Brücke, sieht den grünen Leuchtpunkt am Pult und drückt mit dem Finger darauf. Die Startautomatik des Hilfsdieselmotors ist so intelligent wie ihre Erfinder. Sie weiß nicht, was das soll, START, wo doch der Motor schon läuft. So erbittet sie sich Bedenkzeit, also geht auf STOP. Anstelle von zwei grünen Punkten am Pult ist nun Kohlensack, Jahrmarkt, Geisterbahn und Hektik in der Brücke. Ohne Hilfsdiesel will auch der Hauptmotor nicht mehr. Gespenstig still und dunkel treibt der Dampfer nun der Treibölpier zu. Dem jemenitischen Schlepper ist das nicht geheuer. So wirft er die Leine los. Damit ist die SCHÖNWALDE auch vom letzten aller guten Geister verlassen. Zu allem Übel, drückt auch der Wind den Dampfer zügig in Richtung Schwerölrüssel. Das verleiht dem Schiff zusätzlichen Schwung und viel Zeit bleibt nicht, die drohende Katastrophe abzuwehren.
Der Chiefmate sieht Bilder von Ölteppichen, jemenitischen Gefängnissen, diplomatischen Ärgernissen und anschließendem "Rostklopfen für immer". Da gehen auf der Brücke die buntflackernden Lichter aus. Das Schrillen der Sirene verstummt. Die nervtötende Klingel schweigt und drei Motoren laufen wieder: Die Hauptmaschine und deren kleine Schwestern, die für den Strom und die für das Bugstrahlruder. Das Schiff liegt fest an der Pier, der Puls des Ersten Offiziers geht wieder ruhiger, da betritt der Alte die Brücke und will wissen: "Ist der Lotse schon da?" Mit "aha!" quittiert er die Ankunft in Aden und ergänzt: "Weckt mich, wenn es wieder rausgeht." Die Helden der Maschine lassen sich ihre gute Tat anmerken. Doch für den Ersten Offizier ist die Kiste Bier, gemeinsam mit den Ingenieuren geleert, allemal besser, als das felsige Tropfwasser in Jemens Verliesen allein schlürfen zu müssen.
Die Heimreise führt uns zurück in das Rote Meer, durch den Suezkanal und hinein wieder ins Mittelmeer. Nun haben besorgte Blicke und genaues Hinfüh-

len die Nach-Mombasa-Euphorie abgelöst. Auf die zunehmenden Anfragen reagiert der Zweite Offizier mit einem Aushang am Hospital: "Tripper - vierzehn Tage; Syphilis - vier Wochen". Da atmet der eine oder der andere nach zwei Wochen ohne "Brennen beim Wasserlassen" schon mal auf und schwitzt sich noch vierzehn Tage weiter auf der Suche nach Primäraffekt und der Hoffnung auf unzerkraterte Schleimhaut. Damit sich die Jungs nicht zu früh freuen, ergänzt der Zweite Offizier Tage später den Aushang: Das sind aber nur Mittelwerte!

Ein Kapitän wird 60

Bald liegt Port Said weit achteraus und die SCHÖNWALDE dampft zügig durchs östliche Mittelmeer. Die See ist friedlich und nur unsere Bugwelle zankt mit ihren windgemachten Schwestern. Diejenigen, die sich zu nahe ans Schiff trauen, werden von unserer Welle umgeworfen, müssen sich daraufhin neu ordnen, kämmen zum Beispiel, und können erst weit hinterm Schiff wieder lustig vor sich hin plätschern. Wenn alles gut läuft, werden wir in zehn Tagen das englische Hull erreichen.

Wieder klappt abends in der 8-12-Wache die Brückentür und der Satz: "Das ist aber wirklich ein Totenschiff hier", kündigt den Kapitän auf der Brücke an. "Na, habt ihr euch ordentlich mit Sandelholzmasken eingedeckt?", will er so richtig nicht wissen und wartet auf seinen Kaffee. "Ich verschenke den ganzen Mist gerade. Elfenbeinschnitzereien, Ebenholzlebensbäume und Mahagonireliefs, ich kann das Zeug zu Hause an der Wand nicht mehr sehen. Kinder und Enkel freuen sich. Und die Autowerkstatt auch."

Gegen seine Gewohnheit kuckt er nun längere Zeit still voraus in die dunkle Nacht. Auf der Brücke brennen nur die unbedingt notwendigen Lichter, also das grüne am Fernmeldetableau des Hauptmotors und das rote der Kaffeemaschine. Der Schatten des Kapitäns scheint nach vorn gebeugt, erstarrt, verschmolzen mit dem Wachstuhl und ich höre ihn schwer atmen. Von seinen allabendlichen Besuchen her weiß ich, er ist nun lange genug zur See gefahren. Wenn "die Idioten dort in Berlin" nicht solch eine Angst hätten, wäre längst schon ausreichend Offiziersnachwuchs in der Flotte, ist er sich sicher, und hofft darauf, bald Ruhe finden zu dürfen. "Einmal muss Schluss sein, Steuermann! Einen alten Mann schickt man nicht mehr in die Welt. Und schon gar nicht auf solch neumodischen Schiffen, wo alles von selbst geht, du musst nur den richtigen Knopf erwischen." Eher als gewohnt, erhebt er sich, haut mir seine Pranke auf die Schulter und spricht: "Kommt nach der Wache mal bei mir vorbei. Es gibt was zum Feiern!"

Die Brückentür klappt und für kurze Zeit ist Ruhe. Doch bald klappt die Tür wieder und nun steht der Erste Offizier neben mir. "Hör zu, der Alte hat morgen 60.

Geburtstag und ist todtraurig, weil er denkt, keiner wüsste es. Der wird sich wundern. Du hast die Verantwortung dafür, dass der uns in dieser Nacht nicht wegstirbt, kapiert?" Natürlich kapiere ich nicht und so folgt die Auflösung des Rätsels. "Der trifft hin und wieder mal mit einem Schnaps daneben und muss sich dann die Luftröhre frei husten. Sollte dann für längere Zeit Stille auf der Toilette sein, gehst du nachkucken, okay?" Ich erfahre noch, er wird sich mit dem Zweiten Offizier meine Wache teilen, sollte die Feier bis in den Morgen hinein gehen. Der Chiefmate wünscht "Gute Restwache!" und tritt ab. Mir bleibt noch eine Stunde bis zu meinem Spezialauftrag.

Unsterbliche Opfer

Eine Sekunde vor Mitternacht hockt Kapitän Ralswieck gemeinsam mit dem Funkoffizier beim Schnaps in der Kapitänskammer. Eines der Gesichter ist lang und reicht bis zum Boden. Das andere weiß Bescheid. Im Totenschiff herrscht Grabesstille.
Dann piepst es vom Handgelenk des Funkers und gleich darauf bricht ein Höllenlärm aus. Die Alarmanlage schrillt, das Typhon tutet und die Tür zum Kapitänswohnraum wird aufgerissen. Herein strömt die wachfreie Besatzung der SCHÖNWALDE und singt: "Happy birthday to you!" Keinem auf dieser Welt muss der Kapitän noch irgendetwas beweisen. Deshalb lässt er die Tränen frei kullern und weil der Gesang nicht enden will, ruft er laut: "Habt ihr denn keinen Durst? Stewardess holst du mal ..." Da geht Tine zum Schrank im Vorraum, öffnet den weit und der ist voll mit Bier und Schnaps und Sekt. Da erkennt der Alte, dass "die Jungs hier" schon eher an ihn gedacht haben. Daraufhin muss er erst mal einen Schnaps trinken. Zehn Minuten nach Mitternacht betrete ich die Kapitänskammer. Der Funker zeigt in Richtung Toilette und spricht: "Der Alte ist dort drin. Hörst du es?"
Als der Kapitän wieder lebt, stillen wir unseren dringendsten Durst. Dann beginnen wir, uns singend durch das maritime Liedgut zu kämpfen. Das geht von "Ho unser Maat der hat schief geladen" über "Von Hamburg bis nach Ritzenbüttel" bis zur "Kleinen Ninette von Marseille" und zurück. Dann wird Bernd mutig. Er holt sein Akkordeon und es hätte auch schief gehen können. Viel hat er noch nicht gelernt auf dieser Reise und sowieso, er muss sich erst einmal warm klimpern. Unterdessen bezwingen wir a capella den "Herrlichen Baikal" auf einer Lachstonne und gewinnen mit "Stawai strana agromnaja!" den zweiten Weltkrieg eben noch einmal. Kapitän Ralswieck schießt sich die nächste Fahrkarte, diesmal mit Dujardin. Bald hat er aus der Toilette heraus und ins Leben zurückgefunden, da will er "nun mal was richtig Trauriges" hören. "Junge, kannst du nichts Trauriges auf dem Ding da?"
Da kommt meinem Wachmatrosen eine Melodie ins Ohr. Irgendwoher kennt er

die und sie scheint ihm traurig genug. Die Finger entlocken dem Akkordeon die richtigen Töne und gleich darauf summen wir todtraurig mit, allen voran der Kapitän. Bis der Erste erschrickt. Bald merkt es die Runde, wird zögerlich im Gesumm und die Blicke hängen am Alten fest. Der weiß nicht, was das soll und ruft: "Singen so etwa Männer?" Sofort erfüllt er wieder den Raum, der offizielle Trauermarsch der DDR! Getragen von den Akkordeonklängen eines sächsischen Nachwuchskünstlers und gesummt von zwanzig Besatzungsmitgliedern der SCHÖNWALDE nimmt der Kapitän seinen musikalischen Geburtstagsgruß entgegen: "Unsterbliche Opfer, ihr sanket dahin..."
Das passiert in einer Herbstnacht früh halb vier in der Kapitänskammer eines das Mittelmeer heimkehrend befahrenden ostdeutschen Handelsfahrers. Die Besatzung macht den sonst einsamsten Mann an Bord für kurze Zeit sehr glücklich. Ein Kapitän hat Geburtstag.
Wieder klappt am nächsten Abend die Tür zur Brücke." War das eine schöne Feier, Steuermann, oder?", steht der Alte neben mir, und als er uns eine Stunde später wieder verlässt, spricht er: "Wird Zeit nun, dass wir nach Hause kommen!"

Dame mit Hündchen

Hull und das Überfallkommando des britischen Zolls liegen hinter uns. Beinahe fünfzig Zöllner waren an Bord gekommen und hatten den Dampfer in dessen abschraubbare Einzelteile zerlegt. Spezialisten für spiegelreflektierte Taschenlampensuchstrahlanwendung "nach Huygens" hatten hinter unlösbar mit dem Schiff verbundene Teile gekuckt und also in jede nur so erreichbare Ecke. Drei Tage lang war eine sehr freundliche Dame mit Hündchen durch die SCHÖNWALDE gewandert. Obwohl sie really very unbritish war, so schön war sie, hatten wir sie mit Argwohn beäugt. Sie war morgens gekommen, abends gegangen und zwischendurch durfte Schnuffi an jeder Ecke mal schnuppern. Er wollte gelobt werden, doch fand sich kein Grund. Da hat sie ihm wohl von ihrem eigenen Zeug was geben müssen?
However, der Alte hatte vorm Einlaufen gewarnt: "Aussaufen das Zeug, heute noch, oder von der Stewardess wegschließen lassen! Wenn der Zoll unklarierten Alkohol findet, wird das richtig teuer" Die uralte Geschichte hatte er angehangen. Die sollte auch dem letzten Neuseemann zeigen, das würde kein Spaß werden. Vor Jahren mal hatte ein Matrose beim Anblick der vielen Zöllner Düsengang bekommen und die nichtklarierte Flasche Weinbrand doch schnell noch aus dem Bulleye geworfen. Die war, bevor sie das ölige Wasser des Hafenbeckens verschluckt hatte, erst noch durch das Blickfeld eines Zöllners geflogen. So etwas macht man mit keinem Zoll der Welt, schon gar nicht mit dem der Nebelinsel! Dort steht jedes Schiff schon unter Beobachtung, da schwimmt

es noch friedlich zur Pier hin. Also hatten Taucher erst die Flasche gefunden und der Kapitän später den Flaschenwerfer. Zur Zollstrafe gesellten sich die Taucherkosten und nun hätte Hein Seemann hundert Jahre valutafrei zur See fahren müssen. Also übernahm DSR die Kosten und überließ den Ex-Kollegen einem geregelten Landleben, ohne störende Seefahrt zwischendurch. Schließlich sollte er sich nie wieder genötigt fühlen, in Ausübung seines Berufes, Flaschen werfen zu müssen.
Diesmal nun hatte der Zoll nichts finden können. Die Restreisetransitflaschen Schnaps waren ja viel früher bereits in Garnelen getauscht worden. Und, zu viel Eiweiß ist möglicherweise gefährlich aber sicher nicht strafbar. Premiers League, Royalsnähe und Yorkbesuch liegen bald hinter uns und auch die Resteinkäufe zum Fest. Wir liegen im Plan der Reederei weit voraus, erfahren wir schon in der Nordsee. Im Nord-Ostsee-Kanal hoffen noch wenige und in Wismar an der Pier weiß es dann jeder: Weihnachten mal wieder auf See! Der Nautische Inspektor sitzt beim Alten, lässt mich dann rufen und eröffnet mir, die Stammschifffahrerei sei vorbei, schließlich wolle ich ja noch viel lernen. Mein nächstes Schiff wird die WERBELLINSEE sein, also ab nach Hause und Warten aufs Telegramm.
Ich bin nun Springer im Flottenbereich Mittelmeer/Afrika. Das ist die Riesenchance, bei vielen Kollegen abzukucken. Also freu ich mich drauf.
In den kommenden sechs Jahren werde ich auf elf Schiffen anheuern und Dinge erleben, die mir den Preis meines Wunsches, Kapitän werden zu wollen, deutlich werden lassen. Und nur die Reise mit der WEIMAR wird die Reisen auf der WERBELLINSEE noch toppen.
Oder die auf der GERINGSWALDE? Doch der Reihe nach.

RAUE SEE

Der Wangen Glut

Es klingelt in Waldheim an der Wohnungstür der Glücks. Kathleen öffnet. Vor ihr steht ein Herr, der behauptet, er wohne hier. Die Kinderchen huschen an Mami vorbei, hüpfen an mir hoch und rufen "Papiiii!!". Nun glaubt es auch Mami. Also war es doch das richtige Foto in der Afrikareisepost, die, nach der Taufe. Sie küsst mich auf die Wange und stellt fest, das sieht gut aus, so ohne Vollbart. Abends dann merkt sie, das fühlt sich auch gut an. Da wünscht sie sich "das bleibt jetzt so!" und nicht nur, weil sie Geburtstag hat. Muss ja nicht jeder noch tagelang sehen, dass der Mann mal wieder zu Hause war, oder? "So ein Bart kratzt nämlich sehr!" Kathleens Wangen werden also ab sofort nur noch am Tage des Wiedersehens glühen. Doch dafür allein nur für mich.
Das erste Geschenk hätte sie jetzt und was es denn weiter gäbe, strahlt sie erwartungsfroh. Dabei ordnet sie die Blumen so in der Vase, dass man ihnen die lange Bahnfahrt nicht ansieht. Also packe ich aus: Schnitzerei aus Elfenbein - winzig, Schnitzerei aus Mahagoniholz - klein, Schnitzerei aus Sandelholz - groß, Schnitzerei aus Ebenholz - noch größer. Kathleen ist sich mal wieder ganz sicher, einen Mann geheiratet zu haben. Ich bemerke ihr langes Gesicht und werde mutig. Etwas hätte ich ja noch. Dann liegt es vor ihr, das Geschenk, wofür Mann zweimal Mut braucht, erst beim Kauf und dann beim Schenken. Kathleen hält den Body in die Höhe, zieht die Augenbrauen hinterher und ein wenig freut sie sich nun doch, Gott sei Dank! Ina findet ihn schick und Maja

praktisch. "Da hat es Mami leicht, wenn sie mal pullern muss." Möglicherweise ist sie nun stolz auf ihren Vati, der so praktisch denken kann. Wegen der Häkchen im Schritt und so. Siehste, denk ich, da hat sie sogar Recht. Mir fallen unsere Mitten-im-Winter-und-Freitagnachmittag-Einkaufwanderungen nach Richzenhain vom letzten Jahr ein. Wer nur ein Mal seine zweijährige Tochter bei arschkaltem Wetter und meterhohem Schnee am Rande der Landstraße aus ihrem Kosmonautenanzug schälen durfte, weil: "Papi, ich muss maaaal!", der weiß, was ich meine.
Sehr spät am Abend wird endlich Ruhe im Kinderzimmer. Ich nutze die Chance und melde Bedenken an. Wir sollten mal kucken, ob die Häkchen vielleicht klemmen. Das tun sie nicht. Etwas später setzt der Verstand wieder ein. So verkünde ich rasch noch, der Mitreiseantrag sei neu gestellt. Nun dürfe wohl nichts mehr schief gehen. Gleich darauf überfällt mich die Art von Müdigkeit, die nur Männer kennen. Diejenige also, die nicht so erfahrene Frauen unfreiwillig in Selbstgespräche führt. Die Allerbeste kennt ihren Mann. Also spüre ich noch Kathleens Kuss auf der bartlosen Wange und dann nichts mehr. Am Tag zwei nach Rückkehr aus der großen, weiten Welt bin ich mit Kopf und Bauch und also ganz zu Hause.

Puppenstube

Die Notlösung geht nun ins vierte Jahr. So erinnert sich die Dame vom Waldheimer Wohnraumwesen an uns. Sie schickt einen Brief. Es gäbe nun eine richtige Wohnung für uns. Wir könnten umziehen und hätten die Wahl. Altneubau mit Ofenheizung in Waldheim oder Neubau mit Fernwärme in Hartha. Nur, passieren müsse es sofort.
Ich rufe den Genossen Inspektor in Wismar an. Könnte sein, ich schaffe den Umzug nicht bis zum Auslaufen der WERBELLINSEE. Das täte ihm sehr Leid, antwortet er. Vor ihm läge ein Mitreiseantrag des Genossen Glück. Da könne es sein, der käme so bald nicht rüber nach Rostock. Da beruhige ich ihn ganz schnell und das Unternehmen Umzug beginnt ohne Verzug. Ich fahre nun jeden Tag mit dem Bus rüber ins Neubaugebiet. Dort steige ich in den dritten Stock eines Neubauwohnblockes in der Straße der Jugend, fetze alte Tapeten von den Wänden, klebe neue daran und samstags suche ich zwischendurch Maja. Die hatte mir deren Mutti mitgegeben, "damit du siehst, was du mir für einen Wanst angedreht hast!"
"Papi, Papi, ich habe schon viele Freunde hier", lässt sie sich irgendwann mal bei mir sehen. Dann muss sie wieder fort und lässt sich nicht finden. Woanders schmeckt Mittagessen immer besser als zu Hause. Meins ist kalt und steht in Waldheim. Doch dafür ist nun auch die Resttapete an ihrem Platz.
Der Tag des Umzuges ist da. Mein Vater übernimmt die Befehlsgewalt. Er lenkt

alle Hilfswilligen und die Möbel zum richtigen Stauplatz im Lkw hin. Den hat VEB SITZMÖBEL spendiert, mit Grüßen an meine Mutter! Der Transport erreicht den Zielort, da mischt sich unter die fleißigen familiennahen Möbelträger ein kleines Männlein. Dessen Nachfahren werden später mal gelb aussehen. Den kleinen grauen Zettel hat er heute schon mit. "Dienstantritt WERBELLINSEE am 07.12. in Wismar - Gruß, Inspektion."
Der Abschiedsschmerz hält sich in Grenzen. Kathleen muss Puppenstube spielen. "Du machst dir nämlich keine Vorstellungen, was das heiß, Gardinen und so!" Nein, lieber nicht.

Der schiefe Turm von Klaimi

Auf der WERBELLINSEE erwarten mich ein dicker Kapitän aus Berlin und ein kleiner bärtiger Chiefmate aus Sachsen. Der Zweite Offizier ist sonst wo her und gehört wohl auch nicht an Bord eines Schiffes. Manchmal fährt er als Erster, hat dann viel Durst und wird wieder Zweiter. Bald darauf meint dessen Mutter, es wäre mal wieder Zeit, dass Sohnemann Chiefmate würde. Sie muss es wissen. Schließlich arbeitet sie an Land und hat einen Dienstgrad, behauptet mancher. Da kann oder will sich die Chefinspektion nicht wehren. Also wird er eben wieder Erster, dann Zweiter, dann Erster, wie gehabt.
Der Kapitän und dessen dienststellungspendelnder Kumpel hatten gemeinsam bei DSR gelernt und studiert. Dann war die Zeit gekommen, in der es mehr Schiffe als Kapitäne gab. Also hatte der eine gewusst, wann er trinken durfte und musste Kapitän werden. Der andere hatte noch nicht erkannt, welche Verantwortung Kapitäne tragen. Seine anderen Studienkumpels, die an Land, taten wohl ihr Bestes. Dennoch, entweder zog er, kurz vor der Ernennung zum Kapitän, lallend über Deck oder er verschlief den Ladebeginn. Manchmal gar, mitten auf See, packte ihn das Elend. Bitterlich weinte er dann über die Ungerechtigkeit der Welt und die Undankbarkeit seiner Studiengefährten. Während die Nase dabei in Tränen ersoff, hatte der Hals seinen Teil Flüssigkeit schon bekommen. Augen und Hals waren noch nicht trocken, da rief ihn die Seewache. Also war die Expansionsphase der DSR an ihm vorbeigegangen.
"Unsere Ladung ist noch nicht da. Wir fahren erst mal zum Russen Stahl holen", empfängt mich der Erste Offizier. Der Zweite reicht mir eine Flasche Bier rüber und die Botschaft nach, eigentlich müsste er hier der Kapitän sein. Da zwickt mir der Bauch "Vorsicht!" zum Kopf hoch und die Reise beginnt. Einen Tag später erreichen wir die Reede von Klaipeda/Estland. Die WERBELLINSEE ist in Ballast. Das heißt, nur die Seewassertanks sind voll. So ziehen die das Schiff etwas tiefer in die See und hindern den Dampfer am übermäßigen Kippeln. Der Wind hat bis Beaufort 7 aufgefrischt. Im Schiffstagebuchvordruck weist man darauf hin, Regenschirme seien nun schwer zu benutzen. Wir

haben keinen zur Hand, müssen also schätzen, doch die Erklärung scheint uns logisch. Die Seefahrtsschule hatte die erste Nautische Offizierin in die Flotte geschickt. Da könne man ja schlecht erklären, gegen den Wind pinkeln ist nun nicht mehr möglich. Doch einen Schirm wird sie ja mithaben, oder?
Jedenfalls empfängt uns die Agentur per UKW mit der Order: Einlaufen - Ladebeginn sofort. Der Lotse ergänzt: "Proceed to the entrance", und der Kapitän befiehlt seinem Ersten: "Alles Ballastwasser raus, sofort!" Da stutzt der Chiefmate kurz und will wissen, ob es nicht besser wäre zu warten. "Wegen der Stabilität, Kapitän?" "Raus mit der Brühe, die wollen sofort losladen", nimmt ihm der Alte den Zweifel nicht. Trotzdem, der Erste fährt lange genug zur See. Also spricht er laut und vernehmlich: "Nu, Kapitän, wenn sie meinen." Dann haut er mir in die Seite und ergänzt: "Los, schreib das ins Tagebuch, jedes Wort vom Alten!" Die WERBELLINSEE rollt in achterlicher Dünung der Hafeneinfahrt entgegen. Der Lotse meldet sich noch einmal. Wir sollen standby bleiben und warten. Da will erst noch einer auslaufen. Also drehen wir den Bug wieder in die Ostsee. Derweil schaffen die Lenzpumpen der Maschine zügig freie Oberflächen in den Ballastwassertanks. Zwei Stunden später weht der Wind mit Stärke 8. Nun sollen wir einlaufen, nur der Lotse traue sich wegen des Seegangs nicht mehr raus. Er warte zwischen den Molen. Das UKW fordert: "Proceed, proceed!" Da dreht der Kapitän zügig den Bug der WERBELLINSEE wieder in Richtung Klaipeda. Als der Dampfer auf Kurs liegt, fällt er auf die Seite und bleibt so liegen. Der Wind hatte ihn angehaucht, das restliche Ballastwasser war bergab geflossen und also nach Steuerbord. Verglichen mit unserem Schiff ist nun der schiefe Turm von Pisa richtig schön kerzengerade. "Nu, Kapitän, ich hab das mal so gemacht, wie sie wollten", erinnert da der Erste an seine Bedenken von vorhin. Ich denke mir, der ist aber mutig.
Bald liegt der schräge Dampfer an der Pier von Klaimi fest. Der Alte spricht zum Chiefmate: "Fahrt die Luken auf, die wollen anfangen mit Laden!" "Sollten wir nicht erst die Ballasttanks leer pumpen?", ahnt der Erste Gefahr. Da will der Alte wissen, wer hier auf dem Schiff wohl der Kapitän sei. Jetzt könnte ich mit meinem Wissen prahlen und "der Zweite!" rufen. Doch dafür kuckt mir der Alte zu grimmig. Zum Glück lenkt mich die Passkontrolle ab. Vier uniformierte sowjetische Esten klettern die Gangway zu uns empor. "Alle Mann wecken!", wird befohlen, und bald darauf sitzt, mitten in der Nacht, die gesamte Besatzung in der Messe. Unter die pflichtgemäß dienstlich Wachen haben sich die wachfreien, ehrlich Müden gemischt. Doch das Mischen wird weitergehen. Wir harren dem Ende der Facecontrol durch Grischa und Genossen. Frisch Geweckte ähneln nicht immer frisch Fotografierten. Also staunt der Sergeant oder stutzt und so dauert der Vergleich seine Zeit. Dann spricht er "Haracho!" und knallt den dicken, roten Stempel ins Seefahrtsbuch des Klaipedabesuchers. Der könnte nun an Land gehen aber entscheidet sich für sein Bett, der Undankbare. Von draußen her klingelt es dreifach zu uns herein. Gleich darauf gibt es einen Hieb, das Schiff wirft sich von Steuerbord nach Backbord und wo die Jahrhun-

dertwelle im Hafen hergekommen sein soll, weiß keiner. Wieder liegt die WERBELLINSEE auf der Seite, nun eben auf der anderen. Eine Sturzflut verlässt das Aquarium der Messe, reißt auch die Fische mit sich, welche die erste Schräglage überstanden hatten, und lässt Algen und Kies folgen. Welse, Guppys und Goldies haben nun Landgang. Die Rote Armee klebt an der Wand oder liegt am Boden. Die Gesichter der Kämpfer spiegeln Feindkontakt wider. Dazwischen krabbeln wir Wachenden und die Vorhin-noch-Müden sind nun putzmunter. Der deutsch-sowjetische Freundschaftscocktail wird von Besteckteilen, Serviettenhaltern, Stühlen und Schubkästen garniert. Für Sekunden herrscht Totenstille. Dann ist es den Rotarmisten egal, was sie hier sollen.
Ein Geisterschiff - nichts wie runter hier!
Der Erste Offizier krabbelt zur Messe rein. "Nehmt die Wendeltreppe hoch und so weit rein, wie es geht!", ruft er dem Bootsmann zu. Der begreift sofort. Die Gangway war nagelneu. Er könnte weinen. Doch dazu bleibt keine Zeit. "Los, die Luken dicht!," treibt mich der Chiefmate an Deck. Auch der Alte wehrt sich nicht mehr. Er hat nun die Hebelgesetze praktisch vor Augen und endlich auch Respekt vor der Freiheit der Oberflächen. Also befiehlt er seinem Ersten Offizier: "Wir laden erst weiter, wenn die Tanks leer sind!" Die Augen des Ersten sind nur ein ganz klein wenig schmal, sein Lächeln ist kaum erkennbar, als er antwortet: "Nu, Kapitän, wir machen das so, wie Sie das sagen." Später erfahre ich, drei Krane hatten gleichzeitig ihre jeweils 8 Tonnen schweren Stahlrollen in die Laderäume gesetzt, an Backbord. Schließlich waren die Luken ja offen. Das restliche Ballastwasser musste den Weg von vorhin nur wieder zurückfinden. Da waren die freien Oberflächen mal wieder so frei gewesen. "Die schöne Farbe", weint der Boss bei seiner Rückkehr von der Pier. Er weiß ja, wenn Schiffe am Beton kratzen, sieht das nun mal so aus, trotzdem. Sein Freund der Storekeeper tröstet ihn: "Da ist der Rost auch gleich mit weg." Zum Chief gewandt, meldet er: "Die Gangway kannste vergessen!" Der weiß aber nicht, soll er lachen oder weinen. Denn, man wird eine neue Gangway kaufen müssen, Mist! Jedoch, viel früher als gedacht, kann er nun den Punkt "Sekundärrohstoffe" im sozialistischen Wettbewerb abhaken: Schrottplan übererfüllt!
Auch der Zweite Offizier hat einen Schaden zu beklagen. Gerade eben hatte er die Flasche aufgemacht und nun so eine Sauerei. Der schöne Weinbrand! Das macht man nun wirklich nicht mit einem eigentlichen Kapitän!

Der Kampf ums Blaue Band

Am Nachmittag ist der Stahl im Schiff. Der Dampfer ist seeklar, läuft aus und der Alte drischt sein Schiff VOLL VORAUS gegen die See. In dreißig Stunden könnten wir vor WISMAR liegen, kopple ich voraus. Die Erinnerung an die KARLSHORST hilft mir dabei. "Quatsch!", meint der Alte, "zwanzig Stunden mit

einem richtigen Schiff, mehr nicht!" Außerdem gäbe es ja auch noch den Fahrplan. Dann gibt es mitten in der Nacht ein paar kräftige Hiebe. Da meint der Erste, wenn wir so weiterfahren, bräuchten wir uns nie wieder an einen Fahrplan zu halten. Mir kommt meine Matrosenzeit auf der ROTEN LINIE in den Sinn. Die Worte des Kapitäns der KARLSHORST fallen mir ein und der Platzmangel, da unten am Grund der Ostsee. Es kracht dann noch einmal ganz schrecklich. Da begreift es auch der Alte und zieht den Hebel auf VORAUS HALBE zurück. Nach ein und einem halben Tag erreichen wir Wismar. "Hättet euch nicht so zu beeilen brauchen", ruft das UKW mit der Stimme des Inspektors dem Alten zu. Nämlich, der Liegeplatz ist noch nicht frei. Am nächsten Morgen führt uns der Lotse östlich um Hannibal rum, westlich am Timmendorf-Leuchtfeuer vorbei und hin zur Pier. Die Ladung für Lattakia steht nun bereit, doch muss sich gedulden. Der Stahl geht raus und die Werkstätten gehen ans Werk. In den Luken sieht es aus wie nach der Schlacht. Gebeultes Blech, Scharten im Stahl, Schweisslattenkleinholz und Korkenzieherlukenleitern bezeugen, auch grobe Stahlladung will sensibel transportiert werden. Das könne schon mal passieren, tröstet der Inspektor den Kapitän. Doch zum Ersten Offizier spricht er, da müsse man wohl beim nächsten Mal etwas sorgfältiger stauen? "Sag ich doch!", ergänzt da der Zweite, der eigentliche Kapitän also. Ein wenig riecht es dabei wie Kneipe.
Mein "Blauer Traum" hat seinen nächsten Kratzer.

Hans Albers

"Ein Wind weht von Süd und zieht mich hinaus auf See", wusste schon Hans Albers und dem, der in Hamburg wohnt, ist ohnehin klar, will er zur Nordsee, so muss er nach Norden hin steuern. Eigentlich gilt das Gleiche für Rostock. Nur, glaubt man den Schiffstagebüchern bei DSR, müsste der Wind hier von Norden her wehen, um unsere Schiffe auf die Ostsee zu treiben. Für kreuzende Segeljachten mag das stimmen, doch Motorschiffe hätten keine Chance. Zumal, wer treibt schon gern?
Das Problem ist so einfach, dass es schon wieder überaus kompliziert erscheint. Die in der Ansteuerung zum Überseehafen Rostock navigierenden Schiffe werden vom Seehandbuch des Seehydrographischen Dienstes der DDR aufgefordert, einen rechtweisenden Kurs von 161,5 Grad zu steuern. Für den Kapitän, der das bei starken westlichen Winden oder Strömungen versucht, endet die Ansteuerung Rostock schon an der Ostmole und somit auf Grund. Den Molen nämlich ist es gleich, was das Magnetfeld der Erde und das des Schiffes, welches im Seekanal südwärts steuert, dem Kompass miss- und fehlweisen. Weder Alten noch Neuen Strom oder gar den der Mecklenburger Bucht interessiert es, was der Kompass zeigt. Schon gar nicht den Wind. Also,

nur das Schiff, das 161,5 Grad über Grund steuert, wird unbeschadet zum Überseehafen gelangen. Erst einmal schüttle ich nur den Kopf. Dann vermute ich ein Komplott zwischen SHD und der Bagger-, Bugsier- und Bergungsreederei. Doch bald werde ich wissen, es ist alles noch viel schlimmer!

Zick-Zack-Kurse

Die WERBELLINSEE hat ihre Reise nach Lattakia angetreten. Nichts in den Luken erinnert mehr an die Stahlfahrt von Klaipeda nach Wismar. Die Dellen sind aus den Spanten und jede Menge neuer Schweißlatten halten die Ladung von der Bordwand fern. Im Rhythmus der Rollzeit wiegen sich die Holzkisten, gemeinsam mit dem Dampfer, in sehr spätherbstlicher Atlantikdünung, und in Sicherheit. Sie ahnen noch nichts von den Brechstangen, Stahlseilen und Kanthölzern, die in Lattakia auf sie warten. Wieder werden diese Kleinholz aus Verpackung und Inhalt machen. Das kümmert bei DSR nicht viele. Warum also sollte es ihnen besser ergehen als ihren Vorgängern?
"Wir steuern noch immer auf", übergibt mir der Erste Offizier am Abend die Wache. Die WERBELLINSEE hat die Biskaya fast hinter sich gebracht. Wind und Strom hatten sie etwas östlich versetzt und nun halten wir also Kurs zur Reiseroute hin. Die hatte der Alte zu Beginn der Reise mit dem Bleistift in die Karte gestanzt. Damit aber keiner der Nautiker glaubt, wir wären schon auf der Heimreise, hatte er das Koppeldreieck angelegt und den in die Ferne führenden der beiden Ablesewerte dick über die Route geschrieben. In gebührendem Abstand wollen wir Cap Torinana passieren und dann auf Südkurs drehen. Im Schiffstagebuch bestätige ich die Übernahme der Wache. Da fällt es mir auf. Es ist nicht das erste Mal, nur heute ist Ruhe im Seeraum, der Wachmatrose scheint hellwach und das Radarbild zeigt keine patentgefährdenden Ziele. Ich will das noch immer nicht glauben. Also blättere ich im Tagebuch zur vorhergehenden Reise hin. Dort lese ich den gleichen Unsinn. In der Spalte "rechtweisender Kurs" steht alles andere, nur nicht der Kurs, den der berichtigte Kompass weist. Per Reiseorder fordern die Kapitäne zu Recht, die vorgegebenen Kurse sind einzuhalten. Nur meinen sie eben die Reiseroute. Denn, kein Schiff fährt da lang, wo es soll. Deshalb wird weiter gefordert: Bei Versatz, Drift und da, wo es noch notwendig wird, soll energisch aufgesteuert oder vorgehalten werden. Bei Unklarheiten ist der Kapitän zu wecken. Also sind geeignete Maßnahmen zu ergreifen, um das Schiff die vorgegebene Route entlang zum Zielhafen zu führen. Die Wirkung seiner Maßnahmen hat der Nautiker mittels Standortbestimmungen zu kontrollieren. Entsprechend dem Ergebnis ist zu handeln! "Dass mir das ja alle von euch unterschreiben, sofort!", unterstreichen die Kapitäne letztendlich ihre Forderung und dann kann Seefahrt beginnen.
Schnell begreife ich, in die Tagebuchspalte "Kreiselkompasskurs" schreibt der

Nautiker das, was der Kompass zeigt. Fünf Spalten weiter links trägt er ein, was der Alte will. Dazwischen stehen "Grimms Märchen". Also fließt die Elbe rückwärts und der Nordwind zieht auch das Motorschiff zu sich heran. Nicht nur Hans Albers würde so, mit dem Wind, der aus Süd weht, niemals aufs Meer getrieben werden. So steht das in keinem Lehrbuch und im Buch der richtigen Seefahrt schon gar nicht! Weil, nun passen nämlich Standortbestimmungen und "nachgewiesene" Kurse nicht mehr zueinander. Damit erfüllt das Schiffstagebuch die ihm zugedachte Aufgabe, Dokument zu sein, nicht. Auch weiß keiner, wo war das Schiff wann und wirklich? Also schreibe ich ab sofort das Richtige ins Buch. Der Bauch ahnt, das ist ein heißes Eisen und der Kopf spürt sehr bald, stimmt!
Am nächsten Morgen betritt der Alte die Brücke.
"Steuermann, was schreibst du für einen Unsinn ins Tagebuch? Wenn das jemand liest, der denkt doch, wir seien im Zickzack übers Wasser gefahren, was soll das?"
"Ich habe mich an die Reiseorder gehalten, aufgesteuert und den Erfolg der Maßnahme nachgewiesen. Außerdem, jedes Schiff fährt im Zickzack über See, weil ..." Der Kapitän hat keine Lust auf Fachwissen. Also weist er an: "Das haben wir immer schon so gemacht. Das machst du so weiter, klar!?"
"Ich soll jetzt falsche Angaben im Tagebuch machen? Für so was hab ich doch mein Patent nicht bekommen!"
"So und nicht anders, Dritter, sonst fliegst du nach Hause!" Der Erste Offizier stößt mich in die Seite und rät: "Das ist es nicht wert! Klär das mit der Inspektion." Also erfinde ich weiterhin Stromdrift, Winddrift und rechtweisende Kurse und vermerke im Schiffstagebuch Alle Kurseinträge laut Kapitänsanweisung. Das liest der Alte am nächsten Tag und raunzt mich voll: "Übertreib das nicht, Dritter!" Doch dann naht der Jahreswechsel. Der Barabend muss geplant werden. Der andere Kapitän hat zwei Flaschen geöffnet. Eine für sich und die andere für sein Double. Wichtigere Dinge als Schiffswege oder Standorte harren einer Lösung. Barabend oder Bierbowle?

Thounderstorm und Freudenfeuer

Mit Whisky-Echo-Romeo-Bravo-Echo-Lima-Lima-India-Nordpol-Sierra-Echo-Echo melden wir uns bei Gibraltarstraits Traffic Control an und sind dann im Mittelmeer drin.
Mediterranes Winterwetter mit den dazugehörigen Gewittern und Starkwinden empfängt das Schiff und lässt es bis zum Jahreswechsel nicht mehr los. Am 31.Dezember übernehme ich um zwanzig Uhr die Wache. Gegen Mitternacht werden wir Algier steuerbord querab passieren, kopple ich voraus. Der Alte hat die Route knapp nördlich der Reede abgesetzt. Laut Schiffstagebuch zieht uns

der Nordwind nach Norden. Ich weiß aber nicht, ob auch der Havariekommissar ein Kumpel meiner beiden Kapitäne ist. So kalkuliere ich Winddrift nach Süden und ändere den Kurs leicht nach Backbord. Nämlich, mir ist nicht wohl bei dem Gedanken, die Algier-Reede so nahe nördlich passieren zu müssen, deshalb.

In der WERBELLINSEE herrscht Hochstimmung. Die Kapitäne hatten sich letztlich auf Barabend geeinigt. Der ist nun in vollem Gange. Draußen wird es zunehmend windiger. Der Himmel ist zugezogen und droht mit dicken Wolken und einzelnen Blitzen. Gegen halb elf schalte ich das Radar auf den 24-Seemeilen-Bereich, wegen der Neugier und der Voraussicht. Die Reede von Algier liegt gut an Steuerbord. Doch viele Echos südlich und nördlich von ihr irritieren mich schon. Ich schalte zurück auf 12 Seemeilen und werde wohl bald noch mal nachschauen. Dann gehen die Gedanken nach Hause zu Kathleen und den Töchtern. Die Hausgemeinschaft feiert Silvester und dreiviertel Glücks sind das erste Mal mit dabei. Also weiß ich meine drei Frauen in guten Händen. Das Neujahrstelegramm liegt bereits hinten beim Funker. Morgen Abend werden es die Damen von RÜGEN-RADIO nicht mehr hören können, das "Alles Gute, Guten Rutsch und so...". Und sie hatten sich doch gerade erst von der "Frohes Fest..." -Schlacht erholt.

Ich fühle Ruhe vor dem Sturm. Der Wachmatrose kocht Kaffee. Während wir den in uns reinschütten, schalte ich mal wieder auf 24 Meilen. Da sehe ich meine Neujahrsüberraschung und höre sie nun auch über UKW. Wegen der einlaufenden hohen Dünung müssen mehrere Schiffe den Hafen von Algier verlassen. Andere hält es nicht am Haken. So gehen sie ankerauf, verlassen die Reede und dampfen nun nordgehend und langsam voraus mir vor die Nase. Und alle kommen von Steuerbord!

"Wasch die Tassen nachher ab und geh schon mal ans Ruder!", hole ich den Matrosen nach vorn. Der Faradaysche Käfig WERBELLINSEE dampft nun durch ein Gewitter. Hin und wieder schlägt ein Blitz in den vorderen Mast. Dann wird es taghell auf der Brücke. Doch nur für Zehntelsekunden. Schnell haben sich die Augen wieder an die Dunkelheit gewöhnt. Zwischendurch ist die Sicht gut. Doch abwetternde und nordgehende Fahrzeuge führen die gleichen Lichter. Also bleibt das Radar auf Relativ-Nord. Die Richtung und Länge der Nachschleppen hilft mir beim Sortieren und Prioritätensetzen. Zehn vor zwölf sind wir mitten im Gewimmel. Hoffentlich stößt der unten erst noch mit an, bitte ich den Gott der Seefahrer, er möge mir den Zweiten vom Hals halten. Ich werde erhört. Mir ist jetzt auch Wurscht, was der Chief denkt. Im Notfall muss die Propellersteigung runter. Erst kommt noch ein Regenschauer und bleibt bis zum Jahresbeginn. An Radargerät und Ruder herrscht höchste Anspannung. Die Sicht geht an die zwei Meilen. Da naht der Zweite. Das Brückenschott fliegt auf. Das Licht vom Gang flutet nach vorn in die Brücke. Ich will protestieren, da wird es taghell. Mich trifft der Dauerblitz der Brückenlampen und der Donner des Zweiten Offiziers. "He, Steuermann, Prosit Neujahr!", ruft er. Dazu schwenkt er

eine Flasche Sekt und zieht die Bartruppe hinter sich her. Also habe ich nun Gewitter auch auf der Brücke, einen Haufen Schiffe draußen um mich herum und den Besatzungshaufen hier drin. Alle sind bester Laune. Schnell kneife ich die Augen zusammen und versuche, zum schützenden Tubus des Radargerätes zu gelangen. Dort presse ich mein Gesicht gegen den schwarzen Gummi und die Pupillenadaptation dauert seine Zeit. Ich schreie: "Alle Mann raus hier und Licht aus!"
Nun hat auch der Alte die Brücke erreicht, handelt schnell und zehn nach zwölf ist der Spuk vorbei. Halb eins sind alle von Steuerbord kommenden Schiffe abgearbeitet. Der Seeraum voraus gähnt mir Leere entgegen. Ich bin noch voll mit Adrenalin. Gegen eins besinnt sich der Zweite der Wache und eine halbe Stunde später geht mein Puls wieder normal. Gegen zwei habe ich keinen Durst mehr und am Morgen kuckt mir beim Rasieren eine Eule aus dem Spiegel entgegen. So sieht man eigentlich nur nach längerer Nebelfahrt aus, denke ich, und rubble los. Leicht sind die nicht von der Haut zu kriegen, die gummischwarzen Taucherbrillenringe vom Tubus der TSR 333.

Täuberich mit Zwiebel

Lattakia liegt hinter uns und jede Menge Bruchholz nun dort an der Pier, wie immer. Wieder hatte ich laut gedacht. "Man müsste ein paar der Kisten vorstroppen!" "Wo willste denn mit den vielen Drähten hin, danach?", hatte der Bootsmann kritisch bemerkt. Auch der Alte wusste noch: "Damals, bei Afrika, hatten wir sogar einmal alles eingestroppt. Hat auch nichts gebracht!"
"Man darf gar nicht alles einstroppen", hatte ich beiden entgegnet und das zum Vorschlag passendes Einstroppschema entworfen. Knapp zwei Wochen Rückreise liegen vor uns und nun wäre Zeit, den Vorschlag zu formulieren. Doch bald wird mir die Lust dazu vergehen.
Der Alte betritt die Brücke. Der Wachmatrose reicht ihm den Kaffee. Der Kapitän lehnt sich in den Brückenbulleyekasten und kuckt lange und wortlos voraus. "Sag mal, Steuermann, der Chief erzählt mir, der Zweite Offizier wäre oftmals betrunken an Deck rumgestolpert. Nun vermutet er, der Zweite würde auch zur Seewache angetrunken kommen. Stimmt das?"
Da hör ich die Nachtigall mit Stalingrader Schwergutlatschen über Deck traben. "Mir ist nichts aufgefallen", lüge ich, und befolge so den Rat des Chiefmate. "Lass dich da nicht mit reinziehen. Das überlebst du nicht! Der Zweite hat die Mutter an der richtigen Stelle!" Ich weiß noch gut, wie Mütter ihre Jungen schützen. Also bin ich wachsam. "Kapitän, wenn der Chief das sagt, wird das schon stimmen", hoffe ich aus dem Spiel zu bleiben. "Und du, hast du ihm trotzdem die Wache übergeben?", bin ich eben nicht draußen. "Wie gesagt, ich hab nichts bemerkt." "Und auf See?", fasst der Alte nun nach. Da packt mich die

Wut. Der Teufel reitet mich und der Kopf ist für kurze Zeit nicht wachsam. "Kapitän, Sie haben doch zum Jahreswechsel mit dem Zweiten bis zu dessen Wache an der Bar gesessen. Sie erinnern sich, Reede Algier. Hatte der da was getrunken?" Der Kapitän wird fuchtig. "Natürlich nicht!", behauptet er nun der Einzige zu sein, der es anders weiß. Dann bleibt der Restkaffee in der Tasse und das Klima bis zum Reiseende gleicht dem einer Gefriertruhe, drei Sterne! Endlich zu Hause, bleiben wieder einmal nur vier Tage für "Kussi, ich bins, euer Vati!", Wüste, die so richtig nicht heiß werden will und "Kussi, bis bald!".
Zur zweiten Reise auf der WERBELLINSEE steigt ein Springerkapitän auf. Der kennt mich von einer gemeinsamen Reise mit der SCHÖNWALDE und will mich sehen. "Sofort!"
"Dritter, was ist los mit dir? Seit wann säufst du?" Mich trifft der Schlag. Was soll das? "Im Reiseauftrag steht: Genosse Glück säuft. Beobachten und Bericht nach der Reise. Das sag ich dir nur, weil ich dir vertraue", entlässt mich der Kapitän. Später trifft mich die Botschaft des Chiefmate: "Hatte ich dich nicht gewarnt?" Am Reiseende "staunt" die Inspektion über den trockenen Dritten. Der Kapitän reicht mir zum Abschied die Hand. "Pass gut auf dich auf. Und nichts wie runter von diesem Dampfer!"

Eine böse Geschichte

Sie hat viel Potenzial für ein noch viel böseres Ende.
Zur dritten Reise mit der WERBELLINSEE steigt der richtige Kapitän wieder auf und bringt uns auch den anderen Kapitän wieder mit. Der Nautische Inspektor bringt mir was mit. "Bezüglich der Mitreise ihrer Frau gibt es noch keine Entscheidung. Aber, wenn das so lange dauert, sieht es im Regelfall gut aus. Kann sein, da fehlt nur noch eine Zuarbeit der Firma ihrer Frau." Da kullert der Stein auf dem Herzen zur Kante vor. So könnte er gleich losfallen, sollte das O.K. kommen. "Wie läuft das dann praktisch, nach der Bestätigung?", will ich wissen. "Sie mustern am Ende der Reise ab und gehen erst mal in Freizeit. Da machen Sie dann zu Hause alles klar, Kinder zur Oma und so, und die nächste Reise ist es dann." Spätestens mit dem Eintreffen des Telegramms zur nächsten Reise der WERBELLINSEE werde ich also wissen, Mitreise oder nicht.
Am Abend sollen wir auslaufen.
Noch am Nachmittag hänge ich am Telefon. Der Dame meines Herzens verkünde ich: "Das sieht gut aus!" Doch wird sie sich bitter rächen, meine Voreile. Wie immer, beginnt die Reise mit Timmendorf an Steuerbord und Hannibal an Backbord. Sie führt ins Mittelmeer, Kisten raus, Container leer an Deck, Container wieder runter, im Ballast nach Hause? Ich bin schwer beschäftigt mit Planen, Vorfreude und Dienst nach Vorschrift. Nichts soll mehr schief gehen. Lan-

ge schon hat sich Kathleen die Mitreise verdient. Raus aus dem harten Alltag, der sehr früh am Morgen beginnt und abends um acht bereits ins Bett führt. Trotzdem ist die Nacht kurz genug. Die Helfer bei Not am Mann, selbst die Geburtstagsgäste, sind dünn gesät. "Nur wenn sie Geschenke riechen oder Wein, kommen alle angeschissen!" Jede Entscheidung muss allein getroffen werden. Nicht selten geht es ihr da, wie uns auf See. Die Entscheidung hat keine Zeit. Viele Kluge jedoch haben hinterher jede Menge Zeit festzustellen: Na ja, das hätte man aber besser bringen können, oder?

Es soll die Hochzeitsreise werden, zu der weder Geld noch Zeit waren und Gelegenheit schon gar nicht, vor fünf Jahren. Endlich werde ich mein Versprechen einlösen können. Also darf nun nichts mehr "anbrennen". Artig schreibe ich die Kurse so ins Tagebuch, wie es der Alte will. Unartig formuliere ich den Neuerervorschlag "Wie man die Schiffe der DSR-Handelsflotte auch im Schiffstagebuch auf dem rechten Pfad führt". In mir sind noch Hoffnung und Humor. Wenn es denn, aus welchen Gründen auch immer, nicht ginge, neue Bücher zu drucken, nach altem aber richtigem Wissen, könne man doch die Kapitänsfehlweisung einführen. Ein Beispiel soll der Veranschaulichung dienen. "POSEIDON der DSR fuhr über Land, laut Tagebuch, und hatte trotzdem keine Grundberührung". Adressat des Gesamtwerkes ist die Nautische Inspektion und Abgabe soll das Reiseende sein. Nun wäre noch Zeit für den Kampf gegen das Kistenzerfetzen, Adresse Ladungsinspektion. Doch da beginnt das böse Spiel.

Zum zweiten Mal auf dieser Reise verlangt Gibraltar Traffic Control "Please spell your name". Also tu ich das. Das Mittelmeer liegt hinter uns. Vier oder fünf Tage, wetterabhängig, trennen uns von Wismar. Das Telegramm für die nächste Reise kommt. Der Alte verkündet: "Der Dritte bleibt in Wismar an Bord, fährt dann noch mit bis Rouen, fliegt zurück und geht in Freizeit." Der Stein kippt nun runter vom Rande des Herzens, fällt los und schlägt mit Riesenkrawall auf, endlich! So war es von der Inspektion vorausgesagt. Nun fehlt noch die schriftliche Bestätigung. Kann aber nur Formsache sein, vermute ich. "Hat geklappt, das mit der Mitreise!", lasse ich nach Hause funken und: "Alles Weitere daheim! Ich liebe dich!"

Die WERBELLINSEE liegt an der Pier in Wismar fest. Der Nautische Inspektor schreitet die Gangway hoch. Gleich darauf fordert der Bordlautsprecher: "Genosse Glück zum Kapitän!" Der hat wohl die Bestätigung mit, der Inspektor, hüpfe ich die Treppen zur Kapitänskammer hoch. Mein Herz hüpft mit und wenn es könnte, wäre es schon oben beim Alten. "Genosse Glück", leitet der Nautische Inspektor die Ereignisse an die Stelle, von der aus für mich alles möglich sein wird, Kapitän oder Steinbruch! "Ihr Kapitän hat mein Telegramm falsch gedeutet. Sie fahren jetzt nach Hause. Die WERBELLINSEE geht übermorgen wieder raus. In Rouen wird die Ladung vervollständigt. Sie fliegen dem Schiff dorthin nach und machen die Südamerikareise mit. Die Mitreise ihrer Frau wurde abgelehnt."

Der Kopf hat keine Chance, so viel Bauch ist jetzt in mir, und viel zu wenig Platz für das Adrenalin. Das flutet und flutet. Für kurze Zeit ist es sehr still in der Kammer. Dann tut der Kopf für heute seine letzte Pflicht. "Warum?", will er wissen. "Das müssen wir Ihnen nicht begründen", antwortet der Inspektor, und der nächste Schwall Adrenalin geht ins Blut. Was ist das für ein Feind, den man nicht sieht? Wieder ist Ruhe. Kapitän und Inspektor wollen die nicht aushalten. Sie müssen es auch nicht und werden also dienstlich. "Fahren Sie jetzt nach Hause. Regeln sie das mit ihrer Frau und dann sehen wir uns in Rouen!" Ganz leise spreche ich nun den Satz, den man trotzdem in Berlin hören wird. Das Echo wird Rostock erreichen und mich.
"Nein, ich fahre nicht mit!"

Jede Menge Bauch

Liebe Leserin, stell dir vor, du stündest vorm Traualtar. Jahrelang hast du deinen Liebsten bekocht, warst ihm zu Willen oder auch nicht. Trotzdem, der mag dich nicht nur mit dem Bauch, bist du dir sicher. Auch sein Kopf, glaubst du, will der deine sein. Nun steht das Glück neben dir, du packst es, sprichst "Ja" und dein Liebster "Ach nö, lieber nich!". Das Gefühl hältst du nun mal ein paar Zeilen lang am Kochen. Du brauchst es gleich wieder.
Bert braucht es nicht, kommt trotzdem nicht dran vorbei und Kathleen wird es gleich haben. Ich hatte in zwei Augenpaare geblickt, die alles andere signalisierten, nur kein Verständnis. Der Kapitän hatte seinem Inspektor wohl Führungsstärke demonstrieren wollen. Sehr laut und sehr gepresst hatte er von mir wissen wollen, ob das mein Ernst sei. Deutlich ruhiger hatte sein Inspektor nur geraten: "Ziehen Sie sich warm an, Genosse Glück, sehr warm!"
Nun bringt mich die Reichsbahn nach Hause.
"Weißt du, was du da angestellt hast?", will der Kopf vom Bauch wissen. "Natürlich nicht", gnatzt der Bauch hoch zum Kopf. "Du hattest ja auch keinen besseren Rat. Trotzdem, soll ich ihr nachher sagen, war doch nur Spaß, ach, eh ich es vergesse, ich muss gleich schnell noch mal ein viertel Jahr weg?" Noch freuen sich meine drei Frauen auf Vati, Geschenke und die Wiedersehensküsse. Sie können ja nicht wissen, welcher Haufen Elend gerade mit welcher Botschaft "für Mutti" da auf sie zugeholpert kommt.
Dann hält der Zug in Waldheim. Meine Mädels strahlen mir entgegen. Ich küsse mich von der Kleinen über die Große hin zu deren Mutti. Die hatte mich aussteigen sehen und kürzt nun die Wiedersehensfreude ab. "Da stimmt doch was nicht, stimmts?" Was folgt sind Sprachlosigkeit erst, später Nichtbegreifenwollen, dann Ratlosigkeit und schließlich Verzweiflung. Unterdessen quietschen die Töchter vor Freude. Nur kurz, wegen Papi, und länger, na klar, wegen der Geschenke. Irgendwann merken sie, hier stimmt wirklich was nicht und ziehen

sich in ihr Zimmer zurück. Spät am Abend ist mit den Tränen die ganze Enttäuschung aus Kathleen hinausgeflossen. Mann erträgt es schwer, seine Frau weinen zu sehen. Zinnaer Klosterbruder und Richzenhainer Pilsner schmecken jetzt nicht und können also nichts leichter machen. Auch geben sie keine Antwort: Was soll nun werden?
Dann geht Kathleen hinüber in die Küche und den ersten Schritt wieder auf das Leben zu. Sie kommt mit zwei Waschlappen zurück. Die hatte sie in kaltes Wasser gelegt, ausgedrückt und nun liegen die auf ihren roten Augen. "So kann ich doch morgen Früh nicht auf Arbeit. Wann musst du denn wieder los?". "Ich fahre nicht mit, habe ich denen gesagt." Kathleen erschrickt, reißt sich die Kühlung vom Gesicht und will es nicht glauben. "Bist du verrückt, weißt du was du riskierst?"
"Ja", antworte ich kurz, und es stimmt nicht ganz. Doch langsam findet auch mein Kopf wieder zurück ans Netz. Mir werden nur harte Geschütze und Schnellsein noch helfen können, ahne ich, was auf mich zukommt. "Ich will nicht dran schuld sein, wenn du nicht Kapitän wirst, hast du gehört?"
Ja, hab ich.
Dann liegt sie neben mir und hat sich zu ihrer Überlebensfestung zusammengerollt. So, wie sie wohl jede Nacht beginnt, in der ich nicht da bin. Noch immer ist mein Kopf nicht viel schlauer. Trotz wochenlanger Abstinenz gelingt es heute auch der Natur nicht, mannhafte Gedanken ins Hirn zu schicken. Kathleen fühlt die friedliche Absicht meiner Hand, die ihr signalisiert, sie muss jetzt nicht umschalten, von solcher Art Wiedersehensfreude auf Liebesglut. Also nimmt sie das Angebot an. Sie rollt sich auf, rückt nahe an mich ran, schluchzt noch mal los und schläft dann endlich ein. Ihr Mann ist ja nun da.

Vorurteile

Wie immer, ist Kathleen auch am nächsten Morgen gegen vier Uhr auf den Beinen. Die Töchter müssen zur Schule und in den Kindergarten. Sie muss zur Arbeit. Erst noch Frühstück zu dritt, heute zu viert, und dann trägt das Moped die drei von mir fort. Vorher gibt es noch den Muttikuss für ihr drittes Kind, ein Kopfschütteln und den Rat: "Mach jetzt nur keinen Mist. Das überstehen wir schon."
Dieser Morgen ist nicht klüger als der gestrige Abend, doch bringt er viel Licht mit. So hat die Vernunft eine größere Chance, der Kampfgeist auch.
Der da aus dem Spiegel kuckt, sieht jedoch nicht wie vor dem Kampf aus, stelle ich fest. So müsste mich Tante Doktor nachher sehen, kommt mir die Idee, und ich beginne mit Absichern. Also mache ich mich auf den Weg zur Poliklinik. Dort angekommen, will die Dame an der Aufnahme wissen, was mir fehlt. Das Ganze spielt ja noch im Sozialismus und kennt weder Diskretion noch Abstand. Also fragt es höflich aus dem Fensterchen, von der Schwesternseite her: "Was

ihnen fehlt, will ich wissen!" Ich stehe auf der Warteraumseite. Hinter mir sitzen zwanzig Leute, die der Schwester ihre Krankheit glaubhaft machen konnten. Sie durften bleiben und sind nun auch gespannt, was der wohl hat. Also ist es sehr still im Raum und ich bin froh, nicht "Prostata" rufen und Symptome schildern zu müssen. "Ich fühle mich unwohl", gebe ich der Fragenden zur Antwort. "Was soll das denn für eine Krankheit sein?", will die nun wissen und wer ihr so eine Antwort gäbe. Es kann sich ja nur um ein Marsmännlein handeln. Denn, wie jeder weiß, wer hier nicht mit dem Kopf unterm Arm ankommt, ist gesund. Der da vor ihr behauptet nun, krank zu sein. Den muss sie sich näher ankukken. Also steckt sie ihren Kopf aus dem Fensterchen, mustert mich kurz und hat keine Fragen mehr. Auch ich darf nun Kranksein versuchen.
Zwei Stunden weiter stellt Frau Doktor fest, so oft wäre ich noch nicht in ihrer Sprechstunde gewesen und es klingt ein wenig nach Anerkennung. Das bestätige ich ihr gern und, es wäre auch schwer möglich gewesen, ich fahre nämlich zur See. Das würde man riechen, bestätigt sie mir ihr Vorurteil. Doch so, wie ich aussähe, läge die Krankheit wohl nicht an der Wiedersehensfreude und dem Trunk dazu. Mein Blutdruck gibt ihr Recht und die Krankschreibung mir Zeit zur Besinnung. Selbst wenn ich nun wollte, bis nach Rouen ist es nicht mehr zu schaffen.
"Das war mir klar", bellt mir die Inspektion aus dem Telefon zurück. "Ich habe da schon einen anderen hingeschickt. Bringen Sie ihr Krank zu Ende, dann gehen Sie in Freizeit und bis dahin weiß ich auch, was ich mit Ihnen machen werde."
Am Nachmittag kommt Ina aus dem Schulhort. Kathleen bringt Maja mit und Kuchen. Das Kaffeetrinken bringt endlich auch Ruhe ins Geschehen. "Und?", will meine Werktätige wissen. "Es gibt wohl Hoffnung", antworte ich, "noch denkt man über mich nach."
Dann kommt das Wochenende. Meine Kräfte kehren zurück und der Kopf kriegt richtig Arbeit.

Schwere Geschütze

Die Enttäuschung sitzt tief, sehr tief. Beide begreifen wir unser Engagement für Sozialismus, DDR, Weltfrieden und was noch immer, nicht nur als "Einhaltung von Spielregeln". Wir sind "Kinder der Republik". Noch folgen Denken und Handeln der Erziehung. Noch sagen wir, was wir meinen. Die ganztags werktätige Mutter zweier Kinder und der Offizier der Handelsflotte passen zu den Forderungen des Staates. Eigentlich stimmt alles und soll nun doch nicht wahr sein? Als Nachkommen vom Wismut-Kumpel, des Kranbauers, der Obstbäuerin und der Wohnraumlenkerin, mit Gewerkschaftschefopa und ehrenamtlichem Parteisekretärvater, als Mitglieder der SED, freiwillig und mit dem festen Willen,

nicht nur Beiträge für die Kariere zu zahlen, als Schöffin am Kreisgericht und mit Töchtern, an die wir eben auch diese Erziehung weitergeben, sollen wir kein Recht darauf haben, die Gründe der Ablehnung zu erfahren?
Das glaubt der Kopf nicht und schon gar nicht der Bauch! Also setze ich mich hin und mit Mut hat das nicht viel zu tun. Ich will einfach nur wissen, warum? Ist es nicht auch unser Staat?
Der Brief an den Generalsekretär des Zentralkomitee der Sozialistischen Einheitspartei Deutschlands, Genossen Erich Honecker, endet mit einer Forderung. "Als Mitglied der Partei, die in unserem Staat die Führung hat und die Macht, verlange ich, dass mir mein Betrieb die Gründe für die Ablehnung der Mitreise meiner Ehefrau nennt!"
"Du willst wohl unbedingt an Land bleiben?", fürchtet Kathleen mehr als dass sie fragt. "Das hat nicht mehr nur mit Seefahrt zu tun", erkläre ich ihr, und "wir müssen doch wissen, ob das nun alles falsch war, was wir bisher getan haben, oder?" Am Abend fügt sie hinzu: "Ja, du hast Recht." Dann schmiegt sie sich an mich und stöhnt noch mal kurz: "Dass es mit dir nicht langweilig werden würde, habe ich schon immer geahnt."
Später erinnern wir uns. Schließlich sind wir Mann und Frau. Also kucken wir nun, ob das noch klappt und das Ergebnis fällt zufriedenstellend aus. "Wie geht es nun weiter?", will Kathleen noch in der Refraktärzeit wissen. Doch die findet auch im Bert-Hirn statt. So fällt die Antwort entsprechend aus. "Wir warten einfach mal ab. Irgendetwas passiert immer!" Ein wenig klingt das wie "wir fahren erst einmal kucken!" und hat somit viel von einem Kapitän an sich, der das Orkantief in der Wetterkarte nicht glauben will. Nur, der Orkan ist ganz nah und der Kapitän weit weg, sehr weit sogar!

Sommer, Sonne, Eierschecke

Der Juli hat begonnen und bringt viel Sonne mit. Wann und wie meine Zwangsfreizeit enden wird, steht in den Sternen. Also lohnt es nicht, über die Ferienplatzsuche nachzudenken. Kathleen stärkt fleißig die sozialistische Produktion. Wie gewohnt, ist es den Töchtern mit Papi allein zu Hause bald langweilig. Den Tanten in Krippe und Hort fällt eben mehr ein, was Mädchen Spaß macht. Der Sommer ist die Hochzeit der Verwandtschaftsgeburtstage. Der erste naht.
Vormittags steht häusliches Großreinschiff an. Mittags starten wir zur Schwägerin, zu Kaffee und Kuchen und "Kuck mal, wie die Kinderchen wieder gewachsen sind". Derweil lockt draußen die Sonne und wenige Kilometer nur weiter das Schwimmbad. Da droht der nächste Geburtstag und bereits morgens ist klar, es soll ein sonnenstrahlend schöner Tag werden. "Blödes Kaffeetrinken heute!", maule ich mich durch den Vormittag. "Alle normalen Leute haben in Frühjahr und Herbst Geburtstag", schiebe ich nach und "Baden wäre viel schö-

ner."
"Baden, ja baden gehen!", fallen nun auch die Töchter ihrer Mutti auf den Nerv. Die hält das nicht lange durch und kapituliert dann eben. "Haut bloß ab. Aber um drei sitzt ihr am Kaffeetisch, verstanden?" Eine Stunde später springen Muttis drei Kinder als "Bombe" vom Brett, machen Bauchklatscher vom Beckenrand aus oder Wasserhasche und die Welt ist in Ordnung. Danach haben wir richtig Hunger und Durst und vier Stück Kuchen sind keine Aufgabe. Nun ist mir auch gleich, wer schneller wächst oder Omis Nase hat oder Opis Charakter.
Am Sonntag dann kommt Mutti zum Baden mit. Ein bisschen ist das aber wie zu Hause, weil: "Spritzt mich nicht nass!" oder: "Du stehst mir genau vor der Sonne!" und: "Sag mal, der dicke Schatten, ist das deiner?"
Mutter, Vater, Kinder und Sommer - das Spiel ist schön.
Am Montag geht es für meine drei Frauen weiter mit "Dienst nach Plan". Ich habe wieder viel Zeit zum Nachdenken. Wie wird es weitergehen mit mir?

Runde Ecken

Es klingelt an der Wohnungstür. Ich öffne und ein Herr wedelt mit einem grauen Zettel. Ich trau mich nicht draufzukucken. Alles scheint möglich. Bewährung auf der Roten Linie, Bagger-Bugsier-und-Bergungsschiffahrt oder ein Jahr als Hafenkuli im Zement. Dann fasse ich mir ein Herz und lese. Im Auftrag des Generaldirektors bittet der Direktor Flotte zu einer Aussprache.
"Du kommst mit", überfalle ich Kathleen am Nachmittag. "Die sollen dir selbst sagen, warum du nicht mitreisen darfst!"
"Und wenn es um viel mehr geht, als nur die Mitreise?", meldet sie Zweifel an. Die Unruhe lässt mich nicht los. Am nächsten Vormittag rufe ich im Sekretariat des Direktors an und erhalte zur Antwort: "Das wird man Ihnen hier schon sagen, wenn es soweit ist!" Nun weiß die Unruhe noch immer nicht, weshalb sie fort sein sollte.
In der Nacht vorm Termin bringt uns die Reichsbahn nach Rostock. Pünktlich zehn vor zehn melden wir uns beim Sekretariat des Direktors. "Gehen Sie mal gleich durch", schiebt uns die Sekretärin einen Raum weiter. Dort steht ein großer eckiger Tisch. An dem sitzen zwei Herren. Der eine kuckt wie ein Direktor und den anderen kenne ich. Ich versuche im Gesicht des Nautischen Inspektors zu lesen. Es gelingt mir nicht. Alles in mir ist auf Kampf eingestellt. Der Direktor kommt mir entgegen, gibt Kathleen die Hand, dann mir und spricht: "Nur Sie, ihre Frau hat mit DSR keinen Arbeitsvertrag!" Doch irgendwie fehlt seiner Stimme die Aggressivität, auf die ich vorbereitet bin.
Die Sekretärin zieht Kathleen sacht nach draußen. Deren Augen sind nun feucht und ein wenig wacklig ist mir schon zumute. "Es sind noch nicht alle da", erklärt mir der Chef, warum die vielen Stühle noch leer sind. Doch Punkt zehn

hat jeder Stuhl seinen Draufsitzer. Am Tisch sitzen nun: An der Stirnseite und mir gegenüber der Direktor, an der linken Seite die Partei, der Inspektor, die FDJ. Dem Direktor zur Rechten die persönliche Referentin des Generaldirektors, die Gewerkschaft und der Kaderleiter, Personalchef also. Hinter mir sitzt der Protokollant.
Der Bauch spürt die Macht der Anwesenden. Der Kopf kann nur raten. Wenn das hier mit Rostklopfen endet, ein Jahr oder länger, habe ich wahrscheinlich noch mal Glück gehabt.
"Na dann erzählen Sie mal, Genosse Glück. Was bedrückt Sie?", ist die Eröffnung, auf die ich beim Vorausdenken nie gekommen wäre. Die Frage überrascht mich nicht, die Art der Formulierung schon. Alle zigmal und mannhaft vorformulierten Sätze sind weg aus dem Kopf. Die Präsenz betrieblicher und gesellschaftlicher Würdenträger verfehlt ihre Wirkung nicht. Und, der Mut des Hasen, fern vom Löwen, ist immer ein anderer als der dann in der Höhle drin.
"Sagen Sie mir nur, warum meine Frau nicht mitfahren darf!", beende ich meine Antwort. Der Blick trifft lauter entschlossene Gesichter. Mein Herz schlägt bis zum Hals und will aus der Brust. Ich will hier raus!
"Genosse Glück, ich habe mir im Vorfeld dieser Aussprache umfangreich zuarbeiten lassen", beginnt der Direktor. Dann folgt eine Lobeshymne auf meine Einsatzbereitschaft, meine Fachkenntnisse, meine Dienstauffassung und das gesellschaftliche Engagement. Ich bin nun völlig aus der Fassung. Ich hatte mich auf Angriff eingestellt, aber keiner will mit mir kämpfen. Es gibt nichts zu verteidigen. Die Gesichter am Tisch entspannen merklich und nur eines zur Linken des Chefs bleibt hart.
"Also, vor uns sitzt ein Seemann, wie wir ihn bei DSR brauchen. Nur etwas müssen Sie noch auf dem Weg zum Kapitän lernen. Was das ist, Genosse Glück, darauf jedoch, müssen Sie selbst kommen!", endet er beinahe und schiebt nach: "Wir werden Ihnen auch heute die Ablehnung der Mitreise nicht begründen. Stellen Sie in angemessener Zeit einen neuen Antrag!" Nun kuckt der Kopf dumm. Wozu war ich dann hier? Doch der Bauch fühlt, jedes weitere Wort von mir kann nur falsch sein. Nicht jeder gibt mir beim Hinausgehen die Hand. Der Parteisekretär zischt: "Musstest du gleich nach Berlin schreiben?", und ist grußlos weg. Der Direktor bringt mich ins Sekretariat. Dort reicht er mir die Hand und hat noch eine Bitte: "Steuermann, beim nächsten Mal, wenn dir ein Furz quersitzt, kommste gleich zu mir, verstanden! Manches können wir nämlich auch hier in Rostock regeln."
Erst einmal aber ist Kathleen fort. Die Sekretärin schickt mich zur Kantine. Auf meinem Weg dorthin, muss ich an der "Straße der Besten" vorbei. Nachdem, was der Direktor über mich weiß, müsste mein Bild dort hängen. Hängt aber nicht. Dafür hockt mein Häufchen Elend am Tisch und die Botschaft, die ich ihm bringe, macht ihr den Tag nicht bunter. Ich hole uns Kaffee. Die Referentin des Generaldirektors betritt die Kantine. Sie sucht kurz und setzt sich dann zu Kathleen. Sie kann zuhören. So hört sie, was eine werktätige Seemannsfrau mit

zwei Kindern leisten muss. Und was sie bewegt. Zum Schluss legt sie Kathleen die Hand auf die Schulter. "Die Leistung der Seemannsfrauen können nur Frauen verstehen. Deshalb hat mich der Generaldirektor hierher zum Termin geschickt. Er will heute noch den Bericht. Fahren Sie jetzt erst mal nach Hause und machen sich gemeinsam noch ein paar schöne Tage." Wie dieser Tag nun die nachfolgenden schön machen soll, erraten wir nicht.
Wieder in der Reichsbahn, finden wir anfangs nicht viele Worte, später dann keine mehr. Seefahrt geht weiter, so viel scheint festzustehen. Aber die Mitreise? Alles wieder von vorn, Antrag, Warten, Hoffen, Bangen und vielleicht wieder umsonst?
"Ich will nicht mehr", spricht Kathleen irgendwann zwischen Berlin-Schönefeld und Riesa gegen das Abteilfenster. Es sind nicht die Schienenstöße, die ihren Körper dabei schütteln. Wortlos nehme ich sie in die Arme. In mir ist nur Leere und Ratlosigkeit. Mir fällt kein Trost ein. Dann sind ihre Augen wieder trocken. "Immer wieder dieses sinnlose Hoffen. Das ist schlimmer als die Gewissheit: Es soll eben nicht sein." Ihre Resignation macht mich traurig und wütend. Doch wo steht der Feind? Müde, kapituliert vor den Fakten, ohne Hoffnung, sechzehn Stunden Reichsbahn in den Knochen, unterbrochen von neun Stunden Rostock mit zwei Stunden DSR, und bar jeder Hoffnung erreichen wir Hartha und unseren Neubaublock.
Kathleen räumt den Briefkasten leer. "Du musst wieder los", spricht sie leise. Aschfahl reicht sie mir den grauen Zettel. Das fehlt jetzt noch!
Ich falte das Ding auseinander, lese, staune und lese noch mal laut. Dann fließen Ströme von Tränen und die Frage, ob vom Lachen oder Weinen, ist nicht zu beantworten. "Mitreise durch Generaldirektor genehmigt. Unterlagen gehen Ihnen in Kürze zu. Leiter des Stabes des Generaldirektors."
Vier Wochen später wartet Afrika auf Frau und Herrn Glück.

NEPTUN
Berndt Gueckel @t-online

Drittes Buch

Steuermann lass die Wacht!

Es beschreibt eine Wende, nicht nur die auf See, und wie das Ende eines Traumes einem anderen hilft, sich zu erfüllen. Bert hört auf den Rat der Pinguine und auf den Chor der Matrosen. So bietet das Leben Bert seinen Schutz an. Doch die Stürme an Land sind auch nicht von schlechten Eltern.

Danke, liebes Leben!

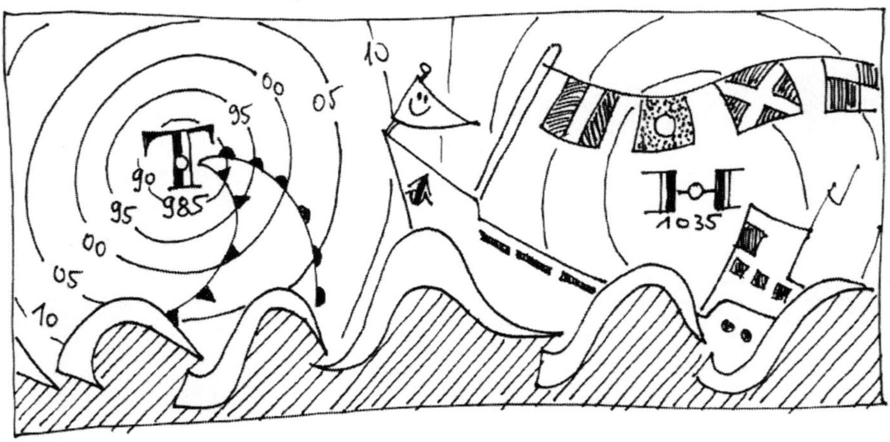

Siebzig Tage Hochzeitsnacht

Frühjahrsputz im Sommer

Wenige Tage später schickt Rostock die Anträge für Kathleens Reisepass. Dann folgt das Telegramm aus Wismar. Nun wissen wir: „INSELSEE im Zulauf, Dienstantritt Ende August, Inspektion."
Der Countdown läuft. Plan „Mitreise" tritt in Kraft.
Lange genug hatte Kathleen an ihm feilen können. Was würde sein, wenn? Tausend Dinge sind zu regeln. Die Schwiegereltern werden die Kinderbetreuung vor Ort übernehmen. Omi arbeitet noch. Also wird sie unbezahlt frei machen. Die Zustimmung ihres Betriebes liegt vor. In Kathleens Betrieb sorgt sich die Partei um die Existenz. Die Mutter solle ja nicht vergessen, die Parteibeiträge pünktlich vorbeizubringen. Drei Monate seien schließlich eine lange Zeit. Also legt Genossin Glück vorab drei Monatsbeiträge hin. Da atmet die Partei auf. Der Sozialismus bleibt liquide.
Die Hausgemeinschaft erklärt ihre Hilfsbereitschaft, sollten die Schwiegereltern mal eine Auszeit von den Enkeln nötig haben. Wir wissen noch nicht, Omi und Opi werden darauf zurückgreifen, Anfang November. Es gilt: „Wir helfen gern". Damit scheint das Problem gelöst. Doch es wird uns am Ende der Reise noch gewaltig beschäftigen. Ich kann nur so viel verraten, der Herr wird mit uns sein und jede Menge Regen über Nordenham ausschütten. Der Himmel wird dem Genossen Glück zu Hilfe eilen. Grauschwarz und wolkenschwer wird er seine

schützende Hand über meinen Traum vom Kapitän halten, im Norden des Westens!
Wiederholt ergeht väterliche Weisung an die Töchter: „Übt schon mal Artigsein, wir vergessen sonst die Geschenke in Afrika!"
„Na klar, Papi, das machen wir!", erfahre ich einstimmig. Gleich darauf lärmt und streitet es wieder im Kinderzimmer. Also haben wir gesunde Kinder, keine übertriebenen Hoffnungen und viel Respekt vor Omis Mut. Und Kathleen weiß bald: „Eine Schildkröte, Mami!" Dann gehen die Reisevorbereitungen in die entscheidende Phase. „Was ziehe ich nur in Afrika an?", muss geklärt werden, auch: „Was trägt Frau eigentlich an Bord?", und: „Ich muss die Bude noch mal richtig sauber machen!" Da nicht nur Omi zu den Enkeln kommt, sondern auch die Mutter in die Wohnung der Tochter, droht Frühjahrsputz im Sommer.
Der kleine graue Zettel rettet mich.

Vorauskommando

Diesmal nun fällt die Trennung nicht schwer. In wenigen Tagen wird Kathleen nachkommen. Die Töchter freuen sich auf den Urlaub mit Omi und Opi. Sie ahnen noch nicht, drei Monate großelterlicher Dauerbetreuung sind mit einem Wochenende Allesdürfen nicht zu vergleichen.
Irgendwas stimmt nicht. Der Bahnhof verabschiedet mich mit freundlichem weißblauen Neonlicht. Kein Nebel wallt, keine Kathleen winkt. „Ich habe noch so viel zu packen! Das verstehst du doch?!" Also werde ich eine gesunde Frau mit auf die Reise nehmen.
Die Bahnfahrzeit vergeht wie im Flug. Die Gedanken eilen voraus und lassen kein Zugfahrgrau ins Hirn. Der Regen klopft fröhlich ans Abteilfenster. Die Schienenstöße rütteln lustig am Waggon, das Bier schmeckt, obwohl es Richzenhainer ist, und den Rauchern sei ihre zweite Schachtel gegönnt. Der Schlaf drückt sich irgendwo draußen rum. Soll er mal. Ich brauche ihn nicht. Wer schläft, kann sich nicht freuen!
Es ist früher Wismaraner Morgen. Die INSELSEE will noch nichts mit ihrem neuen Dritten Nautischen Offizier anfangen. Gerade erst ist sie von der Reise zurück. Die gilt es nun auszuwerten und abzuschließen. Keine Zeit also für Bald-Hochzeitsreisende. Für die nächsten Tage übernehmen die Hafenspringer das Regime an Bord. Mir bleibt Zeit zur Mitreisevorbereitung. So suche ich eine zweite Bettdecke, ein zweites Kopfkissen und den Staubsauger. Mit dem stürze ich mich in den Kammerputz. Der Wohnraum erhält zwei Grünpflanzen und muss sich an die erst gewöhnen. Dann wird die Sanitärzelle entkeimt und Stapelfreiheit in den Schränken geschaffen. Die Kopfkissen kriegen was mit der Handkante und Kathleen kann kommen. „Stube, Schlafzimmer und Bad" sind frisch geputzt und glänzen zum Empfang. Zwei Tage später klettert die Braut

die Gangway empor. Strahlend betritt sie die Kammer. Die strahlt zurück mit Ordnung, die man sieht und riecht, und meine angereiste Mitreisende spricht: „Na, da will ich hier mal richtig sauber machen!“ Bald sehen die Räume weiblich mitreisegemütlich aus und Tage später dann doch wieder seemännisch praktisch. Der Grund dafür misst zurzeit noch friedliche 1000 Hektopascal und liegt westlich von Irland. „Nun muss die Wäsche aber aus den Koffern!“ Sie hat „nur das Notwendigste“ an Garderobe mit. Nun dürfen sich auch meine Uniformhemden auf gepresstes Kleiderschrankkuscheln mit Blusen und Kleidern freuen. Alles, was knittern darf und Herrn Glück gehört, schläft diese Reise „außerschrank“, weil: „Das hier muss alles noch rein!“ Auch der Schlüpferstapel. „Wenn du da mit der Hand drüberfährst und es sind Falten drin, wie fasst sich das denn an!?“
Stimmt! Frau Glück kennt ihren Mann.

Mein Satz

Am Vortag des Reisebeginns liegt die endgültige Besatzungsliste für die kommende Reise vor. Die Mischung aus Stammleuten und Springern verspricht eine entspannte Seefahrt. Auch der Alte ist Springerkapitän. Die Chefstewardess ist ein Mann. Howald reicht mir die Hand. „Kannst Hossi zu mir sagen. Wenn du mal eine Flasche außer der Reihe brauchst, gib Bescheid.“ Da hat er Kathleen noch nicht entdeckt. Dann doch, und da will er wissen: „Nein, Bert, die fährt doch nicht etwa mit?“ Ich müsse ihn enttäuschen und bliebe trotzdem sein Freund, wenn er wolle. Er will, was bleibt ihm übrig. Ein Mann ein Wort! Schnell bin ich mit den Ingenieuren bekannt, der Decksgang, den Maschinisten, dem Koch sowieso und dem Funkoffizier. Der hat sich vor der Frau und den vier Kindern auf See geflüchtet. Hin und wieder bereut er. Jedoch nur kurz. Dann muss er über den nächsten Schabernack nachdenken und sich ein Opfer suchen.
Die Reise kann also nur schön werden. Doch dann sehe ich es. Politoffizier! „Wir werden es überstehen“, tröstet mich meine Kleine. Glücklich schaut sie aus ihrer Wohnstube auf Zeit heraus, hinter Grünzeug hervor und am Handkantenschlagsofakissen vorbei. Dann schließt sie die Augen, ist nun „fix und alle“, dreht sich in Jetzt-nicht-Position und gleich darauf empfängt Morpheus sie in seinem Reich. Also lasse ich meine Entspannte auf dem Seefahrersofa zurück, klettere hoch zur Brücke und widme mich den Reisevorbereitungen im Ressort. Die Seekarten erhalten ihren Platz im Reisefach und in der Checkliste mache ich hinter „Kaffeemaschine“ ein Kreuz. Dazu lacht die Sonne zur Nock herein und langsam weicht auch der Druck von mir. Endlich!
Es war ein Uraltversprechen gewesen. Ich nehme dich mal mit auf See, hatte der junge Bert gesagt, leichtsinnig lockend in dunkler Noch-nicht-Liebesnacht und trotzdem schon schwer verliebt. Er hatte ein Mädchen an seiner Seite ge-

habt, zu dessen Erstürmung die Pläne in Arbeit waren. Später dann hatte er schnell erkannt, wie ungleich die Lasten in Seemannsfamilien verteilt sind. Da war die Festung erobert, umbenannt und personell aufgestockt. Während Bert, auf See, zuweilen drüber nachdenken musste, wie er der langen Weile entkommen könnte, stand dieses Problem an Land und im Hause Glück nie. Der Samstagabend vorm Fernsehapparat, allein, und der Sonntagnachmittag, mit den Töchtern bei Omi und Opi zu Besuch oder einfach nur spazieren, waren Kathleens Pause zwischen den Arbeitswochen. Die meiste Zeit blieb sie allein mit Problemen, die mit ihr zu Bett gingen, aber auch dort nicht schlafen wollten. Mein Kampf hatte sich gelohnt. Widder – war da anderes denkbar? Die Frage „Seefahrt oder Familie?“ hatte nie gestanden, sehr zum Leidwesen des Nautischen Inspektors.

Jetzt also war Kathleen an Bord und würde ihren Lohn bekommen. Nur ein Bruchteil dessen, was ihr zustand, würde es sein, aber immerhin eine Anzahlung, die Mut machen sollte für ein weiteres Leben mit einem Seefahrer, viele Jahre noch. Nun weiß ich sie glücklich und stresswegschlafend auf der Backskiste der Kammer des Dritten Offiziers.

Die Kaffeemaschine hat ihren letzten Dampf in die schwarze Pampe gezischt. Mit dem Tablett in der linken und dem Glaskrug in der rechten Hand hüpfe ich die Stufen von der Brücke hinunter. Voller Freude auf Seefahrt und siebzig Tage Hochzeitsnacht klappern Tassen, Löffel, Milch und Zucker vor sich hin und der Kaffee schlägt Wellen wie im Sturm. Schnell bin ich im unteren Brückendeck und kurz vor der Kammertür. Ich werde sie sanft wecken. Sie wird sich die Haare machen müssen. „Wie sehe ich denn aus, so zerzaust beim Kaffeetrinken?!“ Mit jedem Schluck aus der Tasse wird weitere Last von ihr abfallen und der Vorfreude Platz machen.

Sehr behutsam öffne ich die Kammertür und hätte das nicht gemusst. Am Tisch hockt ein Bündel Elend, das schluchzt, sich schüttelt, verzweifelt scheint und entschlossen: „Nein, ich fahre nicht mit! Meine armen Kinder!“ Nun kuckt der Bauch dumm. Dann hat der Kopf den Schwall Adrenalin verdaut und etwas gnatzig bin ich schon. Denn eigentlich ist das mein Satz: Ich fahre nicht mit!

Schangheit

Das Problem klärt sich am Abend im Wismaraner WEINBERG. Mussten früher die Kapitäne literweise Branntwein in den zur Mitreise zu rekrutierenden Mannschaftsrest schütten, genügt bei Kathleen eine Flasche Rotwein. Der Morgen danach ist mit Kopfschmerz für sie und Seeklarmachen für mich ausgefüllt. Dann zittern wir den Behörden entgegen. Doch die sind erst die vorletzte Hürde für die sächsische Neuseefahrerin. Die Gefahren der See reichen bis an Land. Das Visum im Reisepass zeigt es deutlich: *Zur einmaligen Ausreise!*

Ich kenne die Gruselgeschichte vom Motorschaden auf der Ostsee, gleich nach dem Auslaufen, dem Wiedereinlaufen in Rostock und schon ist die Mitreise zu Ende, die eigentlich nie richtig angefangen hatte. Denn, das war sie dann, die einmalige Ausreise! Neuer Antrag, neues Warten und der Dampfer entführt den Ehemann derweil in die große, weite Welt. Sollte das Fernost sein, kann dabei schon mal ein Jahr vergehen.
Die Passkontrolle ist an Bord. Immer wieder wandert der Blick des Uniformierten zwischen Kathleen, echt, und Kathleen, Foto, hin und her. Der Genosse findet nichts auszusetzen. Da wünscht er lächelnd eine gute Reise. Es war wohl nur die Angst, irgendwas könne so kurz vom Losfahren noch schief gehen, die uns den Herrn finster erscheinen ließ? Zöllner und Grenzer verlassen die INSELSEE. Ich bringe den Lotsen nach oben zur Brücke. Dort greife ich mir das Walkie-Talkie und schiebe Kathleen in die Nische zwischen Brückenpult und Polenradar. Meine 150 Zentimeter langen 46 Kilogramm Reisebegleitung passen da gut rein und stehen niemandem sonst im Wege.
„Klar vorn und achtern!"

Captain's Hochzeitsgeschenk

Zwei Tage nach unserem vierten Hochzeitstag legt die INSELSEE ab und läuft hinaus in die Ostsee. Die Maschine dreht ruhig und störungsfrei. Kein Holpern, Zischen, Rußen, Ölverspritzen und die Sirene meldet sich auch nur dann, wenn sie soll. Nicht nur der Chief und dessen Mannen sind diesmal sehr froh darüber.
Eine Reise beginnt, die für Kathleen auf der Skala der Gefühle hoch und runter führen wird. Verzweiflung wird sein, Lethargie, Staunen, sehr viel Freude, tiefes Glücksgefühl, Beleidigtsein, Enttäuschung, nicht nur einmal, und diese Art Heimweh, die nur eine Mutter empfinden kann. Die meiste Zeit jedoch werde ich eine sehr entspannte Frau in meiner Nähe haben. Die ist dann frei von den Lasten des Werktätigseins, der Alleinerziehung und der Alleinverantwortung. Für einen Mann ist das jederzeit das passende Geschenk.
Im Nord-Ostsee-Kanal fällt es uns ein. „Mensch, wir haben den Hochzeitstag vergessen!" Kein Wunder bei der Aufregung und dem Bangen bis zuletzt. „Diesmal ist unser Hochzeitstag eben ein viertel Jahr lang", tröste ich meine schöne Mitreisende. Die hat nichts dagegen, nur: „Aber ich darf auch mal schlafen, oder?" Darf sie, beruhige ich sie, und muss dann wieder auf die Brükke. Die nächsten Tage werden ihr jede Menge Platz im Steuermannsbett bieten. Unsere Ausreise führt über Hamburg, Rotterdam, Antwerpen, durch lange Lotsenreviere und dicht befahrene Verkehrstrennungsgebiete. Also werde ich außerhalb der Kammer gut beschäftigt sein und nur anständige Einfälle haben. Ich kann ihr dann doch noch etwas schenken. Doch eigentlich ist es das Ge-

schenk des Kapitäns. Ich hatte den Alten gefragt. Der hatte “Ja” gesagt und :„Nur erst mal zur Probe. Keine Fragen, nur kucken und nicht im Wege stehen.“
Also beglücke ich Frau Glück mit der Botschaft: „Es ist eine Ausnahme. Du darfst dir alles von der Brücke aus anschauen. Anlegen, Ablegen, Kanalfahrt und Revierfahrt.“
Und Seegang!
Denn, auch die Nordsee hält ein Geschenk bereit. Es kommt vom Atlantik, vertieft sich in seine Aufgabe und misst nun bereits 990 HPa.
Der Elbelotse ist an Bord, schlägt dem Kapitän „Hart Backbord!“ vor und der Rudergänger weiß, der Alte wird den Vorschlag annehmen. Elbeaufwärts schneidet unser Bug jede Menge befreite Wellen. Die kommen aus Dresden, Torgau und Magdeburg und folgen dem Strom zur Nordsee hin. Sein großer Kollege, der Strom der Zeit, ist noch nicht stark genug für mehr Ostbesuch. Bei der Passage von Hamburg-Schulau klingt die Melodie des „Auferstanden aus Ruinen“ vom Ufer zu uns herüber und Willkommenshöft hisst die DDR-Fahne. Jedes Schiff, das Hamburg ansteuert, wird hier mit der Flagge und der Hymne seines Heimatlandes begrüßt. Für die Touristen ist es jedes Mal eine kleine Sensation, wenn die ostdeutschen Schiffe wie FRIEDRICH ENGELS, BERLIN – HAUPTSTADT DER DDR, oder eben auch INSELSEE dort vorüberziehen. Reisen bildet auch Elbebesucher! So sind sie Jahre später allemal schlauer als eine jetzt noch bundesdeutsche und später dann wiedervereinigte Dame.
Doch das ist eine der letzten Geschichten.

Landgang

Die INSELSEE hat am Hamburger Kamerunkai festgemacht. Der Erste Offizier haut mir auf die Schulter und ruft: „Los, schnapp dir dein Weib und ab an Land! Ich gehe deine Wache mit.“ Fünf Minuten später stehen wir landgangsfein an der Gangway. Doch uns fehlt der dritte Mann. Ehepaare dürfen nicht allein von Bord, fordert Berlin. Und schon gar nicht solche von Mitreiseehepartnern. „Jeder, der frei hat, ist schon an Land“, nimmt uns der Wachmatrose die Hoffnung. Jetzt stehen wir also hier, Hamburg grüßt und lässt bitten, doch “Sicherheit und Ordnung” fesseln uns ans Schiff. Kathleen will das nicht glauben, ich weiß es. „Sucht ihr jemanden zum Landgang?“, höre ich eine Stimme hinter mir. Ich drehe mich um. Es ist der Politoffizier. „Sie wollen wohl auch an Land?“
„Hört zu, ich heiße Horst und zeige euch jetzt Hamburg. Auf geht's!“ Erst einmal zeigt uns Horst das Schwarzfahren mit der S-Bahn. „Da spart ihr D-Mark und schädigt den Klassenfeind!“, lacht er uns an, und mir ist etwas mulmig dabei Dann folgt ein Fußmarsch von einem Kaufhaus zum anderen. Kathleen ist dafür. Ich füge mich drein. Bei Karstadt muss Horst „jetzt mal allein was su-

chen!“ und eine Stunde später treffen wir uns am Ausgang. Es folgen Bratwurst und Ministadtbummel. Horst will eine Menge von Kathleen wissen, was sie arbeitet, was die Eltern tun, wer jetzt die Kinder betreut und woran wir glauben. Bald wissen wir, er ist schon mal abgesoffen, damals im Krieg. Man hatte ihn aus der Nordsee gefischt. „Wenn du so was erlebt hast, willst du das nicht mehr haben. Deshalb die Partei, versteht ihr? Das hier ist nun meine letzte Reise. Ich werde gleich sechzig. Die Knochen sind kaputt, der Kreislauf spielt verrückt, aber die Genossen wollen, dass ich die Parteiwahlen an Bord noch mache.“ Später ergänzt er: „Na ja, so richtig haben wir das noch nicht geschafft, unsere Menschen vom Sozialismus zu begeistern. Wo soll Vertrauen auch herkommen, wenn nicht vertraut wird?!“ Die Fähre bringt uns von Landungsbrücken rüber zur Pier. Ich melde mich beim Ersten Offizier von Land zurück. Der holt den Zweiten herzu und öffnet jedem ein Bier. „Also, Leute, wir machen hier gemeinsam eine ordentliche Reise. Jeder tut, was er kann, und ihr beiden tauscht die Wachen, damit der Dritte seiner Frau Afrika zeigen kann, Prost!“
Später sitz ich mit Kathleen in der Kammer und grüble. Wird der PO auch Lust darauf haben, mit uns am Strand zu liegen? Oder sollten wir an seiner Stelle einen Lehrlinge mitnehmen? Aber, Seemann voll im Saft, Sonne, Meer, Palmen und ein schönes Weib im Sand. Da fällt mir gleich was dazu ein. Die sozialistische Moral wäre arg gefährdet. „Wir schicken ihn Bier holen“, schlage ich vor. Kathleen stutzt kurz und schüttelt dann den Kopf. Sie vergisst dabei nicht, die Augen zur Decke zu drehen, und weiß einmal mehr wieder, sie hat einen Mann geheiratet. Am Abend klopft Horst an unserer Kammer. Gleich darauf ist es egal, ob es in Afrika Bier zu kaufen gibt oder nicht. „Hört zu ihr beiden. Ich habe mit dem Kapitän gesprochen. Der Alte vertraut euch und ich auch. Ab sofort seid ihr eine Gruppe und könnt allein an Land. Enttäuscht mich nicht!“ Wir können das nicht glauben, werden es in Rotterdam testen und es wird so sein und kein Traum, trotz “Sicherheit und Ordnung”.
Mir ist klar, worauf sich der Kapitän einlässt. Für Horst ist es sowieso die letzte Reise. Aber der Alte ist noch keine vierzig. Bleiben wir im Westen, dann fährt er nie mehr zur See. In einer Zeit, in der Hein Seemann die Stewardess nicht heiratet, weil sie ab dann immer einen dritten Mann mit an Land schleppen müssten, denkt sich auch die Besatzung ihren Teil. Der Matrose, dem jeder zutraut, „der Stasimann an Bord“ zu sein, tut alles für seinen Spitznamen Skandal-Eddy und weiter nichts. Der Offizier, dem keiner die Stasi zutraut, macht gute Miene zum Spiel und weiß nicht, wieso darf der allein mit der Frau an Land und ich durfte es nicht? Er kann den Neid nicht für sich behalten und nicht den „Verdacht“. Daraufhin wird sein Chef, der Chiefmate, weiterhin freundlich zu Kathleen und mir bleiben, aber immer auch dienstlich. Der Kapitän bleibt gelassen. Er hat in Rostock erfahren, wen er da als Dritten Offizier an Bord bekommt. Damit hält er nicht hinterm Berg. „Merk dir das, Dritter, diese Reise widmest du dich ganz deiner Frau, verstanden? Deine Revolution mit den Kursen und den Kisten machst du auf den anderen Dampfern weiter. Wir

fahren jetzt gemeinsam mal so richtig schön nach Afrika. Und deiner Frau kannste ausrichten: Probe bestanden, sie ist gern auf der Brücke gesehen!"

Ausguck und Ausspuck

Der Ebbstrom hilft der Elbe bei der Talfahrt und trägt uns zur Nordsee hin. Sehr früh schon steigt der Lotse ab und weiß, warum. Dann holpert sich die INSEL-SEE bis zum Feuerschiff ELBE 1 und geht ab da in mäßiges Stampfen über. Seefrau Kathleen hat nun freien Auslauf in der Brücke, doch irgendwie sieht es sehr wacklig aus. Es dauert nicht lange, da wuchtet sich das Schiff mit kühnen Schwüngen nördlich Ostfriesland westwärts durch die aufgewühlte See. „Kuck einfach nur zum Horizont und halte dich da mit den Augen fest", rate ich meiner Blassen und: „Erbrich dich bitte nicht auf der Brücke!" Mit 985 Hpa, Beaufort 7, in Böen 9 und hübschen weißen Streifen auf steilen Wellen, wie sie nur die Nordsee kennt, beschenkt diese nun die mitreisende Ehefrau Glück. Die sieht so glücklich nicht aus und ist bald nicht mehr zu sehen, die Undankbare. Kurz nach vier wünsche ich „Gute Wache!" und melde mich von der Brücke. Auf der Kammer angelangt, höre ich es bereits im Wohnraum. Dann rieche ich es im Bad und sehe es gleich darauf auf der Koje. Kathleen schluchzt und würgt und meint, wenn das nun die gesamte Reise so ginge, da spränge sie lieber gleich ins Wasser. Mit den Gummibeinen schafft sie es nie bis zur Reling, ist mir nach ihrer Rückkehr von der Toilette klar. Da bin ich beruhigt. Schnell stehen Pütz, Kamillentee und Zwieback neben der Koje. „Du musst etwas essen, das bricht sich dann leichter", mache ich Therapievorschläge. Die gehen im Röhren und Würgen unter. Also versuche ich Psychotherapie. „Morgen Früh, in Rotterdam an der Pier, ist alles vergessen."
„Meine armen Kinder", antwortet mir meine Rotäugige schluchzend. Doch auch da kann ich sie beruhigen. „Denen geht es jetzt besser als dir. Die fallen Omi und Opi auf die Nerven und denken nicht an Vater und Mutter." Die Verzweiflung treibt dann doch etwas Zwieback mit Tee in mein Häufchen Elend. Zum Glück, denn es bricht sich wirklich nicht vorteilhaft, so ganz ohne alles im Magen.
Sehr früh am Morgen ist der Lotse an Bord. Meine Bleiche schwächelt zwischen Polenradar und Brückenpult vor sich hin. Also ist sie tapfer auf „ihrer Manöverstation". Später liegt der Dampfer fest an der Pier, da kommt mir Kathleen entgegengehüpft. Das Rouge auf den Wangen ist wieder ganz viel Natur und nur sehr wenig Nachhilfe. „Das schaukelt ja überhaupt nicht mehr. Ist das schön!" Also Landgang, was sonst?!

„Ich will keine Kaufhäuser mehr sehen", verkündet die mitreisende Ehefrau und macht so ihren Mann glücklich. Es folgen Rotterdam-City-Spaziergang, Bier, Eis, Ansichtskartenkauf mit Briefmarke und „Na ja, nur hier mal kurz reinkukken. Der Pulli ist wunderschön!". Am Nachmittag sind wir zurück auf dem Schiff. Das liegt noch einschmeichelnd ruhig an der Pier. Über Nacht dann schaukelt es nach Antwerpen rüber. Eine Dame an Bord müsste sich nicht abschminken, um bleich auszusehen. Tut sie trotzdem. Ich schaukle am Kartentisch mit. Die Schleusen sehen Kathleen im neuen Rouge auf ihrer Brückenposition.
Wieder lockt der Landgang. Ich bin nun doch etwas müde.
Nach Kathedrale, Rubenshaus und Falconplain folgen Bier und Eis und Schipperstraat. Meine Kräfte reichen nicht mehr zur Gegenwehr. So richtig trau ich mich nicht mit Frau Glück an den mit Mädels besetzten Schaufenstern vorbei. Doch meine Landgängerin „muss das sehen" und so sehe ich uns bereits in der Horizontalen, frisch verkloppt von den Damen des Gewerbes. Unser Weg führt an einer stattlichen Afrikanerin vorbei. Die steht draußen vor ihrem Schaufenster und raucht erstmal eine, bevor sie sich wieder „langmacht". Im spitzeweißen fünfteiligen Kampfdress lehnt sie an der Tür und ich schiele wohl eine Sekunde zu lange dahin. „Geh doch hin, du Feigling!", lockt meine Begleitung. „Da würdest du aber staunen!", widerstehe ich ohne Anstrengung und ernte Undank. „Oder die da!" Keine Kunst, nach drei Tagen Brücke, Deck, Schlafentzug und Landgang. Zwei Fenster weiter unterbricht eine bestrapste Schaufensterdame ihr Häkelwerk. Sie winkt Kathleen freundlich zu. Die winkt begeistert zurück. Daraufhin klettert mein Herz ganz langsam wieder zur Stammposition hoch. Trotzdem fühle ich mich später bei Bier und Ansichtskarten mit „Uns geht's gut. Viele Grüße aus Antwerpen" wohler.
Alle Ladung ist im Schiff.
Am nächsten Tag schon hat Kathleen ganz andere Probleme. Oder besser die alten eben. „Ooooch, is mir schlecht!"
Die INSELSEE hat ihre Reise nach Afrika fortgesetzt, dampft im Ärmelkanal atlantikwärts und der Funker beschenkt die Frau des Dritten Nautikers mit schönsten Aussichten. Der „Große Teich" wird uns „beinahe arschglatt" empfangen. Weil ich weiß, der kann auch anders, bin ich ihm auch im Namen der Braut sehr dankbar. Wir regenerieren uns bei Dauerschlaf mit Augen zu und ohne Anfassen. Alles ähnelt noch sehr der Hochzeitsnacht vor vier Jahren.

Gegendrehen

Die Biskaya liegt hinter uns. Die See ist nun deutlich ruhiger geworden. Das Sonnendeck lockt erfolgreich. Vorsichtig geht Kathleen zu fester Nahrung über. „Gegen die Restschwingungen hilft nur noch Gegendrehen“, rate ich ihr. Also nimmt sie den Wein der ersten Transitausgabe mit hinunter in die Bar. Die Jungs von Deck und aus der Maschine freuen sich darüber sehr. Sie können meinen Tipp nur bestätigen und spendieren Gesang zu Wein und Weib. Nach diesem Abend ist sie in die Crew aufgenommen. Zwei Tage weiter haben auch die Jungs nichts mehr zum Ausgeben. Also versuchen sie den Trick, der immer klappt. „Kathleen, kuck mal, ob dein Mann noch eine Flasche Schnaps rumstehen hat!“ Hat er und dann gleich nicht mehr. Dann fehlen weitere zwei Tage bis zur nächsten Ausgabe von Wein und WEINBLATTSIEGEL. Ich besinne mich auf meinen Freund und stelle ihm Kathleen vor. Natürlich kennt er die schon. Schließlich bringt er ihr ja das Essen an den Tisch, wenn auch erst seit gestern Mittag. „Ach, Frau Glück, dass Sie hier mitfahren, nein!“, stöhnt er mit einem kurzen und traurigen Blick zu „seinem Freund“ hin. „Na, da kommen sie mal mit!“ Kurz darauf brennt die Luft in der Bar. Irgendwoher sind plötzlich zwei Flaschen Gin aufgetaucht. Die gibt es dann eben zum Fassbier dazu. „So ganz ohne einen drauf, kann man das dünne Zeug nämlich nicht trinken!“, erfährt Kathleen wiederholten Dank. Die Barbesatzung ist nun bester Laune. Hossi trägt Trauer. Ich übe mich in Geduld. Denn, meine Mitreisende ist zwar an Bord, aber selten im Bett, wenn ich drin bin. So hatte ich mir das nicht gedacht. Doch Kathleen ist glücklich und da bin ich es eben auch. Was bleibt mir schon weiter übrig.

Girls just wanna have fun

Gambia wartet auf Reis, Kleidung, Medikamente, Milchpulver und also auf unsere UNICEF-Ladung. Die INSELSEE hat in Banjul festgemacht. Noch liegt die Gangway nicht auf der Pier doch Kathleen und Tanja, die Zweite Stewardess, amüsieren sich bereits köstlich.

Afrika grüßt mit einem seiner prächtigsten Söhne. Bekleidet mit einer langen weißen Unterhose trägt er stolz einen zum Sonnenschirm gewandelten Marlboro-Regenschirm die Pier entlang. Dabei lacht und winkt er zum Dampfer hoch und die Damen winken zurück. Also tänzelt er nun noch mehrere Male am Schiff vorbei. Die blitzenden weißen Zähne des Ebenholzfarbigen müssen sich die Mädels dazudenken. Wir sind im ärmsten Teil Afrikas.

Bald ist die Pier voller Menschen. Die Stadt schiebt Kohldampf. Das nächste reguläre Reisschiff hat Verspätung. Wir kommen zur rechten Zeit. Banjul braucht unsere Ladung. Kathleen ist von den mit bunten Stoffen umwickelten Frauen begeistert und von den huckepack transportierten Kinderchen sowieso. Später an Land, lacht sie über die mit bunten Schleifen geschmückten Hühner, erschrickt mal kurz über das dampfzischende Ungeheuer eines Volksfestes und runzelt die Stirn beim Anblick der in offener Kanalisation spielenden Kinder. Am Abend wirkt sie von den Eindrücken ihres ersten Afrikatages und der Schwüle wie erschlagen. In der Nacht beginnt meine Wache an Deck. Da staunt Frau Glück dann noch einmal.

Ein Offizier der sozialistischen Handelsflotte

An allen Luken wird gelöscht.

Die Matrosen gehen Lukenwache. Nicht alle Lebensmittel der Ladung sind für Banjul bestimmt. Die Diebstahlgefahr ist sehr groß. Hier herrscht wirklich Hunger. Sehr oft klettere ich selbst in die Laderäume und demonstriere Wachsamkeit. Doch bald bemerken wir die ersten Ladungsdiebstähle. Dem West-Honig fehlen nicht wenige Flaschen. Die Ost-Augentropfen gluckern in afrikanischen Mägen und mancher Reissack rieselt leise vor sich hin. Vor weiterem Honigklau schützt nur die Demonstration von Stärke. So schicke ich „den Langen", unseren größten Matrosen, mit einem Knüppel bewaffnet in die Luke und zeige den Stauern, die Tropfen sind für die Augen bestimmt. Trotzdem wird das Zeug heimlich weiter geschluckt. Jedes Korn Reis, was aus den Säcken fällt, sammeln die Stauer sorgfältig ein, waschen ihre „Beute" nur kalt ab, würgen sie hinunter und schütten Wasser hinterher. Der körperwarme und mit Wasser verdünnte Magensaft wird den Reis quellen lassen und so den gröbsten Hunger vertreiben. Zur Mitternacht bringt ein kleiner Junge das Essen für die Stauer, gekochten Reis, nichts sonst. Mit großen Augen muss er zukucken, wie die Männer nichts davon übrig lassen. Die Aufregung des Tages hat Kathleen nicht schlafen lassen. Von der Nock aus genießt sie die milde afrikanische Nacht. Dabei entdeckt sie den Jungen und weiß, der Pantrykühlschrank ist noch gut gefüllt. Also schmiert sie eine dicke Stulle. Die reicht sie dem Kleinen an Deck. Der kuckt ängstlich um sich und gibt sie dann weiter an die Männer. Da weiß sie, so geht das nicht. Also nimmt sie den Jungen mit in den Schutz der achteren Aufbauten, schmiert eine zweite Stulle und nun mampft der Kleine, was er kann. Das sieht der Zweite Offizier. „Ihr Geld ist es ja nicht, was sie hier verschenken, was?", pflaumt er Frau Glück voll. Am Morgen dann wird der junge, aufstrebende Offizier der sozialistischen Handelsflotte nichts dabei finden, dass der Steward die Reste der Nachtverpflegung aus dem Kühlschrank räumt und in den Abfall wirft. Da wird mir klar, bei Kapitän Schickedanz kann der Zweite nicht gelernt haben. „Wer arbeitet, soll auch essen!", hatte der Kapitän der BÜCHNER der Kombüse klar gemacht. „Wenn die Reste nicht ausreichen, dann wird noch was aufgeschnitten, Chefkoch!" Nicht selten saßen mehr als

vierzig Hafenarbeiter auf dem Achterdeck und löffelten ihre Kartoffel-Fleisch-und-Gemüse-Reste-Suppe. Dazu kauten sie das in der Nacht zusätzlich gebackene Weißbrot und schlürften literweise Kujampel, die auch uns Lehrlingen in Havannas Hitze besser schmeckte als alles Bier der Welt. Die kubanischen Stauer dankten es ihm mit Fleiß, Sorgfalt und Achtung. Das war Kapitän Schickedanz' Art, Schäden von der Ladung und den Lehrlingsseelen fern zu halten.
Banjul hat nun Reis für die nächsten Tage. Auf dem Markt werden die Hemden, Hosen und Schuhe der Solidaritätssendungen verkauft. Dabei hat das arme Afrika das Nachsehen, wie immer.

Gin und Spiele

Ende September ist die INSELSEE in Abidjan fest. Die Hauptstadt der Elfenbeinküste und „Perle Westafrikas" hat schon bessere Zeiten gesehen. Trotzdem beeindrucken die modernen Gebäude, die exotischen Pflanzen und Tiere Kathleen sehr. Auch der Hinweis zur Landgangsbelehrung: Die Überfälle auf Ausländer haben stark zugenommen. Auf der Brücke zur City hinüber lauern nicht selten dunkle Gestalten. Wie man die Brücke verlassen wird, steht beim Betreten nicht fest. Also legen wir keinen Wert auf Paarlandgang. Wir schließen uns den Freiwächtern von Deck und Maschine an. Die wissen, woher auch der Schnaps der Heimreise kommen könnte und geben uns gern Personenschutz. Auf dem riesigen Schnitzermarkt herrscht Mittagsruhe. Dann ist viel Lärm und Frau Glück ist verschwunden. „Ich wollte mir nur mal die Elfenbeinschnitzereien ankucken und plötzlich war ich umlagert", berichtet sie später. „Bist du verrückt?", hofft sie, dass es nicht so wäre, und beantwortet meine Frage, ob sie denn was gekauft hätte, wie eine Frau: „Das Zeug kannst du von einer der nächsten Reisen immer noch mitbringen!" Das Handgeld dieser Reise will sie sparen und dann am Ende, irgendwo in Westeuropa, endlich mal eine Bluse kaufen, die drei Ansprüche erfüllen soll: Weiß, schön und passend. Zwei Blusen hatte ich ihr von früheren Reisen schon mitgebracht. Mit denen allerdings bin ich über „weiß" nicht hinausgekommen. So wird sie nun „schön" und „passend" selbst in die Hand nehmen.
Anfang Oktober macht die INSELSEE im ghanaischen Tema fest.
Drei Matrosen ziehen los zum Strand. Am Mittag kommen sie „mit fast ohne was an" und also auch ohne Sandalen über die glühende Asphaltstraße zurückgehüpft. Am Abend gibt es auf dem Markt schicke Männerklamotten, frisch aus Europa, Uhren, Fotoapparate, HAFENBRÄU und Sandalen, gegen afrikanische Erdwärme, zu kaufen. Alles wurde am Zoll vorbei und kostengünstig importiert.
Der Kapitän weiß, seine Jungs brauchen Spiele. Sie sollen sie haben. Also geht

es am nächsten Tag zur Stadtbesichtigung, zum Volleyballspielen und zu bewachtem Badevergnügen. Gemeinsam mit einem Maschinisten steigt Kathleen in eines der am Schiff bereit stehenden Taxi. Auf der Fahrt zum Sportplatz staunt sie über den Zustand des vorausfahrenden Personentransporters. Dessen Reifen wären bei jedem Profiltiefencheck durchgefallen. Bei jeder Raddrehung schlägt das Textil gegen die Fahrzeugkarosse. „Die haben aber Mut", meint Kathleen sichtlich beeindruckt zu ihrem Nebenmann, und der antwortet: „Wieso nur die. Du müsstest mal unsere Reifen sehen!" Da kann es Frau Glück kaum erwarten, dass die „herrliche Landschaft da draußen" wieder still steht. Der Rückweg von Strand, Sport und Völkerfreundschaft hin zum Schiff führt die Taxikarawane durch die Altstadt. An einer der Kreuzungen fahren alle geradeaus weiter und nur eines biegt rechts ab. Da flachst Kathleen: „Ich glaub, jetzt werden wir entführt!" Der Weiße neben ihr wird nun auch weiß im Gesicht. Doch dann hält der „Entführer" am Schiff und die anderen Taxi fehlen noch. Nun wissen die beiden, es war eine Abkürzung, und kriegen wieder Farbe. Und Durst. Kathleen muss ihrem Begleiter versprechen: „Erschrick mich ja nicht noch einmal so!" und erhält einen Auftrag: „Frag mal deinen Mann, ob ..." Na klar, hat er, Prost!

Liegen gelassen

Die Republik Kongo muss nicht lange warten und da liegt die INSELSEE in Douala an der Pier. „Leute, ihr kennt die Reedereiweisung. Besuche der Seemannsmissionen sind nicht erlaubt!", beginnt der Kapitän die Landgangsbelehrung und fährt fort: „So, nun kommt meine Weisung. Wenn schon Landgang, dann nur zur Seemannsmission. Dort seid ihr am sichersten, verstanden?!" Der Kapitän kennt Afrika und weiß, er hat die Wahl. Entweder Westkontakt mit dem Seemannspastor oder vermisste Besatzungsmitglieder. Da muss er nicht lange überlegen. Zurück in Rostock, wird er der Inspektion schon den Unterschied klarmachen, zwischen einer zugemauerten Republik und der großen, weiten Welt, nur, falls da wer fragt. Vor allem, das Formular mit den vielen Durchschlägen soll jemand anders ausfüllen. Er bringt die Crew lieber vollzählig mit nach Hause, und gesund.
Vom schwülen Nachmittag an bis rein in die warme afrikanische Nacht liegen wir am Pool der Seemannsmission, tollen im Wasser, trinken Bier und Cola und genießen die Palmen und lustigen Menschen um uns herum. Meine Elster erwirbt silbrig glänzenden und farbigen Klimbim für Handgelenke, Hals und Haar und muss sich nicht lange daran gewöhnen. Zur Mitternacht sind wir zurück an Bord. Kathleen fällt in die Koje. Mich ruft die Null-Vier-Wache. Der Dampfer ist verriegelt und verrammelt, wegen der Langfinger. Am einzigen offenen Zugang zu den Aufbauten wachen die Matrosen und sind hellwach dabei.

Meinen Wach- und Wachmachkaffee trinke ich gemeinsam mit „dem Langen" an der Gangway und verabschiede mich dann zum Seekartenberichtigen auf die Brücke. Dort denke ich wohl etwas zu lange in mir nach. Die Augen gehen wieder auf, da geht jemand ruhen. Gegen zwei meldet mir der Wachmatrose „Alles in Ordnung". Der Erste Offizier hatte den gesamten gestrigen Tag an Deck gestanden und wird es heute wieder tun. So übernimmt zehn vor vier der Zweite die Wache. Der sieht etwas zerknittert aus und Hose und Hemd zerlegen. Nach dem Wachbier mit „dem Langen", gegen halb fünf, betrete ich die Kammer und bemerke es gleich. Hier war jemand drin. Also reiße ich die Tür zum Schlafraum auf. Kathleen schläft friedlich vor sich hin.
Am Vormittag erzähle ich ihr vom nächtlichen Besuch und die ist nun beinahe beleidigt. Zu Recht, denn da nimmt der Dieb „allen Mist" mit, aber lässt sie liegen, meine Schöne! „Wir sind hier in Afrika, du warst ihm sicher zu dünn!", gehe ich auf ihr Spiel ein und frage dann: „Was fehlt eigentlich?" Schnell stellen wir fest, der Dieb hat, neben Kathleen, auch den Recorder, den Fotoapparat und die Armbanduhr liegen lassen. Nur die „Elsterbeute" von gestern Abend fehlt und fünf Dollar. Da stellt Kathleen die entscheidende Frage: „Meinst du wirklich, die klauen ihren eigenen Ramsch?" Ich melde den Einbruch beim Alten. Der vermutet, da müsse die Nacht ja irgendwer geschlafen haben. Der Zweite meint, anders könne das gar nicht sein. Er solle sich raushalten, meint daraufhin der Alte zum Zweiten Steuermann. Zum Reiseende wird der Kapitän meine Schadensmeldung unterschreiben. „Buntsilbriges Geklimper und zwanzig Dollar", steht dann auf dem Protokoll für die Versicherung. So viel wäre es ja nun doch nicht gewesen, wird daraufhin der Zweite bemerken und ich werde dann meine ganz eigene Meinung für mich behalten.
„Nichts als nur eine schöne Afrikareise, Kapitän, versprochen!"

Alles, nur keine Russen!

Die Ladung ist aus dem Schiff. Die Heimreise steht fest. In Takoradi sollen wir Baumstämme für Nordenham laden und auch für Leixoes noch etwas mitnehmen. Somit ist die INSELSEE Mitte Oktober wieder in Ghana und liegt auf der Innenreede von Takoradi vertäut und am Anker. Täglich machen nun Schuten mit Mahagonieholzstämmen längsseits fest. Es wird dauern.
Trotz der Ladearbeiten geht für die Matrosen der schwere Arbeitsalltag an Deck weiter. In der afrikanischen Waschküche kämpfen sie den Kampf, den sie nicht gewinnen können, mit Hammer und Farbe gegen den Rost. Der Fahrtwind fehlt. Die Thermometer treiben ihre Messbalken in die Höhe, doch hängen im Schatten. Die Arbeit an Deck findet in der Sonne statt. Zusätzlich müssen Luken auf- und zugefahren und tollkühne dunkelbunte Bordkranfahrer zur Räson gebracht werden. Den Nachtwächtern fehlt die Sonne nicht. Doch, auch zu

zweit und unter käseklaufeindlicher Beleuchtung des Decks und der Aufbauten ist jede Menge Mut gefragt. Die Männer der Maschine nutzen die Zeit, in der „der Hobel" steht. Spülluftkanalreinigung und andere Arbeiten „im Warmen" fordern beste Kondition. Zusätzlich zum gut beheizten Afrika geben die Hilfsdiesel noch Wärme in die schummrig öligen Ecken des Schachtes. Auch in diejenigen, an denen der Strom der Lüftungssysteme vorbeifließt. Dann muss „mal schnell noch" ein Kolben gezogen werden. Nach Arbeitsende liegen die Jungs von Deck und Maschine, frei von Farbe, Dreck, Schmiere, Lärm und Sonderwünschen der Chefs, in ihren Klimaboxen. Später trifft man sich beim Bier. Mehr als zwei Flaschen pro Tag werden das selten. Die wenigen schlafbaren Stunden der Nacht müssen zur Regeneration reichen.
„Das sind richtige Helden", findet Kathleen. Manchmal hängt sie „na ja, du auch" dran und will dann gleich darauf wissen: „Brauchst du heute noch deine Flasche Gin?" Am Abend gibt es dann irgendwo im Schiff „Bordversammlung" mit Frau Glück und Gin und Tonic.
Auch der Kapitän weiß, was seine Leute leisten. Also schlägt der Alte „mittags Arbeitsende – nachmittags Fußball" vor und wir sind dafür. „Keine sportlichen Aktivitäten mit Besatzungen aus dem nichtsozialistischen Wirtschaftsgebiet", weist die Reederei an. Uns bleiben nur die Besatzungen der sowjetischen Schiffe. „Die können nicht verlieren und holzen dann wie die Doofen", weiß der Kapitän noch vom letzten Mal, und „ich kann auf der Heimreise keine Halbtoten gebrauchen. Also, alles, nur keine Russen!" Wo kriegen wir nun faire Sozialisten her? „Könnte ja sein, die Weltrevolution schreitet schneller als gedacht voran", denkt Horst laut und hat dann einen Einfall. „Ghana als Bollwerk gegen den afrikanischen Kapitalismus könne er sich gut vorstellen." Also folgen zwei Fußballspiele gegen ghanaische Mannschaften. Frau Glück muss als Maskottchen mit und sich auf die Wasser- und Colakiste setzen. Sie erliegt dem Charme Afrikas Jugend und der Kapitän resümiert: „Wasser ist sowieso das Beste bei dieser Hitze. Außerdem verdirbt uns das nicht den Geschmack am Siegesbier!" Herr Glück darf Stürmer sein. Doch Großfeld, Afrika, 80 Kilo „über Null" und die Sonne tun das ihre. Da knote ich mir mein Taschentuch zum vierzipfligen Sonnenhut und wieder ist der Alte glücklich. „Jetzt haben wir ja doch noch einen Russen im Spiel!" Es folgen ein Grillabend in der britischen Seemannsmission, wo sonst, und zwei Badeausflüge zum Postkartenpalmentraumsandstrand. Dort zieht ein langer Matrose meine kleine Mitreisende aus den meterhohen Brandungswellen.
Den Funker zieht niemand. „Ich hatte doch gerufen und gewunken!" Atem- und kraftlos zurück am Strand, will er wissen, warum keiner an die zur Rettung bestimmte Wurfleine gedacht hatte. Wir hatten zurück gewunken und „gewusst": „Funki macht wieder mal Spaß." Es war aber keiner. Das sehen wir nun und erkennen, auch Witzbolden droht der Seemannstod. Sofort fällt dem Kapitän das Formular wieder ein, das mit den vielen Durchschlägen. „Funker, denk auch mal an die viele Schreibarbeit für mich, wenn du mir abgesoffen

wärst", kann er sich den Hinweis nicht verkneifen. Dann lacht er froh unter Palmen hervor, über den feinkörnigen Sand hinweg, in die rauschende Brandung hinein und dem sonnenüberfluteten Atlantik entgegen. Seine Jungs sind gut bei Laune. Ein Glück für jeden Kapitän.

Next Port: Conakry

Wir hatten den Töchtern eine Schildkröte versprochen. Nur hatten wir uns deren Erwerb einfacher vorgestellt. Auf unsere Anfrage bringt ein Händler einen Sack voll mit Schildkröten. Die haben Löcher im Panzer. Strick dort durch, ran an den Stock und übers Feuer damit, liefert er die Kochanleitung gleich mit. Kathleen schauderts und auch ich bin nicht dafür. Endlich hat er kapiert „turtle for children" und bringt das Gewünschte. Landschildkröte, „sure, my dear!". Die wird nicht nur als „Blinder Passagier" zur See fahren, sondern auch der Mittelpunkt der Heimreise sein. Wiederholt wird sie ein Matrose aus dem Schatten der Aufbauten ziehen und grübeln. „Der gefällt's garantiert nicht in der Sonne, wollen wir wetten?" Dem werden Tauch- und Schwimmversuche in der Bordbadewanne folgen und ein Jahr später wird man im Leipziger Zoo unsere Ahnung bestätigen: Brustpanzerklapplampeduse, fühlt sich wohl im Schlamm und im Wasser, hasst Sonne. Was will die dann mitten in Afrika?
Erst einmal jedoch sind alle Spiele gespielt und alle Baumstämme im Schiff. Der Alte hat keine Lust auf Überschmuggler. So lässt er „Next Port: Conakry" an die Gangwaytafel schreiben. Meine Frage beantwortet er „aus dem reichen Erfahrungsschatz eines Afrikafahrers".
„Lieber fahren die Schwarzen zur Hölle als nach Nigeria! Steuermann, da kannst du sicher sein, freiwillig fährt keiner von denen mit uns mit." Er behält Recht. Ende Oktober dampft die INSELSEE im Nordatlantik die westafrikanische Küste entlang und höheren Breitengraden entgegen. Alles an Bord geht seinen Gang.
Skandal-Eddy soll die Brückenfenster von außen putzen. So klettert er auf die schmalen Fußtritte und turnt an den Aufbauten in luftiger Höhe an der Vorkante der Brücke entlang. Er putzt mal hier, mal da und immer sind seine 80 Kilo Lebendgewicht mit dem fest am Schiff verhakten Sicherheitsgurt vor dem freien Fall auf das Hauptdeck geschützt. Der Alte betritt die Brücke und will nicht glauben, was er da sieht. Die Rohre der Antikampfstoffsprühanlage sind zu lustigen Wellen verbogen. Die sind eigentlich zur Aufnahme von einem Liter Wasser pro Meter Leitungslänge gemacht, doch mit 80 Kilogramm Mensch an einem Zentimeter Rohrleitung hatten die Schiffbauer nicht gerechnet. Nun hängt eine stählerne Wäscheleine vor den Fenstern der Brücke. Da wird der Kapitän kurz mal bleich, kuckt suchend hinunter an Deck und lässt dann nach Eddy fahnden. Man findet ihn lebend. Der Alte atmet auf. Schnell verschwindet

das Formular mit den vielen Durchschlägen wieder im Safe.
In der Bar ist Stimmung. Der Zweite Nautiker geht der Zweiten Stewardess um den Bart. Die ist von den Steuermannskomplimenten hin und weg. Dann muss sie mal schnell für „kleine Mädchen". Die Zeit nutzt der Zweite. Spöttisch lachend verkündet er: „He, die Dicke glaubt auch jeden Scheiß!" Die einen lachen nun mit, andere verhalten und wenige gar nicht. Später dann muss auch der Zweite fort und zur Wache. Die Runde ist ruhiger geworden und einer sagt „Glaubt mal nicht, dass der das nur mit Tanja so macht." Kathleen fügt „stimmt!" hinzu und weiß, was sie sagt.
Der Treibstoff wird nicht bis nach Hause reichen, erfahren wir bald. Next Port soll deshalb Las Palmas sein und darauf freuen sich alle schon sehr. Frau Glücks Traumreise findet ihren Fortgang.
Obwohl: „Ich glaube, mir wird wieder schlecht!"

Rot-grün-blaue Eiswürfel

Da hat sie bald Sicherheit. Doch der nächste Barabend lockt und mit ihm ist Linderung in Sicht. Erst einmal jedoch findet sich Kathleen wieder „auf Arbeit" ein. Der Chefkoch hat noch ausreichend Kartoffeln zum Schälen. Die stellt er ihr gern hin und das Glas Wein daneben. Die Therapie hatte schon auf der Ausreise geholfen. „Die Kombüse ist nahe an der Aufhängung des Pendels Schiff gelegen. Darum schaukelt es dort nicht so sehr", hatte ich meine Weißgesichtige aufklären wollen, und etwas von Frau Glück war noch in ihr gewesen. Damit ich es wüsste, warum, sei ihr egal, Hauptsache, dass!
Zwei Tage später findet die Therapie eine Etage höher ihre Fortsetzung in der Bar. Der Dritte Ingenieur, der Storekeeper und mein Freund Hossi halten Wein vor und Kathleen bei Laune. Oft sind auch die Jungs vom Tagestörn vertreten. Maschine, Deck und Wirtschaft sind gut gemischt und bestens gelaunt. Es geht nach Hause. Kathleen genießt die Aufmerksamkeit der Lords, des Bäckers, der Stewardess und meines Wachmatrosen. Der hatte sich den Traum von der Seefahrt erfüllt. Nun ist er das sechste Jahr wohl auf See und das reicht. Er will zum Deutschen Theater und sich dort in der Requisite hochdienen. Einfälle hat er genug. Also entführt er Kathleen und mich morgens nach vier und südlich der Kanarischen Inseln in die Bar der INSELSEE. Dort warten bereits der Bäcker, der Wachingenieur und dessen Assi. Filigranes Backwerk, köstlich belegt und garniert, Bowle tutti frutti, Bier, Gin, Tonic und Eis schmücken die Back, und rot-grün-blaue Eiswürfel. Gegen Morgen, der Bäcker holt bereits die ersten Brötchen aus dem Backofen, weiß Kathleen nicht mehr, dass ihr mal übel war.
Die INSELSEE hat an der Bunkerpier von Las Palmas festgemacht. Es ist acht Uhr. Der Agent meint, gegen zehn könnten wir wieder raus auf See. Der Schiffshändler stünde auch bereits an der Pier. Da will der Alte wissen, ob der

Schiffshändler bis sechzehn Uhr geliefert haben wird. „Captain, sofort, wenn Sie wollen!" – „Nein, sechzehn Uhr wäre gut." Da versteht der Agent und der Kapitän verkündet: „Landgang! Bis fünfzehn Uhr neunundfünfzig, wer zu spät kommt, bleibt hier!" Alles, was frei hat, stürmt nun an Land. Auch das Schicksal nimmt seinen Lauf.

Ich bin erkannt

„Jetzt habe ich euch erkannt!", schluchzt mir meine Ex-Las-Palmas-Landgängerin von der Koje aus entgegen. Vier Uhr morgens, mitten auf dem Atlantik und 150 Seemeilen nördlich der Kanarischen Inseln trifft mich diese Feststellung gänzlich unvorbereitet. Zumal, der Landgang war doch herrlich gewesen und würdiger Abschied auf Zeit aus einer Welt, die für immer nur Edelgermanen vorbehalten zu sein scheint.

Das Foto „Drei Affen" war gelungen. Mutti, Vati, Affenkind und Palmen mit viel Las Palmas dahinter. Die Töchter würden was zum Lachen haben. Das Eis hatte geschmeckt, Bier und Wein sowieso. Die letzten Ansichtskarten waren gen DDR geschickt worden. Mutti würde bald bei ihren Kindern sein. Alles lief nach Plan. Morgens halb fünf lag die Wache hinter mir und zu dem, was da gleich vor mir liegen könnte, hatte ich die Vorstellungen eines jungen Mannes.

Nun also das. „Ihr Seeleute seid ja doch Schweine. Und Lügner sowieso, jawohl!", begründet Kathleen ihre Erkenntnis. Dann rollt sie sich unanfassbar zusammen und ist „so richtig enttäuscht, das kannste wissen!". Es ist also wieder so weit, weiß Mann, der gelernt hat, in Perioden zu denken, und bereitet sich dann auf Enthaltsamkeit vor, auch diesmal. Der Anfall der Guten ist also begründbar, nur eben der Anlass mir unerklärlich. Den erfahre ich bald. Am Mittag des nächsten Tages verweigert Kathleen die Nahrungsaufnahme. Sie ginge auch „nie mehr Kartoffelnschälen" und ergibt sich dem Unwohlsein. Ich begebe mich zur Wache.

„Du, Steuermann, ich glaube wir haben da was gutzumachen", betritt der Dritte Ingenieur die Brücke. Ich erfahre von ihm, er, der liebende Familienvater im Mittelalter, der Koch, der schon rot wird, sieht er eine Frau, der Storekeeper, der nie eigene Zigaretten raucht und „sowieso niemals Frauen finanzieren würde", und mein Freund Hossi hatten Kathleen an die Bar eingeladen. Das war gleich nach dem Landgang in Las Palmas gewesen. Wieso auch immer, hatte die „Runde der Frauenablehner und alten Männer" der Heimreisekoller gepackt. Der eine schwelgte in Erinnerung, die anderen in Träumen und Hossi im Albtraum. Mit jedem Glas waren die Erzählungen schärfer geworden. Das war ja noch lustig gewesen. Doch dann hatte Enno berichtet, wie man Storie den Puff von Las Palmas gezeigt hatte. Storie war zwar schon am Eingang geflüchtet, am Nachmittag, nur, die Erzählung ging eben anders, am Abend und

in der Bar. „Deine Frau ist dann ohne Wort aus der Bar. So war das.“
„Bringt mir das in Ordnung“, muss ich nicht lange bitten. „Schickt jetzt bloß keinen Mann zu ihr, Tanja vielleicht oder besser noch Hossi!“
Zum Vorwachschlafbeginn gegen einundzwanzig Uhr lebt meine Reisegefährtin wieder. Ich hüpfe zu ihr auf die Matratze, da hüpft sie raus aus dem Bett. Meine noch immer Enttäuschte beginnt sich „aufzuhübschen“. Eine Stunde später meint sie, sie ginge nun. Man hätte sie in die Bar eingeladen. Gegen Mitternacht übernehme ich die Wache, erblicke die Wetterkarte und denke, da soll sie sich's heute noch mal gut gehen lassen. Aber ein wenig gönne ich ihr die baldige Schaukelei doch, so! Derweil versuchen die Prahler von gestern Wiedergutmachung und erzählen Frau Glück nun genau das Gegenteil. Oh Gott!
Halb fünf stupse ich vorsichtig die Tür zum Schlafraum auf. Kathleen ist hellwach und ich bin dran. „Denkst du etwa, ich habe das gestern alles geglaubt. Wie stehe ich denn nun da?!“, kriege ich mein Fett weg. Die Worte: „Da hatte ich aber einen ganz anderen Eindruck“ berechtigen mich nicht zum Frau-Glück-Streicheln-Dürfen. Dann ist sie doch gnädig. Ich nutze die Chance. Ein wenig afrikanische Resthitze tut auf dem herbstlichen Atlantik jedem Seemann gut. Bald bin ich so richtig schön tot, wie es nur ein Mann sein kann. Auch Kathleen schläft friedlich der Heimat und den Kindern entgegen.

Regen und Segen

Die INSELSEE stürmt nach Hause und rundum türmt der Atlantik seine schönsten Wellen. Auf deren Kämmen sind anfangs noch weiße Streifen zu sehen. Später sieht man nur noch Wasserwände aus der Gischt heraustreten und gegen den Dampfer klatschen. Das eklig stürmische Trogtief wird bald vorbei sein. Keine Gefahr also für Schiff und Besatzung in Sicht. Der Wind danach, Beaufort 7 bis 8, gehört zum herbstlichen Atlantik wie der Donner zum Blitz. „Das musst du dir anschauen“, rufe ich zum Knäuel in der Koje. „Weltuntergang live und kein Kino!“ Meine Sturmgeplagte ist des Erbrechens müde und will nun sterben. Ihr ist das gesparte Kinogeld schnuppe. Sollte sie überleben, „dann steige sie nie wieder auf solch eine Schaukelkiste auf!“ Bald lassen die Gradienten und Krümmungen der Isobaren nur noch Beaufort 5 zu. Das berechtigt zum Einlaufen ins portugiesische Leixoes. Kathleen plant wieder voraus und für das Leben nach ihrer Seefahrt. Also muß Landgang sein.
Wir erwerben portugiesische Keramik „für Omi und Billa“ als Dankeschön fürs Kinderhüten. Dann „erwischen“ wir eine Jeans, die auch kleinen Damen sofort passt, mit modischem Schnickschnack dran, Accessoires eben. Zum nasskalten Herbstwetter gesellen sich der Dreck und die Armut einer portugiesischen Hafenstadt sowie Kneipen und Bars, deren schlechter Zustand mit dem der freiberuflich tätigen Damen dort im Wettbewerb steht. Barfuß läuft ein kleines

Mädchen durch die schmutzig kalten Strassen einer Kleinstadt im Armenhaus Westeuropas. „Ich will nach Hause“, erschrickt da meine Geschockte ein letztes Mal. Dann zieht sie mich in Richtung Hafen und zum Dampfer zurück und hofft wohl, er würde losfahren, falls wir eher an Bord sind. Wenn sie die Wahl hätte zwischen Leixoes und Hartha, müsse sie nicht lange nachdenken, ist sie nicht traurig, dass nun der Landgang zu Ende ist.
Drei Tage lang rollt die INSELSEE in mäßig bewegter See der Heimat entgegen. In ihr Schicksal ergeben, rollt Frau Glück in der Koje des Dritten Nautikers hin und her. Im Englischen Kanal kehren Kräfte und Überlebenswille wieder. Der Chefkoch päppelt die „bezüglich der Verpflegung wohl billigste Passagierin aller Zeiten“ mit Schmackhaftem landgangstauglich. Dann ist der Weser-Lotse an Bord. Kathleen hat ihre Manöverstation auf der Brücke besetzt. An einem Nachmittag in der zweiten Novemberwoche des Jahres 1985 macht die ISLANDSEE im bundesdeutschen Nordenham fest und es regnet in Strömen. Am nächsten Morgen regnet es unaufhaltsam weiter und warum das nun sogar „himmlisches Glück“ sein soll, begreifen wir erst, nachdem sich der Schreck gelegt haben wird, nach unserer Ankunft in Hartha. Jedenfalls kämpfen wir uns unterm Regenschirm zu den Geschäften mit den „vielen schönen Klamotten“ durch. Doch bald steht fest: „Die weiße Bluse kannst du mir allemal noch mitbringen.“ Damit ist das Handgeld der nächsten Reise schon zur Hälfte verplant. Auf dieser Reise genügen „die schönen Pullis hier, kuck mal, und der Rock, schick was?“. Es muss also nicht immer nur Weiß sein.

Heimkehr

„Du hattest mir versprochen, das schaukelt nun nicht mehr!“ Kathleens Vorwurf muss ich mir gefallen lassen. Tapfer hatte sie auf der Brücke bis zur Lotsenabgabe ausgehalten. Doch nun hat die See uns wieder. Nur wenige Stunden noch trennen uns vom Elbe-Lotsen. Der Nordsee fällt der Abschied von Frau Glück schwer. So stürmisch wie den Empfang, vor zehn Wochen, gestaltet sie nun auch den Abschied. Dann ist es geschafft. In der Kabbelsee aus Flutstrom und ablandigem Wind rappelt sich die INSELSEE elbaufwärts in Richtung Nord-Ostsee-Kanal. Der Platz am Polenradar ist leer. Auch im NOK bleibt Kathleens Manöverstation unbesetzt. „Kuck mal, was da los ist“, schickt mich der Kapitän runter zur Kammer. Er ergänzt: „Nicht, dass ich doch noch Schreibkram am Halse hab!“, und meint wohl das Formular mit den vielen Durchschriften. Also schaue ich in der Kammer nach. Dort hockt mein Häufchen Unglück. „Ich muss zu meinen Kindern!“ Das Heimweh will mit den Tränen einfach nicht wegfließen. Dann klopft Hossi und holt die Frau seines Freundes zum Abschiedfeiern. Auch auf den letzten Seemeilen und schon in der Ostsee kümmern sich die Matrosen, die Maschinisten, der Bäcker, der Koch und Tanja um

die mitreisende Ehefrau. Gemeinsam feiert man nun Wiederkehr. Jetzt weiß auch Kathleen, wie sehr sich Seeleute auf zu Hause freuen. Das gibt ihr Kraft und der Rostock-Lotse ist an Bord, da klemmt zwischen Polenradar und Brükkenpult eine kleiner, blonder Wuschelkopf. Der ist bestens gelaunt, schließlich geht es nach Hause. Er gehört einer Seefahrerin, die von langer Reise heimkehrt und sich zurücksehnt an Land, ins richtige Leben.
Die hat nun eine Vorstellung davon, was Seeleute leisten. Aber sie weiß auch, Seemannsfrau braucht sich da nicht zu verstecken. Fest an der Pier, verabschieden wir uns auch von Horst. Die letzten Seemeilen seines Lebens liegen hinter ihm. Er wird an Land gebraucht und dort einer der wenigen mehr sein, die wissen, Seefahrt und Sozialismus, der, den Erich sich vorstellt, muss ein Balanceakt bleiben. „Ihr seid gute Menschen", drückt er Kathleen zum Abschied die Hand und fügt hinzu :„Die haben es zu jeder Zeit schwer!"
Der Kapitän lacht Frau Glück entgegen. „Na, war das eine Reise? Da fährt man doch gern mal wieder mit!" Kathleen weiß, so schnell steht die Frage nicht. Deshalb ist ihre Antwort ehrlich: „Ja, das stimmt, danke Kapitän!"
„Steuermann", hält mich der Alte an der Schulter zurück, „das Spiel mit den Kursen und den Kisten kannst du nicht gewinnen. Überleg mal, wo du lebst!"
Ja, Kopf, eigentlich ist im Rätsel des Kapitäns die Antwort gleich drin. Nur, ich bin jung und will noch immer die Welt verändern. Doch eines ahnt der Bauch schon jetzt: Die kommenden Reisen haben nicht die geringste Chance. Sie können nicht schöner werden.

Wiedersehen

Die Wohnungstür geht auf und das Geplapper los.
„Mami, Papi, wisst ihr schon ..." Ein zarter Klaps an den Hinterkopf rettet Maja vorm Ersticken. Daraufhin macht auch Ina für Sekunden den Mund zu. Mami nimmt ihre Küken unter die Flügel und die schauen glücklich drunter hervor. Nach dem Töchterküssen fällt der Blick auf Omi und Opi. Man sieht ihnen die Erleichterung an. Meine Frage ist dann auch mehr Anerkennung. „Na, war es auszuhalten mit den Damen?"
„Eurer Jüngsten bringt keiner mehr Ordnung bei", bestätigt uns Omi, auch sie ist gescheitert. Da bekommt Maja einen Muttikuss. Das beweist, Wiedersehen ist nicht der beste pädagogische Ratgeber. Auch ich bin in Kathleens Liebe eingeschlossen. Also rät sie in meine Richtung: „Von wem sie das nur hat?" Das versteht Maja falsch und will sich mit ihren Missetaten brüsten. Daraufhin fällt Vatis Klaps an den Mädchenkopf nicht zu zart aus und zeigt „Urlaubsende" an. „Die Große hat es in drei Wochen einmal gestochen. Danach war wieder Verlass auf sie", lobt Omi ihren Liebling. Muttis Extrakuss trifft nun Ina. Die pädagogische Konferenz scheint beendet, da hat Opi noch was zu berichten. Das

führt zum „Aha!" von Frau Glück. Dann weiß Omi noch was und das „Oh je!" von Herrn Glück ist nicht gespielt. Erst einmal jedoch sind alle mit Wiedersehensfreude befasst. Später spreche ich den lang schon erwarteten Satz: „Haben wir denn nicht auch Geschenke mitgebracht?" Gleich darauf tippelt Erna durch die Stube. Die Töchter quietschen vor Vergnügen. Es folgen Geschenke, die Mütter für Töchter schick finden, der portugiesische Keramikkrug für Omi, die Rosenpflanze für Opis Garten und Modern crying–Lärm auf Kassette. Tagelang wird nun notengemachter Krach das Kinderzimmer erfüllen, mitten im Neubaublock. Daraufhin wird es an den Wänden klopfen und ein Glück sein, dass sich Schallpegel nur logarithmisch addieren, nicht richtig also.

Konservative Psychotherapie

Also, das war so. Maja hatte ihr Erbteil nicht loslassen wollen und war in Vatis Fußstapfen getreten. Sie nässte Bett. Mein Schicksal sollte sie nicht ereilen. So nahmen wir frühzeitig ärztlichen Rat in Anspruch. Nach intensiver und gezielter Befragung hatte der Arzt Wichtiges erfahren. Ja, Maja fühle sich wohl bei schönem Wetter und könne Regen nicht leiden. Und, Mutti strahle wie die Sonne, wenn das Bett morgens trocken geblieben war. „Na, siehst du, da malst du an jedem Morgen mit trockenem Bett eine Sonne in das Fenster des betreffenden Wochentages, ja?" Maja war von der Methodik des Therapiekalenders und dessen künstlerischer Herausforderung begeistert. Täglich würde sie nun die Sonne scheinen lassen dürfen, wenn sie nur wolle. „Und Muttis gelbe Haare, darf ich die auch dranmalen?" Durfte sie.
„Wenn es draußen nass ist, hat es vorher geregnet", bestätigte Maja und nahm daraufhin dem Therapeuten die Pointe vorweg. „Und wenn mein Bett nass ist, hat es bei mir geregnet!" Die Begeisterung hatte sie erfasst. Klar, nun müsste sie eine Wolke mit Regen drunter ins Kalenderfenster malen. „Mit Schwarz? Na gut!"
An den ersten Tagen lief alles nach Plan. Jede Sonne strahlte mit der des Vortages um die Wette. Irgendwann war es so weit. Da kuckte die erste Wolke vom Blatt. Dann noch eine und Mutti kuckte finster. Maja gefiel das auch nicht, weil, Schwarz war nun wirklich nicht ihre Lieblingsfarbe, nein, Gelb! So malte sie erst den Regen gelb, später die Wolken. Nun musste Mutti eingreifen. „Sieht denn so eine Wolke mit Regen aus?"Natürlich nicht, wusste auch Maja. Also, wenn Gelb nur mit Sonne ging, dann schien die nun eben jeden Tag vom Therapiekalender. Auch dann, wenn es fürchterlich dauergeregnet hatte. Ehe noch Mutti verzweifeln konnte, musste sie schnell mal nach Afrika. So hatte sie Omi die Sonne-Wolken-Therapie erklärt. Opi hatte im Hintergrund nur kurz „Ja ja!" geknurrt. Dem Machtwechsel waren Wolkenbrüche gefolgt. „Kuck mal, Omi, was ich für schöne Sonnen malen kann", hatte sich Maja trotzdem ihres zeichne-

rischen Talentes gerühmt. Nun „reichte es" ihrem Opi. Die Leidensfähigkeit des Proletariats war erschöpft gewesen. Der Sozialismus verfährt mit seinen Künstlern nicht übermäßig sensibel, wusste Opi. Er erinnerte sich eines alten Hausmittels. Gleich darauf hatte es zweimal kurz „klatsch!" gemacht und dann hatte der Hauslatsch wieder dort gelegen, wo er hingehört. Majas Popo war rot gefärbt und auch ihr Gesicht, vor Schreck. Nun kannte sie den Unterschied zwischen „Opi am Wochenende" und „Opi als Vati". Vor Empörung hatte sie vergessen zu weinen und lag von da an jede Nacht auf dem Trockenen. „So geht das nämlich!", weiß Opi stolz nun in unsere Richtung zu berichten. Daraufhin runzelt sich Muttis Stirn in Majas Richtung „aha!". Auch ich bekomme was ab. „Hab ich dir das nicht immer schon gesagt?!" Ja, doch, hatte sie.

Dem Himmel sei Dank

Wäre ich bei Verstand gewesen, damals Anfang der achtziger Jahre, in einer Nacht im April, hätte ich mich entscheiden müssen. Kapitän, später auf der Brücke eines großen Zehntausendtonners, oder Kathleen, bereits im Herzen, gleich auch im winzigen Bett? Also: „Lass mal an!", hätte ich sagen müssen. Doch für kurze Zeit hatte mir die Natur den Verstand genommen. Gut so!
Mit der Hochzeit dann gab es somit Tanten und Onkel im Westen, Köln und Bremen. Deren Namen und Anschriften zierten später den Fragebogen der DSR, in welchen auch ganz geheime Leute reinschielten. Bis zum ersten Telegramm war es spannend geblieben. Seefahrt oder Ätsch! Ab da also fuhr ich ohne „aktivierte Westverwandtschaft" zur See. Zum Glück hatte ich zu deren Mobilität keine rechte Vorstellung. Das sollte sich ändern.
„Wir wollten euch besuchen kommen, doch der Regen war zu fürchterlich", spricht Omi so vor sich hin. Es folgt eine winzige Pause. Der Kopf ist noch bei Wiedersehen und Freude und so, doch der Bauch zwickt „Achtung"! Also frage ich zurück. „Wieso geregnet?"
„Na, als wir in Bremen waren, Opi und ich!"
„Wo wart ihr?"
„Haben wir euch das nicht gesagt? Tante Gudrun hatte doch sechzigsten. Und weil wir da zu Besuch waren, in Köln, sind wir mit der auch gleich mal zu Onkel Herbert hoch, nach Bremen. Und da war euer Schiff gerade in Nordenham. ‚Wollen wir die mal besuchen fahren?', hatte Onkel Herbert gefragt. Doch dann hatte es ja sintflutartig geregnet, Schade!" Der Schreck lässt mich kurzatmig sein und bleicht das Gesicht. Die Vorstellung, beinahe hätten die Schwiegereltern mit der gesamten Westverwandtschaft auf der Gangway der INSELSEE gestanden, macht mich sprachlos. Familientreffen im Westen!
Hallo, Herr Kapitän, sagen Sie mal, auf ihrem Schiff fährt doch der Herr Glück. Könnten wir denn unseren Neffen und dessen Frau nicht mal kurz besuchen?

Sind extra von Köln und Bremen hierher gekommen. Das ist doch hier der Dampfer aus der Zone, DSR oder so ähnlich?
„Ich hätte euch alle mit der Gangway ins Wasser weggefiert, kannste wissen. Und laut dazu gerufen, die kenn ich nicht!“ Nach diesen Worten ahnt auch Omi, welchen Spaß ihr der Regen verdorben hatte. „Was, Omi im Wasser?“ Ina staunt und auch Maja stellt sich das bildhaft vor. Man sieht es ihr an. Kathleen bringt den Kaffee. „Die ganze Verwandtschaft im Hafenbecken? - mit nassen Haaren!“, lacht sie nun auch.
Doch dann wird die Runde nachdenklich. Ich bin es schon. „Ich kann mir die Alternative nicht vorstellen. Wir hätten gleich drüben bleiben müssen. Ich fass es nicht!“ Opi schweigt: „Hab ich's nicht gesagt!“ zu Omi rüber. Schon wegen der Kinder wären wir nicht im Westen geblieben. Aber, es wäre das Ende des Traumes vom Kapitän auf großer Fahrt gewesen. Auch das Ende der Seefahrt? Wie war das nur möglich gewesen? Vier Familienangehörige zur selben Zeit im Westen! Nur noch die Töchter im Osten!
Die Megabyte-Chip-Entwicklung in Jena schritt wohl zügig voran, war aber noch nicht am Ziel angelangt. Es wäre so einfach gewesen für ganz geheim Interessierte. Die Eingabe „Suche alle Vorgänge mit Minkwitz“ hätte dem Computer gereicht, um die Schwiegereltern, Kathleen und mich als Schnittmengenopfer auszuwerfen. Gott sei Dank kommt der Fortschritt im Sozialismus nicht so schnell voran. Wir einigen uns auf „Glück gehabt!“ und ich weiß nun, meine Seefahrt wird spannend bleiben. Denn, wenn das rauskommt..!
Später sind Omi und Opi aus der Tür. Die klappt zu, Mutti dreht sich zu ihren Töchtern und spricht den Satz, der ihnen den letzten Zweifel nimmt: „Ab sofort pfeift hier wieder ein anderer Wind!“ Ein Landkapitän betritt die Brücke.

Ein Brigadetagebuch

In wenigen Tagen wird die Sozialistische Brigade des Wareneingangs eines Betriebes zur Produktion von Mikromotoren für Raumfahrt und Landesverteidigung ihr seegefahrenes Mitglied wieder in seiner Mitte wissen. Frau Glück wird gern der Bitte nachkommen und im Brigadetagebuch berichten „wie was wann war, warum und wo.“ Das wird Farbe in das Dokument gemeinsamen Kampfes an der Produktionsfront bringen und Punkte im Wettbewerb „Gemeinsam sozialistisch leben und arbeiten“. Jeder wird lesen können, in zehn Wochen hat sie elf Häfen in neun Ländern bereist. Vielleicht wird Kathleen bei ihren Schilderungen noch zu sehr unter dem Eindruck der sengenden Hitze an Deck, des schallschutzbrechenden Lärms im Maschinenraum, des porentiefdringenden Roststaubes, der sehr treuen und hauthaftenden Spülluftkanalschmiere, des ständigen Berge-hoch-und-runter-Laufens an Bord, des Mutes der Nachtwächter im afrikanischen Hafen und der „voll im Saft“ stehenden jungen Männer, die zu ihren Mädels gehören und nicht ins Beinahe-Zölibat Seefahrt, gestanden haben. Also wird man lesen können, wie schwer es sich auf See lebt und arbeitet. Das werden ihr die lieben Kollegen ganz schwer übel nehmen. So schwer, dass eine Bagger-Bugsier- und Bergungsreederei helfen muss und die Botschaft der DDR in Havanna. Und Berlin sowieso, wie immer!

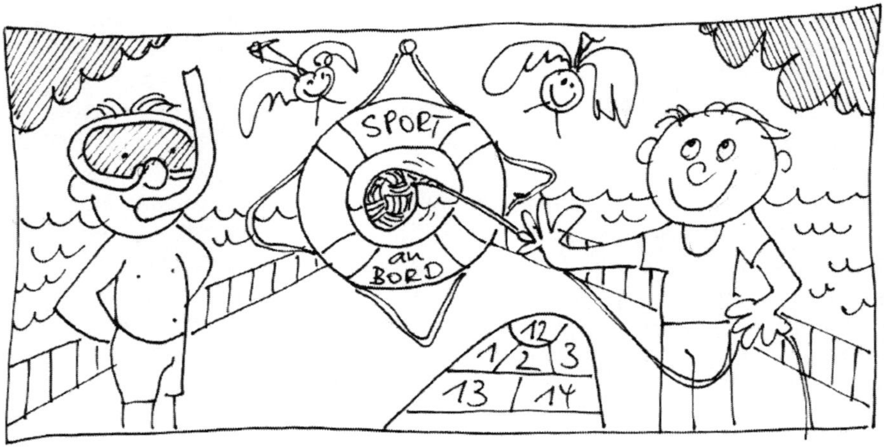

Die Spiele der großen Jungs

Traumraub

Die „Flitterwochen" sind zu Ende und Seefahrt geht weiter.
Also verabschiede ich mich von meinen drei Frauen. Auch diesmal fällt es nicht gar zu schwer. Kathleen „muss endlich mal wieder was Richtiges tun" und die Töchter sind froh, dass „wenigstens Mami" wieder bei ihnen ist. „Hier, damit du immer an uns denkst!" Ina und Maja haben „was Schönes" für Papi gemalt. „Das hängst du bei dir an die Wand und wenn du traurig bist, kuckst du es an und dann freust du dich!" Es ist ihre Art Trost für Papi, Mami und sich selbst. So küsse ich Frau Glück und deren Töchter. Mitten im November wünsche ich

„Frohes Fest und Guten Rutsch“. Bald darauf rappelt mich die Reichsbahn durch die Nacht. Dass es dabei regnet, muss man wohl nicht mehr erwähnen. Mein viertes Jahr als Dritter Nautischer Offizier beginnt. Die Flotte braucht Kapitäne und ich versaure hinter der Seekarte. Irgendwem bin ich auf die Zehen gelatscht. Vielleicht der Partei: Musstest du gleich bis nach Berlin schreiben? Vielleicht dem Inspektor: Hören Sie mal, Genosse Glück, wir haben Kapitäne, die fahren seit einem Jahr durch und Sie wollen nach zwei Reisen schon wieder zur Familie? Oder der Reederei: Sie haben ja Recht, Genosse Glück, nur, Recht haben und Recht kriegen ...
Doch das kommt noch. Jahre später werde ich Ulf zum Seeleutetreffen in Reinsberg wiedersehen. Gemeinsam hatten wir an der IHS den Kampf an der Wissensfront, der Fettverbrennungsfront, Jogging hieß damals noch Ausdauerlauf, und den Kampf gegen den Durst gekämpft. Ich werde erfahren, er war zwei Reisen als Dritter gefahren, zwei Reisen als Zweiter, sollte dann kurz nur als Chiefmate fahren und ein Jahr später schon Kapitän werden. Dann war die Reise gekommen mit der richtigen Bemerkung und dem falschen Besatzungsmitglied. Danach war für Ulf die Seefahrt zu Ende gewesen, in dem Jahr also, das mich jetzt noch immer als Dritten Nautiker sieht.
Doch was soll ‘s? Ich fahre ja wenigstens noch zur See!

Mundraub

Die INSELSEE wartet an der Pier und Afrika auf unsere Solidarität. In Rostock laden wir von den Finnen in Ungarn gekauftes Maismehl. Das soll per Schiff nach Angola und von dort aus weiter mit Lastkraftwagen über Land nach Namibia gebracht werden. Im Sommer 84 war eines unserer Schwesternschiffe, die ARENDSEE, auf der Innenreede von Luanda durch Haftmineneinsatz leckgesprengt worden. Die Ladung konnte gerettet werden aber das Schiff musste man vor der Küste versenken. Die Schäden am Dampfer waren zu groß. Nun liegen wir hier auf Reede. Ohne Pause drehen die Matrosen ihre Runden über Deck. An Bord ist absolute Stille. Wir liegen auf Horchposten. Kommen die Taucher direkt von Land herübergeschwommen oder sind die Minen zu schwer und müssen in Booten in die Nähe unseres Schiffes gebracht werden? Unsere Chance, sie zu entdecken, wäre deutlich größer. Jeder Ruderschlag und jedes Plantschen rund um die INSELSEE kann von Bedeutung sein. In unregelmäßigen Zeitabständen wird die Hauptmaschine gestartet. Der Sog des Propellers soll Taucher oder Schwimmer von der Außenhaut fern halten. Viel Licht an Deck und möglichst viele und quirlige Schraubenwasserwellen sollen zeigen, dass wir wachsam sind. Der Löschbeginn verzögert sich. Von Land kommt die Botschaft, dass man nicht weiß, wie man das Mehl aus der Stadt und an den Rebellen vorbeibringen soll. Wir sollen zum weiter südlich gelegenen Hafen Lobido versegeln. Zum Glück für uns geht es dann doch an die Pier. Zwei Tage später sinkt in Lobido ein sowjetischer Frachter und zwei weitere Schiffe überstehen den Angriff nur mit schweren Schäden. Trotzdem finden wir keinen Grund zum Aufatmen. Luanda oder Lobido, wo ist da der Unterschied? Also führen wir die Doppelwachen und das Propellerdrehen auch am Liegeplatz fort. Der Agent kommt an Bord und berichtet: „Der Russe vor euch, der hatte Lastkraftwagen für die angolanische Armee gebracht. Uniformierte waren an Bord gekommen, hatten die Papiere vorgezeigt und nach der feierlichen Übergabe auf der Pier wurde der Konvoi mit Typhongruß verabschiedet. Dann kamen wieder Uniformierte. Die hatten auch Papiere. Nur waren es diesmal die echten. Doch es gab nichts mehr zu empfangen. Also blieben den Revolutionären nur die Erfahrung und die Erkenntnis, nun haben die Rebellen eben wieder ein paar Autos mehr."

Mit unseren Bordkränen setzen wir die Hieven mit den Maismehlsäcken auf die Pier. Noch immer fehlt es an Trucks zum Abtransport. Ein Soldat stellt sich zur Sicherung neben den Sackhaufen und geht dann essen, schlafen oder sonst was tun. Gleich darauf ist der Teufel los. Scheinbar alle Angolaner, die der Hafen kennt, stürzen sich auf die Säcke. Die werden zerfetzt, umgefüllt oder auch weggetragen. Die Not ist zu groß. Sie verstehen nicht, dass Namibia essen darf und Angola hungern soll. Der Soldat kehrt zurück und feuert ein paar Salven aus seiner Maschinenpistole über die plündernde Menge hinweg. Die liegt nun schnell am Boden, doch dann muss der Soldat auf Munitionssuche oder hat Wachende oder was auch immer. Da geht die Schlacht am Maismehl-Sackfetzen-Haufen weiter. Wir stehen an der Reling und wollen nicht glauben, was wir sehen. Diese Seite der Solidarität mit Afrika kommt im Hoch-die-Internationale-Solidarität-Land DDR nicht vor. Der Agent hebt kapitulierend die Arme. Es ist nur Mundraub, erklärt er uns. Der ist straffrei. Wie soll man auch jemanden bestrafen, der nur überleben will, nichts anderes. Der müsste im Knast auch verpflegt werden. Womit? Dann sind wir froh, dass Luanda hinter uns liegt. Ich habe eine Vorstellung mehr, wie einfach es ist, eine Mark zu spenden, aber wie teuer, dafür zu sorgen, dass diese Mark auch ankommt, und wie schwer. Von unserer Maismehlladung wird wohl kein Sack das hungernde Namibia erreichen.

Wodka, Speck und Tränen

Die Besatzung hat Durst, meint sie. Die Brauerei Rostock braut gutes Bier. Das lehnt kein Hamburger Stauer ab, kein Foreman aus Portsmouth, kein Wachmann in Alexandria und Libanesen sogar holen es sich mit Waffengewalt, wie wir wissen. DDR-Bier hält zehn Tage. Danach taugt es nur noch zur Bierbowle oder endet als Seeschaden. Irgendwer muss ja das Risiko tragen. Ohne Zusatz

taugt es also nur zur Ostseefahrt und für die Rote Linie.
Nicht selten dauern die Fahrten durch die große, weite Welt länger als zehn Tage. Dieser Herausforderung stellen sich die Rostocker Brauer und setzen ihrem Hafenbräu kopfschmerzbringendes "Konservierungsmittel" zu. Das schadet zumeist nur ostdeutschem Seemannshirn, doch hilft auch am Morgen danach bei der Ursachenforschung. Trotzdem ist der Hafenbräu-Kopfschmerz an Bord nicht beliebt. Die Radeberger Bierbrauer, tief unten im Süden der Republik, müssen die DDR-Botschaften in aller Welt mit Bier beliefern. Weil Kopfschmerz der Diplomatie schadet, setzen sie ihrem Radeberger kein „Schmerzmittel" zu. Nicht selten fährt das Bier des Auswärtigen Amtes mit uns Schiff, doch streng separiert vom Hafenbräu.
Die INSELSEE hat noch zehn Seetage vor sich. Die Wartezeit bis zur nächsten Transitschnapsausgabe ist lang genug und die Besatzung hat mal wieder Lust auf Kopfschmerz vom Weinblattsiegel, zur Not auch Krakoviak. So fragt sich der Schiffsrat, welche Organisation der Massen bis zu diesem Stand der Reise noch nicht unterhaltend zum Überleben auf See beigetragen hat. Bald kommt man drauf. Auf dieser Reise steht die Würdigung der Deutsch-Sowjetischen-Freundschaft an. „Dritter, mach mal!", spricht daraufhin der Kapitän zu mir. Das Fest „Roter Oktober", auch „Russischer Abend" oder „Atamanenball" genannt, verläuft auf jedem Schiff der Reederei beinahe gleich. Wodka, Speck, Brot, Zwiebel, Gurke, Räucherfisch und Fassbier sind ein Muss. Letzteres sichert den deutschen Beitrag zur Freundschaft. Soljanka wäre der Höhepunkt, wenn der Koch will. Also sage ich ihm: „Der Alte hat gesagt, Soljanka würde ihm schmecken!", und da will er. Für Esskultur ist damit gesorgt. Doch wie soll der Abend beginnen? In der Schallplattensammlung an Bord werde ich fündig. „Jazz, Lyrik und Prosa" halten „Die Kuh im Propeller" und „Der Hase im Rausch" bereit. Also wird es sowjetische Satire geben, brillant vorgetragen vom DDR-deutschen Esche, Eberhard dem deutsch-deutschen Krug, Manfred und wiedergegeben vom Plattenspieler, wenn der Seegang es zulässt. Danach „sto Gramm", plane ich weiter, und dem soll ein Quiz folgen. Noch ist der SPUTNIK nicht verboten. Also bastele ich mit dessen Hilfe an wichtigen Fragen, wie: Welche sozialistische Oktoberrevolution nennt man die „Große"? Antwort: Die Große Sozialistische Oktoberrevolution! Der schlaueste deutsch-sowjetische Freund soll eine Flasche Wodka bekommen, was sonst. Eine Flasche würde für zwanzig Schlaue nicht reichen. So muss der Schwierigkeitsgrad der Fragen steigen. Also bastele ich an kniffligeren Fragen. Dass die Oktoberrevolution, die Große und Sozialistische, im November war, wissen schon nicht mehr so viele. Wer gerade sowjetischerseits aus dem All zurück ist, können nur die Nicht-nur-Sport-Leser der Schiffspresse wissen, und was der LADA derzeit auf dem Schwarzmarkt kostet, weiß nicht mal ich. Ich setze 25.000 Mark als korrekte Antwort fest. Wer das richtig rät, soll eben Glück gehabt haben. Jede Freundschaft lebt auch vom Glück. Den Zettel mit den Fragen und Antworten drauf lasse ich auf dem Schreibtisch liegen. Ich muss zur Wache. Am nächsten Mor-

gen drehe ich ihn „aufs Gesicht“. Wieder ist Brückenwache angesagt. Nach neun macht die Zweite Stewardess Kammerreinschiff, auch in meiner. Aus irgendeinem Grund dauert das heute länger. Mir ist das gleich. Meine Wache geht sowieso bis zwölf.
Der russische Abend ist da und sieht mich auf der Brücke, wo sonst? Schließlich bin ich Nautischer Offizier und irgendwer muss ja den Dampfer in die beginnende Nacht hineinsteuern. „Hast du ordentlich vorbereitet!“, lobt mich der Alte. Er ginge nun zum Freundschaftsfest und würde auch dafür sorgen, dass für die 8-12-Wache noch etwas übrig bliebe. „Gute Wache!“
„Hole uns mal ’ne Tasse Soljanka“, spricht gegen zehn der Fresssack in mir zum Wachmatrosen. Der bringt die Freundschaftssuppe lauwarm angekleckert und spricht: „Oh Steuermann, da unten ist richtig Stimmung!“ Da freue ich mich, rufe stolz: „Aufgabe erfüllt!“, und mein Wachsmann meint, es höre sich anders an. Zur Mitternacht betritt der Zweite Offizier die Brücke und berichtet. Beim Quiz hätte es neunzehn Sieger gegeben. Nur der Bootsmann hätte beim LADA falsch gelegen. Darüber wäre man in Streit geraten und der Kapitän hätte geschlichtet. „Das klärt ihr mal morgen Früh mit dem Dritten!“ Dann wäre es doch noch gemütlich geworden, mit russischen Volksliedern, deutschen Stewardessen, westdeutscher Musik und eifersüchtigen Matrosen.
„Wie immer eben! Macht mal Schluss nun. In der Bar brennt noch Licht.“

Ein Telegramm

Die Bar empfängt uns. Die Soljanka ist nun sibirisch kalt. Dafür ist der WODKA warm und die Diskussion sogar richtig heiß. „He, Steuermann, du hast wohl keine Ahnung, was? Weißt du was ein LADA auf dem Schwarzmarkt kostet? Da legst du garantiert 35.000 Mark für hin“, hängt mir der Bootsmann und einzige Verlierer des Abends im Genick. Bargespräche um Mitternacht sind zäh und nervtötend, wenn man stocknüchtern ist. Also arbeite ich mit Wodka und Fassbier an meiner Gesprächsbereitschaft. „Die anderen haben das aber richtig gewusst“, versuche ich mich zu verteidigen. Nun reicht es dem ausgewiesenen Kenner für Schwarzmarktpreise. „Was meinst du wohl, wieso alle alles richtig getippt haben?“ Da hat er Recht, denke ich mir, fülle das große und das kleine Glas nach und rätsle nun, ja, wieso eigentlich? Doch 35.000 Mark klingen mir logisch und so verkünde ich: „Der Bootsmann ist der Sieger!“
Nun bricht unter dem überlebenden Rest der Verlierer ein Tumult aus. Das lasse man sich nicht gefallen, wieso 35 da doch 25 die richtige Antwort sei, jawohl! Da staune ich nun noch einmal. Woher wussten denn alle von der 25.000 Mark-Antwort? Das ist kein Zufall. Da hat jemand Bescheid gewusst, aber wer? Dem Bootsmann ist das egal. Er lädt alle Überlebenden des Russischen Abends zur Siegesfeier. „Proletari fsjech stran sajedinaitjes!“ Prole-

tarier aller Länder vereinigt Euch! Also fängt man heute und hier damit an. Deck und Maschine leeren nun gemeinsam die erste Flasche Wodka des neuen Tages. Gegen halb zwei fülle ich mir die dritte Einheit ins kleine und die zweite Einheit ins große Glas. Nach zwei verlasse ich die Bar, tauche ab in die Koje und sitze Punkt sieben am Frühstücktisch, noch immer ratlos. „Pass ein wenig darauf auf, was du in deiner Kammer rumliegen lässt", gibt mir die Chefstewardess ihr Wachrätsel mit auf den Weg hoch zur Brücke.
Der Seeraum lacht mir entgegen und der Chiefmate auch. „Na, habt ihr wieder wilde Spiele für große Jungs gespielt, gestern Abend? Und alle haben alles richtig geraten! Mach dir nichts draus, das kenn ich. Gute Wache!"
Auf ihrem Weg zum Zenit strahlt die Sonne hell überm Atlantik. Der plätschert mit tausenden Wellchen friedlich vor sich hin. Die frische Brise Fahrtwind kühlt mir die Stirn und hilft so beim Rätsellösen. Dann hab ich es. Die Zweite Stewardess hatte wohl nicht nur Staub gesaugt und Fenster geputzt. Ich habe einen Plan. Na warte! Der Funkoffizier muss helfen. Sehnlichst wartet die Besatzung auf das Ablösetelegramm zur nächsten Reise. Auch die Zweite Stewardess! Nach dieser Reise soll Hochzeit sein. So fiebert sie nun der Bestätigung ihrer Ablösung entgegen. Funki gefällt meine Idee. Er ist dafür und los geht das Spiel. Am nächsten Morgen liegt ein Telegramm auf dem Tisch der Kammer des Dritten Nautikers. Wieder liegt es „auf dem Gesicht". Wer nicht will und nicht darf, muss es nicht lesen, eigentlich. Am Vormittag dröhnt der Staubsauger durch meine Kammer und am Mittag bringt mir die Stewardess das Essen. Ihr Kinn schleift dabei am Boden der Messe entlang. Sie weiß es schon, alle werden abgelöst und dürfen nach Hause, nur sie nicht. Doch kann sie noch nichts unternehmen. Weil, sie hat es zwar schwarz auf weiß gesehen, heute Vormittag, zwischen Staubjagd und Fensterputz, doch wissen darf sie es eigentlich noch nicht, weiß sie. Was soll nur jetzt aus der Hochzeit werden? Absagen? Verlegen? Die Gäste! Der Bräutigam! Die Liebe! Oh Gott!
Diese Spannung hält sie nur einen Tag lang aus. Dann klappt die Brückentür. Eine Petze schleicht sich herein und zur Funkbude hin. Als sie geht, feixt Funki zur Brücke vor und wedelt mit dem Telegrammformular. Die Zweite war bei ihm und wollte die Hochzeit absagen. Er habe ihr Funkstörungen angekündigt. Sie müsse sich mit den Absagen noch gedulden. Zum Abendbrot in der Messe lasse ich mir jede Menge Zeit und genieße die schlechte Laune der Zweiten Stewardess.
Zwei Tage später stampft sich die INSELSEE mäßig bewegt und auf nordnordöstlichem Kurs durch die Biskaya. Die Heimat ist in planbare Nähe gerückt. Am Mittagstisch bemerkt der Alte, das Ablösetelegramm sei nun da. Er wird es am Nachmittag verlesen. Die Zweite „weiß" schon seit Tagen, sie wird nicht abgelöst. So ein Mist! Im Spülbecken scherbeln die Teller laut hin und her und es ist kein Seegang.
Am Nachmittag sitzt der wachfreie Teil der Besatzung zur Bordversammlung in der Messe. Der Alte verkündet: „Nächste Reise Mittelmeer – alle, die wollten,

bekommen eine Ablösung!“ Die Zweite sackt tief in ihren Stuhl hinein. Ihre Freude sieht erst wie Schreck aus, dann eher wie Staunen. Der Funkoffizier schiebt ihr das Absage-Telegramm zu und will wissen, ob es denn richtig gewesen sei, es nicht gefunkt zu haben. Da freut sie sich nun wirklich und sehr. Gleich darauf ruft sie: „Ja ja, na klar!“, und kuckt dann doch doof. Die Sekunde des Begreifens nutzend, helfe ich ihr beim Erkennen ihrer Arbeitsaufgabe. „Nur Staub und Fenster, nichts sonst!“, umreiße ich fest die Aufgabe der Zweiten Stewardess beim Kammerreinschiff. Nun kuckt sie böse und da ahne ich, sie hat begriffen. Ihr Arbeitsaufwand in der Kammer des Dritten Nautikers ist nun geschrumpft. Sie muss nicht mehr Zettel hochheben und Rückseiten lesen üben. Also könnten die Möbel, die Fenster und Spiegel nun noch mehr strahlen und tun es doch nicht. „Für den etwa, ich bin doch nicht verrückt!” Fortan erfolgt auch die Übergabe des Essens am Tisch blicklos und ohne Gruß. Dann liegt die INSELSEE in Wismar fest an der Pier.Ohne Worte schreitet die Zweite an mir vorbei, von Bord und dem Ehestand entgegen. Für sie steht fest, mit “dem” keine Reise mehr. Nie wieder!

Ein Foto

Eine neue Zweite kommt an Bord. Die INSELSEE startet ihre Mittelmeerreise. Wieder einmal liegen Kistenzerfetzen in Latakia, Pferdedroschkenrennen in Alexandria und Weinbunkern in Limassol vor uns.

Der Sozialismus verliert sich nicht in vielen kleinen Umsatzwettbewerben. Er kennt die Mutter aller Wettbewerbe, den sozialistischen also. Da ist mal der Arbeitsschutz gefragt, mal die Schiffssicherheit oder der Ideenreichtum. Kritik jedoch nie, wie überall auf der Welt.

Irgendwas stimmt nicht auf dieser Reise.

Ich vermute nun richtig Kreatives und will Klarheit. So frage ich die Erste Stewardess. „Sag mal, kämpft ihr etwa um den Titel „Bestes Hotelschiff der Reederei“? Ihr Blick fordert, bitte konkreter! Wie immer war die Ausreise über den Kontinent beinahe schlaflos gewesen. So hatte ich es von der Brücke oder der Back immer nur bis zur Backskiste im Wohnraum geschafft, zum Bereitschaftsschlaf eben. Nach dem Ende der Doppelwachen, dann im Kanal, war es mir aufgefallen. Jeden Mittag war meine Koje so akkurat und schön gebaut, wie es nur weibliche Hand vermag. Der Kenner weiß, mit Handkantenschlagkopfkissen und so. Davor lag faltenfrei glatt die Bettdecke, in der Mitte umgeschlagen, und drunter das, was ich Schlafanzughose nenne, zusammengelegt nach Kathleen-Art. Das Fundament dieser Meisterleistung des Bettenbaus bildete ein straff über die Matratze gezogenes Laken. Das ist nicht die Aufgabe der Stewardess, weiß ich und konnte trotzdem nicht behaupten, es hätte mich nicht erfreut. Doch etwas Stress war es schon. Gott sei Dank hatte ich die Phase hin-

ter mir, in der mich nackte Mädels vom Hochglanz herab in schlafloses Träumen brachten. Die Mädels also, die man schnell zublättern und zwischen Wand und Matratze deponieren kann, widerspruchslos und seefest verstaut. Diese Hefte hatten ihren Reiz verloren und also hätte die Zweite nichts Anstößiges finden können. Da konnte ich schon mal aufatmen.
Nun blieb noch die Schwachstelle Schlafanzughose. Eine ganze Reise ohne Waschmaschinenkontakt schaffte die nie. Doch nun musste ich täglich kucken, ist die noch faltbar, anschaubar und also zumutbar? Ja, das war Stress! „Oder fährt die Zweite etwa ihre erste Reise und weiß das nicht besser?", beende ich die Schilderung des mir Unerklärlichen. „Das Foto hängt nicht in der Kammer, das ist alles!", klärt mich die Erste auf und lächelt dazu, wie es nur langgefahrene Erste Stewardessen können. „Häng es hin und alles geht wieder den gewohnten Gang, glaub's mir!" Aha, das Foto also! Seit Reisen schon fuhr es an der Wand mit mir mit. Doch so richtig war es mir diesmal zum Reisebeginn nicht gelungen, die Kammer bewohnbar zu machen. Nach Antwerpen jedoch hatte ich das schnell nachgeholt. Nur, „Frau Glück und Töchter grüßen Vati" hatte ich im Koffer vergessen. Also hole ich es raus, klebe es an die Wand und proste meinen drei Frauen zu. Im Vordergrund grüßt Ina, dahinter freut sich Kathleen und in deren Armen auch Maja. Die strampelt im Anzug und mit „Igel am Stiel" bewaffnet dem Fotografen entgegen. Ihre Spinnwebenhaare zeigen dabei eine gewisse Ordnung. Die Aufnahme war mir nicht leicht gefallen. Schließlich hatte Maja gerade die Fütterung hinter sich gebracht. Das hieß also Umziehen für Mutti und Kind, danach. Wer will schon frisch aus der Schlacht am Breiteller kommend aufs Foto. Ina hatte Glück gehabt. Sie war von Majas Breigeschossen verschont geblieben. Ihre Freude darüber lacht mir vom Foto entgegen.
Am nächsten Morgen erspare ich mir den Prüfblick auf die Hose der Nacht. Doch am Mittag zeigt das mit der Handkante zu Katzenohren geschlagene Kopfkissen, die Zweite hat Kammerreinschiff gemacht, so wie bisher. Sie kann das Bild nicht übersehen haben, grüble ich. Also hänge ich es nun über die Koje. Am Morgen drauf beschleicht mich eine Ahnung und ich beschließe, auf dieser Reise die Hose doch eher mal zu waschen. Die Bestätigung folgt am Mittag. Gemeinsam mit der Roulade, den Klößen und dem Rotkohl trifft mich das Lächeln der Stewardess. Wenig später empfängt mich ein Meisterwerk der Bettenbaukunst. Also ergebe ich mich meinem angenehmen Schicksal. Am Reiseende werde ich der Zweiten die Hand reichen, „danke!" sagen und „aber das hätten Sie nicht zu machen brauchen". Sie wird lächeln: „Ich habe es gern getan". und hinzufügen: „Grüßen Sie die drei vom Foto!"
Erst einmal jedoch bekommt der sozialistische Wettbewerb unerwartet Verstärkung. Und das geht so:

Schwarzarbeit an Bord

In dieser Geschichte gibt es einen lustigen Zweiten Ingenieur, der nur kurz einmal bitterböse wird. Ein pfiffiger Chief kann rechnen. Ein belesener Sachse fährt als Chiefmate zur See. Ein Bootsmann ist grundehrlich und jede Menge Schwarzarbeit wird sein.

Die INSELSEE steuert Heimatkurs. Backbord voraus liegt das Kap Gardafui und eine Tagesreise zurück Dar es Salaam. Dort waren 3000 Tonnen Kupfer an Bord gekommen und mit ihnen die Freude auf Liverpool, Beatlesmuseum und englischen Fußball, live! Exzellente kulturelle und sportliche Höhepunkte stehen an, bevor Herbert Roth und Fußball-Oberliga wieder aktuell sein werden.

Es ist zweiundzwanzig Uhr und die Brücke erfüllt von wohltuender Ruhe. Für heute hat der Kapitän seine „Brückenerzählungen“ beendet. Bald kann ich nun auch keine Geschichte mehr hören, bei der man, in der zehnten Reisewoche, tun muss, als hörte man sie das erste Mal. Doch wer enttäuscht schon seinen Kapitän? Mein Wachmann weiß, jetzt darf er rein in die gemütliche Brücke. Und weil es mal wieder ein Dresdner ist, kommt er nicht einfach so. Mit dem Ruf: „Entgegenkommer backbord voraus!“, bittet er um Einlass. Dieser wird ihm gewährt, aber: „Heute bitte keine Storys mehr!“

Da plärrt der UKW-Kanal 16 aus der Blechkiste an der Wand in die Stille der Brücke hinein. „Northbound vessel, this is the southbound ship on your port bow, do you read?“ Der Empfang ist gut und kein weißer Punkt mit Südsüdwest-Schleppe sonst im 24-Meilen-Bereich des Radars zu sehen. Das kann nur der Rufer sein, also erkenne und höre ich ihn. „Do you come from Dares?“ So ist es, bestätige ich dem Wachoffizier auf dem Gegenkommer, befürchte noch eine Geschichte und werde Recht behalten. Bald weiß ich, vier Tagesreisen nach Dares hatten sie einen seefahrenden Sohn Afrikas an Bord gefunden. Der jedoch hatte keine gültige Fahrkarte. So musste das Schiff umdrehen und wird nun acht Tage länger als geplant unterwegs sein. Das wird der Reederei viel Geld kosten und dem Alten jede Menge Ärger einbringen. Weit entfernt noch von den Vorstellungen, die einen Kapitän entsetzen müssen bei dem Gedanken, ihm ginge es ähnlich, sind meine Ängste einfacherer Natur. „Kannste dir vorstellen, dich blitzen nachts in der Nock und mitten auf dem Indischen Ozean plötzlich zwei weiße Zahnreihen an?“, frage ich meinen Dresdner Wachmatrosen. Der nutzt seine Chance. „Ich würde zu Tode erschrecken.“ Schnell zieht er die Brückentür zu und ist nun sicher im Schutze der Brücke. Am Ende des UKW-Gesprächs wechseln Northbound und Southbound „good watch and good trip“. Mein Ausguck ist jetzt Rausguck. Das setzt er nicht aufs Spiel, also schweigt er und ich denke, war schon gut, dass wir unser Schiff ordentlich durchsucht hatten.

Unser Kapitän ist ein alter Hase im Entdecken von Überschmugglern - auf See! Bereits zweimal hatte es ihn erwischt. „Schwarz eingewandert“ – auf sein Stück Territorium der DDR – eine Horrorvision! Also hatte er seine Forderung in der

Schiffsdurchsuchungsorder zum Auslaufen Dar es Salaam energisch formuliert. „Vier Gruppen durchkämmen systematisch das Schiff von vorn nach achtern, immer im Blickkontakt, kuckt in jede Ritze, auch in die, wo ‚eigentlich keiner reinpasst'. Die erste Durchsuchung erfolgt im Hafen, die zweite nach Zwischenstopp auf Reede." Der Erste Offizier, geübt im Umgang mit Kapitänsweisungen, wandelte diese in eine schärfere Form. „Habt ihr verstanden, nicht suchen "ob" ihr einen findet, sondern "bis" ihr einen findet!" Hätten wir das mal getan.

Mitternacht übergebe ich die Wache an den Zweiten und berichte ihm von dem armen Schwein, das heimreisend noch „Ladung" für Dares gefunden hatte. Dann tauche ich von der Brücke und tief in meine Koje. Dort rolle ich mich in Träumposition und weiß, Heimreise ist schön!

„Eier nach Wahl", verrät mir am nächsten Morgen die liebliche Stimme des telefonischen Weckdienstes, unsere zweite Stewardess. Ich danke, stelle Diensttauglichkeit her und turne runter zur Messe. In diese hüpfe ich hinein und staune sogleich über „Inge". Mit weit aufgerissenem Mund sitzt der an der Matrosenback und der Kaffee tropft ihm vom Kinn auf das Hemd. Mein Blick in die Offiziersmesse zeigt mir staunende Salzsäulen hinter Frühstückseiern, die keinem zu schmecken scheinen. Der Chief stöhnt mir entgegen: „Immer muss ich die als Erster sehen!" Da ahne ich Bescheid.

Drei Schatten waren außen vorbeigehuscht. Die hatten kurz mal durchs Fenster gekuckt und die ihnen entgegen staunenden weißen Frühstückverzehrer gesehen. Da war ihnen wohl der Appetit vergangen und gleich darauf lachte durch die Fenster der Messe wieder nur die ostafrikanische Sonne. Doch denen in der Messe des ostdeutschen Handelsfahrers erwartungsfroh Heimreisenden war das Lachen vergangen. Zwei Stühle entfernt vom Chief, bemerkt der Zweite Ingenieur: „Ich sehe schwarz!" Die schalkhaft blitzenden Äuglein, Mimik und Tonfall passen dabei nicht ganz zum Inhalt der Botschaft. „Sicher freut sich der Alte noch auf das Frühstück", klärt mich der Erste Ingenieur auf, und wir beschließen, es wäre heute besser, nur schnell was zu essen und hier weg zu sein, bevor der Kapitän kommt. So schlinge ich das Wahlei zügig hinunter und bummle mich hoch zur Brücke. Mit Erfolg. Die böse Nachricht eilt an mir vorbei. Mit ihr überholen mich auch die Mitglieder des Kriegsrates. Bei meinem Eintreffen im „Café Seeblick" ist dort bereits Stimmung. Der Alte hat seinen ersten Anfall hinter sich gebracht. Nun will er alle Leiter der Durchsuchungsgruppen „ganz plötzlich hier" sehen. Die stehen bald vorm Kapitän und der will nun wissen: „Wo hatte der sich versteckt?" Es antwortet ihm tiefes Schweigen. „Bringt den her, ich will wissen, wo der sich versteckt hat!" Noch ahnt der Zweite Ingenieur nicht, was auf ihn zukommt. Also will er vom Alten wissen: „Welchen denn, Kapitän, den Linken, den Rechten oder den in der Mitte?" Es ist sein vorläufig letzter Scherz.

„Was, drei Schwarze?!"

Der Bootsmann schubst eines der Jüngelchen zur Brückentür herein, zärtlich,

weil, es könnte sein Sohn sein, vom Alter her allemal, aber auch so. Afrika – man weiß nie! Sohni soll nun zeigen, wo sich die drei versteckt hatten. An der Spitze des Besichtigungstrupps tritt der Zweite Ingenieur aus der Brücke heraus in die Nock und steuert selbstsicher Richtung Hauptdeck. Aber komisch, keiner folgt ihm. Also lenkt er um, hängt nun hinten am Trupp dran und wird gespannt nervös. Das untere Brückendeck ist erreicht und das Schott, das der Bootsmann jetzt öffnet, nach Fingerzeig unseres afrikanischen Gastfahrers, kennt der Ingenieur gut. Die Truppe steht vorm Backbord-Rettungsboot und unser Jungafrikaner deutet: Hier! Da färbt sich das Gesicht des Backbordrettungsbootsdurchsuchungstruppführers rot. Hier hat er gesucht, das weiß er genau! Der Chiefmate, Mittelsachse und durch nichts aus der Ruhe zu bringen, gießt Öl ins Feuer: „Nu Kapidän, das weeß mor doch aus dor Lidderadur. Dor Nächer sitzt im Reddungsbood.“ Die 120 Kilogramm des Zweiten Ingenieurs drohen außer Kontrolle zu geraten. In seinem Boot sollen die sich versteckt haben, nicht zu glauben! Und dann noch dieser kleine, zausbärtige Sachse. Gibt es denn keinen Flecken auf dieser Erde ohne Sachsen?! Ihm reicht's! Er packt sich den Seefahrer ohne Fahrschein und schüttelt ihn kräftig. Dabei findet dieser nun zur Wahrheit, begreift und stürzt los. Der Trupp keucht hinterher und in Richtung Oberdeck. Dort stoppt die Jagd im Mittelgang von Luke III. Unser „Blinder Passagier“ zeigt unters Süll und zwischen die Rohre, dort waren wir!
Das aber ist Bootsmanndurchsuchungsrevier. Sofort ist unser gefärbter Mitreisende seinen eben erst gewonnenen Vati los. Der nämlich schnaubt vor Wut und macht einen schweren Fehler. „Dort passt doch keiner rein. Dort haben wir noch nie gesucht.“ Zu Bootsmanns Pech spürt Afrikas Sohn, dass sich der Zorn von ihm weg verlagert. Die Ahnung, eine außerordentliche Leistung vollbracht zu haben, ergreift ihn, und der Stolz. „Flupp“ ist er zwischen den Rohren unterm Süll verschwunden, demonstriert so unmissverständlich „klar, und wie das geht!“ und ist fix wieder draußen. Nun freut er sich sämtliche Zähne perlweiß. Doch Vati wird so böse, dass ihn die Putzwut packt. „Die drei schrupp ich, bis die weiß sind!“ Mit diesem Satz zerrt er das schwarze Schaf der Familie in Richtung der beiden anderen und ab geht's zur Dusche.
Ach Bootsmann, hättest du mal gesagt, da hab ich gekuckt, da war keiner! Reger Funkverkehr mit Rostock setzt ein.
Der Chief soll Aufwand und Nutzen registrieren. Jawohl Nutzen, denn bis zur Abgabe ist Schwarzarbeit angesagt. Die Konfliktkommission soll tagen und bei DSR will man Schiffspositionen checken. Vielleicht gibt es ja in der Nähe einen Reederei-Dampfer, der die drei übernehmen und zurückbringen kann? Am nächsten Morgen sieht man den Bootsmann mit seiner „Black Gang“ auf dem Weg zum Kabelgatt. Die Jungs tragen Putzlappenkistenbunt, haben die Nacht im Tallybüro verbracht, waren gut frühstücken und sind nun Teilnehmer im endlosen Kampf gegen Rost und für mehr Farbe am Arbeitsplatz. Der sozialistische Wettbewerb ist international geworden und hat drei Kämpfer mehr. Natürlich gibt es eine Kreuzfahrt auch auf sozialistischen Handelsschiffen nicht umsonst.

Also muss gehämmert werden, für Kost und Logis und zur Minimierung des Schadens, auch Vati zuliebe. Leider geht das nur zwei Tage lang so. In der Nacht noch hatte der Funker das erlösende Telegramm gebracht. „Die CHRIMMITSCHAU kommt euch entgegen. Übergabe eures schwarzen Mannschaftsteiles südlich Aden.“ Nun ist der Kapitän etwas gelöster. Nur der Chief ärgert sich. Ihm wird es, gemessen an der Menge Rost, die mit der INSELSEE den Indischen Ozean befährt, zu schnell übermorgen.
In den frühen Morgenstunden des Übergabetages kriegen wir UKW-Kontakt zur CHRIMMITSCHAU und vereinbaren Bootsmanöver zu zehn Uhr. „Kein Wort zu denen“, droht der Alte. Doch die Mannschaft verwöhnt unsere Kleinen bereits mit allem, was Putzlappensäcke, Seifenvorräte, Arbeitsschuhregal, Zigarettenvorräte und Proviantlast hergeben. So ahnen die bald, was auf sie zukommt und nehmen es tapfer hin. Voll bepackt, Essbesteck in der Brusttasche der Bordpäckchenjacke, Stoffbeutel links und Plastetüte rechts, posieren sie fürs Abschiedsfoto. Artig steigen sie ins Rettungsboot, winken zum Abschied und gehen dem sozialistischen Wettbewerb für immer verloren. Chief und Bootsmann trauern. Gegen elf Uhr ist die Übergabe beendet. Das Boot hängt im David. Per Typhon wünschen die Kapitäne einander „Gute Reise“. Nachdenklich setzen wir unsere fort. Die Erzählungen zur Behandlung von „Blinden Passagieren“ nach Abgabe im Herkunftsland lassen uns für die drei nichts Gutes ahnen. Doch unsere Afrikaner hatten noch Glück bei der Wahl ihres Reiseunternehmens! Der Kapitän eines Schiffes unter panamesischer, zypriotischer oder welcher Flagge auch immer, hatte die auf seinem Schiff gefundenen Überschmuggler nur einfach ins Wasser werfen lassen. Zwei von denen waren schneller als die Haie gewesen und hatten es bis an Land geschafft. Zum Pech des Alten, hatten sie lesen gekonnt und sich den Schiffsnamen gemerkt. Zur Ehre der zivilisierten Welt wurde der Kapitän weltweit gesucht, gefunden und hinter Gitter gesetzt.
Bald liegt der Suezkanal hinter uns. Herz- und Nierenragout steht auf dem Speiseplan und der Zweite Ingenieur lehnt dankend ab: „Keine Pumpen und Filter bitte.“ Zwei Zentner Gemütlichkeit sind wieder mit sich im Reinen. Nur der Bootsmann kann sich noch nicht an der Heimreise erfreuen.
Im Besprechungsraum tagt die Konfliktkommission. Der Chief verkündet: „Also, zweimal Tagestörn zu je drei Tagelöhnern minus Unterkunft und Verpflegung, dazu Telegrammgebühren und Rettungsbootssprit, das macht zweihundert Mark – Plus !“ „Bekommt die nun der Bootsmann?“, rätseln da die Kommissionsmitglieder und trauen sich dann doch nicht mit dem Vorschlag an den Alten ran. Der entscheidet: Kein Schaden, keine Haftung!
Der anschließende Barabend sieht Kapitän und Crew glücklich vereint. Ab sofort und bis Liverpool, tönt allabendlich aus der Bar ein neues altes Lied:

> Sieben kleine Negerlein in Dares auf der Pier,
> die INSELSEE ist losgefahr`n da waren`s nur noch vier!
> Vier kleine Negerlein sind nicht allein geblieben,

die CHRIMMITSCHAU bracht drei zurück, da waren´s wieder sieben!

Blinde Besatzung

Reisen später auf der KÖLPINSEE. Wieder haben wir gut durchsucht, aus- und abgeleuchtet und afrikanische Witze in dunkle Ecken, Lasten sowie zwischen Rohrleitungen gesprochen. Nirgendwo hatten uns blitzende Zahnreihen Überschmuggler signalisiert. Also waren wir von Reede Maputo abgelaufen und liegen nun in Dar es Salaam an der Pier. Der Storekeeper setzt die Gangway an Land, muss aber ganz plötzlich „auf den Topf". Der Erste Offizier verlässt die Aufbauten, macht ruckartig kehrt und ist wieder drin. Die Matrosen wechseln blitzartig zur Seeseite hin und haben dort angestrengt zu tun. Da tänzelt einer, schwarze Hautfarbe und krausgelocktes Haar, die Gangway runter und ist weg. Der Alte, auf der Brücke noch mit dem Lotsen und der Übergabe von Pall Mall und Johny Walker befasst, dankt Gott : „Endlich mal kein ‚Blinder Passagier'!" Wir ziehen die Luken auf und drehen die Krane in Stellung. Der Storekeeper ist von der Toilette zurück und der Erste Offizier wieder an Deck. Die Behörden kommen an Bord und bringen was „kleines Schwarzes" mit. Ich führe die Truppe zum Alten und verkrümle mich schnell. Gut so, denn kurz darauf höre ich einen Schrei, gleich darauf ist Ruhe und wenig später erfüllt geschäftiges Gebrabbel den Tagungsraum. Nun schleppt der Steward das zweite Mal am Tag Pall Mall und Johnny Walker in die Schiffsführungsetage.
Vorsichtshalber habe ich schrecklich viel und lange an Deck zu tun.
Gegen Mittag verlassen viermal uniformiertes und einmal „ziviles" Afrika das Schiff. Abends hat sich der Alte beruhigt. Ich treffe ihn auf der Brücke. „Kannste dir das vorstellen, Second, die wollten mir doch wirklich einen ‚Blinden Passagier' anhängen! Denen hab ich's aber gegeben. Wo wir doch so gut durchsucht haben!"
„Na klar, Kapitän, *wir* können den nicht mitgebracht haben!"
Alle findet man nun mal nicht.

Zweimal Notdurft

„Den Sozialismus in seinem Lauf hält weder Ochs noch Esel auf", gehört zu den staatsobrigen Lieblingssprüchen und nicht nur die SPD im deutschen Westen glaubt an die Zukunft des Staates DDR.
Hin und wieder verlässt der eine oder andere DSR-Seemann im Ausland sein Schiff. Ein Matrose springt in den Nord-Ostsee-Kanal, ein Ingenieur kommt von Land nicht zurück und ein Kapitän holt seinen Sohn aus dem Container und

geht mit ihm in Hamburg von Bord. Doch glaubt man den Erzählungen der Altgefahrenen, war das Verlassen der DDR ohne gültiges Visum, Republikflucht genannt, in den sechziger und siebziger Jahren viel ausgeprägter. Da hatte eben der Kapitän eines im südamerikanischen Hafen liegenden ostdeutschen Handelsfahrers plötzlich nur noch die halbe Besatzung an Bord und musste auf den Flieger mit neuen Seeleuten drin warten. Heute nun scheint die DDR betonfest und unangreifbar auch zukünftig existent zu sein. Doch die Zeichen sind andere. Ständig fällt Berlin Neues ein, was uns das Leben an Bord schwer macht. Ein Staat der sich sicher fühlt, bräuchte das eigentlich nicht.
Der Hafen ist Grenzgebiet.
An dessen Toren endet für alle neugierigen Landratten die Welt. Der Grenzstreifen, gleich nach der Pier, ist blau oder ölig grau. Drinnen schwimmen die Schiffe und vor deren Gangways sitzen die Herren der Schiffswacheinheit. Sie entscheiden, wer an Bord darf. Wer darf, hat nun zwanzig Meter freien Gang auf der Gangway der INSELSEE. An deren oberem Ende wartet der nächste Kontrolleur, der Wachmatrose. Der war früher Seemann und soll heute „Grenzsoldat" sein. Sicherheit und Ordnung fordern für die Liegezeiten ostdeutscher Schiffe in westeuropäischen Häfen ständig zwei Matrosen an der Gangway. In Rostock und Wismar wird noch ein Matrose nur toleriert. Doch was heißt schon Toleranz?
Die INSELSEE liegt an der Pier. Offiziere und Matrosen gehen Englischen Wachtörn. Zur Mitternacht übergebe ich die Wache an den Ersten Offizier. Der hat im Ladebüro zu tun und sein Wachmatrose weiß, er darf den Gangwaybereich nicht verlassen. „Wenn was ist, klingelst du im Ladebüro an, verstanden!" Der Chiefmate hat nun „richtig Arbeit und alle Hände voll zu tun", weiß auch der Wachmatrose. Dabei stört man ihn nur, wenn es unbedingt sein muss, besser aber nicht. Der Erste schimpft noch: „Der Mist, den ich hier als Ladungspapiere kriege, stimmt hinten und vorn nicht!", und geht dann ab. Wenn er jetzt schon mit den Korrekturen beginnt, wird er auf See mehr Zeit haben. So kann er auch mal in den Seeraum kucken, ob ein Schiff vorbeifährt oder sich annähert. Schließlich soll der Dampfer ja unzerbeult ankommen.
Vor dem Matrosen liegen nun acht Stunden Gangwaywache, ein schwerer Brocken. Deshalb hat er zu Wachbeginn zwei Tassen Kaffee getrunken und hofft, so ausreichend gegen die Müdigkeit vorgebeugt zu haben.
Zur selben Zeit geht ein Genosse der Hafensicherheit auf der Kaihallenrampe direkt gegenüber der INSELSEE in Stellung. Ein Kran, zwei Reihen Eisenbahnwaggons und der Schatten des Eingangs zum Tallybüro schützen ihn vor den Blicken des Wachmatrosen des DSR-Dampfers da drüben an der Pier. Gegen zwei Uhr bemerkt der Matrose ein leichtes Drücken der Blase. Der Vorwachkaffee meldet sich. Halb drei denkt der Genosse ihm gegenüber: „Mensch, das ist aber ein harter Hund!", und schifft so gegen die Kaihalle, dass kein Plätschern ihn verraten kann. Da macht sein Gegenüber bereits „Knoten" in die Beine und traut sich weder den Ersten zu stören noch auf Toilette. Gegen

drei ist ihm dann alles egal! Er stürzt hin zur Toilette, Reißverschluss runter und „aaah!".
„Aha, endlich!", zieht der Genosse im Schutz der Kaihalle zum zweiten Mal bereits den Reißverschluss wieder hoch. „Da will ich mal!" Er stürmt über die Waggonreihen, unter dem Kran hinweg und über die Gangway hoch aufs Schiff. Noch bevor der Wachmatrose zurück ist, ist die Hafensicherheit in der INSELSEE verschwunden. Hier reißt der Genosse erst die eine Tür auf und erfährt vom Koch, dass es besser wäre, er schließe das Schott wieder, „blitzschnell!". Dann reißt er eine andere Tür auf und da weiß ich, ich habe noch fünf Stunden Zeit bis zu meiner Wache. Nun sucht und findet er die Brücke und greift sich das Schiffstagebuch. Wenig später schreitet er am Wachmatrosen vorbei und die Gangway hinunter. „Sie halten sich mal nach Wachende zur Verfügung Ihres Kapitäns", gibt die Sicherheit dem Wachmatrosen auf seinen Weg durch die letzten fünf Stunden der Wache mit. Dann eilt der Kontrollbeauftragte ins Office, Kaffee kochen und Füße hochlegen. So ein Kontrollgang ist schließlich anstrengend. Nach acht steigen mehrere mit der Sicherheit Beauftragte die Gangway zur INSELSEE hoch. Gleich darauf ist Meeting im Besprechungsraum. „Wir müssen heute noch raus, wollen wir rechtzeitig in Hamburg sein", gibt der Chiefmate dem Alten und den Genossen mit auf den Weg. Der Kapitän zuckt nur mit der Schulter. Die Genossen kucken wichtig. Am frühen Abend schwimmt der Dampfer endlich gen Nord-Ostsee-Kanal.
Die Crew war seit dem Morgen an Deck gewesen oder hatte die Ressorts auf die Reise vorbereitet. Die Nacht im NOK und die Elbe runter wird für uns alle eigentlich keine sein. Ein kurzer Vorausschlaf wäre von Nöten. Trotzdem: Bordversammlung!
„Und wenn das Schiff abbrennt, Leute, bleibt an der Gangway stehen!", fordert der Alte resigniert und schiebt die Entscheidung der Reederei nach. „Einmaliger Entzug der Bordzulage für den Wachmatrosen! Zweihundert Mark! Die Gewerkschaft hat zugestimmt, keine Chance!" Irgendein Vorlauter will nun doch wissen: „Wer kuckt in Zukunft nach den Leinen, kontrolliert Rattenbleche und Fender?" Wahrscheinlich hat er die Miene des Kapitäns fehlgedeutet. Der wird nun leicht zornig. „Das macht der Wachoffizier!" Die Ruhe in der Messe kann nun alles bedeuten. Das Kopfschütteln des Chiefmate nur eines. Aha, dafür hab ich also vier Jahre lang studiert. „Ich habe mir diese Scheiße nicht ausgedacht. Nichts wie weg hier und dann lasst uns wie normale Menschen zur See fahren!", beendet der Alte die Bordversammlung. „Es ist nicht zu fassen, auf welche Dinge die da an Land kommen!", folgt ihm der Erste auf die Brücke. Dann hat er wieder was Richtiges zu tun. Nämlich, mit Sicherheit und Ordnung allein siegt auch kein Sozialismus.

Geisterfahrt

Nach vierzig Tagen ist die Reise zu Ende. Dann warten Kathleen, Ina und Maja, haben mich sechs Wochen lang um sich und schon wieder ist alles Vergangenheit.
Die EICHWALDE wartet in Wismar an der Pier.
Auf dem Dampfer wartet der Inspektor. Meine Fahrzeit mit dem Steuermannspatent ist lange schon um, eigentlich. Mir stünde das Kapitänspatent für die Große Fahrt zu. Doch das weiß ich schon, bis zur Ernennung zum Ersten Offizier wird das Patent nicht ausgestellt werden. Man hat Angst, die Steuerleute setzen sich sonst mit ihren großen Patenten in den Westen ab. Ich bin Dritter und werde es noch eine Zeit lang bleiben. Irgendwem bin ich eben auf die Füße gelatscht, irgendwann. „Sie werden ihr Patent bekommen, wenn es so weit ist!", antwortet der Inspektor grimmig, entspannt dann und verkündet: „Nach dieser Reise gehen Sie in Urlaub und Freizeitabgeltung. Das ist doch schon mal was, oder?"
Weihnachten zu Hause! Ich juble in mich rein, danke und bin entlassen. Nur wenig später trifft die frohe Kunde Kathleens Ohr, ihr Herz und bald darauf auch die Hirne der Töchter. Schreibarbeit kommt auf sie zu. Die Wunschlisten sollen ja rechtzeitig in Lattakia sein.
Mein Blick trifft die Besatzungsliste und das Herz rutscht in die Hosentasche. Kapitän Leitmann! Der steigt dann auch auf, sieht mein Gesicht und spricht: „Lass man gut sein." Sein Lachen zeigt, ich bin ja nun Kapitän. Daraufhin trifft die Kapitänspranke freundschaftlich-dienstlich meine Schulter und da klettert das Herz wieder zurück.
Zehn Tage später schwimmt die EICHWALDE in der Straße von Gibraltar ostwärts und trifft dabei auf sehr zugiges Wetter. Kurz vor Mitternacht meint der Alte: „Da muss doch jemand die Tür offen gelassen haben." Dann schaut er auf den Wetterbericht, die Karte dazu und konstatiert: „Das ist nicht der Wind vom Löwengolf."
Am Morgen bin ich schon vor dem Weckruf der Stewardess wach. Das Schiff liegt seltsam ruhig in der See. Es stampft nicht, rollt nicht und die Fahrt in ruhiger See fühlt sich trotzdem anders an. Der Propeller dreht, zeigt das leichte Vibrieren der Wandverkleidungen. Hin und wieder gibt es einen kurzen Stoß. Der scheint eher von achtern zu kommen. Dann eiert das Schiff ein ganz klein wenig und geht bald wieder in das mir unerklärliche schlingernde Gleiten über. Was ist das? Ich hüpfe aus der Koje und rüber zum Fenster. Kurze, hohe Wellen laufen von achtern her auf, ein Stück mit der EICHWALDE mit und nach voraus weg. Sie scheinen das Schiff hoch aus der See zu heben und nur auf ihren Kämmen ostwärts zu tragen. Dazu pfeift gewaltig der Wind und die Gischt verhindert jegliche Fernsicht. Zum Wachantritt bietet sich mir von der Brücke aus ein beeindruckendes Bild. Wie ein Geisterschiff schwebt die EICHWALDE gespenstig ruhig über das Alboranmeer. Der Seeraum lässt beinahe nur Wind-

see zu. Zwischen den Wellenbergen gähnen vier oder fünf Meter tiefe Täler. Jederzeit sitzt der Dampfer dabei auf mindestens zweien der Berge. Der dritte wird entweder vorn vom Bug entlassen oder fasst sich gerade achtern das Heck. Oder setzt dort Spill und Poller unter Wasser. Wie dichter Nebel liegen die vom Sturm zersprühten Wellenspitzen über dem ungewöhnlich bewegten Wasser. Nur der Wind pfeift im Mast. Die EICHWALDE liegt starr in der hochgehenden See. Kein Rollen, kaum Stampfen. Nur das Vibrieren der Hauptmaschine zeigt, der Dampfer fährt. An Bord ist Stille und Staunen.
Sturm im Alboranmeer. Diesmal scheint der Fliegende Holländer ein POSEIDON der DSR zu sein.

Halligalli, Sambo, Fox und Eule

Vier Stunden nach der Passage von Alboran lässt der Wind spürbar nach. Nur die auslaufende Dünung zeigt, das Trogtief bleibt, wo es ist. Achteraus ist noch richtig was los. Doch sechs Tagesreisen voraus liegt Alexandria und wird ein Erlebnis eigner Art sein, wie immer.
Tage später begrüßt uns Ras el Tin. Der Anker bleibt in der Klüse und vor der Windsee rollt die EICHWALDE am Great Pass vorbei. Mister PILOT ruft „HARD APORT!“, der Alte nickt dazu und der Rudergänger legt das Ruder „Hart Backbord“. Dann fällt der Anker. „STOP ENGINE!“, rät der Lotse, schnappt sich Johnny Walker und Pall Mall und warum wir nun auf Innenreede liegen, ist klar! Andere haben auch noch Lust auf Whiskey and Cigarettes.
Die Ankerwache am Abend nutze ich zur Landgangsvorbereitung. „Kallemm arabi“ steht auf meinem selfmade Wörterbuch und ist stark übertrieben. Doch auch diesmal wird es mir wieder zweifachen Nutzen bringen, beim Dienst auf dem Schiff und zum Einkauf im Basar. Ich lese mich in meine Lautschrift ein und spreche mit fester Stimme: „Anna bedde aschrabb bira, mannfattlakk!“ Ich möchte ein Bier trinken, bitte! „Lernen wir wieder Arabisch?“, will Plattfuß, mein Wachmatrose, wissen und hat nun endlich den Grund gefunden in der Brücke sein zu müssen. „Das tun wir“, bestätige ich ihm, er ist wieder mit von der Partie. An der Gangway wird er der Fels in der Brandung sein, wenn Alexandrias Stauer das Schiff überschwemmen. Gute Leute wie er sind unersetzbar. Denn auch Halligalli, Sambo, Fox und Eule warten auf uns.
Am nächsten Tag macht die EICHWALDE an der Pier fest. Mit dem Zoll gehen Flaschen und Stangen von Bord. Daraufhin gehen die großen Geschäfte ihren Gang und auch die kleinen beginnen. Es dauert nicht lange und Küken piepsen durch die Aufbauten. Für Bier zaubert Halligalli „was du willst!“. Auch Hans, der Chefhändler für deutsche Schiffe, besorgt uns „was du willst!“, wie er verspricht. Weil er nicht zaubern kann, nimmt er Geld. Er ist lange schon im Geschäft, wirkt etwas müde und hat schon mal den Sohn mit, seinen Nachfolger.

An der Vorseite der Aufbauten baut Mister Palme sich und Ägyptens Flora auf. Hibiscus, Oleander und „Scheenä Palmä, nix deier!“ Eule, der watchman, bezieht Stellung im Schatten der Aufbauten. Er soll aufpassen, dass nichts passiert. Wem, was und wo, wissen wir nicht. Doch die DSR bezahlt ihn. Ägypten muss seine Menschen in Arbeit bringen. Auch ihm schmeckt unser Hafenbräu. Nach der zweiten Flasche ruft er „Aspirina, Aspirina“, ist anfangs mit Analgin zufrieden und später mit Simagel. Hinkefuß wackelt die Gangway hoch. Er arbeitet am härtesten und auf Vertrauensbasis. Dreißig Flaschen Bier fasst sein Korb. Den schleppt er auf dem Buckel zwischen die Kaihallen an Land und kommt mit dreißig Ägyptischen Pfund zurück. Jeder an Bord, der sein Geschäft mit ihm macht, tauscht so Ostmark gegen West, eins zu eins. Hinkefuß hat gut zu tun. Also eilt er mehrere Male am Tag und unter Allahs Augen schwer beladen von Bord. Mister Briefmarke bringt Ansichtskarten und Briefmarken. Er nimmt sogar Ostmark. Sein Geschäft läuft bestens.

„Achtung, Fox naht!“, ruft Plattfuß mir zu, und nun wird es lustig. Fox, der rubbishman, entsorgt allen Dreck vom Dampfer und will nur Stauholz als Lohn dafür. Er prahlt mit seinen Deutschkenntnissen. „Fox, bist alte Ratte, hat Käptänn von letztes Schiff gesagt“, schlägt er sich an die Brust. Wie jedes Mal zieht er auch heute seine Referenzen aus der Tasche: Ist zu gebrauchen, aber aufpassen, der klaut! – Schiffstempel SCHÖNWALDE. Kannste vergessen, bringt nur Mist! - Schiffsstempel FLÄMING.

Für Stauholz macht der alles! – Schiffsstempel CUNEWALDE und so weiter.

Heute nun hat Fox zwei große Tüten Erdnüsse mit. Doch Sambos Erdnussumsatz gefährdet das nicht. Die Nachfrage nach frisch gebrannten Erdnüssen ist enorm. Fox spricht: „For de Käptänn!“, und will mit den Tüten an mir vorbei. Der Alte will ihn nicht sehen. Sollte er ihn doch zu Gesicht bekommen, wüsste er dann, wessen Schuld das sei, weiß ich von ihm persönlich. Also arbeite ich daran, nicht schuld zu sein.

„Al saa arba, not before!“, versteht Fox meinen Arabisch-Englisch-Mix und wird es dann eben gleich nach sechzehn Uhr noch mal versuchen. Soll sich der Erste Offizier mit dem rumplagen, Stauholz ist Chiefmate-Ressort. Da gibt Fox die Erdnusstüten weiter an Eule. Der soll sie bewachen, er käme wieder. „For de Käptänn! – Salamm alleekum!“

Mit „Alleekum salamm!“ entlasse ich ihn und kaum ist Fox fort, greif ich mir eine Tüte und halte sie Eule hin. „Nix, nix – for de Käptänn!“, sträubt er sich erst. Also knack ich mir ein paar Nüsse. Die sind beinahe noch ofenwarm und müssen schmecken, es geht nicht anders. Dann erkläre ich dem watchman, irgendwann und irgendwo im Leben sind wir alle mal Kapitän und halte ihm die Tüte wieder vor die Nase. Eule greift zu und hat verstanden: „You Käptänn, me Käptänn!“ Stimmt Eule, genauso ist das! Dann ist die Tüte leer. Um vier Uhr nachmittags übernimmt der Chiefmate die Wache und will wissen, wer die Erdnussschalensauerei im Gangwaybereich angerichtet hat. Da hat Eule sein drittes Bier im Kopf, Schmerzen dazu und die Frage wohl falsch verstanden: „For de Käptänn!“

Maffich fellus

„X plus zehn“, rufe ich Plattfuß zu. Der weiß nun, sechzehn Uhr zehn beginnt der Landgang, Treffpunkt Gangway. Beim Funker hole ich mir zweihundert Ägyptenpfund. Das übrige Handgeld der Reise werde ich in Lattakia brauchen. Die Droschke bringt uns zum Basar. In Alexandria ist der Teufel los. Die Stadt erwacht aus der Mittagsruhe. Wir schlängeln uns durch die Blechkarawanen. Pferde mit Droschken dran streifen uns und Würmermusik klingt laut aus jeder Ecke. Alle Menschen, alle Farbe, allen Lärm und alle Autos, die Allah gerade noch übrig hatte, muss er heute wohl über Alexandria ausgeschüttet haben. So jedenfalls kommt es mir vor. Ein wenig sorge ich mich auch. Bei den Massen an Menschen und Blech hier und dem Geräuschpegel könnte es doch möglich sein, Kairo hat nichts mehr abbekommen? Das wäre schade für die Touristen dort, und die Händler!

Dann liegt er vor uns, labyrinthartig von Gängen durchzogen, die sich um und durch all das schlängeln, wovon die Händler überzeugt sind, man könne es an Einheimische, Fremde und Seeleute verkaufen – der Basar von Alexandria.

Ich stelle Feilschbereitschaft her. In allen „am Mann“ verfügbaren Taschen bunkere ich Ägyptische Pfund. In keiner darf so viel Geld sein, dass es reichen könnte, nur aus dieser heraus den geforderten Kaufpreis zu zahlen. Was nun auf mich zukommt, ist Spaß und Stress zugleich. Denn, ich darf nicht vergessen, wo stecken sie nun, die dreißig, vierzig, fünfzig oder auch zwanzig und fünf Pfund?

Nach einer Stunde Ausguck im Basar führt mein Weg das zweite Mal an „meiner“ Jeansjacke vorbei. Die wäre genau die Richtige für Kathleen, weiß ich. Die Händlersfrau führt mir das wertvolle Werk arabischer Schneiderkunst nun noch einmal vor. Sie lobt deren Qualität, schwärmt von den Accessoires und senkt auch noch einmal den Preis. Ich setze zur dritten Runde an, da bedeutet sie mir zu warten. Sie spricht mit ihrem Mann, ich höre „arbaien“ und bin nun gespannt, was da kommt. „Eighty pound – only for you!“, verdoppelt sie das, was der Mann ihr eben geraten hatte. Ich bin „entsetzt“: „Kamm fellus?” Oh! Kallemm arrabi! Der spricht Arabisch, nimmt sie nun zwar falsch an, doch ich nicke mutig dazu. Zum „Eindruck schinden“ und Zweifel anmelden reicht mein Wortschatz allemal. „Setien“, also sechzig Pfund, soll die Jacke nun kosten. Mehr Rabatt gibt es auch für „Arabisch sprechende“ Seeleute nicht, zeigt ihre Miene. Nun liegt sie vor mir, die herrliche Jacke, und fünfzig Mark West für das edle Stück würde ich in Rotterdam sofort hinlegen, mich zügig entfernen und hoffen, der Händler würde seinen Irrtum so bald nicht bemerken. Doch hatte ich vierzig Pfund aus dem Gespräch des Händlerehepaars herausgehört und fordere

die nun. „Khamsien – last price!“, bedeutet mir des Händlers Frau, dass fünfzig Pfund ein Schnäppchenpreis sei, Sommerschlussverkauf in Afrika.
Noch einmal preist sie nun Qualität und Glitzerzeug der Jacke, die jede Elster erfreuen würde, also auch meine. Da krame ich die Kathleen-Ina-und-Maja-Vermessungspläne aus der Tasche, zücke das Maßband und beginne, die Jacke mit den Vorgabemaßen zu vergleichen. Der Händler schielt zu mir herüber. Ich werde zunehmend nervöser, weil, nun interessiert sich noch ein weiterer Basarbesucher für die Jacke. Der überlegt es sich dann anders, doch die Ruhe ist raus. Ich greife zum vorletzten Trick und rufe enttäuscht: „Maschakill kabier!“ Das soll „ich habe nun wirklich ein ganz großes Problem“ heißen, hatte mir Eule beigebracht, und Gestik und Mimik sollten dabei verraten, ich sähe den Weltuntergang voraus. Eules Tipp scheint zu wirken. Der Händler will nun besorgt wissen, warum. „To small for Madam“, radebreche ich, und es stimmt natürlich nicht. Nun springt der Sohn Ägyptens zum Vorhang, der den Verkaufsstand vom Gang durch das Labyrinth trennt, und zieht ihn mit Schwung zu. Dann vergewissert er sich mit einem Blick zur Decke, dass Allah gerade woanders wacht, und flüstert: „Jella, kammsa wa arbaihn, rallass!“ Also wäre er nun mit fünfundvierzig Pfund zufrieden. Allah solle nur nicht sehen, dass der Händler gerade die Existenz von Geschäft und Familie aufs Spiel setze. „Kweiess!“, rufe ich hoch erfreut und greife zur linken hinteren Tasche meiner Jeans, zur Vierzig-Pfund-Tasche eben. Schweißperlen zieren meinen Nacken und die Stirn. Was jetzt kommt, ist noch zu wenig erprobt und dazu, wie es wäre, den Händler packe die Wut, habe ich nur eine grausame Vorstellung.
Mit Schwung ziehe ich „mein ganzes Geld“ aus der mit vierzig Egyptian Pounds geladenen Tasche, „freue“ mich dabei sehr, beginne nun, ihm Schein für Schein hinzuzählen und „stutze“ dann, was, nur vierzig Pfund noch? Mein Gesicht zeigt die Enttäuschung. „Maffich fellus!“, lüge ich und „kann es selbst nicht glauben“. Mein Geld ist alle! Was nun? Dabei spüre ich Allah im Nacken und vor mir kriegt der Händler Farbe. Er stünde nun kurz vor der Pleite, sollen mir seine weit aufgerissenen Augen zeigen. Und seine arme Frau würde auch heute wieder ihren hungernden Kindern nur trockenes Weißbrot reichen können. Drei Leute staunen nun vierzig Pfund an. Dabei ziehe ich meine Schultern so hoch es geht. „Resigniert“ will ich die Scheine wieder einsammeln. Der Händler ist schneller. Ganz plötzlich sind die Geldscheine weg, ich verstehe nur Satzfetzen: „...arbaiehn khallass .. allah ... habibie ... sallamm alleekumm ...“, und wenige Minuten später sieht die frühe arabische Nacht von Alexandria eine Pferdedroschke in Richtung Hafen traben. „Auf dieser Seite des Basars können wir uns morgen nicht mehr blicken lassen?“, rät mein Wachmatrose richtig. Da frage ich ihn: „Gin-Tonic?“, und Plattfuß ist dafür.
Zur Einkaufsauswertung in der Kammer des Dritten Nautischen Offiziers ist eine Jeansjacke zu umgerechneten zweiunddreißig Westmark die ungekrönte Königin des heutigen Basarfeldzuges, der wohl nur Gewinner gesehen hat. Denn ganz sicher freuen sich irgendwo in Alexandria auch der Händler und

dessen Frau. Warum auch nicht!
Dann ist die Flasche leer und ich nehme das Bild vom Geschenk Allahs an den seefahrenden Bert mit in den Schlaf. Knöpfe und Schnallen schmücken die Jacke auch dort, wo es auf den ersten Blick nichts zu knöpfen und zu schnallen gibt.
Brillantengleich zieren glitzernde Steinchen, umrahmt von filigranen Stickereien, Revers, Schulter und Rücken. Meine Elster wird begeistert sein.
„Schokkran kedier, habibie!"

Sirenengesang

Die EICHWALDE liegt in Lattakia an der Pier. Wieder ist Kistenzerfetzzeit. Der Kapitän schüttelt wiederholt den Kopf und will dann wissen: „Sag mal, Steuermann, was ist bei deinem Vorschlag rausgekommen, dem mit den Kisten?" Ich hatte im letzten Hafentörn endlich die Antwort der Inspektion erhalten und die gleiche Leere in mir gefühlt, wie nach der nichtbegründeten Absage der Mitreise, und wieder auch die Art von Ratlosigkeit, die hilflos und wütend macht.
„Nicht einmal dann, wenn man alle Kisten einstroppen würde, wären die Schäden und überlangen Liegezeiten zu verhindern", hatte man mir geantwortet. Aber ich hatte das Einstroppen von „Schlüsselkisten" vorgeschlagen und den wichtigsten Satz unterstrichen, es wäre sogar falsch, alle Kisten einzustroppen! „Die haben das nicht begriffen, oder?", will ich vom Alten nicht wissen und bin nur enttäuscht. Der Kapitän zieht die Augenbrauen zusammen, scheint kurz nachzudenken und viel fällt auch ihm dazu nicht ein. „Weißt du was, das sind doch keine Dummen, dort in der Inspektion. Vielleicht gibt es andere Gründe. Möglicherweise ist der Vorschlag nie bis Rostock gekommen." Dann hat er doch noch eine Idee. „Mach da mal einen Neuerervorschlag draus. Neuererwesen ist Staatspolitik. Da kommt man in Wismar nicht umhin und muss den Vorschlag in Rostock prüfen lassen!" Derweil haben die Matrosen im Zwischendeck von Luke III zwei beachtliche Hieven mit Splitterholz gepackt. Die setzt der Kran auf die Pier. Der Wachmatrose fährt die Deckel zum Unterraum auf, da freuen sich die Brechstangen und Kanthölzer der Stauer schon wieder auf neues Futter. Bald splittert und kracht es wieder aus der Luke heraus. Das hört sie schlimm an, wie immer. Doch schlimmer noch ist, langsam scheine auch ich mich daran zu gewöhnen!
Am Nachmittag geht es an Land. Geschenke fürs Fest zu kaufen, ist geplant, und also Vorfreude. Wochen später werden sich auch die Bewohner eines Harthaer Neubaublockes freuen. Zum Weihnachtsabend wird sie der Gesang von Sirenen beglücken. Der wird von zwei lieblichen Kinderspielzeugen herrühren. Aus der Glück-Wohnung heraus wird er durch Türen, Fensterritzen und Wände

dringen und davon künden: In diesem Jahr feiert die Familie Glück vollzählig das Weihnachtsfest. Ein Weihnachtsmann wird im batteriegetriebenen Polizeiflitzer, mit Blaulicht und Ton, rastlos mit seinem Kollegen im Feuerwehrauto, Blaulicht und Ton, durch unsere Wohnung und um die Wette rasen. Immer und immer wieder. Sirenengesang, made in Taiwan, gekauft in Syrien, verschenkt in der DDR, multikulturelle Weihnacht im sozialistischen Teil Deutschlands.
Bis dahin jedoch laden wir in Zypern noch Citrusfrüchte für Portsmouth, kommen gut über die See und planmäßig in Wismar an.
Da staue ich dann einen Koffer voll mit Bert-Wäsche, eine Alex-Tasche „nix Kammäl – nix deier!“ voll mit Geschenken, vier Krügen Wein, zwei Kisten Apfelsinen und „scheene Pallmä“ in das Zweite-Klasse-Abteil der Reichsbahn. In Leipzig muss ich umsteigen und ziehe mehrfach zwischen den Bahnsteigen 7 und 21 hin und her. Dabei wird der Abholstapel immer kleiner und der Hinschaffstapel immer größer. Dann ist der Abholstapel weg und auch mein Anschlusszug. Nun habe ich Zeit und könnte mich im Minimieren der Stapelumsetzzeit üben, für die nächste Heimkehr. Ich entscheide mich für Bier und dem Schwager bleiben dann eben nur noch fünf Büchsen BECKS. Der Flasche NORDISCHER LÖWE fehlt bald ein Drittel ihres Inhaltes. Also fällt auch sie als Geschenk aus. In Waldheim hält der Zug für eine Minute. Auf solche Transporte, heraus aus der großen, weiten Welt und hinein in die Provinz, ist der Fahrplan nicht eingestellt. So fährt der Zug schnell weiter und bringt scheene Pallmä nach Karl-Marx-Stadt. Wen sie dort glücklich machen wird, werde ich wohl nie erfahren.
Ich weiß nur, ich bin zu Hause. Also rufe ich den Schatten in der Waldheimer Bahnhofsnacht „Frohe Weihnacht!“ entgegen und hoffe, es ist das Empfangskomitee. Der nächste Morgen bestätigt meine Ahnung des Ankunftsabends. Die Bilder kehren wieder und der Kalender zeigt den 06. Dezember. Somit hat die Weihnacht noch Zeit, aber der Frohsinn ist sofort: Vier Monate Frau und Töchter liegen vor mir.

Wiedersehn und Wiedergehn

Die Vorbereitungen zum Fest gehen ihren sozialistischen Gang. Im fünften Stockwerk unseres Neubaublockhausaufganges wohnt ein werktätiger Fleischer. Dessen Schrankwand ziert bald eine kleine afrikanische Ebenholzschnitzerei. Daraufhin tummeln sich in Glücks Kühlschrank Festtagsrouladen und Rinderzunge.
In Karl-Marx-Stadt belädt die MITROPA ihren Waggon mit Braustolz Bier. Dann fährt der Zug in Richtung Berlin los, hält in Waldheim, dort steigt Herr Glück ein, steigt in Döbeln wieder aus und hält eine Kiste feinsten Gerstensaftes in der Hand. Nun kommt der Gegenzug. Also steigt Herr Glück ein, fährt mit bis Wald-

heim, steigt wieder aus, vergisst dabei die Kiste Braustolz nicht und schon ist der wertvollste Teil der Festtagsgetränke gesichert. Der Trick geht auch in der Gegenrichtung und dann ist es eben Berliner Bier oder Radeberger. Die Spannung steigt. Was wird der Weihnachtsmann bringen?
Wer der Weihnachtsmann sein soll, muss ich nicht raten. „Das kannst du gleich wieder vergessen!“, wehrt Kathleen meinen Vorschlag ab. „Ohne Weihnachtsmann gibt's keine Geschenke!“ Also versuche ich Gegenwehr. „Ihr müsst aber singen, sonst rücke ich nichts raus, so!“ „Kein Problem“, meint Kathleen, und ich habe verloren.
Der 24. Dezember ist da. Mutti pappst ihren Festtagsreis mit Gänseklein und ist glücklich dabei. Die Töchter sind festlich gespannt und nervös. Ich koste vom Braustolz und nippe am Dujardin. Dann ist es so weit. Ich steige drei Etagen tiefer und in den Keller. Dort ziehe ich mir den molligwarmen Mantel an, hänge mir die atemdichte Maske vors Gesicht, stülpe mir die pelzwarme Mütze auf den Kopf, hänge den geschenkeschweren Sack über die Schulter und stapfe im überheizten Neubau wieder drei Treppen nach oben. Und schwitze wie ein Schwein. Dann klingele ich. Mir wird geöffnet und ich will wissen, ob Glücks hier wohnen. Drei vorfreudig erregte Augenpaare strahlen mir entgegen. Das, welches wissend strahlt, meint, der Weihnachtsmann könne wohl nicht lesen. Da trete ich ihm erst auf die Zehen, dann in die Stube ein und nun den Beweis an. Ich entnehme dem Sack ein Paket. Laut lese ich „Ina“. Nun frage ich die wohl dümmste Frage des weihnachtlichen Rituals. „Na, hast du denn auch fein gefolgt?“ Wer an dieser Stelle „Nein“ sagt, kann nur ein dämliches Kind sein. Ina aber ist schlau und trotzdem nicht erlöst.
„Was für ein schönes Lied willst du denn dem Weihnachtsmann vorsingen?“ Da antwortet sie nicht ganz ehrlich „das vom Tannenbaum“. Von Wollen nämlich kann keine Rede sein. Nun zieht sie ihre Augenbrauen hoch in die bekannte Wenn-es-sein-muss-Position und beginnt, den Tannenbaum zu fragen, wie grün denn seine Blätter seien. Der steht in der Ecke der Stube, ist rot-gold geschmückt, erstrahlt im Schein der elektrischen Kerzen und kann die Frage nicht verstehen. So grün, wie jedes Jahr eben! Bald ist Ina mit der dritten Strophe ihrer Frage am Ende. Sie wickelt das Geschenk aus und Maja will es nicht glauben. „Jetzt kommt die Wahrheit an die Luft!“, ruft sie und macht so nicht ganz sprichwortfest ihrer Empörung Luft. „Mami, du hast mir ja was Falsches verraten!“ Kathleen streicht ihrem Plappermaul übers Haar und erklärt: „Schließlich sollte es ja eine Überraschung für Ina sein!“
Nun muss Maja singen. Das bringt sie in den Mittelpunkt des Geschehens. Dort steht sie gern und so singt sie laut und lange, erst „Oh du Fröhliche“ und dann „Winter ade!“ Vorm dritten Lied, vielleicht das vom Frosch und dem schönen Badewetter, rettet uns der Weihnachtsmann. Er reicht Maja das Geschenk und Minuten später nerven die Sirenen von zwei völlig untypischen Weihnachtsmannfahrzeugen, syrisch-taiwanesische eben. Jetzt erhalten beide Töchter noch richtige Geschenke. Das sind solche, die Muttis einkaufen. Gleich darauf

erklingt lieblicher Flötenton. Der Weihnachtsmann bleibt hart. Wer nicht singt, bekommt nichts. Sofort trifft mich die Wucht weiblicher Solidarität. „Mamis Flöte klingt nämlich schöner, als wenn sie singt, Papi!"
„Ach ja, wo ist eigentlich euer Papi?", reagiere ich gedankenschnell und bringe somit das Weihnachtsmannspiel zu seinen Regeln zurück. „Der wollte dich abholen und hat dich wohl verpasst."
Nun ist die Rollenverteilung wieder klar. Mami kriegt ihr Geschenk, wickelt es aus und meint, so ein Geschenk hätte auch von Papi kommen können. Doch dann sieht sie die Jeansjacke und das funkelnde Ergebnis meines Raubzuges über den Goldbasar von Lattakia. Also ist meine Elster weihnachtlich friedlich gestimmt. Trotzdem bleibt sie eine Frau, nämlich meine!
„Das gebt ihr eurem Papi, wenn der zurück ist und stellt am besten gleich noch eine Flasche Bier dazu. Der schwitzt nämlich mächtig!", reiche ich das Kathleen-Päckchen mit dem Bert-Geschenk den Töchtern und meine Allerbeste protestiert. „Ohne Singen gibt es kein Geschenk, hast du gesagt!" Nun muss auch der Weihnachtsmann ein Lied singen und das gibt es nun wirklich nur bei Glücks. Also singt er das Lied von der kleinen Ninette von Marseille und deren Seemann. Dazu tropft sein Schweiß literweise auf den Boden der gutgeheizten Neubauwohnung. Am Ende knallt er das Geschenk auf den Tisch, tritt töchterstreichelnd ab und kommt als Bert wieder. „Der Weihnachtsmann war da", freuen sich die Töchter, und Mutti ergänzt: „Und wie schön der gesungen hat. Das kannst du dir nicht vorstellen!" Dabei lacht sie herzlich und ist zufrieden. Schließlich wurde nach ihren Regeln gespielt. Ina merkt sich das, doch das ist eine andere Geschichte. Dann nerven die Sirenen wieder ganz unweihnachtlich los und müssen das ab sofort im Kinderzimmer tun.
Bert hält seine Kathleen im Arm. Würde ihn jetzt einer fragen, wer denn nun Seemanns Braut sei, müsste er nicht lange nachdenken.
Die Feiertage sehen uns Gänsebraten brutzeln, Klöße kneten, mit Semmelbrösel drin, und Rotkraut bereiten, nach altem Mutter-Glück-Rezept. Die Batterien aus Taiwan sind leer. Ich will die wechseln und da trifft mich Kathleens Bitte: „Das trau dich!" Spazieren gehen und Omis und Opis besuchen mit Geschenke hinschaffen und mitnehmen schließen sich an.
Das neue Jahr sieht uns feiernd bei der Familie der Schwägerin. Dann folgen drei Monate, in denen man sich so richtig an seine drei Frauen gewöhnen kann. Ende März liegt der graue Zettel im Briefkasten.
Diesmal nun liegt das Grau auch auf unseren Herzen. So viel Zeit an Land tut dann, wenn sie zu Ende geht, nicht mehr gut, nur noch weh! Den wortkargen vorletzten Tagen folgt der beinahe wortlose letzte und der Abschied am Abend. „Kommst du bald wieder?", wollen die Töchter wissen. Leicht verschluchzt erinnert sich Maja. „Ich weiß ja, Papi, nur wer wegfährt, kann auch wiederkommen!", lässt sie ihren Abschiedsschmerz noch raus, „und da musst du nun eben los!" Für Ina und Kathleen hat bereits der Rückzug in ihre Schutzräume begonnen. Tief in sich drinnen werden sie Schutz finden in der Zeit ohne Papi oder

Ehemann. Wir tun alle sehr tapfer. Dann bin ich von den Küssen der Töchter und aus Kathleens Armen entlassen und will nur noch schnell fort.
Mir ist egal, was die Reichsbahn heute macht, und der Regen und so. Ich kann nicht schlafen und nicht denken.
Ja, Wiedersehn und Wiedergehn, das ist so schwer!

Nie wieder !

Nie wieder Neuerervorschlag, hatte ich mir geschworen, später. Denn eigentlich hatte es vielversprechend begonnen. Irgendwann hatten die Vorschläge zur Verbesserung von Arbeitsabläufen oder Zuständen in der sozialistischen Produktion aufgehört, Verbesserungsvorschläge zu heißen, auch bei DSR. Wem auch immer, hatte es nicht gefallen, dass die in der Produktion manchen Einfall der Verwaltung oder auch des Chefs für voll daneben oder einfach nur unpraktikabel hielten und somit eben für dringend verbesserungsbedürftig. Kein Chef auf der Welt lässt sich gern verbessern, auch nicht im Sozialismus. Doch was Neues zu erfinden, ist in Ordnung. Weil, es ist eben etwas neues Gutes, abgeleitet aus dem alten Guten. Damit muss sich niemand auf den Schlips getreten fühlen, wenn die Produktion eine neue Idee hat. Das Neuererwesen war geboren worden und damit die Chance, ungestraft schlauer zu sein. So hatte ich schon auf der SCHÖNWALDE Wettbewerbspunkte für das Schiff verdient und mir dreihundert Mark. Eigenleistung war in Mode gekommen und mit ihr auch die Frage, wie viel Werftzeit ließe sich sparen, wenn die Besatzungen selbst Rost klopfen, Farbe aufpinseln, breit rollen und versprühen würden. Nun taten sie das ja schon täglich, fleißig und gründlich. Nur der Beweis musste noch geliefert werden, dass unsere Matrosen das kostengünstiger bewerkstelligten als die Werften. Also hatte ich den Bootsmann gefragt, ob die Fachbuchangaben zum Zeit- und Materialaufwand bei Konservierungsaufgaben noch stimmten. Der sagte „ja“ und nun standen ihm auch dreihundert Mark zu. Dann hatte ich Rostklopfkategorien gebildet: Fünffinger an Deck, Nadelpistole an den Hydraulikrohren, Schaber an den Aufbauten und Rosthammer unterm Lukensüll. Dem folgten Malkategorien: Rollenquadratmeter pro Stunde, Spritzquadratmeter pro Stunde und Pinselquadratmeter pro Stunde. Nun listete ich alle malbaren Flächen auf, versah diese mit dem durchschnittlichen prozentualen Durchrostungsgrad und ergänzte den standardgemäßen Farbaufbau. Die morgendliche Arbeitseinteilungszigarrettenlänge am Kabelgatt nannte ich „Arbeitsvorbereitung“. Das allabendliche Werkzeuge Einsammeln und Suchen hieß „Arbeitsnachbereitung“, der „Lehm“, wenn er drückte „unerwartete Ereignisse“. Dann hatte ich den Wachmatrosen gebeten: „Miss mal den Umfang der Relingsrohre!“ Daraufhin hatte der erst ein Bändsel um eines der Rohre gelegt, dann neben ein Lineal und schließlich „fünfeinhalb Zentimeter“ gerufen. Das berechtigte auch ihn zum Empfang von dreihundert Mark und unser Neuererkollektiv war komplett gewesen. Jetzt hatten wir schwarz auf weiß, was jeder Bootsmann auch so hätte bestätigen können: Mit einer engagierten Decksgang war es möglich, das Schiff beinahe in Farbe zu halten. Eindrucksvoll zeigte unser kollektives neues Forschungsergebnis: Wenn der Dampfer achtern endlich in Farbe stand, fing vorn der Rost wieder zu blühen an. So einfach war Neuererwesen, wenn man gebeten wurde, Neues zu tun. Wurde man nicht gebeten, war es schon schwieriger.

Nach monatelangen Sitzungen an Land hatte man festgestellt: „Unsere Hektiker“ an Bord hatten Entscheidungen, die auf See und in Not in Sekundenschnelle hatten fallen müssen, falsch getroffen. Also waren die „Handlungen der ‚Ersten Minute‘“ an Bord verschickt worden. Dass die von Land kamen, merkte man bereits beim Punkt 1 des Ablaufschemas „Feuer im Schiff“.

Punkt 1: Alarm auslösen, auch mit Typhon und 3 Minuten lang! Die nachfolgenden sechs Punkte musste der Nautische Wachoffizier nicht mehr kennen. Per Dekret war er dem Rauchvergiftungstod geopfert worden. Denn, das Typhon ist nicht mit der automatischen Schiffssignalanlage gekoppelt. Also muss unser Held nun drei Minuten lang „am Strick ziehen“, damit es Alarm tutet. Derweilen kräuselt sich der Rauch listig schwarz, dem Kamineffekt folgend, hinein in die Brücke und an den Beinen des Standhaften hoch zur Nase. Doch der verharrt weisungsgemäß und müsste eigentlich die Lüfter abschalten, den Brandherd nach Lee bringen und ... na ja! Ich sehe mich selbst schon angewiesen, Mannhaftes zu tun. Doch so richtig verspüre ich keine Lust auf Rauchvergiftung und heiße Füße. Also bitte ich den E-Ingenieur in mein Neuererkollektiv. Der malt mir eine schöne Schaltung auf, deren Installation bewirken wird, dass zeitgleich zum Typhontuten die Alarmanlage klingelt. Im Begleittext merke ich an, das Seefahrtsamt könne ruhig mal wieder an Bord kommen, gemeinsam mit der Inspektion. Dann installiert der E-Mix die Schaltungsidee seines Chefs und der Probelauf kann eindrucksvoller nicht sein. Nun könnte der Dampfer losbrennen. Macht er nicht, Gott sei Dank, doch wir sind brennender Erwartung. Wie wird man an Land reagieren?

DSR lässt sich nicht lumpen. Man spendiert dreißig Mark Prämie für den E-Ingenieur und für mich, jeweils, und das Seefahrtsamt empfiehlt, der Kapitän, der es gut fände, dass seine Nautiker nicht heldenhaft und qualvoll geräuchert würden, könne ja darüber nachdenken, ob er die Handlungen der „Ersten Minute“ tatsächlich nach 60 Sekunden eingeleitet haben will. „Zur Realisierung empfohlen“, heißt das dem Neuerervorschlag verliehene Prädikat und zeigt, Reederei und Seefahrtsamt können ganz gut damit leben, dass kaum einer an Bord ihre Weisungen und Vorschriften ernst nimmt. Also darf eine Minute auch drei Minuten lang sein, zehn oder mehr.

Jugendlich – weiblich

Der Königsweg zum Sieg im sozialistischen Wettbewerb heißt „jugendlich – weiblich“, auch an Bord. Die Vorausdenker der DDR haben erkannt, der Jugend gehört die Zukunft, man müsse sie fördern und schonen. In Hartha munkelt man deshalb, das ortsansässige Schuhwerk würde in Zukunft nur noch zwei Produktionslinien fahren, Arbeitsschuhe für die Alten – Freizeitschuhe für die Jungen!
Jahre später wird man das „Fun und Action“ nennen und „Rente mit 67“. Lange vorher jedoch empfängt mich die INSELSEE und die Besatzungsliste zeigt, eine stressfreie Reise steht uns bevor. Kistenzerfetzen in Lattakia, Pferdedroschkenrennen in Alexandria und Weinbunkern in Limassol liegen vor uns. Der Kontinent liegt hinter uns, der Atlantik friedlich unter uns und der Kapitän vermutet Langeweile auf der Brücke. Da wirft er die Infoverteilermappe auf den Kartentisch und fordert: „Lesen, unterschreiben und zurück. Wenn uns nichts einfällt, dann hat die LUCKENWALDE wohl den Wettbewerb gewonnen.“ Ich lese, staune und bin dann sicher, das Ding ist nicht zu toppen! Die Erste Stewardess der LUCKENWALDE ist nicht nur jugendlich und weiblich, nein, sie hat auch noch einen Neuerervorschlag gemacht. Gegen zehn betritt der Chief die Brücke und wirkt betreten. Auf dieser Reise sollte sein Trumpf zu stechen beginnen. Monatelang hatte er fleißig Schweröl gesammelt, 20 Tonnen im Wechseltank, schwarze Chiefreserve sozusagen. Die würde man auf dieser und den nächsten Reisen durch die Maschine jagen, deren Verbrauch nicht nachweisen müssen und so den Wettbewerb gewinnen, war die Planung bis vorhin noch. Und nun das! „Trink erst mal einen Kaffee und dann überlegen wir neu“, lädt ihn der Alte zum Verbleib im Kaffee SEEBLICK ein. Doch er ahnt schon, die Chancen, den Chief zu trösten, stehen schlecht. So richtige Kaffeeahrtstimmung will auch wirklich nicht aufkommen. Die Tassen sind leer, da ziehen sich beide mit tief betrübten Gesichtern in ihre Kammern zurück. Vorher erkennt der Maschinenhäuptling noch: „Selbst wenn wir nach dieser Reise mit mehr Sprit einlaufen als beim Auslaufen in den Tanks war, der Wettbewerb ist gelaufen!“ Und da es diesmal sehr von dem abweicht, was er sonst über junge Frauen denkt, fern von zu Haus, behält er auch das für sich. „Hast du diesen Blödsinn gelesen?“, will der Zweite Offizier zum Wachwechsel von mir nicht wissen und redet gleich weiter. „Das ist doch nur noch eine Riesenverarsche! Kannst du dir eine Stewardess denken, die darüber nachdenkt, was Hacke, Schaufel und Brechstange auf einem Schiff und dort an einem roten Brett sollen? Die regt sich auf, wenn die Jungs die kleinen Löffel verschmeißen oder die Teller mit Senf vollklecksen, aber so was, ich fasse es nicht!“
„Das wird sich der Bootsmann der LUCKENWALDE ausgedacht haben und der Chief hat den Gedanken delegiert, wollen wir wetten?“, will ich den Zweiten beruhigen. Doch der will nicht. „So ein Quatsch, Folie über die Werkzeuge spannen, als Salzwasser- und Diebstahlschutz. Das Zeug schwitzt dort drun-

ter, rostet schneller und meinst du, wer eine Schaufel klauen will, hat Angst, eine Folie kaputt zu machen? Absurd!" Der Chiefmate betritt die Brücke. Er sieht den Zweiten mit hochrotem Kopf, mich hilflos daneben und bittet um Aufmerksamkeit. So schnell gäbe er sich nicht geschlagen. Er habe die Lösung gerade mit seinen Mädels besprochen. Noch sei der Wettbewerb nicht verloren. Die Erste Stewardess unseres Schiffes würde gemeinsam mit der Zweiten nachdenken. Das wäre dann jugendlich-weiblich-neuernde Gruppenarbeit und müsse, verglichen mit dem sehr egoistischen, das Kollektiv missachtenden Alleingang der Stewardess der LUCKENWALDE, deutlich mehr Punkte bringen. Nämlich, man könne ja Löcher durch die Stiele der kleinen Löffel bohren. Dort wolle man Segelgarn durchfädeln. Befestigt mit einem Rundtörn und zwei halben Schlägen, solle es zur Decke über dem jeweiligen Messeplatz des Besatzungsmitgliedes hoch führen und da wiederum an eine Stange gebändselt werden, Rundtörn und so weiter. Die Stange würde, im Mannschaftsteil der Messe beginnend, unter der Decke und über die Plätze hinweg zu den Offizieren verlaufen. Dort müsse sie über dem Platz des Kapitäns um 180 Grad gebogen und zurück zur Mannschaftsmesse geleitet werden. Und gegen die Wände geschweißt sein, versteht sich. Nie wieder würde auch nur einer der kleinen Löffel fehlen, jawoll! Der Zweite Offizier ist begeistert. So schlägt er vor, man könne auch ein Gummiband nehmen. Da lägen die Löffel nicht auf dem Tisch rum, wenn sie nicht gebraucht würden. „Und sie könnten im Seegang nicht mehr vom Tisch fliegen." Ich erinnere mich an den Steiger, der mit der BÜCHNER nach Kuba gekommen war. Zudem fällt mir der schwiegerväterliche WISMUT-Kumpel ein und da hab ich's. Man könne doch gleich das gesamte Besteck gegen die Decke ziehen, so wie die Kumpels ihre Klamotten eben. „Kennt man doch vom Film her, oder?"
„Ja, auch Teller und Tassen hinterher und eine Waschanlage unter die Deckenverkleidung", übernimmt der Erste Offizier wieder die Führung des Brainstorming, was zu diesem Zeitpunkt und im Osten Deutschlands noch Ideenfindung heißt. Das laute Sprudeln unserer die Seefahrt revolutionierenden Gedanken lockt den Kapitän aus der Trübsaal und hoch zu uns auf die Brücke. „Hier, Chiefmate, damit es dir nicht zu gut geht. Die ersten Korrekturen der Ladungspapiere sind da", drückt er ihm Fernschriftliches in die Hand und knurrt in Richtung des Zweiten und Dritten Nautischen Offiziers: „Für euch fällt mir auch noch was ein!"
Die Reise geht ihren Gang und steht nach fünfunddreißig Tagen vierzehn Tage vor ihrem Ende. Da ereilt die seemännisch-technische Schiffsführung ein Schlag, der sie das Neuererwesen vergessen lässt. Die INSELSEE soll außerplanmäßig und also ein Jahr eher, in die Werft. Somit müssen die Tanks leer sein. Auch der, der Salzwasser mit sich führt, das sich verheizen lässt, 20 Tonnen! Also dampft der POSEIDON der DSR vollschiffs, mit aller Wut im Bauch und einem Treibstoffverbrauch nach Hause, der die Halberstädter MAN-Lizenz-Motorenbauer staunen machen würde. Doch auf weniger als Beinahe-Nichts

lässt sich der Verbrauch nicht runterrechnen. Und so verschenkt der Chief eben 10 Tonnen Sprit. Die wurden beim Nachpeilen „entdeckt“ und stehen nun nicht mehr im Kampf um die Treibstoffprämie zur Verfügung. Da tragen die Augen des Chiefs und des Alten Trauerränder.
Die INSELSEE trägt mich nach Wismar, die Reichsbahn nach Waldheim, der Bus nach Hartha, drei Frauen mich auf Händen und zehn Tage später trägt die EICHWALDE ihren Dritten Offizier ins Mittelmeer.
Die kommt nach fünfundfünfzig Tagen zurück und der Inspektor lässt dem Genossen Glück die Wahl: Gleich wieder los, als Zweiter Offizier der MITTENWALDE, oder noch ein paar Reisen als Dritter, oder Jährchen vielleicht? Also entscheide ich richtig und doch falsch?

Secondmate

Kathleen hatte am Telefon nur „Ach so!“ gesagt und nun schifft die MITTENWALDE ihren frischgebackenen Zweiten Offizier Richtung Kuba. Die Diplomaten in Havanna und Berlin wissen noch nicht, was auf sie zukommt. Auch die Ruhe in der Chefetage des Harthaer Elektromotorenwerkes trügt. Neue Nahrung für mein Ziepen im Bauch ist unterwegs. Doch noch ist die Welt für mich in Ordnung. Nun bin ich also der Steuermann, der wacht, während der Alte schläft, nachts und mittags. Die Überfahrt zu den mittelamerikanischen WEST-INDIES verläuft ruhig. Irgendwann mal überholt uns ein Flugzeug in 10.000 Meter Höhe und hat einen Brief mit. Jede Nacht von null bis vier Uhr habe ich nun Zeit und Ruhe, den Seeraum zu betrachten, die Sterne zu finden und mich nach Hause zu träumen. Der friedliche Atlantik schaukelt mich sanft durch die Nacht. Mein Wachmatrose weiß, wann er stören würde und wann Zeit für Kaffee und Wachschwatz ist. Nur im Kopf ist ein wenig Unruhe. Der Bauch gluckst und ich weiß nicht warum. Ich hätte doch nur „Guten Tag“ und „Auf Wiedersehen“ sagen können, entschuldige ich vor mir das Nur-Telefonat mit Kathleen im Hafentörn. Der eine Tag zu Hause nur, zwischen zweimal fünfzig Tagen Seefahrt, wäre doch Stress gewesen und beinahe schon seelisch grausam, nein? Außerdem, Kathleen hatte doch „mach das nie wieder!“ gesagt, damals. Trotzdem wird es nach dieser Reise ein nächstes „Nie wieder!“ geben.
Noch schlafe ich ruhig Kuba entgegen.
Wir fahren der Sonne voraus. Die braucht nun täglich eine halbe Stunde länger ehe sie uns ein hat. Also kommen wir ihr jeden zweiten Tag entgegen und bummeln uns mit den Uhren eine Stunde zurück. Das Leben an Bord geht seinen Gang. Zu meinem neuen Ressort gehören der Gesundheitsschutz, die Versorgung akut Erkrankter oder Verunfallter, die Hygiene, also auch die Überwachung der Softeismaschine, dreimal täglich mittags, und die seemännische Sicherheit an Bord. Die Menge neuer Aufgaben lässt keine Langeweile aufkom-

men. Die Landgangsbelehrung zur Hygiene am Mann, also Kondom in der Tasche, ist nun meine Aufgabe. So spreche ich zur Bordversammlung: „Am besten ist es, ihr geht allen Schleimhäuten aus dem Weg. Kondome liegen im Gangwaykasten. Sollte es trotz aller Vorsicht beim Wasserlassen brennen, dann kucken wir mal, ob es ein Tripper ist. Oder ihr sichtet einen Schleimhautkrater, der nicht weh tut. Dann sofort bei mir melden! Dort ist die Syphilis nämlich durch und ihr habt sie. Alles klar?“

Irgendwann in der Nacht, meine Wache ist zu Ende und der Barabend noch nicht, meint eine der Damen ohne Dienststellung an Bord, sie müsse mit mir Brüderschaft trinken. Vier Stunden lang hatte ich mir aus nautischen Gründen die karibische Nacht unterm sternenklaren Himmelszelt und überm spiegelglatten Atlantik ankucken dürfen. Ich hatte an zu Hause gedacht und an Kathleen und daran, was Mann noch so im Alter von zweiunddreißig Jahren denkt. Nun geben mir die warmweichen, feuchtglänzenden und mit schönstem Signalrot geschmückten Lippen des nunmehr weiblichen Bruders den Rest. Mein Glas ist noch nicht ganz leer, da meint die Dame, sie hätte meinen Vornamen schon wieder vergessen. Also muss ich ihn noch einmal auf ihre Lippen drücken. Dann handle ich gegen die Natur. Meine Flucht bewahrt mich vor weiterem Erinnernmüssen. Gleich darauf liege ich in der Koje. Ich rolle mir das Kopfkissen zu Kathleen zurecht, drücke es fest an mich, wäre so gern jetzt bei ihr und ahne ihre Worte: Siehste, das hast du nun davon!

Hieroglyphen

Dann liegt die MITTENWALDE an der Ostküste Kubas und im Hafen von Nuevitas an der Pier und man sollte auf Kuba keine Heimatpost empfangen, jedenfalls ich nicht. „Der kann nur für dich sein“, wirft mir der Funker einen Luftpostbrief auf den Kartentisch. Die Anschrift ist wacklig wie die eines Schreibanfängers. Der Brief ist unkathleentypisch dünn. Die Marke klebt schief in der Ecke und mir grummelt es im Bauch, wie Eruptionen im Sonnengeflecht.

Ungeduldig reiße ich den Umschlag auf und blicke auf zwei Seiten Hieroglyphen. Das Schriftbild signalisiert äußerste Unruhe, Ratlosigkeit, vielleicht auch Wut oder Verzweiflung? Was ist das? Ich ahne Unheil und kann es nicht deuten. Wieder und wieder versuche ich, ihn zu lesen. Dann lassen sich erste Wortgruppen bilden und irgendwann auch Textfetzen. Je mehr ich den Inhalt begreife, desto aufgeregter werde ich.

Was war passiert?

Nach ihrer Mitreise war der Neid der regelmäßigen Westpaketempfänger in Kathleens Brigade offen zutage getreten. Mobbing wartet zu dieser Zeit noch auf seine Namensgebung, doch die Inhalte sind schon da. So macht man Kathleen die Arbeit schwer und auch das Leben. Sich selbst gönnt man Sarotti mit

Nuss, Nescafé, Palmolive und ab und zu die Westmark im scheinbar röntgenstrahlensicheren Alufoliebrief, aber ihr nicht den Mann und die Reise in die Welt. Kathleens Chef heizt das Klima noch an und enttarnt sich so menschlich. Eine weitere Enttarnung steht ihm noch bevor. Mit dieser Art Sozialisten im Gepäck hat wohl Marx' Idee zu keiner Zeit wirklich eine Chance.
Kathleen hatte begonnen, ihren zweiten Facharbeiterbrief zu machen. Nebenher, abends, wenn die lieben Kollegen dem Partner auf den Wecker fielen, im Garten Erholung suchten oder sich in der Kneipe abfüllten. So würde sie bald schlauer sein und endlich auch fort können von der sozialistischen Brigade Wareneingang. Im letzten Urlaub erst hatten wir die Brigade zu uns eingeladen. Sie sollten sehen, wie bescheiden wir leben, nach vier Jahren Studium, nach Majas wiederholtem Kranksein und damit verbundenen Lohnausfällen und mit Kathleens sozialistischem Bettellohn. Es war mein Einfall gewesen und ein wenig auch Bitte um Frieden. Doch es war eben dumm gewesen, ihnen genau das vorzusetzen, was sie uns so sehr neideten, zum Beispiel fünf Liter Zypernwein zu fünf Mark West, solcher also, der abends schmeckt und morgens schmerzt!
Vielleicht aber auch hatte der Kopf alles unterschätzt? Hatte ich Kathleen nicht richtig zugehört? War ich zu sehr mit mir und dem Kapitänwerden beschäftigt gewesen? Oder war der Bauch einfach nur sorglos mit seinem Glück verfahren?
Was auch immer, die Quittung halte ich in der Hand. Sie liest sich wie ein Hilferuf. Nur ist der mindestens einen Luftpostweg DDR – Kuba alt, mit Ausgangskontrolle in Berlin, Warten auf den nächsten Flug und auf die Ankunft der MITTENWALDE. Sie weiß nicht, wie es weitergehen soll, hatte sie vor drei Wochen geschrieben. Doch mittlerweile ist es ja weitergegangen, nur wie? Was macht Kathleen jetzt? Kann man sich noch mehr Verzweiflung denken? Wie soll die aussehen? Wie geht es Ina und Maja? Wie kann ich helfen? Womit? Kann ich überhaupt? So hilflos und viele tausend Seemeilen entfernt von der, die man liebt und die Hilfe so dringend notwendig hätte, auch von dem, den sie liebt, bleiben mir nur der ruhelose Gang durch das Schiff und hirnmarterndes Grübeln.

Zwei Botschaften

Endlich hat der Kopf eine Idee. Der Bauch kneift dabei nur ganz wenig, also darf der da oben. Ich klopfe an der Kammer des Kapitäns, stürze hinein, sehe wohl wüst aus und da bittet mich der Alte, Platz zu nehmen. An seinem Tisch sitzt ein kleiner ruhiger Mann und staunt mir entgegen. Er kennt Seeleute sonst gemütlicher. Bald begreift der Kapitän den Inhalt der wirren Sätze seines Zweiten Offiziers und hört am Schluss dessen Bitte: „Kapitän, ich brauche Hand-

geldvorschuss für ein Telegramm in die DDR. Der Direktor soll meine Frau schützen, sie in Ruhe arbeiten und lernen lassen, die Kinder brauchen ihre Mutter zu Hause und nicht in der Klapse und die sollen mal warten, bis ich zurück bin. Dann brennt dort die Luft!"
Der Kapitän ist noch keine vierzig, unverheiratet und hat wohl sein Opfer für den Traum von der Seefahrt bereits gebracht. Ich weiß nicht, ob er glücklich ist, doch dass ich nicht nur mal so unglücklich bin, weiß er jetzt, und sieht es. Er schiebt mir ein Bier rüber und zeigt dann auf seinen Tischnachbarn. „Das ist der Parteisekretär der Baggertruppe aus Rostock. Die helfen hier beim Ausbau des Hafens. Vielleicht weiß er Rat?"
Der so Angesprochene lächelt bitter und nachdenklich. Dann nickt er wiederholt kurz mit dem Kopf. Dabei knurrt er in sich rein und legt die Stirn in Falten. Dann erzählt er. „Ja, ich kenne das Problem. Zu Hause, in der DDR, werden die Mädels der Montagearbeiter nicht selten wie Freiwild behandelt, auch die der Seeleute. Die Genossen in Rostock und Berlin wollen sich das nicht vorstellen, wegen der sozialistischen Moral und so. Aber ich denke, ich kann dir helfen. Schließlich arbeiten in den Botschaften auch Frauen. Morgen weiß ich Bescheid."
„Und wenn es nicht klappt, was dann?"
„Heb dir mal deine wertvollen D-Mark auf. Verscheure du ein paar Hemden und die Armbanduhr. Für ein Telegramm wirst du so fünfzig Peso brauchen. Sollte mein Weg klappen, hast du ein paar Peso mehr und machst dann eben in Varadero einen drauf, okay?" Der Kapitän bemerkt kurz, er hätte das jetzt nicht gehört und wird sich auf der Heimreise trotzdem nicht wundern, dass sein Steuermann jeden dritten Tag Hemden wäscht und bügelt, alle drei. Und zur Bordwanduhr kucken muss, wenn er erfahren will, wie spät es ist.
Der Tag scheint nicht zu vergehen und die Nacht schon gar nicht. Hemden und Uhr bin ich schnell los. Mein Wachmatrose hat gut gehandelt. Alles über fünfzig Peso ist seines. Am nächsten Mittag sitze ich wieder am Tisch in der Kapitänskammer. „Also", beginnt der Mann von der Baggerei, „das geht seinen diplomatischen Gang. Gib mir deinen Text mit. Morgen Vormittag bin ich auf der Botschaft in Havanna. Die funken das gleich übern Teich. Mittags ist die Nachricht in Berlin und dann kriegt der Direktor der Motorenbude noch ein schönes Feierabendgeschenk, per Bote und Botschaftspost. Das hat noch immer gewirkt, das versprech ich dir!"
An einem schönen Spätfrühlingsnachmittag hält der Staatliche Leiter eines in die Landesverteidigung und die Erforschung des Kosmos eingebundenen sächsischen Mikromotorenbetriebes höchst undiplomatische Botschaftspost in der Hand. Die hat ein Fahrer der SED-Kreisleitung gebracht, nur gegen Unterschrift übergeben dürfen und darauf hinweisen müssen: „Dringend!" und „Sofortige Erledigung und Rückmeldung!". Also staunt er erst und handelt dann. Tage später wird mich das Echo treffen. Erst einmal jedoch liest er von einem Offizier im sozialistischen Außenhandel und an vorderster Front. Der sorgt sich

sehr darum, ob er, der Direktor, in der Lage sei, die Familie des draußen in der Welt Handelnden vor Widrigkeiten und Willkür drinnen in der DDR und im Betrieb zu schützen. Und es ginge nicht nur um den familiären oder auch Weltfrieden, sondern um dreimal jugendlich-weiblich! Staatspolitik also! Da würden ihn auch tausend Stück zum Internationalen Frauentag verschenkter Seife nicht mehr reinwaschen, wenn er die Schlammschlacht in seinem Betrieb nicht umgehend beende. „Mit sozialistischem Gruß, Bert Glück!"

Gonorrhö und Klapse

Die Löscharbeiten schreiten voran und Kisten, Kabeltrommeln und Lastkraftwagen verlassen die MITTENWALDE in Richtung Empfänger. Am Abend macht die ALTENBURG, ein XD-Dampfer der DSR, an der anderen Seite der Pier fest. Gleich darauf ist Stimmung in unserer Bar. Wir erfahren, der Asiate war von Fernost heimgekehrt, beinahe jedenfalls, und im Englischen Kanal, zwei Tage vor zu Hause, hatte ihn die Botschaft erwischt: Umdrehen und noch mal schnell rüber nach Kuba. Dort liegt eine Menge Zucker rum und ein POSEIDON, der den nicht alleine wegschiffen kann. Also hängen die Jungs an das halbe Jahr Bombay, Singapur, Hongkong und Yokohama noch ein paar Wochen Kuba und zurück dran, mit Folgen. Nun wird also richtig gefeiert und jede Besatzung hört von der anderen neue Geschichten, Skandale und Witze. Die eigenen kennt man zur Genüge. Bald brennt die Luft und das lenkt auch mich etwas ab. Dann gehe ich ins Bett und als ich am Morgen erwache, wartet noch mehr Ablenkung auf mich. Mein erster Gang führt zur Toilette, weil die Zeit noch nicht ran ist, in der man Widerstandskämpfer und Exot ist, pieselt Mann im Stehen. Also tu ich das eben in entspannter Position. In freudiger Erwartung des nachlassenden Blaseninnendrucks richte ich noch etwas nach und die Chancen, mein Ziel zu treffen, stehen bestens. Eine der leichtesten Übungen. Schließlich herrscht kein Seegang. Und da die See so hoch gar nicht gehen kann, dass sie mich auf die Brille zwingen könnte, nach zehn Jahren Schiffen über die Ozeane der Welt, ginge das jetzt hier sogar mit Augen zu, jawohl.
Doch erst mal passiert nichts.
Also staune ich kurz, verwackle leicht, doch da es nicht mal tröpfelt, kann auch nichts daneben gehen. Dann schleicht sich der Strahl endlich aus mir heraus. Er wird immer stärker und es brennt gewaltig dabei. Als würde man die Putzbürste der Babyfläschchen durch die Harnröhre ziehen und schieben und drehen und verkanten dabei. Was ist das denn? Eine der unmöglichen Antworten dazu treibt mir den Schweiß auf die Stirn. Nein, woher denn? Seit beinahe einhundert Tagen kennt der da unten nur die Aufgabe, den Strahl zu führen und ihn ballistisch korrekt ins Ziel zu bringen. Etwas anderes, Schöneres wäre mir aufgefallen. Schließlich bin ich ein Mann. Gleich erschrecke ich noch einmal.

Vom Bruderküssen etwa? Obwohl, meine Flucht hatte das ja verhindert? Im Hospital angekommen, blättere ich mich im *Gesundheitsschutz an Bord* zur Seite 423 vor, Tripper – Infektionsmodus – Symptome, und dann weiter zu Syphilis und Kolleginnen. Das eine kann nicht sein, alles andere ist nicht möglich und sowieso, es darf nicht sein! Mir bleibt nur das Warten auf den nächsten Toilettengang. Vielleicht habe ich alles nur geträumt? Zurück in der Kammer und im Bad, zieht die Rasierklinge heute fahrig ihre Bahn. Der Duschstrahl platscht lockend vor sich hin. Doch es ist ja gerade erst alles raus. Also muss Neues rein und schnell, beschließe ich.
Am Frühstückstisch staunt Gabi über die vierte Tasse Kaffee und kann nicht wissen, zwei Flaschen Wasser sind schon drin. Im Ladebüro trinke ich noch eine Flasche eiskaltes Bier. Das wäre geeignet, mir jeden Frühschoppen mit Dauerlauf zu verderben, so kalt ist es, doch heute soll es sogar sein. Nun beginnt das Warten. Unruhig stolpere ich über das Deck, die Gangway runter, am Dampfer entlang und hin und her und forsche, ob da was drückt. Es dauert noch ein wenig, doch dann meldet die Blase ganz schnell den nächsten Fülldruck. Also klettere ich zurück aufs Schiff und steige in Richtung Kammer. Ich lasse mir dabei Zeit, wegen des beabsichtigten kräftigen und druckvollen Strahles und dessen somit deutlicheren diagnostischen Wirkung, falls da was wäre. Dann ist es so weit. Ich stehe vorm Becken, der Schweiß der Erwartung steht auf der Stirn und ich gebe dem Drängen der Blase nach. Der Strahl trifft die Keramik mit enormer Wucht. Das übergeordnete Ziel verdrängt dabei die sonstige Konzentration auf einen spritzsicheren Einfallwinkel. Der aktuelle Toilettengang wäre bestens geeignet, zukünftigen Sitzpinkelfanatikern treffliche Argumente zu liefern. Der Schmerz kommt immer später, weiß man ja, und so warte ich und warte und werde immer glücklicher dabei. Nie wieder seither im Leben hat es so schön geplätschert. Dann plätschert es bald noch zwei weitere Male ebenso schön und ein Zweiter Offizier der Handelsflotte der DDR weiß in Zukunft, wovon er spricht, wenn es um Brennen in der Harnröhre geht. Gegen Mittag treffe ich den Kapitän auf der Brücke und schildere ihm meinen Vormittag. „Wird wohl ein Stein gewesen sein“, diagnostiziert er sicher und fügt an: „Wenigstens von seinem Gesundheitsoffizier muss man doch erwarten können, dass ihm was anderes nicht passiert!“ Dann kuckt er von der Nock aus zur ALTENBURG rüber, spricht „obwohl“ und „kuck dir das mal an, Steuermann“.
Der Gangwaymatrose des Asiaten singt, lacht, schimpft, schneidet Grimassen, spricht mit sich selbst oder scheint gestenreich Gedichte vorzutragen. Plötzlich wird er ganz ruhig und starrt an die Pier. Dem kubanischen Kranfahrer war eine Holzkiste aus der Schlinge gefallen. Die war auf der Pier zerbrochen und splittert nun dort vor sich hin. Da reißt der Matrose die Arme in die Höhe, so als wenn er aus Rostock wäre und HANSA hätte ein Tor geschossen. Er ist mit im Spiel. Das nächste Tor soll seines sein. So zerrt er den Gangwaykasten aus der Halterung, holt Schwung und wirft ihn aus fünf Meter Höhe der Kiste hinterher, zum gemeinsamen Splittern auf der Pier. Das zweite Tor ist nun gefallen,

HANSA hat gewonnen. Es folgt der Freudentanz des DSR-Seemanns, der einfach nur zu lange schon auf See ist. Nun „taugt der nur noch zur Wache“, wie uns der Bootsmann der ALTENBURG gestern Abend verraten hatte. Und er muss eine Ahnung gehabt haben. Also hatte er angefügt: „Falls überhaupt.“ Da haut mir der Alte seine Hand auf die Schulter und stellt fest: „Da lieber mal einen ordentlichen Tripper als so bekloppt, oder?!“

Alle meine Brüder

Der Zucker ist im Dampfer. Die Peso sind in Varadero und der Lotse ist von Bord. Der sommerliche Atlantik beschenkt uns mit ruhiger See und jeder Menge Sonne. Susi und Gabi zieht es hoch zum Ökosolarium. Dort kümmern sich die Mädels darum, dass kein Weiß auf der Haut bleibt. Da meinen die Matrosen, der Signalmast bräuchte mal wieder frische Farbe und pinseln nun tagelang Hempels Schiffslack-Weiß so dick auf das Schiffsblech über den Sonnenanbeterinnen, dass der Chiefmate grübelt. Die Menge an Farbe da oben wird er wohl in der Stabilitätsrechnung berücksichtigen müssen.
Die MITTENWALDE fährt der Sonne entgegen. Die erscheint nun mit jedem weiteren Reisetag eine halbe Stunde eher als gewohnt. Nach acht Tagen wäre es somit morgens um vier so hell wie sonst um acht Uhr und ich könnte die Wache gleich an den Dritten übergeben. Doch der Erste Offizier hat Mitleid. So stellen wir alle zwei Tage die Uhr eine Stunde vor. Jeder Steuermann opfert dafür gern zwanzig Minuten seiner Wache.
Seit Tagen schon nerve ich Funki mit meinem Wunsch nach Heimatkontakt. Heute nun soll es klappen. Aus dem Funkraum klingt fernes Rauschen nach vorn auf die Brücke. Dann folgt der Ruf: „Verbindung steht, los komm nun!“ Gleich darauf erklingt Kathleens Stimme. „Weißt du, was du angestellt hast?“, fragt sie nicht und will auch nicht wissen: „Was hast du dir nur dabei gedacht?“ „Ich musste wieder zum Direktor und hatte doch alles schon selbst geklärt. Dein Telegramm hat ihn noch mal wütend gemacht. Doch seitdem traut sich keiner mehr an mich ran. Trotzdem, ich kann mich selbst um mich kümmern, merke dir das und tu das nie wieder!“
Ich kenne meine kleine Wilde, sage „ja!“ und denke DENKSTE! Denn, das hatte sich alles ganz anders gelesen und wer kann schon dafür, dass die Post von Hartha bis Matanzas so lange braucht.
Am Ende des Gesprächs dreht die Dame bei Rügenradio den Lautsprecher leiser. Nun wissen ihre Kolleginnen mal wieder, auch das Liebesgeflüster zwischen Seefahrern und deren Bräuten hört sich anders an als das der Leute an Land.
Kathleen und den Kindern geht es also gut, weiß ich nun und kann es kaum erwarten, zu Hause zu sein. Die MITTENWALDE gibt sich alle Mühe, den Kon-

tinent zu erreichen. Streng folgt sie dem Großkreis über den Globus, der kürzesten Verbindung zum Beispiel zwischen Matanzas und den Shetland Islands, besser an ihnen vorbei. Dann ist wieder Barabend und Tanja hat einen neuen Bruder entdeckt. Sie winkt mir kurz zu und übt dann mit ihm weiter Namenvergessen und Erinnertwerden. Ihr neuer Bruder nutzt die Chance und freut sich über das unordentliche Kurzzeitgedächtnis seiner Schwester. Derweil grüble ich, das müsste ja nun auch mein Bruder sein? Doch sind wir allemal eine große Familie an Bord. Also beschäftigt mich das nicht länger.

Wundersame Heilung

Ein wenig Dünung kommt von achtern her auf. Irgendwo in der Karibik wirbelt ein Sturm. Das Wasser im Schwimmbad schwappt hin und wieder mal über den Rand und flutet die Badelatschen des im Liegestuhl funkwacheschlafenden Offiziers. Auch treibt es die Stewardessen früher als sonst hoch auf das Peildeck. In meiner Funktion als Hygieneoffizier ordere ich die dritte Softeisprobe des Tages. Der Wachmatrose bringt mir die und „muss nun aber schnell zum Signalmast". Es gäbe eine Menge Arbeit dort, weil, der Farbaufbau harre der sorgfältigen Vollendung. Ich lümmle mich im Wachsessel gemütlich in Eisschleckposition. Dazu lege ich die Füße in den Brückenfensterkasten und der Kaffee dampft mir aus der Tasse auf dem Fahrpult entgegen. Die Sonne steht noch weit oben, aber schon leicht hinter dem Schiff. Mit ihren Strahlen malt sie den Himmel, die Wolken und die See postkartenblau und -weiß. Zehn Tage noch sind es bis nach Hause. Dann wird Freizeit folgen. Ich freue mich auf meine drei Frauen, über das Leben sowieso und weiß: Auf Heimreise ist Seefahrt am schönsten!
Plötzlich kratzt die Wechselsprechanlage los. „Steuermann, der Chief bringt gleich einen Lehrling zum Hospital. Der hat eine Platzwunde. Ich übernehme die Wache und du kümmerst dich um den Verletzten!", meldet sich der Kapitän aus seiner Kammer. Minuten später sitzt der Lehrling mit ölverschmiertem Haar, mittendrin klaffender Platzwunde und bleichem Chief hinter ihm, vor mir. Ich versuche, Ordnung auf dem Maschinistenkopf zu schaffen und Orientierung in meinem. Wie war das gleich?
Alle an Bord wissen, der Zweite ist der „Schiffsdoktor" und „der macht das schon". Niemand weiß, das „Doktor-Studium" an der Seefahrtsschule hatte eine ganze Woche gedauert und hauptsächlich Vorlesungen mit erfahrenen Ärzten der UNI Rostock, des Südstadtkrankenhauses und des Medizinischen Dienstes des Verkehrswesens zum Inhalt gehabt. „Nichts mitschreiben, nur zuhören!", war die Bitte der Vorlesenden an uns gewesen. „Wichtig ist, ihr sollt ein Gefühl für eure Aufgabe bekommen. Der Rest steht im Buch." Im nachfolgenden Praktikum hatten wir uns gegenseitig fachgerecht zu weißen Mumien

umwickelt und waren dann zügig zum Höhepunkt gelangt. In eigens dafür hergestellte Seefahrtsschülerhautfalten pieksten wir mit Kochsalzlösung gefüllte Presstullenspritzen. Nicht immer war dabei klar, wer nun mehr Respekt hatte, der Piekser oder der Gepiekste. „Wichtig ist, dass ihr in jeder Situation Ruhe und Sicherheit ausstrahlt. Nichts merkt der Patient mehr, als wenn der Arzt unsicher und hilflos ist.“ Wir nickten dazu und handelten studentisch. Brauchen würden wir das Gehörte irgendwann, doch Durst hatten wir gleich. Dann schoben sich fünf Jahre Fahrzeit als Dritter zwischen Theorie und Praxis. Nun also ist irgendwann. Ich blicke auf eine blutverschmierte haarige Kugel, deren Blick mir zeigt, jetzt geht es um meinen Ruf als „Schiffsdoktor“. Also sehe ich, das Blut läuft. Ich weiß, der Sterilisator braucht neunzig Minuten, genäht hab ich noch nie, klammern aber sieht gut aus – im Buch. Also höre ich die Stimmen der Vorlesung, höre auf mein Gefühl und fühle: Klammern, das könnte gelingen Wunde und Ränder säubern, mit der Pinzette aneinander ziehen, Klammersetzer dran und abgedrückt, wo ist das Problem?
Der Chief will nun wissen, ob er noch gebraucht würde. Gleich darauf freut er sich über mein „Nein“ das bleiche Gesicht rot. Fort ist er. Derweil beobachtet der Verunfallte sehr aufmerksam jeden Handgriff von mir. Ich spreche mannhaft: „Das haben wir sofort. Es zwickt jetzt gleich mal und dann ist die Schwarte geklammert!“ Die Wunde schickt immer noch Blut nach draußen und macht mich nervös. Ich ziehe die Wundränder gegeneinander. Das Blut bildet einen fetten Tropfen. Der läuft breit über die Ränder hinweg und dorthinein drücke ich die Klammer. Ein wenig wie Blindflug ist es schon, doch die Situation drängt zur Tat. Also will ich es hinter mich bringen. Ein lautes und glaubhaftes „Au!“ des Geklammerten erfüllt den OP-Bereich. Es ist gut, dass widerstandsfähige und seefahrtsgestählte Jugend zur See fährt, werde ich sieben Tage später wissen. Am Tag sieben nach Verunfallung hält mir der Lehrling seine blutverkrustete Murmel hin. Mit der Pinzette bröckle ich mich zum vermuteten Sitz der Klammer vor. Dann entdecke ich sie, rufe: „Oh fein, gut geheilt!“, und behalte für mich, was ich sehe. „Trotz Klammerns geheilt“, ist die Diagnose, die ich ganz vorsichtig in mich rein denke. Bestimmungsgemäß steckt die Klammer mit ihrem linken Zacken im Wundrand. Doch der rechte Zacken sitzt tief und fest mitten in der Wunde. „Das kann nun gar nicht mehr weh tun“, bereite ich die Klammerentfernung vor. Gleich darauf fahren die Zacken auseinander und aus der Kopfhaut. Der Patient hatte ja gerade erfahren, die Entfernung der Klammer wäre schmerzlos. So behält er das „Au!“ diesmal für sich. Das fällt ihm nicht leicht, doch wenn man gegen den Schmerz presst, ist er zu ertragen. Dem Tapferen gehört schließlich die Welt! Ich lobe mein Werk und den Patienten. Der blickt dankbar zu mir auf, doch ein Gedanke lässt mich nicht los. Die Besatzung glaubt wirklich, ich könne jederzeit helfen. Okay, das Standardprogramm des II. Nautischen Schiffsdoktors, SIMAGEL für den Koch, den Chief oder den Funker, CASTELANI für die Matrosen, „ASPIRINA“ für die Watchmen, Zwieback für die Seekranken, Kohle für die Durchfallenden und sprechende

Medizin für die Stewardessen, habe ich drauf. An akuten Bauch allerdings, unklares Fieber, Schock, Wunden aller Art und Luftröhrenschnitt will ich nicht denken und muss es doch immerzu.
Für den Rest der Reise vertrauen Kapitän, Chief, ein genesener Lehrling und alle sonst an Bord weiterhin ihrem „Schiffsarzt". Nur der Funkoffizier weiß es besser. Fortan bewegt er sich vorsichtiger durchs Schiff. Noch am Tage der Klammerentfernung nämlich hatte er ein Telegramm an den Medizinischen Dienst des Verkehrswesens geschickt. Darin bittet der Zweite Offizier der MITTENWALDE dringend um ein chirurgisch-internistisches Praktikum.
So schnell wie möglich!

Ihr Patient, Herr Kollege!

Dann ist sie geschafft, meine erste Reise als Zweiter Nautiker. Überflutet von Hafenspringern, Ablösern, Werkstätten, Inspektoren und Familienangehörigen liegt die MITTENWALDE in Wismar an der Pier.
Der Chef des MdV-Wismar, Abteilung Schifffahrtsmedizin, inspiziert Hospital, Bordapotheke und Schlingerkoje. Am Ende will er wissen, wie ich auf den Einfall mit dem Praktikum gekommen wäre. Also schildere ich ihm wahrheitsgemäß meine erste Klammersetzung und die nachfolgenden Bedenken. Da ändert er die maschinegeschriebene „1 Woche" in handschriftliche „2 Wochen" und drückt mir die hochoffizielle, schreibmaschinengedruckte Bitte um Unterstützung des Fortbildungswunsches des Schiffsoffizieres der Handelsflotte, Genossen Glück, in die Hand. Zur Weiterleitung an das Krankenhaus meiner Wahl.
Zu Hause angelangt, trifft mich das glückliche Plappern der Töchter und das ein-wenig-schon-Vergebung-signalisierende Funkeln der Kathleenaugen. „Du weißt schon, warum!" Wider besseren Wissens, doch wegen der Liebe, dem Leben und der Hormone, schwöre ich, meinem Landkapitän „nie wieder" von See aus in sein Kommando zu pfuschen. „Kannste glauben!" Da legt er die Uniform ab und sieht aus wie meine Frau. Und weil er genauso weich ist, so riecht und schmeckt und wüstenheiß ist, würde ich gleich noch alles andere auf dieser Welt schwören. Soll ich dann doch nicht und muss auch danach auf keine Fragen mehr antworten. Sie hat ihren Beschützer wieder. Trotz Emanzipation und was weiß man noch alles, ist es schön, den Mann dort zu wissen, wo er hingehört, an die Seite seiner drei Frauen!
Mit offenen Armen, großem Interesse und noch mehr Neugierde werde ich am Leisniger Kreiskrankenhaus von den Chefärzten der Chirurgie und der Inneren empfangen und der Obhut der Oberärztin der Chirurgie anvertraut. Unter ihrer Leitung, „Herr Kollege, würden Sie sich das bitte mal ansehen", trainiere ich, mal grün mal weiß verkleidet, in OP und Ambulanzen „Blutsehen". Das sickert

oder spritzt oder „läuft wie Wasser". Ich suche Venen, finde sie oft und diejenigen, die mir nicht wegrollen, punktiere ich, später dann alle. Dann erfühle ich den Unterschied von „butterweichen" zu „bretthaften" Bäuchen, forsche nach Spannungs- und Loslassschmerz, lasse mir Zungen zeigen, messe Blutdrücke und fühle Puls. Ich säubere Wunden, verschneide deren Ränder, infiltriere lokale Anästhetika, übe Rückstichnaht und Verbände und injiziere Retacillin i.m. beim dritten Versuch. Nachdem die Kanüle zweimal verstopft ist, weiß ich dann auch: Nicht erst durchspritzen – gleich rein in den Muskel. Nur, auf der Gyn des Kreiskrankenhauses wollen in diesen Tagen keine Kinder zur Welt kommen, was sicher der Logik folgt, dass Seeleute mehr zum In-der-Welt-Kinder-Machen als zum Kinder-auf-die-Welt-Holen bestimmt sind. Einen Trost gibt mir der Chefarzt mit auf den Weg: „Notfalls kommen die Kinder auch von allein ins Leben. Doch wenn du eine Eileiterschwangerschaft nicht rechtzeitig erkennst, wird es eng, sehr eng!" Und, er glaube nicht „dass die Mädels wissen, worauf sie sich da einlassen, mit der Seefahrt!".

Am Ende der zwei Wochen weiß ich, wir Seeleute sind nicht die einzigen Helden. Von Freitag Früh an steht Frau Oberarzt im OP-Saal, in der Ambulanz, liegt über Samstag und Sonntag kaum einmal in Bereitschaft, also näht und spritzt beinahe das Wochenende durch, trinkt literweise Kaffee dabei, um am Montag Früh wieder im OP zu stehen. Brüste und unterversorgte diabetische Füße müssen amputiert, Lymphknoten ausgeräumt und Krebspatienten getröstet werden. Zwei Wochen „nur Zukucken am Tisch" genügen, die Schutzfunktion der deftigen Chirurgenwitze zu verstehen.

Deutlich selbstbewusster werde ich mich in der Flotte zurückmelden, in der Folgezeit einen Bandwurm erkennen und vertreiben und von der Beiruter Botschaftsärztin die Whiskeytherapie bei hartnäckigem Durchfall erlernen. Nach dem Fund der Vene wird es mir gelingen die Gefahr eines anaphylaktischen Schocks zu bannen. An jugendlich-weiblichem Stewardessenbauch werde ich, assistiert und also beschützt von der Backfrau, nach allem Möglichen forschen, nur nicht nach einem stumpfen Trauma post Verkehrsunfall im letzten Hafentörn. Und, ich werde zu Nadel und Faden greifen und so einfach wie es sich ansieht, das Nähen, ist es nun auch wieder nicht. Doch das kommt noch.

Meine drei Frauen sind von ihrem Familienchirurgen begeistert. Ich wäre kein Mann, würde ich nicht vor Eitelkeit platzen, beim *Gothaplast*-Schmetterlingsbau vor weiblichem Publikum wegen Schnittverletzung am Tochterfinger beim Einsammeln von Glasscherben. Stolz hält Maja das Meisterwerk ihres Vatis in die Luft. Ina zieht die Augenbrauen hoch zur Decke. Kathleen bemerkt: „Irgendwie riecht das hier", und: „Ich will dich mal sehen, wenn richtig was passiert, an Bord!"

Lieber nicht.

Schaufahren auf dem größten Catwalk der Welt, dem Meer, war gemacht worden. Man hatte die Hoffnung bereits aufgegeben, da fand sich doch noch ein Käufer. Im einundzwanzigsten Dienstjahr nun wird die EICHSFELD ihre letzte große Reise antreten. In Hongkong wartet der neue Besitzer. Von dort aus soll sie noch zwei oder drei kleinere Reisen machen, so ihren Kaufpreis einfahren und dann schließlich den fernöstlichen Hochofentod sterben.
Erst einmal jedoch liegt sie im Rostocker Überseehafen.
Daraufhin liegt das Telegramm im Briefkasten und bald darauf liege ich nicht mehr neben Kathleen. „Was soll ich denn an Klamotten mitnehmen?", will ich per Telefon vom Wachoffizier der EICHSFELD wissen. Der fragt „wieso?" zurück und da schiebe ich nach: „Ich denke, der Dampfer soll verkauft werden?" „Bist du verrückt, alles noch streng geheim!", antwortet mir das Telefon und endet mit „tut, tut ..." Also rufe ich in der Kleiderkammer Wismar an. „Könnt ihr mir meine Klamotten nach Rostock schicken?" „Du hast wohl nicht mehr alle. Die Kiste wird verkauft, weiß doch jeder, nur Fluggepäck, mehr nicht!"
Anfang November steige ich die Gangway zur EICHSFELD empor. Auf dem Dampfer wimmelt es von Menschen wie auf einem Ameisenhaufen. Die arbeiten alle bei DSR an Land. Doch wenn es nicht um den Schmuck der Lady ginge, hätten wohl die meisten von ihnen auch morgen noch nie im Leben ein Schiff gesehen. „Gegenwehr zwecklos!", kommt mir der Erste Offizier entgegen. Es wäre zum Weinen und er hätte bereits kapituliert, unterstreichen seine Worte den traurigen Blick. Derweil trägt man den Fernsehapparat, Radios, Bücher und Sportgeräte an uns vorbei und fort. Da weiß ich schon mal, viel Spaß werden wir nicht haben. Ein Landmensch tritt an uns heran und wedelt mit einem Materialentnahmeschein. Er könne den Sternenfinder nicht finden. „Wieso?", will ich vom Ersten wissen. „Ja, ich glaube, wir sollen wohl gar nicht ankommen. Sextanten, Peildiopter und Bordwanduhren, von jedem der Geräte ist nur noch eins da. Sogar der Omegaempfänger wurde ausgebaut. Mal sehen, wann der Herr mit dem Jakobsstab kommt und uns den letzten Sextanten raubt. Glaub mir, es ist zum Heulen!" Er ginge jetzt und ich solle aufpassen, dass „diese Kannibalen" nicht noch das Steuerrad mitnehmen.
„Ach ja, die haben die Drehbank vergessen. Die wird in deiner Wache ausgebaut. Damit der Schwimmkran sie herausheben kann, muss noch ein Loch ins Deck gebrannt werden. Nimm vorher BRAVO aus dem Mast und das „Rauchen verboten"-Schild von der Gangway weg" Der Kopf des Ersten kann nicht aufhören mit schütteln. „Wir haben nämlich bereits IMO-Ladung an Bord. Flammpunkt 20 Grad Celsius. Ich fasse es nicht!" Dann ist er von Bord und ich kann tun, was ich will, es wäre immer falsch.
Einen Lichtblick gibt es. Wir werden mit pfiffigen Matrosen zur See fahren. Mit dem letzten Lastkraftwagen, der die EICHSFELD beraubt, gibt die Decksgang vier Fässer Farbe zurück an Land. Die Lady soll schön sein beim Verkauf, hat

DSR geplant. Vielleicht fällt dann das fehlende Messing nicht auf? Jedenfalls beschließen die Matrosen: „Die werden sich alle an Bord die Eier schaukeln und wir sollen bis zum Schluss Rost klopfen und malen? Nicht mit uns!"
Der Chief wird die fehlende Farbe erst im Mittelmeer bemerken und fluchen. Dann nämlich wird er wissen, warum man ihn immer wieder beim Sonnenbaden erwischt. „Die haben wohl nichts zu tun an Deck?" Stimmt, Chief!
Die Drehbank ist raus. Die EICHSFELD hat ihre letzte Narbe erhalten und ich meinen ersten Anschiss vom Alten. „Wieso ist BRAVO nicht im Mast?", hatte er beim Aufsteigen wissen wollen, und ich hatte ihm geantwortet: „Sie können ihren Kippen beruhigt auf den Pulverfässern ausdrücken. Das interessiert hier keinen mehr!" Da war der Alte kurz mal zornesrot geworden. Doch hatte er, rechtzeitig für mich noch, die Narben des funkensprühenden Schneidwerkes der Drehbankräuber entdeckt und nur abgewunken. Nun funkt er über UKW nach dem Lotsen und den Schleppern. Dabei vergisst er das Seefahrtsamt und die Hafenfeuerwehr nicht: „Ihr könnt nun die Augen wieder aufmachen!" Bald hat die Flut der Materialentnahmen der EICHSFELD beinahe auch die Seele geraubt. Der Proviant ist an Bord, die Besatzung und auch der Funker. Der begründet seine Anwesenheit so: „Irgendwer muss ja das SOS absetzen!" Der Alte schüttelt dazu den Kopf und läutet dann das Unternehmen SERO-Fernost ein.
„Klar vorn und achtern!"
Die EICHSFELD beginnt ihre letzte große Reise bei DSR. Die wird sie über den Atlantik, durch das Mittelmeer, den Suezkanal, über den Indischen Ozean, durch Seeräubergebiet und hinein in das Chinesische Meer tragen. Es wird eine würdige und dem Grund Rechnung tragende Reise werden. Kein Lärm wird unsere Trauer stören. Alles, was irgendwie Arbeit ermöglicht hätte, wurde der Dame geraubt. Pech für sie, auch 800 Liter feinstes Schiffs-Make-up sind an Land geblieben.

Kapitän Flint

Sumatra liegt an Steuerbord voraus. Zwei Tagesreisen noch und die EICHSFELD wird die gefürchtete Straße von Malakka befahren. Im Seeraum zwischen Indonesien und Malaysia ist die moderne Piraterie zu Hause. Die schöpft aus einer jahrhunderte alten Tradition, doch schlägt mit den Mitteln der Gegenwart zu. Turbinengetriebene Schnellboote haben die Piratensegler abgelöst und aus den Enterhaken und Messern sind automatische Schnellfeuergewehre geworden. Die Überfälle selbst sind nur das Ende einer weltumspannenden Logistik, die weltweit in Agenturen, Befrachtungen und Häfen beginnt. Die setzt sich in den Kanälen und an den Schiffsmeldestellen überall auf dem Erdball fort und zieht mit den Funkwellen und schneller als jedes Schiff fahren kann um die

Welt. Lange schon bevor wir uns bei Malacca-straits-control gemeldet haben, kennen die einäugigen Schnellbootfahrer ihren „Dienstplan". In den malaysischen und indonesischen Speditionen laufen die Motoren der Trucks warm. Das Zeugs muss schließlich schnell runter vom Boot und rein in den Markt. Nun liest man wohl gerade im Captain-Flint-Tower von Kuala Lumpur: German EICHSFELD, general cargo, explosives, engeneering parts, tyres and tubes, bound for Hai Phong – without any messing! Da will man die Solidarität nicht stören oder hat mit dem nächsten Japaner zu tun: Eastbound vessel, high-tech-Cargo in containers. Die Sache ist klar, man wird sich mit dem Ramsch der Ostdeutschen nicht aufhalten. Hardware hat die bessere Marge.
Zur Bordversammlung verliest der Kapitän der EICHSFELD die Weisung der Reederei. Die fordert hellste Beleuchtung des Oberdecks, höchste Wachsamkeit, Strahlrohre in Bereitschaft, permanent Druck auf den Feuerlöschpumpen und Mut sowieso. Der Alte ergänzt, weitab vom Löwen könne der Hase leicht mutig sein. „Die da in Rostock fahren aber hier nicht mit!" Deshalb ergehe nun seine Weisung: „Kein Widerstand bei Überfällen. Rückt raus, was ihr habt. Nichts ist wertvoller als euer Leben!" Und er lässt keinen Zweifel: „Wenn auch nur ein Tapferer hier an Bord die Seeräuber reizt und ich überlebe das, den lasse ich kielholen!" Dann begibt er sich wohl auf die Kammer, schließt den Safe auf und lässt ihn offen. Gut sichtbar legt er die Pistolen und die eiserne Dollar-Reserve neben Pall Mall und Johnny Walker. „So, nun können sie kommen!" Etwas später macht es „upp, upp!" und dann folgt Stille. Der Hauptmotor steht. Die EICHSFELD ist beleidigt, sehr sogar. Noch nie hat sich eine Dame wehrlos ergeben. Da zankt sie eben mit ihren Lenkern, Wartern und Antreibern.

Sternenfunkeln

Also treibt die EICHSFELD nördlich von Sumatra, ohne Fremdeinwirkung und mit Maschinenschaden, im Andamanischen Meer. Die Maschinisten ziehen, schaben, fetten, streicheln, ölen und bitten, vergebens! Ohne Fahrtwind brennt selbst dem Chief die Sonne zu heiß auf seinen Liegestuhl herunter. Da hilft er den Ingenieuren beim Suchen. Wind und Strom treiben uns die Landechos an den Rand des Radarsichtfeldes. Dann fällt das große Radar aus und das kleine sieht nur bei Nebel weiter als wir.
Des Omegaempfängers beraubt, ahnen, vermuten und „berechnen" wir fortan unsere Position. Dabei helfen uns Stromkarten, Seehandbücher und langjährige Erfahrungen mit dem Driftverhalten von HOLLÄNDERN. Vierundzwanzig Stunden später dreht „der Hobel" wieder. Während der Rat der Navigatoren tagt, erwische ich zwischen dahinjagenden Wolken drei Sterne. Wie in langen Grenzdienstnächten geübt, setze ich diese auf die hin und wieder sichtbare Mondkimm. Das Standliniendreieck weist der EICHSFELD ihren Ort deutlich

nördlicher als vermutet zu.
Seefahrt ist nichts für kleine Mädels. Also weisen mir die Kollegen mit ihrem Zeigefinger die Stirn. Darauf hin tippt der Finger des Chiefmate auf die Karte. „Hier sind wir!", und der Alte hat nichts dagegen. Voll voraus geht die Fahrt hin zur Seeräuberstraße. Zwei Stunde weiter zeigt das kleine Radar noch immer kein Land. Der Funkoffizier schüttelt den Kopf und muss die Kollegen enttäuschen: „Nein, das Gerät ist nicht kaputt!"
„Vielleicht haben wir doch weit südlicher gestanden als angenommen und sind bereits über die Insel gefahren?", gieße ich erst ein wenig Öl ins Feuer und dann alles. Also schaue ich aus der Nock und rufe: „Stimmt, rundum nur Wasser!" Daraufhin lieben mich die Kollegen nicht mehr so sehr, für kurze Zeit nur. Endlich kommt Land in Sicht.
Nun meint der Erste: „Hier setzt aber ein Strom, das steht in keinem Handbuch." Der Kapitän ergänzt, mit einem halbvollen HOLLÄNDER sei er noch nie so getrieben. Vielleicht nimmt sich der Dritte nun vor, doch wieder einmal Sterne-Schießen zu üben, so wie an der Seefahrtsschule gelernt. Ganz gelingt es mir nicht, unstolz von der Brücke zu schreiten. In der Kammer angekommen, rufe ich „Prost, Bert!" ins Spiegelbild und acht Stunden weiter, die Wache hat mich wieder, finde ich die Seekarte von gestern schön sauber radiert vor. Geht ja keinen an, was wir meinten, wo wir wären.

Santa Claus is coming

Das Radargerät war zum richtigen Zeitpunkt ausgefallen. Nun hat zudem noch der Elektro-Ingenieur eine dicke Backe mit viel Zahnweh drin. Also bleibt dem Kapitän keine Wahl. Wir steuern Singapore an. An Land begrüßt uns Südostasien mit seiner für Europäer kitschigen Vorstellung von der Weihnacht. Wir entkommen ohne seelische Schäden und führen nun Recorder der Marken Sony, Aiwa und Sanjo mit uns, vorletzte Generation, die kann auch ein Ostseemann bezahlen. Dann ist das Radar wieder klar, die Backe dünn und der Landgang vorbei. Doch die asiatische Vorfreude auf das Fest geht weiter. Von allen Frequenzen getragen, fliegt sie von Land herüber und dröhnt uns ohne Unterlass „I wish a good christmas", „Happy new Year" und „Its christmas time" ins beinahe Wrack. „Do they know it's Christmas", erinnert uns der Song von Band Aid. Wir haben sie gesehen, die Hungersnot, und wissen gut, was das meint. Denn eigentlich sind wir Afrika-Fahrer und geben hier in Fernost nur eine Gastrolle. Irgendwann schwingt auch Elvis die Weihnachtskeule. Da haben wir keine Lust mehr auf Wehmut mit Gesang.
Derweil dampft die EICHSFELD im Südchinesischen Meer nordostwärts. Es dauert keinen Tag und da fällt das Radar wieder aus. Dicke Wolken hängen über uns. Die Kollegen atmen auf, keine Sterne sind zu sehen. Das hält das

Konfliktpotential flach. Die Genehmigung des Amtes für Ausnahmegenehmigungen, kurz Seefahrtsamt, trifft ein und wir dürfen unsere Reise ohne Radarunterstützung fortsetzen. Der Funkpeiler fällt aus. Funki weiß: „Die Ersatzröhre ist wohl der Materialentnahme in Rostock zum Opfer gefallen." Also will der Alte nun, dass wir jedes Schiff, dessen wir ansichtig werden, nach unserem Standort befragen. Da platzt dem Ersten Offizier der Kragen. „Wir fahren hier wie die Zigeuner übers Meer. Und das nur, dass die sich zu Hause die seemännische Ecke vollstellen können, die fußlahmen Patentträger! Dafür tasten wir uns hier wie die Blinden durch den Seeraum!" Irgendwann kommt Land in Sicht. Diesmal nun haben die Standortschätzer mehr Glück. Dann ist der Lotse an Bord und bald darauf liegt der Dampfer in Hai Phong an der Pier.
Hier hatte 1972 die HALBERSTADT mit den B-52-Bombern der Amerikaner Bekanntschaft gemacht und war von den Phantoms, Thunderchiefs und Skyhawks werftreif geschossen worden. Im letzten Augenblick noch gelang es der Besatzung die amerikanischen Minensperren im Golf von Tonking zu durchfahren. 1975 dann hatte der besonders grausam geführte Krieg mit seinen verheerenden Bombardierungen sein Ende gefunden. Heute nun, dreizehn Jahre danach, sind die Wunden noch lange nicht geheilt. Wir löschen Solidaritätsgüter. Unter Führung des Bootsmannes und im Schutze der Aufbauten tauscht die Komplexbrigade eine Festmacherleine, die eigentlich seit Rostock nicht mehr an Bord sein sollte, gegen Landeswährung. Der Chief bekommt davon nichts ab und hat Wut. Also versetzt er eine der beiden vor der Materialentnahme geretteten Kaffeemaschinen. Natürlich die von der Brücke, welche sonst!
Nachts ist die Pier schwarz von katzengroßen Ratten. Die sind nicht nur hungrig, sondern auch gute Kletterer. So braucht man den Matrosen die Funktion der Rattenbleche auf den Festmacherleinen nicht näher zu erläutern. Das übernehmen die frechen Nager gern.
Wir dampfen ab nach Nha Trang und geben Ausrüstung fürs Kaffeeprojekt an Land. Irgendwann sollen hier mal Kaffeepflanzen wachsen und somit den Vietnamesen ein wertvolles Exportgut liefern. Unsere Leute vor Ort wissen schon jetzt: „Das Zeug kannste nicht trinken!" Doch sie trösten uns auch: „Ehe das mal soweit ist, seid ihr steinalt und vertragt sowieso keinen Kaffee mehr!"
Das Weihnachtsfest feiern wir im Seemannsklub von Ho-Chi-Minh-Stadt. Die Damen im Parterre sind sehr artig. Sie bieten den Seebären der Welt ihre bewegten Hüften zum Tanz um den Weihnachtsbaum. Schlangen-Grashalm-Reiswein-Schnaps und SCORPIONS vom Band bringen Atmosphäre rund um das rot-gold geschmückte Grün. Das weibliche Vietnam beweist seine Leidensfähigkeit auch im Frieden. Federleicht schwebt es, geführt von den rauen Pranken der Lords, auch derer ohne Tanzstundenausbildung, durch den Weihnachtsabend. Gegen Mitternacht bringt der Bus die Mädchen nach Hause und es lohne nicht, Absprachen für morgen zu treffen. Es kämen Neue, meint deren „Mutti". Da feiert der Teil der polnischen, sowjetischen und deutschen Besatzungen, der es sich leisten kann und will, bei den unartigen Damen im ersten

Stock weiter. Nun schwingen die Hüften ganz anders.
Die sozialistischen Leiter der EICHSFELD, deren Nachwuchskader, die Wachgänger und die Charakterstarken feiern auf dem Dampfer. Der Chief bekommt eine Tube Sonnencreme geschenkt. Also wissen nun auch der Weihnachtsmann und der Letzte an Bord, wer auf dieser Reise am längsten in der Sonne gelegen hat. Da wird sogar der Funkoffizier neidisch. Nach der Wache lutsche ich am Hafenbräu und später im Bett dann am Daumen. MERRY CHRISTMAS, Kathleen, Ina und Maja!
Bald ist der Dampfer leer. Das wird unser Pech sein.

Communist country? – No!

Wir freuen uns auf Hongkong. Dort wird die Übergabe an den neuen Eigner und dessen Besatzung erfolgen. Das kann dauern und so wird jede Menge Zeit für Landgang sein, eigentlich. Was die wenigsten von uns wissen, die Hongkong-Chinesen fürchten die Kommunisten, wie der Teufel das Weihwasser. Wer nicht zur Besatzung gehört, darf nicht an Land. So laufen ALTENBURG, RONNEBURG, NIENBURG und Schwestern mit einem Matrosen mehr an Bord ein. Der war vorher Politoffizier und ist es danach wieder. Auch jede Menge Stewardessen sind an Bord. Hinterher fahren sie wieder als mitreisende Ehefrauen zur See, doch waren sie zuvor eben auch einmal in Hongkong an Land. All diese Tricks werden uns nichts nützen, erfahren wir bald. Der Anker fällt auf Innenreede. Beim Aufentern kucken die Immigrationofficiers finster, beim Niederentern immer noch. „So ist es eben, keine Chance“, spricht kurz darauf der Kapitän gegen die geschlossene Front der langen Gesichter zur Bordversammlung. „Communist country ship! Whithout any cargo for Hongkong?“, hatte er kurz zuvor mit „Yes“ beantworten müssen und dann erfahren: „No permission for going ashore! Sorry Captain!“
„Eine Kiste Ladung für Hongkong hätte gereicht“, erklärt uns der Alte. „Die kleinste Kiste schon, mit fünf Taschentüchern drin, aber so...“
Keine Ladung, kein Landgang!

Ein Abschied

Tagelang sehen wir nun von Reede aus den Touristenbombern beim Landen und Starten zu. Die Landgangsboote der anderen Dampfer ziehen an uns vorbei. Uns bleibt nur das Warten auf die neue Besatzung. Dann ist sie an Bord und nichts ist mehr, wie es war. Das Outfit der Kammern wechselt von mitteleuropäisch zu fernostasiatisch. In beinahe jeder Ecke des Schiffes kräuseln

sich die Sandelholzduft bringenden Fahnen der Räucherstäbchen hoch zu den Rauchmelderwarzen an der Decke. Die sind vom Netz genommen und damit vor Überlast geschützt. Stühle und Tische werden aus den Messen geschafft. Ab sofort findet das Leben dort am Boden statt. Bald sind die Ressorts übergeben. Aus der Wortkargheit der letzten Tage ist Sprachlosigkeit geworden. Für einen Teil der Besatzung gehen viele Jahre Fahrzeit auf der EICHSFELD zu Ende. Aber auch die wenigen Reisen des anderen Teiles, oder nur das Ende der einen nun, schlagen aufs Gemüt.
Am frühen Nachmittag des 22. Januar 1988 ist es so weit.
Das Rettungsboot liegt längsseits. Bald sitzt die Besatzung vollzählig und mit Fluggepäck in der orangefarbenen Nussschale. Auf seinem Weg über die Reede von Hongkong und hin zur Pier trägt das Boot eine sehr stumme Schar Seeleute weg von ihrem Schiff. Das wird immer kleiner und verschmilzt dann mit der Silhouette der anderen Reedelieger. Die Stewardess schämt sich ihrer Tränen nicht. Vergeblich versucht sich der Steward als Mann. Die Männer unter den Seeleuten schauen angestrengt in die dreckige Hafenbrühe. Die Seeleute unter den Männern verderben mit dem Salz ihrer Tränen dem Brackwasser der Innenreede von Hongkong die Promille.
Dann setzt uns das Boot an Land und kehrt zur EICHSFELD zurück. Die heißt nun MAH IV und gehört der Chien Seng Hong Ltd., Hongkong.
Die alte Dame wird sich so schnell nicht unterkriegen lassen. Ab 1992 dampft sie als SKY BRIDGE über die Meere, gerät 1993 nach Wladiwostok und wird von dort aus zum Abbruch nach Shanghai geschickt werden.
Am 17. Oktober 1995 wird sie ihre letzte Reise antreten, in Stücken und über Land zum Hochofen hin, fünf Jahre nach dem Tod des Kombinates Seeverkehr und Hafenwirtschaft, Rostock, DDR.

Port of destination

Unser Zielhafen ist nun Berlin-Schönefeld. Ihn werden wir ohne Schiff erreichen und nur ein wenig noch traurig sein. Neue Schiffe warten bereits auf jeden von uns. Die WEIMAR weiß noch nichts von ihrem Glück. Ich auch nicht.
Zwei Sicherheitsbeamte des Stadtstaates Hongkong hatten uns zum Flugplatz geleitet. Dann hatte der Flieger der TAIWAN-Airline abgehoben und mich zu meinem ersten Flug mit in die Lüfte genommen. Wir waren in Richtung See gestartet. Doch weil wir nach Peking wollten, hatte der Flieger eine scharfe Kurve gedreht. Dann war die Sonne wieder an ihren Platz über der Tragfläche zurückgekehrt und mit ihr auch mein Mut. Nun liegt Peking hinter und der Erdball zehntausend Meter unter uns. Einen halben Tag später sollen wir in Berlin sein. Funki hat den Verschluss vom Johnny Walker „nur mal so halb angedreht“. Weil: „Weißt du, Bert. Sollten wir abstürzen, kommen wir schneller an die Sup-

pe. Wäre doch Verschwendung, oder?“ Eine Stunde später sind wir wirklich auch abgestürzt, doch die TU 144 fliegt noch immer am nachtschwarzen Himmel entlang. Nur der Johnny ist leer. Die Restflugzeit vertreibt den Alkohol aus dem Blut und hinterlässt einen Kater im Kopf. Beim Anblick des morgendlichgrauen Schönefelds hält es auch den nicht mehr bei mir. Stocknüchtern und glücklich erreiche ich Waldheim und nehme den Bus nach Hartha.
Samstag gegen vierzehn Uhr klingelt es an der Wohnungstür der Glücks. Gleich darauf hängen die Töchter am Vati. Muttis Mundwinkel hängen nach unten. Kathleen schiebt mir das Monster rüber. Es ist grau mit Schwarz bedruckt. „Dienstantritt CUNEWALDE, Wismar, Montag Mittag – Inspektion.“
Vierzig Stunden bleiben uns für Glückliche Familie.

Zwei Quickies und jede Menge Staunen

Viel fällt uns dazu nicht ein. Bis Sonntagabend sehen wir Gespenster. Soll das Bert sein, der da im Bett liegt, rätselt Kathleen. Ich weiß auch nicht, bin ich zu Hause? Träume ich nur? Wird gleich das Kammertelefon klingeln und mit der Stimme der Ersten Stewardess „Auf geht's, Steuermann - Schweinebraten!“ meine Nachtruhe beenden? Auch Ina und Maja staunen sich durch das Wochenende. Am Montag wissen sie immer noch nicht, war Papi nun zu Hause oder nicht?
Da staune ich bereits von der Brücke der CUNEWALDE hinunter an Deck. Drei Tage lang wandle ich als Nautischer Wachgeist durchs Schiff. Der Bauch hat weder Appetit auf Eier nach Wahl noch Lust darauf, das Bett zu beziehen. Irgendetwas ahnt er. Russisch-Schlafen-und-Wohnen genügen mir. Dann ist der Dampfer seeklar. Grenzer und Zoll checken die Listen und die Seefahrtsbücher. Die einen schnuppern und lassen schnüffeln. Die anderen vergleichen die Passfotos mit der Wirklichkeit.
An meiner Kammer angelangt, staunt der Grenzer in mein Seefahrtsbuch. Dann staunt er mich an und wieder zurück ins Buch. Nun schüttelt er den Kopf: „Nein, Sie fahren nicht mit!“ Da staune auch ich. „Der Stempel fehlt!“, spricht er zu mir und zum Ersten Offizier: „Der darf nicht raus. Geben sie Bescheid, wenn der neue Zweite an Bord ist, danke!“ Sofort staunt nun auch der Kapitän, gleich darauf der Inspektor und zwei Stunden später ein nautischer Kollege. Er hatte zum Hörer gegriffen und manchmal ist es eben auch Pech, ein Telefon zu besitzen. Denn, nun warten die CUNEWALDE und fünfzig Tage Mittelmeer und zurück auf ihn. „Könnten Sie in zwei Stunden an Bord sein? Die Frühschicht in Hamburg ist schon bestellt.“
Im Seemannsheim ziehe ich auf Warteposition und darf noch vierundzwanzig Stunden rätseln: Schluss für immer? Omi und Opi und Nordenham? Was Falsches gesagt? Was Falsches getan? Falschem Kollegen was Richtiges er-

zählt? „Sorry“, leitet der Inspektor endlich die Lösung ein. „Die hatten in Rostock nur vergessen, den Sichtvermerk zu stempeln, mehr nicht! Ab in Freizeit, Genosse Glück!“
Wieder zeigt der Kalender Freitag an, da verrät das Telefon mit Berts Stimme der Frau Glück, ab morgen Mittag sei ihr Mann zu Hause. Das glaube sie erst, wenn sie es sehe, und den Kindern wird sie schon gar nichts mehr erzählen, verrät Frau Glück nun dem Telefon. Ihrem Bert aber verrät sie: „So werd ich wohl nicht alt“, und denkt dabei sicher nicht an die ewige Jugend. „Sieh zu, dass du nach Hause kommst!“
Dann bin ich daheim. Bevor sie sich losfreuen, staunen Ina und Maja lieber erst noch ein wenig. Man kann ja nie wissen! Zwei Tage lang noch sind wir wie tot, Wüste bei Nacht. Doch bald kocht es neben mir wieder los. Da lässt sich's nicht leugnen: Seefahrt ist schön, besonders zu Hause!

Ein Narrenschiff

Es gibt Reisen, die sollte man gar nicht erst antreten. Denn, später dann soll „alle Welt“ dran schuld sein, doch selbst hat man die frühen Zeichen nicht erkannt.
Also, Bert hätte sich wohl lieber einen Krankenschein besorgt. Ja doch, er hätte die „Warmen Eddys“ nicht erlebt und jede Menge Streusel verpasst. Aber es wären ihm erspart geblieben: Ein Kapitän mit rotem Basecap, ein Politoffizier, der den Quark in der Bockwurst bestreitet, ein Chiefmate, der stolz auf sein Latein ist, ein Chief, der beim Tischtennis nicht verlieren kann, ein medizinischer Selbstversuch, ein Hafenarzt, der mit Minus-Therapie heilt und, wenn der Dampfer wirklich gebrannt hätte, wäre der Feuerlöschtrupp wohl jämmerlich erstickt. Doch wie wir wissen, so leicht gibt es die Krankenscheine im Sozialismus nicht, schon gar nicht für kerngesunde Seefahrer.
Obwohl es den Anschein hat, brennt die WEIMAR erst einmal nicht.
An der Apatitpier im Rostocker Überseehafen liegend, grüßt sie ihren neuen Zweiten Nautischen Offizier so, wie es sich für eine Schütte gehört, als Silhouette. Durch die kniehohen, schneeweißen Schüttgutverladereste unter den Kranlaufbahnen stapfe ich in Richtung einer riesigen Staubwolke. Da drinnen läge mein Schiff, meint ein Hafenarbeiter. Ich finde die Gangway, klettere zum Schiff empor und wechsele damit von knietief zu knöchelhoch. Im Dampfer liegt der Düngemittelstaub nur noch halbzehenhoch über ausgerolltem Packpapier. Die Adhäsionskräfte halten ihn zusätzlich an den Wänden und der Decke sogar. Somit versprüht die WEIMAR in ihrem Inneren den Charme einer warmen Eishöhle. Jede noch so fanatische Hausfrau würde wohl eher den Freitod wählen, als hier auch nur ein einziges weißes Staubkorn zu jagen.
„Melde mich zum Dienstantritt an Bord!“, rufe ich dem Ersten Offizier entgegen.

„Übernimm mal schnell vom Zweiten das Ressort. Ich glaub, der will zum Zug", werde ich weitergeleitet. In der Kammer des Abzulösenden angekommen, höre ich „Jetzt nicht. Wir haben zu tun!" Wir, das sind zwei hochrote Köpfe im heißen Disput. Der eine gehört Harry. Den kenne ich vom Studium her. Der andere Kopf ist der des Inspektors für Maritim-Militärische Ausbildung an Bord. Die Brandschutzwerkstatt platzt ins Gespräch. „Hier, Zweiter, lies dir mal lieber die Anleitung richtig durch. Das war nicht kaputt!" Dazu legt ihm der Servicemensch das Druckluftatemgerät in die Kammer und ist wieder fort. Ich warte. Harry wird nervöser. „Mensch Bert, das Schiff zeig ich dir nachher und das Ressort ist topp", erfahre ich. Doch sofort gibt es wieder Wichtigeres zu tun. Der Dampfer hätte nämlich auf der letzten Reise eine Aerosolwolke durchfahren. „Was habt ihr?", staune ich nun und krame gedanklich bei Professor Scharnow, also Cumulus congestus, Nimbostratos und ähnlichen Dampfgebilden.
„Na radioaktiven Kampfstoff eben. Der ist aber durch das Lüftersystem in die Aufbauten gezogen und ..." „Bin ich hier nicht beim Zweiten Nautiker?", interessiert mich nun doch. Ja, ja, aber das Manöver müsse ausgewertet werden, wegen des Verteidigungszustandes und so, bekräftigt der andere rote Kopf und wird dann dienstlich: „Stören Sie bitte nicht weiter die Reiseauswertung. Wir brauchen noch eine Stunde."
Das Vaterland ist in Gefahr, wen interessiert da schon Seefahrt? Und, streite nie mit dem Inspektor für die Maritim-Militärische-Ausbildung an Bord von Handelsschiffen der Deutschen Seereederei Rostock, DDR eben.
Der Chiefmate erfährt von meinem Leid und weist mich nun selbst in die Brücke ein. Sein Wachmatrose zeigt mir das Schiff: Wieder klopfe ich an der Kammer des Zweiten und hätte das nicht zu tun brauchen. Denn, nun ist es meine. Der Zettel auf dem Tisch verrät, es hätte ihm Leid getan, nur der Zug würde eben gleich fahren und das Ressort sei Top, versprochen! Alle Schlüssel hingen im Kasten und er wünsche eine gute Reise!
Die jedoch geht so weiter, wie sie angefangen hat.

Kaderleiden

Noch hätte ich eine Chance. Wie bereits erwähnt, es ist meine Schuld und kommt so: Am Tag zwei auf der WEIMAR verrät mir der Kapitän: „Sie fahren hier nicht mit!" Das vermiest mir die Laune. Auf der anderen Seite des Hafenbeckens liegt die LIEBENWALDE. Dort hatte ich anmustern sollen, doch dann für einen Kollegen Platz gemacht, der seine Frau mitnehmen durfte. Nun soll ich auch hier runter. Mein Urlaub ist verbraucht, die freien Tage sind im Minus und vor dem nächsten Mal glückliche Glücks ist eben Seefahrt notwendig. „Melden sie sich bei der Inspektion *Spezial*", lässt der Alte keine Gegenrede zu. Nun trabe ich kilometerweit und weiße böse Staubwölkchen aufwirbelnd, durch

den Hafen und hin zur „Inspektion Afrika", meiner also. „Wir wissen von nichts!", antworten die mir, telefonieren dann und ich weiß danach, auch Wismar weiß von nichts. Daraufhin weiß die „Inspektion *Spezial*", meine Akte sei noch nicht in Rostock. „Ohne Akte kein Flottenbereichswechsel!" Drei Nichtwissende rufen nun bei der Kaderleitung an. Gleich darauf gibt es einen mehr, der nichts weiß, obwohl: „Für eine Reise nur gilt die Regelung nicht, oder?" Anruf in der Chefinspektion. Sie könne nichts entscheiden. „Wer dann?", will ich wissen. Schulterzucken und: „Na, da fahren sie eben nicht mit. Das entscheidet dann wohl der Kapitän." Mir reicht das nun. Der Bauch hat mal wieder jede Menge Adrenalin kopfwärts geschickt, doch eine Erinnerung nicht darin ersäufen können, der Direktor! „Steuermann, wenn dir mal wieder ein Furz quersitzt..." Jetzt sitzt er und was für einer!
Ich habe Glück und der Direktor hat Zeit oder nimmt sie sich. Nach meiner Schilderung telefoniert er kurz, haut mir dann auf die Schulter und spricht: „Was hab ich dir gesagt, also, du fährst mit. Der Kapitän soll mich umgehend anrufen!" Das tut der auch und knurrt danach: „Sie wollten es so!" Doch was, verrät er mir nicht.
Einen Tag später rückt er das rote Basecap zurecht, schaltet die Bordkommandoanlage ein und ruft: „Klar vorn und achtern!" Sein Erster drückt dabei das dazugehörige Punkt-Strich-Signal in den Knopf der Bordsignalanlage und auch ein Außenstehender würde es sofort bemerken, ein eingespieltes Team!

Quark und Streuselkuchen

Die WEIMAR hat den Atlantik erreicht und läuft nun in Ballast, also leer, rüber nach Kuba. Dort sollen wir Vollschiff Rohzucker für Rostock laden.
Der Dampfer ist etwa 50 Meter länger als die POSEIDON-Schiffe, fünf Meter breiter und kann das dreifache an Ladung nehmen. Mit ihm haben die Werftarbeiter der Mathias-Thesen-Werft Wismar solide Arbeit abgeliefert.
Wie auf anderen Schiffen ist auch hier der Politoffizier überflüssig. Doch er trägt viele gelbe Streifen und mit ihnen die Last des gelernten Fleischers, der nach einem Jahr Bezirksparteischule den Seeleuten beibringen soll, wo es langgeht. Es ist Kapitänsschlafenszeit, also gegen dreizehn Uhr. Der Atlantik lässt seine Wellchen friedlich dahinplätschern. Kraftlos, aber freundlich strahlt die Nordatlantikwintersonne zur Brücke herein und da passiert es. „Mäuseäuglein" kommt mich besuchen. Ich spendiere ihm eine Tasse Tee. Mal sehen, was der Politoffizier will. Schnell wechselt das Gespräch vom unverbindlichen Wetterkommentar zur politischen Lage. „Ich wohne im Neubau", antworte ich ihm und setze fort: „Eigentlich haben dort alle zu essen, ihren Garten, eine schöne Wohnung und trotzdem schimpfen sie auf die Kommunisten oder den Scheiß-Staat, warum nur?" Das würde so nicht stimmen, zischt er an seinen Schneidezähnen

vorbei und mir entgegen. So wären unsere Menschen nicht. Die sind froh, in der DDR zu leben, jawohl. „Wo hast du das denn gelesen?", will ich von ihm wissen. Er wüsste es eben. Das Volk hätte noch nie so gut gelebt wie in unserem Arbeiter- und Bauernstaat. „Du bist undankbar", hängt er an, „überlege mal, gerade du als Arbeiterkind. Du konntest studieren und fährst bald als Kapitän zur See!"
„Meinst du?", melde ich Zweifel an. „Wo ist dann mein Kapitänspatent? Die Fahrzeit dafür hab ich doch lange schon rein." Nun erfahre ich, was ich bereits weiß. „Der eine oder andere Großpatentträger würde sich doch sonst in den Westen absetzen. Wir bilden doch dem Klassenfeind nicht die Spezialisten aus!"
„Was, unsere Menschen im Westen?", stell ich mich dumm.
„Ich muss dir doch nicht erzählen, warum die Mauer gebaut wurde!"
„Du meinst den Antifaschistischen Schutzwall?", locke ich ihn, oder besser mein Bauch. Der Kopf müsste den nun bremsen, aber hat wohl gerade mit Standortbestimmung oder Schiffsführung zu tun, Seefahrt eben. Doch Mäuseäugleins Worte hört er noch. „Du bist wohl ein ganz Schlauer?!" Ich winke ab. „Das ist nur das eine. Zu Hause fehlt es an allen Ecken. Täglich reitet meine Frau mit den Töchtern auf ihrem Moped zur Arbeit. Jetzt mal war die Elektronik kaputt, Grundplatte mit Geber oder so. Da musste sie an den Hersteller schreiben, um Lieferung an die Werkstatt bitten, begründen und eben warten, wochenlang. Ist das nicht schlimm?"
Das wäre ja wohl nicht generell so, streitet nun der PO. Derweil hat sich der Wachmatrose in die Nock verzogen. Sicher hat er Angst, „aus Versehen" zu meinen Worten zu nicken. Mäuseäugleins Augen sind nur noch stecknadelgroß. Mich reitet der Teufel. Also spricht nun der Fresssack zum Fleischer, im selben Haus wie er wohne auch ein Fleischer. Der hat erzählt, man füge der Bockwurstmasse noch Quark hinzu. „Deshalb haste die Dinger kaum auf dem Teller, da sehen die aus wie alter Mann, so!" Nun reicht es dem seefahrenden parteischulgebildeten Proletarier. Man müsse wohl auf dieser Reise noch einige Gespräche miteinander führen. Um Himmels willen, nur das nicht!
Da Donnerstag ist, Seemannssonntag also, empfängt mich die Messe am Nachmittag mit Kaffee und Kuchen. Der trägt jede Menge Streusel. So lobe ich die Backfrau und spreche, für Streusel würde ich alles tun. Was dem folgt, ist wohl nur auf der WEIMAR möglich.

Tischtennis und Cäsar

Einen Tag weiter, so kurz nach Smoketime, betritt der Chief die Brücke. Ob ich Tischtennis spielen würde, will er wissen. „Ja, klar, gern!" Okay, er hieße Gerd und heute achtzehn Uhr im Sportraum, würde das gehen? „Ja, sehr gern sogar!“ Um sechzehn Uhr übernimmt der Chiefmate die Wache. „Sei vorsichtig, der kann nicht verlieren“, bereitet er mich auf das Ping-Pong am Abend vor. „Weißt du eigentlich, dass es veni, vidi, vici heißt?“, will er dann wissen. „Was ist?“

„Na was wohl? Kam, sah und siegte! veni nicht vini! Das ist Latein, Cäsar und so”. „Seine Tochter ginge an eine Spezialschule und dort würde so etwas gelehrt. „Aha.“

Punkt achtzehn Uhr stehe ich im Sportdress an der Platte. Die Kelle ist schaumgummigepolstert, mit Noppen und somit Westkauf, was sonst. Irgendwann hatte ich das ewige Radfahren an Bord satt gehabt und mich auf meine Fertigkeiten im Tischtennis besonnen. Als ewiger Zweiter von Turnieren in Kinderferienlagern, im Bruderduell, zur Lehre und bei der Fahne war ich verlieren gewohnt, doch wusste ich auch um die Chance des eigentlich Unterlegenen. Gerd bietet „zwanzig Sätze?“ an und ich sage ja. Halb acht liege ich zwanzig zu null zurück und lasse mir das Chiefbier schmecken. „Morgen wieder?“, will er wissen. „Ja, klar!“ Am nächsten Nachmittag beginnt der Erste: „Du, ich hab ‘ne Tochter, die geht auf eine Spezialschule. Ist ein ganz kluges Mädel. Die haben da auch Latein. Kannste dir vorstellen, wie dumm die Leute sind? Da sagen die doch vini, vidi, vici, wo es doch veni heißt, verstehste? veni!“

„Ja, nö, na klar!“

Nach dem Abendbrot wartet der Chief bereits an der Platte. Wieder kämpfe ich heldenhaft. Der Brathering will raus aus dem Magen, rückwärts. Da werde ich wohl abends weniger essen, nehme ich mir vor und verliere zwanzig zu null. Sonntag Nachmittag übergebe ich die Wache an den Ersten. „Weißt du, dass es veni, vidi, vici heißt? Veni, nicht vini, vini ist Wein und veni heißt kam. Veni, vidi, vici – kam, sah und siegte! Meine Tochter geht nämlich ...“

„Hattest du mir gestern schon ...“

„Ach so?“

Zu Coffeetime gibt es wieder Kuchen, Pflaumenkuchen mit Streusel!

Das Abendbrot lasse ich aus. Diesmal dauert es bis nach acht, ehe Gerd zwanzig zu null siegt. Das tut er noch dreimal hintereinander. Dann kommt der Donnerstag, mit ihm Apfelkuchen und Streusel drauf und am Abend der erste „Ausrutscher“ des Chefs der Maschinisten: 19 zu 1, „Scheiße!“.

Diazepamträume

Ich fahre mit einem der Starkapitäne der Reederei zur See, werde ich später erfahren. Jetzt aber schon weiß ich, als einer der Ersten wohl, durfte er ein DDR-Handelsschiff in einen US-amerikanischen Hafen steuern. Darüber freut er sich noch heute. Und darüber, dass er sich den Zweiten Offizier für diese Reise nicht selbst aussuchen durfte, eben nicht. Was ist das für einer, den der

Direktor unbedingt bei mir an Bord haben will, kann ihm auch sein Mäuseäuglein nicht beantworten. Die Dialoge zwischen dem Kapitän der WEIMAR und seinem Secondmate bleiben knapp und dienstlich, beinahe.
„Ach so, Steuermann, du bist hier nicht in Sachsen. Sprich deutsch!“
Die Videotechnik hält Einzug an Bord und löst den donners- und sonntäglichen „Landfilm“ und dessen surrendklappernde Projektion ab. Nun könnte jeder in der Freizeit so viel kucken, wie er will. Doch: „Nicht mit mir!“, erklärt mir der Politoffizier. Er halte die Schlüssel zum Gerät unter Verschluss. Auch sitze er immer dabei, wenn Kassetten eingelegt werden, am Donnerstag- und Sonntagnachmittag. „Hast wohl Angst, die Jungs kucken sich nackte Mädels an?“, frage ich ihn eigentlich nicht. Der Erste Offizier ergänzt: „Stimmt, da müsstest du dir ja die Augen zuhalten, wegen der sozialistischen Moral.“ So wäre das überhaupt nicht und schließlich gehe es um die Schiffssicherheit. „Um mein Ressort?“, stell ich mich doof. Nun wirft uns Mäuseäuglein einen wütenden Blick zu. „Unsere Menschen sind nicht so!“
„Was, nichts mit Mädels? Wo kommen wir denn da her?“, will der Erste wissen. Der Pope dreht sich weg. Dann fällt ihm wohl sein Auftrag an Bord ein und da macht er wieder kehrt. Nun erfahren zwei unserer Menschen etwas zu unseren Menschen. Endlich ist er fort, Gott sei Dank!
Der Chiefmate kratzt sich am Kopf, zieht die Brauen in Zweifelposition und staunt wohl immer noch über seinen Mut. Dann übernimmt er die Wache. „Sei vorsichtig!“, gibt er mir mit auf den Weg in die Kammer.
Ich grüble nun, hat er das Tischtennis heute Abend gemeint oder den Politnik? Bald werde ich wissen: *und* hat er gemeint, nicht *oder*. Der Abend endet zwanzig zu null für Gerd.
Am nächsten Morgen ist es halb fünf und der Erste ist noch immer nicht auf der Brücke. „Kuck mal, wo der bleibt!“, schicke ich seinen Praktikanten nach unten zur Chiefmatekammer. „Ich habe ihn geweckt“, meldet sich der Praktikus zurück. Das tut er noch viermal und bis halb sieben. „Der bleibt nun liegen“, beschließe ich. Da werde ich dem Alten eben zum Wecken, sieben Uhr, Bescheid geben müssen. Der Kopf könnte nun den Sonnenaufgang genießen. Die ersten Bäckerinnenbrötchen, ofenwarm und mit Butter und Salz, und der Morgenkaffee sollten den Bauch begeistern, eigentlich. Doch beide sind nicht sicher, was ist richtig und was ist falsch? Bald werde ich es wissen.
Dreiviertel sieben schleicht sich der Praktikus von der Brücke. Fünf Minuten später ist er zurück und hat den Chiefmate mit. Der hat nun andere Probleme als veni und vici. Doch er riecht nicht nach Alkohol, die Stimme klingt fest und der Blick scheint klar. Im 60 Seemeilenbereich zeigt das Radargerät kein Echo. „Also gut!“, stimme ich ihm zu. „Wir verraten dem Alten nichts!“ Er ginge dafür einen Teil meiner Nachmittagswache, entlässt er mich zum Restschlaf von der Brücke.

Kuchenzensur

Doch ich bin hellwach. Dann gelingt es mir doch, in den Schlaf zu kommen. Drei Stunden weiter flötet die Erste Stewardess „Roulade, Rotkohl und Klöße“ durchs Telefon. Der Erste begrüßt mich am Mittagstisch. „Du, ich habe es dem Alten doch lieber gesagt.“ Klar, nun bin ich der Dumme. Schließlich hätte ich den Kapitän wecken müssen, morgens, nach fünf. Zehn vor zwölf ziehe ich auf Wache. Der Dritte übergibt und hängt an: „Irgendwas ist da im Busch, Second!“ Der Alte und sein Erster hatten den ganzen Vormittag lang intensiv diskutiert. Hin und wieder hätte das Flüstern der beiden „der Zweite“ preisgegeben. Nach vierzehn Uhr hat der Alte ausgeschlafen, betritt die Brücke und „weiß alles!“. Ich solle mir nicht einbilden, die nächste Reise auch noch auf seinem Schiff fahren zu wollen. Solche Steuerleute könne er nicht gebrauchen.
„Der Erste hat wohl zu lange gearbeitet, letzte Nacht, da könne das schon einmal vorkommen“, macht er mir klar, welche Steuerleute er braucht. Der Chiefmate hat am Morgen bereits erfahren, wie stolz der Alte auf ihn ist. Warum sollte er nun den Zweiten Nautiker den Restschlaf nachholen lassen? Also löst er mich nicht eher ab. Am Abend verliere ich null zu zwanzig. Gerd muss sein Freudenbier allein trinken. Kurz nach neunzehn Uhr liege ich in der Koje und bin zwanzig Minuten vor Mitternacht hellwach. Die Hundewache wartet.
Die wartet dann noch einmal und am Nachmittag gibt es Kuchen mit dicken Streuseln drauf, Streuselkuchen eben. Da male ich der Bäckerin ein Männlein aufs Papier, mit Blumen drum rum und „DANKE!“ drüber. Das nehme sie gern, antwortet die da und, sie freue sich, dass es, außer den liebestollen Matrosen mal jemanden gäbe, der ihre Arbeit lobt.
Schon am nächsten Mittag wartet neuer Ärger. Der Alte hätte sich aufgeregt, was die Streusel immer auf den Kuchen sollten, erfahre ich von der Ersten Stewardess. Ob denn die Backfrau keinen richtigen Kuchen könne? Irgendwie wäre das Gespräch dann auf einen Steuermann gekommen, der hier mitfährt und sich auch einmal über die Leistung anderer freuen könne. Da wäre dem Alten der Kragen geplatzt: „Streuselverbot, bis zum Ende der Reise!“

Überall sind Sachsen ...

Die WEIMAR hat Kuba erreicht und soll vor Puerto Padre vor Anker gehen. Der Bootsmann hat gerade „was Richtiges“ zu tun. Also schickt mich der Alte nach vorn auf die Back. Nach „Fall Anker- drei Schäkel zu Wasser, ein Schäkel an Deck“ lasse ich den Haken fallen. Über die Wechselsprechanlage höre ich, wie der Kapitän seinem Chiefmate zuruft: „Wohin zeigt die Kette? Und sag dem Sachsen, er soll deutsch reden!“ Also knackt es im Walkie-Talkie des Zweiten Steuermanns und der Chiefmate will von mir wissen, wohin die Kette zeigt.

„Sollst deutsch reden!"
Nun fährt ja auch mein Bauch mit zur See. Der Kopf grübelt noch, was das gerade sollte. Da hat der Bauch längst entschieden. Nun knackt es im Walkie-Talkie des Ersten Offiziers: „Sachse meldet sich von der Back!"
Man hätte auf der Brücke eine Stecknadel zu Boden fallen hören gekonnt, berichtet mir der Rudergänger später. Gleich darauf jedoch nicht mal mehr einen Amboss. „Was ist denn da vorn los?", brüllt nun die Stimme des Kapitän über die Wechselsprechanlage vor zur Back. Nur, dort hört ihn keiner mehr.
Der Alte kann nun raten, reibt mir die Kette am Dampfer? Könnte der Haken schon im Schlamm stecken? Breche ich ihn gerade wieder aus dem Sand? Welche der Bremsen ist fest? Ist überhaupt eine fest? Ich weiß es.
Auf dem Weg nach achtern kommt mir der Chiefmate, auf seinem Weg vor zur Back, entgegengehetzt. „Lass dich jetzt nur nicht beim Alten blicken!" Nun ist der Kopf wieder am Netz und beschließt Vorwärtsverteidigung. So klopfe ich an Mäuseäugleins Kammertür. Der staunt hinter der Schreibmaschine hervor und mir entgegen. Also erfährt er: „Ich hab was für die nächste Parteiversammlung." Da will er wissen, was. „Frag mal den Alten!", lasse ich ihn unwissend zurück.
Am Abend ist noch ausreichend Adrenalin im Blut. Gerd gewinnt 16:4. Nun droht neuer Ärger.
Wir warten am Haken auf Einlauforder. Der Alte lässt sich nicht auf der Brücke sehen. Dafür erscheint Mäuseäuglein. Ich solle das mal nicht so tragisch sehen. „Macht eure Stammschiffspiele ohne mich", entgegne ich ihm. „Sei vorsichtig!", rät mir der Funkoffizier.
Die Coffeetime nutzend, lässt sich der E-Mix auf der Brücke sehen. Er käme direkt aus dem Maschinenraum. „Der Chief spielt dort gerade "Wilde Sau"! Kannste den nicht wieder gewinnen lassen? Das baden wir sonst alles unten im Schacht aus."
Herr, schenk mir eine schnelle Heimreise!

Warme Eddies und harte Ruderlagen

Die WEIMAR hat Kuba hinter sich gelassen und steuert hinüber zum Kontinent. Der Dampfer ist Vollschiff mit Rohzucker beladen und klebt an jeder Ecke wie ein frisch ausgespucktes Bonbon. Heldenhaft wäscht nun die Decksgang feuerlöschrohrstrahlunterstützt den Sirup von Deck und hinein in den Atlantik. Das braucht jede Menge Feuerlöschschläuche.
Der E-Mix betritt die Brücke. Man hätte gesammelt und auch die Ingenieure hätten was dazugegeben. Eine Kiste Bier für jedes Zwanzig zu Null, maximal 19, nicht weniger! „Los, spiel wieder mit dem!"
Nach der Wache kommt mir der Chief entgegen. „Gerd, was ist, spielst du heute wieder ein paar Sätze mit?" „Ich bin hier der Chief!" „Okay, Chief, haben

Sie Lust auf Revanche?" „Wir sind noch bei der Wartung."
Die Kelle bleibt für den Rest der Reise im Schrank.
Mäuseäuglein plant die heimreisende Parteiversammlung. „Diesmal schon um fünfzehn Uhr." Also ohne mich.
Der Kapitän wedelt mit dem Stromatlas. „Wir halten uns ganz weit von den kalten Eddys entfernt und fahren ganz nah und nördlich an den warmen Eddys entlang", erklärt er seinen Mates die Abweichungen vom üblichen Kurs. Das wird unsere Heimreise beschleunigen, meint er. Die warmen Verwirbelungen des Mäander bildenden Golfstromes sollen uns schneller der Heimat näher bringen.
Auch, der Dampfer sei nun voll beladen. „Das ist nicht so, wie auf euren Blechbüchsen im Mittelmeer, Second. Schauen Sie sich deshalb noch einmal die Manöverelemente an." Mit Okay quittiere ich. Die WEIMAR war eines meiner „Diplomschiffe". Ihr Trägheitsverhalten kann ich seit den Trockenübungen am Radarsimulator noch „im Schlaf" herbeten. Ich weiß, je größer und schwerer das Schiff, desto größer die Trägheit. Die Durchmesser der Drehkreise wachsen, Stoppstrecken und Auslaufstrecken werden länger. „Supertanker müssen vormittags Hartruder legen um mittags um die Kurve gefahren zu sein!"
Das eben unterscheidet die Seefahrt auch noch vom Straßenverkehr. Auf der Kreuzung trittst du auf die Bremse, es quietscht und kracht und dann erst kommt der Schock. Auf See kannste zukucken, wie nichts mehr zu retten ist, fünf Minuten lang und länger. Also Maschine voll zurück – nur noch warten – erst der Infarkt, dann die Kollision!
Jedenfalls, Theorie und Praxis, man kennt das ja. Ich fahre aber ganz praktisch hier mit und denke, da leg ich eben mal Hartruder und kucke, was der Dampfer macht. Der Seeraum ist frei. Der Wachmatrose staunt nicht lange und legt dann das Ruder Hart Steuerbord. Es dauert wirklich etwas länger. Doch dann dreht das Schiff los. Nun heult im Maschinenraum eine Sirene. Gleich darauf geht es sehr schnell. Die WEIMAR dreht zügig, die Brückentür klappt und gleich nach dem Alten steht auch der Chief auf der Brücke. Dann sind sie wieder fort, die WEIMAR fährt wieder geradeaus und ich weiß nun, so praktisch hatte sich der Alte das Studium der Manöverelemente nicht gedacht. Auch nicht der Chief. „Ihr Wurstwagenkutscher kennt wohl keine richtigen Schiffe, was? Bei Ruderlagen über 15 Grad musst du das Manöverprogramm zuschalten!" Der Alte hatte zu den Worten des Chiefs genickt. Ich hatte wissen wollen: „Oder den Kapitän wecken?"
Das war den beiden keine Antwort wert gewesen.
Es klopft und die Backfrau betritt die Brücke: „Streuselalarm!"
Freudstrahlend stellt sie uns ein ganzes Kuchenblech voller Streusel, ohne Kuchen drunter, in die Kaffeeecke, wünscht guten Appetit und ist wieder fort. Am Wachende ist es dem Funker, dem Ausguck und mir hundeelend vom vielen Streuselteig, knusprig ofenwarmes Zucker-Butter-Mehlgemisch. Ein Stück bleibt auf dem Blech.

„Der Alte hat mich beim Wegschaffen des Bleches erwischt“, gesteht mir mein Wachmatrose zum Abendbrot. Aha, deshalb also tobt er nun in der Kombüse: „Wenn ich auf dieser Reise noch irgendwo auch nur einen Streusel entdecke, dann brennt die Luft!“

India und Juliett

Apropos brennen. Sieben Tage fehlen noch bis Rostock, höchste Manöverzeit also. „Ruderversager“ und „Feuer im Schiff“ müssen trainiert werden. Also ist die Brücke mit Kapitän und Chiefmate besetzt. Achtern am Notruder steht der Chief und lässt mich nicht ran. „Da hast du keine Ahnung von“, weiß er. So legt er selbst, nach den Vorgaben der Brücke, das Ruder mal hierhin und mal dahin. Dann soll er einen bestimmten Kurs halten. Doch irgendwie ist die Komplexausbildung der Reederei an ihm vorbeigegangen. Die Kompassscheibe dreht los, da legt er das Ruder entgegen deren Drehrichtung. Komisch, nun dreht die Scheibe noch schneller. „Immer dem Kompass nach“, will ich ihm helfen. Das wisse er selbst.
„Was macht ihr denn für'n Scheiß da unten?“, will nun sein Kapitän über Wechselsprechanlage wissen. Hektisch legt nun der Chef aller derer, die da sind im Dunkeln, das Ruder Hart Backbord. Er bemerkt es sofort, nur ich bin schneller. Die Sirene heult ohrenbetäubend. Ich rufe: „Manöverprogramm, Chief!“, und finde noch rechtzeitig die entfernteste Ecke im Rudermaschinenraum.
Sechs Tage vor Ultimo spricht der Kapitän: „Morgen ist Feuer im Schiff dran. Second, mach mal eine Konzeption dazu.“
Mäuseäuglein hält nicht nur das Videogerät unter Verschluss, sondern gleich den ganzen Raum, auch auf See. Das ist gegen jede Sicherheit an Bord. Ein Fluchtweg ist versperrt und darf das nicht sein. Nach jeder Sicherheitsrunde bleibt das ein Restpunkt, der nicht abgearbeitet wird. Der Alte lässt es geschehen. Ich wittre meine Chance und plane „Feuer in einer der vorderen Kammern der Aufbauten“. Diesmal sind sich Bauch und Kopf einig: „Kapitän, wir holen die Besatzung vor dem Manöver in der Messe zusammen, erläutern die Lage, weisen auf den Kamineffekt hin, zeigen die Angriffs- und Fluchtwege und es ist eben diesmal ein Training mit Schulungseffekt.“ Der Alte riecht den Braten nicht. Dann ist es so weit. Jedes Besatzungsmitglied hat gerade gehört, worum es gehen wird, und das Belehrungsblatt zur Schulung unterschrieben. Auch Mäuseäuglein. Noch hätte er eine Chance ...
„Feuer im Schiff!“, klingelt die Bordsignalanlage. Von der Flaggleine gezogen, klettern *India* und *Juliet* am Signalmast empor. Der Angriffstrupp meldet zur Brücke hoch, er könne nicht löschen. Jedoch, ein Verletzter müsse geborgen werden. Schnell liegt der auf der Trage und muss nun raus aus den Aufbauten. Der Backbordgang steht in Flammen. Steuerbord raus aufs Deck, geht wegen

des Kamineffektes nicht. Die Jungs spielen gut mit. Also müssen sie, die Trage und der Halbtote an der Steuerbordseite achtern aus den Aufbauten. „Das ist hier alles verschlossen“, melde ich zur Brücke hoch, und es folgt Schweigen. In diesen Sekunden begreifen es wohl der Alte und sein Politoffizier. Der Alte bricht das Manöver ab. Auf der Brücke angelangt, müsste ich nichts sagen und tu es doch: „War das nicht ein Restpunkt vom Schiffssicherheitsrundgang?“ Der Alte brüllt seinen PO an: „Ab morgen hängen dort Schlüsselkästen dran, verstanden?!“ Das passiert fünf Tage vorm Einlaufen.
Die WEIMAR wird in Rostock fest sein und die Videoraumeingänge werden zwei Schlüsselkästen zieren. Man wird also jederzeit und von jeder Seite her in den Raum hinein aber nie auf der anderen Seite wieder aus ihm herauskommen. Solange ein Politoffizier und dessen Kapitän „hier das Sagen“ haben, wird den Tapferen der Brandbekämpfung dieser Angriffs- und Fluchtweg für immer verschlossen bleiben. Also, vier Schlüsselkästen hätten es sein müssen, Mäuseäuglein, vier! So viele, wie eine Kuh Beine hat!

Das Ende vom Lied

Vier Tage fehlen mir noch bis Rostock. Mich hat eine Angina gepackt und lässt mich nicht los. Retacillin i.m. rät der Funkarzt dem "Schiffsarzt", also mir. Wer soll nun spritzen? Der Alte will nicht, der Erste kann es nicht mehr, sagt er, und der Dritte noch nicht. Tapfer beschließe ich Selbstversuch.
Bald liege ich lang, der Oberschenkel liegt bloß da und ist entkeimt. Die Nadel saugt das weiße Zeugs aus der Ampulle und ich weiß ja, nicht erst durchspritzen, gleich rein damit. Ich hole Luft und Schwung. Der Mut lässt etwas nach und die Spitze der Nadel steckt nur knapp unter der Haut. Der Mut kehrt zurück. Ich schiebe nach und ruckle wohl ein wenig dabei. Plötzlich dreht sich das Hospital und mir wird hundeübel. Dann sehe ich wieder feststehende Sanitäts- und Apothekenschränke. Die Herzfrequenz geht unter 100.
Nun muss der Dritte doch ran. „Denk einfach nicht dran, wer da liegt. Rein mit Schwung und losspritzen!“ Das macht er an drei aufeinander folgenden Tagen je einmal, wird immer besser dabei und zu meinen Halsschmerzen gesellen sich Scharen roter Punkte auf der Haut. „Es muss ja nicht gleich ein anaphylaktischer Schock werden“, versuche ich Selbstberuhigung. Zugegeben, ein wenig Hypochonder klingt darin schon mit.
Der letzte Sicherheitsrundgang der Reise führt die Rundgänger auch in mein Hospital.
Am Nachmittag will mich der Kapitän „materiell verantwortlich“ machen. Es fehlen Feuerlöschschläuche und Faustantabletten, Diazepam also. Ob ich abhängig wäre? Da bin ich nicht nur krank und unleidlich, sondern werde auch wütend. Der Bootsmann beruhigt mich. Er weiß: „Die Schläuche fehlen seit letzter

Reise schon. Wir haben durch das Apatitrunterwaschen einen riesigen Verschleiß. Das hat der Zweite gewusst und keine nachbestellt!" „Ihr Stammzweiter, Kapitän", ergänze ich in Richtung des Trägers eines roten Basecapes. Dann fällt es mir wie Schuppen von den Augen. Der Tiefschlaf des Chiefmate! „Kapitän, zum Hospital haben nur Sie, der Erste und ich die Schlüssel. Erinnern sie sich noch an den Langschlaf des Ersten Offiziers?" Sprachlos rot im Gesicht lässt mich der Kapitän stehen.
Ein Tag noch bis Ultimo.
Dann fällt der Anker auf der Reede von Rostock. Mir geht es nicht besser und Ablösung soll kommen. Erst einmal jedoch kommt das Lotsenboot. Außer, dass es über UKW-Kanal 16 von einem Kapitän herbeigerufen wurde, hat es hier draußen nichts zu tun. Nun ist es aber einmal hier und kann ein paar Besatzungsmitglieder der WEIMAR mit an Land nehmen. Der Bootsmann fiert die Gangway bis kurz über den Wasserspiegel. Von der Backbordnock aus beobachte ich den Vorgang. Der Zweite Ingenieur tritt neben mich und spricht: „Gleich kannste mal sehen, wer alles auf so einem Schiff nicht gebraucht wird." Kapitän, Chief, Funker und der Politoffizier setzen über an Land. Drei Tage eher als geplant, werden sie nun ihren Frauen auf die Nerven fallen.

Kam, sah und ging!

Der diensthabende Arzt des MdV Rostock weigert sich, mich zu behandeln. „Der gehört doch zu Mittelmeer. Soll mal in Wismar zum Arzt", gibt er über UKW Bescheid. Schließlich koste so ein Lotsenbooteinsatz ein ganze Menge Geld! Nun wird mir der Chiefmate doch noch sympathisch. Er fordert bei Wismar-Pilot ein Lotsenboot an. „Ihr spinnt wohl!", ruft es aus Wismar zurück, „liegt ihr nicht auf der Reede vor Rostock?!" Weil aber sowieso Sonntag ist, klärt sich nichts an diesem Tag. Am Montagmorgen wird der Telefonverkehr zwischen Wismar und Rostock eher als gewohnt rege. Dann erkennt auch der Rostocker MdV-Arzt, dass man „den nicht nach Wismar schicken kann".
Das Lotsenboot bringt mich zur Pier im Überseehafen. Der Verkehrsmedizinmann lässt sich die Zunge herausstrecken. Nach dem Hick-Hack tu ich das sogar gern. Dann zieht er sie mir beinahe aus dem Hals und erkennt trotzdem nichts. „Labor – HIV und Syphilis", diktiert er der Schwester. Es läuft Blut ins Röhrchen und nun soll ich gesund sein. Mir brummt der Kopf und der Hals schmerzt schon beim Atmen. „Analgin habt ihr ja an Bord", weiß der Heilkundige, und an der Stelle, wo später mal jeder Kranke von seinem Arzt etwas in die Hand gedrückt bekommen wird, nimmt er mir noch was weg: „Trinken Sie mal drei Tassen Kaffee weniger, das hilft!"
„Ohne Befund, diensttauglich", werde ich zurück an Bord geschickt. Ich quäle mich über die Wache, ernähre mich von Analgin und Tee und grüble. Drei Tas-

sen Kaffee weniger als null, wie mach ich das nur? Schließlich soll die Compliance nicht leiden. Zur Mitternacht befehle ich dem Wachmatrosen: „Du trinkst heute mal drei Tassen Kaffee für mich mit!" Das versteht er nicht und ist gesund. Wie also soll das ein Kranker verstehen?
Die WEIMAR liegt an der Pier, da melde ich mich beim Ersten von Bord. „Wo willst du denn hin?"
„Ich fahr zum Arzt meiner Wahl, nach Sachsen!"
„Du hast aber Mut!"
„Nein, ich kann nur nicht mehr schlucken!" Zum Abschied drücke ich ihm meinen „Reisebericht" in die Hand. „Falls die Chefinspektion oder Politabteilung wissen will, wie sehr mir das bei euch auf dem Dampfer gefallen hat." Ohne jede Trauer im Herzen steige ich die Gangway hinab und lasse ein Ungetüm hinter mir, das der nächsten Apatitreise nicht entkommen wird und WEIMAR heißt. Sie hat gewonnen: Sechsundsechzig Tage zu null!
Trotzdem, Jahre später noch werde ich auch von dieser Reise schwärmen. Nur Kathleen wird sie nicht mehr hören wollen, die Streuselgeschichte.

Ein Nilpferd für Afrika

Zwei Wochen Zeit und meine drei Frauen helfen mir dabei, wieder auf die Beine zu kommen. Dann wird die EICHWALDE mal wieder auf mich warten, weiß das Telegramm zu berichten. Danach soll Urlaub sein, Zelten am Strand von Timmendorf, Insel Poel.
„Du, Papi, wenn du nach der Reise nicht zu uns kommen darfst, dann sagst du eben auf deinem Schiff: Da holen mich meine Mädels einfach ab, so!" Kathleen nickt heftig zu Majas Worten und das soll heißen, das kannste aber wissen! Dann winken dreimal zwei Hände aus dem Abendgrau des Waldheimer Bahnhofes meinem Zug hinterher.
Die Beladung der EICHWALDE ist in vollem Gange. An Bord angekommen, stürze ich mich sogleich in die Ressortarbeit. Die Schiffssicherheitsrolle muss aktualisiert werden. Im Notfall auf See hat hier jedes Besatzungsmitglied seine festgelegte Aufgabe wie: Boote aussetzen, Schlauchtruppführer oder Badewanne füllen. Man macht sich nicht immer Freunde dabei. Es geht um Hein Seemanns Bart. Also rette ich den und ordne die Druckluftatemgeräte den Bartlosen zu. Da atmen die anderen auf.
Die Reise wird uns über Antwerpen und das an der französischen Atlantikküste gelegene Montoir ins Mittelmeer führen. In Mersin und Beirut werden wir löschen, um dann in Alexandria Stahl für U.K. zu laden.
Frankreich liegt hinter uns. Der Dampfer liegt ruhig im sommerlich entspannten Atlantik. Der Ausguck lümmelt in der Nock und langweilt sich mit dem Seeraum um die Wette. Nun kriegt er Besuch.

„Was es alles gibt. Wer liefert schon Stahl nach England?“ Ich staune noch immer, da will mein Ausguck wissen: „Steuermann, weißt du wo Nilpferde herkommen?“ Er ahnt, darauf wird er keine Antwort bekommen. So gibt er sie selbst. „Wir haben mal eines von Antwerpen nach Alexandria transportiert. Das war dann seekrank geworden. Der Bootsmann hat sich rührend um Nilie gekümmert und es getröstet. Halte durch, soll er ihm ins Ohr geflüstert haben. Du schwimmst bald wieder im Nil. Da gibt's so ein Scheißwetter wie hier draußen nicht. Steuermann, du kannst dir nicht vorstellen, was der Dicke zu fressen gekriegt hat. Brot und Äpfel waren so exzellent, so was hat die Schiffsversorgung im Leben noch nie auf Lager gehabt. Der Bootsmann hatte wohl auch sein Essen mit dem Nilpferd teilen wollen. Nur Nilie wollte nicht. Kann man es ihm verdenken?“ Eigentlich nicht.
Ich bin wieder Kaffeetrinker. Man muss ja reagieren können im Krankheitsfall und außerdem, vielleicht bleib ich nicht ewig Zweiter? „Gibt's heute keinen Kaffee?“, stelle ich also die Frage der Kapitäne. Früh übt sich ...
Der Wachmatrose kleckert die Tassen voll. Gleich darauf ziehe ich den Mund breit. „Willst du mich umbringen mit dem Teergesöff?“ Nun ist der Matrose beleidigt. Schließlich sei er ein erfahrener Vier-Acht-Wachmatrose, Chiefmate-Wache also. „Da lernt man richtig Kaffee kochen, Steuermann! Einen Löffel Kaffeepulver pro Tasse, einen Löffel für die Kanne, einen für den Steuermann und einen für den Geschmack, so geht das!“
Nun kenne ich also das Kaffee-Rezept der Ersten Offiziere und will dann doch lieber gleich Kapitän werden. „Zwei Tassen Kaffee, nicht mehr, wir müssen sparen“, hatte ich meinen Ausguck gebeten. Also trinke ich nun eine der beiden Tassen Kaffee, gemacht aus Erfahrung und traditionellem Seefahrerrezept: Wasser sparen und schmecken soll's!
Die Reise wird uns an Lattakia und dem Kistenzerfetzen vorbeiführen. Trotzdem, diesmal nun muss es werden. „Kannst du dir vorstellen, dass man die Kisten in Lattakia auch ohne Schäden aus der Luke bekommt?“, störe ich den Bootsmann bei der „Bootsmannsprüfung“. Nun weiß er, es wird heute nichts mit vier Stunden wortlos aufs Meer starren und setzt die Prüfung ab. „Na klar, Stahlstroppen um die großen, schweren Kisten und um einige in den Unterzügen. Ratzfatz haben die Stauer ein Loch gebuddelt und dann geht es zügig weiter.“ Mein Atem geht kurz. Ich höre ja nun meine Idee. „Du bist mein Mann“, rufe ich begeistert, und der Boss fährt euphorisch fort. „Weißt du, wir haben im letzten Jahr Kisten von Hamburg nach Tripoli gefahren, für irgendeine Firma aus dem Westen, die waren allesamt bereits eingestroppt. Ratzfatz ging das Löschen und völlig ohne Schäden!“
„Siehste“, geb ich ihm Recht, „die wissen eben, wie man Ladungsschäden verhindert und zügig durch den Hafen kommt! Los, wir schreiben dazu was auf! Hilfst du mir mit?“
„Klar doch, das geht ratzfatz!“

Handmade by Secondmate

Die EICHWALDE schwimmt nun bereits seit einer Woche auf See. Der Funker hat Heimatkontakt hergestellt. Der Kapitän schickt mich nach hinten. „Mach man in Ruhe!"
„Du kannst dir nicht vorstellen, was passiert ist", eröffnet Kathleen noch immer aufgeregt das Gespräch. „Der Abschnittsbevollmächtigte war bei mir und wollte wissen, wo du bist. Na auf See, habe ich geantwortet, und da wollte er wissen, ob das auch wirklich wahr sei. Das Auto stünde schließlich auch nicht im Neubaugebiet. Hast du eine Ahnung, wie ich da erschrocken bin?"
„Und was sollte das nun?", staune ich nicht schlecht. „Das mit dem Auto war schnell geklärt. Es steht doch in der Garage. Doch das ‚A' hinten drin soll raus. Man könne sonst denken, wir hätten einen Ausreiseantrag gestellt. Ist das nicht bescheuert? Ich hab das sofort rausgenommen und ....." Graues, weißes oder sonst was für Rauschen verdrängt Kathleen von der Frequenz.
Der Kapitän wünscht mir eine gute Restwache und mir fällt unsere letzte Familienausfahrt ein. Gerade erst hatten wir den Wartburg günstig erstanden. Vier Jahre alt und nur doppelt so teuer, wie ein neuer, Verwandtschaftsvorzugspreis eben. Meine Fahrerlaubnis war noch druckfrisch. So hatte ich ein schönes lilafarbenes „A" für „Anfänger" gemalt und klein drunter geschrieben: Handmade by Secondmate. Aufmerksame Republikbeschützer hatten das „A" wohl wie „Ausreisewilliger" gelesen. Zudem waren wir noch in eine Russenpatrouille geraten, die einen fahnenflüchtigen Soldaten gesucht hatte. Während vorgehaltene Maschinenpistolen und hingelegte Reifentöter unseren „Warti" am Ort festhielten, hatte der deutsche Volkspolizeihelfer interessiert auf unser Heck geschaut. Gesagt hatte er nichts, nur geschrieben. Da kannste nur mit dem Kopf schütteln, denk ich mir und tu es wohl auch. Mein Wachmatrose kuckt fragend. Da kriegt er seine Antwort auch als Frage: „Wenn du würdest abhauen wollen, was würdest du wählen, mit dem Auto die Grenze durchbrechen, über Reifentöter und vor Projektilen her, oder beim Landgang in Hamburg sagen, so, ich bleibe nun hier, Herr Ober, noch ein Bier!?" Nun schüttelt der Matrose fragend den Kopf. Meine Antwort hilft ihm auch nicht weiter: „Siehste, auf so eine Idee kommt man nur in der DDR."

Der Wolf und die sieben Geißlein

Es klopft an der Kammertür. Ich rufe „herein!" und da steht der Boss im Raum. Er spricht: „Hier bin ich!", und lässt den Blick unruhig umherstreifen. Das Hafenbräu bringt Ruhe in den Bootsmann. Dann steht auch ein „Brauner" auf dem Tisch und vor uns liegt nun die komplizierte Aufgabe, eine einfache Lösung verständlich zu machen. Wie bringt man den Genossen an Land bei, dass Schiffe

keine Baukästen sind? Die Lösung der Kinderzeit, Baukasten anheben, umdrehen und ausschütten schützt nicht vor Schäden. „Da würde es uns doch die gesamten Flaschen in der Bierlast gleich mit kaputt hauen“, erkennt der Boss sofort, wir sind keine Kinder mehr! Beim Laden bereits müssten Gurte und Drähte um die schwierigsten Kisten gelegt werden, nur nach welchen Kriterien? Ich schlage „Schachbrett“ vor und sofort protestiert der Bootsmann. „Ratzfatz haste das Deck voller Drähte liegen und jeder stürzt drüber!“ Nach kurzem Grübeln kommt mir die Idee: Wolf und die sieben Geißlein. Erst staunt der Bootsmann und ist dann dafür. Also lautet der Neuerervorschlag: Nur wenige, aber eben gerade die großen, sperrigen Kisten in den Luken sollten die Schüsselkisten zum schadenarmen Löschen sein, die Wölfe eben. Die müssten nun nicht erst splittern, krachen und ihren Inhalt freigeben, ehe die Stauer in Lattakia Drahtstroppen um sie legen könnten. Das hätten dann schon ihre Kollegen in Weimar gemacht. Schnell würden die großen Kisten raus aus der Luke sein. Von den so entstandenen Löchern aus könnten sich die Stauer zu den Geißlein hinarbeiten. Das sind die zarteren in den Unterzügen versteckten Kisten, die nun, da auch diese seit dem Laden schon Gurte umgeben, nicht erst fünf Meter tief fallen und hart aufschlagen müssen, ehe man sie löscht.
„Zehn Geißlein pro Lukendeck, oder?“, bringe ich Kreativität in unseren Neuerervorschlag. Der Bootsmann ist dafür. „Sonst kannste ja gleich noch einen Versorger für die Stroppen nebenher fahren lassen.“ Dem Vorschlagspapier füge ich einen Artikel der Fachpresse/West bei. „Gestroppter und unifizierter Ladung gehört die Zukunft!“ Und ich ergänze, ganz so neu ist der Vorschlag nämlich nicht. Der „Westen“ macht das schon lange so. Der Bootsmann bestätigt: „Ratzfatz ist das Zeug raus aus der Luke und sogar noch ohne Löschschäden!“
Auch auf der Rückreise gebärdet sich die Biskaya so artig, wie es sich für fortgeschrittene nördliche Breiten und Anfang August gehört. Urlaubswetter!
Das Telegramm der Inspektion bestätigt es. Zweiter Offizier – Urlaub nach dieser Reise. Fünf Tage noch sind es bis glückliche Glücks und drei bis zum Nord-Ostsee-Kanal. Erst einmal jedoch geben wir ägyptischen Stahl im englischen Immingham ab. Der Funkoffizier schüttelt dabei den Kopf. „Kannst du dir vorstellen, im Stahlwerk von Kairo zu arbeiten?“ „Mittagspause im Wüstensand?“ „Bert, hast du noch Kühlschrankbier?“

Selbstversorger

Die EICHWALDE hat die Schleuse in Holtenau verlassen und läuft in der Kieler Bucht nordostwärts. Der Schiffshändler hat geliefert, weiß ich und freue mich auf den Start in den Urlaub. Nicht „Silber und Gold, kistenvoll“, aber immerhin das, was der Magen begehrt und der Ostmarkt nicht bietet, Pfirsiche, Melonen, Tomaten und Gurken, werde ich mitbringen. Auch, was zu Kathleens Erstür-

mung notwendig sein könnte: Zypernwein – zwölf Flaschen. Und, was die Töchterchen sich gewünscht hatten: „Richtigen Joghurt, Papi. Der in den schönen Bechern!"
Meine Wache ist zu Ende und die Ruhe ist, so kurz vor zu Hause, raus aus dem Dampfer. Jeder hat irgendwas zu tun, abzuschließen, vorzubereiten oder "muss einfach nur so ein Bier trinken. Auf das Ende der Reise".
Es klopft an der Kammer. „Weißt du, was mir passiert ist?", tritt der Bootsmann mit gesenktem Haupt ein. „Nein."
„Bei der Proviantübernahme ist mir deine Melone runtergefallen und geplatzt. Hier haste das Geld dafür." „Behalte dein Geld und hol ein Messer. So krieg ich die nicht mehr bis nach Hause." Wieder klopft es. Herein tritt der Koch. „Du, Steuermann, die haben zwei Kilo Pfirsiche zu wenig geliefert", schleift sein Kinn am Boden. „Macht nichts, kriegt eben jeder ein paar weniger. Ist doch kein Beinbruch", tröste ich ihn.
„Na ja", lässt er sich so schnell nicht trösten. „Das hatte ich auch gedacht, nur, da waren die Pfirsiche schon verteilt." Dann finde ich wieder Worte. „Und die Tomaten sind in die Ostsee gekullert, die Gurken im Salat gelandet und den Joghurt hat die Katze gefressen, stimmt's?"
„Nein, nein", beteuert er schnell, der Rest wäre komplett.
„Setz dich zu uns, hier gibt's Melone!"
Stunden später liegt die EICHWALDE in Wismar fest an der Pier.
Auf dem Weg zur Reichsbahn hin fehlen fünf Kilo am Reisegepäck: Zwei Kilo Pfirsiche und drei Kilo Melone. Gut so, mit Pfirsich und Melone quer durch die DDR – es wäre ein Werttransport geworden.

Ein Teil des Preises

„Dein Opa ist tot", hatte mir Kathleen noch über UKW entgegengefunkt. Nun trägt mich die Bahn nach Hause. Sieben Stunden bleiben mir, zu begreifen. Bereits während meines Studiums war der Waldheimer Opa gestorben, am Mehlstaub der Bäckerstube. Die Eltern hatten ihn tapfer gepflegt. Dann war es für alle eine Erlösung gewesen. Den Tränen auf dem Friedhof waren Gesänge in der „kleinen Kirche", der Gaststätte neben dem großen Namensgeber, gefolgt. Der, der gern auch gefeiert hatte, hätte es genauso gewollt, wussten wir.
Im letzten Jahr, gerade war ich Zweiter geworden, starb Oma. Lange vorher schon waren für mich keine Spaghettimonsterwellen mit Käsekrümelgischt auf ihren Tellern gewachsen. Ich hatte mit Kapitänwerden zu tun.
Ja, als Kind denkt man, Oma lebt ewig! Später dann meint man, man hätte Wichtiges zu tun, wirklich Wichtigeres?
„Seemann, wo ist dein Heimat?", hatte der Döbelner Opa nie wirklich wissen wollen. Doch jedes Mal, wenn er das rief, war seine schwere Hand so auf mei-

nem Oberschenkel gelandet, dass ich dort senkrecht stand, wo ich gerade noch gesessen hatte. „Du tust dem Jungen doch weh!“, wussten alle rundum. Opa lachte über alle Backen. Mir tat es gut. Als Chef der Betriebsgewerkschaft hatte er das Kinderferienlager mit erbaut. Die jährlichen Weihnachtsfeiern in seinem Betrieb galten den Kindern der Arbeiter. Auch deshalb war er Partei- oder Gewerkschaftschef geworden: Er hatte die Schlacht im Kursker Bogen überlebt. Krieg, nie wieder sollten sich Menschen das antun.
Ein winziger Garten nur, gleich hinterm Mehrfamilienhaus, kein eigenes Auto, keine Datsche und immer war die Familie zum Schluss gekommen. Doch dann drängten im Betrieb Jüngere nach und Opa wollte die Grenzen des Alters nicht akzeptieren. Zwei Schlaganfälle nun hatten es geschafft. Ein stolzer Mann war zu Boden gestreckt. Später werde ich wissen, er hatte Glück und war, kurz vor der Wende, mit der Vorstellung von Frieden und Sozialismus, in greifbarer Nähe, eingeschlafen. Zusätzlich zu den Zweifeln am Sinn des Lebens im Alter, hätte ihm die Wende auch seine Träume mit in den Tod gegeben.
Ich bin zu Hause.
Meine Mädels wissen, wir fahren gemeinsam in den Urlaub und begrüßen mich entspannt. Viel Zeit wird füreinander bleiben.
Am nächsten Tag bringt mich der Bus nach Döbeln.
Nichts mehr von dem, was ich sagen wollte, fällt mir ein, als Oma öffnet. Hemmungslos heule ich los. Oma nimmt mich in die Arme und eigentlich sollte der Trost doch in ihre Richtung gehen. Ich finde Schutz bei Oma und die große, weite Welt ist ganz weit weg. In seiner letzten Nacht hatte er noch einmal die Hand zu ihr rübergeschoben, erzählt sie. Eine Vertrautheit, die sie lange schon nicht mehr gekannt hatte.
„Er hat uns geliebt, auf seine Art!“ Tapfer hatte Kathleen auch meinen letzten Gruß mit an sein Grab gelegt. Ich musste gerade die Welt erobern.
Es ist ein Teil des Preises, den der Seefahrer zahlt. Mit Opa und Oma geht ein wichtiges, schönes Stück der Kindheit und man ist eben nicht daheim. Kein letztes Mal die Hand drücken, man kehrt heim und es ist vorbei – einfach so.
Jahre nach der Wende wird auch Oma sterben. Ein Leben im Schatten des Opa wird dann zu Ende gehen. Weit weg vom Mittelpunkt und der Öffentlichkeit aber eines für diejenigen, die ihre Hilfe brauchten. Bei der Leitung des Döbelner Flüchtlingslagers hatten sich ihre hauswirtschaftlichen Künste bewährt. „Aus jedem Mist“ war noch Ess- und Anziehbares geworden. Sie hatte ein Mädchen bei sich aufgenommen, das viel zu schwach und zu krank zum Weiterziehen war. Dann, als es gesund war, Monate später, oder Jahre(?), hatten es deren Eltern wieder abgeholt. Und: Während Opa die Welt verbesserte, hatte Oma Beiträge kassiert, still, pünktlich, gewissenhaft.
Also werden wir Oma unter die Erde bringen und diesmal darf ich dabei sein. Mitten auf einem Dresdner Friedhof wird der Bauch übervoll sein mit Schmerz und der Kopf platzen wollen. Doch keine Träne wird nach draußen finden, so sehr ich es denn auch will. In ihrer Nähe hatte ich weinen können. Ohne sie,

hier auf dem Friedhof, wird es nicht gehen wollen. Ich bin ein Mann, Scheiß-Erziehung!

Ein Ei

Eine entspannte Anreise zum DSR-Zeltplatz am Strand von Timmendorf, Insel Poel, steht bevor. „Olle Warti“ wird uns hinbringen. Somit warten weder Busse noch Bahnen. Meine Frauen treibt nichts und mich nur die Uhr, Männer sind so! Voll bepackt, steige ich fünfmal zum Parkplatz vorm Haus hinunter. Bald ist der Kombi beladen bis unters Dach und der Rückspiegel taugt nur noch zum Kaugummibilderdrankleben. Drei Damen wollen schön sein vorm Zelt, beim Strandwandern und auch am Effi.
Der Töchter Mutter fällt ein: „Wo ist nur der rote Bikini hin?“, und sie wühlt in der Badetasche. Auch im Schränkchen ist er nicht. „In irgendeinem der Koffer bestimmt“, helfe ich ihr beim Suchen. Das glaube sie nicht, da gehöre der nicht rein und falls ja, das wolle sie sehen! Also wuchte ich den Kathleen-Koffer ins dritte Stockwerk zurück. Kein Bikini! Das könne nicht sein, irgendwo müsse er stecken. Falls sie ihn nicht mehr fände, finge der Urlaub ja gleich gut an. Hat er schon, denkt sich der Kopf und der Bauch hat eine Ahnung.
„Was willst du denn im Bikini am FKK-Strand?“, versuche ich wider jede Erfahrung Ruhe in Kathleen zu kriegen. „Denkst du etwa, ich laufe nackig zum Strand hin?“, glaubt meine schöne Wilde selbst nicht. „Wir kaufen in Wismar einen Neuen“, schlage ich vor. Doch damit habe ich wohl was ganz Schlimmes gesagt. Nun trifft mich die volle Breitseite. „Weißt du, was ich für Glück hatte, den erwischt zu haben? Das kannst du nämlich nicht wissen. Du gondelst da draußen in der Welt rum, kaufst, was du brauchst, und hier gibt’s nur Fetzen. Und dann auch nur für riesige dicke Weiber! Und wenn du die Ziegen von der Jugendmode nicht schmierst, nicht mal das!“ Nun kullern Tränen und da tut sie mir Leid, meine Zarte. Ich will sie trösten, nehme sie in den Arm und spreche: „Frühstücken wir nun?“ Da fliegt ein Ei gegen das Holz der Küchenverkleidung. „Du hast nur Fressen im Kopp!“ Ich weiß nun Bescheid. Im siebenten Ehejahr braucht Mann nicht mehr raten. Die erste Woche im Urlaub wird Daumenlutschen sein!
Ina und Maja staunen erst, lachen kurz und staunen gleich wieder. Mein Hinweis, sie würden auch mal Frauen „so wie Mami jetzt“ erklärt ihnen die Situation nicht. Doch dann sehen sie mein bis zur Verkrampfung in die Stirn hochgezogenes Augenbrauensignal und verziehen sich ins Kinderzimmer. Die Verzweiflung macht mich mutig. Ich stöhne: „Das gute Holz!“ Da funkeln Kathleens Augen nicht wie tausend Sternlein schön. Sie ginge jetzt den Bikini suchen: „Bis ich den habe!“ Da klappt die Schlafzimmertür lauter als sie muss und ich beginne am Holz zu wischen und zu kratzen.

Reisenlang hatte ich feinstes zypriotisches Kartoffelpalettenholz heraus aus der Luke gebuckelt, gelagert, gesägt, auf Länge geschnitten, Äste ersetzt, aus dem Hafen und hin zu Bahnhof gebracht, horrende Frachtkosten der Reichsbahn gezahlt, im Neubaukeller geschliffen, gehobelt, stichgesägt und liebevoll in der Essecke der Küche zu einer Täfelung verarbeitet, die ihresgleichen in Hartha nicht fand. Der Aufwand an Zeit, Geld, Nerven und richtiger Handarbeit, auch mit Hobel und Schleifklotz, war enorm gewesen. Jede Goldtäfelung wäre mir billiger gekommen. Doch die Geschichten spielen ja in der DDR. Nun kleben also am geschändeten Werke ostdeutschseemännischer Freizeitholzkunst die Reste vom Eibunt, milchiges Weiß, gelbes Dotter, roter Punkt drin, und braunen Schalensplittern mit blauem Stempel drauf.
Minuten später schlägt erst die Schlafzimmertür und gleich darauf die Badtür. Die geht schnell wieder auf und sanft zu. Meine verheulte Schöne tritt zu mir in die Küche, drückt Freudentränen durch den Regenschleier und strahlt: „Ich wusste es doch. Er war auf der Leine!“ Rein mit dem Ding in die Badetasche und runter damit ins Auto. Zurück an der Wohnungstür, rufen mir Ina und Maja entgegen: „Hier, Papi, das muss auch noch mit, unbedingt!“ Mann darf Frau eben nicht unbeobachtet in die Nähe ihrer Schränke lassen, schon die jungen nicht.
Irgendwann gegen elf holpern vier glückliche Glücks mit ihrem Kleidertransport über die betonplattenteilenden Teerstöße der Autobahn gen Norden und ihrem Urlaubsglück entgegen. Ich weiß ja, sie hat Recht, meine Italienerin. Sie sehen schon schön aus, die Kurven, die seitlich aus der roten Verpackung herauslaufen und ahnen lassen, was zum Vorschein käme, der Bikini wäre weg. Natürlich nicht richtig. Denn, entspannt sollte es schon sein, mein Ziel der Begierde.
Timmendorf ruft uns mit Sonne, Softeis und Sockenkaffee.

Kapitänsprüfung

Unmittelbar hinter den Dünen hat DSR die Zelte aufgeschlagen. Die sind großzügig dimensioniert, bestens ausgestattet und nun mit Familien von Seeleuten und Austauschplatzlandratten belegt.
Vati räumt Gepäckstücke ins Zelt, Mutti macht „hier erst mal richtig sauber!“. Die Töchter bringen Besuch mit. „Kuckt mal, wir haben schon zwei Freundinnen!“ Derweil suche ich weiter und vermute: „Die kennen im Norden keine Kaffeemaschinen.“ Richtig, ich finde auch keine. „Was, Schlammkaffee?“, mault Kathleen nun los. „Bleib ruhig, du bist mit einem Seemann unterwegs!“ Kurz darauf ziehen vier Teelöffelfüllungen edelsten MONA-Kaffees die Spitze eines Bert-Socken lang und in die Thermosflasche hinein. Der um den Flaschenhals geschlagene Sockenschaft verhindert, dass beim Aufguss des kochenden Wassers der Socken ganz in der Flasche verschwindet. Bald duftet das Zelt

nach Orient. Mit sanftem Zug gleitet der Socken und dessen schlammiger Inhalt aus der Flasche. Dann rühren zwei Kaffeesachsen entspannt in der koffeinhaltigen Brühe.
„Habt ihr meine Weiber gesehen?", will eine Stimme zum Zelt herein wissen. Zu ihr gehört ein Rauschebart und hinter dem steckt Frank. Nach kurzem „Was, du hier?" und „Bring die Frau mit, hier gibt's Kaffee, frisch gebrüht!" freuen wir uns nun zu viert auf den Urlaub. Frank hängt noch immer an Land fest. Den Maltabriefverkehr hätte man ihm wohl irgendwann verziehen. Den Widerspruch, damals an der IHS, wird man ihm nie verzeihen. Nach vier Jahren Studium der Seefahrt sitzt er auf dem Trockenen, noch immer und für immer. Franks Frau ist begeistert. „Euer Kaffee schmeckt aber gut!" Dann sieht sie den Filter und hat keine Lust mehr auf ein weiteres Tässchen.
Vier mitreisende Töchter lärmen ins Zelt und erinnern, zum Kaffeetrinken müsse man nicht in den Urlaub fahren. Strandalarm!
Die Sonne lacht. Sie stört dabei keine Wolke. Der Seewind trägt eine Ahnung vom anderen Timmendorfer Strand, dem auf der Westseite der Lübecker Bucht, zu uns herüber. An Glücks kann er nicht ran. Ein buntbemalter Windschutz soll Kathleens unverschnupftes streifenloses Röstbraun sichern. Aus Besenstielen und Bettlaken gefertigt, bemalt mit Papis Lila-Frosch, Majas gelber Sonne, Inas blauen Wolken, die lachen können, und Mamis rotem Maikäfern über grüner Wiese, steckt er im Ostseestrandsand und lenkt nun alle Blicke auf sich. So viel Aufmerksamkeit hatte sich meine schöne Nackte dann doch nicht gedacht. „Du mit deinen Kunstwerken immer!", bestätigt sie mir, Künstler werden zu jeder Zeit verkannt.
Die ersten drei Tage sind voller Sonne. Dann kommt Nebel und will erstmal nicht gehen. Ich mache in Motivation. „Typisches Vorderseitenwetter: Morgen kommt Sonne." Der Nebel bleibt. Dann geht er und Regen kommt.
Der WEINBLATTSIEGEL-Flaschenburgwall um das Zelt der beiden Maschinenassistenten in der Nachbarschaft wächst zügig gen Himmel.
Wieder motiviere ich. „Typisches Rückseitenwetter: Am Mittag wird der Regen weg sein, strahlender Sonnenschein kommt!" Am Nachmittag beneiden acht Nackte am Effi, hinter ihrem Windschutz hervor, die vorbeispazierenden Ostfriesennerzträger. Noch hält uns der Stolz im zarten Sprühregenhauch. Bis Kathleen sagt: „Mir ist das jetzt egal, ob ich ein Weichei bin!", und geht. Schnell noch will Franks Frau wissen: „Trinken wir Kaffee?" Damit keine Zweifel aufkommen, erinnert sie: „Den aus dem Socken, der so gut schmeckt!" Da weiß sie bereits, dass die Socken ungebraucht waren, neu also. Das eine Paar eben, das jeder Mann bereit haben sollte, wofür auch immer.
Zwei Tage weiter ist der Himmel noch immer diesig und grau. Resigniert verkündet der Reisekapitän: „Das bleibt nun so, typisches Mistwetter!" Daraufhin bricht die Sonne durch die Wolken, strahlt mit voller Kraft und hatte schon aus Wahrscheinlichkeitsgründen keine andere Chance, die Gute! Meine Gute droht nun: „Jetzt nur keine Wetterprognosen mehr, nicht von dir!" Doch irgendwie ist

mir das Spiel bekannt. Ich kenne es von Bord, nur endet es meist anders, drei Tage schlaflos in haushoher See, zum Beispiel. Also, Kapitänsprüfung bestanden!
Sonne, Meer und Seeluft lassen nicht nur die Glückshormone zirkulieren. Da gibt es reichlich Kinogeld für die Töchter und etwas Kathleen für Bert. „Machen wir heute auch noch was Richtiges?", will sie danach wissen. „Ja, klar!" Ganz schnell nun trägt Frau Glück das kleine Weiße auf brauner Haut und einen Duft, der ihr nachher keine Chance lassen wird, friedlich einzuschlafen. „Gehen wir jetzt?", hüpft sie zum Container hin, und ich staune ihr hinterher. Wie schnell Frauen doch sein können, wenn sie wollen!
Im Ziehharmonika-Container geht die See hoch, aus allen Lautsprechern brüllt der Orkan, die Fetzen fliegen und die Damen werden seekrank getanzt. Die Seefahrt macht Urlaub von Einsamkeit und trockener Reise übern Großen Teich! Fischer, Stewards, Maschinenassistenten, Seemänner und Seeleute ehrenhalber „tagen auf Abriss!".

Überholen ohne Einzuholen

Nicht nur Bratwurst geht im Sozialismus mit Schlange, nein, auch Gaststättenbesuch, Bananen sowieso nur so, auch Farbfernseher, „schicke Blusen", Jeans und: Softeis!
Als Zweiter Nautiker an Bord bin ich Hygieneverantwortlicher im Nebenjob. Kakerlakenarmeen in den Lasten und der Kombüse, Kartoffelsalat, der älter ist als vier Stunden und sanitäre Einrichtungen erfordern höchste Aufmerksamkeit, Durchsetzungsvermögen und Kampfbereitschaft. „Du hast wohl keine Ahnung, Steuermann. Der Kartoffelsalat muss einen Tag alt sein, dann fängt er erstmal an zu schmecken!"
Doch dann kommt der Tag, der glücklich macht. Der Dampfer passiert Gibraltar und schifft hinein ins Mittelmeer. Die Softeissaison startet. Der Chefkoch fährt die Eismaschine warm und kühler Genuss wird vierundzwanzig Seebären höchstes Entzücken bringen. Die Zubereitung unterliegt strengen hygienischen Vorschriften. Schwerstarbeit für mich! Täglich nun muss ich gegen elf Uhr die erste Probe nehmen, gegen elf Uhr dreißig mein Softeisdessert verzehren, den Nachschlag zu elf Uhr fünfzig mit hoch auf die Brücke tragen und dann, gegen fünfzehn Uhr, holt der Wachmatrose den letzten Rest des Softeisganges. Ja, Hygieneverantwortung trägt sich nun mal nicht von selbst! Da kann Landurlaub nur wie Entzug wirken.
Doch Ina und Maja haben den Eisstand entdeckt, mit Schlange davor. Sie ist etwa einhundert Meter lang. Wir stellen uns hinten an. Kathleen meint, da hätte sie gleich keinen Appetit mehr. Mir fällt was ein. Also spreche ich gewaltige Worte: „Hört mal, Töchter, euer Vater war nämlich auch mal Kind." Nun zieht

Kathleen ihre Augenbrauen bis zum Haaransatz. Diese Einleitung käme ihr bekannt vor. „Das kann doch wieder nur Blödsinn werden! Und, was heißt war?"
Unbeirrt schwärme ich von meiner schweren Jugend. „Also, wenn ich so eine lange Schlange sah, bin ich zu einem Jungen ganz vorn hin, habe ihn gefragt, wie es ihm denn ginge und so. Allen, die hinter ihm standen, war klar, aha, die gehören zusammen. Also haben sie nicht gemurrt, von wegen der Vordrängelei." Nun zieht Ina die Brauen nach Muttiart in die Höhe. Sie tut so was nicht. Doch Maja ist begeistert. „Au fein, Papi, da müssen wir nicht so lange warten!" Stimmt, Tochter! Also staunen die vor uns Stehenden über unsere geringe und damit unsozialistische Geduld. Während sich drei Glücks nun verkrümeln, tippelt Maja mit vier Mark in der Hand und weite Bögen schlagend nach vorn. „Da fällt das nicht so auf, Papi!" Genau, mein Kind! Schnell hat Maja ihren Gesprächspartner gefunden. Der wartet wohl zwanzig Minuten schon und freut sich über die Abwechslung. Es dauert nicht lange und Maja ruft: „Vier Eis, bitte!", zur Tante hinein. Gleich darauf hält sie die Tüten in der Hand. Die tropfen los und Maja späht nach uns. Ein paar Sekunden zu spät treten nun Ina, Mutti und Vati aus dem Schutz einer Baracke. Da ruft das kluge Kind laut an der Schlange vorbei und zu uns herüber: „Wo bleibt ihr denn? Ich verklebe hier ja ganz!" Denen, die vorhin noch vor uns standen, fällt auf, nun stehen sie hinter uns. Stolz reicht uns Maja die tropfenden Waffeln. „Stimmt, Papi, das war ganz einfach!"
Der Urlaub geht, wie er kam. Nur nachts stört das Brummen von Strom- und Kühlaggregaten. Die über die Ostsee streichenden Suchkegel der mobilen Scheinwerferkommandos der Grenzbrigade Küste sind der allnächtliche Hinweis an alle: Bleibt mal schön hier!
Doch, wer haut schon aus dem Urlaub ab?

Dumm und dämlich

Gleich nach Sonnenaufgang holpern wir im Fahrblech aus Eisenach gen Süden und in den Tag hinein. Tief im Gepäck vergraben, träumen die Töchter von Papis Relativitätslehre oder Irgendwas. Die Dame neben mir träumt von Urlaub ohne Ende. Also ist es wie auf dem Schiff. Der Steuermann wacht, während Kapitän und Mannschaft schlafen.
Das Urlaubsendweh hatte sich breit gemacht, gestern Abend. Mit einem gestöhnten „Das war's also wieder!" wusste Kathleen, bald würden zahllose am Boden zerlatschte braunbunte Blätter und ein grauer Zettel das Serotonin in den Keller treiben. Der Seemannsfrauenalltag würde nicht viel Platz für Trübsinn lassen. Trotzdem, die anderen „Weiber" hätten wenigstens einen Mann zum Zecken oder so, na ja.

Doch schon die Gegenwart hielt Probleme bereit. „Redet ja wieder richtig, wenn wir zu Hause sind", hatte Mutti ihren Töchtern gedroht. Ganz schnell nämlich hatten die von Franks Töchtern gelernt, dass man im Norden den letzten Vokal in die Länge ziehen und den sich anschließenden Konsonanten verschlucken muss, will man verstanden werden, von einem Rostockeee oder Wismaraneee.
Zwei Zelte weiter und beinahe zeitgleich zu unseren, holten sich Franks Töchter den Anpfiff der Mutti ab. „Mit zwei Sachsen in der Familie fahr ich nicht nach Hause. Da könnt ihr gleich zu Glücks ziehen!" Beim gemeinsamen Abschiedswein am Abend mussten zwei Elternpaare feststellen, es bringt nicht nur Freude, begabte und lernfähige Kinderchen zu haben. Die Ehepaare Taucher und Glück machten sich gegenseitig Mut. Schnell würde man den Töchtern beibringen „wieder ordentlich zu sprechen".
Am späten Abend noch hatte der Abschiedsschmerz Ina und Maja ins Duell getrieben. „Du bist richtig dumm!" „Nein, du bist dumm!" „Nein, du!" „Nein, du!" „Hört mal, Töchter", hatte ich sie in dem Tonfall unterbrochen, der deren Mutti nichts Gutes ahnen ließ. Wieder zog Kathleen die Brauen nach oben und ich wollte sie schließlich nicht enttäuschen. „Falsch und richtig dumm gibt es nicht. Alles ist relativ. Nur zum Zeitpunkt der Geburt ist der Mensch völlig dumm. Mit jedem Tag wird er dann schlauer, also weniger dumm. Irgendwann seid ihr Damen und gar nicht mehr dumm, dann aber dämlich. Also ist alles relativ und Inas Vorsprung bleibt." Ina witterte ihre Chance: „Siehste, ich bin schlauer als du!" Mit lauernden Augen wollte Maja nun wissen: „Stimmt das, Papi?" Kathleen ergänzte: „Sieh mal zu, wie du da wieder rauskommst!" Mir blieb nichts anderes übrig. „Das stimmt, Maja, du bist nun mal vier Jahre dümmer als Ina. Doch dafür ist Ina vier Jahre dämlicher als du. Das ändert sich nicht, solange ihr lebt!"
Wer staunt, kann nicht streiten. Somit war Ruhe eingezogen. Mitleidig hatte Mutti ihre Töchter gestreichelt. Welche kann sich den Vater schon aussuchen?
Von drei Strich an Backbord her blendet die Morgensonne nun quer durch die Wartburg-Brücke. Ina niest, Maja wird wach und Kathleen „muss mal!". Somit müssen wir alle. Nachdem wir uns über die quietschnasse Wiese ohne Herzhäuslein drauf ins blickdichte Unterholz und wieder zurück bewegt haben, ist Fahrerwechsel. Bald darauf ist Stimmung im Schiff. Drei Frauen schwatzen irgendwas, keine hört zu. Es dauert nicht lange, da entbrennt auf den billigen Plätzen heftiger Streit. Maja stöhnt: „Ich erschwitze hier!" Ina ochst: „Das Fenster bleibt zu!" Maja bettelt: „Nur halb offen!" Ina bleibt hart: „Nein!" Kathleen will: „Streitet euch nicht!", und ich fordere: „Ruhe da hinten!"
Ich nutze die Streitpause, hole tief Luft und Kathleen vermutet richtig. Doch wozu haben Kinder schließlich einen Vater? „Habt ihr schon mal was von einem Kompromiss gehört? Also, der eine will das und der andere jenes. Eine Lösung muss her, die beiden nützt." Die Töchter staunen, Mutti stöhnt: „Bitte nicht schon wieder!", und beginnt, kantig zu lenken. Also spreche ich nach hin-

ten: „Maja will halb offen, Ina will ganz zu, somit ist der Kompromiss dreiviertel offen!" „Da zieht's mir ja die Haare vom Kopf", mault Ina, und Maja ist auch nicht zufrieden. „Ich erschwitze immer noch!"
„Das ist deine Schuld, Tochter!", belehre ich. Nun stöhnt Kathleen drohend laut. Doch väterliche Erziehung endet nicht auf halbem Wege. „Entscheidend für das Ergebnis sind die Forderungen. Willst du halboffen, musst du ganz offen fordern. Mehr als ganz geschlossen geht nicht. Der Kompromiss ist nun:Halboffen!" Maja quietscht vor Vergnügen. Ina gibt bekannt, sie spiele da nicht mit und erhält prominente Unterstützung. „Du bringst den Kindern nur Unsinn bei! Das Fenster bleibt zu. Maja wird schon nicht gleich ersticken und sowieso ist gleich Pause!" Somit kennen die Töchter die andere Voraussetzung für Kompromisse: Die Machtfrage!
Wer zankt schon mit dem Kapitän?
Es wird September. Vati kocht weiche Eier „aus dem Bauch heraus". Zum Frühstück gräbt Kathleen das Blaugrüngelb aus dem Weiß und lobt, da könne ein Zug drüberfahren, die gingen nicht kaputt. Ina findet auch, das wäre nun aber relativ dumm gewesen. „Wo wir doch einen Eierwecker haben!" Gerade noch rechtzeitig wirft sich da die Löwenmutti vor ihr Junges und spricht: „Siehste, deine Erziehung!"
Dann beginnt der Oktober. Maja will wissen: „Mami, tat das weh, als ich geburt wurde?" „Den Eindruck hatte ich nicht, als du gebohrt wurdest!", krame ich in Erinnerung und darf dann mein Bier allein vor mich hin trinken. Zwei Frauen haben nun wichtige Dinge zu bereden.
Bald wartet der November, doch der Inspektor ist schneller. „Dienstantritt KÖLPINSEE, 15.10. – Fischkombinat Rostock!"

Märchenzeit

Mit dem „Zauber der Smaragdenstadt" hatte der Abschiedsabend begonnen. Nach dem „Traumzauberbaum" war er zu Ende gewesen. Mittlerweile wussten die Töchter, wenn Papi den Wolf nur einmal zu den Geißlein kommen lässt, König Drosselbart die Tonkrüge nicht zu Scherben reiten darf oder der Prinz gleich heiraten muss, ohne vorher noch Prüfungen bestehen zu müssen, dann wartet nur Mami, aber eben kein Schiff. Je näher Papis nächste Reise kommt, desto länger dauern die Gute-Nacht-Geschichten.
Dann war er da, der Abend, und unser Lied passte zum Abschiedsschmerz und der Hoffnung aufs baldige Wiedersehen „Wer den Regenbogen sieht ..."
Die Ostafrikareise hat begonnen. Wieder wird die Seefahrt schöne Geschichten schreiben. Doch noch sind alle an Bord entspannt. Auf der KÖLPINSEE fahren richtige Seeleute, ein Politoffizier und mehrere versteckte Dollarscheine. Gott sei Dank! Das Gefängnis von Nacala bietet nur Selbstversorgern Unter-

kunft. Wie also hätte ich überleben sollen?
„Vor UKW-Kontakten wird gewarnt." Vor geraumer Zeit hatte DSR dieses Rundschreiben in die Flotte geschickt. UKW-Absprachen zum Passieren gegen die Regel sowie falsche Absprachen zur Vorfahrt hatten wiederholt zu Beinahe-Kollissionen geführt. Enge Drehkreise, rasante Stoppmanöver oder Lackschäden waren die Folge gewesen. Längere Gespräche mit BRD-Dampfern und auch der Austausch von Besatzungslisten per Sprechfunk ließen die Staatsschützer aufhorchen. Na ja, und einen Grund mehr gibt es wohl noch.
Zügig rauscht die KÖLPINSEE über den Atlantik und hinein ins Mittelmeer. An irgendeinem Tag, mittags gegen eins bei Gozo, schiebt sich die Silhouette eines DSR-POSEIDON aus dem Dunst. Das kann nur die WERBELLINSEE sein, denke ich an das gestrige Studium der Schiffspositionen und meine Fahrzeit auf diesem Dampfer. Die Langeweile treibt mich zum UKW-Gerät. „German motorvessel on your port side" schickt mich auf „Kanal 71". „Roger!"
Mitten in der schönsten Kapitänsschlafenszeit frage ich meinen nautischen Kollegen: „Sag mal, fährt der bekloppte Alte immer noch auf eurem Dampfer?" Erst antwortet mir Ruhe und dann der UKW-Kanal. „Der bekloppte Alte ist am Apparat. Geben Sie mir mal ihren Kapitän!"
Jahre später werde ich wissen: Ich bin der Erfinder des Funkloches. Was bleibt mir auch übrig. „He, was hast du gesagt? Kannst du das mal wiederholen? Wie? Kannst du mich hören? Was? Hörst du mich noch?" Dabei blicke ich angestrengt zur Brücke heraus und zum Schwesterschiff hinüber. Denn, Kollision ohne Funkkontakt, das würde man mir nicht glauben. Bald gibt der Schiffsführer auf, doch ich muss nun rechnen. Zweimal dreizehn Knoten mal drei Stunden? Das müsste reichen! 150 Kilometer Abstand voneinander, wenn der Erste auf Wache zieht. Eher steigt auch unser Alter nicht hoch zur Brücke und weiter reicht wohl kein UKW, hoffentlich!
Bald liegen der Suezkanal, die Rotsee, Mombasa, Dar es Salaam und Beira hinter uns. Maputo liegt vor uns. Derweil ist die KÖLPINSEE voller Überraschungen und die Trinkwassertanks sind bald leer. „Das globsde nich, Kapidän!", rätselt da der Chiefmate gemeinsam mit dem Alten. Doch sie werden bald schlauer sein.

Ein Postschiff

Da muss doch jemand den Wasserhahn offen lassen, vermutet der Chiefmate und ahnt nicht, wie Recht er hat. Die Suche im Schiff bleibt ohne Erfolg. Doch der Bootsmann findet anderes. „Chiefmate, der Logger ist aufgebrochen!" Der Erste wird bleich aber bleibt ruhig. „Fröhliche Weihnachten!"
An Bord sind Postsäcke mocambikanischer Arbeiter in der DDR. Sie werden vorm Fest noch abgelöst werden. Alles Hab und Gut und die Geschenke fah-

ren ihnen nun per Postsack voraus nach Hause. Von allen beneidet, werden die Heimkehrer zu den Wohlhabenden im Dorfe zählen, wissen sie. Der größte Teil der wertvollen Säcke lagerte also bis Beira verschlossen, zusätzlich verschweißt und zugestaut, im Wertlagerraum von Luke I.
„Eigentlich ...", beginnt der Erste und resigniert dann. Was heißt in Afrika schon: Eigentlich? Ein Tag noch bleibt uns bis Maputo.
Gemeinsam mit Bootsmann und Chiefmate klettern wir runter zum aufgebrochenen Raum. Der sieht aus wie nach einem Bombentreffer. Hüfthoch liegen die Sackleichen zwischen dem, was deren Inhalt war. Kopfschüttelnd hält der Boss ein Namensschild hoch. „Das hätten die doch sehen müssen. Die haben ihre eigenen Leute beklaut!" „Die hamm nur Hunger, die armen Schweine", kommentiert der Erste Offizier und bittet dann zum Sackfüllen: „Nu, da spieln mor ma Weihnachtsmann!"
Hosen, Hemden, Socken, Schuhe, Brillen und Bücher müssen in die Säcke zurück gepackt werden. Weil aber die Fledderer weder Fußleder, literarische Werke oder Etuis ohne Herkunftsbelege entnommen haben, wird die Überraschung bei den Empfängern groß sein. Das Zeugs, was den Säcken am nächsten liegt, packen wir in diese rein und hoffen auf eine hohe Trefferquote. Dennoch, dem einen werden die Schuhe bald drücken, der andere wird Krimis mögen müssen und wieder ein anderer wird noch ein wenig auf die Kurzsichtigkeit warten müssen, die Brille jedenfalls hat er bereits. Nur Hosen, Hemden und Socken werden nicht das Problem sein. In Afrika passt alles jedem. Zum Schluss, jeder Sack ist wieder voll, hat die Decksgang zu tun. Bootsmannsnähte werden die Säcke verschließen. Somit wird, Jahre später noch, in den entlegendsten afrikanischen Hütten, solides seemännisch-handwerkliches Nähwerk auf Überraschungstüten aus Jute an deren wunderliche Schiffsreise erinnern.
„Nu das wird für die ne scheene Bescherung", kratzt sich der Chiefmate am Hinterkopf und denkt, ein Glück, dass die anderen Säcke im Tallybüro verstaut wurden. Am Tallybüro angelangt, dreht er die Vorreiber des Schottes in die Vertikale, schließt auf und staunt: Alle Säcke sind vollwasserschwammschwernass! „Nu iss mir alles klar!" Da reißt er vier Säcke von der Wand. Hier muss es sein, vermutet er und behält Recht. Trotzdem schüttelt ein Sachse nun sprachlos den Kopf. Dann kehren die Worte wieder. „Ne, die sinn doch zu bleede. Nischt kannste die Hirnamputierten alleene machen lassen!" In Zukunft wird er jede Kiste und jeden Sack persönlich an Bord schleppen, beschließt er, auf die Dienstleistung des Heimathafens zu verzichten. Aus dem vom Chiefmate freigebuddelten Loch blinkt uns metallisch glänzend der Druckhebel des Wasserhahnes vom Tallybüro entgegen. Auf diesen hatte einer der Stauer wohl ein paar Säcke geworfen. Da hatte das Wasser eine Überfahrt und drei Häfen lang Zeit in aller Ruhr die textile Post zu fluten. Das Resultat muffelt uns entgegen. Jede Hausfrau ahnt den Geruch von Sachen, die vier Wochen lang im Wasser gelegen haben. Ich hatte mal einen Eimer voll Socken nur eine Woche

lang ... ist lange her!
Jedenfalls, hunderte Mocambikaner werden bald ihre Heimat erreichen und begeistert von der DDR und dem „Hoch die Internationale Solidarität“ berichten. Der Empfang ihrer Postsäcke wird sie Afrika ganz schnell wieder sehr nahe bringen.
Das aber nun dem Sozialismus in die Schuhe zu schieben, wäre nicht fair!

Winke, winke

Die KÖLPINSEE liegt im Hafen von Maputo an der Pier. Unter uniformiertem Begleitschutz gehen zwei Kilogramm Käse und sechs Broiler an Land. Dort werden sie der Hygienekontrolle zugeführt. Der Sichtung schließen sich Tast-, Reibe- und Riechprüfungen an. Dann wird das entfederte Vieh gegart. Im Anschluss daran erfolgen der behördlich kontrollierte Verzehr und die hygienisch überwachte Verdauung. Am nächsten Morgen erfährt das Protokoll: Die KÖLPINSEE führt keine verdorbenen Lebensmittel mit sich. Obwohl, ein wenig eigenartig hatte der Käse schon geschmeckt. Man wird das deutsche Schiff nicht aus den Augen lassen und bei Bedarf noch einmal kontrollieren. Am Wochenende hat der Schwager vom PORT HEALTH OFFICIER Geburtstag. Sein Wunsch sind Hühnerflügel an Käsewürfel.
Wir geben die Weihnachtspost an Land. Bei deren Anblick muss das Hauptpostamt von Maputo nicht lange grübeln, ob Luftpost oder Schiff.
Dann kommt der heilige Abend. Mit ihm gehen die Fischer längsseits. Bald fliegen die Brooken voll Garnelen zu uns herüber und nehmen Bier, Ausrüstung, Proviant und Ersatzteile mit zu den Trawlern zurück. Gegen achtzehn Uhr stoppt der Umschlag für zwei Stunden. Nach Weihnachtsmann, Muttibrief und Generaldirektorgruß dröhnen die Motoren der Bordkrane erneut ganz unweihnachtlich durch die stille afrikanische Nacht. An den Ladehaken lernen Garnelen das Fliegen. Bis in die Morgenstunden des ersten Feiertages hinein wechseln die Fischer zwischen den Kühlräumen ihrer Schiffe und unserer Bar hin und her. Bald werden sie wieder wochenlang auf See sein. Jede Stunde Schlaf jetzt wäre Frevel. Gegen Mittag lässt unser Kapitän das Schiff durchsuchen, „ob hier noch einer von denen rumliegt“, und gibt dann Kommando: „Klar vorn und achtern!“
Der Weg zum Hafen von Nacala führt uns nur kurz über den Indischen Ozean und dann durch eine lange, weiträumige, palmenverziertpostkartenschöne Bucht. Vorbei an herrlichen Korallenbänken und Afrikanerdörfern schraubt sich die KÖLPINSEE durchs klare blaue Wasser. Von der Nock aus schaue ich rüber zur Nordseite der Bucht. Irgendwo dort davor muss sie liegen, verspricht die Seekarte. Mein Plan steht fest.
1000 Tonnen Schwarzholz sollen geladen werden. Wir richten uns auf zwei Ta-

ge Liegezeit ein. Der Agent kommt an Bord und bringt die boatspermission mit. Aber, kein Kontakt mit der Bevölkerung, fordert das Papier.
Sofort drängeln der Chief und der Politoffizier: „Exkursion!" „Nur keine Eile! Wir fahren am Nachmittag", bremse ich meinen Wachmatrosen. Die Ebbe wird dann das Wasser nur kniehoch noch über der Korallenbank halten, weiß die Gezeitentafel. Die Ungeduldigen des Vormittags werden immerhin noch drei Meter tief tauchen müssen, vorausgesetzt, sie finden die Bank.
Am Mittag kehrt die ideologisch und technisch bestens gerüstete Bootsbesatzung ohne „Beute" und arg verschnupft zurück. Chef-Politiker und Chef-Maschinist hatten sich nicht einigen können. Ohne Navigation geht eben nichts auf See!
Der Erste Offizier entlässt mich von Deck. „Mach ma du los! Wir müssen hier nämlich och noch was laden. Da könn nich alle zum Baden fahrn." Gegen eins tuckert unser Boot an einer Landzunge vorbei. Vom Dorfstrand dahinter winkt uns das weibliche Afrika zu. Weil nur die schmutzige Wäsche nass werden soll, liegt die saubere trocken am Strand. Hüfttief stehen die Frauen im Wasser und treiben mit munteren Schlägen den Dreck aus der Garderobe. „Fahr näher ran, Steuermann!", fordert der Bootstrupp, „da sehen wir besser, wie die winken!" Der Mann in mir legt das Ruder nach Steuerbord. Nun tauschen wir intensive Winkbotschaften mit viel zappelndem Leben dran aus.
Ich will nach Hause!
Plötzlich springt ein hochgewachsener schwarzer Hüne vom Bootssteg des Dorfes herab und in das Wasser zwischen den textilstreifenlosnassschwarzglänzenden Mädels und unser Boot. Mist, der Motor springt nicht an! Mit kräftigen Kraulzügen kommt die Bedrohung näher. Wir hoffen, er möge sich verausgabt haben, ehe es nun Prügel setzt. Doch warum eigentlich? An den Mädels ist soviel dran, das kannste gar nicht abkucken. Das weiß der Schwimmer wohl auch. Am Boot angelangt, bitten zwei lachende Zahnreihen um Aufnahme. Er wäre nun der Lotse und wisse, wo die Korallen sind, falls er mein Khakihemd dafür bekäme. Die gelben Balken müssten dranbleiben. Wenig später treiben wir, bäuchlings schnorchelnd und mitten in der schönsten Ebbezeit, auf der Oberfläche des halbmetertiefen Wassers über der Korallenbank. Orangefarbene, neongelbe, leuchtblaue, pinkfarbene und grellrote Fischlein stört das nicht. Aus dem Miniaturgebirge der Kalkskelette fertigen die Sonnenstrahlen eine bizarre Kulisse für die schauschwimmenden Bewohner des Riffs. Den weichen Insassen der knochenharten Burgen sind die farblosen und taucherbebrillten Besucher nicht geheuer. So ziehen sie sich zurück und die Tentakel ein. Irgendwann wird der Spuk schon zu Ende sein.
Zehn Meter neben dem Boot wird hart gearbeitet. In zahlreichen Tauchgängen birgt unser „Lotse" Mengen an Corals, shells and more, Seesterne zum Beispiel. Weil das nun aber gegen jeglichen Artenschutz ist, sollte der Vorgang „zum Himmel stinken". Das tut er auch bald. Spät am Nachmittag machen wir uns schwer abgeladen auf den Heimweg. An der Landzunge geht unser Bucht-

kundige von Bord. Stolz trägt er mein Khakihemd und ahnt wohl, mit so vielen Balken auf der Schulter wird er gute Chancen haben. Die Wahlen zum Dorfältesten können kommen.
Vom Hafen her kommt uns ein Polizeiboot entgegen. Ich ahne Gefahr und muss nun entscheiden, raus mit dem Zeug und zurück ins Wasser oder was? Nach einer Umkreisung und dem Kontrollblick in unser Boot lässt der Polizeikapitän keinen Zweifel. „Follow me!“
Sein Winken geleitet uns zur Pier neben der KÖLPINSEE.

My friend

„Lasst mal drei Muscheln oben auf den Grätingen liegen!“, ergeht meine Anweisung ans Expeditionskommando. Schnell verstauen viele flinke Hände die übrigen perlmuttblinkernden Muscheln und schlammgrauen Korallen tief unten im Boot. Bedeckt von schwarzen Taucherflossen, soll so den zu erwartenden Neugierigen ein Bild von Leere unter den Holzgrätingen vermittelt werden. Wird es gelingen? Noch sehen wir nur unsere Tauschobjekte für schnelleren Werkstatttermin oder gegen Keramikfliesen in Gefahr.
Das Rettungsboot liegt an der Pier. „Rauskommen!“, deuten wir die Forderung des Uniformierten richtig. Dann springt er ins Boot, „findet“ drei Muscheln und hält diese triumphierend in die Höhe. Derweil schenkt uns eine weiß-schwarze Menschenschar jede Menge Aufmerksamkeit. Der Politoffizier erinnert uns: „Ihr wisst schon, dass Muschelnsammeln verboten ist?“ Der Chief freut sich „Na, das war wohl nichts!“ Der Chiefmate rät „Sag's dem Alten, ehe die beiden hier petzen gehen.“
Der Agent will wissen: „No more shells inside?“ Ist das alles? Meine Antwort färbt den Farbigen weiß vor Schreck. Seine Antwort lässt mich vorzeitigen Werkstatttermin und Fliesentausch vergessen. Wenn die das alles finden, droht Kallabusch auf ewig, langer warmer Afrikaknast mit Nulldiät eben!
Der Alte will mich nicht sehen. Am nächsten Tag bittet er zu sich: „Her mit dem!“ Maputo wird entscheiden, hat ihm der Agent gerade berichtet, und, das kann dauern. Solange soll die KÖLPINSEE hier liegen bleiben, als Pfand sozusagen! „Hast du eine Vorstellung, Second, was das heißt?“
„Bleib ma ruhich!“, tröstet mich der Erste Offizier, „die bringen hier jede Stunde en Bohmstamm angekarrt. Mir liegen hier wenichstens noch zwee Wochen. Vielleicht haste Glick!“
Der vierte Tag nach dem „Ereignis“ ist beinahe um. Wieder trabe ich mit hängenden Ohren an der Pier entlang und am Rettungsboot vorbei. Den Weichtieren im Kalkmantel bekommt der Wassermangel nicht. Da werden sie stinkig und das riecht man. Von oben betrachtet, bietet das Innere des Bootes einen jungfräulichen Anblick. Doch muffelt es bald, als hätte man vergessen, drei

Wochen lang abends den Fischmarkt zu lüften.
Ein freundlicher Afrikaner tritt neben mich. „Me – Assistent – Harbourmaster!", zeigt er mir seine Wichtigkeit an. Obwohl Strohhalme anders aussehen, ergreife ich ihn. „You know about the problem?" Yes, of course. Es täte ihm alles sehr Leid. „But, you must know..." Vor kurzem wäre ein Schiff im Hafen gewesen, das hätte nachts einen Leichter ausgesetzt und Waffen rübergeschafft, zur anderen Seite der Bucht. „You know?" Ich ahne. Daraufhin tut ihm alles noch viel mehr Leid und ob ich ein weißes Hemd für ihn hätte. „Kriegen wir dann das Boot zurück?" „Wait, wait! Belive me! I am your friend!"
„Mir hamm noch nich alle Bäume an Bord", tröstet mich der Chiefmate weiter.
Am nächsten Morgen ist Polizeiversammlung auf der Pier. Verfolgt von mehr als zwanzig schwarz oder weiß umrandeten Augenpaaren, springt „my friend" in das bis weit ins afrikanische Festland hinein stinkende Boot. Dort „sucht er intensiv" und findet nichts. Sein Chef nickt wichtig. Glück gehabt, erfährt daraufhin mein Chef, der Kapitän. Am Abend treffe ich „my friend" auf der Pier. Als er geht, trägt er ein blütenweißes Hemd, noch frisch in der Verpackung der Rostocker Kleiderkammer mit sich. „Excellent one for you, only for officiers!", hatte ich ihm angetragen. Nun trage ich seine Worte im Ohr. „Tomorrow, believe me!"
Am nächsten Vormittag steigt der Chef von „my friend" mit würdigem Schritt und einer Botschaft aus Maputo an Bord. Gleich darauf wünscht sich der Alte mich zu sich. „Sofort!" Wie im richtigen Märchen auch, müsse ich noch eine Prüfung bestehen, wenn ich mit nach Hause fahren wolle und die Seefahrt überhaupt weitergehen soll. „Also, Steuermann, hundertfünfzig Dollar könnten dich vorm Gefängnis bewahren und dir das Seefahrtsbuch retten!" Wer in der DDR zur See fährt, weiß, richtiges Geld, also Mark, Pfund und Dollar eben, lässt der Staat nicht wieder mit raus aus dem Land. Also können keine Dollar an Bord sein, eigentlich. „Medicais no?", ahne ich die Antwort des Harbourmasters im Voraus. Der nickt dazu heftig. Klar, ihren eigenen Mist haben die zur Genüge, so wie wir in der DDR eben unsere Mark.
Mit hängenden Ohren ziehe ich durch den Dampfer. Jedem an Bord muss ich nun die Frage stellen, die jeder mit „Nein" beantworten müsste. Das sind Prüfungen! „Achtzig Dollar kannste von mir kriechen", bietet der Chiefmate seine Hilfe an. „Wir haben die restlichen siebzig zusammengekratzt", erlösen mich am Nachmittag meine Expeditionsteilnehmer. „Your boat; captain", erlöst uns daraufhin der Harbourmaster am Abend. Ich atme auf und gleich darauf wird mir noch einmal schlecht. „Da haste aber Schwein gehabt, mei Lieber. Morchen frieh solln mir nämlich raus. In Afrika gibt's keene Bäume mehr."
Am späten Abend krieg ich Besuch. „My friend" wünscht mir eine gute Reise und hätte was mitgebracht. „Souvenir Nacala!", blitzen mir seine Zähne entgegen. Dann geht er winkend von Bord und lässt drei wirklich schöne Muscheln zurück. Doch unsere sahen anders aus, oder?

Do they know …

Die KÖLPINSEE schwimmt über den Indischen Ozean in Richtung Rotes Meer. Zum Sicherheitsrundgang bemerkt der Bootsmann, das Rettungsboot hätte sich nur unter starkem Ächzen hoch zum David ziehen lassen. Da treffen mich der Blick und die Worte des Kapitäns: „Steuermann, trau dich, mir eine Koralle schenken zu wollen." Der Pope bemerkt: „Der Dampfer stinkt wie eine Fischbüchse", und ist sich mit dem Chief einig: „Das Zeug fliegt außenbords!"
Na gut!
Wir runden das Horn von Afrika, da wird den Garnelen in der Kühlluke warm. Das Kühlmittel ist ausgelaufen, geht zur Neige oder war nie drin, in der letzten Flasche. Die Maschinengang hält dicht. Der Kapitän kann nur rätseln, muss aber handeln. Ein Asiate der DSR kommt uns entgegen. „Habt ihr Freon übrig?", will unser Chief über UKW wissen. Der Gefragte zögert etwas und irgendwie klingt es im Rauschen des Hintergrundes wie blättern. „Du, die waren in Maputo", hören wir nun von weit entfernt, und „die müssten Garnelen an Bord haben. Deshalb vielleicht!"
„Ja, also...", klingt es daraufhin hell und klar und per UKW zu uns herüber. „Habt ihr ...?" „Ja, wir haben!" Vier Stunden später sind die Bootsmanöver auf beiden DSR-Schiffen beendet. Das eine dampft mit zehn 2-Kilo-Kartons Garnelen der Straße von Malakka entgegen. Das andere kann nun wieder 40 Tonnen edelstem Schalengetier beim Frieren helfen.
Weiter geht's, homeward ho!
Die KÖLPINSEE erreicht Assab. In der brütenden Hitze des Roten Meeres und auf der frei von jeglichem Windhauch mollig warmen Reede des äthiopischen Hafens fällt der Anker. Jede Menge Dampfer liegen schon dort und spielen das Spiel: Wer zuckt, hat verloren! „You are number 37", teilt uns der Harbourmaster per UKW mit. Sofort weist der Erste Offizier den sparsamen Gebrauch von Trinkwasser an. Sollten die Tanks vorm Einlaufen leer werden, müssten wir zum Bunkern rüber nach Aden dampfen. Danach dürften wir uns wieder hinten anstellen, undenkbar!
Neben uns liegt ein BAND AID Dampfer voll mit Getreide. Die letzten Dürren haben Afrika übel mitgespielt. Sting, Phil Collins, Paul Young und andere hatten sich Bob Geldofs Initiative gegen den Hunger in Afrika angeschlossen und jede Menge Geld eingespielt. Ihr „Do they know ist christmas time at all" bringt den fetten, satten Teil der Welt nur ein wenig aus der Ruhe, die Jugend der westlichen Welt dafür sehr. Seit 1985 nun schaffen Schiffe dringend benötigte Überlebensmittel nach Äthiopien. Trotzdem müssen sie warten wie jedes andere auch. Weit drin im Land raffen Hunger und Durst ganze Stämme weg, doch der Export geht vor.
Trotz der Nähe zum Hafen sind auch wir ganz weit weg von Afrika. Wir vertreiben uns die Reedezeit mit Warten, Grillabenden, Partys am Pool, Aircondition, Garnelen gekocht, geräuchert und gebraten und arbeiten zügig die Vorräte an

Bier und Gin und Tonic gegen Null. Hin und wieder läuft ein Dampfer ausgetrocknet und entnervt von Reede ab und rüber nach Aden. Der Kapitän eines anderen Schiffes ruft über UKW seit Tagen schon nach dem Schiffshändler. „Assab port, Assab port, send me the ship chandler, my people die!" Denen muss es ja dreckig gehen da drüben, vermuten wir. Doch wie „dreckig" es ihnen geht, erfahren wir einen Tag später. „Yes, this is ship chandler", antwortet es vom Kanal 71. „What is your problem?"
„This is cyprus vessel GLORIA on assab road. Send us Whiskey and Cigarettes!"

Ein Komplexmanöver

Das Warten geht weiter. „Duschverbot", verkündet der Chiefmate und lässt „Badeverbot" folgen. Also wird das Wasser aus dem Schwimmbad abgelassen. Da es Meerwasser ist, hätte das sich dem Baden anschließende Absalzen zu viel Trinkwasser verbraucht.
Mein Wachmatrose soll Wartungsarbeiten an den Rettungsmitteln ausführen. Das wird Farbe in die Eintönigkeit des Reedeliegens bringen, ein ungeahntes Zusammenspiel der Ressorts bewirken und geht so:
Die Abwurfeinrichtung der Mann-über-Bord-Einheit muss gefettet werden. Der Schwimmkörper ist orangefarben. Fällt nun ein Seemann ins Wasser, löst der Wachoffizier die Sicherung und die Boje fällt hinterher. Im Wasser angekommen, entlässt sie orange Rauch in die Seeluft und ist somit weithin zu sehen. Der Steuermann kann nun seinen Drehkreis dort enden lassen und mit der Suche beginnen oder der Alte gleich das Boot aussetzen, wie es die Situation eben erfordert. Seenot- und Rettungsmittel sind penetrant auffällige und beharrliche Platzhalter. Durch nichts lassen sie sich von ihrer Aufgabe abhalten. Auch nicht an Bord der KÖLPINSEE.
Die orange Boje stört den Matrosen beim Fetten. Also späht er nach Hilfe. Der Erste Offizier betritt die Backbordnock. Ihn trifft die Frage: „Chiefmate, können Sie das Ding hier mal kurz hochnehmen?" Ja, kann er. „Aber vorsichtig, Chiefmate" „Ja ja!" So richtig kriegt nun der Erste die Boje nicht zu fassen. Da sieht er das Bändsel und wird sie nun zu sich hochziehen. Er zieht los. Da macht es „puffff!". Gleich darauf hüllt eine orange Wolke die Brücke der KÖLPINSEE in fettigen Farbnebel. Der schmiert sich ans Glas der Fenster, klebt in den Rissen der Holztüren und macht sich auf dem weißen Lack der Aufbauten breit. Der Chiefmate erkennt nun: „Stimmt, so war das!" Damit in der Hektik des Unfalles keiner vergisst, die Rauchpatrone zu aktivieren, ist deren Zündmechanismus fest mit dem Schiff verbändselt, jederzeit, also auch in der Ruhe der Wartungsarbeiten. Man muss nur dran denken!
Zum Abendbrot rätselt der Bootsmann noch immer: „Wie krieg ich das fettige

Zeugs nun von den Aufbauten runter?“ Der Chief feixt über die Offiziersback zum Chiefmate rüber. „Nichts, was irgendwie mit Technik zu tun hat, kann man euch allein machen lassen!“ Am nächsten Vormittag schabt der Wachmatrose des Dritten los und hat zu Mittag schon jede Menge Aufbautenweiß vom Orange-Fett befreit. Am Nachmittag soll nun die mit einer neuen Farbpatrone betankte Abwurfeinheit ins gut gefettete Lager zurück. Der Chief würde das diesmal selbst überwachen, hatte er angekündigt, und tut das nun auch.
„Kann mir mal einer das Ding runterreichen?“, ruft der Matrose hoch zur Nock. Sofort läuft der Erste Offizier nach achtern hin weg. Ich verkrümle mich in die Brücke und der Alte macht angestrengt Ausguck. „Könnte ja sein, der Lotse kommt.“ Also nimmt das der Chef der Maschinisten in die Hand und die Boje vom Boden auf. Dann will er die runter zum Matrosen reichen. Der ruft: „Nicht werfen!“, und der Chief erkennt, seine Arme sind zu kurz. Da sieht er den Strick und wird das Ding nun daran herunterlassen. Erst kommt Spannung aufs Bändsel, dann macht es „pufffff!“, und gleich darauf weint der Matrose und der Bootsmann tobt. Im Schutz der achteren Aufbauten lacht irgendwer.
Zum Abendrot macht der Bootsmann dem Kapitän den aus seiner Sicht einzig akzeptablen Vorschlag. „Wollen wir nicht gleich den gesamten Dampfer orange anmalen?“ Der Chiefmate schickt nun das Feixen des gestrigen Abends lautlos über den Tisch der Offiziersmesse zurück zum Chief und der kuckt finster zum marinierten Hering und den beiliegenden Salzkartoffeln hinunter.

Das muss so sein!

Wir haben Glück und Afrika hat Pech. Der Lotse holt uns in den Hafen, da kämpft man auf dem Dampfer mit dem hilfebringenden Getreide an Bord gegen Staufäule und potentielle Brandherde. Der Export hat uns vorm Reedetod gerettet. Meterhoch pappsen nun die äthiopischen Stauer Tomatenmark, verpackt in Alufolie, in Luke I. Der Stapeldruck, das Draufrumlatschen und die schadhaften Verpackungen lassen das Ketchup aus den Beuteln treten. Bald sieht es in der Luke aus „wie nach der Schlacht“, einer sehr blutigen. Die rote Pampe klebt an den Spanten, den Schweißlatten und den Schuhen. Der Teil der Schlammtomaten, der den Seetransport überleben wird, soll Makrelen und Heringen zugemischt werden. Fischliebhabern in Ost und West wird er so aus der Büchse heraus zulachen. Wir sind uns einig, das kann wirklich alles in den Export. Jahre später noch wird es mich bei „Hering in Tomatenmark“ schütteln. Doch wer weiß schon, wo der Senf für die Soße herkommt, das Öl für die Marinade oder die Kräuter für die Rahmcreme?
Klar vorn und achtern!
Wir schiffen gut durch den Suezkanal und hinein ins östliche Mittelmeer. Dort bringt mir der Chief eine Platzwunde. Die Schwarte der unterbeulten Wunde

wehrt sich gegen die lokale Anästhesie per Infiltration. Die Umspritzung der Wunde mit Xylocitin gelingt kaum, die Unterspritzung überhaupt nicht. So entscheide ich mich für sechs Injektionsstellen rund ums Geschehen und spreche mit fester Stimme zum Verunfallten: „Das muss so sein!“ Dann führe ich mittels Bilderbuchnaht energisch die Wundränder zueinander und der Heilprozess kann beginnen.
Im westlichen Mittelmeer schiebt der Chief Kundschaft nach. „Kuck dir mal den Zweiten Ingenieur an. Der hat wahnsinnige Schmerzen. Eine Treibstoffleitung ist geplatzt. Der hat das ganze heiße Öl abgekriegt.“ Laut jammernd vollführt der Zweite seinen Indianertanz unter dem kalten Duschstrahl. Doch die schmerzhaften Geister wollen nicht von der Rothaut weichen. „Warte noch eine Sekunde!“, rufe ich ihm zu. Er kennt mich bereits von gemeinsamer erfolgreicher Bandwurmjagd. Also vertraut er mir und setzt seinen Tanz fort. Was soll er auch anderes tun.
Der Kapitän wehrt sich mit Händen und Füßen. „Das gebe ich nicht raus. Das muss ich nachweisen, jede einzelne Ampulle“, meint er die Dolcontralprestullen. Die hat er unter Verschluss und wer an Land auf den Gedanken gekommen war, zehn Ampullen, appliziert im Notfall, könnten süchtig machen, den sollte man kurz mal in heißem Öl baden. „Kommen Sie mit, Kapitän!“, zerre ich den Alten am Ärmel. „Sagen Sie ihm das selbst!“ Der Alte kennt seinen Zweiten so nicht, staunt und begreift. Zwei Minuten später hat der Ingenieur seinen Tanz beendet, fröstelt unter drei Decken und ertrinkt beinahe in oraler Schockprophylaxe. Zwischendurch pinkelt er orangefarbenen Urin. Später will er wissen, ob das so richtig war. Vorsichtshalber erkundige ich mich nach der aktuellen Urinfarbe. „Mal hell- mal dunkelgelb.“ Da vermute ich eine vorübergezogene Neben-, Wechsel- oder sonst was für eine Wirkung. Doch weil sie vorbei ist, mache ich uns Mut: „Das muss so sein!“ Nun vertraut mir der Zweite noch mehr, heute und für alle Zeit. „Gin Tonic?“ „In Liverpool!“ „Abgemacht!“
Der Kapitän spricht wieder mit mir.

Eine böse Geschichte

Die KÖLPINSEE liegt in Liverpool an der Pier. Es ist kurz nach Mitternacht. Mein Wachmatrose würde Bescheid geben, wenn irgendwas wäre, hatten wir vereinbart. Also übernehme ich die Wache vom Dritten per Telefon. Ich tippe die Medikamentenbestellung in ERIKA und formuliere zwei Sätze zum Fehlbestand beim Dolcontral. Im Kopf quietscht und lärmt es „wie von fern“ und wüsste ich es nicht besser, würde ich denken, meine drei Frauen wären in der Nähe und in bester Laune. So aber schiebe ich die Schuld auf den Krankenbesuch beim genesenen Ingenieur, mit Gin.
Gegen eins mache ich mich auf zur Sicherheitsrunde durchs Schiff. Ich öffne

die Kammertür, trete hinaus in den Gang und das Quietschen und Lachen wird lauter. So lenke ich die Schritte in Richtung Lärmquelle und will nicht glauben, was ich sehe. Der Dritte Offizier und sein Wachmatrose feiern mit zwei Dockschwalben in der Matrosenkammer. Mein Wachmatrose kuckt schuldbewusst und kriegt nun Arbeit. „Wirf die Weiber vom Dampfer, nimm die Gangway hoch und dann ist Kriegsrat!", weiß er nun, was er tun soll. „Wagt es nur nicht, jetzt schlafen zu gehen!", bitte ich die Acht-Zwölf-Wache mit zur Beratung.
Erst einmal jedoch treibt mich die Wut über Oberdeck. Das dumme Schwein, der Dritte, weiß doch genau, dass im Westhafen jeder Besuch Bordfremder das Seefahrtsbuch kosten kann. Und dann noch in meiner Wache, ich fasse es nicht! In der letzten Nacht erst hatte der Chief plötzlich an meiner Koje gestanden und Kopfschmerztabletten gewollt. Wäre das heute nun dem Politoffizier eingefallen, hätte der die Weiber vor mir entdeckt. Ich darf da nicht weiterdenken. Der Herr beschütze den festen Schlaf des Polit!
Doch, hat er geschlafen? Schläft er noch? Minuten später, die Gangway ist oben und beide Wachen sind zur Beratung versammelt, kann ich nicht an mich halten. „Habt ihr Geisteskranken überhaupt eine Vorstellung, was ihr da gemacht habt?" „Die Mädels haben gefroren und wir hatten...", setzt der Matrose zu einer Rechtfertigung an. „Scheiße habt ihr gemacht, einfach nur Scheiße!" Das ahnt nun auch der Dritte Nautiker. Wenn wir Pech haben, sind wir alle vier das Seefahrtsbuch los. Das sind die Spielregeln. Wir dürfen als „Ausgezeichnete" zur See fahren. Wer das vergisst, kann alles andere auch vergessen.
Noch, denn es ist der Februar des Jahres 98 und eigentlich fehlen nur noch acht Monate bis zur Wende! Dass die kommt, damit rechnet keiner in Ost und West. Und wie schnell, ahnt schon niemand. Also auch wir jetzt nicht.
„Das hat doch keiner sonst mitgekriegt", versucht der Dritte Rettung. „Bei dem Lärm? Lass mich nachdenken!", löse ich den Kriegsrat auf und grüble weiter bis zur Wachübernahme durch den Ersten Offizier.
Der Chiefmate steht fest im Leben, ist kein Duckmäuser und wird allein deshalb schon nie Kapitän werden, weiß er. Manche Reise schon sind wir gemeinsam gefahren, haben Gin-Tonic-Nacht im leuchtspurgeschossilluminierten Hafen von Beirut gemacht, auch mal die Wachen getauscht, wohnen beinahe im selben Ort und die Dollar in Nacala hätte er mir nicht zu leihen brauchen. Ich vertraue ihm und seinem Rat. „Das hat der ganze Dampfer gehört, was diese Nacht los war, so laut waren die." Mehr sagt er nicht dazu und ich weiß Bescheid. Am Morgen melde ich dem Kapitän den Vorfall der Nacht. Der staunt daraufhin nicht und der Politoffizier nickt nur kurz.
Die KÖLPINSEE liegt in Rostock an der Pier. Landgangssperre für die Beteiligten der Liverpooler Nacht. Der Pope kommt von der Kreisleitung zurück. Parteiversammlung! „Die Industriekreisleitung will eine strenge Rüge der Acht-Zwölf-Wächter und, wir sollen entscheiden, ob die beiden ihr Seefahrtsbuch behalten dürfen!" Nun platzt dem Chief der Kragen. „Die sind wohl nicht ganz richtig im Kopf? Kapitäne versenken ganze Schiffe, denen passiert nichts. Klar,

die müssen ihre Bücher behalten, sind doch Seeleute!"
Der Parteistrafe folgt die Maßnahme der DSR: Strenger Verweis! Für den Wachmatrosen stirbt damit das Studium an der Seefahrtsschule. Der Dritte muss zur Baggerei!
Noch im Jahr der Wende ist das der Preis für Tee mit Rum, zwei durchgefrorene Dockschwalben, die dann langsam warm und doch von Hein Seemann nicht einmal angerührt wurden. Zum Abschied tippt mir der Chiefmate auf die Schulter, hebt den Zeigefinger in Richtung Reedereigebäude, zieht die Augenbrauen hoch und spricht sehr nachdenklich: „Merkste nu, dass das alles ke Spass mehr iss?"

Raue See

Landgang und Seefahrt gehen ihren sozialistischen Gang. Oder doch nicht?
Die Chefinspektion bittet mich zu sich. „Also, Genosse Glück, das Seefahrtsamt hat schriftlich zu ihren Einlassungen bezüglich des Nachweises der Kurse im Schiffstagebuch Stellung genommen. Es hat keine Erkenntnisse dazu, dass der von ihnen geschilderte Sachverhalt zutrifft." Erst bin ich sprachlos und kann nur den Kopf schütteln. Resignation überfällt mich. „Lass sein!", hatte mir schon ein Kollege von der EICHWALDE geraten. „Stell dir DSR wie ein Zahnradgetriebe vor. Wenn du da den Finger reinhältst, holt sich das den ganzen Kerl. Willst du nie Kapitän werden?"
Noch hat der Bauch Adrenalin genug. „Ich hab die Beispiele doch mitgebracht!", werfe ich dem Inspektor die Tagebuchauszüge und Seekarten auf den Tisch. „Schiffe fahren über Land, wo gibt's denn so was?" Dann zeige ich zum Regal hinter ihm. „Dort steht es drin. Auch der Müller-Krauss gibt mir Recht. Was wissen die vom Seefahrtsamt denn von Seefahrt. Die können doch nur Kaffee kochen und zum Stadthafen runterkucken, weiter nicht!", packt mich die Wut. Der Chefnautiker hat sich zum Fenster gedreht. Ein Weile ist Stille und womöglich denkt er nun nach. Wie sag ich's dem jungen Genossen? Dann schüttelt auch er den Kopf, beinahe unmerklich, rafft meine Seekarten und Tagebuchauszüge zusammen, drückt die mir in die Hand und spricht: „Gib endlich Ruhe, Steuermann! Recht haben und Recht kriegen sind zwei verschiedene Dinge! Finde dich ab!" Dann schiebt er mich zart aus dem Büro.
Zurück an Bord, erwartet mich schon der Ladungsinspektor. „Hier, Steuermann, ich hab deinen Schriftkram wegen des Einstroppens der Ladung mit. Weisung des Generaldirektors: Ab sofort sind alle Vorschläge zu gestroppter Ladung zurückzuweisen. Jedes weitere Forschen und Experimentieren ist einzustellen. Was weiß ich, warum. Ich kann nichts dafür! Sollst dich beim Inspektor melden."
Der Inspektor empfängt mich mit „Mitte März CUNEWALDE" und entlässt mich

mit „Machen Sie Urlaub, Genosse Glück!“ Also staune ich noch mal. Ich hatte erwartet: Genosse Glück, nehmen sie zur Kenntnis, unsere Schiffe fliegen ab sofort! oder so. An diesem Tag scheint mir alles möglich, Hauptsache der Sozialismus siegt!
Aber Urlaub? Na gut!
Die Reichsbahn trägt mich nach Hause und meinen drei Frauen in die Arme. Kathleen hat sich frei genommen. Die Tage gehören den Töchtern, die Abende uns beiden. Doch so richtig will das Einfach-nur-Beisammensein nicht klappen. Meine Unzufriedenheit scheint es auch an Land zu geben.
„Die reden nicht mehr mit uns!“, stimmt mir Kathleen zu und ergänzt: „Jetzt haben sie im Betrieb gerade einen aus der Partei geworfen. Der hatte nur gefragt: Seht ihr nicht, was hier los ist, wo das hinläuft? Oder wollt ihr nicht?“
Die Ausreiseanträge mehren sich. Waren es für uns bisher nur Exoten, Künstler oder Unverstandene, die weg wollen, so hören wir zunehmend von „Leuten nebenan“, die einfach nur „die Schnauze voll“ haben. Der Preis für den genehmigten Ausreiseantrag ist hoch. Der Mann darf rüber, die Frau kriegt im Betrieb die letzte Drecksarbeit, falls sie überhaupt die Arbeit behält, und in der Schule werden die Kinder wie Aussätzige behandelt. Zwei ganze lange Jahre lang oder länger! Doch die Ungarnurlaube sind schon geplant.
Noch können wir die, die fort wollen, nicht verstehen. Wir sind noch nicht an die Grenzen des Konsums und der Freiheit innerhalb der DDR gelangt. Nur eine Frage wird quälender: „Warum schickt man uns zur Hochschule, fördert die berufliche Entwicklung, fördert Familien und Kinder, fragt nach unserer Meinung und eigentlich kümmert genau diese unseren Staat kein bischen?“
Ja, langsam wächst auch in uns das Gefühl der Hilflosigkeit.
Kathleen erzählt von ihrem letzten Schöffeneinsatz. Bislang hatte sie nur bei Scheidungen vorn neben dem Richter gesessen. Nur, weil ich ein Mann war, war ich am Abend dann immer Schuld gewesen an all dem Mist und Trennungsmüll, denn sie tagsüber hören musste. Diesmal jedoch hatte sie einem Strafprozess beisitzen müssen, der keiner war. Die Gutachten waren so offensichtlich falsch und die Hilflosigkeit des Richters so überdeutlich, sie kann es noch immer nicht glauben. „Zum ersten Mal war ich so schwer enttäuscht darüber, wie falsch die Welt ist, in der wir hier leben.“ Sie hatte das ihrem Vater erzählt und neben der Verzweiflung und Ratlosigkeit war auch etwas Angst mit dabei gewesen. Doch „wortlos hat er dagestanden!“, staunt die Tochter des WISMUT-Kumpels noch immer über ihren Mut. Zulange hat für uns “Kinder der Republik” das gestimmt, was wir von den Eltern und in der Schule gelernt hatten.
Hilflosigkeit und fehlender Rat können weh tun, im Bauch.
Die Köpfe grübeln: Wie soll das weitergehen?
Wir finden darauf keine Antwort.

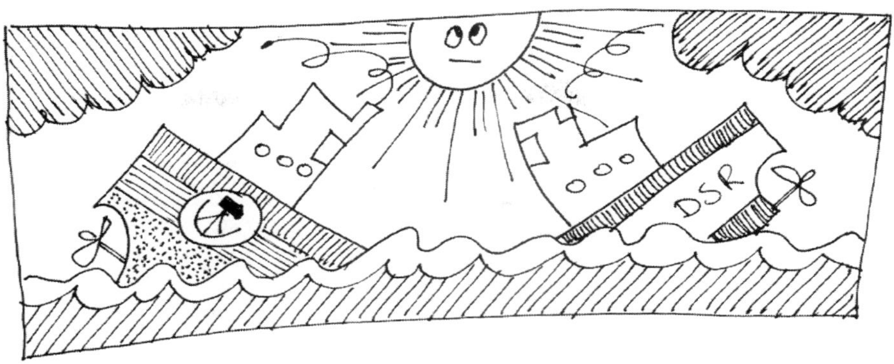

Wende auf See

Klar zur Wende!

Acht Monate vor Ultimo empfängt mich die CUNEWALDE zu meiner letzten Reise „im Frieden“. Über Antwerpen und Marsa el Brega schiffen wir nach Alexandria. Die Exkursionshungrigen besuchen die Pyramiden. Ich spare mein Handgeld. Dann versegeln wir nach Limassol. Der Dampfer lädt Citrus für U.K und die Besatzung Comandaria und Panteleimon für zu Hause, Zypernwein eben. Die Rückreise führt über Parteiversammlung, DSF-Abend und Powergrillen mit Knoblauchvergiftung nach Portsmouth.
In Wismar begrüßt mich der Inspektor und schickt mich zur zyklischen Weiterbildung für Schiffsoffiziere an die Seefahrtsschule nach Warnemünde.
Erst einmal jedoch freut sich Kathleen über meine Rückkehr. Dann hängt sie den Satz an, der erst mal jegliche Zukunftsplanung unsinnig macht: „Ich habe einen Knoten in der Brust!“ Wochen später erst, wird der Mammographietermin sein. Vorher starte ich zur Schlauwerdung nach Norden. Gemeinsam mit anderen Steuerleuten, Kapitänen und Inspektoren werden wir an der Seefahrtsschule zur Laderaummeteorologie geschult, zur Brandbekämpfung, zum Gefahrguttransport, zum Nachweiswesen und zur Sicherung von Stahlladung. Am Radarsimulator trainieren wir die Schiffsführung im Nebel und unsere Nerven beim Warten bis zur Handlungsberechtigung des Kurshalters: Radarziel trifft Nahbereich!
Oberärzte des Rostocker Südstadtkrankenhauses unterweisen uns in der Diagnostik internistischer Erkrankungen. Mehr Weißkittel als sonst ziehen nun mit der Visite über die Stationen, tasten sich über Bäuche hinweg, stellen schlaue Fragen und drücken immer erst mal an einem anderen, als dem vermuteten Schmerzort rum. Zum Abschluss will Frau Oberarzt wissen, ob denn alle an Bord so dick seien und ob wir vielleicht interessiert wären, verkalkte Gefäße im

Sezierbecken zu besichtigen? „Frisch reingekommen!", ergänzt Herr Oberarzt. Und: „Ihr Kollege hier, hat gestern noch auf der Brücke rumgetobt. Versuchen Sie unbedingt ruhiger zu werden. Sonst schwimmen sie bald mit ihm mit!"
Zum Schluss trösten uns beide mit der Theorie vom Wohlfühlgewicht und Happinessfaktor. „Wenn Sie das Fleisch unterm Sauerkraut suchen müssen, kann das auch zum Herzinfarkt führen! Vergessen Sie jedoch nie, die Gemütlichkeit der Dicken endet beim Treppensteigen. Die Dosis macht das Gift!" Zurück in Warnemünde, hat der Havariekommissar ein „schönes Beispiel" für uns reserviert. Verhandelt wird eine Grundberührung in der Wache des Zweiten Offiziers. Er war der Reisewegvorgabe seines Kapitäns kritiklos gefolgt und mit dem Dampfer über eine Untiefe gerutscht. „Wir sind immer schon so gefahren", wehrt sich der Alte noch, bis ihm der Seeunfalluntersucher antwortet: „Da haben sie eben immer schon Glück gehabt! Nur diesmal nicht!"
„Die Karte war ganz dünn geschabt auf diesem Kurs, so oft waren da Kurslinien gesetzt und radiert worden!", versucht auch der Zweite Gegenwehr. Nun reicht es dem Havariekommissar. „Hören Sie, Ihr Betrieb schickt sie nicht umsonst vier Jahre zum Landurlaub. Sie sollen an der Seefahrtsschule etwas lernen. Sie wollen mal Kapitän werden. Da können sie als Steuermann nicht blind über See fahren und dem Kapitän dann allein die Schuld geben!"
Am Ende der Verhandlung ist der Kapitän Steuermann und der Steuermann Ostseefahrer, Rote Linie oder Baggerei.
Täglich telefoniere ich mit Kathleen. Was wird sein, wenn der Knoten bösartig ist? Lass uns drüber nachdenken, wenn es so weit ist! Was gibt's Neues? Mir fällt nichts ein! Ich kann jetzt nicht weiter denken, will es auch nicht! Bis morgen! Bis morgen.
Der letzte Tag der Fortbildung ist ran. Ohne die Inspektoren und Kapitäne stehen wir Steuerleute beisammen und grübeln. Wie soll das nur weitergehen? Die achtzigjährige Mutter eines Kapitäns war zur Pflege durch die Tochter in den Westen gegangen. Nun soll sich der Sohn von ihr lossagen. Sonst droht Landgang für immer!
Wieder waren die Personalunterlagen aller Fahrensleute durch DSR und die Industriekreisleitung der SED geprüft worden. Alte, längst bekannte, „inaktive" Onkels und Tanten im Westen waren entdeckt worden. Die Zahl der Abgrenzungsgespräche nimmt zu.
Ein Chiefmate soll nur Kapitän werden dürfen, wenn auch seine Frau in die Partei geht. Immer öfter auch fragen die Behörden an Bord zurückgekehrter Schiffe nach bestimmten Besatzungsmitgliedern. Nach kurzen Gesprächen dort, hinter verschlossener Tür, schlägt es erst an Bord und dann beim Personalbestand der DSR ein.
Jeder noch so vage geäußerte Verdacht auf Republikflucht reicht, heimkehrende Schiffe den ökonomisch sinnlosen, weil treibstoffverschleudernden Umweg über Skagen nehmen zu lassen. Die Angst, der Verdächtige könne im NOK noch von Bord gehen, ist zu groß.

Auf manchen Schiffen schreiben die Offiziere die Weisungen der Kapitäne mit, zur Absicherung oder aus Angst.
In den Reiseauswertungen nehmen „Fehlverhaltensberichte" über Besatzungsmitglieder immer mehr Raum ein. Kapitäne belauern die Politoffiziere und Politoffiziere die Kapitäne, Steuerleute und sonst jeden an Bord.
Beim Liebedienern nach oben kennt die Arroganz und der Einfallsreichtum der Könige der mittleren Ebene keine Grenzen. Eine neue Arbeitsunfallart macht Kariere. Schon ein „Sturz in der Ebene" kann zum Totalverlust im sozialistischen Wettbewerb führen. Doch die „Ebenen" an Bord sind nicht selten 20, 30 oder mehr Grad geneigt und heftig bewegt, rund um die Uhr. Die Wiese der Wettbewerbslenker an Land kippelt nur während des Gartenfestes und der Gehsteig nur nach dem Frühschoppen.
An allen Ecken fehlt das Einfachste zum Löschen der Ladung. Keine Stapler in der Luke, keine Ketten zum Stahllöschen, nichts!
Wir reden uns in Rage. Da hat der Verdacht keine Chance, nicht geäußert zu werden. „Wenn die könnten, würden die in Berlin die Seefahrt ohne Besatzung erfinden!"
Ich sitze im Zug nach Riesa.
Kathleen wird mich dort abholen, das Ergebnis der Mammographie verkünden und dann geht das Leben weiter oder nicht. Wie auf glühenden Kohlen rutsche ich sechs Stunden lang auf dem Polster der Zweiten Reichsbahnklasse vor und zurück. Mir schmeckt kein Bier, ich verspüre keinen Hunger. In den Wochen der Fortbildung hatte mich schon immer nur die eine Frage gequält. Immunsystem, Stress und Krebs – das gehört doch zusammen, irgendwie, oder? Mute ich Kathleen einfach nur zu viel zu? Ein positiver Befund ließe sich nicht mehr gegen die Seefahrerei tauschen. Unbedingt müssten wir darüber noch einmal reden, auch wenn es gutartig sein sollte, hoffentlich! Die Lok interessiert das nicht. In gewohntem Trott bringt sie die Wagen gen Süden. Zu viele Schicksale zieht sie tagein und tagaus zu Verzweiflung, Freude, Gleichgültigkeit und Glück hin.
Vor der Elbebrücke bremst der Zug seine Fahrt, rollt langsam zum Bahnhof und in ihn hinein. Kathleen steht nahe beim Ausgang zu den Bahnsteigen. Ich entdecke sie noch, ehe sie mich sieht, und versuche in ihrem Gesicht zu lesen, vergebens. Schick sieht sie aus, meine Kleine, stelle ich fest und weiß doch, auch das ist keine Vorabantwort. Jede Menge Selbstdisziplin halten sie in Schwung, bei jeder Anstrengung, gegen jeden Neid, für die Kinder und ein Leben, das vielleicht doch einmal mehr bieten wird, als nur fleißig arbeiten und tapfer warten?
Der Zug steht. Auch sie hat mich nun entdeckt. Ich steige aus. Mit festen Schritten kommt sie auf mich zu. „Gutartig" spricht sie, nicht mehr. Drei Sekunden oder vier halten wir uns in den Armen, atmen tief durch und Kathleen sagt: „Das Auto steht gleich auf dem Vorplatz."
Wortlos gehen wir Hand in Hand durch die triste Halle des Riesaer Bahnhofes.

Zwei, die es gewöhnt sind, vieles nur mit sich selbst abmachen zu können, brauchen ihre Zeit, um Worte füreinander zu finden, zu begreifen: Jetzt ist er doch da, der Partner. Endlich mal nicht mehr stark sein müssen, pausenlos! In den Krach des Wartburgmotors mischen sich erste Sätze. Kein „Was wäre gewesen, wenn", nur „Was wird sein?". Ein ganz klein wenig hat sich die Welt heute wieder vorausgedreht. Wir freuen uns auf die Töchter, den Sommer und das Leben sowieso. Heimlich hoffe ich, dem Postamt möge der Fernschreiber kaputt gehen. Wie doof das wäre, erfahre ich allerdings bald.
Bald sprudeln die Sätze mit den vier Takten des Motors um die Wette. „Kurz vor der polnischen Grenze" erst merken wir, wir sind in die falsche Richtung gefahren. Also schicken wir „olle Warti" auf Gegenkurs und ärgern uns nicht über verlorene Zeit. Jede Menge Leben liegt ja nun wieder vor uns!

Sand

Die nächsten Tage gehören ganz der Familie. Baden, Spazieren, Kaffee und Kuchen bei Omi und Opi, Grillfeten mit der Hausgemeinschaft. Dann geht das richtige Leben weiter. „Einer muss ja Geld verdienen!", meint Kathleen und geht fleißig zur Arbeit und tapfer zum Mobbing. Die Töchter werden schlau in der Schule. Papi drechselt, hobelt, sägt, leimt, dübelt, beizt und lackiert sich im Neubaukeller durch den Tag. Kundenwünsche nach Küchenregalen, Couchtischen und Blumenständern wollen befriedigt sein.
Nachmittags tipple ich zu Kathleen ans Werktor, nehme sie dort „in Empfang" und zu Hause angekommen, haben wir schon mal den ganzen Frust des Arbeitstages im Sozialistischen Kollektiv Wareneingang abgehakt. Doch irgendwann im August ist die Ruhe raus. Weg vom Neubaugebiet, quer durch die Harthaer Innenstadt und am Leninpark entlang, treibt es mich zu ihr hin. Unruhig warte ich auf das Ende ihrer Arbeitszeit und mit mir wartet ein kleiner grauer Zettel. Dann kommt sie durchs Tor gehüpft, sieht den Zettel in meiner Hand, wird langsamer und weiß ja noch nicht, dass sie falsch vermutet. „Will ich gar nicht sehen", stöhnt sie und „wann?" Dann liest sie ihn doch. Gleich darauf schüttelt sie den Kopf. „Ne, das gibt's nicht!"
Ich sage: „Doch, siehste ja!", und das, was es gibt, heißt: „Mitreise genehmigt, KÖLPINSEE, Dienstantritt Anfang Oktober, Inspektion."
Wieder spricht Omi tapfer: „Wir machen das schon", und ergänzt: „Die Mädels sind ja auch schon verständiger geworden." Wir sehen das anders und täglich. Doch warum sollten wir die geliebten Enkel bei Omi verpetzen? Dem Schwiegervater macht die Silikose zunehmend zu schaffen. Wismut heißt eben nicht nur ein wenig mehr billigeren Schnaps als andere, das Haus zwei Jahre eher bezahlt oder mal eine Kur außer der Reihe, sondern ganz sicher auch: Eher tot! Keiner seiner ehemaligen Kollegen lebt noch. Das, was man lebenswert nen-

nen kann, wird auch für ihn immer überschaubarer. Doch sein Blick zeigt: Für eure beiden Weiber reichen die Kräfte noch allemal.
Sand ist im Getriebe.
Mehr als hundert Menschen sind in die Ständige Vertretung der BRD in Ostberlin geflüchtet. Sie wollen raus aus dem Land, in dem sie sich keine Perspektive mehr denken können. Bald sind auch die Botschaften der BRD in Prag, Warschau und Budapest knüppeldick voll mit DDR-Bürgern, die satt sind von einer Republik, die lange schon nicht mehr die ihre ist. Wir spüren die Unruhe um uns herum.
Ende August schnappen wir uns die Töchter, packen den Wartburg voll mit Sonne-Strand-und-Meer-Klamotten und starten zur Aufwiedersehentour an die Ostsee. Am Strand von Warnemünde verabschieden wir uns fünf Tage lang vorab von den Töchtern. Dazu rauscht das Meer, die Sonne brennt und Ina beweist, sie wird mal wie Mutti. Drei Tage lang gefällt es ihr so sehr, das Rotbraunrösten, dass sich ihre Haut für den Rotglühend-braune-Fetzen-zartweiße-Haut-Zyklus entscheidet. Den Schüttelfrost dazu gibt's umsonst und die Bettruhe auf Rezept vom „Schiffsarzt". Doch sonst ist alles wie immer. Maja und mir wachsen Schwimmhäute und Mutti wird streifenlos braun.
Der September kommt und mit ihm die erste Montagsdemonstration in Leipzig. Die findet noch weit weg von Hartha statt, ganze 50 Kilometer. Und, würde sie nicht irgendwann mal lauter werden, würde man hier die D-Mark und die vielen Bananen verschlafen. So ist das, mit Sachsens Provinzrevolutionären.

Wustrow 1989

Am 5. September stirbt Kapitän Herbert Schickedanz.
Die Ungewissheit über die zukünftige Entwicklung nahm er mit ins Grab, werde ich später lesen. Ich denk mir das so: Das habe ich kommen sehen, wird er gedacht oder gesagt haben, und vielleicht trotzdem ruhig eingeschlafen sein? Er wusste ja seine Jungchens bestens ausgebildet, erfahren genug und gewappnet für die neuen Herausforderungen, beruflich jedenfalls. Für die seefahrenden oder landhockenden Glücksspieler und Ellenbogenarbeiter der Wendezeit kann er nichts. Dafür aber, dass Jahre weiter deutsche Reedereien ehemalige ostdeutsche Patentträger „auf der Trage von Sachsen nach Hamburg und Bremen" schleppen würden, würden diese nur endlich auch „Ja" sagen, dafür kann Herbert Schickedanz alles!
Um die Erinnerung an ihn werden die einen rote Legenden weben oder auch blaue Bänder legen. Doch beides passt nicht zu ihm. Andere werden sich mit Kapitän-Schickedanz-Anekdoten schmücken. Mir werden die Geschichten im Buch bleiben und die Erinnerung an einen Start ins Seemannsleben, den man sich besser nicht vorstellen kann.

Ruhe im Land

Mitte September öffnet Ungarn die Grenze zur Ausreise. Ende September schließe ich die Tür zur Wohnung Glück. Noch bietet die Reichsbahn dem Reisenden jede Menge Platz. Bald wird sie aus allen Nähten platzen.
Mein Dienst auf der KÖLPINSEE beginnt. DSR fordert, Seemanns Bart soll ab! Ich zeige mich gnädig und stecke die Bartlosen unter die Atemschutzmasken. Hat schon einmal jemand mitten im Mittelmeer in einem Rettungsboot gesessen. blickdicht umhüllt der Nebel die Orange Nussschale, der Bootsmotor schweigt beharrlich, kein Werkzeug ist da und die Walkie-Talkie-Batterie ist leer. „Mutti“ ist fern oder ganz nah. Man weiß es nicht, doch hofft schon sehr, das eigene Schiff möge einen nicht in den Seemannstod schicken? Also kümmere ich mich auch um die Boote. Dann bringe ich die Chirurgie auf Vordermann. Unvorstellbar, Hein Seemann platzt sich die Kopfhaut und Kathleen könnte nun nicht Zeuge fachmännischer Wundversorgung auf See sein. Und stolz auf ihren Doktor meditter. mar.
Anfang Oktober wandelt sich die abreisende Hausfrau zur mitreisenden Ehefrau. Daraufhin wandelt sich die Kammer des Zweiten Nautischen Offiziers Bert Glück von funktionell zu Kathleen-gemütlich.
Schon während der Hafenliegezeit drehen sich die Gespräche an Bord um die Lage im Land. Der absteigende Chiefmate hält mit seiner Meinung nicht hinterm Berg. „Wir haben das gesamte Nationaleinkommen versoffen, verfressen und verteilt, an alle, gleich was sie leisten oder nicht. Ein Fensterputzer bei mir zu Hause in Berlin verdient mehr als ein Kapitän. Jeder rote Dummkopf kann Kapitän werden und wir versauern hier als Steuerleute auf Lebenszeit. Der Wirtschaft fehlt es am Einfachsten. Das kann so nicht weitergehen, das geht so nicht weiter!“
Am 4. Oktober werden die Sonderzüge mit den Ausreisewilligen, die in der Prager Botschaft der BRD Zuflucht gefunden hatten, über Dresden in den Westen weitergeleitet. Demonstrationen am Dresdner Bahnhof löst die Volkspolizei gewaltsam auf. Noch glaubte sich Berlin als Herr der Lage. „Im Land herrscht Ruhe!“
Am Vorabend der Reise machen Kathleen und ich die letzten Besorgungen, kehren im WEINBERG ein und schlendern dann nachdenklich zum Hafen hinüber. Eine unheimliche Stille liegt über Wismar. Die Polizeipräsenz macht uns Staunen.
Am 6. Oktober 1989 verlässt die KÖLPINSEE mit Kathleen und mir an Bord ein Land, das es bei unserer Rückkehr so nicht mehr geben wird.

Ein Republikgeburtstag

Der 7. Oktober sieht uns auf den Manöverstationen, auf Wache, beim Kurzschlaf und also auf Fahrt durch den Nord-Ostsee-Kanal und über die Nordsee hinüber zur Schelde-Ansteuerung.
Am 8. Oktober läuft die KÖLPINSEE in Antwerpen ein. Kathleen und ich wollen zum Landgang starten. Unser Kapitän hält sich an „Sicherheit und Ordnung". Also dürfen wir nur in Begleitung durch eine dritte Person an Land. Noch immer gilt: Gruppenlandgang! Mein Wachmatrose erbarmt sich.
Landgangsmüde, fußlahm und durstig erreichen wir am frühen Abend das Schiff. In der Messe ist Stimmung. Beinahe die gesamte Besatzung sitzt oder steht vorm Fernsehapparat und staunt. Bilder von Wasserwerfern, prügelnden Polizisten und am Boden liegenden Demonstranten flimmern uns entgegen. „Das kommt schon mal vor im Westen", weiß ich. Doch die Gesichter der Fernsehzuschauer verunsichern mich.
„Wo ist denn das?", will ich da wissen.
„Berlin, Ostberlin, Mensch, das ist bei uns zu Hause!"
Bald wissen wir, es sind Bilder von gestern, dem 7. Oktober, Republikgeburtstag. Nur, so stellt man sich einen Geburtstag nicht vor. Schweres Kriegsgerät war nach Berlin geordert und dort zur Auflösung von Demonstrationen eingesetzt worden. Quer durch die DDR ziehen sich Demonstrationen, Auflösungen, Zuführungen und Fragen. Wie soll das enden?
Am 10. Oktober hören wir deutsche Sprache zu belgischen Bildern. Der Vorabend hatte die größte Leipziger Montagsdemo bis dahin erlebt. Hunderttausend Entschlossene waren über den Ring und um die Innenstadt gezogen. Am Mittag bereits waren ganze Stationen in den Krankenhäusern der Stadt leergezogen und „vorbereitet" worden. Medizinisches Personal wartete zwangsverpflichtet auf das, was nun passieren würde. Die Blutbanken mussten zusätzliche Konserven nach Leipzig liefern. In den Kasernen saßen die Bereitschaftspolizisten neben ihren einsatzklaren Panzerwagen und Wasserwerfern. Es waren wohl nur noch sehr wenige, die auf ein Abenteuer hofften. Der Rest zitterte vor dem Befehl, der sie rausschicken würde, auf diejenigen einzuschlagen, die doch eigentlich für sie mit demonstrierten. Nicht nur ein Dirigent, ein Pfarrer und drei Sekretäre der SED-Bezirksleitung kannten ihre Leipziger. Die würden sich das nicht gefallen lassen, was fünf Tage vorher in Dresden noch möglich gewesen war. Also versuchte das Terzett Vermittlung. Die gelang, als die Bereitschaftspolizei schon die Motoren warmlaufen ließ und die Riegel der schweren Stahltore nur noch umgelegt werden mussten, aufgeschlossen war schon. An diesem Tag war alles möglich gewesen, doch das einzig Richtige schließlich passiert.
Die seefahrenden Familienväter auf über hundertfünfzig Schiffen der DSR, weltweit verstreut, werden unruhig. Die drei mitreisenden Ehefrauen auf unserem Schiff noch viel mehr.

Doch sie geht weiter, die Fünfzig-Tage-Reise, auf welche die SCHIFFSPRESSE noch lange neidisch zurückblicken wird. So sehr erwartet, gesucht, bestaunt, nicht aus den Augen gelassen, aus den Händen schon gar nicht, werden sonst nur junge Frauen von ihren verrücktverliebten Männern.

Eine Seefahrt, die ist lustig

Am 14. Oktober läuft die KÖLPINSEE in La Coruna ein. Noch machen wir uns da über den Wahlkampf in Spanien lustig. Die Kalamares munden uns, wie später nie wieder. Der Tempranillo schmeckt Kathleen so gut, da schmeckt mir die „Bettruhe" danach noch viel besser. Bis zum 17. Oktober sind wir mal kurz nicht in diesem Leben, am 18. dann wieder: Erich Honecker tritt zurück!
Die nächsten sieben Tage trägt uns der Dampfer über den Atlantik, zwischen Europa und Afrika hindurch, über das westliche Mittelmeer und nach Marsa el Brega, Libyen. Die mollige Wärme dort verleitet meine reizende Schöne zur Anzugsordnung: Spahetti mit Stoffresten dran und Gürtel drunter, drüber oder sonst wo. Oder ist es doch ein Rock? So zweckmäßig bekleidet „in der Affenhitze hier!" kuckt sie sich vom Peildeck aus an, wie Ladung gelöscht wird. Da fällt den Stauern hin und wieder mal etwas Stahl auf die Füße.
Dann stehen die Kräne still und der Alte erteilt: „Rausgehverbot! Jedenfalls nicht mehr so, Frau Glück!" Nun darf sie nur noch für mich schön sein. Doch bald liegt Libyen hinter uns und Lattakia wartet. Diesmal nun ist es mir gleich, wer wie viele Kisten wann zerfetzt und warum. Hinter meiner nun artig Bekleideten her, „suche" auch ich nach „schicken Fetzen" und goldglänzender Elsterbeute.
Am Abend erfreut uns die handgemachte „Würmermusik" im Restaurant und mich erfreuen die Köstlichkeiten der arabischen Küche. Fleischers Tochter flucht still vor sich hin, mampft gastfreundschaftannehmendtapfer ihr Essen und wünscht sich heimlich Bockwurst.
Wir laden Container für Zypern, laufen aus und zum libanesische Tripoli hinüber, stapeln an Deck noch mehr Leerkisten aus Blech und schaffen die rüber nach Larnaka. In Mersin warten Haselnüsse auf uns. Wieder machen wir Zwischenstation in Tripoli. Am 4. November liegen wir dort an der Pier. Selbst der Funkoffizier schläft nicht mehr auf Wache. „Pausenlos Neues aus der Heimat. Da findste keine Ruhe!"
Am Abend will er wissen: „Habt ihr das schon gehört?"
Woher denn und was eigentlich?
„500.000 Demonstranten hatten die Ostberliner Innenstadt lahmgelegt!" Später erfahren wir, die Polizei traute sich nicht einzugreifen. „Keine Gewalt!", hatte die Menge gefordert, von der Regierung, aber auch von sich selbst.
Was ist nur zu Hause los? Uns bewegt die Angst, die Situation zu Hause könn-

te eskalieren, derweil wir hier machtlos über See kutschen. Wie sicher sind die Kinder und die Eltern? Es will keine richtige Seefahr-oder-auch-Mitreise-Stimmung aufkommen. Die Heimreise steht bevor. Die Planungen für Grillfest, Barabend und Sportfest müssten gemacht werden.
Die Sorgen und die Ungewissheit behalten die Oberhand.

Friedliche Krieger

Am 7. November läuft die KÖLPINSEE aus dem türkischen Mersin aus. In Berlin tritt die Regierung zurück. Am 8. November laufen wir ins zypriotische Larnaka ein. Das Politbüro der SED tritt zurück.
Jetzt werden auch die „immer schon revolutionären Matrosen“ an Bord mutig. Da spricht der Kapitän sein erstes Machtwort. „Schiffe werden von Kapitänen geführt, zu jeder Zeit!“ Na gut, also Landgang.
Zu dieser Jahreszeit handelt man nicht mal saure Gurken auf Zyperns Strandpromenaden. Die Piesels sind geschlossen oder leer, nur Wirte, keine Gäste. Doch vor der Küste ankern französische Kriegsschiffe, Libanonbewacher und deren Versorger. Während ich erfolglos versuche, Kathleen an den „Fetzige-Lumpen“-Läden vorbeizuzerren, laufen zwei Franzosenfregatten ein und machen fest. Daraufhin machen sie die Insel unsicher, aber die Inselmädels reicher. Danach sind die Krieger friedlich und haben Durst.
Am Abend ist immer noch Stille am Strand, doch in einer der Kneipen geht es hoch her. Deutsch-französische Verbrüderung ist angesagt, Wetttrinken, Wettbalz um unsere drei Mitreisefrauen und Wettsingen, dann nach missglücktem Versuch. Marlene, unser Bordaufständiger, verkennt das Ziel der Revolution oder hatte wohl in Geschichte schlecht aufgepasst. Nun will er den Abend mit dem Deutschlandlied krönen. Noch ehe die Franzosen finster kucken können, rette ich ihm mit einem Ellenbogenhieb in die Rippen das Leben. Dann ist die Fete vorbei. Doch ein Stück Frankreich nimmt Bert mit in die liebestolle Bordnacht und die Sehnsucht nach seiner Kathleen. Pech für sie, sie ist in Griffnähe. Nichts wird aus Einpuppen und Schlafendürfen. Schließlich musste das Volk seit jeher auch in den schlimmsten Krisenzeiten an seinen Fortbestand denken. Wer sollte die Früchte der Revolution sonst genießen, wenn nicht die Kinder?
„Die kannste alle gleich hier auf dem Schiff behalten!“

Eine Legende

Am 9. November liegt die KÖLPINSEE im Hafen von Limassol. In Berlin spricht Schabowski die Worte, die keiner versteht. Er selbst nicht, die Presse nicht und auch nicht diejenigen Berliner, die einfach nur kucken wollen, wie denn die Grenzer reagieren werden, klopfe man laut rufend ans Tor.
Da aber niemand gesagt hatte „die Grenze ist offen!“, bleibt sie auch zu. Nun klopfen die Rufer energischer und es ist eine Frage der Zeit. Irgendein restvernünftiger Offizier der Grenztruppen hat wohl Frau und Kinder und in diesem Leben noch mehr vor, als tot zu sein. Vielleicht aber hatte auch er es lange zuvor schon geahnt oder gefühlt. Nur, in Schwedt hatte er nicht wohnen wollen? Dem ersten mutigen Grenzkommandanten des Abends folgen weitere. Irgendeiner von denen funkspricht dann die historischen Worte „Wir fluten jetzt“ zur Staatsführung hin, die keine mehr ist. Also, Schabowski ist Legende. Wahr ist, das Volk hat die Mauer aufgemacht! In allerletzter Sekunde hat die Vernunft gesiegt. In den Waggons der Reichsbahn wird es nun eng.
Wie auch immer, an diesem Abend stirbt die Deutsche Demokratische Republik de facto. Den Juristen steht eine Heidenarbeit bevor.
In der Nacht zum 10. November schiebe ich mich neben Kathleen aufs Laken. Von den Einfällen der letzten Nacht kommt mir nicht einer. Freiwillig friedlich, so kennt mich meine Wüstenheiße im Beinahe-nichts-an-Fummel nicht. Also will sie wissen: „Is was?“
„Die Mauer ist offen!“
„Ne?“
„Ja!“
So artig wie die Nacht begann, geht sie zu Ende. Nur der Schlaf will nicht kommen.
Der 10 November kennt an Bord nur ein Thema.

Arkona, ex Astor

Unsere Sorgen wachsen weiter. Was wird nun? Die Grenze ist offen, doch die Stützen der Macht sind noch immer im Amt. Armee, Polizei, Kampftruppen, Stasi! Werden sie kampflos die Waffen strecken? Der Staat ist angeschossen, jedoch noch nicht tot!
Die ARKONA soll heute noch einlaufen. „Wollen wir die mitreisenden Ehefrauen gleich mit den Urlaubern im Flieger nach Hause schicken?“, rätselt unser Alter.
Dann hat die ARKONA hinter der KÖLPINSEE festgemacht. Der letzte Wechsel von FDGB-Urlaubern wird nun stattfinden. „Die hält es seit Tagen nicht mehr ruhig auf ihren Plätzen“, beschreibt mir Manfred, einer der beiden Zweiten Offi-

ziere der ARKONA und ehemaliger Mitstudierender meiner Seminargruppe, den Gemütszustand der absteigenden Urlauber. Sie werden noch heute das Schiff verlassen, nach Berlin-Schönefeld fliegen und morgen dann werden die Interflug Flieger den allerletzten Durchgang von Staats-Urlaubern nach Limassol bringen.
„Falls die sich noch von zu Hause wegtrauen!"
Damit wird die Geschichte zu Ende gehen, in der sich Arbeiter und Bauern ein Schiff kaufen, um ihren Auserwählten die Welt zu zeigen.
Von Manfred erfahre ich auch, Uwe war hier auf der ARKONA und vor ihm Zweiter Nautiker gewesen. Wo der jetzt fährt, weiß Manfred nicht. Beide wissen wir nicht, Uwe kümmert sich montags in Leipzig darum, dass die, die ihn hier runtergeholt haben, bald keinen Seemann mehr an Land setzen werden. Von der ARKONA kommt die Nachricht, weltweit nun soll auf den Schiffen der DSR das Einsammeln der Politoffiziere und deren Rückführung nach Hause beginnen. Doch offiziell wird das erst Tage später. Auf irgendeinem der Asiaten, wo und wann sonst, wenn nicht nach hundert Tagen auf See, glaubt die Besatzung, das Schiff per Rundem Tisch führen zu können und gelangt dann doch wieder zur Vernunft. Zahlreiche IM zittern sich friedlich mit ihren Schiffen über die Reisen und hoffen sehr, noch ein wenig unerkannt zu bleiben. Bis Rostock oder Wismar, das würde schon reichen.
Zum Mittag lädt die Agentur die Schiffsführungen der KÖLPINSEE und ARKONA zum Essen: Dolmadakia, Kopanisti, Taramas, Gigantes in Knoblauch, Keftedakia, Bauernsalat, Haioumi, Oliven, Feta Psiti, Suflaki, Auberginen und Zuchini, gebacken und mit Zaziki, Oktapodi Saganaki, Kalamares, Lammkotelett, Hühnchen, Jaourti mit Honig und Nüssen ...und Panteleimon.
Beide Kapitäne pflegen dabei ihre alte Feindschaft. Doch die Glücks senden friedliche Botschaften. Bei Kathleens Kleid kann der Oberzahlmeister der ARKONA nicht „nein" sagen. Bordfremden ist das Betreten des Passengers verboten, auch DSR-Handelsschiffer dürften nicht. Aber dem Kleid kann er nicht widerstehen. Der Dame darin schon gar nicht. Auch will er mal mit einem „richtigen Seemann" sprechen und „nicht mit der Theatertruppe hier an Bord!". So muss der Kapitän der KÖLPINSEE unverrichteter Dinge an der ARKONA vorbei und zum Kognak in seine Kammer ziehen. Gemeinsam mit dem Oberzahlmeister trinken wir uns durch alle Cafes, Bars und Restaurants des DDR-Luxusliners.
Zurück an Bord eines richtigen Schiffes, meint der Chiefmate: „Da kann ich wohl deine Wache gleich noch mit machen?" Er hat Recht und ich revanchiere mich am nächsten Tag. Das fällt mir nicht schwer, denn ich muss nicht an Land. Meiner ARKONA-Besucherin ist noch ganz schwindlig und schlecht. Und da kein Seegang ist, trägt die Schuld wohl das „große weiße Schiff" oder der „lange Tag gestern", „der Luftdruck heute" oder „die Lage in der Welt" an sich. Vielleicht aber hatten die Erbauer der ASTOR dem Schiff nur eine Bar zu viel in die Aufbauten gesetzt. Diese hatte die ARKONA mit übernehmen müssen

und da kommt so was schon mal vor.

Uwe

Sechzehn Jahre später werde ich Uwe treffen. „Berti“, wird er mich begrüßen, „Ich war ja nie so seefahrtsbesessen wie du. Nur die Welt wollte ich mir ankukken. Das schien mir mit der DSR am einfachsten.“
In einem Café der Leipziger Hauptbahnhofarkaden werden wir im Latte Macchiato rühren und Uwe wird stolz sagen: „Ich war hier mit dabei, 1989 zu den Montagsdemos! Da seid ihr noch draußen rumgefahren und habt gedacht, die Welt ist in Ordnung!“
Vier Jahre lang hatte er der DDR „treu gedient“ und sich als Steuermann bei der VOLKSMARINE auf eine erfolgreiche Bewerbung an der Seefahrtsschule vorbereitet. Nach dem Studium steckte ihn die DSR in die Fruchtschifffahrt. Weil auch Bananjägern einmal die Puste ausgeht, lag die FERDINAND FREILIGRATH in Rijeka in der Werft. Von dort hatte ihn Berlin abgezogen und mit zur Übernahme der ASTOR geschickt. Die hieß bald darauf ARKONA. Zur Dienststellung des Zweiten Nautischen Offiziers gab es das Kapitänspatent für die Große Fahrt mit dazu. Der Karriere stand nichts mehr im Wege.
Die Freude über die Passagierschifffahrt hielt nicht lange. DSR lockte mit der Dienststellung eines Ersten Offiziers. Nur: „Ihre Frau müsste in die Partei eintreten!“
„War das nicht hirnrissig? Meine Frau ist Katholikin, wir waren kirchlich getraut worden.“
Im Oktober 1986 machte die ARKONA an der Passagierpier in Warnemünde fest. Der Kapitän hatte Uwe zu sich gebeten und in der Kammer saß noch einer. „Wir haben von Ihren Plänen gehört. Sie wollen die DDR verlassen! Geben Sie Ihr Seefahrtsbuch ab. Sie sind nicht mehr würdig, zur See zu fahren!“
Der entschlossene Herr, der sich wohl inoffiziell in der Künstlerszene hochgedient haben musste, beantwortete keine Fragen. Sein Stolz auf die Macht, ließ ihn diese in Szene setzen.
„Weißt du, wie ich vom Schiff gehen musste? Über die Foolbrass, die Ausrüstungsluke!“
Ein Zweiter Nautischer Offizier des Vorzeigeschiffes der DDR war nun nicht mehr würdig, sein Schiff über die Gangway zu verlassen. Einem Mitglied der SED, das „Fahnenflucht“ geplant haben soll, stand der Abstieg über den silberglänzenden, gangwaykleidgeschmückten Weg der FDGB-urlaubernden Arbeiter und Bauern nicht mehr zu. Zusammen mit den faulen Eiern der letzten Reise, der Schmutzwäsche der sauberen Passagiere und dem Leergut der lustigen Seefahrt musste er den Dampfer verlassen.
„So setzt man doch keinen Seemann an Land!“

Tage später saß er in der Reederei. Nun hatte der MfS-Mann eine nächste Begründung parat. „Ihre Frau hat Postkarten in den Westen geschickt. Sie wissen doch, Briefwechsel mit Bürgern des Westens können wir nicht dulden!“ Die Ostergrüße wird Uwe später in seiner Akte finden und Schlimmeres. Eine Dame des Heimatortes war vor Neid geplatzt: Die Frau von dem Seemann da, hat alles und ich nichts, nur einmal im Jahr ein Westpaket, na ja, wo gibt's denn so etwas. Ein Anruf von ihr hatte genügt. Nun mussten „die da drüben“ wieder Hallorenkugeln essen und Mona-Kaffee trinken, wie sie eben auch. Geschieht ihnen Recht!
„Nun hätte ich einen Ausreiseantrag stellen können und wäre wohl auch fort gekommen. Doch weg von Frau und Sohn? Ich bin kein Märtyrer”.
Wochen später verdiente sich der nun arbeitslose Seemann seinen Unterhalt bei der Post. „Das glaubst du nicht, die hatten kein Vertrauen zu mir, aber ließen mich Westpakete austragen!“
1987 war Uwe eine Bewerbung als Empfangschef im zu errichtenden Interhotel BELVEDERE in Weimar gelungen. „Kannst du dir das vorstellen, die zerrten mich wegen angeblich geplanter Republikflucht vom Dampfer, aber Westtouristen durfte ich verwöhnen?“ Die geheimen Genossen ließen nicht lange auf sich warten. „Sie sind zur See gefahren? Hätten Sie nicht wieder Lust dazu? Unterschrift unten rechts, vierundzwanzig Stunden Bedenkzeit!“
Uwe wird den Kopf schütteln und fragen: „Ich und IM? Für wen haben die mich denn gehalten?“ Sein noch immer ungläubiges Staunen wird eine kleine Pause füllen. Dann wird er den Schalter im Kopf umlegen, sich hoch aufrichten und sagen: „Siehste, auch deshalb bin ich hier draußen mit über den Ring marschiert. Wir haben die „Runde Ecke“ bewacht, die Leipziger Stasizentrale, und aufgepasst, dass keiner von denen die Spuren verwischen kann.“ Schon im September, als es noch Mut bedeutete, weil keiner ahnte, wie das enden würde, hatte er sein Parteibuch abgegeben.
Wir werden den Latte Macchiato zu Ende getrunken haben und noch bei der Verabschiedung wird Uwe sagen: „Die wohnt nun seit Jahren ganz in meiner Nähe. Meinst du, die hätte mal den Mund zu einer Entschuldigung aufgekriegt?“ Ich weiß, Uwe, solche haben Hornhaut auf dem Gewissen. Auch ist der Neid eine zutiefst menschliche Eigenschaft. Wir brauchen da nur unsere Mädels zu fragen. Wer sollte das mehr erfahren haben als Seemannsfrauen in der DDR.

War doch nur Spaß

Am 11. November läuft die KÖLPINSEE aus Limassol aus und beginnt ihre Heimreise. Die wird uns mit Citrus für U.K. nach Portsmouth führen, in Antwerpen soll das Anladen für die nächste Reise folgen. Danach endlich soll es

zurück nach Wismar gehen. Kathleen kann es kaum noch erwarten. „Ich will nun zu meinen Kindern!“
Südlich von Kreta, mit sicherem Abstand zur Küste hin, tuckern wir auf Westkurs in Richtung Straße von Sizilien. Die SCHIFFSPRESSE kündigt einen geplanten Sonderparteitag der SED zu Anfang Dezember an. Die Flotte soll Delegierte nach Berlin schicken. Am Abend ruft der Parteisekretär zur Versammlung. Die ist ultrakurz. „Wir warten mal ab, was passiert“, einigen sich die, die bisher „das Wissen um die Sieghaftigkeit des Sozialismus allen anderen voraus“ hatten.
„Ich will nach Berlin“, finde ich mich nicht mit dem sinnlosen Warten ab. Noch immer habe ich Hoffnung, man könne mit grundlegenden Veränderungen und Fachleuten ohne Parteibuchreferenz das retten, was mir wertvoll scheint im Land meiner Geburt.
„Hier steht nichts zum Wahlmodus für Delegierte“, wehrt der Chief ab. Der Kapitän meint mutig: „Macht mal allein weiter. Ich hab noch was zu tun.“ Ich schlage vor: „Funkt nur nach Rostock: Glück will nach Berlin! Die werden schon antworten.“
„Ich weiß nicht“, schüttelt der Chief den Kopf, und den Rest der sozialismuserbauenden Ja-Sager interessiert nur noch das Ende der Versammlung.
„Wir warten mal bis Wismar“, beschließt der Parteisekretär im Namen der Anwesenden und die letzte Parteiversammlung auf der KÖLPINSEE ist Geschichte.
Zurück auf meiner Kammer, kriegt Kathleen meinen Unmut ab. „Mit diesen Genossen musst du jeden Krieg verlieren!“ Nun hört sie meine Version der gerade zu Ende gegangenen Versammlung und will dann wissen: „Welchen Krieg willst du denn noch gewinnen?“ Ich weiß nicht.
Ich weiß gar nichts mehr.
Dann leg ich mich auf der Backskiste lang. Der Vorwachschlaf will nicht kommen. So grüble ich mich bis zur Mitternacht und auf der Brücke dann weitere vier Stunden lang westlich von Gavdos durch den Seeraum. Der Ausguck hat schlechte Karten. Auch die Lust auf Wachmatrosenunterhaltung ist mir vergangen.
Man darf doch denen, die alles versaut haben, nicht den Neubeginn überlassen? Wieder nur Karrieristen, Schleimer und Möchtegerne, die meine Zukunft bestimmen wollen? „Meinst du, die gibt es in einer neuen Partei nicht mehr?“, gibt mir meine Schlaue nach der Wache zu bedenken.
Stimmt - Schluss, aus!
Also hüpfe ich aus der Koje. Auf dieser Reise ist alles anders. Nicht einmal die Gin-Flasche, die ihnen Kathleen mitgebracht hatte, gestern Abend und aus meinem Schrank, haben die Bargänger leer getrunken.
Den Rest des Glases fülle ich mit Tonic auf. Dann ist der Gin-Tonic im Bauch und viel hat der Kopf nicht aufs Papier gebracht: Mit solchen Genossen wie euch ist die Partei nicht erneuerbar. Hiermit trete ich aus der SED aus.

Bert Glück.
Die Enttäuschung ist einer Resignation gewichen, die ich so bisher kaum gespürt hatte. Noch viel mehr Leere wird folgen.
„Okay, ich leg das mit zum Reisebericht“, quittiert der Parteisekretär am Mittag. Am 20. November erreicht die KÖLPINSEE Portsmouth, lädt bis zum 25.11. in Antwerpen die erste Ladung der neuen Reise und läuft am 3. Dezember in Wismar ein.
Mein Parteiaustritt bleibt der einzige der Reise. Dem Rest der Kommunismuserbauer ist „nicht klar, was wird“. Könnte doch sein, alles war nur eine Übung, ernstfallnah sozusagen? Zu Silvester kommt Erich wieder und seine Neujahrsansprache des Jahres 1990 endet mit dem Satz: „Na, da wollen wir doch mal sehen, wer von unseren Genossen darauf reingefallen ist“, oder? Die FDJ verschickt noch Ehrenwimpel. „Die merken nischt, wie immer!“

Ein Ameisenhaufen

Schon beim Einlaufen in Wismar ist alles anders. Schnell sind die Zöllner und Grenzer wieder vom Schiff. Kein Fragen mehr nach den Kammern der Zuträger, Informanten oder anderen Petzen an Bord. Die kleinen Wetterschutzhäuschen der Schiffswacheinheit, auf der Pier neben den Schiffen, fehlen. Am Hafentor werden wir durchgewunken und in die DDR reingelassen. Unsicherheit bestimmt das Handeln der Uniformierten.
Das Volk ist nun Chef.
Für kurze Zeit nur, doch wer zankt schon mit dem Boss? Die Totenstille der Stadt, noch bei unserer Abreise, hat sich in ein Durchreisechaos gewandelt. Die Ersten ziehen um, rüber nach Kiel, Hamburg, Hannover und so. Sehr viele mehr fahren „nur mal kucken“ und Begrüßungsgeld holen. Wir wehren uns nicht. Die Blechkarawane zieht uns nach Lübeck. Die Stadt ist zugeparkt. Am Stadtrand im Osten stehen die Wartburgs und Trabis der zu Begrüßenden. Im Westen die Volvos und Mercedes der holländischen Blumen- und Käsebomber. Die Großhändler winken ihre Lieferanten gleich weiter zur Just-in-time-Belieferung der die Ossis liebenden einzelhandelnden Wessis. Weihnachten steht vor der Tür. Das große Geschenk Wende gebiert massenhaft kleine Gaben, für alle in Ost und West, noch.
Die größte Zonenrandförderung aller Zeiten ist im Gange. Nur fließt das Geld diesmal 100-DM-Scheinweise gen Osten und kommt dann erst zurück. Jahrelang noch werden die Händler im grenznahen Westen schwärmen: Jeden Ramsch haben die Ossis mitgenommen. In den Lagern kamen wir kaum mit Staubwischen und Entkeimen nach. Da wurdest du alles los, zu beinahe jedem Preis!
Nur ein Garfield wird weinen. „Brauchen wir den jetzt?“, will Kathleen wissen.

„Der ist doch aber so schön!“
„Kauf dir das Vieh, damit Ruhe wird!“ Er ist mir dann doch zu teuer.
Schnell haben die Mami-und-Papi-Rückkehr-Geschenke aus Portsmouth nun Weihnachtsgeschenk-Geschwister aus Lübeck bekommen. Doch dann will Kathleen „endlich nach Hause!“
Also klingelt es am 6. Dezember an einer Tür im Harthaer Neubau und es ist nicht der Nikolaus. „Mamiiiii - Papiiiii!“, hängen uns die Töchter am Hals. „Ihr wisst nicht, was hier los ist!“ Doch wir sehen die Gesichter von Omi und Opi. „Gott sei Dank!“, sagt Omi. Opi knurrt nur: „Wurde Zeit!“ und „Hier sind nämlich alle verrückt geworden!“
„Die Damen haben gefolgt. Nur manchmal mussten wir nachhelfen. Da gab es eben zwei Tage lang keine Limonade und da begriffen sie, die huppt nicht von allein aus der Kaufhalle hierher auf den Tisch, na ja, Kinder eben.“ Opi knurrt wieder, irgendwas. Dazu streichelt Omi nun ihre Enkel und ein wenig Freude, ihre Lieblinge erst einmal wieder los zu sein, führt ihr wohl die Hand. Die Situation passt. Also gibt's Geschenke. Gleich darauf dezibelt Recorderlärm und Bassgedröhn, garniert mit elektronischem Spielepiepsen und verzücktem Gekreisch aus dem Töchterzimmer. Nun also auch bei Glücks in Hartha. Die ganze Stadt ein einziger Jahrmarkt!
„Die Züge in den Westen sind rammelvoll. Großmütter und Säuglinge, jeder muss mit zum Westgeldempfang. Wir werden das teuer bezahlen, sehr teuer!“, weiß Opi. Nachdenklichkeit hat nun die Wiedersehensfreude abgelöst. Der Abzug der Jugend beginnt. Kinder bleiben allein zurück. Ehepartner werden vermisst. Abteilungsleiter und Meister staunen. Nicht jeder, der freitags noch den Betrieb verlässt, kehrt am Montag zur Arbeit zurück. Familien mit Zusammenhalt rücken enger aneinander, die ohne zerfallen endgültig.
„Noch fahren unsere Leute rüber zum Markt. Mal sehen, wer sich von denen noch freut, wenn der Markt erst hier ist. Zum Einkaufen braucht man Geld und dafür Arbeit.“
Das Intermezzo Sozialismus ist vorbei. Es endet mit einem Kaufrausch und der Kater danach wird in eine Zeit führen, die unsere Großeltern gut kennen, mit vielen Chancen und allen Risiken. Freiheit, die wir Ossis jetzt noch meinen, gab es noch nie und geschenkt schon gar nicht.
Nur Vorschuss, auf was auch immer. Diesmal sind es hundert DM pro Person.

Straßen der Besten

Gerade noch waren sie abmontiert worden und schon gibt es sie wieder, die Straßen der Besten. Die heißen nur anders und diesmal nun kümmern sich die Kommunen selbst.

Bald hängen in den Rathäusern Sachsens, Thüringens und Anhalts Listen aus. An deren Spitzen leuchten die Sieger eines Wettbewerbs, den es eigentlich nicht gibt. Leider künden nur die Namen von den so Erfolgreichen. Zum Fotoshooting waren sie nicht erschienen. Weil: „Ich muss noch mal rüber!“ Vor der Ehre steht der Erfolg.
Bekanntlich beginnt der im Kopf. Also hatten es die Pfiffigen unter den Zonenrandwirtschaftsförderern schnell erkannt. Der Aufschwung der Händler im DDR-nahen Westen ließ sich noch beschleunigen. Sie waren den Brüdern und Schwestern in Bayern, Hessen und Niedersachsen unendlich dankbar. So würden sie nun ihrerseits helfen, so gut sie es konnten.
In jedem System läuft die Auswertung der Daten ihrer Erfassung nach. Ob unsere „Aufbauhelfer West“ nun zu schnell waren oder die Informatiker der Abteilungen „Begrüßungsgeld Ost“ zu langsam, wird später schwer zu ermitteln sein.
Jedenfalls, der unangefochtene Sieger im Umsatzwettbewerb „Westgeld für Westhändler, zonennah“ hatte es bis zu vierzehn mal geschafft! Insgesamt 1400 D-Mark hatten ihn begrüßt. Falls er auch in Bayern war, musste die Dunkelsumme deutlich höher liegen. Zwölf mal mehr als das, was der Durchschnitt jedem anderen DDR-Bürger zuwies, hatte er dem Westen geholfen „auf die Beine zu kommen“. Doch Undank ist der Welten Lohn, auch in Wendezeiten. Denn, über den Ranglisten an den schwarzen Brettern der Rathäuser las sich das so: Die nachfolgend aufgeführten Personen haben, in Ausnutzung der unbürokratischen Hilfe, der verständnisvollen Güte und der überschäumenden Andrangsituation, in der man die tagelang, über Nacht und unentwegt Geld ausgebenden Helfer der angrenzenden Bundesländer weiß, sich mehrfach, wiederholt und damit unrechtmäßig, Begrüßungsgeld angeeignet.
Nun ist der gute Wille an seinem Ende. „Noch mal geh ich da nicht rüber!“

Die große Harthaer Dezemberrevolution

Am Montag muss Kathleen wieder zur Arbeit. Die Töchter ruft die Schule und mich der Fernseher. Es ist Runder-Tisch-Zeit. Souverän von der Kirche moderiert, lässt die bunte Truppe aus Bürgerrechtlern, Wendezeitlern, Sozialismusreformern, Rächern, Wendehälsen, Weltverbesserern, Gerechtigkeitsforderern und Neuzeiterbauern den Dampf aus dem Kessel DDR. Tief beeindruckt von der Leistung der drei Kirchenleute, hänge ich von Anfang bis Ende vorm Bildschirm und staune. Warum hat uns das niemand beigebracht? So also kann man Konflikte auch lösen, ohne Faust auf dem Tisch?
Am Nachmittag zieht, mit Kathleens Rückkehr von der Arbeit, die harte familiäre Realität wieder in die Wohnung der Glücks ein. „Wenigstens aufwa-

schen hätteste können! Die quatschen auch morgen noch!"
Derweil formiert sich auf Harthas Marktplatz etwas, das zieht dann los und marschiert auch zum Neubaugebiet herauf. In Leipzig, Berlin und überall sonst geht man zur Sacharbeit über, da erwacht hier der Teil des Volkes, der immer schon revolutionär war. Ja, mit der Planung des Umsturzes waren sie über Jahre hinweg nicht recht vorwärts gekommen. Immer wieder waren der Garten, die Fernsehabende, Familienfeste, Betriebsweihnachtsfeiern, Ungarnurlaube und die Maifeiern dazwischen gekommen. Jetzt aber würde es werden! Die Harthaer Montagsdemo nähert sich dem Neubau. Ich lasse den Runden Tisch allein und muss hinunter vors Haus. Ich will sie sehen, diejenigen, die man gebraucht hätte, früher, zu kleinen Veränderungen nur. Nun kommen sie mutig daher, die, die vierzig Jahre lang nicht konnten, nicht wollten, nicht wussten: Darf man das denn?
Die Rufe werden lauter und verleiten mich zur Ungerechtigkeit. „Haut den Roten auf die Pfoten!" Wo wart ihr Pfotenhauer denn vorher, wenn man euch gebraucht hat? Wer hat mich alleine gelassen im Kampf gegen das Kistenzerfetzen? Wer hat denn das Maul gehalten auf den Versammlungen? Wer hat sich mit Zuträgern und Chefs beim gemeinsamen Mobbing hervorgetan? Wer hat denn, zerfressen von Neid, nicht davor zurückgeschreckt, genau auch die zu gebrauchen, denen er nun auf die Pfoten hauen will? ... Ein Anruf genügte!
Nur sehr wenige Harthaer noch dürften nun die sehr vielen restlichen verprügeln. Man sieht es dem Zug an, das wissen die auch. Friedlich entschlossen latscht die Demonstration durch die Straße der Jugend und am Haus vorbei. Angeführt und beschützt vom Volkspolizisten, der mal Abschnittsbevollmächtigter war oder noch immer ist. Im revolutionär beschilderten und friedlich beleuchteten Zug macht auch den Kindern „Demonstration" Spaß. So wie Maiumzug eben, nur ohne Blasorchester, schade! Also trillern sie gern auf ihren Pfeifen und würde die Menge „nieder mit Bummi!" fordern, sie riefen mit. Wie Mutti und Vati eben.
Pünktlich mit dem Beginn der Tagesschau ist sie vorbei, die Montagsdemo in der Provinz. Die große Harthaer Dezemberrevolution macht Pause. Es ist kalt draußen und finster. Auch braucht man Ruhe und Schlaf. Schon morgen Früh fahren sie wieder, die Züge und Trabis nach Bayern. 50 DM mehr an Begrüßungsgeld zahlt man dort seinen zukünftigen Nachbarn, den Sachsen, den Thüringern und dem, der sich noch bis da runter traut. Wenige Demonstranten nur denken weiter. Gemeinsam mit denen werde ich mir Wochen später den Sonntag im Kommunalwahllokal vertreiben. Die anderen demonstrieren ihren Willen nach Freiheit und Demokratie wieder im Garten, vorm Fernseher oder beim Skatspiel.
Doch auch unsere Stadt kennt Entschlossene. Sie handeln schnell und bald sind die enttarnt, die in keinem System der Welt fehlen dürfen. Kathleen weiß nun, wie sehr nahe IMs sein konnten und mancher von denen, die gern mit-

gemobbt hatten, weiß daraufhin nicht mehr, wo er hinkucken soll, trifft er Frau Glück.
„Ich hätte es ahnen müssen, so wie der versucht hatte, mich zu provozieren, immer wieder!“, kommentiert sie das, was für sie keine Enttäuschung ist.

Eine Hausgemeinschaft

Das Leben im Abrisshaus DDR geht weiter.
Das Klima in unserem Block hat sich kaum geändert. Der eine scheint etwas ruhiger, der andere etwas mutiger und der Rest wiederum so wie immer. Rot, Schwarz, Grün, Blau und Farblos leben seit Jahren schon gemeinsam und im Frieden unter einem Dach.
Es war nicht die Not gewesen, die uns vor Jahren schon die einzige Hecke im Neubaugebiet hatte pflanzen lassen. Fleischer, Parteisekretär, Reichsbahner, Fabrikarbeiter, Seefahrer und Polizist ersetzten das Rostbraun der Absperrketten durch das Grau der Setzlinge, die später jede Menge Grün treiben würden. Am Abend dann bereiteten die Krankenschwester, die Hausfrau, die werktätige Ehefrau und die Pionierleiterin belegte Brötchen, den selbst gemachten Likör und die Salate für die Heckenpflanzfeier. Die feierten wir so, wie wir das zum Jahreswechsel taten, zu Fasching oder einfach nur mal so im Sommer, mit den Kindern, mit Tanz und Spielen und Kopfschmerz am Tag danach, wie sonst!
Als sich die Mehrzahl der Bewohner des Neubaugebietes lange schon mit dem trostlosen und bald auch schmutzgemusterten Aufgängen zu den Wohnungen abgefunden hatte, brachten wir mit Tapete und Farbe die Lust zum Wohnen auch ins Treppenhaus. Und es war nicht ein staatlich verordneter Subottnik, der uns dazu trieb, sondern Freude an einem Leben, das nicht nur allein und für sich in den Wohnungen stattfand.
Kaum einer hielt mit dem, was er dachte, hinterm Berg. Wir wussten genug voneinander. Neid, woher sollte er kommen? Zweimal in acht Jahren hatte man Kathleen gen Norden ziehen sehen, zur Mitreise auf dem Schiff, das Bert drei- oder viermal im Jahr forttrug, ohne sie. Doch täglich sah man sie allein mit den Sorgen und der Freude an den Kindern, zu den Geburtstagen, zu Einschulungen und den Festtagen des Jahres. Eine Freude, die nur halb war, weil sie die nur für sich allein hatte. Der, dessen Anwesenheit die Freude hätte verdoppeln können, war tausende Seemeilen entfernt und schiffte gerade um Afrika oder nach Asien.
Der Wunsch, mit Kathleen tauschen zu wollen, hielt sich in sehr engen Grenzen.
Die Jahreswende nun, vom Wendejahr zur Zeitenwende, feiern wir wieder gemeinsam im Keller des Neubaublockes. Nichts fehlt, nicht die Spiele, der

Tanz nicht, auch nicht die Getränke, nicht die Späße des Abends, die Glückwünsche der Mitternacht und der Kopfschmerz am Morgen. Nur etwas mehr Nachdenklichkeit begrenzt das Ausgelassensein. Dass es die Arbeitslosigkeit bald nicht mehr nur im Fernsehen gibt, sondern auch in einer Stadt, die bisher mehr Werktätige als Einwohner kannte, ahnen wir irgendwie schon.

Ein Schaden

Die Kaderabteilung der DSR will mich sprechen, persönlich.
Das wollte sie schon mal. Damals war ich acht Stunden im Zug geholpert um in Rostock zu erfahren: Durch Ihr Handeln haben sie der Firma ursächlich einen Schaden zugefügt, fünfundzwanzig Mark! Der Bruder hatte mir geraten, frag mal nach, ob du das in vier Raten zahlen darfst! Du wärest auf solch enorme Schäden nicht vorbereitet!
Also wieder ein Schaden nun.
Auf der Heimreise und mitten hinein in die Urlaubsvorfreude, einen Tag vorm Einlaufen in Wismar, war das Telegramm gekommen. Ablösung für Glück erkrankt, II. NO bleibt an Bord, Gruß Inspektion.
Der Dampfer war fest an der Pier, die Reichsbahn hatte mich zu Hause abgeliefert, da stellte ich fest, die Grippewelle hatte auch meine drei Frauen langgelegt. Vier Tage reichten für: Guten Tag! – Teekochen, Einkaufen – Auf Wiedersehen, und Grippe mitnehmen!
Zurück an Bord bekam ich Fieber, Schüttelfrost, das ganze Programm eben. Die Dame des Medizinischen Dienstes des Verkehrswesens verweigerte mir daraufhin die Gelbfieber- und Choleraimpfung. „Sie gehören ins Bett!"
„Das erzähl mal deinem Inspektor. Der springt schon im Kreis. Kein gesunder Nautiker ist mehr an Land. Du willst doch wohl nicht ewig als Zweiter fahren?", riet mir der Kapitän, erst mal mit auszulaufen. „Wir kucken in Bremen, wie es dir geht!" Ich hustete, schnupfte, fröstelte, schwitzte, rotäugte und fieberte mich durch den NOK und in Bremen war es eher noch schlimmer. „Ich müsste Sie eigentlich vom Schiff nehmen", sprach der Hafenarzt energisch. „Die Impfungen können Sie vergessen!"
Nun lag ja Ghadaffi-Land vor uns. Die leeren Felder im Internationalen Impfausweis konnten der Reederei teuer werden, wenn sie von den libyschen Behörden entdeckt würden. Außerdem: „Was schreib ich denn in die Impfliste?", wollte der Funker wissen. Der Hafenarzt kannte verrückte Seeleute zur Genüge. Also stimmte er meinem Vorschlag zu, keine Impfung, aber Stempel!
Vollgepumpt mit Antibiotika sah ich bei Ankunft in Misurata auch wirklich aus, als wäre ich zehn Tage vorher im impffähigen Zustand gewesen.
Nun also sollte ich den „Schaden" wiedergutmachen, fünfundzwanzig Mark – Impfkosten Bremen.

„Ja, wenn das so ist“, war der Kaderchef, nach meiner Schilderung, sehr lieb zu mir gewesen. Die acht Stunden Rückrappeln per Bahn kosteten mich noch mal fünfzehn Mark. Die ganze Aktion dauerte einen Tag und war „natürlich keine Arbeitszeit, Genosse Glück“. Ja, klar!
Also greife ich diesmal zum Telefon. „Gute Frau, vierhundert Kilometer Autobahn liegen zwischen Ihnen und mir. Was gibt es denn?“
„Es ist persönlich. Etwas anderes darf ich Ihnen nicht sagen.“
„Was hast du nun wieder angestellt?“, will Kathleen wissen.
„Hol Sekt, ich werde wohl Generaldirektor! Das klang sehr wichtig.“
Zwei Tage später und vierhundert Kilometer näher am Betrieb, schwindet meine Hoffnung beim Warten in der Schlange vor der Kaderabteilung. So viele Direktoren brauchen die hier eher nicht.
Auf dem Gang wird erregt diskutiert.
Diejenigen, die „ihr Gespräch“ bereits hinter sich haben, reden von zwei Jahren Lohnausgleichszahlungen. Andere wissen von hohen Abfindungen. Die Frau eines Kollegen sitzt auf dem Arbeitsamt. „Dort stehen schon der Staatsapparat und die Stasi Schlange. Auf uns warten die da gerade noch!“
Dann darf ich eintreten.
„Also, wie stellen Sie sich das bei DSR weiter vor?“
„Seit der BÜCHNER bin ich hier. Ich werde Kapitän!“
„Da brauchen wir ja nicht weiterzureden!“
„Nein, brauchen wir nicht!“
Zurück auf dem Gang gluckst es mächtig im Bauch. Das hört auch vierhundert Kilometer lang nicht auf. Nicht mal der, aus den Fugen der Autobahnplatten nach oben herausgedrückte und nun winterknochenharte, Teer, kann, mit seinen hirnschüttelnden Stößen an der Wartburgkarosse, den Kopf auf andere Gedanken bringen. Was war das jetzt?
„Nichts ist, mit Generaldirektor“, rufe ich Kathleen entgegen, „aber ich darf noch zur See fahren!“ Wir trinken Wein.
Anfang Februar bittet das Telegramm zum Dienstantritt auf der EICHWALDE. Ich fühle weder Vorfreude auf Seefahrt, noch Abschiedsschmerz, einfach nichts.
Warum nur, wieso?

Angst – Sorge – Hoffnung?

Im Betrieb lässt man Kathleen nun in Ruhe. Alle haben mit sich zu tun. Mancher staunt wohl noch immer darüber, wie schnell er Spaß gefunden hatte, an dieser oder jener Provokation und Schikane, gemeinsam mit den nun Enttarnten. Vielleicht waren sie als solche nicht sofort zu erkennen gewesen. Mussten sie denn nicht mitmachen, beim Kollegen-zu-Fehlhandlungen-Het-

zen oder beim Fehler-Unterschieben? Sie wären doch selbst sonst dran gewesen, nein?
Die Ehrlichen, auch die der Vergangenheit, erkennt man am aufrechten Gang, die Dreisten der Zukunft daran noch nicht.
„Ich habe diesmal Angst“, gibt mir Kathleen mit auf den Weg durch die dunkle Reichsbahnnacht. „Was ist, wenn die hier doch noch durchdrehen. Ich bin dann mit den Kindern allein.“
Meine Antwort kann nur eine hilflose sein. „Ruf einfach an und ich komme von jedem Winkel der Erde her zu euch, sofort!“
„Besser nicht!“ Frau Glück kennt ihren Mann. So glaubt sie ihm und will sich den UN-Hubschrauber nicht vorstellen, der dann im Neubaugebiet landen würde und ihren Retter entließe.
Mitte März stampft die EICHWALDE in der Biskaya südwärts. Der Frühling schickt schon mal einen Probesturm als Gruß voraus. Die Stürme in der Heimat gehen weiter. An den Krankenhäusern fehlen die Pflegekräfte. Für uns bisher unvorstellbare Gehälter, in Westmark, locken sie nach Bayern und Baden-Württemberg. Noch im Januar hatte ich eine zweite Hospitation am Kreiskrankenhaus gemacht. „Das können Sie sich nicht vorstellen, wozu die Leute in der Lage sind“, hatte mir der Chefarzt sein Erstaunen gezeigt. „Die bringen ihre alten Eltern unter irgendeinem Vorwand hier her und holen sie nicht wieder ab. Wir sollen die nun pflegen. Die Kinder gehen in den Westen und melden sich nicht.“
Noch folgt das Chaos irgendeiner Ordnung. Wie lange noch? Der Runde Tisch beschließt Volkskammer-Neuwahlen zu Mitte März. Die ersten freien Wahlen auf dem Gebiet Ostdeutschlands sollen es sein.
Am Nachmittag des 18. März verlässt die EICHWALDE den Hafen von Limassol. Im Dampfer herrscht die Ruhe eines Ameisenhaufens. Für den Abend werden die Wahlergebnisse erwartet. Rot wird es werden, nur anders eben, SPD also, erwarten wir. Dann werden die ersten Hochrechnungen verkündet und nicht nur Herr de Maiziere in Berlin wird blass.
Ungläubig staunend kucken wir zum Funker. Der zuckt nur mit den Schultern: Der Sender stimmt!
Unser Volk hat gewählt. 48 Prozent wollen Helmut, D-Mark und Demokratie, sofort und ohne Wenn und Aber. Hellmut will. 27 Prozent wollen Oscar, also auch D-Mark und Demokratie, schmerzarm und mit Bedacht. Oscar will nicht, nicht gleich.
16 Prozent wollen Gregor und Hans und hoffen, vielleicht klappt`s ja beim nächsten Mal mit dem Sozialismus? Doch, wer will den noch?
9 Prozent wollen alternativ, was immer das auch heißen mag.
Ich will nach Hause.

Anfang April erreicht die EICHWALDE Rostock. Bald darauf liegt sie hoch und trocken auf Slip in der Rostocker Neptunwerft und die VOLL VORAUS liegt auf dem Tisch der Offiziersmesse. In der Ausgabe vom 20. April lese ich: „Bis Redaktionsschluss wurden durch die Eingabenkommission des Generaldirektors weitere Seeleute rehabilitiert.“ Insgesamt werden es etwa dreihundertfünfzig Seeleute sein, denen die „Freiwillige Wiedergutmachung“ eine finanzielle Abfindung bieten wird. Zudem soll ihnen ein Arbeitsplatz in der Flotte angeboten werden. Doch was heißt das schon.

Die große Außerdienststellung und massenweise Abmusterung von DSR-Seeleuten hat begonnen. Bis zum Ende des Jahres 1993 werden 114 Schiffe verkauft und verschrottet und 6293 Seeleute an Land gesetzt worden sein.

Später werde ich erfahren, auch Jürgen fährt wieder zur See. Den Technischen Offizier hatte ich auf der SCHÖNWALDE kennen gelernt. Wenn die Nautischen Stammschiffspfaue gar zu sehr ihr Gefieder spreizten, hatte er immer ein offenes Ohr und eine Tasse Kaffee für mich gehabt. Irgendwann war seine Ehe am Ende gewesen. Automatisch traf ihn der Generalverdacht: Fluchtgefahr! Es folgte Hafen- und Werftspringerei und sein Traum von der Seefahrt lief mit jedem aus der Werft entlassenen Schiff aus, vor seiner Nase und ohne ihn, bis hin zur Wende.

Sofort aber lese ich: Günter! Unter den dreißig rehabilitierten Seeleuten, die in der aktuellen Ausgabe der Betriebszeitung der DSR genannt werden, finden sich weit über die Hälfte Technische Offiziere, Steuerleute, Kapitäne und Funkoffiziere. Dreißig Lebensplanungen mehr, die abrupt beendet worden waren. Günters letzte Reise bei DSR hatten wir gemeinsam gemacht.

Als ich ihn traf, damals auf der SCHÖNWALDE, war er schon ein alter Seebär. Weltbefahren und wetterfest hatte er die Fischerei überlebt und stand nun auf einem Handelsschiff seinen Mann. In dieser Funktion, die ihn, in jeder Lage und gemeinsam mit dem Kapitän, bis zum Schluss an den Dampfer binden würde, fühlte er sich wohl. Er wusste, was er konnte, und hielt damit nicht hinterm Berg. Als Funker wachte er hauptsächlich dann, wenn auch Dritte Steuerleute ihren Dienst taten. Besonders die Stunde nach zehn Uhr abends sah uns nicht selten im Brückenfenster lehnend bei der Betrachtung der Nacht, des Seeraums und unseres Lebens. Schnell war er für mich zum väterlichen Freund geworden.

Irgendwann im Frühjahr 1984 und irgendwo im Ionischen Meer, auf Heimreise und etwa vierzehn Tage vor zu Hause, war er wieder, abends nach seiner Wache, zu mir nach vorn gekommen. „Das ist wohl meine letzte Reise“, hatte er zu sprechen begonnen. Was er dann erzählte, passte zur DDR und ich wusste ja: „Das gibt es eben!“ Nur, wenn es „einschlug“ so nah neben einem, wurde man schon sehr nachdenklich.

Obwohl er zur Seefahrt „würdig“ war und Günters Standpunkt als „parteiloser

Kommunist" den Chefs der DSR gut bekannt, hatte die Tochter weder Funkerin noch Stewardess werden dürfen. Ein über die Junge Welt, der Zeitung der FDJ, angefangener Briefkontakt nach Schweden stand im Wege.
Auch der sozialistische Fortschritt konnte nicht ohne westliche Hilfe und deren Hochtechnologie voranschreiten. So war die Salzgitter AG in den Norden der DDR gekommen. Mit ihr kamen junge Männer und diese nun bauten dem Sozialismus eine Düngemittel-Umschlaganlage nach Rostock. Es kam, was kommen muss, wenn Männlein und Weiblein sich treffen, jung sind, gesund und bei klarem Verstand, die meiste Zeit jedenfalls.
Gerade hatte Günter die Verpflichtung zum Abbruch aller Westkontakte unterschrieben. Da fuhr ein Westwagen gegen ein Ostwild und die Volkspolizei wurde aktiv. Gleich darauf begann sich das Räderwerk der Stasi zu drehen.
Nun hatte Günter ein Telegramm seiner Frau erhalten. „Sie weiß, wie sehr ich die Seefahrt liebe. Sie wird natürlich zur Tochter halten. Und, sie würde es verstehen, wenn ich mich nun von ihr lossagen würde. Kannst du dir vorstellen, wie weit wir in diesem Land gekommen sind?"
Nun piepsen Zahlentelegramme durch den Äther und zwischen der SCHÖNWALDE und der Reederei hin und her. Der zum Schafott zu Führende selbst schärft die Klinge. „Seit Tagen schon sende und empfange ich die Telegramme, welche das Ende meiner Seefahrt bedeuten werden. Das ist schon skurril, oder?"
Die ganze Reise über war Günter unruhig gewesen. Seine Frau stand vor einer schweren Herzoperation. Nun das noch.
Wir hatten uns später mal wieder getroffen. Bis zum Ende der Reise noch hatte er gehofft, erzählte er mir. Doch dann, mit dem Entzug des Seefahrtsbuches und der Verbannung von der Seefahrt, war für ihn eine Welt zusammengebrochen. Die familiären Sorgen waren nicht weniger geworden und die Zukunftsängste eher mehr. „Weißt du, wie viele der ehemaligen Kollegen, die ihr Seefahrtsbuch noch hatten, plötzlich stumm an mir vorübergingen, mich nicht mehr kennen wollten, auch die von der SCHÖNWALDE?"
Günters Tochter bekam ein Kind, heiratete und siedelte in den Westen über.
Nach vielen vergeblichen Bewerbungen bei artverwandten Stellen fand der Funkoffizier und Seemann aus Leidenschaft endlich einen Job als Kundendienstingenieur im VEB Schiffsanlagenbau Barth.
„Ich vermisse es nicht, das Jahr 1984!"
Also, was bedeutet es schon „rehabilitiert, gutgemacht, freiwillig"?

Kapitän in der Großen Fahrt

Die Inspektoren befallen das werftliegende Schiff, auch der Nautische. Genosse Glück war mal. Ich bin jetzt Herr Glück. Also verkündet der Herr Inspektor: „Herr Glück, sie wissen ja, wie das war. Doch ab sofort zählt nur noch die fachliche Eignung. Ich habe sie zum Chiefmate vorgeschlagen. Ihr Kapitänspatent liegt auf dem Seefahrtsamt zur Abholung bereit."

Danke, Herr Inspektor, für alles!

Am 21. April des Jahres 1990 halte ich in der Hand, wovon der kleine Bert geträumt hat, wofür der Heranwachsende gelernt, gedient und studiert hatte, nicht immer eisern, jedoch beharrlich, und was der Steuermann Genosse Glück wohl nie bekommen hätte?

Herrn Bert Glück - Kapitän in der Großen Fahrt - A6 - Nr. 27990

Es ist eines der ersten Patente des Seefahrtsamtes der DDR, für das ausschließlich Wissen und Erfahrung Voraussetzung sind. Und, es ist eines der letzten Patente des Amtes, dem nicht nur die Beschickung des Kompasskurses Schwierigkeiten bereitet hatte. Schwarz gedruckt auf blau gemustertem, weißem Grund scheint das Ziel greifbar nah, Kapitän in der Großen Fahrt! Geschafft, freue ich mich den Patriotischen Weg entlang und Boulevardwärts. Doch der Kopf stutzt kurz und will vom Bauch wissen: „He, was ist los mit dir?"

„Ich weiß nicht!"

Wie in alten Zeiten kriegt nun der Bauch seinen Goldbroiler, den halben Liter Bier, den Korn und die Zigarre danach. Doch Freudenfeste sehen anders aus. Vielleicht kann der Dicke da unten nichts anfangen mit soviel Glück, grübelt der Kopf.

Irgendwas stimmt nicht, fühlt der Bauch.

Die Reichsbahn trägt mich nach Süden.

GERINGSWALDE, die Erste

Dort angekommen, bin ich bald an dem Punkt, an dem auch die Eskimos ihre Ski abschnallen und die Indianer ihren Mädels den Rauchabzug im Tipi zeigen. Kathleen weiß nun, ihr Bert hat keinen Schaden genommen. Dann sprudeln die Worte ihres Heimatberichtes. „Du weißt nämlich gar nicht, was hier los ist. Ihr Seeleute gondelt da draußen rum und wir Frauen können hier sehen, wie wir zurechtkommen!"

Womit sie zurechtkommen muss, erzählt sie dann auch, nur muss sie es am nächsten Tag noch einmal tun. Übergangslos gleitet ihr Mann hinüber in eine Art Brückenschlaf, den nur Nautiker am achtzigsten Reedetag vor Misurata kennen.

Dann sind zehn Tage zwischen zwei Reisen um. Die GERINGSWALDE wartet auf ihren Zweiten Nautischen Offizier. Vorher noch vermischt Maja mal kurz die Schule mit dem wahren Leben und verkündet: „Mein Vater ist ein richtiger Diktator." Da hat sie wohl wieder mal im Unterricht geschwatzt, denk ich mir und verzeihe dem Kind. Ina freut sich ganz schnell über „die schönen Geschenke" und vergisst nicht allen Vorwurf, zu dem sie fähig ist, in ihre Worte zu legen: „Papi, du hast Milli Vanilli vergessen, so!"
Auch Kathleen fällt was Nettes für mich ein. „Irgendwer müsste mal den Keller aufräumen. Man findet ja überhaupt nichts mehr zwischen deinen Holzkunstwerken und den Spänen!" Da weiß ich, meine drei Frauen sind gesund. Sie werden wohl auch die nächsten vierzig Tage überstehen.
Nun also rappelt mich das graugrüne Ungetüm wieder gen Norden, nach Wismar.
Dann blinkt mir das Aufbautenweiß der GERINGSWALDE durch den milchigen Wismaraner Hafenmorgen entgegen. Lustlos schleppe ich den Koffer die Gangway empor.
„Sie scheinen mir ja ein richtiger Revoluzzer zu sein!", empfängt mich der Kapitän in selbstgefälliger Herzlichkeit. Beinahe unscheinbar nickt der Nautische Inspektor zu diesen Worten. Sein Blick trifft den Kapitän nur kurz, hat aber die Botschaft mit: Das musste der jetzt nicht wissen, dass du es weißt! Also lässt nun der Alte seinerseits einen Blick auf Gegenkurs gehen, eine Kopie an mich. Lass mal, den biege ich mir schon hin!
In der Messe wird heftig berichtet. Der Erste Ingenieur kennt einen Kollegen, der bei MAN im Außendienst angefangen haben soll. Vom Funkoffizier hören wir, im Westen sucht man jede Menge Elektroniker, auch solche aus der DDR. Die ersten Nautiker sollen sich in Kiel, Hamburg und Bremen nach neuen Jobs umgeschaut haben. „Ich mach was ganz anderes", verkündet der Zweite Offizier der letzten Reise. „Ein Kumpel von mir, der schon vor der Wende rüber in den Westen ist, besucht Ärzte. Der ist für irgendeine Pharmafirma unterwegs und erzählt denen was Neues zu seinen Medikamenten. Das kann ich allemal!" Mich interessiert das kaum. Ich werde Kapitän und vorher übernehme ich also erst mal das Ressort hier auf dem Dampfer.
Bald schwimmt die GERINGSWALDE los nach Alexandria. Dort angekommen, soll der Anker fallen und der Kapitän will von seinem Steuermann im elften Dienstjahr, von mir also, wissen: „Wo muss das Schraubenwasser stehen, wenn der Anker fallen soll?"
Da rumort es ganz kräftig in meinem Bauch. Wer fragt schon einen Erwachsenen, wozu der Löffel neben dem vollen Suppenteller liegt? Antwortlos lass ich den Alten auf der Brücke allein. In der Kammer muss ich nicht lange suchen. Auf dem Patent steht noch immer Kapitän drauf. Das beruhigt mich. Der Schiffsführer der GERINGSWALDE ist nun wütend, weil er sein Schraubenwasser selbst suchen muss. Doch er weiß ja, wo, ungefähr. „Lass ihn jetzt ein bisschen allein", rät mir sein Erster Offizier.

Wieder zerfetzen die Stauer in Lattakia kranunterstützt, schwerkraftmissachtend und hebelgesetzvergewaltigend beinahe jede zweite Kiste. Den Bauch stört das nicht mehr. „Was ist nur los mit dir?“, will der Kopf wiederum wissen, und bekommt keine Antwort.
Leerschiff verlässt die GERINGSWALDE den syrischen Hafen und klappert sich scherbelnd wie Blechbüchsen hinter der Hochzeitskutsche in Richtung Antwerpen. Frühsommerliches Atlantikwetter löst dabei das mediterrane Urlauberwetter ab.
Zum letzten Mal in meinem Seefahrerleben empfängt mich der Kontinent mit dem Augenzwinkern des Leuchtfeuers von Ushant, dem UKW-gebrabbelten „Roger“ der DOVER STRAITS CONTROL und den, für den heimkehrenden Seemann lieblich piepsenden, Stimmchen der Damen von Scheweningen-Radio.
Doch der Kopf ahnt nichts von einem „letzten Mal“. Der Bauch hat mit sich zu tun.
Fest in Antwerpen an der Pier, schickt Rostock die Ablösung und die Zeichen einer neuen Zeit. Dreiundzwanzig Besatzungsmitglieder lösen nun sechsundzwanzig ab. Bald sollen es nur noch achtzehn Seeleute sein, die die POSEIDON der DSR über die Weltmeere schiffen. Schon am 7. Mai 1991 wird die erste der RUDOLF-DIESEL-Schwestern keinen deutschen Seemann mehr an Bord haben: MS MÜGGELSEE an Egypt. Co. for Export, Ägypten.
Bis zum 20.09.93 werden ihr die restlichen siebzehn Damen gefolgt sein, nach Zypern, Malta, Kingstown, Liberia, Piräus, Singapur und Emden.
Gute Reise, Mädels, war eine schöne Zeit!

An der Alster

Die Wirtschafts- Währungs- und Sozialunion kommt und bringt uns zweitausend Westmark mit. Uns regen keine Einszueinsumtauschobergrenzen auf und auch nicht, dass der Dreißigtausendostmarkwartburg nun nur noch zweitausend D-Mark wert ist. Keiner fängt „noch einmal ganz von vorn“ an. Schließlich haben wir was gelernt im Leben, sind immer noch kampfbereit und vor allem auch jung.
Die Familie hat mich wieder. Die GERINGSWALDE ist auf dem Weg zum Mittelmeer und kommt sie zurück, wird wieder Schluss sein mit Vater, Mutter, Kind, wie immer eben.
„In der Flotte wird es sehr eng werden“, denke ich laut, und Kathleen denkt laut zurück. „Nicht nur dort. Wenn wir im nächsten Jahr von den vielen tausend Arbeitsplätzen in Hartha noch fünfhundert haben werden, ist das wohl dann Glück.“
Die Nadelstreifen durchforsten den Osten. „Wollen wir nicht gemeinsam was

machen?", fragen sie in den Betrieben, lassen sich die Bilanzen zeigen, die Auftragsbücher, schwärmen blumig von Synergien und fahren euphorisch wieder nach Hause, westwärts. Dann kriegen die Kunden der Ostbetriebe Angebote, die aus dem Westen kommen und, die man annehmen muss, man wäre ja dumm. Zügig gesellen sich so auch in den Harthaer Betrieben zu den weißen Seiten der Auftragsbücher zahlreiche radierte, durchkreuzte und Rausrissränder. Davon werden die Bücher nicht schöner, doch das ist egal. Sehr bald werden sie reif für den Reißwolf sein.
„Los, wir fahren nach Hamburg!", setze ich Kathleen in Erstaunen. „Wenn wir uns das leisten können", antwortet meine Angetraute und sieht sich schon bei C&A und KARSTADT oder wo auch immer.
„Ich werde mich persönlich in den Reedereien vorstellen und Zukunftschancen ausloten. Man erfährt im Gespräch immer mehr!"
„Aber wir kucken auch mal in ein Kaufhaus?"
„Du, ja!"
Zwei Tage später schwitzen wir uns im Warti bei Fenster-auf-Aircondition gen Norden. Der Hamburger Verkehrsstrom trägt uns zweimal am Hauptbahnhof vorbei. Auf unserer dritten Runde durch die Hansestadt blinke ich rechts, wo man nur links weg darf. Jetzt wissen es die Jungs von der Nordseeküste: Ossis in der Stadt!
Sofort entsteht im dicksten Frühabendverkehrsstrom eine Riesenlücke. Nun doch leicht nervös, nehme ich diesen Höflichkeitsbeweis dankend entgegen. Nur Kathleen bleibt ruhig und Frau. „Die haben Angst um ihre Kutschen, mehr nicht!"
Nach dem Kauf einer Stadtkarte und dem Empfang von Reedereiadressen auf dem Arbeitsamt, erinnert meine Schlanke daran, dass auch sehr zierliche Mädchen irgendwann mal Hunger hätten. „Außerdem, für heute war das genug Abenteuer. Wir könnten auch ein Bett gebrauchen."
Nach zwei Tagen Hamburg soll ein Tag Bremen folgen. Also forschen wir, westwärts steuernd, links und rechts von der Autobahn nach einer Unterkunft. Im Westen gibt's alles, nur keine freien Betten. Keine Chance, alle Motels sind randvoll mit Übersiedlern.
In den Dörfern blockieren die Urlauber unser Ziel des Tages.
Endlich, in Wohlesborstel, einem Dörfchen zwischen Hamburg und Bremen finden wir einen gepflegten Landgasthof mit freiem Zimmer. Wir duschen uns die Hitze des Tages vom Leib, staunen schon nicht mehr über Preise, finden also den Kompromiss zwischen unserem Appetit und der Speisekarte und planen den nächsten Tag.
An diesem stehe ich Punkt neun im Personalbüro der ersten Reederei, An der Alster. Der Chef staunt sich über mein druckfrisches Kapitänspatent hinweg und will dann wissen: „Wie lange, sagen Sie, sind Sie schon Steuermann?"
Noch dauert es ein paar Sätze, bis ich es ihm erklärt habe. Das, was in der BRD zwei, drei Jahre braucht, konnte in der DDR ewig dauern. Am Nachmittag

dann wird mir die Erläuterung bereits in einem Satz gelingen. „Nein, das Patent ist nicht gekauft!"
Noch aber liegen Hamburgs Reedereien vor mir. Also tröstet man mich. „Zwei meiner Steuerleute wollen zu den Lotsen. Rufen sie doch im Herbst noch mal an."
Oder: „Sind Sie schon mal Tanker gefahren? Nein, leider, danke!"
Oder: „Natürlich brauchen wir Leute, fünfunddreißig ist doch kein Alter, sind Sie schon mal Tanker gefahren? Nein, ich rede mit dem Chef, wir bauen Sie auf, rufen Sie an."
Oder: „Im September kommt unser Pole wieder, Sie müssten als Dritter beginnen, aber keine deutsche Flagge, da kriegen sie das AG nicht."
Oder: „Wir verkaufen gerade ein Schiff, fünfundvierzig Leute werden da frei, aber ich setze Sie auf unsere Liste, rufen Sie im Herbst wieder an!"
Oder: „Nordostseeeinsatz, Sie müssten ab sofort täglich verfügbar sein, sonst nicht!"
Oder: „Sofort, Halbjahresvertrag, das Fruchtschiff wird danach verkauft, ja?"
„Nein!"
Oder: „Wir suchen für August einen Steuermann für unsere Kanalfähren. Im Juli sind die Gespräche dazu."
„Dann aber nicht auch auf dem Gang?"
„Füllen Sie das aus. Wir melden uns."
Oder: „Sind Sie schon mal ..."
„Nein, bin ich nicht!"
Was jetzt noch nervt, wird viele Jahre später Glück sein. Denn, mit einem „ja, bin ich!" von heute, wäre ich dann wohl ein langgefahrener Tankschiffkapitän, der lange auch schon geschieden ist.
Abends gegen achtzehn Uhr hat der Herr auf dem Arbeitsamt jede Menge Zeit für mich und wertvolle Tipps parat. „Selberkümmern! - Tun Sie gerade? - Aha, weitermachen!"
„Unsere Seefahrt ist völlig überaltert. Das sind beste Zukunftschancen."
„Wann, meinen Sie, fängt die Zukunft an?"
„Geben Sie Ihr Patent nicht aus der Hand. Die Chancen, es direkt zu tauschen, werden täglich besser."

Homeward ho!

Gegen zwanzig Uhr fallen wir aus dem Wartburg, schleppen uns unter die Dusche und mein erstes Bier verzischt sich schon im Hals. Das zweite schafft es bis in den Magen.
Bald signalisiert die untergehende Sonne Frieden. Meine Schöne ist umgestiegen auf Anzugsordnung Sommerabend, mit wenig Stoff und viel Luft drumrum.

Nun wechselt sie von Wasser auf Wein und bald auch von Reden auf Lachen. Beste Aussichten für einen jungen Mann. Doch der hat mit sich zu tun. Noch immer fehlen mir die Worte zum heute Erlebten. Bald kommt auch das Essen. Der Lachs kann froh sein, dass er nicht mehr lebt. Ich stochere in ihm herum. Im Bauch rumort es, wie im Steinemahlwerk.
„Ist was?“, spricht Kathleen besorgt in meine Richtung hin.
„Ich will nicht mehr!“
„Dann lass es stehen!“
Dem Bauch ist der Steinbrei zu schwer. Da muss er ihn rauslassen.
„Nein, nein, Ich habe keine Lust mehr auf Seefahrt!“
Kathleen sieht auf und mich an, wie einen Schwerstkranken, dessen Diagnose gerade gestellt wurde und diese hat sie nun erfahren. Doch sie schweigt und zieht nur die Augenbrauen in Nachdenklichposition. Sie weiß ja, das ist nicht Berts erster Anfall dieser Art. Du wirst Kapitän ... ich will nicht schuld sein ... du wirst nicht glücklich an Land ... die See wird dir fehlen ... Bisher hatte das immer gereicht, um ihren Helden wieder stark zu machen. Heute ist es ihm ernst, ahnt sie und bleibt stumm. Auch Seemannsfrauen spüren, wenn der Wind sich dreht. Auch sie haben nicht unendlich viel Kraft.
„Ich will nicht mehr nach Bremen“, ersetzen meine Worte das Liebesgeflüster einer Sommernacht. „Du musst wissen, was du tust“, wehrt sich Kathleen nicht mehr wie sonst. Doch ihr Stolz zwingt sie zu einer letzten Frage. „Wegen mir ist es nicht, nein?“
„Nein!“
Doch, auch.
Der nächste Morgen sieht uns der Hitze vorauseilend südwärts fahren.
Der Weg führt heimwärts, in zweifacher Hinsicht. So zügig, wie es ein Wartburg zulässt, nähern wir uns Hartha. Langsam, bauchgewollt und kopfdurcheinander, halte auch ich Kurs Richtung Heimat. Der Bauch ist entschlossen. Bald wird er richtig zu Hause sein, für immer! Der Kopf sucht das, was Bert mal getrieben hat, die Liebe zur See, zur großen, weiten Welt und zu den Abenteuern dort. Wo ist sie nur hin?
„Weißt du, was du mir da für eine Aufgabe gestellt hast?“, will der Kopf vom Bauch wissen. „Nein, aber ich will es so!“
Das Telegramm des Inspektors lässt nicht lange auf sich warten.
Vorher noch klingelt das Telefon.

Der Rat der Pinguine

Warum fressen Pinguine keine Eisbären?
Die schwarzweißen Zappler sind friedliche Wesen. Und, sie gewinnen doch sowieso!
Sie hätten sich schon „zum Fressen gern“, die zottelig Brummigen und die kurvenreich flitzenden Schwimmer. Zu gegensätzlich sind ihre Ansichten zu dem, was zwischen ihnen passiert, auf dem Atlantik, dem Pazifik oder sonst wo. Doch zu viel Raum trennt sie und manchmal auch sehr viel Zeit.
Vor mehr als zwanzig Jahren hatte mich der Brief eines Eisbären zur Seefahrt gelockt. Felsenfest hatte gestanden: Ich will Kapitän werden!
Nun klingelt das Telefon. Kathleen nimmt den Hörer ab, lauscht kurz, spricht „ja“ zum Hörer und dann in meine Richtung: „Eine von deinen Reedereien!“
„Herr Glück, Sie müssten sich innerhalb von vier Tagen entscheiden. Sechs Monate Forschungsschiff, Südatlantik, Antarktisnähe, kann sein auch sieben. Wir kümmern uns um den Umtausch ihres Patentes und der Scheine.“
„Was wird danach?“, will der Kopf wissen. Der Bauch zwickt vorsichtshalber schon einmal los. „Festeinstellung steht als Option.“
„Ja, ich ...“ Das lässt der Bauch nicht gelten. Also verstärkt er das Zwicken und setzt ein Rumoren drauf. Antarktis, wochenlang nur Wasser, kein Zielhafen, nur auf Messlinien entlangrutschen oder was auch immer, keine Aufgabe für einen richtigen Seemann. Dafür, Kopf, wollten wir nie Kapitän werden. Hör auf den Rat der Pinguine. Lass es sein. Nur diese Reise noch, zu der du den grauen Fahrschein bereits in der Hand hältst!
„Nein, danke für Ihren Anruf. Ich habe schon woanders zugesagt.“
„Schade, Sie müssen es wissen!“
„Ja, ich weiß!“
Ich weiß gar nichts, einfach nur, ich will nicht mehr!
An diesem Tag nun stiebt ein Eisbär wutentbrannt durch den schneidenden Sturm der Arktis, fällt in eine Eisrinne mit viel Wasser drin, holt sich einen Schnupfen und ist vierzehn Tage lang krank, mindestens!
Nördlich des Südpols feiern die Pinguine ein Fest: Wieder einer weniger, der ihnen mit Schiffsschraubenlärm die Ruhe nimmt, mit dem Fernglas ins Schlafzimmer schaut oder Ölflecken aufs Grundstück schickt. Die Kleinen dürfen Möweneis lutschen und für die Großen gibt’s Lachsbowle.
Oder Fischsuppe?

Diese Reise kann nur daneben gehen. Das tut sie dann auch, voll daneben sogar!
Sie geht bereits gut los. Noch im Hafen sind die Herzrhythmusstörungen wieder da.
Geholpert hatte der doofe Muskel seit Jahren schon. Immer dann, wenn große Anstrengungen hinter mir lagen, wenn mich Verspannungen quälten oder ich einfach nur falsch gelegen hatte, schlug das Herz oder auch nicht. Vielleicht müssen Widderherzen in Ruhe verrückt spielen? Ich hatte mich daran gewöhnt.
Dann war die Sultaninenreise gekommen und ein Funkassi, der leidenschaftlich gern Fußball spielte. In Iraklion und Dordrecht war ausreichend Gelegenheit dazu gewesen. Täglich jagten die Fußballwilden der SCHÖNWALDE für zwei oder drei Stunden dem Leder hinterher. Irgendwann, in einer Nacht danach, hatten sie sich wieder gemeldet, die taktlosen Quälgeister. Nicht nur Hypochonder wären „sofort zu sterben" bereit gewesen, so völlig durcheinander sog und drückte die Pumpe.
Die der Reise folgende Seetauglichkeitsuntersuchung absolvierte ich mit einem Lehrbuch-EKG für Kerngesunde. Also beschloss der Hafenarzt: Das kommt vom Rücken, beobachten und sobald es wieder holpert, neues EKG. „Ohne Kurve kommen wir hier nicht weiter!"
Nach dieser Reise nun muss ich der Sache auf den Grund gehen, beschließe ich.
Der Alte steigt auf. Mit ihm kommt der Inspektor an Bord. „Herr Glück, Ihr Kapitän wird entscheiden, ob er Sie in seiner Stammbesatzung haben will", höre ich aus dem Inspektorenmund so etwas wie eine Personalplanung. Der Kopf registriert das Gehörte, dem Bauch ist es gleich.
Dann bin ich entlassen. Kapitän und Inspektor haben wieder andere Probleme. So richtig weiß nämlich keiner, wie es bei der DSR weitergehen wird.
In der Reedereizentrale ist der Teufel los und die Ungewissheit überall. Das Kombinat Seeverkehr und Hafenwirtschaft war aufgelöst und die DSR zur GmbH umgebaut worden. Die D-Mark-Einführung hatte bald alle bisherigen Planungen der neuen Firmenlenker außer Tritt gebracht. Die ehemaligen Bruderländer dürfen nicht mehr mit Rubel bezahlen. Rohstoff- und Warenimporte laufen über die Kanäle der Ostbetriebeübernehmer aus dem Westen, über Hamburg also und andere Reedereien. Auch weiß die „Treuhand" nicht immer, wem sie gehört. Sie spielt ihr eigenes Spiel. Sachkundige „Berater" wollen die gesamte Flotte in den Hochofen schicken. Neue Märkte werden verteilt!
Die Gesetze einer westgemachten Wirtschaftsunion kollidieren mit dem noch immer geltenden Arbeitsrecht der DDR. Damit steht die Geschäftsführung der DSR GmbH beim notwendigen Personalabbau vor einer praktisch kaum lösbaren Aufgabe, um die sie wohl keiner beneidet. Beinahe täglich ändern sich für

unsere neuen Chefs die wirtschaftlichen und gesetzlichen Grundlagen deren Arbeit, für die Führung des Betriebes und die dazu notwendigen Entscheidungen. Morgen Früh schon kann das, was heute noch gilt, falsch sein.
Jahre später erst werde ich von den Vorgängen an Land lesen. Was auf See läuft, erfahre ich bald!
Noch beginnt die Reise recht friedlich. Nur der neue Dritte schleimt sich durch seine Wachen mit dem Kapitän. Er ist noch nicht lange in der Flotte, doch auch er weiß schon, bald werden auf den Schiffen kaum noch Dritte Nautiker gebraucht. Bis gestern also wäre ich sein Kollege gewesen. Heute nun bin ich Konkurrent. Doch ihm fehlen nicht nur Fahrzeit und Betriebszugehörigkeit, sondern auch unterhaltspflichtige Kinder für eine reelle Hoffnung auf den Sozialplan.

Ablösung oder Erlösung?

Die GERINGSWALDE kommt gut durch Antwerpen und dampft dann rüber zum französischen Aviles. Täglich bringt uns die Schiffspresse neue Informationen zu den Planungen bei DSR und den Vorgängen in der Flotte. Wir nutzen jede Chance, um mit DSR-Schiffen in UKW-Kontakt zu kommen.
Der Verkauf der Fruchtschiffe beginnt und die HEINRICH HEINE ist eines der Ersten. Wir werden sie auf See treffen und sollen deren Pistolen übernehmen. Asiaten kommen heimreisend nicht mehr bis Rostock und hängen gleich noch ein halbes Jahr an. „Was willst du da tun? Hauptsache Arbeit bis Dezember!" Crewleasing beginnt. Gesamte Besatzungen werden an andere Reedereien verliehen. Ausflaggungen sollen im Gespräch sein. Der Dritte der KARL-MARX-STADT war in Hamburg. „Bin bei denen sogar schon auf der Liste!", freut er sich. Die haben dort lange Listen, weiß ich.
Werden wir jetzt „wie die Zigeuner" über See fahren, vielleicht mal ein ganzes Jahr lang auf See sein oder für längere Zeit keine Musterung haben? Müssen wir bald auf einem Zyprioten oder Panamesen anheuern, alle Versicherungen privat und nur drei Leute an Bord sprechen Deutsch? Ein halbes Jahr lang die gleichen Witze und Heimatgeschichten, die man nach vier Wochen schon „singen" kann, gibt der Gegenüber nur den richtigen Ton vor? Dem Bauch gruselt's bei diesen Gedanken gar sehr!
An einem schönen Nachmittag im August, in der Biskaya oder vielleicht noch im Englischen Kanal, ist es dann so weit. Gleich wird der Kopf begreifen, was der Bauch lange schon fühlt. Der Funkoffizier vergisst in der Brücke ein Telegramm der Inspektion an den Kapitän.
Für wenige Minuten nur liegt es auf dem Kartentisch aber lange genug für mich, dessen Inhalt zu erfassen. Nach dieser Reise wird der Nautische Inspektor den Zweiten Steuermann Glück ablösen! Werden nun, im Hauen und Ste-

chen des Überlebenskampfes bei DSR, die Hafengesunden wieder seetauglich? Was hat DSR mit mir vor?
Also weiß ich jetzt: Nichts mehr mit Stammbesatzung. Glück muss vom Dampfer, wie auch immer!
Die GERINGSWALDE liegt in Aviles an der Pier.
Der Chiefmate schreibt Allgemeines in seine Ladeorder. Daraufhin beginnt am Abend der Dritte falsch zu laden. Kritiklos mache ich weiter. Zu oft schon ist der Kopf beim „Was wird nach der Seefahrt?"
Der Schaden hält sich in Grenzen. Nur eine Hiev Stahl muss am Morgen umgesetzt werden. Vor kurzem noch hätte ich mich darüber geärgert, sehr sogar. Nun ist's mir gleich. Was ist nur los mit dir, Bauch, will der Kopf nicht wissen. Er ahnt es.
„Hatte ich nicht in die Ladeorder geschrieben: Bei Unklarheiten sofort Ersten Offizier informieren? Wenn du weiter solchen Mist machst, lass ich dich hier schon ablösen!", begrüßt mich der Erste Offizier beim Mittagessen. „Wieso, soll ich abgelöst werden?", stell ich mich dumm. „Und wieso du, macht das nicht der Alte?"
Fahre ich wieder mit zwei Kapitänen?
Am Nachmittag nach der Wache erlöse ich den Kapitän, den Ersten Offizier, die Reederei und den Inspektor von ihrer undankbaren Aufgabe. Meinen Entschluss drücke ich dem Alten schriftlich in die Hand.
„Hiermit nehme ich das Angebot eines Auflösungsvertrages zu den Bedingungen des Sozialplanes an." Der Kapitän scheint erlöst. „Da muss ich Ihnen ja nicht ..." Nein, er muss mir nichts mehr erklären. Auch der Dritte fühlt sich nun besser. Er kann ja nicht wissen, dass seine Hoffnungen auch die eines Inspektors sind.

Turbulenzen

Die Geschäftsführung der DSR kämpft einen schweren Kampf, werde ich Jahre später lesen. Doch sie kämpft nicht nur für Planungssicherheit, gegen Treuhandunsicherheit und für das Überleben des Betriebes. Sofort lese ich, sie muss auch gegen diejenigen antreten, denen der Sozialplan die Weiterbeschäftigung in der, zur Minimalvariante zu schrumpfenden, Flotte sichern soll.
„In der Regel treten auf den Schiffen insbesondere solche Besatzungsmitglieder als die massivsten Forderer nach hohen Heuern (100% BRD-Tarif) auf, die im DDR-Maßstab gesehen, bisher recht zufrieden gelebt haben. Auffällig ist dabei, dass der Personenkreis oftmals identisch ist mit denen, die die Fahnen der SED und ehemaligen Partei- und Staatsführung ... (hochgehalten haben)", weiß die Schiffspresse.
Sägen sie an dem Ast auf dem sie sitzen? Kapitäne und Chiefs sind auch nur

Menschen.
Die Mehrzahl der Seeleute ist mit ihren Schiffen rund um den Erdball verteilt. Wir können nur aus der Ferne zukucken, hoffen und unsere Arbeit gewissenhaft tun. Wir fahren das Geld ein, das sich die Nachwenderevolutionäre sichern wollen, und löffeln den Brei, der aus Wissen, Halbwissen, Nichtwissen und Ängsten gemacht ist. Vielmehr als die täglichen fünf bis zehn Seiten der Schiffspresse und oftmals verrauschter Rundfunkempfang bleiben uns an Bord nicht, um etwas zu den Ereignissen um die DSR zu erfahren, zur beruflichen Zukunft eben.
Ich warte nur noch auf die Eingangsbestätigung meines Schreibens und das Abfindungsangebot. Das lässt auf sich warten.
Dafür kommt die nächste Botschaft von der Arbeitsrechtsfront. Wer jetzt absteigt, um in Freizeit zu gehen, darf nur noch den zustehenden Jahresurlaub nehmen und muss dann in Kurzarbeit Null. Erworbene Freizeitansprüche dürfen nicht abgegolten werden.
Jeder Seemann also, der fünfzig Wochen auf See war und bisher keine Ansprüche abgelten konnte, gewährt seiner Firma ab sofort einen Kredit in Höhe einer halben Jahresheuer, zu Konditionen, die er nicht macht und nicht kennt, ungefragt, unbefristet, zinslos.
Die Reaktionen an Bord sind unterschiedlich. Sie reichen von „Erpressung“ über „Sauerei“ bis „Da arbeite ich schwarz im Westen und hab das volle Kurzarbeitsgeld obendrauf“.
Der Arbeitsrechtskundige im Widder sucht und findet. Eine Recht-und-Gesetzesgelehrige aus dem Westen weiß und berichtet der Ostseezeitung, dass die Arbeitsverträge zu den Bedingungen gültig bleiben, zu denen sie abgeschlossen wurden. Bastelt die DSR nun an neuen Arbeitsverträgen?
„Kapitän, fragen Sie mal an Land wegen meines Aufhebungsvertrages an. Sollten wir heimreisend auf dem Kontinent umdrehen, will ich abgelöst werden. Ich muss meinen Arbeitsvertrag klären!“
„Ich versuche es. Mehr kann ich für sie nicht tun.“
Am Abend erhält der Alte meinen Willen schriftlich. Ich bestehe auf Ablösung zum Termin des geplanten Reiseendes, jedoch spätestens zu Mitte Oktober. Sollte der Arbeitsvertrag jedoch nicht mehr in der ursprünglichen Fassung bestehen, sofort!
Glück nervt, ich weiß! Doch es geht ja neben DDR und DSR irgendwie auch um die Familie und mich, nein?

Alexandria liegt hinter uns. Die Gespräche dieser Reise bleiben dienstlich und kalt. Nur selten noch zwingt uns die Isolation auf See ins Gespräch miteinander.
Es gibt kaum noch gemeinsame Interessen. Der Chiefmate will sich „dann eben ein eigenes Schiff kaufen, falls mich der Sozialplan an Land spült!". Das hätte er von einem Kollegen gehört. Der fährt damit über die Nordsee und die Erlöse reichten aus, die Raten zu bezahlen. Ich höre ihm zu, doch bin in Gedanken weit voraus. Der Erste muss seine Lebensarbeitszeit auf See zu Ende bringen. Meine Planungen sehen ein zweites Berufsleben an Land vor. Manchmal staune ich über meinen Mut, manchmal erschrecke ich. Doch das Ziel gibt mir Kraft. Dieses Zigeunerleben wird nun ein Ende haben. Noch gehen die Töchter zur Schule. Vielleicht kann ich ihnen hier und da helfen, Mathematik oder so? Vielleicht erste Liebe? Eher nicht, das ist wohl Frauensache. Obwohl, deren Tipps kenn ich!
Dann eben Friedensstifter. Im letzten Hafentörn hatten sich Ina und Maja mal wieder richtig in die Wolle gekriegt. Abwasch und Abfall-nach-unten-Bringen, im täglichen Wechsel, sind ihre Pflichten. Einfach zu kontrollieren, hatte ich gedacht, aber denkste!
„Du musst den Abfall heute wegbringen!"
„Nein du!" „Nein du!" „Nein ..." Das nervte!
„Hatten wir nicht festgelegt, wer wann was macht?"
„Ja, aber ich habe gestern .. „ „Nein ich!" „Nein ich" „Nein ..."
„Ruhe!!"
„Neue Festlegung: Ina wäscht an geraden Kalendertagen auf und bringt an den ungeraden den Abfall runter, Maja umgedreht, so!"
Nur kurz war Stille gewesen. Maja hatte mit Abwaschen begonnen und Ina war ins Kinderzimmer abgetaucht. Dann kam sie wieder und in ihrem Gesicht standen Empörung und Entschlossenheit.
„Da muss ich ja siebenmal mehr im Jahr bis da runter rennen. Das ist unfair!"
Ihren wichtigsten Zeugen, den Kalender, hielt sie mir so vor die Nase, dass ich nicht umhin kam, das schwere Unrecht zu erkennen, das ich ihr da angetan hatte. Ich zerrte Maja vom Spülbecken weg, stellte mich drohend zwischen Ina und den Abfalleimer, den sie sowieso nicht freiwillig genommen hätte, heute, und erließ folgende Übergangsregelung: „Sieben Tage lang wäscht euer Vater nun auf und schafft den Abfall weg. Danach geht es weiter wie verkündet. Wagt es euch ja nicht, eurer Mutter in meiner Abwesenheit mit solchem Mist auf den Nerv zu fallen. Auch die kommende Reise ist irgendwann mal vorbei, versprochen!"
Ab sofort also würde ein Blick an den Kalender genügen, um zu wissen, wer im Spülwasser plantschen darf und wer den weiten Weg bis zur Abfalltonne machen muss, immerhin drei Treppen, runter und rauf.

„Wer, sagst du, macht wann was?“, wollte Kathleen noch wissen. Dann hatte mich das Telegramm vorm Tod im Dreifrontenkrieg gerettet. Also, bald würde ich selbst kontrollieren können. Eine spannende Zeit würde auf die Töchter und mich zukommen.
Mein Landkapitän liebt mich. Doch welche Ressorts wird er freiwillig abgeben? Abschied und Wiederkehr hatten die Familie in Spannung gehalten, in Vorfreude, Freude und Schmerz, immer wieder. Wird es gelingen zu verhindern, dass die Gleichmäßigkeit des Lebens an Land in Eintönigkeit umschlägt? Mir ist noch immer etwas eingefallen!
Meine Entscheidung steht und ist verkündet. Zuversicht und das Gefühl, die Ereignisse selbst in der Hand zu haben, lassen meine innere Ruhe zurückkehren. Das gefällt dem Herzen nicht. Also holpert es wieder los. Zurück an Land, werde ich mich ernsthaft kümmern müssen.
Zwei Wochen noch. Dann wird die Seefahrt für mich vorbei sein. Beinahe Leerschiff geht es mit 324-Seemeilen-Schritten pro Tag dem Reiseende entgegen. 350 Tonnen Granit im Bauch sind nicht viel für ein Schiff, das 7000 Tonnen Ladung transportieren kann.
Funki winkt mich in seine Seefunkstelle. Der Heimatkontakt steht.
„Was willst du an Land machen?“, will Kathleen wissen.
„Erst einmal kuck ich mich um. Ich bin jung, Diplomingenieur, habe Erfahrung im westlichen Wirtschaftsraum, spreche Englisch, Kohls „Blühende Landschaften“ wird wohl hauptsächlich der Westen erbauen, dazu muss die Wirtschaft rüberkommen, vielleicht braucht die welterfahrene Leute vor Ort?“
Ich erfahre von ihr, viele sitzen auf gepackten Koffern, vor allem die Jugend zieht weg. Die Westmark ist da, nun will man sie auch verdienen. Kurzarbeit greift immer mehr um sich. Betriebe müssen dicht machen. „Da willst du wirklich absteigen?“
„Soll ich warten, bis man mich raussetzt? Ich will dabei sein, wenn der Aufbau an Land beginnt. Wenn es sein muss, lern ich eben völlig was Neues. Noch ist das Leben doch nicht zu Ende!“
„Na ja, komm erst mal nach Hause!“

For order

„Das ist nicht mehr die Seefahrt, die ich mal wollte“, hatte ich noch zu Kathleen gesagt. Wie sehr das bald stimmen würde, konnte ich da nicht wissen. Die GERINGSWALDE liegt auf Reede vorm libyschen Misurata. Das Thermometer steht hoch in den Dreißigern. Die Luft steht auch. Unter aufreizend blauem Himmel und in der Waschküche des Libyschen Meeres ist sich der Wachmatrose sicher. „Im Hafen wird es wohl noch etwas molliger werden.“
Der Funkoffizier mault den Zweiten Ingenieur voll: „Meine Anlage kippt mir bald

weg. Kann eure Klimaanlage auch kühlen?"
Der so Angesprochene wehrt sich nur scheinbar. „Im kälteren Seewasser funktioniert die natürlich besser." Also folgert der Funker nun messerscharf: „Vor Spitzbergen kühlt die am besten, stimmt's?" An der Reaktion der Umstehenden erkennt man schnell, wer von denen Maschinist ist.
Heimreisend hatte uns ein Telegramm erreicht: „Stoppen und warten auf weitere Order!" Also trieben wir wartend im Westen des östlichen Mittelmeeres. Zu Hause wurde um Zuladung gekämpft. Stunden später erhielt der Alte über Telefon die nächste Order: „Misurata gekanzelt, Reise Richtung Antwerpen fortsetzen!"
Kurz darauf folgte ein Telegramm: „Stoppen und warten auf Order." Diese kam auch: „Ablaufen nach Misurata, Stahlladen für Antwerpen." So waren wir südwärts gedampft und hatten vor der libyschen Küste den Anker geworfen. In leichter nördlicher Dünung dahindümpelnd, hatten wir die Nacht am Haken verbracht. Nun steige ich hoch zur Brücke und bin gespannt auf Neues.
„Wir sollen alles selbst machen, Anschlagen an Land, Kranfahren, Einweisen, Stauen und Sichern." Der Dritte hat sich noch nicht beruhigt. Er zeigt zum Kartentisch. Dort liegen die Beladungskonzeption des Ersten Offiziers und die Ladeorder.
Mehr, als dass etwa 3500 Tonnen Langstahl und Platten geladen werden sollen, weiß auch die Schiffsführung noch nicht. Somit endet die Order des Ersten Offiziers mit dem Hinweis: Für das Laden und Sichern gelten die Richtlinien der DSR, studieren und unterschreiben! Alles weitere operativ!
Ich weiß, die Vorschriften fordern den Einsatz von berufsmäßigen Stauern und Laschgangs. Die Profis von Antwerpen, ich hatte sie selbst oft genug erlebt, sichern mit Technik, Sachverstand, Erfahrung, dem geeigneten Material und vor allem mit dem Aufwand an Zeit, den solch gefährliche Ladung nun mal braucht. Auf See lauern Stürme und Resonanzen.
Auch bei DSR füllen die Unfälle in der Stahlfahrt zahlreiche Aktenordner. Deshalb waren die Richtlinien an Bord gekommen. Nun braucht man nur noch zu lesen, zu rechnen und zu handeln.
„Sollen wir die Ladung wirklich selbst sichern?", will ich am Nachmittag vom Chiefmate wissen. „Ja, natürlich!"
Nach dem Kapitän betritt der Bootsmann die Brücke und berichtet leicht erregt das Ergebnis seiner Inventur.
„Chiefmate, außer ein paar rostigen Drähten und den Stauholzhieven, die uns nicht einmal Fox in Alexandria abnehmen würde, den Spannschrauben und den Fröschen ist kein Laschmaterial an Bord."
„Wir kaufen was zu", beruhigt der Alte den Verunsicherten.
„In Luke I werden wir einen Gabelstapler brauchen, für die Unterzüge", ergänzt der Erste. „Ich frage an Land nach." Der Alte geht zum UKW-Gerät, kommt zurück und da steht fest, es wird keine Stapler für die Luken geben.
„Chiefmate, die Vorschriften fordern Belehrung, enge Absprachen zwischen

Kranfahrern, Einweisern und den Leuten in den Luken, vor allem aber eine eindeutige Zeichensprache."
„Weiß ich selbst. Mach die Belehrungsliste fertig." Mit „Gute Wache!" melde ich mich von der Brücke. Nur wenig später folgt mir der Bootsmann, hält mich am Kammereingang fest und ist noch nicht ruhiger geworden. „Steuermann, wir sollen das Zeug selbst laden, all hands. Das ist nicht unsere Aufgabe. Kannst du nicht mal mit dem Alten reden?"
„Du wirst doch mit deinen Matrosen den Stahl ins Schiff kriegen, oder?"
„Wir wollen einen Zuschlag. Außerdem, was heißt Matrosen?, die Assis, der Funker, der Steward, alle sollen mitmachen!"
„Das ist nicht dein Ernst?"
„Klar doch, hab ich gerade vom Chiefmate erfahren."
Der Steward weint schon, wenn ihm einer ein paar Servietten klaut. Jetzt soll der in der Luke acht bis zehn Meter lange und tonnenschwere Stahlhieven bändigen und dirigieren. Das kann ich nicht glauben. Also steige ich wieder zur Brücke hoch. Vorher noch gebe ich dem Bootsmann Bescheid. „Sicherheit ist mein Ressort, das andere musst du mit der Gewerkschaft klären."
Auf der Brücke angekommen, lässt mich der Chiefmate abblitzen.
„Mach mal die Belehrung fertig. Der Rest geht dich nichts an. Wir sollen den Liegeplatz schnell wieder frei machen. Es geht nur so!" Nachdenklich klettere ich wieder runter zur Kammer. Profis, Erfahrung, Technik, Sicherungsmaterial, Zeit und Sachverstand! Wir werden wohl nur unseren Verstand haben.
Welch unverlässlicher Seemann das ist, erfahre ich bald.

Zweihundert Dollar

Noch immer am Haken liegend, übernehme ich zur Mitternacht die Wache. „Der Erste weiß jetzt, was so ungefähr an Ladung kommt. Er hat die vorläufigen Staupläne fertig. Wir sollen die uns ankucken", empfängt mich der Dritte. Ich übernehme mit „Gute Ruhe!", und fort ist er.
Nun habe ich vier Stunden Zeit. Ich „grabe" mich in die DSR-Richtlinien ein, studiere die Seehandbücher und den Ozeanatlas. Dann berechne ich die zu erwartende Rollzeit, entnehme die auf dem Atlantik zu erwartenden Wellenperioden, ermittle die Resonanzkurve, berechne die notwendigen Pallungen und Laschinge und bin bald hellwach. Den Stahl dürfen wir so nicht laden. Das Sicherungsmaterial an Bord reicht bei Weitem nicht aus!
Die Gefahr, mit diesem Beladungszustand in Resonanzschwingungen zu kommen ist groß. Für diesen Fall können die DSR-Richtlinien nur Mindestforderungen sein. Doch nicht einmal diese werden wir erfüllen können. Sollten mehrere hundert Tonnen Stahl in den Zwischendecks von Luke I im Sturm verrutschen, wird das der Anfang vom Ende sein und das kommt dann schnell. Zur

Wachübergabe äußere ich dem Ersten gegenüber meine Zweifel.
„Du hast davon keine Ahnung!"
„Freistehende Stahlplattenstapel in Luke I müssen wie Schwergutcolli gesichert werden. Wir haben doch dazu überhaupt nichts an Bord. Außerdem wird unsere Rollzeit zu kurz. Mindestens das 1,2-fache der Wellenperiode im Seegebiet fordert die Vorschrift!"
„Geh mal schlafen!"
Der will das wirklich so laden, kann ich nicht glauben. Der Schlaf kommt spät. Dann steigt der Lotse an Bord und bald liegt die GERINGSWALDE in Misurata an der Pier. Die ersten Stahlhieven liegen an Land.
„Los geht's!", spricht der Kapitän auf der Brücke. „Wo machen wir die Einweisung und Belehrung?", will ich, das Mikrofon der Kommandoanlage zur Durchsage bereits in der Hand haltend, vom Chiefmate wissen. „Keine Zeit jetzt, der Stahl ist schon da, Belehrung danach!" Der Bootsmann kuckt fragend.
„Macht los, zweihundert Dollar für jeden, zusätzlich!", spricht der Erste in dessen Richtung, und da hat der Bootsmann keine Fragen mehr.
„Wollen wir wirklich so laden, Kapitän?", will ich nun doch noch einmal wissen. „Schon bei Wind sechs oder sieben können wir auf dem Atlantik keinen vernünftigen Kurs mehr steuern!" Es ist schließlich Herbst. Was ist da Windstärke 6? Ich halte dem Alten das Resonanznomogramm vor die Nase.
„Was ist das denn, Steuermann?"
Nun lege ich dem Kapitän meine schriftlichen Ausarbeitungen vor. Fliehkräfte, Reibungskräfte, Scheerkräfte, Zugkräfte, Druckkräfte, die Momente dazu und die Sicherung dagegen oder dafür, auch den Laschplan nach DSR-Vorschrift.
„Kapitän, wir können die Ladung mit unseren Mitteln nicht sichern!"
„Wir kriegen noch Holz von Land!"
„Und Drähte?"
Der Alte winkt ab: „Stahl lässt sich sowieso nur moralisch sichern!"
Vier Stunden bleiben mir bis zu meiner Wache an Deck. Kaum liege ich wieder in der Koje, kippt der Dampfer zur Landseite hin. Das Laden mit eigenem Bordgeschirr, Doppelkran, hat also begonnen. Ab nun tanzt das Schiff mit harten und unrhythmischen Bewegungen jeder Hiev Langstahl hinterher, die die Kräne an Land aufnehmen, über die Reling hieven und am Kranhaken ächzend ihren Stauplatz in der Luke finden lassen. Es dauert keine dreißig Minuten, da klingelt das Telefon.
Arbeitsunfall in der Luke.
Der Steward muss zum Arzt an Land. „Second, mach die Arztpapiere fertig!", weist der Alte an. „Soll ich nicht mitfahren?"
„Nein, Sie werden an Deck gebraucht!"
An Luke III übernehme ich vom Dritten die Wache. Beim Blick in den Unterraum traue ich meinen Augen nicht. Rostige Drähte und gesplittertes Stauholz liegen zur Sicherung bereit. Ich kann keine Pallhölzer entdecken.
„Die haben an Land kein Holz für uns. Wir können nur das nehmen, was zwi-

schen den Hieven liegt", erklärt mir der Bootsmann.
Am Nachmittag kehrt der Steward von Land zurück. „Schwere Radiusfraktur", zeigt er mir das Röntgenbild, die Schmerzmittel und ergänzt: „Ich soll nach Hause!"
„Hast du kein Schreiben vom Arzt? Der muss das doch bestätigen!"
"Ich kann doch kein Englisch!"
Ich klopfe an der Kapitänskammer. „Kapitän, der Steward muss zur OP nach Hause. Das darf so nicht zusammenwachsen. Arm und Schulter müssen absolut ruhig gestellt werden. Damit ist er auch nicht seetauglich. Außerdem kann der so nicht ins Rettungsboot!"
Jetzt kommt mir ein Einfall. „Den Steward nehme ich morgen gleich noch einmal mit. Ich muss sowieso zum Arzt. Der MdV braucht ein EKG von mir." Der Alte stutzt kurz. „Okay, Second , Sie fahren morgen mit. Doch was soll der Steward im Rettungsboot?"
„Kucken sie mal in die Luken!"
Harsch abwinkend dreht sich der Kapitän abrupt zur Seite, wortlos. Ich begreife: Was die Ladung betrifft, sind wir fertig miteinander!

2. Oktober 1990

Am nächsten Morgen fahre ich mit dem Steward zum Arzt. Das EKG ist schnell geschrieben und der Verunfallte hat es nun schriftlich. Schnellstmögliche Rückführung in die Heimat zwecks OP, Heimflug also!
Ich starte zur Arbeit an Deck und erschrecke sofort. In den Zwischendecks der Luken II und III sind die Langstahlpakete mit ihren Enden gegen die Hauptspanten gestaut. Die anderen stehen frei und müssten verpallt werden. Nur, wir haben kaum geeignete Kanthölzer an Bord. Die Sicherungspunkte und Laschaugen an den Zwischendeckböden und den Spanten sind zugestaut. Kaum ein Schäkel, eine Spannschraube oder auch nur Laschdraht lässt sich dort durchziehen. „Was hast du denn für Scheiße gestaut?", will ich vom Dritten wissen.
„Der Erste hat mich in Luke I geschickt. Ich weiß von nichts!"
Der Bootsmann tritt auf mich zu. „Hab mich auch schon gewundert, Steuermann! Kuck dir erst mal die vorderen Zwischendecks an!" Beim Blick in Luke I bleibt mir die Spucke weg. Im oberen Zwischendeck stehen die Stapel aus Stahlplatten meterhoch und frei im Raum. In den drei, vier oder fünf Meter messenden Zwischenräumen zu den Spanten hin liegen ein paar Stauholzbretter, Spannschrauben und gebrauchte Laschdrähte zur Sicherung bereit. Dort, wo kräftige Kanthölzer, Stauholz und dicke Drähte mehr als 300 Tonnen Stahl daran hindern müssten, zur unkontrollierbaren Masse zu werden, sollen das nun Bindfäden, Zaunslatten und Holzfetzen tun. Ich will das nicht glauben. „Das sieht im unteren Zwischendeck nicht viel besser aus", bestätigt mir der Boots-

mann meine Ahnung.
„Was passiert nun?", will ich von ihm wissen. „Das sollen wir erst einmal so laschen. Der Alte will in Ceuta Sicherungsmaterial nachkaufen."
„Was, drei Tage über See, in diesem Zustand? Hast du da nichts dazu gesagt?"
Der Bootsmann hebt die Schultern, lässt sie kraftlos zurückfallen und hat wohl resigniert. „Wer weiß denn, wie lange DSR noch deutsche Bootsleute braucht?"
Zurück in Luke II, rücke ich gemeinsam mit dem Bootsmann und dem Kranfahrer Stahlhieven hin und her. Das ist verboten, weiß ich, nur, noch mehr können wir überhaupt nicht falsch machen. Die Kranausleger wippen dabei nicht nur einmal gefährlich. Ich beruhige mich mit „Pflichtenkollision". Kapitän und Chiefmate beobachten uns von der Brücke aus. Bald sind ein paar Laschpunkte mehr frei. Ich klettere aus der Luke und steige hoch zur Brücke.
„Wollen Sie wirklich so über See?", will ich vom Alten wissen. „Wenn das nicht hält, dann hält gar nichts!", gibt er einen schlauen, aber längst überholten Spruch der Stahlfahrer von sich.
„Das ist gegen jede Vorschrift, Kapitän!"
„Das lassen Sie mal unsere Sorge sein!", meint er sich und den Chiefmate. Jetzt wird mir endgültig klar, der Kapitän will nach Augenschein sichern und nach Erfahrung. Doch wo hat er die her? Was weiß er besser als die Ladungsinspektion? Sind es nicht auch gerade die Resonanzunfälle der POSEIDON-Schiffe mit den Mantelstahlcoils für die libyschen Trinkwasserleitungen, die wiederholt zur Vorsicht gemahnt hatten?
„Ich staue hier nicht mehr mit!", gebe ich den beiden meinen Entschluss bekannt. Ohne Widerspruch lässt man mich ziehen.
Auf der Kammer angelangt, rechne ich alles noch einmal durch. Dann zeige ich meine Unterlagen dem Zweiten Ingenieur. „Kuck mal, ob da ein Rechenfehler drin ist. Das kann doch nicht wahr sein, wie die über See wollen!"
Ohne auf meine Berechnungen geschaut zu haben, schiebt er mir diese zurück. „Die werden wissen, was sie machen. Außerdem, ich habe mit mir zu tun. Bald fahren die Chiefs wieder als Erste Technische Offiziere. Was wird da aus mir?"
Zweihundert Dollar! Jetzt fällt es mir ein. Wie viel hat man dem Ersten und dem Alten geboten, wenn schon für jeden Matrosen zweihundert Dollar zusätzlich, cash auf die Hand, bereitstehen? Oder macht DSR Druck: Mit der Stahlladung zurück oder nie wieder raus auf See? Ich weiß es nicht. Nur eines ist mir klar, in diesem Lade- und Laschzustand wird die Fahrt über den herbstlichen Nordatlantik zum Himmelfahrtskommando!
In zehn Tagen will ich das Schiff über die Gangway verlassen. Sechs Tage eher vom Hubschrauber aus der Biskaya gefischt, ist da keine akzeptable Alternative. Also steige ich wieder hoch zur Brücke.
„Kapitän, hiermit erkläre ich meinen Dienst auf der GERINGSWALDE wegen gröbster Sicherheitsmängel, Verstoßes gegen DSR-Richtlinien und Gefährdung von Schiff und Besatzung für beendet. Informieren sie bitte die Botschaft.

Ich will umgehend nach Hause!"
„Gut, Sie sind hiermit vom Dienst suspendiert. Ich lege mich aber wegen ihnen nicht mit den Libyschen Behörden an. Sie gehen in Ceuta von Bord!"
Sein Chiefmate ergänzt: „Ab sofort Zutrittsverbot zu allen Diensträumen und den Luken!" Das Mittagessen am zweiten Oktober 1990 nehme ich in der Kombüse ein.
„Hier haste Asyl", tröstet mich der Koch, „uns braucht sowieso bald keiner mehr. Da kochen dann lauter gelbe Männlein nur noch Suppe und Nudeln und ‚Leis' mit ‚Hühnelklein' und ‚Cully', die ganze lange Leise lang."
Die Sicherung der Ladung steht noch in den Sternen, da nimmt eine ganz andere Sicherung konkrete Form an. Am 2. Oktober, 13.00 Uhr, lässt der Kapitän der GERINGSWALDE ein Telex senden:
„2.no glück schriftlich am 02.10.90 seinen dienst auf ms geringswalde für beendet erklärt mit dem hinweis auch nicht mehr von misurata mit auszulaufen. grund sind fachliche bedenken für den transport von stahlladung (vorwand). ein arztbesuch vom 30.09.90 hatte wohl nicht den erhofften erfolg..." So also soll das laufen! Vom Funker erfahre ich: „Es gibt regen Funkverkehr. Sei auf alles gefasst!" Weiter darf er mir nicht helfen. Noch braucht man sie, die Funkoffiziere. Doch auch das ist kein Geheimnis: Bald nicht mehr!

Tag der Einheit

Am Morgen des dritten Oktober ist der Dampfer beladen und verlässt Misurata in Richtung Straße von Gibraltar. Zügig dampft die GERINGSWALDE über die Reede hinaus und läuft ab in den freien Seeraum. In der Ladeorder des Chiefmates hatte gestanden, Auslaufen nach Ladeende und Abschluss der Sicherungsarbeiten auf Reede. Danach erst sollte die Weiterreise beginnen. Mittlerweile jedoch scheint auch das keinen der Verantwortlichen an Bord noch zu kümmern, auch den Ersten Offizier nicht. Mit völlig unzureichend gesicherter Stahlladung fährt die GERINGSWALDE durch das Westliche Mittelmeer. Am Abend „fahren" sich die Freiwächter zu. Die Deutsche Einheit muss gefeiert werden. Barabend, der Alte gibt einen aus!
In fröhlicher Runde verkündet der Chief „Aktenwissen". „Der war schon immer aufsässig, der Zweite!" Welche Akte meinten Sie, Chief?
Am nächsten Tag werden die „Sicherungsarbeiten" fortgesetzt.
So richtig überzeugt scheint auch die Schiffsführung von ihren eigenen Maßnahmen nicht. Mit Nachdruck erinnert mich der Kapitän an das Verbot, Oberdeck und Luken zu betreten. Nachts lässt der Chiefmate die Lukeneinstiege beleuchten. Die Matrosen im Ausguck sind beauftragt, mit dem Fernglas zu forschen, ob sich an Deck was bewegt, Herr Glück zum Beispiel. Mehrere Mal am Tag führt die Runde des Ersten Offiziers an den Lukeneinstiegen vorbei. Die

Decksgang ist instruiert. „Lasst mir den Zweiten unter keinen Umständen in die Luken!“
Da werden die Zweifler in der Besatzung noch unsicherer. Der Alte beschwichtigt. Er will in Ceuta weiteres Laschmaterial kaufen.
Derweil brüte ich über den Richtlinien, meinen Berechnungen und Zeichnungen. Zwei Matrosen berichten mir über den Fortgang der Sicherungsarbeiten. So halte ich meine Aufzeichnungen aktuell.
Der Dritte betritt meine Kammer. Er sei jetzt der Zweite und natürlich täte ihm alles ganz furchtbar Leid. Er solle jetzt alle Unterlagen holen, auch meine, und er wünsche mir Glück. „Schleim du beim Alten weiter!“, rücke ich nur die Reedereirichtlinien heraus. Alles andere werde ich selbst noch sehr brauchen. Neben dem Versprechen eines Matrosen, als Zeuge auszusagen, habe ich nur meine Berechnungen. Soll er mal selbst rechnen, der Chiefmate.
Mir bleibt nun viel Zeit zum Nachdenken, Zurückdenken und Vorausdenken. Die drei Tage Überfahrt bis Ceuta nutze ich und befreie mehrere Farbbänder der Erika von ihrem Schwarz. Irgendwann, bin ich mir sicher, werde ich wieder Lust und Zeit dazu haben, über meine Fahrenszeit nachzudenken. Mehr als sechshundert Schreibmaschinenseiten voll mit selbst erlebten Geschichten werden mir dann helfen, das wieder zu lieben, was beinahe im Hass zu Ende ging, Anfang Oktober 1990.
Am 6. Oktober erreicht die GERINGSWALDE die spanische Enklave an der marokkanischen Küste und liegt bald an der Bunkerpier fest. Wortlos händigt mir der Kapitän das Seefahrtsbuch aus. Mit den Worten: „Gehst du jetzt Kollegen anscheißen?“, entlässt mich der Erste Offizier von Bord. Die Zweifel muss ich ihm lassen. Wir ahnen ja beide nicht, wie sehr die DSR ihren Kapitänen vertraut.
Mein letzter Blick vorm Verlassen der Aufbauten geht an die Sicherheitsrolle. Vor drei Tagen hatte der Kapitän über Bordfunk verkündet: „Ab sofort hat Herr Glück keine Weisungsbefugnis mehr.“ Doch immer noch steht am Brett: II.NO, Glück, Rettungsbootsführer, Feuerlöschtruppführer.
Der Nautische Offizier, der diese Reise als Dritter begann und den die Schleimspur zum „Zweiten auf Zeit“ hin rutschen ließ, passt somit zur Reise und zur Schiffsführung.
Der Funker wünscht mir Glück und sagt auch, warum. Danke!
Trotzdem, nichts wie runter von dem Dampfer!
Wochen später in Dresden wird mir Plattfuß verraten: „Weiteres Laschmaterial in Ceuta? Ich habe nichts bemerkt. Mensch, Steuermann, wir hatten aber auch Schwein mit dem Wetter, beinahe arschglatte Biskaya, mitten im Herbst!“ Ja, Friedemann, ihr hattet Glück. Stahlfahrer saufen ab wie Steine!

Böse Gedanken

Mit Fluggepäck steige ich vom Schiff. An der Bunkerpier von Ceuta endet für mich, drei Tage nach der deutschen Wiedervereinigung, die Seefahrt. Die Fähre bringt mich von Afrika nach Europa. Am Abend wartet ein spanisches Hotel. Einen Tag später bringt mich der Flieger nach Berlin. Die Reichsbahn setzt mich in Rostock ab und die Nacht findet im Seemannshotel HAUS SONNE statt. Der Morgen danach sieht mich im Reedereigebäude.

Seinen Abschied von See denkt sich wohl auch der Seemann ein bisschen wie Kino. Der wehmütig letzte Blick aufs Meer, die tapfere Träne im Knopfloch, der Wind zaust tröstend im Bart, ein letztes Mal schlägt der Dampfer gegen die Pier, der Inspektor lockt: „Eine Reise noch, die letzte?“, ein Kugelfender quietscht mir, aus der Ritze zwischen Dampfer und Pier heraus, sein „Ahoi!“ hinterher, Kapitänshühner kreischen ihr „La Paloma“ übers Hafenbecken und blaue und rote Kunstfaserleinen schmücken die Poller, wenn sie das nächste Mal ins Brackwasser platschen, wird man schon Landei sein. „Willst du mich wirklich verlassen?“, wird ihn „Seemanns Braut“ nicht ziehen lassen wollen, na ja, Kitsch eben, schöner Kitsch!

Es geht also auch anders.

In den zwei Tagen der Heimreise war jede Menge Zeit zum Nachdenken gewesen. Noch immer nehme ich an, es ginge um Fachliches. Darauf bin ich gut vorbereitet. Die Reederei wird einen Gutachter nach Antwerpen schicken und dann selbst sehen, glaube ich. Und, wenn nicht? Warum sollten Schiffsführung und Inspektion nun nicht mehr unter einer Decke stecken, was dann?

Die einfachste Lösung wäre eine ganz andere. Nordatlantik, Biskaya im Herbst, hohe Dünung aus Nordwest, Wind aus Südwest, Beaufort sieben schon würde reichen, kein Stein hinter dem man sich mit dem Dampfer verstecken kann, kein Nothafen, der ein Schiff noch einlaufen lässt. Die GERINGSWALDE wäre nicht der erste Stahlfahrer, den der Atlantik „außer Dienst stellt“ ...

Um Himmels willen, Bert, bist du verrückt? So etwas denkt kein Seemann! Nein, auch nicht in deiner Situation!

Doch was wird sein,es geht trotzdem gut, die GERINGSWALDE kommt ohne Schaden bis nach Antwerpen!

Der Zweite Nautiker der GLEICHBERG hatte Glück. Seinem Kapitän war der Ruf eines arroganten Schnellaufsteigers vorausgeeilt. Energisch hatte der Zweite Offizier dem Alten eine Kursänderung angetragen. Wenig später saß der Dampfer auf dem Gordon Reef fest. Pech für den Erdball. Er hatte nun ein paar Korallen weniger. Glück für den Zweiten. Wäre „es trotzdem gut“ gegangen, DSR hätte wohl einen Nautiker mehr mit weniger Aussichten auf ein Kapitänspatent gehabt.

„Nicht die Technik, sondern der Mensch ...“, hatte die Chefinspektion vor geraumer Zeit ein Rundschreiben in die Flotte geschickt. Das „kalkulierbare Risiko“ forderten nicht nur die Kaufleute bei DSR von ihren Seeleuten. Wer den Sturm

fürchtet, hat auf See nichts zu suchen. Doch wer sich mit Selbstüberschätzung den Naturgewalten gegenüber stellt, respektlos und leichtsinnig, gilt nur solange als „unerschrocken", wie „es" eben „gut geht".
In „Katastrophen auf See" werden Elchlepp und Kretzschmar später feststellen: Von allen möglichen Unfallursachen war, ist und wird wohl auch in Zukunft der menschliche Faktor der ausschlaggebende sein, in 80 bis 85 Prozent der Fälle! Bis zum Untergang der FIETE SCHULZE war die Problematik „Resonanz" in der Seeschifffahrt noch weitgehend unbekannt. Danach wurde Resonanz ein berechenbares und kalkulierbares Risiko, wenn die Schiffsführung wollte. Seefahrtsschule, Seefahrtsamt und DSR hatten ihre Aufgaben gut gemacht. Doch trotz aller neuen Erkenntnisse halten sich die alten „Regeln" hartnäckig. Sie sind einfacher zu gebrauchen als Nomogramme, Funkpeiler und der eigene Verstand.
„Stahl lässt sich nur moralisch sichern" und „Tanker schwimmen auf ihrem Öl". Letztere „Weisheit" hatte wohl vierundzwanzig Seeleuten der BÖHLEN und zwei mitreisenden Ehefrauen das Leben gekostet? Nicht viele, gemessen an der Zahl der Toten in der Stahlschifffahrt weltweit, trotzdem richtig tot eben, für immer, jeder einzelne!

Landgang für immer

Rostock-Überseehafen

Tausende Morgen nach dem, an welchem der Bus den kleinen Bert mit dessen Riesenkoffermonstrum hier ausgespuckt hatte, gespannt darauf, wie sie wohl aussieht, die große, weite Welt, trete ich, nun etwas älter und schwerer, heraus aus der Bahn und dem Schild ÜBERSEEHAFEN entgegen.
Die Welt ist entdeckt, doch die Spannung noch immer da. Wie wird sie zu Ende gehen, meine Reise über die Meere? Zügig schreite ich zum grauen Plattenbau hinüber. Schon am Eingang erinnert nur wenig noch an die Zentrale, von der aus die stolzeste und größte Handelsflotte, die Deutschland bisher hatte, über die Ozeane dirigiert worden war.
Schiffe und Seeleute gehen nun ihren Weg zum Land hin. Den einen wird es bald heiß werden, auf ihrem Gang zum Hochofen. Die anderen werden sich warm anziehen müssen, soll der Umstieg von See an Land gelingen.
„Bist du denn völlig verrückt?“, hatte der Taxifahrer festgestellt, der mich von Berlin-Tegel zum Ostbahnhof gefahren hatte. „Man gibt doch denn Job nicht auf, ohne einen neuen zu haben. Ihr werdet noch eine Menge lernen müssen!“
Hast du gehört, Bauch?
Mach los, Kopf, du kennst deine Aufgabe!
Viele Türschilder auf den Fluren sind überklebt oder wurden ersetzt. Ich suche mich durch die Dahertrottenden zur Chefinspektion hin. „Wir vertrauen unseren Kapitänen!“, höre ich dort den Satz, den man täglich wohl zwanzigmal und mehr in Richtung Treuhand, Gläubiger und Konkurrenz sprechen muss. Der Kuchen DSR lockt nicht wenige. Da passen Herr Glück und dessen Zweifel an

der Schiffsführerkunst auf der GERINGSWALDE nun „gerade noch“ ins Spiel. „Melden Sie sich im Personalbüro“, dankt mir der Inspektor für beinahe zwanzig Jahre DSR. Ungelesen gibt er mir die Aufzeichnungen zum Beladungs- und Sicherungszustand der GERINGSWALDE zurück und öffnet mir beinahe mitleidig die Tür. „Glauben Sie mir, wir haben hier wirklich ganz andere Probleme!“
„Sie haben gekündigt!“, empfängt und entlässt mich das Personalbüro.
Mein Weg führt am Büro der See-Berufsgenossenschaft vorbei. „Solche Sachen fassen wir gar nicht an“, lerne ich etwas ganz Wichtiges: Die Berufsgenossenschaften beraten die Unternehmen! Also kaufe ich mir eine Tasse Kaffee und staune in der Kantine vor mich hin. Was nun? Der Bauch spürt eine Bedrohung, mit der er nicht gerechnet hatte. Arbeitslos ohne Abfindung, ohne Zeugnis und ohne Arbeitslosengeld, drei Monate lang?
Siehste, Bauch, das hast du nun davon!
Wieso, Kopf, hast du nicht gelesen, gerechnet und bestätigt, so darf ein Schiff nicht über See gehen?
Ja doch!
Also!
Die zweite Tasse Kaffee muss her. Hunger verspüre ich keinen. Mich treibt auch so nichts. Mit welcher Botschaft soll ich schon nach Hause fahren? Vielleicht: Freut euch Mädels, der Vati ist da! Weder Silber und Gold, kistenvoll, führt er mit sich, noch die Aussicht auf ein paar Überlebensmark, aber von Liebe ist er übervoll?
Die Unordnung der Männerbrieftaschen rettet mich. Beim Kramen zwischen den Geldscheinen kuckt mir was kleines Grünes entgegen. Auf dem steht: Antwerpen, 13.08.90, Auslandsbüro Rotterdam, Hamburg, Hauptverwaltung Stuttgart, Membershipcard - ötv! Siehste, Kopf, du wolltest noch wissen, ob wir uns das leisten können, siebzehn DM, erinnerst du dich? Okay, Bauch, lass uns was draus machen! Noch vor dem Mittag sitze ich im ÖTV-Büro Rostock, nicht weit vom HAUS SONNE.
„Wir haben schon alle Hände voll zu tun“, hatte mich der Gewerkschafter empfangen und zwischen Kisten, Kartons, Akten und Ordnern platziert. Nun hat er Zeit für mich, hört sich meine Geschichte an, schüttelt den Kopf, nickt dann und spricht: „Damit beschäftigen wir uns täglich. Bleib ruhig, das endet mit einem Vergleich. Kann natürlich dauern, die Arbeitsgerichte sind völlig überlastet. Du fährst jetzt sofort zurück zur Reederei und erklärst dem Personalchef erstens: Es war keine Kündigung und zweitens: Deine Arbeitskraft steht weiterhin zur Verfügung.“
„Muss ich dann wieder aufsteigen?“
„Keine Angst, die sind froh über jeden Seemann, den sie jetzt loswerden. So billig wird’s für die nie wieder.“
„Was wird mit der GERINGSWALDE?“
„Wir schicken einen Gutachter nach Antwerpen. Lass deine Aufzeichnungen hier.“ Mit „Viel Glück!“ verabschiedet mich der ÖTV-er und drückt mir noch den

Zettel fürs Arbeitsamt in die Hand. „Damit du gleich Arbeitslosengeld bekommst.“
Am Nachmittag hört sich der Personalmensch bei DSR meinen Spruch an, weiß nun, die ötv sitzt im Boot und bleibt gelassen. Es wird eben so laufen, wie die anderen Fälle auch: Glück sind wir gleich los, die Bilanz jedoch wird das erst zwei Jahre später belasten.
Der Zug trägt mich durch die Nacht. Irgendwann kommt der Schlaf.
Irgendwie erreiche ich Hartha und meine drei Frauen werden es an den Schuhen vorm Regal sehen, dann, wenn sie aus der Schule und von der Arbeit kommen, der Vater und Mann ist zurück von See. „Lasst ihn schlafen!“, wird Kathleen die Töchtern erinnern, „ihr wisst doch, er braucht zwei Tage, um richtig zu Hause zu sein.“
Diesmal nun ist es für immer!

Langschlaf

Ich bin nicht der Einzige, der am 15. Oktober zu lange schläft.
Am Freitag war die GERINGSWALDE in Antwerpen eingelaufen. Drei Tage später schläft sich der ÖTV-Gutachter das Wochenende aus den Augen, schüttet Kaffee nach, setzt sich ins Auto und irgendwann am Vormittag erreicht er das Schiff mit dem Heimathafen Rostock. Er wundert sich schon, dass die Gangway so steil nach oben führt. Da kuckt er rein in die Luken und die Ladung ist raus!
Wohin nun mit dem ganzen Sachverstand?

Kurssuche

Weihnachten und Neujahr liegen hinter uns. Vor mir liegt die Erkenntnis: Schluss nun mit Wundenlecken. Jetzt muss es losgehen, das Leben an Land. Kathleens Firma arbeitet Kurzarbeit Null. „Gott sei Dank!“, atmet Frau Glück erleichtert auf. „Wir sind uns ja nur noch gegenseitig auf die Nerven gegangen. Das Sterben der eigenen Firma mitzuerleben, ist nicht mehr schön.“
Dann ist auch Kathleen arbeitslos. Liquidatoren, Filetierer und „Sanierer“ treiben ihr Unwesen. „Am schlimmsten sind die eigenen Leute. Jetzt haben sie uns sogar den Facharbeiterstatus aberkannt und schicken uns als Ungelernte aufs Arbeitsamt“, wettert meine Wilde. Also wird es auch deutlich weniger Arbeitslosengeld geben. Doch ich weiß, für sie ist das nicht das Schlimmste. Zwei Facharbeiterbriefe und jahrelange berufliche Erfahrung sollen wertlos ein? Nicht mit ihr! Die Gewerkschaft soll helfen und ist überfordert. Auch ich werde

es bald erfahren: ÖTV, IG Metall und Schwestern können nur noch ausgleichen, vermitteln und mildern. An Kampf ist nicht zu denken. Warum auch? Bald wird der Braten DDR gegessen sein.
Die gemeinsamen arbeitslosen Tage zu Hause fangen morgens immer später an und enden immer tiefer in der Nacht. Gegen zehn kommt die Zeitung. Die ist gegen elf gelesen und nun muss es nur noch Abend werden. „Was kommt heute im Fernsehen?"
Die Gänge zum Arbeitsamt und die Suche nach geeigneten Umschulungen retten uns vor der totalen Verblödung. Und die Töchter. So gut wir es können, versuchen wir unsere Probleme von ihnen fernzuhalten. Die haben auch andere „richtige nämlich". „Ich hab das ‚Rote Halstuch' nicht mehr gekriegt", mault Maja und Ina hat auch Kummer. „Ein Jahr noch, und ich hätte die FDJ-Bluse gehabt!" Die Mädels sind also gesund.
Mit viel DSR-Frust beladen, verhaue ich mein erstes Vorstellungsgespräch. Eine Ostseefährenreederei sucht Vertreter zur Arbeit mit den Reisebüros. Der Träger eines Kapitänspatentes, „oh ja!", mit Stinkwut auf die Seefahrt noch im Bauch, soll Schiffsreisen verkaufen? „Oh nein!" Stimmt, ich hätte mich auch nicht eingestellt.
Die Bildungsfirmen der „Alten Länder" vermuten einen gigantischen Markt im Osten. Die GAK Neu-Isenburg kommt in den Leipziger Raum. In Schenkenberg bei Delitzsch bietet sie Anpassungslehrgänge an. „Führungskraft im mittleren Management." Zwei von vierzig Plätzen sind noch frei, erfahre ich. Gemeinsam mit achtunddreißig ehemaligen Offizieren der NVA und einem weiteren Zivilisten starten wir in das Unternehmen Zukunft.
Zwei Jahre lang wird das Arbeitsamt zahlen, für Lehrgang und Unterhalt. Für die, die nicht nur die Flure des Amtes mit ihrem Frust belegen, sondern auch in den Broschüren blättern, legt die EU sogar noch einen Fahrkostenausgleich oben drauf. Also entdecke ich fünftausend Mark für tägliche Fernan- und abreise, beantrage und bekomme die auch.
Die erste Wessiwelle bringt nicht nur Glücksritter und Scharlatane. Viele der Neugierigen wollen uns wirklich auch helfen, nicht nur fachlich. So rät der BWL-Dozent und Bundeswehroffizier: „Lasst euch die Vergangenheit nicht nehmen!" Dann gibt er die als Geschenk gedachten NVA-Orden zurück und besteht darauf: „Ihr habt sie euch verdient, wie wir unsere! Verschenkt nicht euren Stolz!" Volkswirtschaftslehre, Marketing, Materialwirtschaft, Verkaufspsychologie, Rechnungswesen, Wirtschaftsenglisch, EDV, Wirtschafts- und Vertragsrecht und Managementtechniken werden von Leuten gelehrt, die davon etwas verstehen. Auch Personalmanagement.
„Mehr Selbstbewusstsein!", fordert der Personalchef einer großen deutschen Baufirma. „Kramt in euren Lebensläufen. Jedes Detail, jedes Papier, jeder Lehrgang zählt, jede Erfahrung!" Keine Angst vor der FAZ und den Suchanzeigen dort, rät er. Wir erfahren, oftmals werden dort Leute gesucht, die es nicht gibt, nicht geben kann. „Bewerbt euch, wenn die Inhalte passen. Die Personal-

leute stehen in der Pflicht. Sie müssen die Stellen besetzen, mit Leuten aus dem richtigen Leben, vielleicht euch?"
Und, jeder zweite von uns wird im Außendienst landen. Da sei er sich sicher. „Keine falschen Vorstellungen bitte. Es gibt nicht nur Staubsauger und Bausparverträge zu verkaufen. Alles hängt am Verkauf. Erst dann nämlich, wenn es einer kauft, kriegt das Produkt seinen Wert!"
Parallel zur Grundlagenvermittlung, den neuen Spielregeln also, läuft die Projektarbeit. Wenige westdeutsche Unternehmen nur haben den Mut, drei Monate lang ostdeutsche Praktikanten „vor Ort" zu trainieren. Landbetriebe stehen Reedereien hierbei nicht nach.
Noch zweimal fahre ich so für drei Monate wieder „zur See".
„Na klar, mach. Es muss weitergehen!", muss mich Kathleen nicht bestärken. Doch es tut gut zu wissen, die Familie steht dahinter. Auch sie hat nun Fortbildung gefunden. In einer kaufmännischen Übungsfirma lernt sie neuste Hard- und Software kennen, Buchhaltung, Marketing, Materialwirtschaft und ebenfalls die neuen Spielregeln.
Im STINNES Baumarkt Bad Neustadt erlebe ich Marktführung und Westkunden. Ich darf die Weihnachtsdekoration machen und erfahre: Wir haben vor Rot keine Angst!
Bei MIELE zeigt mir eine Einkäuferin, wie man Angebote herunterhandelt. Im Personalbereich darf ich Kontakt zu den regionalen Verkaufskönigen aufnehmen. Dabei latsche ich so richtig schön in den Fettnapf „Eitelkeiten im Vertrieb". Der Lohn sind zwei Seminare zu Verkauf und Marketing. Dabei treffe ich auf die Außendienstmannschaft der neuen Bundesländer. Danach weiß ich: Ja, das ist es!
„Kein Chef im Nacken, nur du hast Schuld am Erfolg oder Misserfolg, jedenfalls beinahe!" Viel später werde ich erfahren, jede Menge Selbstdisziplin, Menschenkenntnis und viel Bauchgefühl sind die Voraussetzung. Und, der Herzinfarkt ist als Lohn nicht ganz ausgeschlossen.
Vorstellungsgespräch bei einer DEGUSSA-Tochter. Ein Gefahrgutbeauftragter für Deutschland wird gesucht. Zwei Anzeigen bisher waren erfolglos. Das ist nun die dritte und ein Headhunter ist eingeschalten. Ich erwähne meine Erfahrung beim Transport von IMO-Ladung. „Dangerous when wet", „Explosives" und „Corrossive". Nein, die englische Sprache ist kein Problem. Umzug hierher? Na klar, sofort! Vier Stunden Zeit nehmen sich Personalchef und Abteilungsleiter, mir die Firma zu zeigen, mein Wissen zu testen und die Ehrlichkeit meiner Absicht zu erkunden. „Wir wollen Sie haben", verabschiedet man mich, aber „wir müssen noch das Angebot des Personalsuchers abwarten."
Tage lang zittre ich der Entscheidung entgegen. Dann ist es da, das Gefühl, welches der Botschaft folgt: Zweiter Sieger!
Mein letztes Praktikum soll bei TRINKS Logistik sein. „Sie werden bei uns richtig arbeiten müssen!", glaubt der Personalchef mich warnen zu müssen. In Dresden wartet die „Ochsentour" auf mich und bei Eignung der Betriebsleiter-

job in Brandenburg. „Was sollen wir denn da?“, will Kathleen nicht wissen. Es muss ja weitergehen oder wenigstens endlich erst einmal los.
In Dresden empfangen mich der Dreck, die Witze und die Themen der Arbeiterpausenräume mit BILD-Zeitung auf dem Frühstückstisch, Kippen im Senf der Bockwurstpappe und Tische mit Flecken drauf, die niemanden stören. Ohne BILD könnte man annehmen, ich hätte damals im Überseehafen nur zu lange geschlafen. Nein, das nicht mehr!
Zur Personalmesse in Leipzig referiert ein überlegener Herr, Senior Consultant oder so, mit mächtigem Ring am kleinen Finger der rechten Hand, zu „Zehn Gründe, sich zu bewerben“. Noch staune ich über die anderen neun.
Ich will doch nur erst mal wieder arbeiten.

Vorstellungen

Ich hatte getan, was der Personalchef und auch der Herr des Ringes geraten hatten. Mutig hatte ich mich an die FAZ gewagt und zügig dann über die halbseitengroßen Roland Berger Anzeigen hinweggeblättert. Mit jeder Seite mehr war auch die Realität ein Stück näher gekommen. Gleichwohl wünschten sich Personalchefs zahlreicher Pharmafirmen, in noch immer gewaltigen, jedoch nur noch halbbergergroßen Anzeigen Wunderdinge von den Gesuchten. Die Anforderungen an die Persönlichkeit des Bewerbers schreckten mich nicht. Auch nicht die Wissenschaft. Was kann schon schlimmer sein als komplexe Zeigerdiagramme für induktive und kapazitive Widerstände im Wechselstromkreis? „Firmeneigenes Schulungszentrum und Vorbereitung auf die Prüfung zum Pharmareferenten – IHK!“ machen mir Mut.
FAZ und rote Liste liefern mir nun dreiundfünzig Adressen. Diese beliefere ich mit bester Werbung zu mir, in Wort und Bild. Ein hässlicher, grauer Zettel mit Tippfehlern und misslungenen Radierungen wird zum Joker im ernsthaften Spiel. Nichts weniger als eine existenzsichernde und anspruchsvolle Zukunft an Land sind mein Anspruch.
Nach zwei Wochen mit drei Frauen, viel Balaton, noch mehr Sonne und Bert freundlichen Tagen grüßt mich der Antwortstapel im Briefkasten. Viele der Serienbriefe wünschen mir Glück und sind überzeugt, es wäre nur eine Frage der Zeit, liege also nicht an der Qualifizierung. Drei Mutige gibt es dann doch. Eine Woche später sitze ich in einem Berliner Hochhaus an einem zentrumnahen Platz. Zwanzig Minuten lang berichte ich von mir. Dann will mein Gegenüber wissen, ob das, was sonst in eine Garage nur passt, auch Platz in meinem Schlafzimmer hätte. „Sie werden ein großes Lager brauchen!“
Schließlich wäre ich Sachse und gelernter DDR-Bürger, bestätige ich ihm. Ja, zur Not schlafe ich auf den Ärztemustern, neben der zahlreich gedruckten Wissenschaft und hinter den vielen bunten Klappdingern. Später wird sogar ein

Computer in die Ehebettenburg der Glücks hineinschauen. Umlagert von Pharma-Ab- und Hingabeartikeln, Karteikartenstapeln und beobachtet von bunten chefgedruckten Umsatzerwartungen, gepinnt an raufasrig-weiße Wand, wird die Erotik an die Grenze ihrer Belastbarkeit getrieben werden. Das kann ich jetzt noch nicht wissen. Ich würde trotzdem Ja sagen.
Dann schwärmt er los. Zweieinhalb Stunden lang höre ich von den Riesenchancen der Wiedervereinigung. „Ein Wahnsinnsmarkt!" und: „Mit Zonenrand- und Berlinzulage habe ich zwei Häuser gebaut und jedes Mal ordentlich Plus beim Verkauf gemacht." Bald wird er wieder bauen, weiter nach Osten zu und zur nächsten Zulage hin. „Das sind Chancen, mein Lieber!" Das Schwärmen geht weiter. „Wissen Sie, was wir als Studenten gemacht haben. Wir haben uns überall, kreuz und quer und viele Bahnkilometer entfernt bei den Firmen beworben und wollten da gar nicht hin. Doch das Fahrgeld, damals wurde noch 1. Klasse erstattet, und die Spesen zur Vorstellung waren ein guter Zuverdienst. Na ja, heute gibt es ja auch noch ordentlich!" Schließlich meint er, er wäre sich sicher, der Unterschied zwischen Zäpfchen und Tablette, und den daraus resultierenden unterschiedlichen Applikationsöffnungen des menschlichen Körpers, sei mir klar. Aber, er erwarte schon auch Fleiß. Diesen will er vorab reichlich belohnen. Ein stattliches Gehalt und der Mercedes, „ein kleiner nur", doch jede Menge Freikilometer, seien eine Menge Holz und nun sein Angebot. „Wir brauchen dringend jemanden in Chemnitz!"
Mit dem Vertrag in der Hand, schaffe ich es gerade noch bis nach unten. Der Bauch kann den Brei aus Arroganz, Eitelkeit und Hochmut nicht halten. Auch der Kopf will ihn nicht haben. Also kotze ich an die Fassade des verklinkerten Hauses. Und auf den Rasen. So etwas tut man nicht. Auch nicht in West-Berlin, so sorry!
Der Bauch weiß Bescheid. Der Kopf rätselt noch.
Drei Tage später sitze ich zwischen Köln und Düsseldorf. Nach dem Personalchef begrüßt mich der Herr des Vertriebes. Gegen jede Regel, doch mit Absicht, will er wissen: „Waren Sie in der SED?"
Ich halte die Sekunde Pause, die man halten soll. „Ja, und ich wollte da sogar rein!" Die Spannung zwingt mich zur Atempause. „Ja klar, mussten ja alle bei euch", glaubt er, mich zu verstehen, und fügt an: „Ihre Antwort gefällt mir. Ich brauche hier nämlich keine Spinner. Umsatz zählt, Menschenkenntnis und Praxis!" Dabei wedelt er mit dem grauen Zettel voller Tippfehler. Auf dem steht: Hospitation des Schiffsoffiziers, Dipl.-Ing. Glück, Bert vom 08.03 -21.03.1988 am Kreiskrankenhaus Leisnig. Neben meinem Diplomzeugnis, dem Arbeitszeugnis und dem Kapitänspatent für die Große Fahrt wird so der Frosch zum Prinz.
Mit „Wir melden uns", doch ohne Vertrag in der Hand, lenke ich „Olle Warti" gen Osten. Das war wohl nichts, und: Nächste Woche dann also noch Japan, denke ich. Dann überfällt mich die Vorstellungsgesprächsstressnachmüdigkeit. Irgendwo auf der A 4, bei Alsfeld, kann und will ich nicht mehr. Ein Zimmer ist

schnell gefunden. Nun schnell noch Kathleen informiert. Die redet gleich los. „Du, hier hat einer angerufen. Der will sich morgen mit dir treffen. Er wäre dein neuer Chef und bringe den Vertrag gleich mit." „Da weißt du schon mehr als ich", antworte ich Kathleen, und „ein Bier noch und dann ist es gut. Ich glaube, wir haben es geschafft!"
„Ja", erwidert Kathleen, „du ja!"
Ich habe keine Lust mehr auf höchste Spinner mit Büro in Westberlin.
Monheim bleibt die richtige Wahl: Für weniger Geld und weniger Auto, doch jede Menge mehr Vorschuss für Kopf und Bauch.

Probezeiten

Es scheint nun aufwärts zu gehen. Zukunft und Sicherheit für die Familie, Ruhe für mich –endlich. Mit dem Herbst beginnt auch die Pharmaschulung. Langsam fällt die Last des Suchens und der Ungewissheit von mir ab. Wenn Jahre später so viele denken, sie wüssten, wie es Arbeitslosen geht, ich weiß es besser. Die Lernerei ist kaum Anstrengung. Sie erfordert nur Fleiß und macht bald auch Spaß. Juxtaglomerulärer Apparat, spezifisches und unspezifisches Immunsystem, Medulla Oblongata, extrapyramidale Bahnen, Renin-Angiotensin-Aldosteron-System und Hormonspiegel, auch der weibliche. Was doch der Mensch alles so mit sich rumschleppt!
Die Abende beim Spaziergang am Rhein helfen, den Stoff des Tages zu verarbeiten, beim Vorausdenken und auch beim Abschalten. Ruhe ist in mir, oder nicht?
Wieder klopft und hampelt das Herz, was und wie es will. Bis zu zwanzig gezählte Male am Tag und minutenlang ignoriert der doofe Muskel jegliche Rhythmusvorgaben. Westärzte wissen Rat. „Das kommt vom Rückgrat", wusste ich schon, nun weiß ich also: „Das kommt aus dem Kopf." Jahre später wird einer an das Nächstliegende denken: „Das kommt vom Herzen!" Kurz darauf werde ich auf dem Tisch liegen. Der OP-Roboter wird lange Narben am Herzen brennen. Ich werde aufwachen und das Herz wird einen Takt im Brustkorb schlagen, den ich sehr lang schon so nicht mehr gespürt hatte, unschuldig gleichmäßig. Danke ans Leipziger Herzzentrum.
Erst einmal jedoch ist es der letzte Sonntag vor Weihnachten. Stephan begleitet mich zum Krankenhaus. „Lassen Sie mal genau dann ein EKG machen, wenn's wieder holpert!", hatte man mir geraten. Also hüpfen wir durch die Tür, dann hüpft die Nadel übers Blatt und gleich darauf ist Stimmung im Haus. „Nicht mehr bewegen!", ruft der Arzt. Per Krankenstuhl geht es hin zum Bett. Minuten später bin ich verschlaucht, verkabelt und verzweifelt.
Alles aus, jetzt wo Rettung so nah war?
Das Nitrat will mir den Kopf zerreißen und die Ungewissheit die Brust.

Am nächsten Tag kommt Besuch. Die Damen wissen, was Männern fehlt. Also bringt mir die Abordnung unserer Gruppe zwei Schlafanzüge. „He, Kopf hoch!“ Der Trainer bekräftigt: „Werde gesund, wir planen mit dir!“
Kathleen spricht am Telefon: „Also, Weihnachten ohne dich. Bleibe ruhig. Wir wissen doch noch, wie das geht. Schone dich!“
Eine Röntgenassistentin sieht mich leiden. Den ersten Weihnachtsfeiertag verbringe ich im Kreis ihrer Familie in Langenfeld. Das lenkt ab, baut auf und macht Mut. Danke!
Der Chefarzt verabschiedet mich. „Wir haben alles Mögliche gecheckt. Seemann, Sie wissen ja!“ „Ich weiß: Zunge raus und ab ins Labor – HIV und so.“ „Nein, nein“, lacht er da. Da würde es den Reisemedizinern schnell langweilig. Er reicht mir zum Abschied die Hand und vier Wochen später wieder, morgens zur Visite. Diesmal nun will man der Sache auf den Grund gehen. Es könne dauern.
Die Chefin des GARNI-Hotels wäscht mir die Sachen, Stephan besucht mich beinahe täglich und die Firma lässt wissen: „Wir rechnen fest mit Ihnen! Kommen Sie nicht zu zeitig wieder!“ Die Mädels bringen Lehrstoff, Äpfel und gute Laune.
Ende April bin ich frischgeprüfter Pharmareferent und zurück in Hartha.
Die Probezeit beginnt.

Kurzer Prozess

Ein Brief der ÖTV-Kreisstelle Rostock erreicht mich und bittet mich zur Verhandlung nach Rostock: Bert Glück gegen DSR – Klage auf Wiedereinstellung, pro forma, versteht sich.
Mehr als zwei Jahre sind nun seit meinem „Abschied“ von der DSR vergangen. Die Richter haben in dieser Zeit alle Hände voll zu tun.
„Es reicht, wenn Sie zehn Minuten vorm Termin bei Gericht sind“, erklärt mir die freundliche Dame des ÖTV-Büros am Telefon.
Auf dem Gang zu den Verhandlungszimmern schwatzt ein Pärchen. Dann ruft eine Stimme: „Glück gegen DSR“, der männliche Pärchenteil setzt sich neben mich und der weibliche uns gegenüber.
Der Richter verliest einen Text, fragt dann nach Einlassungen und die weibliche Pärchenhälfte bittet um eine kurze Bedenkzeit. Die wird ihr gewährt.
Draußen auf dem Gang findet das Paar zueinander, nickt sich gegenseitig zu und trennt sich dann wieder. So richtige Neugier kann ich beim Richter nicht erkennen. Warum auch. Gleich wird alles so kommen wie hundert Mal zuvor und wohl hundert Mal noch danach.
DSR bietet die volle Abfindung, einen Aufschlag und ein Zeugnis, wohlwollend, wie sonst, gegen meinen, heute und hier nachzureichenden Wunsch, am

02.10.1990 keine Lust mehr auf Seefahrt gehabt zu haben.
„Was ist mit meinen Berechnungen zur Ladungssicherung?", will ich vom männlichen Pärchenteil wissen. „Ach ja, die finden die Kollegen der ÖTV nicht mehr. Nehmen Sie das Vergleichsangebot an?"
„Ja." Was bleibt mir übrig?
Mit Datum vom 12.01.1993 geht ein halbes Berufsleben für die Seefahrt zu Ende.
Das Papier bezeugt: ... ausgeprägtes berufliches Engagement ... absolute Gewissenhaftigkeit, Genauigkeit und Verlässlichkeit ... stets belastbar ... behielt auch in schwierigen Situationen den Überblick und die Fähigkeit zum verantwortungsbewussten Handeln ... pflichtbewusst ... überdurchschnittlich gut ... zu unserer vollsten Zufriedenheit.
Dem Bauch ist es gleich. Früher hätte er das gern gelesen. Jetzt steht es da und trägt den Verdacht, überladen zu sein vom Blabla der Gefälligkeitszeugnisse einer neuen Zeit.
Ich kann und will nichts mehr hören von DSR, lesen schon gar nicht.

Moor- und Wechselbäder

Endlich! Auch Kathleen wird zum Vorstellungsgespräch geladen. Eine Firma aus Bayern sucht für ihren Döbelner Zweigbetrieb eine versierte Bürokauffrau. Sie sollte Erfahrung mit Links- und Rechtsgewinden, dreiviertel Zoll, M8 und Stahlprofilen haben, sich unter Kanten und Schweißen was vorstellen können, kaufmännische Software beherrschen und Computer sowieso.
„Sie müssten ein paar Wochen ins Hauptwerk zur Einarbeitung", warnt der Firmenbesitzer, und der Chef des zukünftigen Döbelner Betriebes will wissen: „Was werden Ihre Kinder dazu sagen?"
„Die sind froh, die Mutter mal los zu sein", gibt Kathleen die Antwort, die keiner erwartet hatte, aber allen gefällt. „Ja, so ist das mit den Kindern", bestätigt der Chef lachend. Kathleen ergänzt: „Und schließlich haben die ja auch noch 'nen Vater!"
Es folgen Ina-Maja-Vati-Wochen mit Mutti-Wochenenden. Ina hilft mir, wo sie kann. Sie kann fast überall. Maja folgt, wo sie kann, auch beinahe überall. Dann ist Kathleen zurück aus Bayern. In Zukunft wird sie die Frau für achtzig Männer sein. Kein leichter Job. Doch die Mühen der zahlreichen Lehrgänge, durchlernten Abende und zu bestehenden Prüfungen vor und nach der Wende haben sich gelohnt. Der Aufbau in Döbeln beginnt. Sie ist dabei, von Anfang an. Ich werde sicherer in den Arztgesprächen. Man hört mir sogar zu und die Umsätze steigen. Geschafft!
Alle Klippen scheinen umschifft, alle Stürme überstanden und das Ziel greifbar nah, da baut sich vorm rettenden Strand eine Brandung auf, mit der keiner ge-

rechnet hat.
Zwei Köpfe sind ratlos, zwei Bäuche verzweifelt. Warum, wieso, was nun? Das soll's nun gewesen sein? Schwerstarbeit für zweimal Kopf und Bauch. Ehrlichkeit und keinen Kompromiss, beschließen die Köpfe und: Die Bäuche sollen das letzte Wort haben! Es braucht seine Zeit und erste, neue Wärme kündigt sich an. Wenig zwar, doch mit viel Hoffnung drin.
Das Ende meiner Probezeit steht bevor. Neues Elend wartet nicht lange und schlägt sofort zu. Ein Bandscheibenvorfall zieht mich krumm und haut mich aufs Lager. Die Neurochirurgen der UNI-Klinik Dresden räumen großzügig Knorpel und Knochen aus. Da werde ich nicht umhinkommen, zu erkennen: Ich habe wohl jetzt genau den richtige Beruf!
Doch erst einmal sind sie wieder da, die Ängste. Geht es weiter im Beruf? Wie geht es weiter? „Werden Sie erst mal gesund!", lässt mir die Firma nun bereits zum dritten Mal innerhalb eines Jahres übermitteln.
Die Rehaklinik in Kreischa empfängt mich als ihren zweiten Patienten. Noch ist der Neubau nicht fertig. Die Türen zum Gang hin fehlen. Als Mohr vom Moorbad grüße ich die vor meiner Wanne dahinflanierenden Patienten und Besucher. Es fühlt sich ein wenig wie Zoo an, doch die warme Pampe tut gut. Warum also sollte ich nicht?
Irgendwann erreicht mich der Brief. Sehr geehrter Herr Glück, wir freuen uns, Ihnen mitteilen zu dürfen, dass Sie Ihre Probezeit erfolgreich bestanden haben. Sie sind in ein festes Arbeitsverhältnis übernommen. Im Rehabett liegend, staune ich auf das Blatt in der Hand. Mir fällt es schwer, zu begreifen. Zwölf Jahre später, so bei der Niederschrift, werde ich immer noch staunen. Woher hat man in Monheim nur damals die Freude genommen, bei solch einem Start?
Bald entlässt mich Kreischa ins Leben zurück. Vorher noch meint der Chefarzt, es würde wohl auch Zeit. Schließlich sei ich ja rundum gesund, wie er nun wisse. Da hatte die Nachtwache meine Kojenpuppe entbettdeckt, nur wenig Alarm geschlagen und lieber bis zum Morgen gewartet. Gut so, sie hätten mich doch nicht gefunden. Irgendwo im Dorf, eingepackt in weißes Bettzeug und geschmolzen von Wüstenhitze, hatte mir Kathleen jegliche Zweifel genommen: „Siehste, es klappt noch!"
Das erste Weihnachten „im Frieden" naht. Es geht aufwärts im Hause Glück und wurde auch höchste Zeit. Denn, irgendwann muss doch auch sie mal zu Ende sein, meine Probezeit für das Leben an Land?

Schiffeversenken – zweiter Versuch?

Seefahrt geht weiter. Am ersten Mai 1994 kämpft ein Schiff im Golf von Bengalen ums Überleben. Mit Windgeschwindigkeiten, die weit über dem Ende der Beaufortskala liegen, hat ein Wirbelsturm die Wellen haushoch gebrüllt. Gischt

und Regen lassen die Sicht gegen Null gehen. Der Orkan tobt durch den Seeraum und reißt zweiundsechzig Container von Deck. Bis über 50 Grad weit wirft sich das Schiff in der See hin und her. Brückenfenster gehen zu Bruch. Nun dröhnt der Krach ungedämpft in die Brücke. Der hereintreibende Regen macht Kurzschlüsse und Brandherde. Es muss gelöscht werden. Jedes der Besatzungsmitglieder klammert sich dort, wo es geht, fest und kann nur noch zukukken. Wer je miterlebt hat, wenn die See von oben herab auf einen schaut und schlägt, wenn es keinen Sinn mehr macht, auch nur eine Minuten voraus noch zu planen, jede Wasserwand kann die letzte sein, nur der ahnt wie sich die Besatzung fühlen muss. Hat es der Kapitän jetzt endlich begriffen?
Dann zieht der Sturm weiter und sucht sich seine Opfer an Land. Mehr als fünfhundert Tote werden es sein.
Es ist der Schiffbaukunst der Rostocker Neptunwerftarbeiter zu danken, dass die INFINITY diesen Sturm übersteht.
Im Jahre 2003 erst werde ich den Bericht darüber lesen, wieder und immer wieder!
Sofort wird es wieder da sein, das „Wir vertrauen unseren Kapitänen!“, gesprochen vom Inspektor, der dort nicht mitfahren muss, wohinein die Person seines Vertrauens zwanzig Seeleute schleppt, die neben dem Vertrauen auch noch Familien haben.
Trotz besseren Wissens, einer exzellenten Ausbildung an der Seefahrtsschule, entgegen den Warnungen der Wetteratlanten und Seehandbüchern, hatte der Kapitän sein Schiff in das vordere rechte Viertel des Wirbelsturmes gesteuert. Es ist das gefährlichste Viertel und gilt zu Recht als das „unfahrbare”. Die Geschichte gehört in jedes Lehrbuch der Wetternavigation.
Unfassbar, die Entscheidung des Kapitäns!
Ich werde beim Autor des Berichtes anrufen und wissen wollen: „Was haben die anderen Nautiker gemacht? Hat sich keiner von denen gewehrt?“
„Nein“, werde ich zur Antwort erhalten, „nein, nur der Erste Offizier hatte seine persönlichen Dokumente am Mann.“
Haben sie wirklich zugesehen, der Erste und der Zweite Offizier, die Bald-auch-Kapitäne? Dann werde ich die Frage stellen, deren Antwort mir, noch heute beim Schreiben, die Tränen der Wut in die Augen treibt. Sollte der Kapitän wirklich eine zweite Chance erhalten haben?
„Für den Alten war damit die Seefahrt zu Ende“, werde ich erfahren. Doch dann werde ich wissen wollen: War das *der* Kapitän von Mittelmeer/Afrika?“
„Ja.“

Voll Voraus

Kurs liegt an und der Dampfer der Glücks navigiert über sicheren Grund. Endlich!
Ina und Maja lernen fleißig und am Gymnasium. Ina „wie Mami!", eben immer, und Maja „wie Papi!", also, wenn sie Lust dazu hat. Kathleen rettet die Volkswirtschaft mit Überstunden und zeigt den Bayern, was sächsische Damen so können: Telefonieren, Monatsabrechnungen machen, Dateien basteln und füttern, Kaffee kochen, Ausfuhrpapiere tippen, Gäste betreuen und sich mit dem Zoll rumärgern – alles auf einmal!
Micky hockt im Käfig, fliegt dann weg, wir kleben Suchplakate und da haben wir ihn wieder. „Der braucht eine Frau. Deshalb ist er fort!" Eine andere Erklärung hätte sie von mir nicht erwartet, bestätigt mir daraufhin die liebe Frau. Bald darauf gluckt eine „dicke Ente" auf Mickys Käfig. Die heißt Mousy und Kathleens Hoffnung erfüllt sich bald. „Mickymousy, mickymousy!", quatscht der Wellensittichgalan seiner Dame erregt in die Federn. Daraufhin setzt es einen Schnabelhieb der Angebeteten. „Es ist wie im richtigen Leben", meine ich. Da meint Frau Glück zurück, diese Bemerkung hätte sie nicht enttäuscht. „Ihr Männer seid nun mal so!" Stimmt.
Meine Lehrjahre im neuen Beruf liegen hinter mir. Ich weiß mittlerweile, was mit Metabolischem Syndrom und Refluxkrankheit auch auf mich einmal zukommen kann. In den Fach- und Hausarztpraxen wird mir's zu eng. Ich wechsele zum Klinikaußendienst für Thrombolytika, Lokalanästhetika und Antibiotika. Der Aufbau der Schmerzambulanzen beginnt, ein Segen für Tumorpatienten und solche mit chronischem Schmerz. Chefärzte und Apothekendirektoren sind immer auch Menschen. Bald geht die Ehrfurcht, doch die Achtung bleibt.
Die Sicherheit im Job schafft Raum für Freizeit. Zunehmend gehören die Wochenenden wieder der Familie. So donnert das „Samuel hilf!" über die Felsenbühne und durch den Wehlengrund in Rathen. Die siebte Freikugel ist gegossen, da bricht ein Wasserfall aus dem Sandsteinfelsen der Sächsischen Schweiz. Meine Pyromanin freut sich über das teuflische Feuerwerk. Dazu kuckt der Vollmond über die Bastei und zum „Freischütz" herunter.
Ich freue mich über das zarte Stimmchen, das auf mdr-Kultur meinen „Maulwurf" vorträgt, und staune über die vier Jahre Zeit, die das Patentamt zur Bearbeitung eines Antrages auf Erteilung eines Patentes braucht. Der Sommer sieht Glücks in der Adria weichen und am Strand dörren. Der Winter erlebt uns mit Briten und Glühwein am Babylift oder beim Wandern am Skizirkus, Österreich, was sonst!
Die Vorweihnachtszeit bietet „Der Nussknacker" oder „Schwanensee" an der Semperoper. Mitten im Jahr schmettert Wagners Chor der Matrosen sein „Steuermann, lass die Wacht!" in die Zuschauer. „Hab ich längst!", kann ich ihm bestätigen und, so richtig wusste ich wohl nicht, was ich da tat, doch, wofür ich es tat, schon! Dass es richtig war, weiß ich nun!

Herr Fritz

Unsere Jobs hatten die Bank überzeugt. Also hatte sie sich mit uns auf das bekannte Spiel eingelassen: Mal kucken, wem das Haus am Ende gehört! Das würde irgendwann ausgehen, wie auch immer.
Eigene Ersparnisse ermöglichten ein kleines Auto, für kleine Frauen. Kleine Männer im Verkauf sollten ein größeres fahren, meinte mein Chef. So hatte er mir ein sehr schönes vors Haus gestellt, so eins, bei dem der Antrieb hinten quertreibt, im weißen Schnee unter blauem Himmel, und er hatte gefordert: Mach Umsatz, sonst ist es wieder weg!
Also gab uns das Leben etwas, wovon man überzeugt ist, das man es braucht um noch mehr vom Leben zu haben.
Nun aber stellte es seine Forderung an uns. Der Tag war gekommen.
Knöchelhochtief hatte das Wasser der Tränen im Hause Glück gestanden. Ina hatte ihr Abitur geschafft und der Freistaat ihr dabei geholfen. „Nicht für die Schule, für das Leben lernst du!", kramte ich einen bekannten Spruch aus der Erinnerung hervor. Der sollte ihr helfen, sich moralisch auf eine Prüfung vorzubereiten, die Sachsen seinen Abiturienten eigentlich schenkte, warum auch immer. Man durfte die Mathe-Prüfung „verhauen" und würde trotzdem das Abitur kriegen. Ina wäre dumm gewesen. Sie ist es aber nicht und so vertraute sie ihrem Vati und dessen Wissen vom Leben. Ihr Mathelehrer hatte schon Bert das Rechnen beigebracht. Ihn verwunderte es nicht, dass sich Berts Tochter mit dem Büffeln von Chemie auf eine Matheprüfung vorbereitete, in der man null Punkte haben durfte. „Bei dem Vater!"
Der Direktor fand das „nicht komisch". Unsere Lösung passte so gar nicht in seine ehrgeizigen Pläne mit dem Lessing-Gymnasium, aber bestens zur Aufgabe. Lernen kann jeder, sie hatte begriffen! Trotz der Null-Mathe-Punkte hatten wir uns nicht verrechnet. Es wurde ein gutes Abitur!
Ina verabschiedete sich über Leipzig nach Stuttgart ins Arbeitsleben. Der Abschiedsschmerz hatte sie leichtsinnig gemacht. „Alle vierzehn Tage werde ich euch besuchen kommen, versprochen." Ich kannte ja ihre Rechenkünste und dachte „Na, mal sehen!" Inas Mutti half mit, dass der Pegel des Tränenhochwassers nicht zu schnell sank.
Drei Jahre später hatte sich Maja erfolgreich dumm gestellt. Nur einmal noch wollte sie ihren Part in der Joseph-Aufführung der Musical Company am Luther-Gymnasium singen. Wortlos sagte sie die ihr beinahe schon zugesagte Ausbildung ab und rettete so ihren Auftritt. Daraufhin war ich dreimal ums Haus gejagt, dann durch Wald und Flur, hatte in jeden Baum gebissen und das rettete ihr schließlich das Leben. Ein Jahr später durfte sie zwischen vier Zusagen

wählen. Nur kurz noch mal schwankte ich da zwischen Freude und Totschlag. Mutti küsste ihre Tochter und daraufhin versprach auch diese: „Alle zwei Wochen, könnt ihr glauben, wirklich!“ Dann war auch Maja gegangen, über Münster nach Frankfurt am Main.
Wiederum waren Sturzbäche von Tränen durchs Haus gelaufen. Das Leben hatte zugeschlagen. Nun fehlte die Hälfte von dem, was Glücks Familie bis hierher ausgemacht hatte.
Bald waren die Fliesen im Haus getrocknet. „Vierzehn Tage“ oder „zwei Wochen“ wurden immer länger. Nun sehen wir uns drei- oder viermal im Jahr, aber nur, wenn Mutter und Vater Glück ein- oder zweimal auch westwärts ziehen. Oder bei den Prüfungen der Schwiegersohnbewerber und zu den family events in Tirol, am Gardasee oder auch auf Bornholm.
Also, Kathleen vermisste beinahe alles nun, worauf sie ihre Liebe hätte werfen können. Das Leben hatte überzogen und war nun in der Pflicht. So schickte es einen Hund, knuddlig, folgsam und geduldig, zehn Kilo Locken und Liebe. Täglich nun machen wir unsere Runde durchs Zschopautal, Herr Fritz und ich. Das Felltier bewahrt meine Waage im Bad vor zu großer Überlast. Ich danke mit ausreichend Auslauf für den Vierbeiner. So tippelt Fritzi vor, hinter oder neben mir, pieselt mal hier und mal da und platzt dabei fast vor Stolz. Die Spaziergänge an den Wochentagabenden sind ohne Stress. An den Enden der Woche begleitet uns Frauchen und somit ist alles anders.

Elefant, Tiger und so

Na ja, eher Kuh und Katze. Trotzdem, angefangen hatte alles, wie alles eben anfängt, harmlos!
Vor Herrn Fritz war eine Mieze ins Haus gekommen. Nur das Lätzchen, die Vorderschuhe und die Hinterstiefel waren weiß, der Rest war schwarz, die Äuglein grün. Dann musste Herr Fritz mit in den Urlaub und als wir zurückkamen, war meine „Dicke Mauze“ weg. „Siehste“, sprach da meine Schlaue, „ich hab es dir doch gesagt!“ Doch ihre Kinderchen, Minka und Moritz, hatte die Katze uns dagelassen. Erfolgreich taten die Autos ihr Bestes. Da war nicht nur Kathleen sehr traurig. Das bemerkte “Rosa vom Bahndamm” und brachte, Kathleen zum Trost, ihre sechs Kinderchen gleich mit. Wieder füllten die Autos die Igelpausen mit Kätzchen. „Ich will nun keine Katze mehr!“, gab meine Felltiertolle entnervt bekannt. Das störte „Rosa vom Bahndamm“ nicht im geringsten. Erneut brachte sie sechs Kinderchen dorthin, wo es ihnen gut gehen würde, wie sie wusste, sehr gut sogar, zu uns also. Bald war der Wiesenstreifen im Schatten unserer Hecke trittweich von Katzengräbern. Nun hatte auch ich keine Lust mehr auf Mieze. Da kam „Rosa vom Bahndamm“ wieder daher und hatte Aufgaben im Schlepp, die es für immer nun zu lösen galt.

Schnell hatte die Katzenfalle siebenmal „klapp“ gemacht. Die „billigen Katzen“, die Kater also, waren schnell vergeben. Die „teuren“ blieben uns. Der Tierarzt beendete das Werk mit seinen schönsten Nähten. Seit dem ist „sechs aus eins“ nicht mehr möglich. Rosa wohnt nun bei uns. Teufelchen macht seinem Namen alle Ehre, Weißspitz liebt Herrn Fritz und der sie auch. Selbstverständlich bekommen die drei nur Nassfutter, Trockenfutter und Wasser. Schlagsahne und Milch, die Fettarme aus den hellblauen Tetra-Packs vom KAUFLAND, gibt es natürlich nicht! Schwarzspitz war am schnellsten zahm geworden, doch liegt nun bereits bei den anderen.
Ja, doch das ist nur der eine Teil der Geschichte.
Der andere geht so: Gleich zu Beginn führten uns die Wochenendrunden an den Kühen vorbei. Hatten die ihr Gras lippendick dem Erdball entgegen gerupft, rätselte Kathleen nicht lange. Sollten wir nicht den Buntscheckigen ein paar von den Äpfeln der Nachbarwiese zum Fraß hinwerfen? Gefragt, getan!
Vorbei ging es am Wildgehege. Unser Brot hatte keine Chance, es konnte nie alt werden. Bevor unsere Runde endete, bestachen wir noch Frau Tina, die igelfressende Hofhündin mit herzhaften Kaustreifen. Irgendwann standen Ziegen im Gehege am Weg. Die fraßen erst das Gras bis unter die Erde und dann unser Brot. Das hatten wir da bereits schon zukaufen müssen.
Später grasten Pferde auf der Zschopauwiese. Deren Speiseplan schien Kathleen zu eintönig. „Wollen wir nicht...?“ Also kaufte sie Möhren, anfangs ein Bund, später zwei Kilo, jeden Freitag. Herr Mucki, ein dämlicher Hofhund und trotzdem ein Mann, gewöhnte sich mit der Zeit an uns. Manchmal biss er mir in die Finger, aber immer nahm er „sein Leckerli“ mit. Dann trotteten Al Pagas zwischen den Ziegen im Gehege umher und folgten denen neugierig zum Zaun, wenn wir zur Fütterung schritten. „Wollen wir nicht ...?“ Wir versuchten es, doch sie waren mit Brot zufrieden. Gott sei Dank!
Einmal kam uns die Sau vom Bauern mitten auf der Straße entgegen. Gemeinsam mit ihren sieben Ferkelchen hatte sie sich Ausgang genommen. „Soll ich ab sofort Kartoffelschalen einstecken?“, hoffte ich auf Kathleens „Nein“. Sie enttäuschte mich nicht. Dafür kamen noch drei Stuten und ein Hengst, oben im Dorf, dazu. Nun schleppten wir Beutel. Ich hasse Beutel!
Nur dann, wenn wir selbst kochen, kriegen die Karnickel vom Übernachbarn zusätzliches Grünfutter. Die Frösche im Feuerlöschteich sind wieder verchwunden. Ich hatte schon Angst davor: „Wollen wir denen nicht ein paar Mücken fangen?“ Gleichwohl, irgendwann würden wir mit dem Handwagen ums Dorf ziehen.
Nun lauert neue Gefahr. Am Viadukt beim Hasennest ist Herr Biber zurück und baut an seiner stattlichen Burg. Vom Fernsehen her, wir kucken noch dritte Programme, weiß Kathleen, der frisst auch Holz, Pappel und Weide zum Beispiel. Auch Birke? Täglich nun zittere ich. Was ist, wenn meine Tierliebende fragt: „Wollen wir nicht etwas von unserem Kaminholz mitnehmen?“
Wir müssten den Handwagen stehen lassen und gleich beim Nachbarn fragen:

„Ob Sie uns wohl ihren Traktor mal leihen könnten? Mit Hänger, bitte!"

Kapitänstreffen

Im Sommer 2000 ruft Axel die A 82 zum Treffen nach Warnemünde. Seit dem Ende unseres Studiums hat sich die Seminargruppe nicht mehr gesehen.
Noch immer will ich von „DSR" nichts wieder wissen, glaube ich. Doch irgend etwas in mir ist anders als sonst. Die Nächte, in denen der Kopf den Bauch mit „wilden Filmen" zu meiner Fahrzeit ärgert, sind weniger geworden. Solche Träume, in denen man losläuft und kommt nicht voran, kennt jeder. Nautiker träumen sie anders: Der Dampfer macht volle Fahrt voraus, die Meeresenge kommt immer näher, ich schwitze am Kartentisch und der Standort will nicht gelingen, absoluter Horror!
Auch die Tagträume, die von der GERINGSWALDE, sind deutlich seltener geworden.
Sieben Tage nur hatten für lange Zeit meine Erinnerung an die Jahre der Seefahrt dominiert. Jetzt spüre ich, sie ist weg, die Wut! Doch mir fehlt die Gabe zur Gleichgültigkeit. Sollte es doch noch einmal Liebe werden?
Das Treffen beginnt am Schultor. Wir müssen nicht lange raten, wer es wohl sein mag, bei jedem Einzelnen, der um die Ecke biegt und Kurs auf uns hält. Vielleicht fehlt etwas Farbe im Haar oder der Bart. Vielleicht auch fänden Chirurgen mehr Falten als früher, die sie ihrem Patienten hinter die Ohren ziehen müssten, sollte das Jugendfoto noch einmal gelingen. Vielleicht trägt mancher mehr an seinem Gewicht, als es ihm gut täte. Egal, die Augen leuchten noch so, wie die der Jungs von früher. Die dummen Sprüche sind auch nicht schlauer geworden!
Der Abend geht artig und in der MÜHLE los. Doch dann beginnt der Kapitän einer riesigen Erzschütte mit dem Versuch, ein gigantisches Steuerrad aus leeren Kümmerlingflaschen zu legen. Da kann die Nacht nur am Alten Strom enden, zum Beispiel im KÄPTN BRASS. Manch einen begleitet sein „festes Mädel". Die Damen kennen sich noch von den Seminargruppenfeiern her, so lange schon und so fest gehören sie zu uns und dem, was dem Seefahrer Schutz bietet an Land.
Heinzi kann sein Kunstwerk nicht alleine vollenden. „Gamma GT, ihr wisst ja!" Also helfen wir ihm, wie früher. „Erinnert ihr euch, die Konsummarken?" Kapitäne, Steuermänner und Ehemalige trinken sich nun der Fertigstellung des Projektes ihres damaligen Seminargruppensprechers entgegen.
Wohl zwei Drittel von ehemals zwanzig Nautikern sitzen nun an Land. Die meisten von uns haben es geschafft, was auch immer. In diesem Jahr verfällt die Umtauschgelegenheit für mein Patent, weiß wer. Mein Entschluss steht fest, nie werde ich freiwillig das Kapitänspatent gegen das eines Steuermannes her-

geben. Ein Landleben ohne Rückfahrkarte ist geplant. Werde ich das Glück haben, meinen Stolz und die Pläne behalten zu dürfen und zu verwirklichen?
Ein Jahr später wird Christian wieder mit der Seefahrt beginnen, zwei Jahre weiter dann auch Frank, nach zehn Jahren und länger an Land. Nicht Seemanns Braut wird es sein, die die beiden dann ruft. Das Landleben wird sie zwingen.
Für mich sind sie Helden, diejenigen, die heute noch Containerschiffe, Schüttgutdampfer, Flüssiggastanker, Forschungsschiffe und „Fleischdampfer" um die Welt führen. Traumschiffe gibt's nur im Fernsehen.
Spät am Abend geht die See hoch. Bei alten Geschichten glänzen die Augen mit den Nasen um die Wette. Die sonst kommandofesten Stimmen verlallen leicht. Die Blicke gehen kreuzseegeradeaus. Doch das Ziel, ein Steuerrad für kommende Seefahrten, ist noch immer nicht geschafft. Mit bartkraulendem Wind, ihrem salzigen Duft und friedlicher Brandung lockt Seemanns Braut. Sie schickt Bilder der Ferne, die uns einmal nah war, von bestandenen Abenteuern, gewonnenen Schlachten und nicht immer erfüllten Träumen. Da sind die Seesäcke schnell gepackt, die Besatzung ist vollzählig und der Blaue Peter weht. Manch mitreisende Ehefrau weiß es besser und beginnt dennoch zu schwitzen: Der will doch nicht etwa wieder los?
Seefahrt ist hart, besonders an Land!
Früh am Morgen versteht auch der Kellner diejenigen nicht mehr, die hinaus auf die See wollen und trotzdem Heimweh haben, nach ihrer „Kleinen Ninette von Marseille ..."
Da kriegt er Mitleid mit den Seemannsfrauen und spricht „Daddeldu!".
Der Heimweg sieht uns beim Schiffen in den Alten Strom. Unser Recht darauf ist mehr als zwanzig Jahre alt. Er wird unseren Gruß in die Weltmeere tragen. Am Morgen nach dem Treffen habe ich endlich meinen Frieden mit der DSR. Also, die Chancen auf Liebe stehen gut, auf Liebe zu der Seefahrt wieder, wie ich sie noch kennen lernen durfte. Irgendwann, in fünf Jahren oder so, werde ich eines der Angebote annehmen und mit Heinzi, Archi, Fokus oder welchem unserer Kapitäne auch immer, mir die andere, neue Seefahrt mal ankucken.

Silbern klingt ...

Im Frühsommer 2005 wird am Rande des Osterzgebirges die Erde beben. Das Epizentrum liegt dann in Reinsberg und es wird gut sein, dass die Richter-Skala nach oben hin offen ist. Die Wissenschaft würde sonst staunen.
Bis unters Dach des Dörflichen Gemeinschaftszentrums wird die See toben und die Stahlträger der Dachkonstruktion in gefährliche Resonanzen versetzen. Mehr als fünfhundert Sangesfreudige, ehemalige Seeleute und aktive, deren Frauen und Kinder, registrierte Besucher, Überschmuggler und Landratten

feiern dann mit Deutschlands größtem Seefahrerverein das dreißigste Treffen, natürlich in Sachsen, wo sonst!
Am Abend vorher noch werden es nur Sehnsucht und Melancholie sein, die alte Seebären dazu verleiten, am Lagerfeuer dem Shantychor zu lauschen und mitzusingen.
Doch vierundzwanzig Stunden später dann liegt Sankt Pauli bei Freiberg. Aus den Kehlen der ehemaligen Seefahrer und begeisterten Landratten wird es durch den Saal dröhnen, das „Komm doch liebe Kleine, sei die meine, sag nicht nein ..." Dabei werden die Augen der Storekeeper, Kapitäne, Matrosen, Stewardessen, Funkoffiziere, Maschinisten, Zimmermänner, Plumper, Kabelgeister, Bootsmänner, Maschineningenieure, Elektriker, Bäckerinnen, Steuermänner und Köche glänzen. Die Tische werden sich biegen unter der Last der Geschichten, Gefühle und Getränke, für manchen nur Tee. Der Chefkoch wird Labskaus anbieten und ich werde es vielleicht doch endlich wagen?
Kaum einer der old sailor würde heute „mit den modernen Schiffen" auf See hinaus wollen. Seefahrt ohne Landgang, Hafenstädte ohne Seeleute darin, wie soll das gehen?
„Ja wenn die Blauen Jungs nicht wär'n, wer sollte dann die Mädels von der Reeperbahn ernähr'n?", fragt ein gern gesungenes Lied. Werden sie ihre Sailors vermissen. Keiner von uns würde je auch nur einen Seetag seines Lebens hergeben wollen. Die See taugt wohl kein Leben lang zu Seemanns Braut, zur Geliebten allemal!
Also, wieder los an Bord und raus auf See? Die Frauen der Seebären wird der „Anfall" ihrer Männer nicht aus der Ruhe bringen. Sie kennen sie lange genug. Auch die aktuellen Werte: Blutdruck, Zucker, Harnsäure....
Vor mir liegen noch fünfzehn Arbeitsjahre, oder zwanzig? Wird es mein letzter Job sein, Ärztemuster zu verteilen, neuestes Forschungswissen bekannt zu machen und Fortbildungen zu organisieren, damit es denen besser geht, die „eine Stinkwut haben", weil „wieder ein Vertreter" drin ist beim Doktor? So wird man heute eben erst zehn Minuten später bei der Erbsensuppe sein, im Garten oder bei Martha zum Geburtstag. Werden sich diejenigen, die heute noch immer Gesundheit geschenkt bekommen wollen, dann, wenn sie da sein wird, die Listenmedizin, daran erinnern, dass genau dieses Experiment schon einmal gescheitert ist?
Manchmal sehne ich mich zu solch ehrlicher Arbeit zurück, wie es die Seefahrt ist, der Bergbau oder die Landwirtschaft. Das Erz ist gebrochen, die Ernte vom Acker und das Schiff liegt im Bestimmungshafen. Keine Coach, kein Qualitätsscore und kein Bewertungsmodell vergibt Punkte für die A-Note, die B-Note und die Prämie.

Neugier

Irgendwann, Anfang des neuen Jahrtausends, sitze ich in einem Büro. „Wie geht das, wenn man seine Stasiakten mal sehen will“, frage ich nur so nebenbei, will ich doch eigentlich einen neuen Reisepass. Die Dame blickt auf und schaut mich ernst an. „Hatten Sie Nachteile, ist Ihnen zu DDR-Zeiten richtig was Schlimmes passiert?“
„Nein, ich glaube nicht. Es ist mehr Neugier.“
Jetzt folgt Ruhe im Raum und die Miene der Angestellten bleibt ernst. Dann gibt sie die Antwort, die der Bauch akzeptieren wird, sofort. Der Kopf auch, später. „Wissen Sie, Herr Glück, ich darf Ihnen nicht raten. Doch bedenken Sie, wie diese Akten zustande gekommen sind. Heute noch zerbrechen Familien und Freundschaften an Unterschriften, die erzwungen wurden, wegen Informationen, die diese Bezeichnung nicht wert sind und aufgrund von Berichten, die keiner geliefert hat und trotzdem in den Akten stehen. Glauben Sie mir, Sie wären nicht der Erste, der für seine Neugier einen schrecklichen, unangemessen hohen Preis zahlen würde. Ich erlebe es immer wieder. Sie sind zur See gefahren? Natürlich haben Sie eine Akte. Sie hätten sonst nie ihren Sichtvermerk bekommen und behalten. Überlegen Sie gut, ob Sie stark genug sind, mit dem umzugehen, was Sie da möglicherweise lesen werden.“
„Vielleicht?“, denkt der Kopf.
„Nein!“, zwickt der Bauch.

Maritimer Abgesang

Nach zehn Jahren Fahrzeit als Lehr- und Frachtschiff wurde die GEORG BÜCHNER 1977 zum stationären Ausbildungsschiff umgebaut, 1990 außer Dienst gestellt und von der Stadt Rostock erworben. Heute nun liegt sie im Stadthafen Rostock fest an der Pier. Der vordere Mast fehlt. Wer tut einem Schiff nur so etwas an? Doch der Schornstein sitzt noch dort, wo er hingehört. Gott sei Dank! Wie sonst sollte man den Enkeln zeigen, wie hoch die See gehen kann, mit Wellen, deren Brecher im Schornstein einschlagen.
Zwei Übernachtungen im GARNI-Hotel BÜCHNER, ein sehr nachdenklicher Rundgang über „angefressene“ Planken, entlang an rostbraunen Wassergräben und Halt machend vor einer Brücke, die dem noch so sehr bittenden ehemaligen Besatzungsmitglied verschlossen bleiben wird, sowie etwas mehr Wasser in den Augen als sonst, werden reichen, die Erfahrung zu machen, die zu meinem Alter passt: Jede erste Liebe sollte Mann dort behalten, wohin sie gehört, in der Erinnerung!
Das gilt nicht nur für Schiffe, werde ich bald wissen.
Die Seefahrtsschule in Wustrow bietet ein trauriges Bild. Vielleicht ereilt sie

doch bald die Gnade des Abrisses und man errichtet dort einen Park, wo spätere Nautische, Technische und Funkoffiziere die Marxismus-Leninismus Vorlesungen schwänzten, trotzdem gute Seemänner wurden und nebenbei frisches Blut aufs Fischland brachten. In der Mitte eines winzigen Teiches könnte ein lustiges Bronzeschiff mit Seeleuten drauf und Schrifttafel daran von der Blüte einer Ausbildung von Offizieren der Handelsschifffahrt künden, die wohl weltweit ihresgleichen nicht fand. Was ist, ihr Wustrower, liegt es nur am Geld?

Bitte um Entschuldigung!

An einem Maiabend des Jahres 2003 stehe ich, gemeinsam mit wenigen Herren und zahlreichen Damen, an der Hallenbar eines Frankfurter Hotels. Der Wochentag wird bald zu Ende sein.
Es ist nicht meine Schuld, dass ich mitten in der Woche, dann also, wenn rechtschaffende Menschen ruhen, hier Bier trinken muss. Trotzdem, für mein Benehmen bin ich selbst verantwortlich. Gleich werde ich mich schämen. Erst mal jedoch ist es wie immer, im Nahbereich einer Bar. Kopf und Bauch hören mal hier, fühlen mal da und Weltpolitik ist eigentlich kein Absackerthema. Vielleicht liegt es daran? Eine Dame, noch jung in den Dreißigern, nähert sich mir. Mit zweien bin ich bereits im Gespräch, doch allemal eitel genug. Da bleibt noch Platz für eine dritte. Wir öffnen ein wenig den Kreis, sie tritt in die ihr zugedachten Lücke, richtet das blonde Haar und rückt an der Brille. Mit großen Augen sieht sie mich an und will nicht glauben, was sie eben erst erfahren hat. „Sagen Sie, Sie sind zur See gefahren, als richtiger Kapitän sogar?"
„Das passiert mir immer wieder", versuche ich, die scheinbar maritim Interessierte zu beruhigen und erkläre „ich habe Schiffe über See geführt, dann, wenn der Kapitän schlief, bin aber selbst nicht mehr zum Schlafen gekommen, die Wende, sie wissen?" Sie nickt flüchtig, ich hole Luft.
Die anderen Damen neben mir stöhnen vernehmlich. Die Bedrohung, nun alle Geschichten von Schiffsuntergang, Heldentum, Sirenengeheul, Seemannsbraut und Seemannskindern, auf Feuerland, in Yokohama und Bayern, von Strandung auf Madagaskar und Rettung aus der KOGGE noch einmal hören zu müssen, ist eine akute. Doch ihre Geschlechtsgenossin lässt sie nicht im Stich. Unfassbares hatte sie gerade erfahren. Ein leichtes Schütteln ihres Kopfes, die noch immer vom Staunen geweiteten Augen und ein Mund, dessen Lippen verzweifelt eine Frage zu formulieren versuchen, versetzen auch mich nun in Spannung. Es gibt nur dumme Antworten, weiß sie ja, und schöpft daraus ihren Mut. Sie gibt sich einen Ruck. „Wo sind Sie denn zur See gefahren, wenn Sie doch eingesperrt waren, da drüben?"
Gleich werde ich ihr Unrecht tun, spüre ich im Bauch. Doch der Kopf hat keine Chance.

„Also, das war ganz einfach. Wir haben die Kisten im Hafen geladen, sind raus zu den Grenzschiffen, dort wurde die Ladung ins Wasser geworfen, deshalb ja Holzkisten, na ja, und irgendein fremdes Schiff kam da immer vorbei und hat das Zeug mitgenommen. Nun schwammen da aber auch noch Kisten, die wir mit reinnehmen sollten, solche aus Kuba zum Beispiel. Eigentlich waren das ja Zuckersäcke, doch die schwimmen nicht lange, klar. Also hatten die Genossen der Zuckerinsel die für uns bestimmten Säcke mit Holz umschlagen und so bekam auch die DDR was Süßes zum Lutschen.
Ein Problem gab es doch! Nämlich, unser Schiff musste erst leer sein, ehe wir die von den fremden Schiffen für uns in die Ostsee geworfenen Kisten an Bord nehmen konnten. Da hat der Bootsmann einfach ein rotes Kreuz, Hempels Schiffslack, auf die Exportkisten gemalt, ehe wir sie über Bord warfen, und wir erkannten dann unter den vielen im Wasser treibenden Kisten, die ohne Kreuz als die Importkisten. So war das!"
Die Dame ist weg!
Mir bleibt ein schlechtes Gewissen. Natürlich hatte ich gerade ein wenig geflunkert. Doch blaue Kreuze hätte sie mir doch nie geglaubt, wo ich ja aus dem Osten bin.
Na ja, und dafür nun, bitte ich hiermit in aller Form um Entschuldigung!

Sächsische Sushi, maritim

Wieder ist Kathleen ein Jahr älter geworden. „Wem das nur eingefallen ist, so etwas zu feiern?!", protestiert sie erfolglos. Doch ich wäre gern schon zehn Minuten älter. Von der Mitte des Kaffeetisches her duftet mir eine Ahnung entgegen, wie sie schmecken könnten, Omis Quarkspitzen und der Zuckerkuchen, wenn nur endlich die Blumen schon ausgewickelt sind und die Vasenanprobe zu Ende ist! Dann scheint es geschafft.
Die Gratulanten sitzen am Tisch und müssen nur noch entscheiden, Kaffee oder Tee? Entschlossen fallen wir über das Backwerk der Schwiegermutter her. Ein Blech Zuckerkuchen bietet nur vier Eckstücken. Drei davon sind schnell erhascht. Unter Beobachtung der Leerausgegangenen stehend, buddele ich meines aus seinem Versteck tief im Kuchenberg. Da kuckt Kathleen ihren Fressack nur schnell mal strafend an und dann wieder verzweifelt auf ihren leeren Teller. Meine Chance ist gekommen. Im Nu dampft eine Bockwurst an Mardersenf Fleischers Tochter glücklich. Sehnsuchtsvoll kuckt ihr der Schwager beim Genießen zu.
„Wir sollten zu Silvester wieder ein kleines Programm machen. Jeder studiert was Lustiges ein und führt es vor", schlage ich vorausplanend vor, und ernte Protest. Man erinnere sich noch gut ans letzte Jahr. Vor Aufregung hätte nicht mal das Abendessen so richtig geschmeckt. „Oder wenigstens schön essen,

japanisch oder so", biete ich eine Alternative. Schlagartig ist Stimmung am Tisch. Die Runde ist begeistert. So schwärme ich von Frühlingssuppe, Sojabohnenkeimlingen, Bambussprossen, Morcheln, Garnelen, Sake, Glasnudeln, Rindslende, Soße, „sön salf" und „süß-sauel", Vanilleeis im Eierkuchen, Klosterbruder, Ume-Pflaumen-Lychees-Kompott und all so was und Sushi, vierzehn Gänge oder mehr. Nun tobt die Mehrzahl der Gäste vor Entzücken, nur die anwesenden Töchter reklamieren, Klosterbruder und Rindvieh seien ja nun nicht gerade typisch japanisch. Also hebe ich belehrend den Finger und stelle klar: „Import natürlich, Globalisierung und so. Schließlich liegt Japan unter der aufgehenden Sonne und nicht hinterm Mond!" Herr Überschlau habe da ausnahmsweise mal Recht, unterstützt Frau Glück jetzt schnell ihren Mann und freut sich bereits auf „das einzige Richtige, Feste zum Beißen", das Rindfleisch nämlich. Der Schwager äußert Bedenken. Sushi, ja, die könne er kaum erwarten. „Nur, mit Fisch und Reis kannste mich jagen!"
Ich nehme die Herausforderung an.
Der letzte Tag des Jahres ist zwanzig Stunden alt. Die Sitzung beginnt mit „Getlänk Helzliche Beglüßung", kumuliert gegen zweiundzwanzig Uhr bei Sushi tutti frutti de mare für alle und Sushi saxoniae für den Schwager, führt noch vor der Mitternacht mit Steak, mehr durch als medium, auch Kathleen zum Höhepunkt, wird kurz von Knallbonbons, Tischfeuerwerk und Fritzizittern unterbrochen und in der zweiten Stunde des neuen Jahres, vor Eierkuchen mit Vanilleeis, unterschreibt die Mehrzahl der Essenteilnehmer die Kapitulationsurkunde. Die Friedensverhandlungen werden bei „Getlänk flohes neues Jahl" abgeschlossen. Im Geheimen löffle ich mein Vanilleeis, ohne Teigmantel. Nicht im Entferntesten scheint wohl sonst noch jemand an Ernährung zu denken. Da bemerkt der Schwager mit noch immer glänzenden Augen, die Sächsischen Sushi hätten ihm Japan doch sehr nahe gebracht. Das Rezept interessiere ihn sehr. „Hast du noch so ein Ding, kann ruhig kalt sein!" Ich bade in der Anerkennung, da stellt Kathleen das Gleichgewicht in der ehelichen Symbiose der Glücks, gemacht aus Berts Innovationssucht und Kathleens Liebe für Ordnung im Alltag, wieder her. „Und wer räumt nun die ganze Sauerei in der Küche auf?" Nun weiß ich, das neue Jahr wird wie das alte. Ich bin überfordert.
Also, Sushi ohne Reis und Fisch, sächsische eben, bereitet man so: Bis hart an das Einbändseln heran, verfährt man, wie bei der Herstellung einer Kohlroulade. Nun sticht man eine Reihe Zahnstocher entlang der Rolle, drei bis vier Stück und auf gleiche Abstände zueinander achtend, so von der Oberseite her durch den Weißkohlwickel mit herzhaft gewürzter Hackfleischfüllung, dass die Holzspieße auf der unteren Seite herauskucken. Dann piekst man eine weitere Reihe Zahnstocher entlang der Vorderseite, also um neunzig Grad zur ersten Holzspießreihe versetzt, dem Krautwickel so in die Rippen, dass, im Zentrum der Rolle, die Hölzer der zweiten Reihe nur knapp am querverlaufenden Erstreihenholz vorbeischrammen und hinten wieder rauskucken. Daraufhin schneidet das Messer den Krautigel derart in Scheiben, dass jede von ihnen

durch zwei sich kreuzende und im Inneren beinahe berührende Zahnstocher ihren Halt hat. Schnell sind mehrere Kohlkompassrosen mit Holzhimmelsrichtungsanzeigern entstanden. Da diese nun aber kopflastig sind, müssen sie umfallen. Die Gefallenen legt man ins heiße Fett und brät sie vorn und hinten so lange, bis die wohlschmeckenden, braunknusprigglänzenden Krusten der Hackfleischherzen ihren schmorkrautigen Mänteln kulinarische Konkurrenz machen. Dazu reichst du, was du willst, und trinkst, was dir schmeckt, Gorgonzolasoße an grünen Nudeln und Rioja zum Beispiel.
Oder: Du rufst einfach an!

Damals, nach dem Krieg

Irgendwas fehlt, um endgültig an Land zurück zu sein.
Anfang 2004 erreicht mich der Brief von Hildegund. Sie ist mutig und zieht ihren Leipzigern so manchen Zahn. In den achtziger Jahren hatte sie versucht, unsere ehemalige Klasse zu einem Treffen zu bewegen.
Diesmal nun soll es klappen, im Mai. Bei Interesse bitte O.K. mailen. Der Bauch summt sofort: „Amelie!“ Doch der Kopf gibt zu bedenken: „Das ist dreiunddreißig Jahre her, mein Lieber!“ Trotzdem, die Ruhe ist raus. Also rufe ich Hildegund an. Wer wird denn so kommen, will ich wissen und nur einen Namen hören. Dann höre ich ihn und Hildegunds Frage: „War die nicht mal deine Freundin?“
Ja doch!
„Man merkt es doch immer an den Kindern zuerst, wie lange alles her ist“, hat Hildegund andere Probleme als ich. Ich knurre „ja, stimmt!“, und sie erzählt. Zum Treffen wird sie ein paar Fotos zeigen und die von der Klassenfahrt, vom Zelten damals vor der Zwölften, dürfen nicht fehlen. So hat sie einen Text vorbereitet und diesen schon mal der Tochter und deren Freund vorgetragen. Die hatten ganz schön gestaunt, wie schnell es gehen konnte, dass die DEUTSCHE JUGEND keine FREIE mehr war. Und was eine Nationalhymne, im falschen Land gehört, dort anrichten konnte. Am Schluss hatte einer der jugendlichen Zuhörer gemeint: „Das waren ja Sitten bei euch, damals, nach dem Krieg!“
Ja, das waren noch Sitten, damals, siebenundzwanzig Jahre nach dem Krieg und siebzehn Jahre vor dem Ende derer, die sich schlauer wähnten als Marx. Sachsen will das Fach Geschichte als Pflichtfach abschaffen. Ich werde dem Kultusminister ein Freiexemplar schicken müssen.

Wie lange Schmetterlinge leben

Der Zitronenfalter schafft es bis zu einem Jahr und lebt also am längsten, weiß die Wissenschaft über Schmetterlinge.
Ich weiß es besser.
Anfang April feiere ich Geburtstag. Irgendwo feiert auch Amelie.
Ende April schickt nun der Kopf die Gedanken immer häufiger voraus. In den kommenden zwei Wochen werde ich drei Kilogramm leichter. Erst meint Kathleen, ich versuche wohl wieder mal, schlank zu werden. Frau und Hund kümmern sich sehr um mich. Dann sind sie ratlos und ich bin es auch. „He, Bauch, du freust dich auf die Amelie von damals. Doch du wirst die von heute treffen. Das kann nicht gut gehen!" Der Kopf hat Recht, weiß der Bauch. Trotzdem, er will sie sehen. Dann ist es so weit.
Kathleen fährt mich zum Treffpunkt Obermarkt. Ich drücke Hildegund und Marion ein paar Blümchen in die Hand, „für die Organisiererei und alles eben", und Amelie, na klar. Sie dankt mit einem „Mir-geht-es-gut-dir-auch-?-schön!-Lächeln". Nach dem Eröffnungsprogramm im Kellerberg bleibt eine knappe Stunde für uns allein.
Zwischen den Gärten hindurch führt unser Weg hin zum Pfaffenberg und zur Gaststätte der Gartenanlage. Sie ist eine Frau und erzählt viel. Gut so. Ich darf zuhören. Hin und wieder sag ich auch mal ein paar Worte. Viel Schlaues fällt mir nicht ein. Beide sind wir also lange schon verheiratet, glücklich sowieso, haben erwachsene Kinder, Arbeit, Freude und Sorgen.Einmal nur trifft mich ein vorsichtiges Lächeln und der Blick, den ich kenne, aus den Winkeln ihrer Augen. Der Bauch sucht und findet nicht. Der Kopf ist ratlos.
Später sitzen wir alle im reservierten Raum und erzählen unsere Geschichten. Beinahe fünfzig Jahre Zeit waren dem Leben geblieben, diese zu schreiben. Für die einen von uns hatte die DDR schon ihre Überraschungen parat. Andere mussten auf sie bis zur Wende warten. Nur wenigen war der „glatte Gang" gelungen. Doch der Abend gehört vor allem der Jugendzeit. So fällt es nicht schwer, die Mädels und Jungs von damals zu sehen, und den Klassenlehrer. Dessen „Schnuffi" hatte auch Ina mit Mathematik gezwackt. Marion führt uns in die Gegenwart zurück. Sie outet sich als die bisher einzige Oma der Runde und kann sich das leisten. Schließlich ist sie Sportlehrerin und hat sogar Majas Handballbesserwissen überlebt. Bärbel erzählt von ihren Erfahrungen mit dem Journalismus in der DDR. Es sind keine guten Geschichten. Rolf ist nun Professor und damals, nach dem Zelten, sah die Zukunft für ihn mal ganz anders aus. Auch andere Geschichten sind „typisch DDR". Christine hätte gern Archäologie studiert und Völkerkunde, hinaus in die Welt, andere Länder, Leute und Kulturen kennen lernen. Ein Elektrotechnikstudium rettete sie vor der „Plantage". Heute nun forscht sie in der Mikroelektronik.
In das Zuhören, Lachen und Staunen hinein platzt das Abendessen. Ziellos steche ich mit der Gabel auf dem Steak herum. Zwei Stunden später ertrinkt der

Bauch im fünften Glas Wasser. Kathleen fehlt mir. Sie würde mir ein Bier hinstellen: „Los nun, werd endlich lustig!“ Dann ist es Mitternacht. Es soll ein nächstes Treffen geben, in drei Jahren. Der Mund spricht „Ja“, der Bauch fühlt „Nein“, der Kopf sagt „Siehste!“
Ich will nun nach Hause.
Nach allgemeiner Verabschiedung, „war schön, mal wieder!“ und „man hätte denken können, es wären nur Ferien gewesen“, gehen wir auseinander. Amelie bringt mich im Auto nach Saalbach. Am Dorfrand steige ich aus. Ich muss noch ein paar Meter gehen.
Zum Abschied reichen wir uns die Hand. Man tut das so. Dann steige ich aus. Ihr VW vertuckert sich ins Nichts.
Zehn Tage später, an Kretas Nordküste, wird der Bauch die Schmetterlinge dem Kopf überlassen, sie hatten ihre Zeit, wie alles eben. Ich werde sie in ein Kuvert stecken und der Hieb eines Iraklioner Stempelbeamten wird sie, vor ihrem letzten Flug schon, platt machen. Sie werden dann älter und schöner als jeder Zitronenfalter geworden sein, die Schmetterlinge einer Liebe, die für das richtige Leben zu früh war und für irgendeine zu schön, der ersten eben.
Später werde ich Kathleen vom Wiedersehen mit Amelie erzählen und dem Staunen darüber, wie lange Schmetterlinge leben oder auch nicht. Ihre Antwort wird dann sehr praktisch sein, eine aus dem richtigen Leben: „Was hast du denn gedacht? Dachtest du, die hatte dreißig Jahre lang nur ihren „lieben Berdti“ im Kopp? Die hat Kinder gekriegt, eine Familie aufgebaut, sicher auch einen Beruf, der sie fordert und einen Partner, der sie liebt. Wie du übrigens auch, schon vergessen?“
Nein, natürlich nicht, Männer sind dumm!

Die große, weite Welt

Langsam nur finden die Schritte zum Haus.
Ich trete ein. Drinnen ist es dunkel. Kathleen liegt bereits oben. Von ihren Füßen her knurrt Herr Fritz zu mir runter. Also bin ich angemeldet. In der Stube kriegt der Bauch endlich sein Köstritzer, dann noch eins und einen Klosterbruder. Das Fernsehprogramm zeigt irgendwas. Der Kopf hat zu tun.
Heute, vierzehn Jahre nach dem Ende der Seefahrt, bin ich nun ganz zurück an Land. Was hat mir meine Weltreise gebracht? Was ist Plus, was Minus?
Ich habe das schönste Stück Handelsschifffahrt erlebt, das es wohl je gegeben haben wird. Die Schufterei an Deck, in den Kohlebunkern und in den Rahen war vorbei gewesen. Die monotone, vollautomatische und sozialkontaktarme Fahrplanfahrt über den Erdball steckte noch in den Entwicklungsbüros der Werften und den Optimierungsabteilungen der Reedereien. Noch wurde an den Hochschulen über das SCHIFF 2000 nachgegrübelt. Leider vergaß man

dabei, wie überall auf der Welt eben, immer mehr auch den Menschen 2000. Nicht immer habe ich so funktioniert, wie ich sollte, doch jederzeit war ich am Leben und mittendrin. Ich wollte es spüren und will das noch heute, auch wenn es manchmal weh tut.
Der Bauch wusste bald, allein will er nicht durch die Welt. Schnell war ihm klar geworden, wonach er suchen, worauf er warten sollte und hat nichts zugelassen, was weniger gewesen wäre. So habe ich heute eine Frau, die ich liebe und der ich dankbar bin dafür, dass gleichzeitig möglich war, was unvereinbar schien: Familie und Seefahrt!
Mit Kathleen hat sich für mich ein Wunsch erfüllt, der sicher sehr egoistisch ist: Als Seemann hinaus in die Welt – und trotzdem ein Zuhause. Ich weiß nun, wo sie beginnt und endet, die große, weite Welt. In meinem Bauch, im Bett neben mir, bei den Töchtern, den wenigen Freunden, den Eltern und der Familie, in der Erinnerung und noch immer auch in meinen Träumen.
Das Ziel war greifbar nahe gewesen. Kapitän auf Großer Fahrt!
Doch, wäre ich, vierfach gelbgestreift, weltfremd geworden und selbstherrlich gar oder souverän und geachtet aber trotzdem nicht glücklich heute?
Der Bauch hatte zur rechten Zeit „Schluss!" gesagt und der Kopf ihn bestärkt. Selten waren sich die beiden so einig gewesen.
Das, was ich gelernt hatte, in der Schule, an Bord und in der Welt, hat mir den Start an Land erleichtert. Und, es waren sehr oft zur richtigen Zeit die richtigen Helfer und Umstände da. Auch das Glück. Auch der Bauch. Und der Kopf hat manchmal recht spät erst, aber immer noch rechtzeitig, gemerkt, wenn es der Bauch zu toll trieb.
Kopf und Bauch halfen mir durch die Wende und über die Jahre der Neuorientierung. Sie geben noch immer ihr Bestes. Der Streit darüber, wer wohl der Schlauere von ihnen sei, ist müßig. Beide werde ich noch sehr brauchen, jetzt und alle Zeit. Auch weiterhin wird das Leben kein leichtes Spiel mit mir haben. Es muss mich schon schubsen, auf dem Weg vom „Jungen Wilden" zum „Alten Zahmen".
Der Bauch will zu Kathleen. Auch der Kopf. Er sucht nun Ruhe. Ich schleiche nach oben und am Knurrfix vorbei.
Sie scheint zu schlafen. Ich will sie nicht wecken. Vorsichtig leg ich mich zu ihr ins Bett. Kathleens Hand tastet nach mir: Geht es dir gut?
Ja, jetzt wieder!

Warum also schreibt Mann ein Buch?

Der Bauch hat einen Plan. Planung gehört nicht in dessen Ressort, doch der Kopf spürt die Müdigkeit, die ihn nach größeren Anstrengungen befällt. Da lässt er „den Dicken" vorerst in Ruhe. Das klären wir morgen, wer hier die Pläne

macht! So fasse ich Kathleens Hand, rücke ganz hinüber zu ihr und bleibe an ihrer Haut kleben.
Irgendwann ist die Nacht steinalt. Graublau schon kuckt der Sonntag ins Zimmer. Bald wird er, wie an jedem Morgen, seine Weiter-geht's-Botschaft schikken. Irgendwo auf der Welt, vielleicht in Piräus, Hongkong oder Wismar, wird heute ein Junge beschließen: Ich werde Kapitän! Vielleicht tropft auch gerade jetzt mitten auf dem Atlantik Ketchup von der Decke und zurück auf den Tisch der Messe eines Handelsschiffes? Möglicherweise lässt sich ein Kapitän über Norddeich Radio mit seiner Frau verbinden. „Wat is, Mudding?", wird er fragen und: „Das soll nun meine letzte Reise sein. Werden wir uns vertragen, an Land?" Also, auch Seefahrt beginnt, geht weiter oder endet.
Das Leben an Land ist schön. Wer kann das besser wissen als ein Seemann! Kopf und Bauch und Herz und Leib und Seele wollen nun ganz bei Kathleen sein.
Später sagt sie: „Schlaf jetzt!"
Das tu ich dann auch. Wüstenhitze umgibt mich im schützenden Hafen. Ich bin zu Hause.
Also, was bleibt?
Jede Menge Dankbarkeit– und Sehnsucht!
„Sehnsucht – wonach?", will der Kopf wissen, und der Bauch antwortet ihm. „Ich weiß nicht. Es ist nur so ein Gefühl."

— Schluss —

Kurzvita

Berndt Gückel, geboren im April 1955 in Döbeln / Sachsen,
Lehre beim VEB Deutsche Seereederei Rostock zum Vollmatrosen mit Abitur
vier Jahre Grenzbrigade Küste, fahrende Einheiten, Steuermann
Studium an der Ingenieurhochschule für Seefahrt Warnemünde / Wustrow

1982 bis 1990 Steuermann auf Handelsschiffen der DSR
1990 Kapitänspatent für die Große Fahrt
seit 1993 Pharmareferent in Kliniken und Arztpraxen
verheiratet, zwei Töchter, Saalbach im Zschopautal

Veröffentlichungen:
1966 - Galerie der Freundschaft, Pionierhaus Döbeln, Zeichnungen
1996 - Sch(m)erzkalender für curasan GmbH, 12 Cartoons
1999 - Mitteldeutscher Rundfunk, Wettbewerb Frühlingsgedichte
2004 und 2006 - in BORDGESCHICHTEN, DSR-Seeleute e.V. und SGO Rostock
2005 - 2. Platz beim Literaturpreis Kulturraum Mittelsachsen
2006 - in Freiberger Lesehefte, AG Wort e.V. Freiberg